市场营销教程

王　群　主　编

李春彦　赵双新　王　丹　副主编

电子工业出版社
Publishing House of Electronics Industry
北京·BEIJING

内 容 简 介

本书依据教育部高教司工商管理类核心课程——市场营销学教学基本要求编写，涵盖了市场营销的产生和发展、顾客价值与顾客满意、营销战略规划、市场调研、市场竞争分析与相关营销战略、市场营销组合策略以及市场营销的组织与控制等内容；既对市场营销基本原理、理论、方法进行了比较深入、全面的阐述，又反映了市场营销学的最新发展动态。

本书理论与实践紧密结合，具有针对性、现实性、前瞻性等特点。每章均有学习目标、小链接、思考题和学习自测题，既便于读者学习，也有利于教师组织课堂教学。

本书可作为高等院校市场营销专业、工商管理类其他专业以及经济类各专业本专科层次市场营销课程的教学用书，也可作为其他专业教学的参考用书，还可作为企业经营管理人员的在职培训教材。

图书在版编目（CIP）数据

市场营销教程/王群主编. —北京：电子工业出版社，2011.5

ISBN 978-7-121-13278-0

Ⅰ. ①市… Ⅱ. ①王… Ⅲ. ①市场营销学－高等学校－教材 Ⅳ. ①F713.50

中国版本图书馆 CIP 数据核字（2011）第 061897 号

策划编辑：刘宪兰

责任编辑：徐云鹏　　　　特约编辑：张燕虹

印　　刷：北京丰源印刷厂

装　　订：三河市鹏成印业有限公司

出版发行：电子工业出版社

　　　　　北京市海淀区万寿路 173 信箱　邮编　100036

开　　本：787×1 092　1/16　印张：22.25　字数：570 千字

印　　次：2011 年 5 月第 1 次印刷

印　　数：4000 册　定价：35.00 元

凡所购买电子工业出版社图书有缺损问题，请向购买书店调换。若书店售缺，请与本社发行部联系，联系及邮购电话：(010)88254888。

质量投诉请发邮件至 zlts@phei.com.cn，盗版侵权举报请发邮件至 dbqq@phei.com.cn。

服务热线：(010)88258888。

前　言

21 世纪的世界正经历着以信息革命为核心的一场新生产力革命，企业昔日取胜的法宝可能已不能适应市场条件的变化。想象力与创新、市场远见与洞察力、对环境的敏感与适应性变得日趋重要，企业的生存、发展和灭亡，将与正确的决策、适应的能力和创新的速度时刻联系在一起，市场营销竞争力正在日益显示出其关键性。

作为一门建立在经济科学、行为科学和现代管理理论基础之上的应用学科，市场营销学研究以满足市场需求为中心的企业营销活动过程及其规律性，具有战略性、边缘性、实践性的特点。在社会主义市场经济条件下，市场营销理论、方法和技巧，不仅广泛应用于企业和各种非营利性组织，而且逐渐涉及社会经济生活的各个方面。

本书依据教育部高教司制定颁布的核心课程教学基本要求编写，涵盖了工商管理类专业学习本课程所应掌握的基本知识点、基础理论与基本技能，并适当介绍了一些营销理论的新领域和新观念。本书每章均安排有学习目标、小链接、思考题和学习自测题，既便于读者学习，也有利于教师组织课堂教学。

本书是沈阳大学中青年营销学者的集体研究成果。具体的编写分工是：王群编写第 1、5、12 章，李春彦编写第 2、3、4 章，王丹编写第 6、7、8 章，赵双新编写第 9、10、11 章，最后由王群同志总纂成稿。

本书借鉴了国内外营销学者的大量研究成果，除注明出处的部分外，限于体例未能一一说明。在此，谨向市场营销学界的师友及诸多作者致谢。

由于编者水平所限，本书可能有不足与不当之处，敬请广大读者批评指正。

作　者

目　　录

第1章
市场营销概论

【学习目标】

◆ 掌握市场、市场营销的含义，建立市场营销的概念。

◆ 正确理解市场营销在企业管理中的功能和作用。

◆ 认识现代市场营销与传统市场营销的区别。

◆ 明确不同的市场需求状况与相应的市场营销管理任务。

◆ 掌握市场营销的核心概念及其相互关系。

◆ 了解企业市场观念的演进，掌握各种市场观念的背景、含义及其企业行为。

◆ 了解市场营销活动的过程，为课程学习奠定基础。

市场营销是市场经济的产物。如果一个企业要通过市场来交换产品和服务，如果一个国家要通过市场来发挥资源配置的基础性作用，则离不开市场营销活动。在社会主义市场经济的条件下，市场营销对于每一个企业、每一个行业乃至整个国家的经济发展都具有十分重要的意义。从世界范围看，一些国际著名的大公司都是较早学习和应用市场营销思想与方法的企业。还有很多企业在产品销售额下降、销售增长缓慢、销售成本增加、消费者购买行为改变和竞争加剧等诸多因素的刺激下也逐渐认识到了市场营销的重要性，并以极大的热情学习和应用市场营销学，主动适应环境的变化，力争赶超先进企业。此外，近20年来，市场营销思想已经渗入世界各国的非营利性组织，如学校、医院、博物馆、交响乐团、警察部门等，并对非营利组织的运营和发展产生了深刻的影响。

学习市场营销学，首先要理解市场营销和市场营销学的内涵，领会市场营销观念，把握市场营销过程，对市场营销这个学科有概括的了解。本章内容是概括性和引导性的，是以后各章学习的指导和基础。

▶▶▶1.1　市场营销与市场营销学

"市场营销"与"市场营销学"这两个概念都是从英文单词翻译而来，其原文"Marketing"是个动名词，有动词和名词两种含义，译成中文难以用一个词同时表达两种含义，因此根据使用场合不同，分别用"市场营销"和"市场营销学"这两个词来表达。前者是动词，指一种经济活动；后者是名词，指研究这种经济活动的学科。此外，还存在着一些其他译法：作为动词的译法有市场行销、市场经营等；作为名词的译法有市场学、销售学、市场经营学等。中国高等院校市场学学会的学者经过多次讨论，将"Marketing"翻译为"市场营销"与"市场营销学"。任何组织的营销活动，都必须把产品和服务销售给顾客，才能满足顾客的需求并实现组织的预期目标，因此，销售就成为市场营销活动的重要环节。"营"是"谋划"、"组织"、"运作"的意思，所以翻译为"市场营销"和"市场营销学"是比较确切的。这种译法已得到学术界和企业界的普遍认同。为了简便起见，"市场营销"可简称为"营销"，"市场营销学"可简称为"营销学"。

1.1.1　市场营销

根据市场营销的主体和范围不同，可分为微观场营销和宏观市场营销。微观市场营销的主体是企业或机关团体，范围是局部市场。宏观市场营销的主体是国家或社会，营销范围是整个社会。通常所说的"市场营销"指微观市场营销，"市场营销学"的研究内容也是微观主体的市场营销活动。本书主要介绍微观市场营销的基本原理和方法，作为对比和扩大知识面，对宏观市场营销也做简单介绍。

1. 市场营销

随着市场经济和市场营销的发展，市场营销的概念也经历了一个发展过程。

（1）传统定义。指美国市场营销协会（ASA）定义委员会 1960 年所下的定义：市场营销是引导货物与服务从生产者流转到消费或用户所进行的一切企业活动。这个定义认为，市场营销的起点是产品生产过程结束，终点是产品到达消费者或用户手中。由于这一过程所包含的企业活动是商品定价、渠道选择、仓储、运输、推销和广告等，所以市场营销也就仅仅限于上述活动。

（2）现代定义。市场营销传统定义的主要缺陷是过于狭窄，未能包含市场营销的全部内容。在市场经济发展和市场竞争加剧的新形势下，如果企业以这种认识安排市场营销活动，势必导致失败。现代市场营销包括生产之前的营销活动，也包括销售之后的营销活动，是一个整体营销的概念。美国市场营销协会定义委员会于 1983 年 5 月对市场营销下了一个新的定义：市场营销是对思想、货物和服务进行构想、定价、促销和分销的计划和实施过程，从而产生满足个人和组织目标的交换。与 1960 年的定义相比，这个定义有四个方面的变化：

① 定义范围更宽，不再把市场营销局限于商品流通或销售活动。

② 将交换对象分为货物、服务和思想，而不是局限于产品。

③ 突出了对营销活动的管理，强调了计划与实施这些市场营销战略问题。

④ 确认了能使双方得到满足的交换过程的重要作用。

（3）菲利普·科特勒（Philip Kotler）的定义。美国著名市场营销学家菲利普·科特勒的定义是：市场营销是个人和群体通过创造以及同其他个人和群体交换产品和价值而满足需求和欲求的一种社会的和管理的过程。美国市场营销协会（ASA）定义委员会 1983 年的定义与菲利普·科特勒的定义的主要区别是：

① 市场营销主体不同。协会表述为"个人和组织"，科特勒表述为"个人和群体"。

② 关于市场营销的产品。协会概括为"货物、服务和思想"，而科特勒定义未对其范围加以概括。

③ 关于市场营销的过程，协会表述为"对产品（思想、货物和服务）进行构想、定价、促销和分销的计划和实施"，科特勒表述为"创造"以及"交换产品和价值"。

④ 关于市场营销的目的，协会表述为"满足个人和组织目标"；科特勒表述为个人和群体"满足需求和欲求"。分析可知，两种定义虽然表述的详略不同，但基本精神一致，可作为现代市场营销的定义。

 小链接 >>>

菲利普·科特勒简介

菲利普·科特勒（Philip Kotler）博士生于1931年，是现代营销集大成者，被誉为"现代营销学之父"，现任美国西北大学凯洛格管理学院终身教授，具有麻省理工学院博士、哈佛大学博士后、苏黎世大学等8所大学的荣誉博士学位。科特勒博士见证了美国经济40年的起伏坎坷、衰落跌宕和繁荣兴旺的历史，从而成就了完整的营销理论，培养了一代又一代美国大型公司的企业家。他多次获得美国国家级勋章和褒奖，是至今唯一3次获得过"阿尔法·卡帕·普西奖"的学者。科特勒博士出版了许多著作，其著作被翻译成20多种语言，被营销人士视为营销宝典。其中，《营销管理》一书更是被奉为营销学的圣经。

其他被采用为教科书的还有《营销管理》、《非营利机构营销学》、《新竞争与高瞻远瞩》、《国际营销》、《营销典范》、《营销原理》、《社会营销》、《旅游市场营销》、《市场专业服务》、《教育机构营销学》、《亚洲新定位》和《营销亚洲》等。

2. 宏观市场营销

美国著名市场营销学家尤金·杰罗姆·麦卡锡（Eugene Jerome McCarthy）指出，宏观市场营销是指这种社会经济过程：引导一种经济的货物和服务从生产者流转到消费者，在某种程度上有效地使各种不同的供给能力与各种不同的需求相适应，同时实现社会的短期和长期目标。这就是说，宏观市场营销着眼于整个社会经济系统的运转。在现代社会中，供应能力与消费能力存在着分离和矛盾，如空间分离、时间分离、信息分离、价格分离、所有权分离、数量分离、花色品种分离等，为了使之弥合和相互适应，必须有一个宏观市场营销系统从事宏观市场营销。

1.1.2　市场营销学

简略地说，市场营销学是一门研究市场营销活动的基本规律的应用学科。结合菲利普·科特勒的关于市场营销的定义，市场营销学可定义为：市场营销学是一门研究通过交换过程满足人们需要和欲望的人类活动的学科。

市场营销学于 20 世纪初创建于美国，后来流传到欧洲、日本和其他国家。由于早期市场营销方面的学者都是经济学家，所以营销学曾被认为是经济学的一个分支。正如巴特尔斯（Bartels，1988 年）所言："较之其他诸多社会学科，经济理论为营销思想的发展提供了更多的概念。"市场营销学在发展过程中，还吸收了心理学、社会学和现代管理的基本理论，同时也在实践中不断丰富、完善，从而逐步形成了自己的理论体系。

虽然市场营销学的很多概念源于经济学，但已经发展成为一门独立的学科。萨缪尔森（Samuelson，1988 年）认为：经济学研究的是人与社会如何花费时间选择使用稀缺生产资源去生产各种商品并把它们用于消费。经济学主要关注两个基本问题：生产和分配。市场营销学关注什么呢？休斯顿和加森海默尔（Houston & Gassenheimer，1987 年）等学者认为，市场营销学关注的是在特定的资源分配条件下交换的过程。按照麦卡锡和夏皮罗（McCarthy & Shapiro，1983 年）的观点，消费者的满足是以式样、时间、地点和占有这 4 种经济效用为前提的。式样的效用是由制造过程来解决的，而市场营销则提供后三种效用。

市场营销学的主要研究对象是企业的营销活动。具体研究内容是企业的整体营销活动，即研究企业在产品生产以前到销售以后的全过程中所从事的与满足消费需要和扩大市场有关的各项活动所构成的有机整体。市场营销的研究目的是使企业的盈利需要与消费者的消费需要都得到满足。

从研究内容可知，市场营销学是一门综合性、边缘性、应用性学科，涉及许多学科领域。

根据所研究的商品形态不同，市场营销学（或称市场学）可分为基础市场学（或普通市场学）、服务市场学、金融市场学、技术市场学、娱乐市场学、旅游市场学等。

根据所研究的营销主体不同，市场营销学可分为工业市场学、商业市场学、农业市场学、林业市场学、批发市场学、零售市场学等。

1.1.3　市场营销的功能

按照产业类别划分，企业可分为工业企业、商业企业、农业企业、建筑企业、服务业企业等。每一个产业类别中包括了多个不同的大行业，如工业企业可分为机械制造企业、电力企业、电子企业、食品制造企业、化工企业等。每一个大行业还可分为具体的行业，如食品行业还可分为米面制品行业、肉制品行业、啤酒行业、糖果行业、饮料行业等。无论是某一个行业的企业，或者是业务范围涉及多个行业的企业；无论是大型企业还是中小型企业；无论是技术密集型企业还是劳动密集型企业，都必须按照顾客的需求提供相应的产品和服务。为了满足顾客的需求，企业必须组织和进行有关的活动。这些活动发挥的作用就称为功能。

以制造业企业为例，企业必须通过外部环境和内部条件的综合分析，确定企业未来发展的方向和重点；必须根据顾客的需求设计、开发、生产、销售相应的产品并提供有关的服务；必须有效运用生产设备保质保量按期生产出产品；必须配备和开发人力资源；必须合理运用资金。在市场竞争日趋激烈的背景下，企业还必须加强新技术、新产品的研究开发。这些活动对应的管理职能是企业战略管理、营销管理、生产运作管理、财务管理、人力资源管理、研究开发管理等。企业的整体运作包括各种活动及其管理，各种活动既要有本身的功能，而且也要相互配合、相互支持，才能提高运行效率，并提高企业效益。

在企业的各项活动中，市场营销具有以下三大功能。

1. 导向功能

在市场经济条件下，任何企业的生产经营活动都必须以市场为导向，以顾客为中心。但是，不同的活动有不同的目标和要求。例如，生产活动的目标是运用生产设备保质保量按期生产出产品，同时要提高效率，降低生产成本；研究开发活动的目标是及时开发出更先进的技术，开发出性能更好、款式更新颖的产品。但是，企业的生产必须根据市场的需求来进行，也就是说要根据市场调查和分析来确定生产什么，何时生产，生产多少。实际上，企业通常先要获取订单并按照订单生产，或者根据市场分析和预测的结果来制定生产计划。同理，研究开发活动不是"闭门造车"，不能仅仅从技术角度来考虑新技术、新产品的开发，否则新产品就不能保证适销对路，就很可能浪费企业内部资源，浪费市场机会。市场信息的收集、环境分析、消费者行为分析等都是企业的重要营销活动，这些营销活动为企业制定生产计划，制定研究开发计划等提供了依据。所以，市场营销在企业运作中具有导向功能。

2. 连接功能

企业的市场营销部门直接面向市场，直接向中间商或最终顾客提供产品和服务。在企业的各项管理职能中，不同的管理职能有不同的管理对象，有不同的管理内容。例如，人力资源管理部门主要围绕着企业的人力资源的开发进行管理，其主要工作包括员工招聘、员工培训、绩效考核、薪酬制度的制定、员工奖惩、员工升迁、员工辞退等。在企业的各个职能部门中，与外部环境的联系、沟通，向顾客提供产品和服务是营销部门的职责。所以，市场营销部门是企业与外部环境的主要接口，市场营销活动具有连接功能。企业要把握环境的变化，对市场的变化能够快速反应，就必须健全和加强连接功能。

3. 交换功能

市场营销的核心是交换。这是企业获得经济效益的关键活动。在现代市场经济条件下，企业的交换能力越来越重要。由于生产能力过剩是世界各国普遍存在的现象，所以企业能生产多少产品，并不能决定能销售多少产品，实际情况恰恰是销售能力决定了产量。有的企业制造能力很强，产品质量也很好，但是销售量却上不去，其原因就是交换功能不强。有的企业着力于打造著名品牌，加强销售队伍建设和销售渠道建设，形成了很强的销售能力，因此可以通过市场运用专业分工来利用其他企业的生产能力。企业生产的所有产品和服务，只能通过市场交换才能实现价值，才能回收成本并获得利润，所以交换功能是企业必须具备的重要功能。为了保证产品能够迅速销售出去，迅速回笼资金，企业就必须高度重视增强交换功能。由于交换活动由营销部门完成，所以市场营销部门在企业中担负着重要的职责，发挥着十分关键的作用。

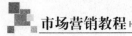
▶▶▶1.2 市场营销的核心概念

要全面系统地掌握市场营销学的基本理论，必须掌握如下核心概念：需要、欲望和需求，产品，效用、费用和满足，交换、交易和关系，市场，市场营销与市场营销者，市场营销管理。

1. 需要、欲望和需求

市场营销人员思考问题的出发点是消费者的需要和欲望。所谓需要是指没有得到某些基本满足的感受状态。所谓欲望是指想得到基本需要的具体满足物的愿望。所谓需求是指对于有能力购买且愿意购买的特定产品的欲望。人类为了生存，需要食品、衣服、住所、空气、水等；还有更高一层的对娱乐、教育、感情和其他服务的需要。这些需要可用不同方式来满足，人们对满足需要的商品和服务的形式和品牌有着强烈的偏好。人类的需要有限，但其欲望却很多。当具有购买能力时，欲望便转化成需求。将需要、欲望和需求加以区分，其重要意义就在于阐明这样一个事实：市场营销者并不创造需要，而只能影响人们的欲望，并试图向人们指出何种特定产品可以满足其特定需要，进而通过使产品富有吸引力，适应消费者的支付能力且使之容易得到，来影响需求。

2. 产品

人类靠产品来满足自己的各种需要和欲望。因此，可将产品表述为能够用以满足人类某种需要或欲望的任何东西。人们通常用产品和服务这两个词来区分实体物品和无形物品。实体产品的重要性不仅在于拥有它们，更在于使用它们来满足我们的欲望。人们购买小汽车不是为了观赏，而是因为它可以提供一种叫做交通的服务。所以，实体产品实际上是向我们传送服务的工具。如果生产者只关心产品而不关心产品所提供的服务，就会陷入困境。过分钟爱自己的产品，往往导致忽略顾客购买产品是为了满足某种需要这样一个事实。人们不是为了产品的实体而买产品，而是因为产品实体是服务的外壳，即通过购买某种产品实体能够获得自己所需要的服务。市场营销者的任务，是向市场展示产品实体中所包含的利益或服务，而不能仅限于描述产品的形貌。

3. 效用、费用和满足

在对能够满足某一特定需要的一组产品进行选择时，人们所依据的标准是各种产品的效用。所谓效用是指消费者对产品满足其需要的整体能力的评价。效用实际上是一个人的自我心理感受，它来自人的主观评价，与消费者付出的费用以及得到的满足有关。由于整个市场营销计划都是基于消费者如何选择的假设，因此，效用、费用和满足等观念对营销人员来说是非常重要的。

4. 交换、交易和关系

当人们决定用交换方式来满足需要或欲望时，才存在市场营销，因而市场营销的核心是"交换"。所谓交换是指以提供某物作为回报而与他人换取所需要的产品的行为。交换的发生必须具备 5 个条件：

（1）有交换的双方。

（2）每一方都有被对方所需要的东西。

（3）每一方都有沟通和运送的能力。

（4）每一方接受或拒绝对方的供给品是自由的。

（5）每一方都认为同对方交易是称心的。

营销学者把交换过程看成是价值创造过程，正常的交换使买卖双方的利益增加。从企业的角度来说，市场调研、产品设计开发、生产、销售、服务等活动都是通过满足顾客的需求来实现预期的目标。但是，如果产品和服务不能在市场上实现交换，就不能使顾客得到满足，而且企业不能回收已付出的成本，企业劳动成果就不能在市场上实现价值。因此，"交换"在市场营销过程中具有特别重要的意义。

交换是一个过程，而不是一个事件，它与交易有所区别。如果双方正在洽谈并逐渐接近达成协议，则称交换正在进行；如果达成协议，则称交易已经发生。交易是指 A 把 X 给 B 而收到 Y 作为回报。交易是交换的基本组成部分，是买卖双方价值的交换。一项交易涉及几个方面：至少有两件有价值的物品，双方同意的条件、时间和地点。通常有法律制度来维护和迫使交易双方执行承诺。

交易不同于赠送。在赠送中，A 把 X 送给 B 而没有收回任何金钱、实物或服务。A 赠送 B 一件礼物、一笔捐款时就称为赠送而不是交易。然而，赠送行为也可用交换观念来理解，赠送者给予礼物或捐赠时通常都有某种期望，如期望感谢、良好反应或良好舆论等。近年来，市场营销研究已经扩大到各种交易行为乃至赠送行为领域。市场营销者必须分析交易或赠送的双方各希望给予对方什么和从对方得到什么。

可见，交易是否发生取决于双方是否达成协议，而要想达成协议就需要交换双方处理好彼此的关系。精明的营销者总是与其顾客、分销商、经销商、供应商等建立起长期的互利互信关系，双方越是增进相互信任和了解，便越有利于达成交易并互相帮助，其经营信条是：建立良好关系，有利可图的交易随之而来。

5. 市场

由交换的概念会引出市场的概念。由于市场营销学主要研究作为销售者的企业的市场营销活动，即研究企业如何通过整体市场营销活动，适应并满足买方的需求，以实现经营目标，所以市场是指某种产品的现实购买者与潜在购买者需求的总和。

市场包含三个主要因素：有某种需要的人、为满足这种需要的购买能力和购买欲望。用公式来表示：

$$市场＝人口＋购买力＋购买欲望$$

市场的这三个因素是相互制约、缺一不可的，只有三者结合起来才能构成现实的市场，才能决定市场的规模和容量。市场是这三个要素的统一，是由一切具有特定的欲望和需求且愿意和能够以交换来满足此欲望和需求的潜在顾客组成。

6. 市场营销与市场营销者

上述市场的概念有助于我们更完整地理解市场营销。市场营销泛指与市场有关的一切人类活动。也就是说，市场营销是以满足人类的需要和欲望为目的，通过市场变潜在交换为现实交换的活动。在交换双方中，我们把寻求交易时表现积极的一方称为市场营销者；不积极的一方称为目标公众。市场营销者就是指从他人那里寻求资源并愿意以有价之物进行交换的人。市场营销者可以是卖主，也可以是买主。假如有几个人同时想买正在市场上出售的某种奇缺产品，每个准备购买的人都尽力使自己被卖主选中，这些购买者就都在进行市场营销活动。在另一种场合，买卖双方都在积极寻求交换，那么，我们就把双方都称为市场营销者，并把这种情况称为相互市场营销。

7. 市场营销管理

在现代市场经济条件下，进行市场营销活动要根据市场需求的现状与趋势，制定计划，配置资源，通过有效地满足市场需求，来赢得竞争优势，求得生存与发展就要进行市场营销管理。市场营销管理是指规划和实施理念、商品和劳务设计、定价、促销、分销，为满足顾客需要和组织目标而创造交换机会的过程。市场营销管理是一个包括分析、计划、执行和控制的过程。它涵盖了理念、商品和劳务，以交换为基础，目标是满足各方面的需要。市场营销管理的实质是需求管理。市场营销管理的任务，就是为促进企业目标的实现而调节需求水平、时机和性质，市场需求的状况不同市场营销管理的任务也有所不同。

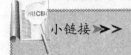

小链接 >>>

管理大师彼得·德鲁克

彼得·德鲁克（1909—2005年），1909年生于奥地利的维也纳，祖籍为荷兰。他先后在奥地利和德国接受教育，1929年后在伦敦任新闻记者和国际银行的经济学家，1931年获法兰克福大学法学博士学位，1937年移民美国，曾在一些银行和跨国公司任管理顾问。1946年，他将心得成果写成《公司的概念》一书出版，对企业组织与结构有独到的分析。他从1950年起任纽约大学商学院管理学教授。德鲁克在1954年出版的《管理实践》中首次将管理学开创成为一门学科，奠定了他的管理大师地位；1966年出版的《卓有成效的管理者》成为"管理者必读的经典之作"；1973年出版的巨著《管理实践》则是一本奉献给企业经营者的系统化管理手册和教科书。他一生出版著作30多本，传播并畅销至全球130多个国家。2002年6月，德鲁克获得由布什总统颁发的美国公民最高荣誉奖"总统自由勋章"。

德鲁克最受推崇的是他的原则、概念及发明，主要包括将管理学开创成一门学科；目标管理与自我控制是管理哲学；组织的目的是为了创造和满足顾客；企业的基本功能是营销和创新；高层管理者在企业策略中的角色；成效比效率更重要；分权化；民营化；知识工作者的兴起；以知识和资讯为基础的社会。

市场营销者应当了解不同的需求状况，开展相应的营销活动去实现组织的预期目标。需求状况与营销任务可以分为以下8种。

1）负需求与转换性营销

负需求指全部或多数潜在消费者厌恶某些产品或服务，不但不愿意购买，甚至愿意付出代价予以回避。负需求可以分为三类：

（1）第一类是指某些产品或服务对消费者完全无益甚至有害，使消费者产生负需求。这类产品包括毒品、容易出事故的机械、不安全的电器用具、有毒的食物等。包含的服务有庸医和巫医、损人容貌的整容和理发、使游客受苦的导游、各种质次价高的服务以及有损消费者身心健康的服务等。

（2）第二类是指某些产品和服务从根本上说对消费者有益，但也存在一定副作用，消费者由于过多地看到其副作用或未掌握使用方法而产生否定需求。例如，飞机在缩短旅行时间的同时也可能发生空难，使某些旅行者产生否定需求；蛋类和肉类在提供给人体蛋白质的同时也可能产生高胆固醇，使素食者产生否定需求；淀粉和糖在供给人体营养的同时也可能导致肥胖，使减肥者产生否定需求；药品在杀灭细菌的同时也可能杀伤人体细胞或使细菌产生抗药性；医疗手术在切除病灶的同时也可能损伤人体或发生医疗事故，使患者产生否定需求；液化气和家用电器在方便生活的同时也可能因使用不当而发生危险，使谨小慎微者产生否定需求；等等。

（3）第三类是指某些产品或服务对消费者有益而基本无害，但消费者由于偏见而产生否定需求。例如超声波检查对人体基本无害（胎儿除外），有人却误认为它与 X 射线相同而产生否定需求。

对于第一类否定需求不应开展什么营销活动，否则与市场营销的宗旨背道而驰。对于第二类、第三类否定需求，企业的任务是开展转换性营销，即分析消费者对产品或服务产生厌恶情绪的原因，制定消除厌恶情绪的计划，使否定需求转变为肯定需求。转换性营销的任务主要是三种：

（1）宣传产品的利益。如果消费者过多地看到产品的负面因素而产生否定需求，就要设法使其多了解产品的利益，正确看待负面因素。

（2）普及产品知识和使用方法，避免产品使用不当而可能发生的危险。

（3）消除偏见，用现代科学结论消除消费者对产品的错误认识。

2）无需求与刺激性营销

无需求指潜在消费者对相应的产品或服务毫无兴趣或漠不关心，从不主动购买。应当注意，"无需求"是对潜在的目标顾客而言，非目标顾客对产品无需求不在此范畴，例如健康青年对老年人的手杖无需求，男性对妇女用品无需求等。潜在的目标顾客对相应产品无需求主要有以下几种情况。

（1）产品原因，指产品设计存在缺陷，未能达到顾客要求而导致的无需求。

（2）顾客原因，包括两种情况：一是目标顾客尚未认识产品的价值而导致无需求，如垃圾、野生植物等；二是目标顾客已经认识产品的价值，但认为与己无关而导致无需求，如预防性药品对于预防疾病的作用大家都了解，但是有些人认为自己不会患病而不去购买。

（3）使用条件原因，指某些产品的使用条件不具备而导致的无需求。使用条件可分为主观条件和客观条件两方面。主观条件指潜在目标顾客对某种新产品的用途、性能与使用方法等缺乏了解；客观条件指潜在目标顾客了解该产品的性能与使用方法，但使用该产品所需要的配套设施或配套产品不具备。例如，顾客了解计算机就能够大大地提高工作和学习效率，但是由于不了解计算机的使用方法而表现为无需求，无雪区域的雪橇、无犯罪地区的防盗器材、无水域地区的船、无溜冰场地区的溜冰鞋等都表现为无需求。

（4）信息原因，指某些事物的价值已被潜在目标顾客了解，该商品在市场上实际有需求，但由于企业缺乏信息而表现为无需求，这种情况可称为"假性无需求"。例如，甲企业的边角废料可作为乙企业的原材料，但是甲企业不知道存在这种需求，认为市场对边角废料无需求。

（5）宏观环境原因，如政治法律、社会文化环境等。

（6）其他原因，指企业制定的产品价格、渠道策略和促销策略不当而造成的无需求。

与无需求相对应的是刺激性营销，即分析产生无需求的原因，制定消除无需求的计划，使无需求转变为肯定需求，最后达到企业预期的需求水平。与无需求产生的原因相对应，刺激性营销的方式有：

（1）深入了解顾客需求，改进产品使之充分满足顾客需求。

（2）改善科研水平与生产技术，发现"废物"的用途，变废为宝。例如，现代科学技术已经发现垃圾可以提炼许多有用的物质，还可以发电，使有能力处理垃圾的企业对垃圾产生了需求；现代医学研究发现许多野生植物具有丰富的营养和抗癌作用，使人们对这些野生植物发生需求，等等。

（3）引导潜在顾客认识自身的需求。设法把产品利益和人们的自然需求与兴趣联系起来。例如，帮助健康人了解不服预防药和不从事体育锻炼的后果，以引起对预防药和体育器材的需求。

（4）创造使用条件，改变环境。例如，可设法改变主观条件，通过展览和表演帮助消费者了解产品的性能和使用方法，刺激其兴趣；普及计算机知识可刺激对计算机的需求。可设法改变客观条件，通过建造人工湖、人工溜冰场来刺激对汽船、溜冰鞋的兴趣，通过保证煤油和汽油供应来刺激对汽化油炉和摩托车的兴趣，等等。

（5）建立营销信息系统，加强信息的收集与分析，避免"假性无需求"的现象。

（6）在了解顾客需求的基础上制定正确的价格、渠道和促销策略，刺激消费需求。对于宏观环境原因造成的无需求，一般难以改变，要收到效果，必须花费极大的营销努力、巨额资金和较长时间，只有巨型公司或跨国公司才有可能做到。比如，即使藏族的青稞酒和酥油茶有较高的营养性和科学性，要使汉族接受其口味和食用方式也是十分不易的。

3）潜在需求与开发性营销

潜在需求指消费者对目前尚未实际存在的产品或服务有强烈的需求。例如，旅行者希望有速度更快和更安全的交通工具，计算机用户希望有效率更高且使用方法更简单的计算机，病患者希望有疗效更好和味道更好的药品。这些产品一旦问世，将立刻取得成功。与潜在需求相对应的是开发性营销，即分析哪些方面存在潜在需求，然后有计划地开发产品和服务，使潜在需求转化为现实需求。

4）下降需求与再生性营销

下降需求指某种产品或服务的需求低于正常水平，出现衰退趋势。许多产品和服务出现退却需求是不可避免或不可逆转的，是科技进步、社会发展和产品更新的结果，也是所有产品的最终归宿。但是，也有许多产品出现退却需求是企业营销不力或消费风潮的暂时改变所造成的。与下降需求相对应的是再生性营销，即通过营销努力使产品重新获得生命力。再生性营销的任务是：

（1）对于因科技进步和产品更新而出现的不可逆转的退却需求，应通过转移市场、开发新市场来增加需求。例如，发达城市已处于退却需求的产品可转移到不发达城市和农村去销售，使产品在新市场中获得生命力。

（2）对于某些由于新产品问世而暂时出现退却需求的产品，可通过找出原产品的优越性和新用途而赋予其再生的活力。例如，汽车的大量销售使自行车出现退却需求，但是人们后来发现自行车具有健身作用，并且在交通堵塞时比汽车更方便，企业便广泛宣传这些优越性，使市场重新出现了自行车热。

（3）对由于消费习惯和消费风潮暂时改变而出现的退却需求，可以通过说明原产品的优点或不可替代性来逆转。例如，当人们纷纷转向食用洋快餐时，可有针对性地宣传民族快餐的营养性和科学性以恢复需求。

5）不规则需求与同步性营销

不规则需求指市场需求量就平均来说达到预期水平，但需求与供应在时间上存在差异，供不应求与供过于求交替发生。比如，制冷空调在夏季酷暑时期被抢购，远远超过企业的供应能力，造成脱销，到冬季则无人问津，造成企业停产或产品大量积压；公园在节假日人山人海，平时门可罗雀。与不规则需求相对应的是同步性营销，即通过营销努力使需求与供应转化为较好的时间同步。例如，可以在旺季提价，淡季降价等。

6）充分需求与维持性营销

充分需求指需求的现行水平与时间符合供应者所期望的水平与时间。这是一种最理想的状况，但是各种市场因素的变动都会导致市场需求的变动，企业不可掉以轻心。与充分需求相适应的是维持性营销，即分析影响需求的各种因素，对减少需求的因素保持警惕性，保证营销活动的正确性和有效性，保持市场优势地位。

7）过度需求与减低性营销

过度需求指需求超过了供给者所能或所愿的供给水平。其产生原因可能是生产故障或原料缺乏造成的供应短缺，也可能是产品声誉太高而供不应求。解决过度需求问题，从长远看，积极的办法是扩大生产，增加供应；从眼前看，应急的、消极的办法是减低营销。减低营销是暂时或永久性地减少过度需求，减少普遍的顾客或某些特殊的顾客。可采取的措施有提高价格、凭票供应、降低产品质量、减少服务、削减促销努力等。当然，有些措施不受消费者欢迎。

8）有害需求与反向性营销

有害需求指对某些产品和服务的需求有害于消费者或供给者的利益。例如，对烟、酒、黄、赌、毒和迷信品的需求等。企业的任务是反向营销，即说明产品的危害，提高价格，减少可买到的机会，使顾客减少或放弃对该产品的需求。

概括而言，识别各类不同的需求状况，企业才能确定相应的营销任务，并采取适当的对策。例如，随着人们生活水平的提高，美容化妆品的需求越来越大。但是，绝大多数人并不知道有螨虫的存在，也不知道螨虫对皮肤有什么危害。某公司开发了防治螨虫的化妆品，通过电视、报刊和销售地点现场讲解，生动形象地说明螨虫对人体皮肤带来的不良影响，同时用数据和画面说明这种产品防治螨虫的效果，从而激发了人们对"肤螨灵"的购买欲望，创造了一种新的需求，该公司因此得到迅速发展。

>>>1.3　市场营销观念及其发展

企业的市场营销活动，是在特定指导思想和经营观念指导下进行的。所谓市场营销观念，就是企业在市场营销活动中所遵循的指导思想和经营哲学，是企业在处理企业、顾客和社会三者利益关系方面所持的态度、思想和观念。市场营销观念概括了一个企业的经营态度和思维方式，它的核心问题是：企业以什么为中心来开展生产经营活动。

1.3.1　市场营销观念的类型

一般认为，西方企业在市场营销活动中，随着经济的发展和形势的变化，主要经历了5种有代表性的市场营销观念，即生产观念、产品观念、推销观念、市场营销观念和社会市场营销观念。

1. 生产观念

生产观念是指导销售者行为的最古老的观念之一。生产观念认为，消费者喜欢那些可以随处买得到且价格低廉的产品，企业应致力于提高生产效率和分销效率，扩大生产，降低成本以扩展市场。显然，生产观念是一种重生产、轻市场营销的商业哲学。

小链接 >>>

福特 T 型车（英文 Ford Model T；俗称 TinLizzie 或 Flivver）是美国亨利·福特创办的福特汽车公司于 1908—1927 年推出的一款汽车产品。第一辆成品 T 型车诞生于 1908 年 9 月 27 日，位于密歇根州底特律市的皮科特（Piquette）厂。它的面世使 1908 年成为工业史上具有重要意义的一年：T 型车以其低廉的价格使汽车作为一种实用工具走入了寻常百姓之家，美国也自此成为"车轮上的国度"。T 型车的起初售价是 850 美元，而同期与之相竞争的车型售价通常为 2000～3000 美元。到了 1920 年，由于生产效率提高和产能扩大，价格已降至 300 美元。

生产观念是在卖方市场条件下产生的。在资本主义工业化初期以及第二次世界大战末期和战后一段时期内，由于物资短缺，市场产品供不应求，生产观念在企业经营管理中颇为流行。我国在计划经济旧体制下，由于市场产品短缺，企业不愁其产品没有销路，工商企业在其经营管理中也奉行生产观念。

2. 产品观念

这也是一种古老的经营思想。产品观念认为，消费者或用户总是欢迎那些质量高、性能好、有特色、价格合理的产品，只要注意提高产品质量，做到物美价廉，就一定会产生良好的市场反应，顾客就会自动找上门来，因而无须花大力气开展营销活动。奉行此观念的企业往往致力于生产高值产品，并不断加以改进。但当企业不适当地把注意力放在产品上，而不是放在市场需要上，就会导致"市场营销近视"，在营销管理中缺乏远见，只看到自己的产品质量好，却看不到市场需求的动态变化，而最终使自己陷于困境。

3. 推销观念

当企业家不是担心能不能大量生产，而是担心生产出来的产品能不能全部销售出去时，推销观念便应运而生。推销观念认为，消费者通常表现出一种购买惰性或抗衡心理，如果对消费者置之不理，消费者一般不会大量购买某一企业的产品，因而企业必须积极推销和大力促销，以刺激消费者大量购买本企业产品。推销观念在现代市场经济条件下被大量用于推销那些非渴求物品，即购买者一般不会想到要去购买的产品或服务。许多企业在产品过剩时，也常常奉行推销观念。

推销观念产生于资本主义国家由"卖方市场"向"买方市场"过渡的阶段。1920—1945年，由于科学技术的进步，科学和大规模生产的推广，产品产量迅速增加，逐渐出现了市场产品供过于求、卖主之间竞争激烈的新形势。许多企业家感到：即使有物美价廉的产品，也未必能卖出去；企业要在日益激烈的市场竞争中求得生存和发展，就必须重视推销工作。推销观念也常被应用于非营利性领域，如筹集资金、大学招生、政治选举等。

4. 市场营销观念

市场营销观念是作为对上述诸观念的挑战而出现的一种新型的企业经营哲学。尽管这种思想由来已久，但其核心思想在 20 世纪 50 年代中期才基本定型。市场营销观念认为：实现企业各项目标的关键，在于正确确定目标市场的需要和欲望，并且比竞争者更有效地传送目标市场所期望的物品或服务，进而比竞争者更有效地满足目标市场的需要和欲望。流行的口号有："生产我能卖出的"、"哪里有消费者需要，哪里就有我们的机会"、"顾客至上"、"爱你的顾客吧！可别爱你的产品"等。

推销观念和市场营销观念的区别如图 1-1 所示。

西奥多·莱维特曾对推销观念和市场营销观念做过深刻的比较，指出：推销观念注重卖方需要；市场营销观念则注重买方需要。推销观念以卖主需要为出发点，考虑如何把产品变成现金；而市场营销观念则考虑如何通过制造、传送产品以及与最终消费产品有关的所有事物，来满足顾客的需要。从本质上说，市场营销观念是一种以顾客需要和欲望为导向的哲学，是消费者主权论在企业市场营销管理中的体现。

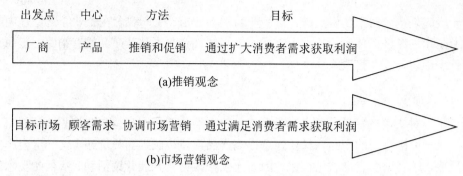

图 1-1 推销观念和市场营销观念的区别

5. 社会市场营销观念

社会市场营销观念是对市场营销观念的修改和补充。它产生 20 世纪 70 年代西方资本主义国家出现能源短缺、通货膨胀、失业增加、环境污染严重、消费者保护运动盛行的新形势下。市场营销观念回避了消费者需要、消费者利益和长期社会福利之间隐含着冲突的现实。社会市场营销观念认为，企业的任务是确定各个目标市场的需要、欲望和利益，并以保护或提高消费者和社会福利的方式，比竞争者更有效、更有利地为目标市场提供能够满足其需要、欲望和利益的物品或服务。社会市场营销观念要求市场营销者在制定市场营销计划时，要统筹兼顾企业利润、消费者需要满足和社会利益三个方面。

1.3.2 市场营销观念的发展

1. 绿色营销

伴随着现代工业的大规模发展，人类以空前的规模和速度毁坏自己赖以生存的环境，给自己的生存和发展造成严重威胁。大自然的报复促使人类猛醒，绿色需求便逐步由潜在转化为现实，由消费需求的满足转向物质、精神、生态等多种需求和价值并重。有支付能力的绿色需求，是绿色营销赖以形成的推动力，并决定了绿色市场规模的形成与发展。

1968 年，在意大利成立的罗马俱乐部指出：人类社会的进步并不等于 GDP 的上升。1972 年 6 月，联合国首次召开了斯德哥尔摩人类环境会议，通过了全球性环保行动计划和《人类环境宣言》，向全世界发出呼吁：人类只有一个地球。

进入 20 世纪 90 年代，一些国家纷纷推出以环保为主题的"绿色计划"。日本在 1991 年推出"绿色星球计划"和"新地球 21"计划；英国于 1991 年执行"土地环境研究计划"，着重研究温室效应；加拿大于 1991 年推出五年环保"绿色计划"等。

从绿色意识的觉醒、绿色需求的发展、绿色产业的形成、绿色体制的建立导致绿色营销理论的创建。关于绿色营销，广义的解释是指企业营销活动中体现的社会价值观、伦理道德观充分考虑了社会效益，既自觉维护自然生态平衡，更自觉抵制各种有害营销。因此，广义的绿色营销也称伦理营销。狭义的绿色营销主要指企业在营销活动中，谋求消费者利益、企业利益与环境利益的协调，既要充分满足消费者的需求，实现企业利润目标，也要充分注意自然生态平衡。实施绿色营销的企业，对产品的创意、设计和生产以及定价与促销的策划和实施，都要以保护生态环境为前提，力求减少和避免环境污染，保护和节约自然资源，维护人类社会的长远利益，实现经济与市场可持续发展。因此，狭义的绿色营销也称生态营销或环境营销。

当然，关于绿色营销的见解不一而足。有些学者在互联网上和全美营销杂志光盘上已查找到有关绿色营销的论文 1480 多篇，作者各抒己见，内容极为丰富。

绿色营销与传统营销相比，具有以下特征：

（1）绿色消费是开展绿色营销的前提。消费需求由低层次向高层次发展，是不可逆转的客观规律，绿色消费是较高层次的消费观念。人们的温饱等生理需要基本满足后，便会产生提高生活综合质量的要求，产生对清洁环境与绿色产品的需要。

（2）绿色观念是绿色营销的指导思想。绿色营销以满足需求为中心，为消费者提供能有效防止资源浪费、环境污染及损害健康的产品。绿色营销所追求的是人类的长远利益与可持续发展，重视协调企业经营与自然环境的关系，力求实现人类行为与自然环境的融合发展。

（3）绿色体制是绿色营销的法制保障。绿色营销是着眼于社会层面的新观念，所要实现的是人类社会的协调持续发展。在竞争性的市场上，必须有完善的政治与经济管理体制，制定并实施环境保护与绿色营销的方针、政策，制约各方面的短期行为，维护全社会的长远利益。

（4）绿色科技是绿色营销的物质保证。技术进步是产业变革和进化的决定因素，新兴产业的形成必然要求技术进步；但技术进步如背离绿色观念，其结果有可能加快环境污染的进程。只有以绿色科技促进绿色产品的发展，促进节约能源和资源可再生、无公害的绿色产品的开发，才是绿色营销的物质保证。

2. 整合营销

传统的大众营销是为了向同质性高、无显著差异的消费者销售大量制作的规范化消费品。因此，营销管理者认为，只要不断强调企业产品质量，并不断努力降低成本和价格，消费者就会购买。然而，大众取向的传媒和充斥市场的广告，并未能持续圆满地解决销售困难。在竞争日益激烈的条件下，以满足消费者需求为中心的服务营销逐步取代了以企业生存和发展为中心的产品营销。需求导向的企业以目标市场的需求为出发点，力求比竞争者更加有效地满足消费者的需求和欲望。企业要通过真正了解消费者喜欢什么，又想要得到什么来战胜竞争对手。如果不知道顾客的需要是什么，就无法满足这些需要。了解消费者真正的需求并非易事，企业面临的主要难题是：消费者在做出购买决定时，越来越依赖他们自以为重要、真实、正确无误的认识，而不是具体的、理性的思考。企业唯一的差异化特色在于让消费者相信什么是厂商、产品或劳务以及品牌所能提供的利益。存在于消费者心智网络（Mental Network）中的价值，才是真正的营销价值。因此，要想有效地为满足顾客需求而开展营销，首先要进行有效的沟通。

整合营销观念改变了把营销活动作为企业经营管理的一项职能的观点，而是要求把所有活动都整合和协调起来，努力为顾客的利益服务。同时，强调企业与市场之间互动的关系和影响，努力发现潜在市场和创造新市场。以注重企业、顾客、社会三方共同利益为中心的整合营销，具有整体性与动态性特征，企业把与消费者之间交流、对话、沟通放在特别重要的地位，是营销观念的变革和发展。

整合营销传播（Integrated Marketing Communications，IMC）也称整合营销沟通。美国广告代理商协会（American Association of Advertising Agencies，the4As，1989）认为，"IMC是一个营销传播计划的概念，它注重以下综合计划的增加值，即通过评价广告、直接邮寄、人员推销和公共关系等传播手段的战略作用，以提供明确、一致和最有效的传播影响力。"被誉为"整合营销传播之父"的唐·舒尔茨（Don.E.Schultz）教授认为，"IMC 不是以一种表情、一种声音，而是更多的要素构成的概念性。IMC 是以潜在顾客和现在顾客为对象，开发并实行说服性传播的多种形态的过程。"唐·舒尔茨教授所在的美国西北大学梅迪尔（MEDILL）新闻学院，作为整合营销传播理论发源地，对 IMC 的定义为："IMC 把品牌等与企业的所有接触点作为信息传达渠道，以直接影响消费者的购买行为为目标，是从消费者出发，运用所有手段进行有力的传播的过程。"

从操作层面看，将广告、公共关系、大型活动（Events）、促销（Sales Promotion）、包装设计、企业形象识别系统（CIS）和直效营销（Direct Response）等营销手段进行整合运用，即形成整合营销传播。从观念层面看，整合营销传播的创新在于导入传播概念（Communication Concept）。传播不等于广告。整合营销传播的核心是面对市场的"立体传播"和"整合传播"（Integrated Communication）。

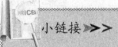
小链接 >>>

唐·舒尔茨与整合营销传播

唐·舒尔茨现任美国西北大学梅迪尔新闻学院整合营销传播退职荣誉教授。在 1997 年加入西北大学之前，他是位于达拉斯的 TRACY—LOCKE 广告及公共关系公司的资深副总裁。唐·舒尔茨是整合营销传播（Integrated Marketing Communication，IMC）领域的创始人，整合营销传播理论与技术研究的先驱，被誉为"IMC 之父"；全球第一本整合营销传播专著的第一作者，该书于 1997 年在中国出版发行，是该领域最具权威性的经典著作。书中提出的战略性整合营销传播理论，成为 20 世纪末最主要的营销理论之一。整合营销传播理论产生和流行于 20 世纪 90 年代，与传统营销模式相比，它是从"以传者为中心"到"以受众为中心"的传播模式的战略转移。整合营销倡导更加明确的消费者导向理念。

整合营销传播的最大优势在于"以一种声音说话（to speak with one voice）"，即用多样化的传播行销手段向消费者传递同一诉求；由于消费者"听见的是一种声音（to hear one voice）"，他们能更有效地接受企业所传播的信息，准确辨认企业及其产品和服务。对于企业来说，也有助于实现传播资源的合理配置，使其相对降低成本的投入而产出高效益。

3. 关系营销

关系营销是以系统论为基本思想，将企业置于社会经济大环境中来考察企业的市场营销活动，认为营销是一个与消费者、竞争者、供应者、分销商、政府机构和社会组织发生互动作用的过程。

关系营销将建立与发展同所有利益相关者之间的关系作为企业营销的关键变量，把正确处理这些关系作为企业营销的核心。

关系营销的本质特征如下。

（1）信息沟通的双向性。社会学认为关系是信息和情感交流的有效渠道，良好的关系即是渠道畅通，恶化的关系即是渠道阻滞，中断的关系则是渠道堵塞。交流应该是双向的，既可以由企业开始，也可以由营销对象开始。广泛的信息交流和信息共享可以使企业赢得支持与合作。

（2）战略过程的协同性。在竞争性的市场上，明智的营销管理者应强调与利益相关者建立长期的、彼此信任的、互利的关系。这可以是关系一方自愿或主动地调整自己的行为，即按照对方要求的行为；也可以是关系双方都调整自己的行为，以实现相互适应。各具优势的关系双方互相取长补短、联合行动、协同动作去实现对各方都有益的共同目标，可以说是协调关系的最高形态。

（3）营销活动的互利性。关系营销的基础在于交易双方相互之间有利益上的互补。如果没有各自利益的实现和满足，双方就不会建立良好的关系。关系建立在互利的基础上，要求互相了解对方的利益要求，寻求双方利益的共同点，并努力使双方的共同利益得到实现。真正的关系营销是达到关系双方互利互惠的境界。

（4）信息反馈的及时性。关系营销要求建立专门的部门，用以追踪各利益相关者的态度。关系营销应具备一个反馈的循环，用以连接关系双方，企业可由此了解到环境的动态变化，根据合作方提供的信息，以改进产品和技术。信息的及时反馈可使关系营销具有动态的应变性，有利于挖掘新的市场机会。

关系营销更为注意的是维系现有顾客。丧失老主顾无异于失去市场、失去利润的来源。一般来说，争取新顾客的成本大大高于保持老顾客的成本。有的企业推行"零顾客叛离（Zero Defection）"计划，目标是让顾客没有离去的机会。这就要求及时掌握顾客的信息，随时与顾客保持联系，并追踪顾客动态。因此，仅仅维持较高的顾客满意度和忠诚度还不够，还必须分析顾客产生满意感和忠诚度的根本原因。由于对企业行为绩效的感知和理解不同，表示满意的顾客的满意的原因可能不同，只有找出顾客满意的真实原因，才能有针对性地采取措施来维系顾客。满意的顾客会对产品、品牌乃至公司保持忠诚，忠诚的顾客会重复购买某一产品或服务，不为其他品牌所动摇，不仅会重复购买已买过的产品，而且会购买企业的其他产品；同时，顾客的口头宣传有助于树立企业的良好形象。此外，满意的顾客还会高度参与和介入企业的营销活动过程，为企业提供广泛的信息、意见和建议。

4. 互联网在营销中的应用

20 世纪 90 年代初，互联网开始从单纯教育信息管理进入商业管理领域，商业化促进了互联网的飞速发展，互联网也为商业提供了新的发展机会。网络营销描述了通过互联网所进行的市场营销活动，它意味着在空间市场而非有形的市场进行销售。

网络营销主要有三种类型：

（1）企业像亚马逊那样，没有实实在在的店铺，只在互联网上销售。

（2）企业在建设店铺的同时，又在网络上开辟销售渠道，如 Barnes & Noble 书店。

（3）企业通过电话或产品目录做销售，有些企业也增加了互联网销售，如 Dell 电脑公司。

目前，企业通过互联网开展的营销活动有以下几个方面。

（1）发布电子广告，传递市场信息。与传统媒体广告不同，计算机可给广告用户提供无限广阔的空间，也给中小企业提供了平等竞争的机会。

（2）建立电子商场。将经营的商品以多媒体信息的方式通过互联网供全球顾客浏览、选购，是国外一些大商场正在探索的促销方式。让顾客在家中"逛商场"，通过网络浏览分布在不同商场的商品，包括商品的图像、文字介绍、技术参数指标、价格与售后服务、同类产品比较等。电子商场可以提供一些用户反馈信件、专家评述，在品种较多时，还可以设计数据库供顾客搜寻。电子商场不再受地域限制，可展销任何商品，并可在任一时间接受任一顾客的电子询价或订货，甚至设立线上收款服务。

（3）开展市场调研。一方面根据顾客的反馈信息，了解顾客的需求及购物规律，据以调整商品结构和销售方向；另一方面，可以免费索取对营销活动非常有用的信息与商情动态，如美国商务部在互联网上设立电子公告，提供数万份有关国际贸易的资料，其中 700 份每日更新一次，内容包括全球最新经济动态、经济发展指数、金融动态等。

（4）开展网络服务。近年来，国外已出现一批利用互联网资源为用户服务的公司，如互联网访问、信息检索、软件开发以及用户咨询与服务等。还有一些公司将信息作为"原料"，加工成"商品"后销售给用户，不仅解决了及时查找所需信息的困难，也可帮助排除文字上的障碍。作为销售商品的企业，可将各种技术资源推到网络上，用户有了难题，可很快从网络中获得解决，或是请厂家技术员做出准确的回答。

此外，企业在营销活动中还可利用互联网测试新产品的市场反应；强化产业环境信息的收集；加强与其他产业的联系；接触高教育水准和年轻族群，提早接触未来消费主力；寻找合作对象，加强与供销商的联系；锁定特殊消费族群，开展"小众"传播等。

5. 水平营销

水平营销（Lateral Marketing）就是采取横向思考，跨越原有的产品和市场，通过原创性的理念和产品开发激发出新的市场和利润增长点。水平营销是引入横向思维作为发现新的营销创意的又一平台，旨在获得消费者不可能向营销研究人员要求或建议的点子，而这些点子将帮助企业在产品愈加同质和超竞争的市场中立于不败之地。横向营销需要打破产品功能界限、打破目标消费群界限、打破使用方法界限、打破使用场合界限、打破使用时间界限、打破渠道界限、打破价格界限、打破促销界限、打破营销组合方式界限，等等。各种打破有时还可能互相交叉。这是横向营销的主张。现代营销学的权威菲利普·科特勒与费尔南多·德·巴斯一道，在 2003 年完成的《水平营销》一书中，就充满挑战的时代中营销如何变招方能制胜提供了全新的视角。2005 年 1 月，该书的中译本由北京中信出版社出版。2005年 9 月，菲利普·科特勒曾到中国，在"2005 新思维全球巡回论坛（中国站）"的演讲中，他不讳言这种思想来自波诺的水平思考法。科特勒强调横向营销需要水平思维的培养，并把水平营销形象地比喻为"跳出盒子的思考"。他说："水平营销是一个非常简单的概念，从盒子外考虑得更有创造力、更开阔。"营销界人士认为，继以4P为代名词的"垂直营销"之后，这位国际营销大师的"水平营销"理论，将为目前同质化竞争严重的国内营销界提供新的解决方案。打破产品类别界限，以原创性产品来革命性地界定一个新市场，将带来比细分市场高得多的利润回报。《水平营销》凝结着营销大师多年来的研究精髓，是最具创新之作，甚至可以说，已逾古稀高龄的他是在否定自己的过去，是在向自我挑战。

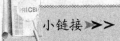

小链接 ▶▶▶

爱德华·德·波诺

爱德华·德·波诺在创新领域是当之无愧的国际权威，他因为创立了水平思维理论而享誉全球。欧洲创新协会将他列为历史上对人类贡献最大的250人之一，作为现任剑桥大学思维基金会主席，他在世界企业界拥有举足轻重的影响。德·波诺这个名字已经成为创造力和新思维的象征，他出版的著作已有62种，被译成37种语言，行销54个国家。他发明的"水平思维"一词被收入权威的《牛津英语大词典》，诸多著名跨国公司总裁、一些诺贝尔奖得主及世界各个领域的精英对他的著作都推崇备至。1972年，德·波诺出版了《严肃的创造力——运用水平思考法获得创意》一书，强调了延续2000年的人类思维模式应该变化。

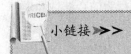

小链接 ▶▶▶

纵向营销创新方式

纵向营销创新是在市场一成不变的假定下开发新产品的主要策略，是一种最普遍的市场创新方式。这些创新方式可归纳为：

（1）基于调整的创新。通过强化或弱化产品或服务的某一基本特征，进行更深层次的细分，满足特定市场的一部分潜在需求。例如在洗衣粉领域分出更强的漂白效果、更好的去污力、气味芬芳的、泡沫丰富的类型。

（2）基于规格的创新。改变产品的体积，例如对同一饮料提供适合一个人饮用和适合团体饮用的两种体积规格。

（3）基于包装的创新。例如雀巢公司将巧克力按个人冲动购买需要、家庭消费需要、馈赠需要进行不同的包装。

（4）基于设计的创新。在不改变产品的包装、规格等基础上，对产品的设计或外观进行改变，如服装的款式和颜色搭配更新。

（5）基于"配料"的创新。例如对饼干变更配料形成甜饼、肉桂饼、牛奶巧克力饼等。

（6）基于"减少投入"的创新。例如一家生产名贵香水的著名公司推出了一款大众化香水，通过减少投入，以低廉的价格将大量的潜在顾客转化为现实顾客。

>>>1.4 营销伦理

伦理学是哲学的一个分支，它研究对人类行为的评价，尤其是研究那些判断人类行为对错的标准。营销伦理（Marketing Ethics）是商业伦理学一个应用分支，是指对营销决策、营销行为及机构道德的判断标准。营销伦理涉及企业高层管理者、营销经理和其他营销人员的道德问题，因为他们的道德水准将影响企业的营销行为。营销伦理影响到企业各个方面的营销活动，包括营销战略的制定，目标市场的选择，产品策略、价格策略、分销策略以及促销策略中的人员推销、广告、营业推广等策略的制定和运用。在现实商业世界中，常见的不道德的营销行为有：仿冒名牌商标，以次充好，隐瞒安全隐患，欺骗性广告，商业贿赂，在推销中过分夸大产品功效诱骗消费者购买，低级趣味的或者引致暴力倾向的产品，有害环境的产品和包装，竞争者之间的价格串谋，等等。

法律是强制性的，有关法律明确规定了哪些事情是不可以做的。在企业的营销行为中，很多不道德的事件，同时也是违法的。我国就有商标法、反不正当竞争法、消费者权益法、环保法等，这些法律对违法行为进行了明确界定。法律禁止不道德的行为，所以一般而言，违法的也一定是不道德的。例如，仿冒名牌商标，既是不道德的，也是违法的。同样，欺骗性广告既不道德，也违反法律。更根本的问题是，欺骗性广告就是撒谎，它违背了人类诚实的价值观。但是，有关商业活动的法律并不能界定企业所有活动的对与错，因为有的行为的复杂性和行为正确与否的不确定性导致法律不能或无法加以限定。而且，随着社会经济的发展，还会不断地出现新的问题。例如，信息技术的快速发展，已经产生了涉及知识产权的新问题，对环保的关注使人们重新检讨过去行为的不当。因此，有些营销行为的合法性和道德性确实很难确定。

正因为并非所有不道德的营销行为皆属违法，所以营销管理人员可能做出合法却不道德的决策，这也就是说存在"灰色领域"。例如，针对少儿的电视广告在许多国家是合法的，但常常被批评为不道德。道德的判断是比较难的，但是可以运用营销伦理学的指导原则做出判断。其中有一条称为黄金规则：希望别人如何待你，你就如何待人。当自己把握不准的时候可以请一个客观的专业小组评价你的行为是否适宜。事实上，每一个营销人员都会受到社会道德规范的影响，都有一把道德的标尺。在大多数情况下都能做出判断。

从发达国家的情况来看，公司的社会责任已纳入商业伦理，营销的社会责任已成为商业伦理的一部分。在我国，营销伦理已引起学术界和企业界的重视。企业的营销人员应该认识到，企业的营销行为不仅受到法律的约束，同时也应受到营销伦理的约束。企业不应"见利忘义"。企业的任何营销行为，都会得到相应的社会评价。在良好的道德指引下，企业的营销行为将有利于企业树立良好的社会形象，有利于企业的长期发展。

>>>1.5 市场营销管理过程

市场营销管理是为了实现企业目标，创造、建立和保持与目标市场之间的互利交换和关系，而对设计方案进行的分析、计划、执行和控制。市场营销管理是一个过程，即企业为实现自己的任务和目标而发现、分析、选择和利用市场机会的管理过程。具体说，市场营销管理过程包括如下步骤：

（1）分析市场营销机会。

（2）设计营销战略。

（3）研究选择目标市场。

（4）制定市场营销组合策略。

（5）组织、实施和控制市场营销活动。

应该指出的是，市场营销管理过程是企业营销战略的制定与实施过程，是根据企业总体战略制定的子战略或分战略，它既是企业战略的一个重要组成部分，又是实现企业战略的重要保证。在这里，我们只是对市场营销管理过程从营销战略的角度进行概括和总结，概述营销管理的全过程，至于每一步骤的具体内容，将在以下各章详细论述。学习和应用市场营销的实质是把握市场营销思想的精髓，按照市场营销过程去开展营销运作。因此，市场营销过程是市场营销学内容体系和结构安排的主要依据，本书就是按照市场营销过程中各步骤的先后顺序展开的。

1.5.1　分析营销机会

正确的营销指导思想是在满足顾客需求的基础上取得利润，既然如此，就要分析需求、分析市场。营销机会分析包括建立市场营销信息系统、营销环境分析、市场分析、竞争者分析等内容。

1．建立市场营销信息系统

市场营销信息系统是由人、设备和程序所构成的持续与相互作用的机构，由内部报告系统、市场营销情报系统、市场营销研究系统、市场营销决策支持系统四个子系统构成，任务是收集、区分、分析、评估和分配那些适用、及时而准确的信息，以供市场营销决策者用来制定和改善市场营销计划。

（1）内部报告系统又称为内部会计系统，是提供本单位的产品订单、销售额、存货水平、应收账款、应付账款等信息的机构。建立内部报告系统应避免两个问题：

① 信息的内容不要太少或太多，提供的信息太少，决策者无法做出正确决策；提供的信息太多，决策者或者费时过多，或者置之不理。

② 信息的及时性不要太弱，也不要太强。太弱会使决策者延误决策时机，失去市场机会；太强会使决策者对市场微小的变化做出过分的反应。

（2）市场营销情报系统是提供市场营销环境信息的机构。市场营销环境信息包括市场需求信息、竞争者信息、商品供应信息、经销商信息、政治法律信息、科学技术信息等。

（3）市场营销研究系统是检查分析内部报告系统和市场营销情报系统提供的资料，对与公司有关的重大问题提出调查研究报告的机构。

（4）市场营销决策支持系统是通过分析市场营销研究系统的报告对公司的营销活动做

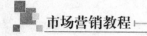

出决策的机构。分析方法可以采用实践中积累的经验，也可以采用先进的电子计算机进行科学的统计决策分析。

2. 营销环境分析

企业总是运行在不断变化的社会环境之中，营销人员应当采取适当措施监视和预测环境变化，识别机会和威胁，趋利避害地制定正确的市场营销决策。市场营销环境指影响企业市场营销活动的不可控制的参与者和影响力。参与者由企业、供应商、中间商、顾客、竞争者和公众构成，影响力指影响市场环境参与者的各种社会力量，如人口环境、经济环境、自然环境、技术环境、政治法律环境和社会文化环境等。

这部分内容反映在本书第 3 章中。

3. 市场分析

按照顾客购买用途的不同，企业的市场可分为消费者市场和组织市场两大类。

（1）消费者市场指由购买产品或服务供自己消费或赠送他人的个人或家庭所构成的市场。消费者市场和购买行为的内容见本书第 4 章。

（2）组织市场指由企业或某种团体机构所构成的市场，包括工业市场、中间商市场、政府市场和非营利性组织市场。工业市场由购买产品和服务用于进一步加工或制造产品和服务以供出售或租赁的个人和组织所构成，包括工业、农业、林业、渔业、采矿业、建筑业、运输业、邮电通信业、金融业、保险业和公用事业等。中间商市场指购买商品用于销售或租赁给他人以获取利润的单位和个人，分为批发商和零售商两类。政府市场指为了执行政府职能而购买或租赁产品的各级政府。非营利性组织市场也可简称为非营利性市场，指由非营利性组织所构成的市场。非营利性组织指不以营利为目的的各种组织，如公立学校、医院、疗养院、博物馆、图书馆、监狱等。组织市场和购买行为的内容在本书中未展开讨论。

1.5.2 设计营销战略

营销机会分析为企业制定营销战略提供依据。营销战略是企业在营销活动系统中根据企业内部条件和外部市场机会和限制因素，在企业发展目标、业务范围、竞争方式和资源分配等关系全局的重大问题上采取的决策，是企业的选择目标市场和制定营销组合策略的指导。营销战略内容如下。

（1）明确企业的任务或目的。比如，本公司的业务是什么？本公司的顾客是谁？本公司能为顾客提供什么价值？本公司的未来业务是什么？等等。

（2）制定企业市场营销战略目标。目标是企业任务或目的的具体化。市场营销战略目标通常包括社会贡献目标、企业发展目标、经济效益目标等。

（3）确定战略性业务单位。一个企业并不仅仅经营一项业务，当它为不同的顾客生产经营各类不同的产品时，就形成了多项不同的业务。公司在制定经营战略中要分清自己的各项业务，把每项业务作为一个战略单位来管理。

（4）评估目前的业务投资组合。采用科学的方法对公司目前的各项业务进行分析和评

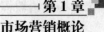

价，以便决定哪些业务单位应当发展，哪些应维持，哪些应缩减或淘汰，把有限的资源和资金用到效益最好的业务上。

（5）确定企业的新业务计划。在公司的业务投资组合计划中，有些效益低下的业务要淘汰，这就要求公司发展新业务以代替旧业务。当现有业务投资组合计划中的销售额和利润达不到公司预期水平时，也必须发展一些新业务来弥补这一差距。公司的新业务发展计划有密集式发展、整体式发展和多元化发展三种。

设计营销战略的内容将在本书第5章中论述。

1.5.3　选择目标市场

企业划分了战略业务单位并明确了发展方向以后，就要研究和选择目标市场。目标市场是企业决定进入的市场，或者说，是企业决定为之服务的顾客群体。市场需求是复杂多变的，企业不可能全都满足。只有在深刻了解市场需求的基础上把市场分为不同类型，结合企业自身资源和市场环境条件确定目标市场，才能充分发挥企业优势，增强竞争能力，在充分满足目标市场需求的条件下获得最大限度利润。目标市场选择包括市场细分方法、市场细分依据、目标市场策略类型、市场定位策略和影响目标市场策略选择的因素等。这部分内容将在本书第6章中论述。

1.5.4　制定营销组合策略

1. 营销因素

企业确定了目标市场以后，必须运用一切能够运用的因素去占领它。市场营销因素是企业在市场营销活动中可以控制的因素，分为产品（Product）因素、价格（Price）因素、渠道（Place）因素、促进销售（简称促销，Promotion）因素四大类。由于四类因素的英文单词的开头字母都是P，所以简称4P。

这种把市场营销因素分为四大类的方法称为麦卡锡分类法，由美国营销学家麦卡锡于1960年提出，是目前市场营销学中通用的分类法，既完整地、科学地概括了所有营销因素的内容，又便于记忆。此外，市场营销因素还有其他的分类方法，例如：

（1）佛利（Frey）分类法。这种分类法用清单的形式将所有营销因素分为两大类：一是销售中的因素，包括产品、包装、品牌、价格与服务；二是原理与工具，包括分销渠道、人员推销、广告、销售促进与公共关系。

（2）拉扎（Lazer）和柯利（Kelly）分类法。它将所有营销因素分为三大类：一是产品与服务，二是分销，三是信息。

2. 营销组合

营销组合是指产品、价格、渠道、促销等所有营销因素综合协调地运用。企业通过有效的市场营销组合来吸引顾客，赢得竞争。市场营销组合这一概念由美国哈佛大学商学院教授尼尔·鲍顿（Neil Borden）于1950年首先提出，以后逐步地丰富和完善。营销组合有以下特点。

（1）可控性。企业可以对市场营销组合加以控制，根据自身状况和环境条件灵活搭配组合以取得最佳效益。

（2）复合性。营销因素是 4P 的组合，每一 P 又包含许多次因素，形成一个次组合，营销因素就由许多次组合复合而成。

（3）统一性。营销组合中的各因素必须协调统一，紧密配合，为实现营销目标服务。在以生产为中心的旧观念下，企业的各个职能部门都从自己的业务出发，强调各自的重要性并独立开展活动。例如，生产部门负责人只考虑如何降低生产成本、提高质量；采购部门只考虑如何节约开支；销售部门只考虑如何以高价销售商品。虽然各职能部门力求实现自己的目标，但是企业不能从整体上考虑满足消费需求和开展竞争。在现代营销观念下，企业的市场营销部门负责引导和协调各部门的活动，通过完善营销体系和利用营销组合保证营销活动的有效性。

（4）动态性。营销因素必须随着市场的变化而变化。任何一个营销因素和次因素发生了变化，就视为出现新营销组合。

市场营销组合策略的内容在第 8 章至第 11 章中论述。

小链接 >>>

尼尔·鲍顿，美国哈佛大学教授、著名的营销学专家。1953 年，他提出了旨在指导企业营销实践的"营销组合"策略 12 因素。他称这一创新受到詹姆斯·卡林顿（James Culinton）教授于 1948 年所做的关于经理人员作为一个"决策者"、一个"艺术家"以及"各种要素的组合者……"的发言的启迪。他指出，营销学家将比经济学家（主要关心价格）、推销人员（主要关心销售）和广告人员（把创造需求视为广告的主要功能）等走得更远。这一组合策略在理论上第一次对市场营销的研究范围进行了较好的界定。

杰罗姆·麦卡锡于 1958 年在明尼苏达大学获博士学位，此后在俄勒冈州圣学院和密歇根州州立大学从事教学工作。他曾接受"美国市场营销协会开拓者奖章"（1987 年），并被市场营销教育界选为市场营销学思想上的"五大泰斗"之一。除了学术研究外，他还从事顾问工作，为许多著名公司的业务活动提供指导。

3. 市场营销策略的其他理论

市场营销策略组合的 4P 理论是营销学中的经典，一直在企业界得到广泛应用。近年来，由于企业的外部环境发生了巨大的变化，企业界越来越重视以顾客导向和竞争导向来制定营销战略和策略。有的学者在 4P 理论的基础上提出了 4C 理论和 4R 理论。

（1）市场营销的 4C 理论。1990 年，美国学者劳特朋（Lauteborn）提出了 4C 理论。4C 是指消费者的需求和欲望（Customer Wants and Needs）、成本（Cost）、便利（Convenience）

和沟通（Communication）。这个理论的基本出发点是以消费者为本，从顾客的角度和利益来思考营销问题。只有加强成本控制，为顾客降低成本，顾客才能得到更大的满足。为了赢得顾客，使顾客满意，就必须为他们提供各种便利。在商品丰富、信息发达的现代社会，企业要争取顾客就必须有效运用各种手段主动传递产品和企业的信息，加强与顾客的沟通。

（2）市场营销的 4R 理论。唐·舒尔茨提出 4C 代替 4P 后，又进一步提出了 4R 理论作为 IMC 的基础。4R 较 4C 更突出顾客的核心地位，营销的核心从交易走向关系。4R 理论包括关联（Relevance）、反应（Reaction）、关系（Relations）、回报（Return）四个要素。4R 理论的特点是以竞争为导向，着眼于企业与顾客的互动和双赢，通过提高顾客忠诚度来有效赢得长期稳定的市场。在日趋激烈的市场竞争中，顾客具有动态性。如果不通过有效的方式在业务、需求等方面与顾客建立关联，形成一种互助、互求、互需的关系，他们就会转移到其他企业。在现在的环境中，抢占市场的关键已转变为与顾客建立长期而稳固的关系，从交易变成责任。因此，加强与顾客的沟通，实施关系营销是一个必然的选择。提高市场反应速度，为建立关联和强化与顾客的关系提供了基础和保证，同时也增强了企业适应环境应变能力。对企业来说，市场营销的目的是在满足顾客的基础上为企业带来短期或长期的收入和利润。"回报"兼容了成本和"双赢"的内容，企业充分考虑顾客愿意付出的成本，就必须努力降低成本。为顾客提供价值与追求回报是相辅相成、相互促进的。

4C 和 4R 理论是营销理论的新发展，对新时期的企业营销活动有着重要的指导意义。

1.5.5 组织、实施和控制营销努力

由于企业内部各部门往往强调各自业务的重要性并独立开展活动，往往降低了整体市场营销的效率。因此，必须设立一个能够有效执行市场营销计划的组织，实现各部门之间的协调统一。随着市场营销从简单销售活动发展成为复杂整体营销活动，市场营销组织也经历了一个从简单到复杂、由分散到统一、由低效到高效的发展过程。市场营销组织的发展可以分为五个阶段：简单的销售部门、销售部门兼有营销功能、独立的营销部门、现代营销部门和现代营销公司。目前，各个公司都分别处于这 5 个阶段中的某一阶段。

在市场营销发展的初期，市场营销部门只是一个简单的销售部门，执行销售功能，兼做市场调研和广告工作，由一名销售主管或销售副总经理负责。随着公司的扩大，销售部门负责的营销调研、广告及顾客服务等工作也在增加，成为兼有营销功能的部门，主管销售的经理自己兼管或配备营销主任专职管理。随着公司的发展，市场营销的其他职能（如营销调研、广告、销售促进和顾客服务等）的重要性在提高，原先的销售部门已不能胜任这些工作，公司另设了与销售部门平行的、独立的市场营销部门和专职的副总经理。由于市场营销部门和销售部门的任务不同，工作目标不同，常常带有竞争性，互不信任，不易实现协调统一，公司最终建立了现代市场营销部门，由营销副总经理主管包括销售业务在内的全部营销职能。公司建立现代市场营销部门不等于成为现代营销公司，只有当总经理和全体员工认识到各部门的工作都是为顾客服务，市场营销不仅是一个部门的名称，而是整个公司的指导思想时，才能成为现代营销公司。

营销实施是将营销计划转化为行动和任务的部署过程和任务的完成过程，目的是实现营

销目标。在现代市场营销组织建立以后，营销部门和营销人员必须有效地执行营销计划，把计划任务层层分解，落实到人，监督实施，检查完成情况。影响营销计划执行的因素有4类：发现和诊断问题的技能；对公司存在问题的层次做出评估；实施计划的技能；评价执行结果的技能。

在执行市场营销计划的过程中，可能有意料之外的情况发生，企业要有控制行动来确保市场营销目标实现。各部门经理除承担营销分析、规划和执行的职能以外，还要承担控制的职能。市场营销控制分为4种：年度计划控制、盈利率控制、效率控制和战略控制。年度计划控制由公司的高层管理部门和中层管理部门负责，目的是保证年度计划中制定的销售、利润和其他目标得以实现。盈利率控制由公司财务与会计主管人员负责，目的是检查公司产品在不同地区、不同顾客群体、不同销售渠道中的销售量和盈利情况。效率控制由有关职能部门和营销主管人员负责，目的是检查销售、广告、促销和分销渠道的效率。战略控制由高层管理部门和营销主管人员负责，目的是检查公司是否正在寻找和抓住最佳的市场机会，是否承担了社会责任，是否具有良好的社会形象。这部分内容将在本书第12章中论述。

【本章小结】

市场营销经历了由传统营销到现代营销的发展。传统市场营销认为市场营销就是把已经生产出来的产品卖出去，不考虑产品生产以前的市场研究和产品开发以及产品销售以后的服务。现代市场营销把市场营销视为贯穿于市场研究、产品开发、产品生产、产品销售、促销以及售后服务的完整过程。科特勒认为，市场营销是个人和群体通过创造以及同其他个人和群体交换产品和价值而满足需求和欲求的一种社会的和管理的过程。理解营销的内涵，需要掌握几个基本概念：需要、欲望和需求，产品，效用、费用和满足，交换、交易和关系，市场，市场营销与市场营销者，市场营销管理。

根据不同的需求状况，营销任务分为8种：转换性营销、刺激性营销、发展性营销、再生性营销、同步性营销、维持性营销、减低营销和反向营销。

随着营销学的发展，先后出现了不同的市场观念：生产观念、产品观念、销售观念、营销观念、社会营销观念。市场观念是企业营销活动的指导思想，决定着营销的成败。营销伦理是指对营销决策、营销行为的道德判断标准。企业的营销行为不仅受到法律的约束，同时也应受到营销伦理的约束。

企业的市场营销实施过程分为以下几个阶段：

（1）分析营销机会。包括建立市场营销信息系统、环境分析、市场分析、竞争者分析。

（2）设计营销战略。包括明确企业的任务或目的、制定企业市场营销战略目标、确定战略性业务单位、评估目前的业务投资组合和确定企业的新业务计划。

（3）选择目标市场。

（4）制定营销组合策略，即产品因素、价格因素、分销渠道因素、促进销售因素的组合策略。

（5）组织、执行和控制营销努力。

【思考题】

1. 什么是市场？比较 1960 年和 1985 年美国市场营销协会关于市场营销的定义，说明现代市场营销的含义。

2. 简述市场营销学的研究目的和内容。

3. 论述市场营销在企业管理中的功能和作用。

4. 市场需求有哪些不同的状况？相应的市场营销管理的任务是什么？

5. 说明市场营销的核心概念及其相互关系。为什么交换是市场营销的核心？

6. 说明在企业市场观念的演进过程中，各种市场观念产生的背景、含义及其企业行为。举例说明营销观念对企业生存和发展的影响。

7. 市场环境分为哪几种类型？为什么不同的市场环境会影响企业对市场观念的选择？

8. 市场营销活动的过程包括哪些步骤？

【学习自测题】

一、名词解释

1. 市场营销　　2. 市场

二、填空题

1. 市场营销学是以（　　　）为中心，从销售角度研究企业经营策略和技巧的学科。

2. 市场营销全过程质的规定性是（　　　）过程。

3. 市场营销的功能有（　）（　）（　）。

4. 执行市场营销的功能可以创造出产品的（　）效用、（　）效用、（　）效用，并有助于创造产品的（　）效用。

三、单项选择题

1. 企业"生产我能卖出的产品"的观念是（　　　）。

　　A. 生产观念　　　　B. 产品观念　　　　C. 推销观念　　　　D. 市场营销观念

2. 企业"生产什么就卖什么"的观念是（　　　）。

　　A. 生产观念　　　　B. 产品观念　　　　C. 推销观念　　　　D. 市场营销观念

3. 在推销观念指导下，企业的经营重点是（　　　）。

　　A. 产品　　　　B. 生产　　　　C. 顾客需要　　　　D. 社会利益

四、多项选择题

1. 市场营销学是一门（　　　）学科，涉及许多学科领域。

　　A. 综合性　　　　　　　　B. 边缘性　　　　　　　　C. 应用性

　　D. 国别性　　　　　　　　E. 地缘性

2. 在企业的各项活动中，市场营销具有以下（　　　）。

　　A. 凝聚功能　　　　　　　B. 导向功能　　　　　　　C. 连接功能

　　D. 交换功能　　　　　　　E. 示范功能

3. 营销机会分析包括（　　　）等内容。

　　A. 建立市场营销信息系统　　B. 营销环境分析　　　　C. 市场分析

D. 竞争者分析　　　　E. 目标市场选择

五、简答题

新旧两类营销观念的区别是什么？

六、论述题

主要市场营销观念有哪些？内容如何？

七、案例分析题

GDF 钢家具厂

1993 年，广州 Y 公司张总经理经朋友介绍，认识了一位姓陈的香港商人。陈先生 50 多岁，早年在内地上大学，大学毕业后移居香港，在其家族企业工作。陈先生注意到香港公司的办公室里大多采用薄钢板制作的办公桌椅、文件柜，市场销售量很大。同时，陈先生也因业务关系经常到广州等地出差，发现大陆还有不少企业采用的是木制的办公桌椅、文件柜。陈先生认为钢制办公用具的需求量很大，发展前景乐观，因此他很想办一家工厂。但是，在香港租用厂房和雇用劳动力的费用很大，显然不合算。于是，陈先生向张总经理提议，双方共同投资兴办一家生产钢制办公桌椅、文件柜等系列产品的工厂。张总经理召集公司高层管理人员研究，大家都认为这类产品的市场需求量大，前景好，竞争者不多，而且生产技术要求不高，值得投资开发这个项目。另外，公司的一位副总经理提出，Y 公司属下的一家分公司有闲置的厂房和场地，如果建厂，每月可收回 1.8 万元的租金，有利于盘活公司闲置的资源。

经过一段时间的磋商、谈判，Y 公司与陈先生达成协议：Y 公司出资 40%，陈先生出资 60%，双方共投资 200 万元，成立一家中外合资企业，起名为"GDF 钢家具厂"。陈先生认为自己有能力将产品销往香港和出口海外，所以合同上订立一条：陈先生负责出口和外销总产量的 70%。合资双方对这个项目都寄予很大的希望，也有信心把 GDF 钢家具厂办好。所以，GDF 家具厂购买了一整套钢板剪切、冲压成型、钢板清洗、喷漆烤漆等生产设备，并从香港高薪聘请了一名有设计、生产金属办公用品经验的技术人员。在双方的共同努力下，第一批钢家具顺利生产出来了，其款式、外观等都达到了质量和技术要求。GDF 钢家具厂的产品虽然不如进口产品，但比市场上的大多数同类产品要好。于是，GDF 钢家具厂将自己的产品定位为中档产品，定价适中。

GDF 钢家具厂认为自己的产品不错，市场需求量也不小，应该销售不成问题，然而，实际情况却令人大失所望。第一，陈先生原来同意负责出口 60% 的承诺实现不了，接到香港、海外的订单很少。第二，在广州的销售也很不顺利，销售的速度很慢。于是，只要 GDF 钢家具厂的生产线一开工，几天后，成品就堆满了仓库。不生产，设备折旧、固定成本是一个不少的数目；如果生产，势必加大库存，流动资金将越来越大。因此，开业以来，GDF 钢家具厂的生产处于半停顿状态，每个月都在亏损。张总经理和陈先生都很着急。10 个月后，陈先生认为自己支撑不了，退出了 GDF 钢家具厂。此后，GDF 钢家具厂成了 Y 公司的全资子公司。经过 GDF 钢家具厂和 Y 公司管理人员的努力，钢家具厂在继续亏损了 9 个月之后，才开始实现当月盈亏平衡。

问题：

（1）GDF 钢家具厂的创办是个错误的决策吗？

（2）GDF 钢家具厂连续亏损了 19 个月。你认为最主要的原因是什么？

第2章
市场营销环境

 【学习目标】

◆ 理解市场营销环境的内涵及其特点。

◆ 了解市场营销环境的类型。

◆ 了解企业营销与营销环境的关系。

◆ 掌握宏观营销环境的内涵及构成。

◆ 掌握微观营销环境的内涵及构成。

◆ 掌握营销机会与威胁的分析方法。

➤➤➤2.1 市场营销环境概述

每个企业的营销活动都是在不断发展、变化的社会环境中进行的，它既受到企业内部条件的约束，又受到企业外部条件的制约。这两种来自企业内、外部的约束力量，就是市场营销环境。市场营销环境是一个多变、复杂的因素，企业营销活动成败的关键，就在于能否适应不断变化着的市场营销环境。实践证明，许多国际知名企业之所以能发展壮大，就是因为善于辨别环境，适应了新的市场挑战和机会；而许多著名公司受挫、倒闭，也正是因为没有及时预测、分析并适应环境的变化。

2.1.1 市场营销环境的含义

环境是指事物外界的情况和条件。企业的市场营销环境是指与企业市场营销活动相关的所有外部因素和条件。这些因素和条件由企业营销管理机构外部的行动者与力量所组成，它们影响着企业管理当局发展和维持为目标顾客提供满意的产品或服务的能力。作为一个开放的系统，企业的所有活动都发生在一定环境中，并不断地与外界环境发生着这样或那样的交流；从外界吸纳各种物质和信息资源的同时，也通过企业自身的活动，输出产品、劳务和信息，对外界施加影响。企业的营销活动也是这样一种促使企业内外资源发生交流的活动。

根据营销环境对企业市场营销活动发生影响的方式和程度，可将市场营销环境大致上分成两大类：微观环境和宏观环境。微观环境是指与企业具有一定的经济联系，直接作用于企业为目标市场服务的能力，包括企业本身、供应商、营销中介、顾客、竞争者，以及社会公众；宏观环境是指与企业不存在直接的经济联系，是通过直接环境的相关因素作用于企业的较大的社会力量，主要有人口、经济、自然生态、科学技术、政治法律及社会文化等因素。这两种环境之间不是并列关系，而是包容和从属的关系，微观环境受宏观环境的大背景所制约，宏观环境则借助于微观环境发挥作用（如图 2-1 所示）。

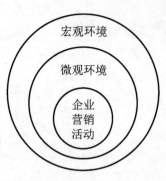

图 2-1　营销活动与营销环境

2.1.2　市场营销环境的特点

1. 客观性

环境作为企业外在的不以营销者意志为转移的因素，对企业营销活动的影响具有强制性和不可控性的特点。一般来说，企业无法摆脱和控制营销环境；特别是宏观环境，企业难以按自身的要求和意愿随意改变它，如企业不能改变人口因素、政治法律因素、社会文化因素等。但是，企业可以主动适应环境的变化和要求，制定并不断调整市场营销策略。事物发展与环境变化的关系为：适者生存，不适者被淘汰。就企业与环境的关系而言，这也完全适用。有的企业善于适应环境，就能生存和发展；有的企业不能适应环境的变化，就难免被淘汰。

2. 差异性

不同国家和地区，宏观环境存在巨大的差异，不同的企业，微观环境也千差万别。正因为市场营销环境的差异，企业为适应不同的环境及其变化，必须采取针对性的营销策略。环境的差异性还表现在同一环境的变化对不同企业的影响不同。例如《中华人民共和国环境保护法》的颁布、实施，对不同行业的影响不同，对同一行业的不同企业影响也不一样。因此，企业应根据环境变化的趋势和行业的特点，采取相应的营销措施。

3. 多变性

构成企业市场营销环境的因素很多，每一个因素又随着社会经济的发展而不断变化，每一个因素的变化又会对营销环境产生影响。20 世纪 80 年代前，中国处于短缺经济状态，改革开放 20 年之后，中国已遭遇"过剩"经济，不论这种"过剩"的性质如何，仅就卖方市场向买方市场转变而言，市场营销环境已发生了重大变化。这种变化，既给企业带来了机会，也给企业带来了威胁，这就要求企业依据环境因素的变化，不断调整其营销策略。

4. 相关性

市场营销环境是一个系统，在这个系统中，各因素之间相互影响、相互制约，某一因素的变化会带动其他因素的相互变化，形成新的营销环境。例如，价格不但受市场供求关系的影响，而且还受到科技进步及国家政策的影响。因此，要充分注意各种因素之间的相互作用。

2.1.3　企业营销与营销环境的关系

在全球营销的时代，企业作为一个独立的开放系统，它一方面受到外部营销环境的作用，另一方面又积极地反作用于外部营销环境。

1. 市场营销环境对企业的制约作用

外部营销环境的变化常常对企业形成新的制约条件，甚至威胁企业的生存。由于这种变化是不以企业的意志为转移的客观规律，企业除了适应制约条件以外，别无他途。例如宏观产业政策的调整、环保法规的颁布等，都属于结构性或制度性的重要制约条件。对于这类制约条件，企业并非能通过临时性措施就能解决，而必须通过对营销战略的调整、改变营销结构才能适应。当然，这种新制约条件并非都是坏事，它为企业实行内部改革，推进企业市场营销的开展也创造了机会。例如，外部原材料供应不足的环境因素，促使着企业研究节约原材料和能源的措施，或寻找开发替代原材料和能源。有所作为的企业应该在外部环境制约中，寻找企业发展的新契机。

2. 企业对营销环境的反作用

企业在受到营销环境制约的同时，也反作用于营销环境。企业可以发挥组织成员的智慧并运用各种可控因素反作用于外部营销环境，影响并引导外部环境朝着对自己有利的方向转化。例如，企业开发出新产品可以创造需要，诱发消费者的潜在需求，形成新的流行热潮；企业通过有计划的广告宣传，可以使本企业产品与竞争产品相区别，从而造成对自己有利的差别，正确引导消费者偏爱本企业的产品，扩大销售量。企业这种积极的努力，对于在环境制约中谋求稳定的发展有着重要的作用。

值得注意的是，在企业和外部营销环境的相互作用中，营销环境对企业的制约作用远远大于企业对营销环境的反作用。同时，由于营销环境具有复杂性、多变性和不可控性等特点，因此，建立适应外部营销环境的柔性系统是企业营销战略的基本目标，否则，企业的营销活动就会陷入困境。为此，企业应该重视营销环境信息的收集，预测营销环境的变化趋势，分析企业营销环境的机会与威胁，归纳环境分析的结果。只有这样，企业才能抓住机遇，避免威胁，取得市场营销活动的成功。

▶▶▶2.2　微观营销环境

2.2.1　企业内部环境

除市场营销管理部门外，企业本身还包括最高管理层和其他职能部门，如制造部门、采购部门、研究开发部门及财务部门等。这些部门与市场营销管理部门一道在最高管理层的领导下，为实现企业目标共同努力着。正是企业内部的这些力量构成了企业内部营销环境。市场营销部门在制定营销计划和决策时，不仅要考虑到企业外部的环境力量，而且要考虑到与企业内部其他力量的协调。

（1）企业的营销经理只能在最高管理层所规定的范围内进行决策，以最高管理层制定的企业任务、目标、战略和相关政策为依据，制定市场营销计划，并得到最高管理层批准后方可执行。

（2）营销部门要成功地制定和实施营销计划，还必须有其他职能部门的密切配合和协作。例如，财务部门负责解决实施营销计划所需的资金来源，并将资金在各产品、各品牌或各种营销活动中进行分配；会计部门则负责成本与收益的核算，帮助营销部门了解企业利润目标实现的状况；研究开发部门在研究和开发新产品方面给营销部门以有力支持；采购部门则在获得足够的和合适的原料或其他生产性投入方面担当重要责任；制造部门的批量生产保证了适时地向市场提供产品。

市场营销管理与各部门的关系如图 2-2 所示。

图 2-2　市场营销管理与各部门的关系

2.2.2　营销渠道企业

1. 供应商

供应商是向企业及其竞争者供应原材料、部件、能源、劳动力等资源的企业和个人。供应商是能对企业的经营活动产生巨大影响的力量之一。其提供资源的价格往往直接影响企业的成本，供货的质量和时间的稳定性直接影响了企业服务于目标市场的能力。所以，企业应选择那些能保证质量、交货期准确和低成本的供应商，并且避免因对某一家供应商过分依赖而导致受该供应商突然提价或限制供应的控制。

对于供应商，传统的做法是选择几家供应商，按不同比重分别从他们那里进货，并使他们互相竞争，从而迫使他们利用价格折扣和优质服务来尽量提高自己的供货比重。这样做，虽然能使企业节约进货成本，但也隐藏着很大的风险，如供货质量参差不齐，过度的价格竞争使供应商因负担过重而放弃合作等。认识到这一点后，越来越多的企业开始把供应商视为合作伙伴，设法帮助他们提高供货质量和及时性。

1992 年，菲利普·科特勒提出了整体市场营销（Total Marketing）的观点。他认为，从长远利益出发，企业的市场营销活动应囊括构成其内外环境的所有重要行为者。"供应商市场营销"是其中很重要的内容。因这种市场营销活动与产品流动的方向相反，故也称为"反向市场营销"。

"供应商市场营销"主要包括两个方面：其一，为选择优秀的供应商严格确定资格标准，如技术水平、财务状况、创新能力和质量观念等；其二，积极争取那些业绩卓越的供应商，与他们建立良好的合作关系。

小链接 ▶▶▶

TCL 公司的供应商评估

TCL 王牌目前有 10 个评估小组，包括产品采购类、生产设备类、检测设备类、后勤设备类、动力设备类等，并针对每一类都制定了相应的管理办法。其评估有一个重要原则，就是要求公开、公正、公平和科学。评估对象主要有两类：一类是现有供应商，另一类是新的潜在供应商。对于现有合格的供应商，每个月都要做一个调查，着重就价格、交货期、进货合格率、质量事故等进行正常评估。1~2 年做一次现场评估，产品合格率基本上可以做到 100%，交货期也一样。通常是产品设计提出了对新材料的需求，然后就会要求潜在的目标供应商提供基本情况，内容包括公司概况、生产规模、生产能力、给哪些企业供货、ISO 9000 认证、安全认证、相关记录、样品分析等，然后就是报价。随后，公司就要对该供应商做一个初步的现场考察，看看所说的和实际情况是否一致，现场考察基本上按 ISO 9000 的要求进行。最后，汇总这些材料交部品管理小组讨论。在供应商资格认定之后，公司各相关部门，即品质部、产品部、采购部门等再进行正式的考察。如果正式考察认为没有问题，就可以小批量供货了。供货期考察一般进行 3 个月，若没有问题，再增加数量。

资料来源：高秀丽、姚惠泽、吕彦儒.市场营销.上海：上海财经大学出版社，2007.

2. 营销中间商

营销中间商主要指协助企业促销、销售和经销其产品给最终购买者的机构，包括中间商、实体分配公司、营销服务机构和财务中介机构。

1）中间商

中间商是协助企业寻找顾客或直接与顾客交易的商业性企业或个人，包括商人中间商和代理中间商。中间商对企业产品从生产领域流向消费领域具有极其重要的影响，其销售效率、服务质量直接影响到企业的产品销售。

2）实体分配公司

实体分配公司主要指储运公司，它是协助厂商储存并把货物运送至目的地的仓储公司。实体分配包括包装、运输、仓储、装卸、搬运、库存控制和订单处理等方面，其基本功能是调节生产与消费之间的矛盾，解决产销时空背离的矛盾，提供商品的时间效用和空间效用，以适时、适地、适量地把商品提供给消费者。

3）营销服务机构

营销服务机构主要有营销调研公司、广告公司、传播媒介公司和营销咨询公司等，范围比较广泛。这些公司帮助生产企业向恰当的市场推出和促销其产品。例如，广告公司为企业制作广告，传播媒介公司为企业传播产品信息等。企业可自设营销服务机构，也可委托外部营销服务机构代理有关业务，并定期评估其绩效，促进提高创造力、质量和服务水平。

4）财务中介机构

财务中介机构是厂商融资或分担货物购销储运风险的机构，如银行、信用公司、保险公司等。财务中介机构不直接从事商业活动，但对工商企业的经营发展至关重要。在现代经济生活中，企业与财务中介机构关系密切，如企业之间的财务往来要通过银行结算，企业财产和货物要通过保险取得风险保障等。贷款利率与保险费率的变动也会直接影响企业成本，信贷来源受到限制更会使企业处于困境。这些都会影响到企业的日常运转，因此，企业必须与财务中介机构建立密切的关系，以保证企业融资渠道的畅通。

2.2.3　顾客

顾客是企业服务的对象，是企业经营活动的出发点和归宿。顾客是影响企业营销活动的最基本的因素。现代营销学通常按顾客购买的最终用途来划分市场，这样，可具体深入地了解不同市场的特点，更好地贯彻以顾客为中心的经营思想。

根据购买者购买的最终用途的不同，可以将以满足生活性消费为直接目的而购买的购买者集合称为消费者市场；将以为满足非生活性消费而购买的购买者集合称为组织市场。在组织市场中，生产者市场是为加工生产其他产品获得利润而购买的购买者集合；中间商市场是为转卖商品获得商业利润而购买的购买者集合；政府市场是为实现政府职能而购买的购买者集合。除此之外，国外的消费者、生产商、经销商和政府等其他国家的购买者构成企业的国际市场，如图 2-3 所示。

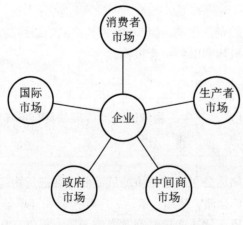

图 2-3　市场的类型

由于每个市场均有自己不同的特点，针对不同市场类型，企业必须认真分析、把握市场需求的不同特点，制定不同的营销对策。

2.2.4 竞争者

竞争是商品经济社会的普遍规律，现代企业都是处在不同的竞争环境中。从市场营销的角度来分析，企业在市场上面临着四种类型的竞争者。

1. 愿望竞争者

愿望竞争者是指提供不同产品满足各种不同需求欲望的竞争者。人有各种各样的欲望，但是由于收入的限制，他很难同时满足，在某一时刻只能购买有限的几种或一种，这时就产生了各种不同愿望的竞争。例如，美国通用汽车公司不仅把本国和外国的汽车公司作为自己的竞争对手，而且将本国的建筑商也作为自己的竞争对手。

2. 一般竞争者

一般竞争者指满足消费者某种欲望的不同方法的竞争者。同一种欲望由不同的方法来满足。例如，人们要购买交通工具，但交通工具的种类较多，有汽车、摩托车等，这些公司为了争夺购买交通工具的消费者的竞争者，就是一般竞争者。

3. 产品形式竞争者

产品形式竞争者指满足消费者同一需要的产品的各种形式间的竞争。同一产品，其规格、型号不同，性能、质量、价格各异，消费者在收集信息后做出选择。例如，购买彩电者，要对规格、性能、质量、价格等进行比较后再做出决策。

4. 品牌竞争者

品牌竞争者指能满足消费者的某种欲望的同种产品不同品牌的竞争者。其实，这种竞争只是对参与竞争的同种形式的产品附加了特定的品牌而已。例如，同是小轿车，有不同的品牌：奔驰、林肯、雪佛莱、红旗、宝马、桑塔纳、奥迪等。

2.2.5 公众

公众，是指对企业的生存和发展具有实际的或潜在的利害关系或影响力的一切团体或个人。公众可能有助于增强一个企业实现自己目标的能力，也可能妨碍这种能力。鉴于公众会对企业的命运产生巨大的影响，精明的企业管理者就会采取具体的措施，去成功地处理与主要公众的关系，而不是等待。大多数企业都建立了公共关系部门，专门筹划与各类公众的建设性关系。公共关系部门负责收集与企业有关的公众的意见和态度，发布消息、沟通信息，以建立信誉。如果出现不利于公司的反面宣传，公共关系部门就会成为排解纠纷者。但对一个企业来说，也不能把公共关系事务完全交给公共关系部门处理，每个企业的周围有以下七类公众。

（1）金融公众，是指影响企业取得资金能力的任何集团，如银行、投资公司、保险公司等。

（2）媒体公众，是指报纸、杂志、广播、电视等具有广泛影响的大众媒体。

（3）政府公众，是指负责管理企业业务经营活动的有关政府机构。

目前，我国政府从保护人民健康的需要出发，在有关产品安全卫生、广告真实性等方面制定了不少限制政策，如国家规定不允许对人体有害的烟草做广告，那么从事卷烟营销工作的就必须执行政府规定，还要同有关部门搞好关系。

（4）公民行动团体，是指各种消费者权益保护组织、环境保护组织、少数民族组织等。

（5）地方公众，是指企业附近的居民群众、地方官员等。

（6）企业内部公众，是指董事会、经理、职工等。

（7）一般群众。企业的公众形象通常是指在一般公众心目中的形象，越来越多的企业不仅通过广告树立产品形象，而且特别注重通过有益的社会赞助活动去进一步加深一般公众对产品的认知，这些都是企业培养良好公众形象的高明之举。

➤➤➤ 2.3 宏观营销环境

2.3.1 人口环境

从企业营销的角度看，市场是有现实或潜在需求且有货币支付能力的消费者群。市场的构成要素是：人口、购买欲望和购买力。人口的数量、结构、分布以及变化趋势，都会对企业的市场营销产生一定的影响。从事国际营销的企业还必须注意世界人口的变化趋势。

1. 人口规模及增长速度

人口规模即总人口的多少，是影响基本生活消费品的需求的一个决定因素。从总体上来说，一个国家的市场规模大小与人口规模成正比。统计一个国家、一个地区的人口总数及人均收入，就可以大致了解该国家、该地区的市场容量。

一个国家、一个地区的人口增长速度对企业营销的影响有两个方面：一是人口增长促使社会总需求增长，从而为企业营销带来新的市场机会；二是人口增长过快也会限制经济发展，限制人均国民收入的提高，导致某些市场需求的下降。

2. 人口结构

分析人口结构主要应考虑性别结构、年龄结构、家庭结构、民族结构、城乡结构和地区分布6个方面的内容。

（1）性别结构。人们的性别不同，不仅在需求上存在较大差别，而且在购买习惯与购买行为上也存在很大的差别。例如女性需要化妆品，从而生产化妆品的企业主要以女性为目标市场；男性需要烟、酒，生产烟、酒的企业则主要以男性为目标市场；由于女性多操持家务，大多数日用消费品由女性采购，因此，很多家庭用品都可纳入女性市场。

（2）年龄结构。不同年龄段的消费者对商品和服务的需求也不相同。例如，婴儿需要奶粉、尿布，儿童需要糖果、玩具，青少年需要书籍、文具，老人则需要医药保健等，由此形成了各具特色的市场。随着社会的发展，物质、文化生活水平的提高，医疗卫生事业的发展，人均寿命大大延长，人们生育观念的转变，人口出生率下降，在总人口中，老年人所占的比例将逐渐增大，从而老年人用品的需求量也将随之不断增加，将形成一个庞大的"银发市场"。按有关国际组织的规定，一个国家 65 岁以上老人占该国人口总数的 7%以上，这一国家便为老龄化国家。

（3）家庭结构。家庭是商品采购的基本单位。一个国家、一个地区拥有的家庭数及每个家庭成员的多少，都对企业营销活动有着很大的影响。例如，家庭数目多，对家具、家电的需求量必然就大；随着家庭人数的减少、家庭规模的小型化发展，小型炊具市场规模将越来越大，而大型炊具市场将日渐萎缩。我国家庭规模趋于小型化也是较明显的一个趋势。

（4）民族结构。不同民族消费者生活习惯、价值观念、消费模式、文化水平等方面都会有比较大的差异。

（5）城乡结构。我国还是一个农村人口大国。不可否认，在城乡消费者之间，还客观地存在着诸多需求差异。

（6）地区分布。居住在不同地区的人，由于地理位置、气候条件、自然资源、风俗习惯的不同，不仅存在着不同的需求，而且在购买习惯与购买行为方面也存在着差别。我国还存在着人口地理分布不均匀的特点，如果从黑龙江漠河至云南腾冲画一条线，差不多把我国分为面积几乎相等的左、右两个部分，东南部人口约占总人口的 94%，西北部人口仅占 6%。

2.3.2　经济环境

经济环境是指企业营销活动所面临的外部宏观经济因素，如消费者收入与支出状况、经济发展状况，等等。

1. 消费者收入水平的变化

消费者的购买力来自消费者的收入，但消费者并不是把全部收入都用来购买商品或劳务，购买力只是收入的一部分。因此，在研究消费者收入时，要注意以下几点。

（1）国民生产总值。它是衡量一个国家经济实力与购买力的重要指标。从国民生产总值的增长幅度，可以了解一个国家经济发展的状况和速度。一般来说，工业品的营销与这个指标有非常密切的关系。国民生产总值增长越快，对工业品的需求和购买力就越大，反之就越小。

（2）人均国民收入。就是用国民收入总量除以总人口的比值。这个指标大体反映了一个国家人民生活水平的高低，也在一定程度上决定商品需求的构成。一般来说，人均收入增长，对消费品的需求和购买力就大，反之就小。

（3）个人可支配收入。就是在个人收入中扣除税款和非税性负担后所得余额。它是个人收入中可以用于消费支出或储蓄的部分，构成实际的购买力。

（4）个人可任意支配收入。即在个人可支配收入中减去用于维持个人与家庭生存不可缺少的费用（如房租、水电、食物、燃料、衣物等项开支）后剩余的部分。这部分收入是消费需求变化中最活跃的因素，也是企业开展营销活动时所要考虑的主要对象。因为这部分收入主要用于满足人们基本生活需要之外的开支，一般用于购买高档耐用消费品、旅游、储蓄等，它是影响非生活必需品营销和劳务营销的主要因素。

（5）家庭收入。很多产品是以家庭为基本消费单位的，如冰箱、抽油烟机、空调等。因此，家庭收入的高低会影响很多产品的市场需求。一般来讲，家庭收入高，对消费品需求大，购买力也强；反之，需求小，购买力也弱。

需要注意的是，企业营销人员在分析消费者收入时，还要区分货币收入和实际收入。实际收入是扣除物价变动因素后实际购买力的反映。实际收入和货币收入并不完全一致，由于通货膨胀、失业、税收等因素的影响，有时货币收入增加，而实际收入却可能下降。只有实际收入才会影响实际购买力。

2. 消费者支出模式和消费结构的变化

随着消费者收入的变化，消费者支出模式会发生相应变化，继而使一个国家或地区的消费结构也发生变化。西方一些经济学家常用恩格尔系数来反映这种变化。

1857 年，德国统计学家恩思特·恩格尔（Ernst Engel）阐明了一个定律：随着家庭和个人收入增加，收入中用于食品方面的支出比例将逐渐减小。这一定律被称为恩格尔定律，反映这一定律的系数被称为恩格尔系数，其公式表示为：

$$恩格尔系数 = \frac{食品支出总额}{家庭或个人消费支出总额} \times 100\%$$

恩格尔系数用食品支出占消费总支出的比例来说明经济发展、收入增加对生活消费的影响程度，揭示了居民收入和食品支出之间的相关关系。国际上常常用恩格尔系数来衡量一个国家和地区人民生活水平的状况。根据联合国粮农组织提出的标准，恩格尔系数在 59%以上为贫困，50%～59%为温饱，40%～50%为小康，30%～40%为富裕，低于30%为最富裕。

消费结构是消费过程中人们所消耗的各种消费资料（包括劳务）的构成，即各种消费支出占总支出的比例关系。优化的消费结构是优化的产业结构和产品结构的客观依据，也是企业开展营销活动的基本立足点。从我国的情况看，消费结构还不尽合理。随着我国社会主义市场经济的发展，以及国家在住房、医疗等制度方面改革的深入，人们的消费模式和消费结构都会发生明显的变化。企业要重视这些变化，尤其应掌握拟进入的目标市场中消费者支出模式和消费结构的情况，提供适销对路的产品和服务，以满足消费者不断变化的需求。

3. 消费者储蓄和信贷情况的变化

消费者的购买力还要受储蓄和信贷的直接影响。消费者个人收入不可能全部花掉，总有一部分以各种形式储蓄起来，这是一种推迟了的、潜在的购买力。当收入一定时，储蓄越多，现实消费量就越小，但潜在消费量越大；反之，储蓄越少，现实消费量就越大，但潜在消费量越小。企业营销人员应当全面了解消费者的储蓄情况，尤其是要了解消费者储蓄目的的差异。储蓄目的不同，往往影响到潜在需求量、消费模式、消费内容和消费发展方向。这就要求企业营销人员在调查、了解储蓄动机与目的的基础上，制定不同的营销策略，为消费者提供有效的产品和劳务。

我国居民有勤俭持家的传统，长期以来养成了储蓄习惯。近年来，我国居民储蓄额和储蓄增长率均较大。据调查，居民储蓄的目的主要用于供养子女、婚丧嫁娶、购买住房和大件用品等。我国居民储蓄增加，显然会使企业目前产品价值的实现比较困难，但是，企业若能调动消费者的潜在需求，就可开发新的目标市场。

消费者信贷对购买力的影响也很大。所谓消费者信贷，就是消费者凭信用先取得商品使用权，然后按期归还贷款，以购买商品。这实际上就是消费者提前支取未来的收入，提前消费。信贷消费允许人们购买超过自己现实购买力的商品，从而创造了更多的就业机会、更多的收入以及更多的需求；同时，消费者信贷还是一种经济杠杆，它可以调节积累与消费、供给与需求的矛盾。当市场供大于求时，可以发放消费信贷，刺激需求；当市场供不应求时，必须收缩信贷，适当抑制、减少需求。消费信贷把资金投向需要发展的产业，刺激这些产业的生产，带动相关产业和产品的发展。例如购买住宅、汽车及其他昂贵消费品，消费信贷可提前实现这些商品的销售。

4. 经济发展水平

企业的市场营销活动要受到一个国家或地区的整个经济发展水平的制约。经济发展阶段不同，居民的收入不同，顾客对产品的需求也不一样，从而会在一定程度上影响企业的营销。例如，以消费者市场来看，经济发展水平比较高的地区，在市场营销方面强调产品款式、性能及特色，品质竞争多于价格竞争。在经济发展水平低的地区，则较侧重于产品的功能及实用性，价格因素比产品品质更为重要。在生产者市场方面，经济发展水平高的地区着重投资较大而能节省劳动力的先进、精密、自动化程度高、性能好的生产设备。在经济发展水平低的地区，其机器设备大多是一些投资少而耗费劳动力多、简单、易操作、较为落后的设备。因此，对于不同经济发展水平的地区，企业应采取不同的市场营销策略。

随着我国经济的迅速发展，我国的市场规模进一步扩大，企业投资机会增多，市场交换成为企业的根本活动，信息竞争将成为市场竞争的焦点。因此，企业应当注意经济迅速发展带来的变化，把握时机，主动迎接市场的挑战。

5. 地区与行业发展状况

我国地区经济发展很不平衡，逐步形成了东部、中部、西部三大地带和东高西低的发展格局。同时，在各个地区的不同省市，还呈现出多极化发展趋势。这种地区经济发展的不平衡，对企业的投资方向、目标市场以及营销战略的制定等都会带来巨大影响。

我国行业与部门的发展也有差异。今后一段时间，我国将重点发展农业、原材料和能源等基础产业。这些行业的发展必将带动商业、交通、通信、金融等行业和部门的相应发展，也给企业的市场营销带来一系列影响。因此，企业一方面要处理好与有关部门的关系，加强联系；另一方面，则要根据与本企业联系紧密的行业或部门的发展状况，制定切实可行的营销规划。

6. 城市化程度

城市化程度是指城市人口占全国总人口的比例，它是一个国家或地区经济活动的重要特征之一。城市化程度是影响营销的环境因素之一，这是因为城乡居民之间存在着某种程度的经济和文化上的差别，进而导致不同的消费行为。例如，目前我国大多数农村居民消费的自给自足程度仍然较高，而城市居民则主要通过货币交换来满足需求。此外，城市居民一般受教育程度较高，思想较开放，容易接受新生事物，而农村相对闭塞，农民的消费观念较为保守，故而一些新产品、新技术往往首先被城市居民所接受。企业在开展营销活动时，要充分注意到这些消费行为方面的城乡差别，相应地调整营销策略。

2.3.3 自然环境

在生态平衡不断遭到破坏、自然资源日渐枯竭、污染问题日趋严重的今天，环境问题已成为涉及各个国家、各个领域的重大问题，环保呼声越来越高。从市场营销学角度看，自然环境的发展变化，已给企业带来严重威胁，同时也创造了市场机会，使得机遇与挑战同在。目前，自然环境有以下 4 个发展趋势。

（1）原料短缺或即将短缺。无限资源类的空气，受到严重污染，而水在世界上某些地区已经出现供应不足。可再生的有限资源，如森林、粮食等，也面临着林木的大量采伐和耕地的日趋减少的严重威胁。至于不可再生的有限资源，如石油、矿藏等，早已出现供不应求，使许多行业面临着严重的原材料缺乏，生产成本越来越高。在这种情况下，对致力于开发和勘探新的资源、研究新型材料以及如何节约资源的企业来讲，有着巨大的市场机会。

（2）能源成本增加。能源短缺导致成本增加。煤、石油、天然气等常规能源，都属于不可再生的有限资源，短缺问题相当严重。及时开发和研制太阳能、风能、原子能等新能源，或开发研制节能的新型产品，对企业无疑都是很有利的营销机会。

（3）污染日益严重。空气污染、海河水源污染、土壤和植物里有害物质的含量增高，随处可见的塑料等包装废物以及污染层面日渐升级的趋势等，都使污染成为受世人瞩目的大问题。那些制造了污染的行业、企业成为众矢之的，面临着环境威胁，但也给那些致力于控制污染、研究开发不致造成污染的包装、最大限度地降低了污染程度的新型产品的行业和企业，创造了市场机会。

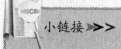

小链接 ▶▶▶

环保主义对市场营销决策的影响

环保主义是指关心环保的公民和政府为了保护和改善人们的生活环境所进行的有组织的运动。环保主义者关注着掠夺式采矿、滥伐森林、工厂排烟、户外广告牌和乱丢的垃圾、再生机会的丧失，越来越多的不洁空气、不洁水源和化学污染的食品导致的健康问题。

环保主义者并不反对市场营销和消费，他们只希望企业和消费者更多地遵守生态原则。他们认为市场营销系统的目标是最大限度地提高生活质量；而生活质量不只是消费的商品与服务的数量和质量，还有环境的质量。

环保主义者希望生产者和消费者决策时应考虑到环境成本的因素。他们赞成通过征税和立法来限制有损环境的行为。他们认为企业投资处理污染的设备，对不能回收的瓶子征税，禁止含磷量高的洗涤剂等对于引导企业和消费者保护环境是必要的。

环保主义者对某些行业的抨击非常强烈。钢铁公司和公用事业公司不得不在污染控制设备与昂贵的能减少污染的燃料上投资数十亿美元；汽车业只能在汽车上安装昂贵的排气控制器；制皂业必须提高产品的生物降解能力；汽油业只得提炼低铅或无铅汽油。这些行业怨恨环保条例，尤其是在环保条例的实施使他们难以很快调整时，这些公司耗费的高成本就会转嫁到消费者头上。

然而，也有公司承担起了自己的环保责任。例如，菲律宾的强生公司在办公用品上采纳了杜绝浪费的思想，新加坡的乳品包装公司（Tetra Pak）将用过的 UHT 牛奶盒回收再制造成椅子和公文包。

识别亚洲不断增长的环保消费者的特征对市场营销人员来说是非常重要的。同非环保消费者相比，环保消费者的特征是：

（1）更愿意牺牲舒适来保护环境。

（2）更忧虑环境问题可能带来的危险。

（3）认为自己更有权力保护地球。

（4）更固执己见。

（5）更好交际。

（6）更具有国际主义。

资料来源：吕朝晖.市场营销学.北京：化学工业出版社，2007.

（4）政府对自然资源管理方面的有力干预。政府从整体利益和长远利益出发，对自然资源的管理逐步加强。但有时出于经济增长的压力，又不得不把环保问题移后考虑。营销管理人员必须重视物质环境，在获取所需资源时要主动注意物质环境，树立环保意识，对来自政府方面的规定，更应积极遵守，而不应抱有反感和抵触情绪，或者是阳奉阴违。

既要保证企业可获利发展，又要保护资源与环境，企业可实行可持续发展战略，达成社会与自然的协调。当前，社会上的绿色产业、绿色消费、绿色营销以及生态营销的蓬勃发展，顺应了这种要求。企业营销人员在面临环境威胁的同时，应努力寻找、创造、把握市场机会。

小链接 >>>

麦当劳的绿色营销

麦当劳通过使用由可回收利用材料制成的包装物使它产生的环境污染物减少了60%。所有麦当劳快餐店中使用的餐巾与盘子衬垫都是用可回收利用的纸制成的，一次性饮料杯子，甚至包括其总部使用的文具用品都是如此。通过使其饮料管减轻20%的重量，麦当劳每年少制造数百万磅的废弃物。除了在其产品上运用绿色营销之外，麦当劳还用可回收利用的材料改造或新建它的餐馆，麦当劳还敦促它的供应商们使用可回收利用的产品与材料。由于成功地运用了绿色营销，麦当劳公司使公众意识到麦当劳是一家真正关心环境的公司。这不仅仅得到了消费者的认同，同时也使其获得了额外的销量。

绿色营销的例子还有很多，如宝洁公司（P&G）开发出能制成肥料的婴儿尿裤，研制出能够全分解的洗涤用品，从而减少了它们的产品及其包装物对环境的不利影响；美国电报电话公司（AT&T）用能完全生物（细菌）分解的木板包装箱替代了它原先的塑料泡沫包装箱；阿尔伯特—卡尔费公司推出了"臭氧友好"型不含任何氟碳氯化物的喷发水；Body Shop公司在其全球700多家分店出售不需做动物试验、绝大多数都与"回收或再装利用"政策相一致的天然型产品；博世公司对其生产的每一只易拉罐都进行了回收利用等。进行绿色营销的公司，不仅提高了消费者对他们的认可程度，促进产品销售，同时也节约了能源成本。例如博世公司就为直接从矿石制造出一只新罐而需消耗的能源节省了95%，降低了成本。

资料来源：李强.市场营销学教程（修订版）.大连：东北财经大学出版社，2000.

2.3.4 政治法律环境

在任何社会制度下，企业的营销活动都必定要受到政治与法律环境的规范、强制和约束。这种政治与法律环境（也可简称为政治环境），是由那些强制和影响社会上各种组织和个人行为的法律、政府机构、公众团体所组成的。企业每时每刻都能感受到这些方面的影响，或者不如说，企业总是在一定的政治与法律环境下运行的。

政治与法律环境的第一个方面是政治体制、经济管理体制、政府与企业的关系。就我国当前的情况而言，与企业密切相关的突出问题在于精简政府机构，规范政府行为，克服官僚主义，实行政企分开，建立现代企业制度。随着我国经济体制、政治体制改革的逐步深入，我国企业将在一个更为开放、民主、法制化的经济管理体制和政治环境中运行。

政治与法律环境的第二个方面是企业营销中大量遇到的法律、法规，尤其是其中的经济立法。经济立法旨在建立并维护社会的经济秩序（包括市场秩序），有些是为了保障所有权，有些是为了保护竞争，有些是为了保护消费者利益，有些是为了保护社会的长远利益。每一项新的法律、法规的颁布，或者原有法律、法规的修改，都会影响企业的营销活动。

政治与法律环境的第三个方面是政府的方针政策。如果说法律、法规是相对稳定的，那么方针政策则有较大的可变性，它随着政治经济形势的变化而变化。政府方针政策显然会对企业的营销活动产生直接或间接的重大影响。

政治与法律环境的第四个方面是公众团体，即为了维护某一部分社会成员的利益而组织起来的，旨在影响立法、政策和舆论的各种社会团体，如经国务院1985年1月批准成立的中国消费者协会等。这些社会公众团体的活动，也会对企业的营销活动产生一定的压力和影响。

上述分析表明，企业必须密切注视政治与法律环境的变化，并应根据这些变化及时调整自己的营销目标和营销措施。

2.3.5　科学技术环境

科学技术是第一生产力，是决定社会进步、人类发展的重要因素，对企业营销活动产生巨大的影响，科学技术直接影响着企业的生存与发展，影响着企业的经营效率，乃至企业的营销内容、营销方式等。对科技发展历史的追溯不难发现，科学技术发展速度日益加快，旧技术被新技术代替的速度在加快；新技术、新产品从开发应用到市场推广的间隔时间越来越短。企业如果不能在科学技术上领先，将会在生产经营中很快陷入被动状态。因此，每个企业都要十分重视科学技术环境的变化。科学技术对企业营销活动产生的影响主要表现在以下四个方面。

1. 对企业生存与发展的影响

任何科学技术都会产生创造与毁灭两种效应。正像恩格斯所指出的那样："科学技术是一种创造性的毁灭力量。"新的科学技术发展对企业生存与发展而言，既是一种新产品"创造性力量"，又是一种淘汰老产品的"毁灭性力量"。任何一种新原理的发现，新材料的应用，新工艺的推广，新产品、新功能的发明与使用，往往会产生一批新行业、新企业、新产品，为企业提供了大量的发展与盈利机会，也会给人们的消费带来很大的影响。同时，也会给传统行业的生存与发展带来新的威胁。

2. 对企业决策的影响

科学技术的发展因其较大的不确定性甚至是突发性，往往难以预测。而一旦对新科技发展预测错误，必然导致经济发展迟缓与企业营销决策失误。这种预测失误，会给企业带来财力、物力、人力、时间的巨大浪费与难以挽回的损失。例如，我国曾对电子手表、石英手表的普及时间预测迟了 5 年，认为在 5 年内仍以机械表为主，因而对石英手表与电子手表的研制投入不足，导致我国手表业的全行业落后与营销被动局面。相反，由于对数控机床与大件家用电器的普及率估计过于乐观，又导致一场又一场的"大战"硝烟滚滚。

3. 对企业营销管理的影响

企业管理水平的高低是影响企业能否盈利的重要因素。管理出效益的道理已为更多的企业所接受。掌握与运用最新的管理技术已成为企业竞争的主要策略与手段。科学技术的高速发展，使电话、传真、计算机网络、扫描装置、光纤通信等现代设备在企业管理中得以日益普及与普遍应用，从根本上改变了企业管理的方式与手段，极大地提高了管理工作效率，使企业管理工作日益现代化。另外，企业管理信息系统（MIS）（包括电子订货系统、商业电子数据交换系统、信用卡系统等）的广泛应用，极大地提高了企业的总体运作水平和管理水平，加速企业经济效益的增长及规模的扩张。

4. 对营销活动的影响

科技的日益进步，对推进企业营销各个方面的发展与变革起到了积极的促进作用，对企业营销观念、营销内容、营销方式等方面的调整与变革产生了深远的影响。

（1）现代信息技术的发展，为企业提供了计算机辅助设计系统（CAD）、计算机辅助制造系统（CAM）及计算机决策支持系统（DSS）等。这些信息系统的应用，不仅大大缩短了产品设计开发周期，降低了设计费用，而且能为企业提供多套产品设计、开发方案，在产品外观与性能等方面更能满足消费者的多种需求与个性化需求，从而使企业更具有竞争力。

（2）信息高速公路的广泛普及，加快了企业信息的收集、处理、传递和反馈的速度，使得企业与消费者之间的市场交易更为直接、便利与迅速，更少地依赖于中间商，从而大大降低了商品交易的费用和管理的成本，提高了管理的质量和效率，提高了企业的经济效益。

（3）信息技术的发展导致新型零售业态——网络商店的出现，这种不需要店面、装潢、货架、营业员，并且成本低、无库存、全天候服务，以及全球化经营的新型经营方式，使零售商业结构和消费者购物习惯发生了很大变化，为企业提供了新的市场机会，也使企业的营销战略与市场营销组合策略进入了一个深刻而全面创新的时代。

2.3.6 社会文化环境

社会文化环境是指在一种社会形态下已经形成价值观念、宗教信仰、风俗习惯、道德规范等的总和。任何企业都处于一定的社会文化环境中，企业营销活动必然受到所在社会文化环境的影响和制约。为此，企业应了解和分析社会文化环境，针对不同的文化环境制定不同的营销策略，组织不同的营销活动。企业营销对社会文化环境的研究，一般从以下 4 个方面入手。

1. 宗教信仰

世界各地聚居着各种不同的宗教信仰者，有的甚至以宗教信仰立国，如伊斯兰教。不同的宗教信仰有不同的文化倾向和戒律，从而影响人们认识事物的方式、价值观念和行为准则，影响着人们的消费行为，带来特殊的市场需求，与企业的营销活动有密切的关系，特别是在一些信奉宗教的国家和地区，宗教信仰对市场营销的影响力更大。

据统计，全世界信奉基督教的教徒有 10 多亿人，信奉伊斯兰教的教徒有 8 亿人，印度教徒有 6 亿人，佛教徒有 2.8 亿人。而且，宗教信徒的居住生活往往带有明显的地区分布，如中东地区国家的大部分居民信奉伊斯兰教；欧美国家的居民大部分信奉天主教和基督教；东方许多国家的居民信仰佛教等。因此，企业应充分了解目标市场消费者的宗教信仰状况，提供适合其要求的产品，制定适合其特点的营销策略。例如，在阿拉伯国家，虔诚的穆斯林教徒每日祈祷，无论居家或旅行，祈祷者在固定的时间都要面向圣城麦加，并且跪拜于地毯上。据此，某国厂商巧妙地将扁平的指针嵌入祈祷用的小地毯上，该指针始终指向麦加城。这样，伊斯兰教徒们只要有了他的地毯，无论走到哪里，只要把地毯往地上一铺，便可准确找到麦加城的所在方向，这种地毯上市后很受欢迎。

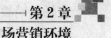

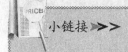

小链接 >>>

宗教对市场营销的影响

宗教对世界各国人们的信仰和行为有着复杂的影响。穆斯林极端主义者会因某种便鞋的商标看上去像阿拉伯文字中的真主（阿拉伯人的"上帝"）而游行示威。这个商标本来只是一个由三个铃铛组成的抽象图案，结果政府禁止出售这种便鞋。在西班牙，可口可乐（Coca-Cola）公司在它的易拉罐上印上国旗，在英国，麦当劳（McDonald）公司在其儿童套餐的便携袋上也印上国旗，这些行为都是努力为 1994 年世界杯足球赛筹集资金。穆斯林很快被这种做法激怒了，绿白相同的沙特国旗代表一段阿拉伯缄言（世界上没有上帝，真主和穆罕默德是我们的先知）。他们觉得这应受到尊敬，而不是被商品化，应把那些亵渎他们的东西扔进垃圾堆。麦当劳公司已经印制了 200 万个袋子用于促销，而可口可乐公司也生产了 270 万个印有 24 个世界杯参赛国国旗的易拉罐，而这两家公司只能立即减少这些产品的产量，以避免麻烦。

然而，精明的商人也可以利用宗教为其服务。过去，由于伊斯兰传统的影响，照相机在沙特阿拉伯的销路不好，然而宝丽来快照（Polaroid Instant Photography）可以使阿拉伯男性在他们家里私下里给他们的妻子和女儿照相，而无须到照相馆让陌生人来拍照。随之而来的就是这种照相机销量大增。印度教禁止饮用啤酒，印度的麦当劳分店就出售蔬菜汉堡（由大豆制成）和羊羔肉。事物有灵主义，是一种经常见的教派。它认为神灵和祖先对人们的生活方式有着持续的影响。因此，精明的商人也许会参照神谕或预言而恰当地决策。

资料来源：李强. 市场营销学教程（修订版）. 大连：东北财经大学出版社，2000.

2. 风俗习惯

风俗习惯是人们根据自己的生活内容、生活方式和自然环境，在一定的社会物质生产条件下长期形成，并世代相袭而成的一种风尚和由于重复、练习而巩固下来并变成需要的行动方式等的总称。它在饮食、服饰、居住、婚丧、信仰、节日、人际关系等方面，都表现出独特的心理特征、伦理道德、行为方式和生活习惯。不同的国家、不同的民族有不同的风俗习惯，它对消费者的消费嗜好、消费模式、消费行为等具有重要的影响。例如，我国人民（包括侨居异国的华人）每逢农历新年都要进行大扫除，购买年货，有些家门口贴上春联，有些地区举行庙会，人们互相拜年，欢度春节；西方人每逢 12 月 25 日就大量购买节日用品和各种食品、圣诞树、礼品、互送贺卡，欢度圣诞节。再如，新疆人爱吃羊肉；回族人不吃猪肉；爱尔兰人不吃咸牛肉、卷心菜、土豆；日本人忌讳荷花和梅花；意大利人忌用菊花；我国港台商人忌送茉莉花和梅花等。

因此，从事市场营销必须重视对目标市场的风俗习惯的研究。1973 年，美国堪萨斯公司在中国香港推销受美国人欢迎、法国人称道的烤鸡并大做广告，不料几十家烤鸡店全部赔本关门；而与此相反，汉堡包在香港推销却大获成功。究其原因，原来是美国老板忽视了烹调技术闻名于世的中国，对鸡的烹调技术使美国烤鸡难以与之匹敌。而汉堡包类似的产品在中国没有，因而以其独特的风味深受消费者欢迎。

3. 价值观念

价值观念是人们对社会生活中各种事物的态度、评价和看法。在不同的文化背景下，人们的价值观念差别是很大的，而消费者对商品的需求和购买行为深受其价值观念的影响。例如在西方一些发达国家，大多数人比较追求生活上的享受，习惯于超前消费，并热衷旅游；而中国消费者一贯崇尚节俭，在购买商品时，慎重选择，喜欢储蓄，大多数的消费者不习惯超前消费。

对于不同的价值观念，企业营销人员应采取不同的策略。对于乐于变化、喜欢猎奇、富有冒险精神的消费者，应重点强调产品的新颖和奇特；而对一些注重传统、喜欢沿袭传统消费习惯的消费者，企业在制定有关的策略时应把产品与目标市场的文化传统联系起来。比如，东方人将群体、团结放在首位，所以广告宣传往往突出人们对产品的共性认识；而西方人则注重个体和个人的创造精神，所以其产品包装装潢也显示出醒目或标新立异的特点。我国人民重人情，求同步，消费偏于大众化，这些东方人的传统习俗，也对企业营销产生了广泛的影响。

4. 教育状况

教育是遵照一定目的要求，对受教育者施以影响的一种有计划的活动，是传授生产经验和生活经验的必要手段和途径，反映并影响着一定的社会生产力和生产关系。一般来讲，教育水平高的地区，消费者对商品的鉴别力强，容易接受广告宣传和接受新产品，购买的理性程度高。因此，教育水平高低影响着消费者心理、消费结构，影响着企业营销组织策略的选取，以及销售推广方式方法的差别。

例如，在文盲率高的地区，用文字形式做广告，难以收到好效果，而用电视、广播和当场示范表演等形式，才容易为人们所接受。又如在教育水平低的地区，适合采用操作使用、维修保养都较简单的产品；而教育水平高的地区，则需要先进、精密、功能多、品质好的产品。因此，在产品设计和制定产品策略时，应考虑当地的教育水平，使产品的复杂程度、技术性能与之相适应。另外，企业的分销机构和分销人员受教育的程度等，也对企业的市场营销产生一定的影响。

▶▶▶ 2.4 环境分析与营销对策

2.4.1 环境威胁与市场机会

每个企业都面临着许多市场机会和环境威胁。所谓环境威胁是指环境中不利于企业营销的因素及其发展趋势，对企业形成挑战，对企业的市场地位构成威胁；而市场机会是指由环境变化造成的对企业营销活动富有吸引力和利益空间的领域。因为环境具有客观性和多变性，企业只有主动积极地去应对它。为此，企业必须加强对市场营销环境的监测，随时掌握其发展趋势，从中发现市场机会和威胁，预先制定对策，不失时机地把市场上存在的机会变为企业实际有利的时机，使其成为可利用的市场营销机会。面对环境威胁，一是尽可能地避开威胁，减少因威胁带来的损失；二是努力使环境威胁转化为市场机会。

例如，环境保护是各国极为重视的世界性课题，无疑对工业企业是一种极大的威胁。然而，日本松下公司为适应这一环境，建立起了减少浪费、废物利用的生产体系，结果做到了生产电子零件的原材料 100% 利用，并用废物制造其他产品，获得重大成果，给企业创造了丰厚的利润。

由此可见，对市场营销环境的分析至关重要。企业市场营销管理者或企业最高层管理者可以用矩阵分析法对市场营销环境进行分析。

2.4.2 威胁与机会的分析、评价

企业面对威胁程度不同和市场机会吸引力不同的营销环境，需要通过环境分析来评估环境机会和环境威胁。企业一般采用"环境威胁分析矩阵图"和"环境机会分析矩阵图"来分析、评价营销环境。

1. 环境威胁分析

对环境威胁的分析，可采用"环境威胁分析矩阵图"（如图 2-4 所示）分析法。一般着眼于两个方面：一是分析威胁的潜在严重性，即影响程度；二是分析威胁出现的可能性，即出现概率。

在环境威胁矩阵图的四个区域中，I 区域出现威胁的可能性和其潜在的严重性都比较大，是企业实现营销目标的主要障碍，应予以高度重视。II 区域潜在的严重性小，但出现的可能性大；III 区域潜在的严重性大，但出现的可能性小，都必须密切监视其出现与发展变化。IV 区域潜在严重性和出现威胁的可能性都比较小，一般不构成对企业的威胁。

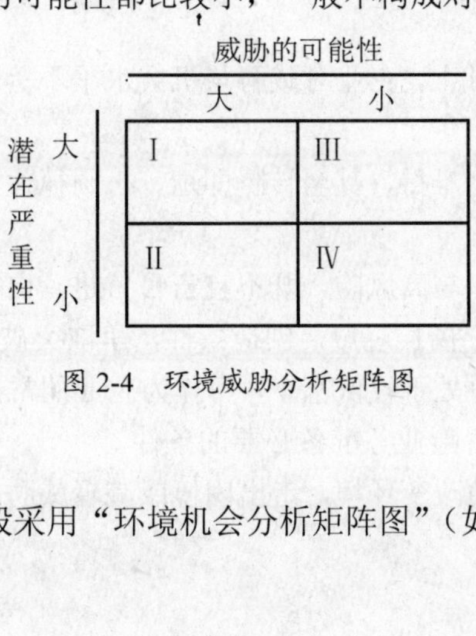

图 2-4　环境威胁分析矩阵图

2. 环境机会分析

对环境机会的分析，一般采用"环境机会分析矩阵图"（如图 2-5 所示）分析法。

潜在吸引力 \ 成功的可能性	大	小
大	I	III
小	II	IV

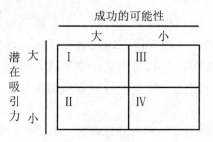

图 2-5　环境机会分析矩阵图

在环境机会分析矩阵图中，横轴代表成功的可能性（企业优势），纵轴表示潜在的吸引力（盈利性）。在图中的四个区域中，I 是最好的营销机会，其潜力和成功的可能性都比较大，企业应抓住这一机会。II 和III区域，各有优势和不利的方面，企业应具体分析。IV区域潜在吸引力和成功的可能性都比较小，没有机会。

3. 综合分析

在营销的过程中，当某一环境发生变化时，往往既是威胁，又是机会。这需要将二者结合起来进行分析，得出“环境分析综合评价图”（如图 2-6 所示），根据“环境分析综合评价图”，可得到四种不同类型的业务，即理想业务、冒险业务、成熟业务、困难业务。

机会水平 \ 威胁水平	低	高
高	理想业务	冒险业务
低	成熟业务	困难业务

图 2-6　环境分析综合评价图

2.4.3　企业营销对策

在环境分析与评价的基础上，企业对威胁与机会水平不等的各种营销业务，要分别采取不同的对策。

对理想业务，应看到机会难得，甚至转瞬即逝，必须抓住机遇，迅速行动；否则，丧失战机，将后悔不及。

对冒险业务，面对高利润与高风险，既不宜盲目冒进，也不应迟疑不决、坐失良机，应全面分析自身的优势与劣势，扬长避短，创造条件，争取突破性的发展。

对成熟业务，机会与威胁处于较低水平，可作为企业的常规业务，用以维持企业的正常运转，并为开展理想业务和冒险业务准备必要的条件。

对困难业务，要么是努力改变环境，走出困境或减轻威胁；要么是立即转移，摆脱无法扭转的困境。

【本章小结】

市场营销环境是存在于企业营销部门外部不可控制或难以控制的因素和力量，是影响企业营销活动及其目标实现的外部条件。环境的基本特点有客观性、差异性、多变性和相关性，是企业营销活动的制约因素，营销管理者应采取积极、主动的态度能动地去适应营销环境。微观营销环境包括企业内部环境、营销渠道企业、顾客、竞争者和公众等方面。宏观营销环境包括人口环境、经济环境、自然环境、政治法律环境、科学技术环境、社会文化环境。按其对企业营销活动的影响，可分为威胁环境与机会环境，前者是指对企业营销活动不利的各项因素的总和，后者是指对企业营销活动有利的各项因素的总和。企业需要通过环境分析来评估环境威胁与环境机会，避害趋利，争取在同一市场机会中比竞争者获得更大的成效。

【思考题】

1. 市场营销环境有哪些特点？
2. 微观营销环境由哪些方面构成？竞争者、消费者对企业营销活动有何影响？
3. 宏观营销环境包括哪些因素？各有何特点？
4. 消费者支出结构变化对企业营销活动有何影响？
5. 结合我国实际说明法律环境对整个营销活动的重要影响。
6. 市场环境分析的方法有哪些？

【学习自测题】

一、单项选择题

1. 市场营销学认为，企业市场营销环境包括____。
   A．人口环境和经济环境　　　　　B．自然环境和文化环境
   C．微观环境和宏观环境　　　　　D．政治环境和法律环境

2. 企业的微观营销环境包括供应商、营销中介、目标顾客、竞争者、公众和____。
   A．企业内部环境　　　　　　　　B．国外消费者
   C．制造商　　　　　　　　　　　D．社会文化

3. 咖啡生产厂商与茶叶生产厂商之间的竞争关系是____。
   A．愿望竞争者　　　　　　　　　B．一般竞争者
   C．产品形式竞争者　　　　　　　D．品牌竞争者

4. 根据恩格尔定律，随着家庭收入增加，用于购买食品的支出占家庭收入的比重会____。
   A．上升　　　B．下降　　　C．大体不变　　　D．时升时降

5. 影响汽车、住房以及奢侈品等商品销售的主要因素是____。
   A．个人可支配收入　　　　　　　B．个人可任意支配收入
   C．消费者储蓄和信贷　　　　　　D．消费者支出模式

6. 麦当劳规定所有餐厅都采用再生纸制成的纸巾，这一措施体现的观念是____。
   A．市场营销观念　　　　　　　　B．关系市场营销观念

C. 绿色营销观念　　　　　　　　　D. 大市场营销观念

7. 来自消费者工资、奖金、红利、租金、退休金、股息等的收入称为____。

A. 名义收入　　　B. 实际收入　　　C. 可支配收入　　　D. 消费者收入

8. 消费者支出模式主要受____影响。

A. 消费者收入　　B. 消费者家庭　　C. 消费者性格　　　D. 消费者职业

9. 录像机与组合音响之间的竞争关系属于____。

A. 愿望竞争者　　　　　　　　　B. 一般竞争者

C. 产品形式竞争者　　　　　　　D. 品牌竞争者

10. 通过市场调查发现，保健品市场的兴起是由于人们的观念变化而引起的，这一因素属于宏观环境中的____因素。

A. 经济　　　　　B. 政治　　　　　C. 社会　　　　　D. 技术

11. 开往北京的列车有普快、新空快车、特快、直达快车，这些列车之间的竞争关系是____。

A. 愿望竞争者　　　　　　　　　B. 一般竞争者

C. 产品形式竞争者　　　　　　　D. 品牌竞争者

12. 铁路公司和航空公司在提供客运服务方面，两者的竞争关系属于____。

A. 愿望竞争者　　　　　　　　　B. 一般竞争者

C. 产品形式竞争者　　　　　　　D. 品牌竞争者

二、多项选择题

1. 企业的目标顾客包括_____。

A. 消费者市场　　　　B. 生产者市场　　　　C. 中间商市场

D. 国际市场　　　　　E. 政府市场

2. 企业进行经济环境分析时，要着重分析的主要因素有_____。

A. 人口出生率　　　　B. 消费者收入水平　　　C. 消费者文化素养

D. 消费者支出模式　　E. 储蓄和信贷情况的变化

3. 企业的微观营销环境的构成要素主要有_____。

A. 竞争者　　　　　　B. 公众　　　　　　　C. 营销渠道企业

D. 企业内部环境　　　E. 目标顾客

4. 企业竞争环境包括的层次有_____。

A. 愿望竞争　　　　　B. 完全竞争　　　　　C. 一般竞争

D. 品牌竞争　　　　　E. 产品形式竞争

5. 市场营销环境的特点大致有_____。

A. 适应性　　　　　　B. 差异性　　　　　　C. 客观性

D. 多变性　　　　　　E. 相关性

三、填空题

1. 指对企业的生存和发展具有实际的或潜在的利害关系或影响力的一切团体或个人，称为（　　）。

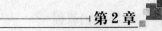

2．随着居民收入水平的提高，合乎规律的变化是人们用于购买食品的比重有所（　　　）。

3．人口环境、经济环境、自然环境等是市场营销的（　　　　）因素。

4．（　　　　　　）是指各种消费者权益保护组织、环境保护组织、少数民族组织等。

5．营销中间商包括（　　　）、（　　　　　　）、（　　　　　　）、（　　　　　　）。

6．（　　　　　）是指影响企业取得资金能力的任何集团，如银行、投资公司、保险公司等。

7．（　　　　　）是指报纸、杂志、广播、电视等具有广泛影响的大众媒体。

8．（　　　　　）是指负责管理企业业务经营活动的有关政府机构。

9．（　　　　　　　）就是在个人收入中扣除税款和非税性负担后所得余额。它是个人收入中可以用于消费支出或储蓄的部分，构成实际的购买力。

10．（　　　　　　　　）即在个人可支配收入中减去用于维持个人与家庭生存不可缺少的费用（如房租、水电、食物、燃料、衣物等项开支）后剩余的部分。

四、名词解释

1．市场营销环境

2．营销中间商

3．微观环境

4．宏观环境

5．公众

6．环境威胁

7．市场机会

五、简答题

1．简述营销环境的特点。

2．简述人口环境对市场营销活动的影响。

3．简述科学技术环境对市场营销活动的影响。

4．简述经济环境对市场营销活动的影响。

5．简述市场营销微观环境诸因素。

6．简述市场营销宏观环境诸因素。

7．简述竞争者的主要类型。

8．简述企业营销对社会文化环境的研究一般从哪几个方面入手。

六、论述题

1．论述企业营销与营销环境的关系。

2．论述在环境分析与评价的基础上，企业对威胁与机会水平不等的各种营销业务，要分别采取什么营销对策。

七、案例分析题

1．日本丰田汽车公司在多年前开拓美国市场时，首次推向美国市场的车牌"丰田宝贝"仅售出 228 辆，出师不利，增加了丰田汽车以后进入美国市场的难度。丰田汽车公司面临的营销环境变化及其动向如下。

（1）美国几家汽车公司名声显赫，实力雄厚，在技术、资金方面有着别人无法比拟的优势。

（2）美国汽车公司的经营思想是：汽车应该是豪华的，因而其汽车体积大，耗油多。

（3）竞争对手除了美国几家大型汽车公司外，较大的还有已经先期进入美国市场的日本本田汽车公司，该公司已在东海岸和中部地区站稳了脚跟。该公司成功的主要原因有：以小型汽车为主，汽车性能好，定价低；有一个良好的服务系统，维修服务很方便，成功地打消了美国消费者对外国车"买得起，用不起，坏了找不到零配件"的顾虑。

（4）丰田汽车公司忽视了美国人的一些喜好，许多地方还是按照日本人的习惯设计的。

（5）日美之间不断增长的贸易摩擦，使美国消费者对日本产品有一种本能的不信任和敌意。

（6）美国人的消费观念正在转变，他们将汽车作为地位、身份象征的传统观念逐渐减弱，开始转向实用化。他们喜欢腿部空间大、容易行驶且平稳的美国车，但又希望大幅度减少用于汽车的耗费，如价格低、耗油少、耐用、维修方便等。

（7）消费者已意识到交通拥挤状况的日益恶化和环境污染问题，乘公共汽车的人和骑自行车的人逐渐增多。

（8）在美国，核心家庭大量出现，家庭规模正在变小。

问题：

（1）分析环境威胁和市场机会。

（2）分析丰田公司的类型。

2．沈阳飞龙医药保健集团自 1991 年组建以来，4 年完成销售额 20 亿元，实现利润 4.2 亿元，成长为全国保健品行业的执牛耳者，其生产的延生护宝液成为明星产品。然而，天有不测风云，从 1994 年下半年开始，国内保健品市场一片混乱。1995 年年初，全国一下子冒出 2.8 万种保健品，泛滥成灾，严重地冲击了沈阳飞龙医药保健集团的销售。调查显示，卫生部原来对保健品按三类中药审批，如同报新药一样严格。后来，不知哪个部门开了个口子，发保健品生产许可证，检测标准参照食品。标准的放松造成了保健品市场的失控：凡是液体类的保健品按饮料标准检测，和检验汽水差不多，只要大肠杆菌达标就可生产。加之药品不受广告法规的限制，使保健品的营销环境发生了天翻地覆的变化。沈阳飞龙医药保健集团管理层由于耳目不灵，对放松的政策措手不及，销售严重滑坡。

问题：

（1）沈阳飞龙医药保健品集团的失误对你有些什么启示？

（2）沈阳飞龙医药保健品集团该如何重拾江山？

第 3 章
市场购买行为分析

【学习目标】

◆ 了解消费者市场的特点及购买行为模式。

◆ 了解有哪些因素影响消费者的购买行为，它们是怎样影响的。

◆ 掌握消费者购买行为的类型。

◆ 掌握消费者购买决策的过程。

◆ 掌握对生产者市场购买行为的分析。

▶▶▶3.1 消费者市场与消费者购买行为模式

3.1.1 消费者市场的含义及其特点

1. 消费者市场的含义

所谓消费者市场，是指个人或家庭为了生活消费而购买产品和服务的市场。在社会再生产的循环中，生活消费是产品和服务流通的终点，即消费者的购买是最终消费的购买，所有生产经营企业的产品的市场需求都是直接或间接地由消费者市场所引起的，消费者市场的变动会直接或间接地影响到企业的生产经营。

2. 消费者市场的特点

（1）广泛性、多样性。消费者的需求是多样的，从日常用品到高档消费品，人们的需求是多样的。由于消费者的收入水平不同，所处社会阶层不同，消费者的需求会表现出一定的不同。

不同地区的消费者可能具有相同的需求，作为营销人员必须考虑到所有的消费者，如何流通到消费者的手中。从城市到乡村，从国内到国外，消费者市场无处不在。

（2）复杂性。由于消费者受到年龄、性别、身体状况、性格、习惯、文化、职业、收入、教育程度和市场环境等多种因素的影响和制约，决定了他们具有不同的消费需求和消费行为；在消费过程中，他们所购买的商品的品种、规格、质量、花色和价格千差万别，购买差异大、消费层次多。这也就使消费者市场呈现出复杂多样的特征。

（3）易变性、流行性。时代不同，消费者的需求也会随之不同，消费者市场中的商品具有一定的流行性。这主要是一些非品牌忠诚者体现出来的特点，观念、环境、家庭模式都会导致消费者的需求发生变化。当然，随着生活水平的提高，人们对商品的需求也会发生变化，比如 PVC 保鲜膜就是一个典型的例子，人们直接拒绝消费这类产品。消费需求不仅受消费者内在因素的影响，还会受环境、时尚、价值观等外在因素的影响。

（4）情感性。消费品种类繁多，消费者对所购买的商品大多缺乏专门的甚至是必要的知识，只能根据个人好恶和感觉做出购买决策，受情感因素影响大，受企业广告宣传和推销活动的影响大。

（5）非盈利性。消费者购买商品是为了获得某种使用价值，满足自身的生活消费的需要，而不是为了盈利去转手销售。

（6）非专业性。消费者对大多数产品都缺乏专门的知识，对所购买的产品的性能、质量、制造过程、工艺水平、使用、保管和维修的方法并不了解或知之甚少，根据这一特点，经营者就需要宣传介绍自己的产品，促使消费者了解自己的产品性能和使用方法，以便产生购买的兴趣，做出购买的决策。

（7）替代性。商品经济条件下，消费品种类繁多，规格、样式等也很多，商品的专用性相对不强，不同品牌甚至不同品种之间往往可以互相替代，如不同品牌的电视机。家庭中购买了一台康佳牌电视机，一般就不会再购买一台熊猫牌电视机。毛衣与皮衣虽属不同种类也可互相替代。由于商品替代性的特点，消费者在有限购买力的约束下对满足哪些需要以及选择哪些品牌来满足需要必然慎重地决策且经常变换，导致购买力在不同产品、品牌和企业之间流动。同时，也决定了生产经营同类商品的企业之间必然要存在着激烈的竞争。

（8）需求弹性较大，受价格影响明显。消费者生活必需品的需求受价格涨落和收入变化影响不大，但选购品和高档耐用品需求受价格涨落和收入变化影响较大，还可以产生替代需求。收入多则增加购买；收入少，则减少购买。商品价格高或储蓄率高时减少消费，商品价格低或储蓄率低增加消费。

3.1.2 消费者购买行为模式

消费者市场涉及的内容千头万绪，从哪里入手进行分析？市场营销学家归纳为以下 7 个方面。

市场由谁构成？（Who）	购买者（Occupants）
消费者购买什么？（What）	购买对象（Objects）
消费者为何购买？（Why）	购买目的（Objectives）
有谁参与消费者的购买活动？（Whom）	购买组织（Organizations）
消费者怎样购买？（How）	购买方式（Operations）
消费者何时购买？（When）	购买时间（Occasions）
消费者在何地购买？（Where）	购买地点（Outlets）

由于后 7 个英文单词的开头字母都是 O，所以称为"7O"研究法。

认识购买者的起点是刺激反应模式（如图 3-1 所示）。营销和环境的刺激进入购买者的意识，购买者的个性和决策过程导致了一定的购买决定。市场营销者的任务是，了解在外部刺激和购买决策之间，购买者的意识发生了什么变化。

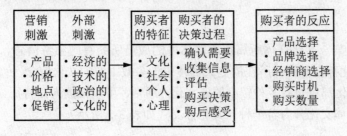

图 3-1　刺激反应模式

➤➤➤3.2　影响消费者购买行为的主要因素

消费者生活在纷繁复杂的社会之中，购买行为受到诸多因素的影响。要透彻地把握消费者购买行为，有效地开展市场营销活动，必须分析影响消费者购买行为的有关因素。影响消费者行为的主要因素有文化因素、社会因素、个人因素、心理因素（如表 3-1 所示）。其中，文化因素、社会因素属于外在因素，而个人因素、心理因素属于内在因素。

表 3-1　影响消费者购买行为的主要因素

文化因素	社会因素	个人因素	心理因素
文化	相关群体	年龄和家庭生命周期	需要与动机
亚文化	家庭	职业	知觉
社会阶层	身份和地位	经济状况	学习
		生活方式	信念和态度
		个性和自我观念	

3.2.1　文化因素

文化因素对消费者的行为具有最为广泛和最深远的影响。购买者的文化、亚文化和社会阶层对购买行为起着重要影响。

1. 文化

文化指人类从生活实践中建立起来的价值观念、道德、信仰、理想和其他有意义的象征的综合体。每一个人都在一定的社会文化环境中成长，通过家庭和其他主要机构的社会化过程学到和形成了基本的文化观念。文化是决定人类欲望和行为的基本因素，几乎存在于人类思想和行为的每一个方面。文化不能支配人们的生理需要，但是可以支配人们满足生理需要的方式。比如，文化不能消除人们的饥饿感，但是它可以决定在何时何地采用何种方式消除自己的饥饿感。文化的差异引起消费行为的差异，表现为婚丧、服饰、饮食起居、建筑风格、节日、礼仪等物质和文化生活等各个方面的不同特点。比如，中国的文化传统是仁爱、信义、礼貌、智慧、诚实、忠孝、上进、尊老爱幼、尊师重教等。

2. 亚文化

亚文化是指某一文化群体所属次级群体中的成员所共有的独特信念、价值观和生活习惯。每一种亚文化都会坚持其所在的更大群体中大多数主要的文化信念、价值观和行为模式，同时，每一种文化都包含着多种较小的亚文化。通常，可以根据人口特征、地理位置、宗教信仰等将一种主体文化分为若干种亚文化分支（如表3-2所示）。

表3-2　亚文化的类型

人口统计指标	亚文化举例	人口统计指标	亚文化举例
年龄	少年、青年、中年、老年	职业	技工、会计、秘书、科学家等
宗教信仰	佛教、基督教、伊斯兰教	收入水平	富有阶层、中产阶级、贫困阶层
种族	汉族、回族、蒙古族等	地理位置	东南部、西南部、西北部
国籍	中国人、美国人、法国人等	家庭类型	单亲家庭、双亲家庭
性别	男人、女人		

同一亚文化群体中的成员具有某些共同的信仰、价值观念、爱好和行为习惯，而不同亚文化群体之间在价值观、爱好和行为习惯等方面则呈现出较显著的差异。例如，不同的民族都具有独特的风俗习惯和消费传统，回族喜爱白色，饮食方面有严格的禁忌；蒙古族习惯住帐篷，吃牛羊肉，喝烈性酒等。不同宗教的亚文化也具有不同的文化倾向、习俗和禁忌，如伊斯兰教、基督教和佛教在文化方面表现出的差异。地理环境上的差异也导致许多方面的差别，如中国北方人喜欢吃饺子，南方人喜欢吃米饭，西部人则喜欢吃饼。

小链接

美籍亚裔人的购买模式

美国有70%的亚洲人是移民，大多数人的年龄在25岁以下。最近，美国商务部统计局的统计数字表明，亚裔美国人是美国增长最快的种族亚文化群体。这一亚文化群体由中国人、日本人、菲律宾人、朝鲜人、亚洲印第安人、东南亚各国及太平洋岛国的人民组成。由于亚裔亚文化如此多种多样，要将这一群体的购买模式加以概括非常困难。有关亚裔美国消费者的研究提出，这一亚文化的个人和家庭可分为两个群体：

1. "同化的"亚裔美国人

他们精通英语，受过高等教育，担任专家和经理职位，表现出的购买模式与典型的美国人非常相似。

2. "未同化的"亚裔美国人

他们是新近的移民，仍保持自己原来的语言和风俗习惯。亚裔美国人这种多样化的语言、风格和口味的明显差别，要求营销者必须对亚洲各国有敏锐的认识。例如，美国

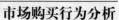

安休斯—布希农场公司的农产品销售部所销售的 8 个不同品种的加州米,便各标以不同的亚洲标签,以覆盖一系列的民族和口味。该公司的广告还述及中国、日本、朝鲜对不同种类饭碗的各自偏好。

一些研究还表明,作为一个整体的美籍亚裔亚文化群体,具有一些共同的特征,如勤奋、家庭观念强烈、欣赏教育、中等家庭的收入超过白人家庭。而且这一亚文化也是美国最具创业心的群体,这可从亚洲人企业成员的表现得到明证。根据这些特质,美国人寿保险公司大都会将亚洲人作为一个主要的保险目标市场。

资料来源:吕朝晖.市场营销学.北京:化学工业出版社,2007.

3. 社会阶层

社会阶层是社会学家根据职业、收入来源、教育水平、价值观念和居住区域对社会人口进行的一种分类,是按照层次排列的、具有同质性和持久性的社会群体。

每一社会中都存在着不同的社会阶层,每一阶层的成员都具有类似的行为、兴趣和价值观念。不同社会阶层的人,在购买行为和购买种类上都有明显的差异性。市场营销人员可以针对不同社会阶层,采取相应的营销策略。例如,可以集中全力于某些阶层的需求品;可考虑建立适当类型的分销网点以便更有力地吸引目标市场的消费者;可考虑采用不同阶层人士最易接触的广告媒体;可制定最符合不同社会阶层经济状况及心理状况的价格策略等。

小链接▶▶▶

中国社会科学院数十位社会学学者深入中国社会,潜心调查研究,依据科学的分析方法,通过大量翔实的调查数据,对当代中国社会阶层进行了分析,划分出"十大阶层",分别是国家与社会管理者阶层、经理人员阶层、私营企业主阶层、专业技术人员阶层、办事人员阶层、个体工商户阶层、商业服务人员阶层、产业服务人员阶层、农业劳动者阶层、城市无业、失业和半失业人员阶层。

资料来源:张卫东.市场营销:理论与实训.北京:电子工业出版社,2006.

3.2.2 社会因素

消费者行为不仅受到广泛的文化因素的影响,而且也受到社会因素的影响,这些社会因素包括相关群体、家庭、身份和地位等。

1. 相关群体

相关群体是指直接或间接影响一个人的态度、行为或价值观的群体。

1）相关群体的类型

按照不同的标准，相关群体可以划分为不同的类型。

（1）按照成员的身份可以将相关群体分为会员群体和非会员群体。会员群体是指相关群体和被影响的对象都是具有同样身份的人，例如亲人、同事等。非会员群体是指和被影响者虽不具有同样身份，但都会影响被影响者行为的群体。

（2）按照接触的程度和群体对成员的重要性可以将相关群体划分为主要群体和次要群体。主要群体指成员之间具有经常性的面对面的接触和交往，形成亲密关系的群体，例如家庭成员、亲朋好友、同窗同事、邻里等。次要群体是指人们有目的、有组织地按照一定社会契约建立起来的社会群体，规模一般比较大，群体成员之间不能完全接触或者接触比较少，例如消费者所参加的工作、职业协会等社会团体和业余组织。

（3）按照个体的会员资格和群体对个体行为、态度的正面或负面影响可以将相关群体划分为接触群体、渴望群体、否定群体和避免群体。接触群体是指消费者具有会员资格，群体的态度价值观和行为标准被该消费者认同、接受的群体；渴望群体是指消费者虽不具有会员资格，但却仰慕和希望加入的群体；否定群体是指消费者虽然具有会员资格，但对其行为标准、态度和价值持否定或反对态度的群体；避免群体是消费者力图避免加入或对其持否定态度的群体。

2）相关群体对消费者行为的影响

相关群体对消费者行为主要具有信息性影响、规范性影响和认同的影响。

（1）信息性影响。信息性影响指相关群体的价值观和行为被个体作为有用的信息加以参考。这些信息既可以直接地获得，也可以间接地获得；既可以主动收集，也可以被动得到。当消费者对所购产品缺乏了解，凭眼看和手摸难以对产品品质做出判断时，别人的使用和推荐将被视为非常有用的证据。群体在这一方面对个体的影响，取决于被影响者与群体成员的相似性，以及施加影响的群体成员的专长性。例如，某人发现好几位朋友都在使用某种品牌的护肤品，于是她决定试用一下，因为这么多朋友使用它，意味着该品牌一定有其优点和特点。

（2）规范性影响。规范性影响指由于群体规范的作用而对消费者的行为产生影响。规范指在一定社会背景下，群体对其所属成员行为合适性的期待，它是群体为其成员确定的行为标准。无论何时，只要有群体存在，不需经过任何语言沟通和直接思考，规范就会迅速发挥作用。规范性影响之所以发生和起作用，是由于奖励和惩罚的存在。为了获得赞赏和避免惩罚，个体会按群体的期待行事。例如，某个产品广告宣称如果使用某种产品就会受到群体的赞赏，那么群体中的成员必然会仿效之。

（3）认同的影响。认同的影响指个体自觉遵循或内化相关群体所具有的信念和价值观，从而在行为上与之保持一致。例如，现在韩流盛行，青少年消费者穿着宽大的上衣和肥腿裤，刻意模仿韩国人的穿着风格，就是为了得到他人的认同。个体之所以在没有外在奖惩的情况下能够自觉遵守群体的规范和信念，主要是由于两方面的力量：一方面是个体可能利用相关群体来表现自我，提升自我形象；另一方面是该群体可能是个体的渴望群体，或个体对该群体非常忠诚，从而视群体价值观为自身的价值观。

营销人员研究相关群体的目的是，选择与目标市场的消费者关系最密切、传递信息最有效的相关群体来影响消费者，以求让他们迅速认同、接受商品。

2. 家庭

消费者以个人或家庭为单位购买产品，家庭成员和其他有关人员在购买活动中往往起着不同作用且相互影响，构成了消费者的"购买组织"。分析这个问题，有助于企业抓住关键人物开展营销活动，提高营销效率。家庭不同成员对购买决策的影响往往由家庭特点决定，家庭特点可以从家庭权威中心点、家庭成员的文化与社会阶层等方面分析。

1）家庭权威中心点

社会学家根据家庭权威中心点不同，把所有家庭分为以下4种类型。

（1）各自做主型。也称自治型，指每个家庭成员对自己所需的商品可独立做出购买决策，其他人不加干涉。

（2）丈夫支配型。是指家庭购买决策权掌握在丈夫手中。

（3）妻子支配型。是指家庭购买决策权掌握在妻子手中。

（4）共同支配型。是指大部分购买决策由家庭成员共同协商做出。

"家庭权威中心点"会随着社会政治经济状况的变化而变化。由于社会教育水平提高和妇女就业增多，妻子在购买决策中的作用越来越大，许多家庭由"丈夫支配型"转变为"妻子支配型"或"共同支配型"。

2）家庭成员的文化与社会阶层

家庭主要成员的职业、文化及家庭分工不同，在购买决策中的作用也不同。据国外学者调查，在教育程度较低的"蓝领"家庭，日用品的购买决策一般由妻子做出，耐用消费品的购买决策由丈夫做出。在受教育程度高的家庭里，贵重商品的购买决策由妻子做出，普通家庭成员就能决定日用品的购买。

3. 身份和地位

人在一生中要从属于许多群体，如家庭、公司、俱乐部及各类组织。个人在每个群体中的位置可以根据他自己的身份和所处的地位来确定。例如，某人在儿子面前是父亲，在妻子面前是丈夫，在公司是经理。身份是周围的人对一个人的要求或一个人在各种不同场合应起的作用。每种身份都伴随着一种地位，反映了社会对他的总评价。消费者做出购买选择时往往会考虑自己的身份和地位，如一个高端的商务旅行者一般不会就餐于普通的小餐馆，因为他会担心被熟人看到。如果企业能把自己的产品或品牌变成某种身份或地位的标志或象征，将会吸引特定目标市场的顾客。

3.2.3　个人因素

个人因素包括年龄和家庭生命周期、职业、经济状况、生活方式、个性和自我观念。

1. 年龄和家庭生命周期

不同年龄的消费者的欲望、兴趣和爱好不同，他们购买或消费商品的种类和式样也有区别。例如，儿童是糖果和玩具的主要消费者，青少年是文体用品和时装的主要消费者，成年人是家具的主要购买者和使用者，老年人是保健用品的主要购买者和消费者。不同年龄的消费者的购买方式也各有特点。青年人缺少经验，容易在各种信息影响下出现冲动性购买；中老年人经验比较丰富，常根据习惯和经验购买，一般不太重视广告等商业性信息。

家庭生命周期，是指消费者从年轻时离开父母独立生活到年老的家庭生活的全过程。根据消费者的年龄、婚姻和子女等状况，可以把家庭生命周期分为以下 7 个阶段。

（1）独立生活的单身青年——穿戴比较时髦，参与许多体育娱乐活动。

（2）没有孩子的年轻夫妇——需要购买汽车、家具、电冰箱等耐用消费品，并时常支出一定的旅游费用。

（3）有 6 岁以下婴幼儿的年轻夫妇——需要购买洗衣机、婴儿食品、玩具及支付保育费等。

（4）子女大于 6 岁，已入学，需购买大量食品、清洁用品、自行车及教育和娱乐支出。

（5）子女已长大，但尚未独立，夫妇已不很年轻，经济状况尚好，不易受广告影响，在孩子用品和教育等方面花钱较多，更新耐用消费品。

（6）与孩子分居的年纪较大的夫妇——会购买较多的非生活必需品、礼品和保健用品，支出一定的旅游费用。

（7）单身老人——多数已退休，收入下降，购买特殊食品和保健用品、医疗服务。

由于消费者在家庭生命周期不同阶段上的欲望和购买行为有一定的差别，企业可以制定专门的市场营销计划来满足处于某一或某些阶段的消费者的需要。

2. 职业

不同的职业决定着人们的不同需要和兴趣。例如，蓝领工人与公司总裁的需要肯定不同，大学教授和打字员的需要也会有很大差别。这不仅是由于不同的工作性质和劳动环境所造成的，也与人们处在不同的社会阶层中所具有的价值观念、生活方式、经济状况等方面不同具有密切的关系。因此，营销人员应该对各种不同职业群体的需要进行深入的调查研究，找出对自己产品或服务感兴趣的职业群体，并根据其职业特点制定适当的营销组合策略。

3. 经济状况

一个人的经济状况，取决于他的可支配收入的水平、储蓄和资产、借贷能力以及他对开支与储蓄的态度。由此决定的个人购买能力，在很大程度上制约着个人的购买行为。消费者一般都在可支配收入的范围内考虑以最合理的方式安排支出，以便更有效地满足自己的需要。收入较低的顾客往往比收入较高的顾客更关心价格的高低。如果企业经营与居民购买力密切相关的产品，就应特别注意居民个人收入、储蓄率的变化及消费者对未来经济形势、收入和商品价格变化的预期。

4. 生活方式

生活方式是人们根据自己的价值观念等安排生活的模式，并通过其活动、兴趣和意见表现出来。例如，某人以成为艺术家为目标，必然采取艺术家所特有的生活方式，具有同艺术家相似的兴趣和见解，从事各种与艺术有关的活动。生活方式是影响个人行为的心理、社会、文化、经济等各种因素的综合反映。勾画了人与环境相互作用后形成的更完整的人，往往比社会阶层、文化、个性等反映的人的特性更完整、深邃得多。

市场营销向消费者提供实现其各种不同生活方式的手段，同时，营销人员也有必要运用价值观分类法或活动、兴趣、意见分类法划分出各种类型的生活方式，如把大量时间和精力投入工作和学习的"进取型"生活方式和重视家庭生活、依惯例行事的"归属型"生活方式等。具有不同生活方式的消费者对一些商品或品牌有各自的不同的偏好，营销者需深入了解产品与各种生活方式消费者群体的关系，从而加强产品对消费者生活方式的影响。

5. 个性和自我观念

个性（Personality）是指能导致一个人对自身环境产生相对一致和持久的反应的独特心理特征。在分析特定产品或品牌的消费行为时，个性会很有帮助。例如，一家啤酒公司发现，常饮很多啤酒的人往往比较外向、自强。企业根据这些，就可以建立能吸引这类消费者的品牌形象，通过广告大力宣传与这些人个性相符的产品特色，使得这些嗜饮啤酒的人有亲切感，觉得这正是属于他们的品牌。

自我观念是描述我们如何看待自己或别人如何看待自己的一幅复杂心灵图画。每一个人都会认为自己是什么类型的人，或认为别人会把自己看做是属于什么类型的人，因而在行为上表现应与自己的身份相符。因此，市场营销所塑造的产品形象，必须与目标市场消费者的自我形象相符，显然，人们是不会选择那些不符合其自我观念的产品和品牌的。

小链接 >>>

广州女人大胆消费没商量

假如广州、北京、上海三地的女人手里均握着 100 元钱。北京女人掂量再三才花 50 元，然后把剩下的 50 元存起来；上海女人则在考虑如何用这 100 元去赚 100 元，而广州女人则想也没想就把 100 元迅速消费掉，然后就向北京女人和上海女人借……

广州女人给我的印象就是非常实惠，崇尚及时享乐，也很懂得享受，凡有什么衣食住行的新鲜玩意，她们奔走相约，第一时间去玩乐，大手笔地花钱，有多少花多少而不考虑储蓄起来，未雨绸缪以备不时之需，所以，广州女人的银行存折里通常空空如也。

广州女人，最能体现广州人的精明。在言谈举止上，不像京妞们大大咧咧冲口而出的豪爽劲，广州女人说话总要琢磨再三。打扮上，广州女人更比不上"上海宝贝"，广州是繁华之地，却非时装中心便是一证，广州女人精打细算，不会将钱花在打扮上。所以，广州女人务实、贤惠、强悍。走在西关街道上，你随处可见广州女人勤劳的身影，在大小商铺里，她们往往是掌事人，雷厉风行，指挥若定，男人也只是她们的配角。广州女人在家庭里任劳任怨，大小事务一揽在身。

资料来源：高秀丽，姚惠泽，吕彦儒.市场营销.上海：上海财经大学出版社，2007.

3.2.4　心理因素

消费者行为除受个人因素影响外，还会受到心理因素的影响。心理因素包括需要与动机、知觉、学习、信念和态度等。

1. 需要与动机

动机是一种驱使人满足需要、达到目标的内在驱动力，能够及时引导人们去探求满足需要的目标。行为科学认为，动机是人行为的直接原因，并规定了行为的方向。因此，研究消费者行为必须研究其动机。

人的行为是由动机支配的，而动机又是由需要引起的。消费者需要是指消费者生理和心理上的匮乏状态，即感到缺少什么，从而想获得它们的状态。人的需要是多种多样的，这些需要可以从多个角度予以分类。美国人本主义心理学家马斯洛（Abraham H. Maslow）将人类需要按由低级到高级的顺序分为五个层次，如图 3-2 所示。

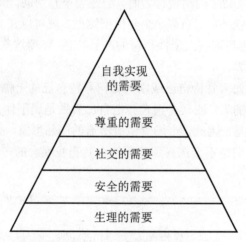

图 3-2　马斯洛的需要层次理论

（1）生理的需要。生理的需要是维持个体生存和人类繁衍所必需的一种最基本的需要，例如对食物、氧气、水、睡眠等的需要。生理的需要是人类最低层次的需要，也是最基本、最原始的需要。

（2）安全的需要。生理的需要获得满足以后，人们就会产生希望自己在生理及心理方面免受伤害，获得保护、照顾和安全感的需要，即安全的需要，例如要求身心健康、安全有序、稳定的工作和有保障的生活等。

（3）社交的需要。安全的需要得到保障以后，人们就会追求社会交往的需要，即在社会生活中，希望给予或接受他人的友谊，得到各个群体的承认。例如结识朋友，交流情感，表达和接受爱情，融入某些社会团体并参加他们的活动等。

（4）尊重的需要。社交的需要得到满足后，一个人就希望在社会上获得荣誉，受到尊敬，得到好评，拥有一定的社会地位，即尊重的需要。尊重的需要是与个人的荣辱感紧密联系在一起的，它包括独立、自信、地位、名誉等多方面的内容。与前面三个层次的需要不同，尊重的需要是人类高层次的发展需要。

（5）自我实现的需要。自我实现的需要是希望发挥自己的潜能，实现自己的理想和抱负的需要。自我实现是人类最高级的需要，它涉及求知、审美、创造、成就等内容。

马斯洛认为，一个人会同时存在多种多样的需要，包括物质和精神需要。但是，每种需要的重要性，在特定时期并不一样。每一个人都会首先寻求满足他的最重要、最迫切的需要，即需要结构中的主导需要。这个主导需要形成的驱动力就是他的行为动机，在他成功地满足这个主导需要以后，该需要就会失去激励的作用。他势必转而注意下一个相对较为重要的需要。一般来说，人对需要的满足，是从较低的层次向较高的层次，从基本的需要向发展的需要发展的。

马斯洛的需要层次理论有一定的合理因素，在一定程度上揭示了人的需要变化的一般规律，以及需要结构中各种需要之间的关系，对分析消费者行为的发展趋势有一定的借鉴意义。

2．知觉

知觉是人们对外部世界的主观的、概念化的反映。一个被激励的人随时准备行动，然而，他如何行动受其对外界情况的知觉程度的影响。处于相同的激励状态和目标情况下的两个人，其行为可能大不一样。这是由于他们对情况的知觉各异。人的行为源于其知觉世界，由于人的知觉世界的不同，不同的人可以有千差万别的行为。人们之所以对同一刺激物产生不同的知觉，是因为人们要经历三种知觉过程，这种"有选择性的心理过程"主要包括三个方面。

（1）选择性注意。指人在同一时间内只能感知周围的少数对象，其他的对象则被忽略了。比如一个想买彩色电视机的消费者，走进琳琅满目的大商场，尽管呈现在他面前的有电冰箱、洗衣机、收录机，但他真正关心、注意的只有电视机的广告和展销的电视机产品，而其他产品的广告和样品不会给他留下太深的印象。

（2）选择性曲解。又称选择性知觉，指人们对感觉到的事物，并不是照相似的反映出来，而往往是按照自己的先入之见，或根据自己的兴趣、爱好即按个人意愿来说明、解释。

（3）选择性记忆。人们只是记住那些与自己的看法、信念相一致的东西。对于购买者来说，他们往往记住自己喜爱的品牌商品的优点，而忘掉其他竞争品牌商品的优点，这就是选择性记忆。

3．学习

学习指由于后天经验而引起个人知识结构和行为的改变。内在需要引起购买某种商品的动机，这种动机可能在多次购买之后仍然重复产生，也可能在一次购买之后即行消失。对于为何会重复或消失，心理学家认为来自"后天经验"，可用"学习的模式"来表述（如图3-3所示）。

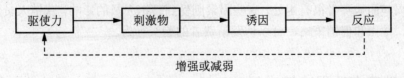

图 3-3　学习的模式

（1）驱使力。指存在于人体内驱使人们产生行动的内在刺激力，即内在需要。心理学家把驱使力分为原始驱使力和学习驱使力两种。原始驱使力指先天形成的内在刺激力，如饥、渴、逃避痛苦等。学习驱使力指后天形成的内在刺激力，如恐惧、骄傲、贪婪等。成人会担心财产安全、交通安全，希望工作取得成就等，这些都是从后天环境中学习得到的。

（2）刺激物。指可以满足内在驱使力的物品。比如，人们感到饥渴时，饮料和食物就是刺激物。如果内在驱使得不到满足，人就会处于"紧张情绪"中，只有相应刺激物可使之恢复平静。当驱使力发生作用并驱使人们寻找相应刺激物时，就成为动机。

（3）诱因。指刺激物所具有的能驱使人们产生一定行为的外在刺激，可分为正诱因和负诱因。正诱因指吸引消费者购买的因素，负诱因指引起消费者反感或回避的因素。所有营销因素均可成为诱因，如刺激物的品种、性能、质量、商标、包装、服务、价格、销售渠道、销售时间、人员推销、展销、广告等。

（4）反应。指驱使力对具有一定诱因的刺激物所发生的反射行为。比如，是否购买某商品以及如何购买等。

（5）增强或减弱。指驱使力对具有一定诱因的刺激物发生反应后的效果。若效果良好，则反应被增强，以后对具有相同诱因的刺激物就会发生相同的反应；若效果不佳，则反应被削弱，以后对具有相同诱因的刺激物不会发生反应。

4. 信念和态度

消费者在购买和使用商品的过程中形成了信念和态度。这些信念和态度又反过来影响人们的购买行为。

信念，是人们对某种事物所持的看法，如相信某种电冰箱省电，制冷快，容量大，售价合理。又如，某些消费者以精打细算、节约开支为信念。一些信念建立在科学的基础上，能够验证其真实性，如认为电冰箱省电的信念可以通过测试证实；另一些信念却可能建立在偏见的基础上。企业应关心消费者对其商品的信念，因为信念会形成产品和品牌形象，会影响消费者的购买选择。如果因误解限制了购买，企业应开展宣传运动，设法纠正消费者的信念。

消费者在长期的学习和社会交往的过程中形成了态度。所谓态度，是人们长期保持的关于某种事物或观念的是非观、好恶观。消费者一旦形成对某种产品或品牌的态度，以后就倾向于根据态度做出重复的购买决策，不愿费心去进行比较、分析、判断。因此，态度往往很难改变。对某种商品的肯定态度可以使它长期畅销，而否定态度则可以使它一蹶不振。企业在一般情况下应使产品迎合人们现存的态度，而不是设法改变这种态度，因为改变产品设计和推销方法要比改变消费者的态度容易得多。

综上所述，一个人的购买行为是文化因素、社会因素、个人因素和心理因素之间相互影响和作用的结果。这其中有些因素是营销人员无法改变的，但这些因素对于营销人员识别那些对产品有兴趣的购买者很有用处。有些因素则受到营销人员的影响，营销人员借助有效的产品、价格、地点和促销策略，可以诱发消费者的购买行为。

▶▶▶3.3　消费者购买决策过程

消费者购买决策过程是消费者购买动机转化为购买活动的过程。不同消费者的购买决策过程既有特殊性，也有一般性，研究这个过程可以更有针对性地制定营销组合策略，从而满

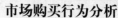

足需求、扩大销售。

3.3.1　消费者购买决策过程的参与者

消费者购买决策过程的参与者有以下 5 种。

（1）发起者，指首先提出或发现需要购买某种产品的人。

（2）影响者，指对最终购买决策能够产生影响的人。

（3）决策者，指最后对购买做出决策的人，比如是否购买，购买哪种品牌，购买多少，在哪个商店购买等。

（4）购买者，指具体执行购买行为的支付货款的人。

（5）使用者，指实际使用或消费商品的人，即最终消费者。

消费者在购买决策中，可能扮演上述 5 种参与者中的一种，也有可能是全部角色。消费者以个人为单位购买时，5 种角色可能同时由一人担任；以家庭为购买单位时，5 种角色往往由家庭不同成员分别担任。例如，一个家庭要购买一台录音机，发起者可能是孩子，他认为有助于提高自己学习英语的效率。影响者可能是爷爷，他表示赞成。决定者可能是母亲，她认为孩子确实需要，根据家庭目前经济状况也有能力购买。购买者可能是父亲，他有些电器知识，带上现金去商店选购。使用者是孩子。

在以上 5 种角色中，营销人员最关心决定者是谁。某些产品和服务很容易辨认购买决定者，例如，男性一般是烟酒的购买决定者，女性一般是化妆品的购买决定者，高档耐用消费品的购买决定往往由多人协商做出。有些产品不易找出购买决定者，则要分析家庭不同成员的影响力，而这种影响力有时很微妙。美国学者曾对家庭购买新轿车的情况进行研究，发现在买与不买的问题上，主要由夫妻双方共同决定。但在不同的决策阶段，角色扮演有所变化。对于"何时买车"的决策，68%的家庭由男主人决定，只有 3%的家庭由女主人决定，29%的家庭是共同决定。对于"买什么颜色的车"，夫妻一方单独决定的各占 25%，50%的家庭共同决定。许多产品的购买还存在着"名义决定者"和"实际决定者"之分。例如，一位男士购买空调是自己做出的决策，实际上却是他的妻子起了决定作用。妻子可能是用直接的命令、要求、劝告或威胁，也可能是用含蓄的语言、表情或体态语言表达了自己的要求，操纵了购买决策，丈夫只是"名义决定者"。辨认购买决定者，有助于将营销活动有效地指向目标顾客，制定正确的促销战略。

辨认谁是商品的实际购买者也很重要，因为他往往有权部分更改购买决策，如买什么品牌，买多少，何时与何地购买等，企业应据此开展商品陈列和广告宣传活动。

3.3.2　消费者购买行为类型

消费者如何做出购买行为，因其情境而异，购买牙膏、网球拍、个人计算机和汽车之间存在着很大差异。购买的商品越复杂、昂贵，消费者考虑得就越多、参与程度也越高。依据消费者的参与程度和品牌间的差异程度，可以将购买行为分为四种类型，如表 3-3 所示。

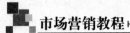

表3-3　消费者购买行为类型

购买参与程度 品牌差异程度	高	低
大	复杂的购买行为	寻求多样化的购买行为
小	减少失调感的购买行为	习惯性的购买行为

1. 复杂的购买行为

消费者面对不熟悉的、单位产品价值高且重复购买率低的商品时，考虑的相关因素必然很多。如果这类商品的品牌差异较大，则消费者将会采取更复杂的购买行为。一般来说，如果消费者不知道产品类型，不了解产品性能、更不知晓各品牌之间的差异，并且缺少购买、鉴别和使用这类产品的经验或知识，则需要花费大量的时间收集信息，学习相关知识，做出认真的比较、鉴别和挑选等购买努力。

对于这种类型的购买，消费者经历了一个学习的过程，从收集信息到形成态度到产生偏好，最后做出慎重的购买选择。例如，购买汽车就是一种复杂的购买行为。消费者需要对自动导航、自动变速、安全保护、尾气排放、发动机最大输出功率等各项汽车指标进行了解，对各种品牌汽车进行比较，还需要多方征询专家的意见，最后才能做出购买决策。

对于购买参与程度高的产品，市场营销人员必须了解消费者做出购买行为的过程。市场营销人员需要知道如何满足消费者收集信息的需求，从而通过各种媒体和广告文稿，来帮助消费者了解这类产品的各种属性、各种属性的相对重要程度以及本公司在比较主要的属性方面的优势；还可以通过某些特殊手段，来强化品牌特征，如有些汽车经销商定期举行汽车维修讲座，以及新产品性能的发布会。

2. 减少失调感的购买行为

当消费者高度介入某项产品的购买，但又看不出各品牌有何差异时，对所购产品往往产生失调感。因为消费者购买一些品牌差异不大的商品时，虽然他们对购买行为持谨慎态度，但他们的注意力更多的是集中在品牌价格是否优惠、购买时间、地点是否便利，而不是花很多精力去收集不同品牌之间的信息并进行比较，而且从产生购买动机到决定购买之间的时间较短。因此，这种购买行为容易产生购后的不协调感：即消费者购买某一产品后，或因产品自身的某些方面不称心，或得到了其他产品更好的信息，从而产生不该购买这一产品的后悔心理或心理不平衡。为了改变这样的心理，追求心理的平衡，消费者广泛地收集各种对已购产品有利的信息，以证明自己购买决定的正确性。

针对这一心理调节过程，市场营销人员就应在运用各种营销手段，影响消费者迅速做出购买决策的同时，通过各种媒介，加强与消费者的沟通，以期减轻消费者心中的不协调感觉。例如，市场营销人员可以就产品的售后服务和使用过程中的问题与购买者进行交流，加强对产品市场占有率的提高和获得某类奖项等产品优势的宣传，这些都会加快消费者的心理调节。

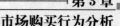

3. 寻求多样化的购买行为

消费者在购买的产品品牌差异虽大，但可供选择的品牌很多时，他们并不会花太多的时间选择品牌，而且也不专注于某一产品，而是经常变换品种。这种品种的更换并非对自己已往购买的产品不满意，而是想换换口味。

面对这种购买行为，当企业处于市场优势地位时，应注意以充足的货源占据货架的有利位置，并通过提醒性广告促使消费者形成习惯性购买行为；而当企业处于非市场优势地位时，则应以降低产品价格、免费试用、介绍新产品的独特优势等方式，鼓励消费者进行多种品种的选择和新产品的试用。

4. 习惯性的购买行为

对于价格低廉、经常购买、品牌差异小的产品，消费者不需要花费太多时间进行选择，也无须经过收集信息、评价产品特点等复杂过程。他们也许会长期购买某个品牌的商品，但只是习惯或者出于方便，而不是因为对某个品牌的忠诚。这种行为称为习惯性购买行为。对于这种类型的消费者，企业应通过反复的广告促销活动来刺激消费者的记忆，同时在销售网点的布置、商品的包装和陈列上尽可能地引起消费者的注意，并能方便消费者购买。

此外，可以通过提高消费者的参与程度，来增强消费者对品牌的认识。比如将牙膏同防止蛀牙联系在一起，借人们对自我健康的关心，强化牙膏品牌，将消费者习惯性的购买行为转变为一种有意识的、主动的购买行为。

3.3.3 消费者购买决策的一般过程

消费者的购买决策过程由一系列相互关联的活动构成，它们早在实际购买发生以前就已经开始，而且一直延续到实际购买之后。研究消费者购买决策过程的阶段，目的在于使营销者针对决策过程不同阶段的主要矛盾，采取不同的促销措施。

购买决策过程可划分为以下 5 个前后相继的阶段。实际上，主要是复杂型购买才经过这样完整的 5 个阶段，在其他购买类型中，消费者往往省去其中的某些阶段，有时也颠倒它们的顺序。

1. 确认需要

当消费者感觉到了一种需要且准备购买某种商品去满足它时，对这种商品的购买决策过程就开始了。来自内部的和外部的刺激都可能引起需要和诱发购买动机。企业应了解消费者产生了哪些需要，它们是由什么引起的，程度如何，比较迫切的需要怎样被引导到特定的商品上从而成为购买动机。然后，企业可以制定适当的市场营销策略，引起消费者的某些需要并诱发购买动机。

2. 收集信息

一般消费者确认自己的需要，形成购买动机后，会主动寻找与满足此需要有关的各种信息，急切需要，寻找的积极性高，反之则低。消费者收集信息的范围和数量取决于购买的类型、风险程度等。

收集信息的途径如下。

（1）个人来源，家庭、亲友、邻居、同事等。

（2）商业来源，广告、推销员、经销商、展览。

（3）公共来源，大众传媒、消费者协会、质检报告。

（4）经验来源，产品的检查、对比及使用。

各种来源的信息对消费者购买决策的影响都很重要，一般商业来源主要起通知作用，也是最重要的作用；个人来源主要起评价作用。

对于营销人员来说，必须关注和了解消费者所需的信息来源，以及这些信息对消费者的影响程度。

3. 备选产品评估

消费者在获得全面的信息后，就会根据这些信息和一定的评价方法对同类产品的不同品牌加以评价并决定选择。一般而言，消费者的评价行为涉及 4 个方面。

（1）产品属性。指产品所具有的能够满足消费者需要的特性。产品在消费者心中表现为一系列基本属性的集合。例如，下列产品应具备的属性是：

① 冰箱。制冷效率高，耗电少，噪声低，经久耐用。

② 计算机。信息储存量大，运行速度快，图像清晰，软件适用性强。

③ 药品。迅速消除病痛，安全可靠，无副作用，价格低。

④ 宾馆。洁净，舒适，用品齐全，服务周到，交通方便，收费合理。

在价格不变的条件下，产品有更多的属性将增加其对顾客的吸引力，但是也会增加企业的成本。营销人员应了解顾客主要对哪些属性感兴趣，以确定产品应具备的属性。

（2）品牌信念。指消费者对某品牌优劣程度的总体看法。每一品牌都有一些属性，消费者对每一属性实际达到了何种水准给予评价，然后将这些评价连贯起来，就构成他对该品牌优劣程度的总体看法，即他对该品牌的信念。

（3）效用要求。指消费者对该品牌每一属性的效用功能应当达到何种水准的要求。或者说，该品牌每一属性的效用功能必须达到何种水准，他才会接受。

（4）评价模式。明确了上述 3 个问题以后，消费者会有意或无意地运用一些评价方法对不同的品牌进行评价和选择。比如，某人打算购买电视机，收集了 A，B，C，…，I 这 9 种品牌的资料，他要求价格不超过 3000 元，则 A、C、E 这 3 种超过此价格的品牌被淘汰；他要求画面清晰度超过 9 分（按主观标准打分），B、D、F、G 这 4 种未达到 9 分的品牌被淘汰，还剩下 2 种品牌供选择。

4. 购买决策

评价会使消费者对可供选择的品牌形成某种偏好，产生购买意图，进而购买所偏好的品牌。但是，在购买意图与购买决策之间，还会有两个影响因素起作用：一是他人态度；二是意外情况。也就是说，购买意图并不一定导致确定购买行为。在对 100 名声称年内购买某品牌彩电的消费者进行追踪调查中发现，只有 44 名消费者确实购买了彩色电视机，而真正购买该品牌彩电的只有 30 名。

消费者因他人态度而对所偏好品牌选择程度的降低取决于：

（1）他人对该品牌所持否定态度的强烈程度。

（2）购买者遵从他人愿望的动机。

他人所持否定态度越强烈，或与购买者关系越密切，购买者就越有可能修正自己的购买决策。购买意图也会受到意外情况的影响。消费者购买意图的形成通常是基于家庭收入、预期价格及期望的产品利益等因素的考虑。例如在购买时，发生意外情况导致以上因素发生变动，则购买决策也会因之改变。

消费者修正、推迟或回避做出购买决策，往往是受到可觉察风险的影响。可觉察风险的大小随着所支付费用的多少、产品属性不确定的程度及消费者的自信程度而发生变化。市场营销人员必须了解引发消费者这种风险感觉的因素，为他们提供相关信息，以减轻他们的风险感。

5. 购后感受

消费者购买商品或服务后，通过自己的消费与使用以及他人的评价，会对购买的商品或服务产生不同程度的满意或不满意，由此形成购后感受，这将影响消费者以后的购买行为，并对相关群体产生影响。因此，对企业而言，消费者的购后感受是一种极其重要的信息反馈，关系到企业及其产品在市场上的命运。西方许多企业信奉一句名言"满意的顾客是最好的广告"就很好地说明了这一道理。因此，企业要注意及时、有效地加强售后服务，收集消费者的购后感受，以便采取相应的营销措施，成功地开展市场营销活动。

评价消费者购后感受的理论主要有预期满意理论与认识差距理论两种。

1）预期满意理论

"预期满意理论"认为消费者对产品和服务的满意程度取决于预期希望得到的实现程度。三者之间存在函数关系：

$$S=f(E, P)$$

S：表示消费者是满意或不满意。

E：代表预期希望。

P：代表产品的实际效用。

该函数的含义为：如果商品或服务的实际效用与购买的预期希望相一致，消费者就会感到满意；如果实际效用远远超过预期希望，消费者就会感到非常满意；反之，如果实际效用达不到预期希望，消费者就会感到不满意，而且预期希望与实际效用距离越远，消费者的不满意度就越大。

2）认识差距理论

"认识差距理论"认为消费者购买商品后都会有不同程度的不满意感，原因在于任何商品或服务本身总存在着一些优缺点，而消费者的购后评价往往侧重于其缺点。在消费与使用购买的产品或服务的过程中，与其他同类产品或服务相比较，其他同类产品或服务对消费者越有吸引力，消费者对购买产品的不满意感就越大。

▶▶▶3.4 生产者市场

3.4.1 生产者市场的特点

与消费者市场相比较，生产者市场具有自己的特点。

（1）购买者比较少。生产者市场虽然很多，但相对于众多的个体消费者来说，毕竟要少得多。

（2）购买数量大。生产者市场的规模及其购买数量又是个体消费者远不可及的。发达国家垄断势力的发展，使许多生产者市场上出现了少数人可以买下大部分商品的现象。例如，美国通用、福特、克莱斯勒三大汽车制造商是固特异轮胎公司订单的主要主顾。

（3）供需双方关系密切。生产者市场的购买者需要有源源不断的货源，供应商需要有长期稳定的销路，每一方对另一方都具有重要的意义，因此供需双方互相保持着密切的关系。有些买主常常在花色品种、技术规格、质量、交货期、服务项目等方面提出特殊要求，供应商应经常与买主沟通，详细了解其需要并尽最大可能予以满足，两者的关系更趋近于合作伙伴。

（4）购买者的地理位置相对集中。这是指生产者市场的购买者往往集中在某些区域，以至于这些区域的业务用品购买量占据全国市场的很大比重。例如，我国的北京、上海、天津、广州、沈阳、哈尔滨、武汉、大庆、鞍山等城市和苏南、浙江等地的业务用品购买量就比较集中。

（5）派生性需求。生产者市场的需求具有派生性，它取决于消费者市场的相应需求。也就是说，没有消费者市场的相应需求，就不会有生产者市场的需求。而且，生产者市场的需求随消费者市场相应需求的变化而变化。生产者市场需求的派生性，是多层次链状递进的，消费者市场的相应需求是这一链条的起点，是生产者市场需求的动力与源泉。例如，消费者市场的皮鞋需求带来皮鞋制造商对皮革、制鞋设备等的需求，而这些需求又引发了对养殖业、钢铁业等相关行业产品的需求。

（6）较小的价格弹性。生产者市场需求的派生性，决定了它的需求缺乏价格弹性。也就是说，除非原材料成本成为影响企业经营的极重要的因素，企业需要考虑成本控制，因而在意价格的变动。一般情况下，生产者市场需求对价格的敏感程度较弱，这是因为决定生产者市场需求量变化的主要因素是消费者市场上相应需求的变化。

（7）需求波动大。作为派生性需求，生产者市场受经济前景、科技发展及经济周期的影响较大，消费者市场需求较小的波动就会导致生产者市场需求很大的波动。例如，有时消费品需求仅上升 10%，下一阶段工业需求就会上升 200%；消费品需求下跌 10%，就可能导致工业需求全面暴跌。

（8）专业人员购买。与消费者市场不同，生产者市场的购买通常由专业人员完成。由于专业采购人员经过专门的专业训练，具有丰富的产品及购买知识，因此，生产者市场的购买是专业性的。

（9）影响购买的人多。与消费者市场相比，影响生产者市场购买决策的人较多。大多数企业有专门的采购组织，重要的购买决策往往由技术专家和高级管理人员共同做出，其他人也直接或间接地参与，这些组织和人员形成事实上的"采购中心"。供应商应当派出训练有素的、有专业知识和人际交往能力的销售代表与买方的采购人员和采购决策参与人员打交道。

（10）销售访问多。由于需求方参与购买过程的人多，竞争激烈，因此需要更多的销售访问来获得商业订单，有时销售周期可达数年以上。调查表明，工业销售平均需要 4~4.5 次访问，从报价到产品发送通常以年为单位。

（11）直接购买。由于购买规模大，生产者市场的购买往往是直接购买，而不经过其他的中间环节。在购买一些高价值、高技术新产品或项目时更是如此。

（12）互惠购买。生产者市场的购买者经常选择那些也从他们那里购物的供应商。以纸张制造商为例，他从一家化学公司那里采购生产所需的化学物品，而这家化学公司也打算购买该纸张制造商的大量纸张。

（13）以租代买。生产者市场的许多产品，有可能通过租赁方式取得。生产者市场的购买者在需要一些价格昂贵的机械设备、设施时，为了节约成本而常常采用租赁的方式。

3.4.2　生产者购买行为的主要类型

生产者购买生产资料需要制定一系列的购买决策，而决策项目数量和复杂程度取决于其购买活动类型。生产者市场购买类型分为直接重购、修正重购和新购三种。

1．直接重购

直接重购是指用户根据常规的生产需要和过去的供销关系进行重复性采购。这是一种常规的、重复性的采购行为，决策过程较简单，决策项目最少，容易掌握其规律。购买者只需按以往的订货目录，向原来的供货商订货，履行手续即可，基本上不需要制定新的购买决策。

直接重购的产品也往往是那些最频繁购买且需不断补充使用的产品，如煤、钢、铁矿石、原木、小麦、谷物、铅笔、办公设备及润滑油、磨料等。负责采购的人员在这些产品的库存量低于预定的水平时便简单地进行再订购，而且通常都年复一年地向同一供应商订购，除非是供应商方面出了什么问题或出现了新的潜在供应者。因此，对于原来的供应商而言，必须尽最大努力，积极提供优质产品和优质服务，稳定双方关系，使老客户放心、满意。并争取与客户达成运用自动订货系统的协议，以便使自己获得源源不断的订货。

2．修正重购

修正重购是指企业出于各种原因，适当改变要采购的某些产品的规格、价格、数量等，或想重新选择、更换供应商。这种购买类型比较复杂，介于直接重购与新购之间，是企业为了满足优化产品结构、改进工艺流程、扩大生产、寻找新的供应商等方面的要求而采取的购买决策。

对这种企业修正并重新购买行为决策，供应者要紧密跟踪市场变化和企业的生产需求，深入客户调查研究，及时掌握客户生产变更情况；及时提供新产品，提高产品质量，以适应用户需要；降低产品成本，调整产品售价，发挥价格优势取代其他供应商，扩大企业市场占有率。

3. 新购

采购者首次购买某一产品或劳务，就称为新购。这类购买行为对所有供应商都是一次良好而又平等的市场机会，对营销人员提出了挑战。在这种情况下，通常企业会妥善运用整体营销组合战略，解决其中复杂的营销问题，以争取市场机会。另外，也常会挑选公司内最好的推销人员，组成一支特殊的推销队伍，抓住客户。新购购买比前两种购买类型都复杂，一般要经过知晓、兴趣、评价、试用和采用 5 个阶段。而不同阶段，对营销工作的挑战重点也不同。在知晓阶段，大众媒体最重要；在兴趣阶段，销售人员影响最大；在评价阶段，技术要求最重要；在试用阶段，产品质量、性能极为重要。这就为营销人员取得最大的工作效益提供了营销线索。在新购中，购买决策的内容也更为繁多，需要全面考虑产品规格、价格、交货方式、支付条件、供应商的选择等一系列问题，而且不同的决策参与者会影响每一项决策及决策的顺序。

3.4.3 生产者购买决策的参与者

谁在从事为企业所需要的商品和服务采购呢？在直接重购时，采购代理人起的作用较大；而在新购时，其他组织人员所起的作用较大。在做产品决策时，通常是工程技术人员起的作用最大，而采购代理人却控制着选择供应商的决策权。这说明在新购时，供应商必须首先把信息传递给采购代理人。

采购组织的决策单位称为采购中心，即所参与购买决策过程的，有某种共同目标并一起承担由决策所引发的各种风险的个人和集体。采购中心包括组织中的全体成员，他们在购买决策过程中分别承担以下 7 种角色。

（1）发起者，是指提出和要求购买的人。他们可能是组织内的使用人或其他人。

（2）使用者，是指组织中将使用产品或服务的成员。在许多场合中，使用者首先提出购买建议，并协助确定产品规格。

（3）影响者，是指影响购买决策的人，他们通常协助确定产品规格，并提供方案评价的情报信息，作为影响者，技术人员尤为重要。

（4）决策者，是指一些有权决定产品要求或供应商的人。在标准品的例行采购中，采购者就是决策者，而在大型或复杂商品的采购中，企业的高级管理人员通常是决策者。

（5）批准者，是指有权批准决策者或购买者所提购买方案的人员。

（6）采购者，是指被赋予权力按照采购方案选择供应商和商谈采购条款的人员。如果采购活动较为重要，采购者中还会包括高层管理人员。

（7）信息控制者，是指生产者用户的内部或外部能够控制信息流向采购中心成员的人员。例如，采购代理人或技术人员可以拒绝或终止某些供应商和产品的信息，接待员、电话接线员、秘书、门卫等可以阻止推销者与使用者或决策者接触。

在任何组织内部，采购中心会随不同类别产品的大小及构成而发生变化，并不是所有的企业采购任何产品都必须由以上 7 种人员全部参加决策的。

为实现成功销售，企业营销人员必须分析以下问题：谁是购买决策的主要参与者？他们影响哪些决策？他们的影响程度如何？他们使用的评价标准是什么？

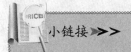

小链接 ▶▶▶

联邦快递公司在 20 世纪 70 年代早期之所以会取得成功，其秘诀就在于他们真正识别了谁是企业内的使用者，谁又是购买决策者。他们发现在一个企业内部运输管理人员可以决定使用其标准空运服务及急邮服务，而决定使用其他速递服务的是总经理和秘书。

资料来源：王峰，吕彦儒. 市场营销. 上海：上海财经大学出版社，2006.

3.4.4 影响生产者购买决策的主要因素

与消费者市场购买行为一样，生产者市场的购买行为也同样受到各种因素的影响，美国的韦伯斯特（Webster）和温德（Wind）将影响生产者市场购买行为的主要因素概括为环境因素、组织因素、人际因素和个人因素，如图 3-4 所示。

环境因素	组织因素	人际因素	个人因素	
市场需求水平 宏观经济环境 科学技术的发展 政治与法律状况 资金成本 竞争发展	目标 政策 工作程序 组织结构 制度	职权 地位 态度 利益	年龄 收入 受教育程度 职位 个人特性	采购者

图 3-4　生产者市场购买行为的影响因素

1. 环境因素

这主要是指一些宏观环境因素，包括市场需求水平、宏观经济环境、科学技术的发展以及政治与法律状况，等等。在影响生产者市场购买行为的诸多因素中，宏观经济环境是最主要的。生产者市场的购买者受当前经济状况和预期经济状况的严重影响，当经济不景气或前景不佳时，他们就会缩减投资，减少采购，压缩原材料的库存和采购。

2. 组织因素

每个企业的采购部门都会有自己的目标、政策、工作程序和组织结构。生产者市场的营销人员应了解购买者企业内部的采购部门在它的企业里处于什么地位——是一般的参谋部门，还是专业职能部门；它们的购买决策权是集中决定还是分散决定；在决定购买的过程中，哪些人参与最后的决策，等等。这些组织因素都将不同程度地影响生产者市场的购买行为，营销人员只有对这些问题做到心中有数，才能使自己的营销工作有的放矢，达到应有的效果。

3. 人际因素

生产者市场用户的采购工作常常受企业内人际关系、非正式组织成员的影响，尤其受采购中心的人员之间关系的影响。采购中心一般也有使用者、影响者、决策者、采购者，这些都会影响生产者市场用户的购买行为。供应商应注意上述人际关系对生产资料购买者购买决策及购买行为的影响，特别要注意搞清楚决策者和决策中心，以及对决策产生影响的主要力量和因素，然后施加相应的影响，将有助于销售。购买决策可能因时、因事而异。

4. 个人因素

指生产者用户内部参与购买过程的有关人员的年龄、教育、个性、偏好、风险意识等因素对购买行为的影响，与影响消费者购买行为的个人因素相似。比如，有些采购人员是受过良好教育的理智型购买者，他在选择供应商之前经过周密的竞争性方案的比较；有些采购人员个性强硬，总是同供应商反复较量。例如，有位啤酒厂的采购经理每年要采购上亿只啤酒罐，他就利用这一优势对那些"不太顺从"或不太理想的供应商采取"惩罚"行动。如果某些供应商提出涨价要求、产品质量下降或供货不及时，他就减少或停止采购。

在个人因素中，应特别关注文化因素。不同国家与地区的文化差异很大，在外地或外国做业务时，要了解当地的社会和业务文化标准。例如，我国各民族比较注重人与人之间的交流沟通，交易过程中供需双方业务人员相互之间建立良好情感和牢固的个人关系非常重要。我国北方人性格豪爽，在交易过程中表达意见比较直率；南方人性格细腻，在交易过程中表达意见比较委婉。法国人对自己的语言非常自豪，在商务洽谈过程中，如果你不会说法语，则要为此而道歉。德国人重视头衔，商务洽谈相互介绍时，要使用全称和准确的头衔，见面和会谈结束后要握双手表示问候和告别。日本商人在参加会议前都会知道会议的主题、对生意的影响以及自己在这次会议中的责任，与他们会谈之前必须提供一份详细的会议日程。在拉丁美洲，第一次正式的商务见面需要通过某位与顾客关系较好的第三方做介绍。

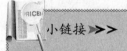

工业品营销的技巧

（1）了解你的顾客如何经营他们的业务。

（2）展示你的物品和服务怎样适合顾客的业务。

（3）确认你的销售会马上获益。

（4）了解顾客如何采购，使你的销售工作与他们的采购过程相适合。

（5）在销售过程中，应同顾客一方中参与采购决策的每个人进行接触。

（6）同每个决策者就其最关心的信息进行交流。

（7）成为你的顾客愿意与你建立关系的人或公司。

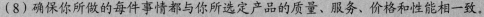
（8）确保你所做的每件事情都与你所选定产品的质量、服务、价格和性能相一致。

（9）了解竞争对手的优势和劣势。

（10）努力发挥自身的优势。

（11）训练你的工作人员，使他们了解公司以及客户各方面的业务情况。

（12）掌握一个既符合你又符合顾客要求的分销系统。

（13）为你已有的产品开辟新的市场及新的用途。

（14）用客户服务强化你的产品。

（15）心中明确牢记你的目标。

资料来源：杨勇.市场营销：理论、案例与实训.北京：中国人民大学出版社，2006.

3.4.5 生产者的购买决策过程

生产者的购买决策过程是购买者根据购买产品或服务的需要，评估、选择不同品牌和供应商的决策过程。完整的购买决策过程分为 8 个阶段，但是具体过程依不同的购买类型而定，直接重购和修正重购可能跳过某些阶段，新购则会完整经历各阶段。

（1）问题识别。指生产者用户认识自己的需要，明确所要解决的问题。它是生产者购买决策过程的起点。

（2）总需要说明。指通过价值分析确定所需项目的总特征和数量。标准化产品易于确定，而非标准化产品需由采购人员和使用者、技术人员乃至高层经营管理人员共同协商确定。卖方营销人员应向买方介绍产品特性，协助买方确定需要。

（3）明确产品规格。指说明所购产品的品种、性能、特征、数量和服务，写出详细的技术说明书，作为采购人员的采购依据。买方会委派一个专家小组从事这项工作，卖方也应通过价值分析向潜在顾客说明自己的产品和价格比其他品牌更理想。未列入买方选择范围的供应商可通过展示新工艺、新产品把直接重购转变为新购，争取打入市场的机会。

（4）物色供应商。指生产者用户的采购人员根据产品技术说明书的要求寻找最佳供应商。可通过查找交易指南，进行计算机搜索，打电话让其他公司推荐，观看贸易广告和参加贸易展览会。对合格的供应商，他们会上门访问，查看制造设备和员工配置。最后，采购者会归纳出一份合格供应商的清单。

（5）征求供应建议书。征求供应建议书是指生产者用户采购部门邀请合格的供应商提交供应建议书。对于复杂和花费大的项目，买方会要求每一个潜在供应商提出详细的书面技术建议书和财务建议书。供应方的营销人员必须擅长调查研究、写建议报告和提交报价。如果购买的产品不需要较大的信息量，"寻找供应商"和"征求建议"两个阶段会同时发生。

（6）选择供应商。在收到多个供应商的有关资料后，购买者将根据资料选择比较满意的供应商。在选择供应商时，购买者将不仅考虑其技术能力，还要考虑其能否及时供货，能否提供必要的服务。在最后确定供应商之前，购买者有时还要和供应商面谈，争取更优惠的条件。在选择供应商时，购买者考虑的主要因素包括交货能力；产品质量、品种与规格；产品价格；企业信誉与历史背景；维修服务能力；技术能力与生产设备；付款结算方式；企业财务状况；对顾客的态度以及企业的地理位置，等等。

（7）签订合约。当供应商选定后，购买者便向他们发出写有所需产品规格、数量、交货日期、退货条件、保修等内容的正式订货单。在目前，很多购买者愿意采用"一揽子合同"的方式，并有可能要求供应商提供"零库存采购计划"。

（8）绩效评价。绩效评价是指生产者用户要对购买的产品进行评价，评价产品是否满足了自己所提出的各项要求，从而决定是否维持、修正或中止与供应商的供货关系。评价方法通常采用询问使用者或按照若干标准加权评估等。供应商除了关注评价的客观性和正确性以外，还要弄清楚生产者用户的满意程度，纠正工作中所犯下的错误。这样有利于提高企业信誉，避免生产者用户形成消极的购后评价。

 【本章小结】

本章着重论述了消费者市场及其特点、消费者购买行为类型和购买决策过程、影响消费者购买行为的主要因素、生产者市场和购买行为。

消费者市场是个人或家庭为了生活消费而购买产品和服务的市场。根据消费者购买参与程度和同类产品品牌差异大小，消费者的购买行为可分为复杂的购买行为、减少失调感的购买行为、寻求多样化的购买行为和习惯性的购买行为4种类型。消费者购买决策的一般过程可分为确认需要、收集信息、备选产品评估、购买决策和购后感受5个阶段。营销人员的任务是了解消费者在购买决策过程不同阶段的行为特点，制定有效的营销策略促进购买并提高购后满意度。

消费者购买行为受到文化因素、社会因素、个人因素、心理因素的影响。其中，文化因素、社会因素属于外在因素，而个人因素、心理因素属于内在因素。

生产者购买行为可分为直接重购、修正重购和新购三种类型，新购的购买过程最为复杂。供应商应当分析不同购买类型的购买决策的需求特点、参与者、影响程度和评价标准。在产品同质化的条件下，环境因素、组织因素、人际因素、个人因素会成为影响生产者购买的主要因素。生产者一般的购买过程分为问题识别、总需要说明、明确产品规格、物色供应商、征求供应建议书、选择供应商、签订合约、绩效评价8个步骤。供应商应了解生产者在各阶段的具体需求和特点，采取相应的营销策略促进购买。

 【思考题】

1. 消费者市场有哪些特点？
2. 影响消费者购买行为的主要因素有哪些？
3. 说明复杂的购买行为、减少失调感的购买行为、寻求多样化的购买行为和习惯性的购买行为的产生条件以及相应的营销策略。
4. 生产者市场有哪些特点？

5. 论述消费者购买决策的一般过程。

6. 生产者用户的购买类型有哪几种？

7. 论述生产者用户完整的购买过程。

8. 试述影响生产者用户购买行为的因素。

【学习自测题】

一、单项选择题

1. 影响消费者购买行为模式的基本因素是＿＿＿。

　　A．经济收入水平　　　　B．文化因素　　　　C．社会因素　　　　D．心理因素

2. 以下＿＿＿项是购买行为的原动力。

　　A．学习　　　　　　　　B．态度　　　　　　C．认知　　　　　　D．动机

3. 根据马斯洛的"需要层次理论"，＿＿＿层次的需求是最高的。

　　A．安全需要　　　　　　B．生理需要　　　　C．自我实现需要　　D．尊重需要

4. 根据马斯洛的"需求层次论"，＿＿＿层次的需求是最低的。

　　A．安全需要　　　　　　B．生理需要　　　　C．自我实现需要　　D．尊重需要

5. 消费者面对不熟悉的、单位产品价值高且重复购买率低的商品时，消费者的购买行为属于＿＿＿。

　　A．复杂的购买行为　　　　　　　　　B．减少失调感的购买行为

　　C．寻求多样化的购买行为　　　　　　D．习惯性的购买行为

6. 当消费者高度介入某项产品的购买，但又看不出各品牌有何差异时，消费者的购买行为属于＿＿＿。

　　A．复杂的购买行为　　　　　　　　　B．减少失调感的购买行为

　　C．寻求多样化的购买行为　　　　　　D．习惯性的购买行为

7. 如果消费者购买的产品品牌差异虽大，但可供选择的品牌很多时，他们并不会花太多的时间选择品牌，而且也不专注于某一产品，而是经常变换品种，消费者的购买行为属于＿＿＿。

　　A．复杂的购买行为　　　　　　　　　B．减少失调感的购买行为

　　C．寻求多样化的购买行为　　　　　　D．习惯性的购买行为

8. 对于价格低廉、经常购买、品牌差异小的产品，消费者不需要花费太多时间进行选择，也无须经过收集信息、评价产品特点等复杂过程，消费者的购买行为属于＿＿＿。

　　A．复杂的购买行为　　　　　　　　　B．减少失调感的购买行为

　　C．寻求多样化的购买行为　　　　　　D．习惯性的购买行为

9. 消费品市场的特点是＿＿＿。

　　A．市场较集中　　　　　　　　　　　B．购买人数多而散

　　C．专用性较强　　　　　　　　　　　D．购买决策常为集体决策

10. 一般场合下，＿＿＿首先提出购买建议。

　　A．购买者　　　　　　　B．影响者　　　　　C．决策者　　　　　D．使用者

11．以下____不属于组织市场。

    A．生产者市场   B．消费者市场

    C．非营利组织市场   D．政府市场

二、多项选择题

1．以下影响消费者购买行为的因素中，____属于内在因素。

    A．经济因素   B．文化因素   C社会因素

    D．个人因素   E．心理因素

2．以下影响消费者购买行为的因素中，____属于外在因素。

    A．经济因素   B．文化因素   C．社会因素

    D．个人因素   E．心理因素

3．影响消费者购买行为的心理因素主要包括____。

    A．需要与动机   B．知觉   C．学习

    D．态度   E．信念

4．人们对外界刺激的选择性接受反映在_____。

    A．选择性注意   B．选择性查找   C．选择性曲解

    D．选择性记忆   E．选择性遗忘

5．一般来说，消费者购买决策过程的参与者大体可形成_____几种角色。

    A．发起者   B．影响者   C．决策者

    D．购买者   E．使用者

6．消费者的购买决策一般可分为_____几个阶段。

    A．确认需要   B．收集信息   C．备选产品评估

    D．购买决策   E．购后感受

7．组织市场包括_____。

    A．生产者市场   B．消费者市场   C．中间商市场

    D．非营利性组织市场   E．政府采购市场

8．影响生产者购买决策的主要因素可分为_____。

    A．环境因素   B．组织因素   C．社会因素

    D．人际因素   E．个人因素

三、填空题

1．（   ）是指直接或间接影响一个人的态度、行为或价值观的群体。

2．（   ）是社会学家根据职业、收入来源、教育水平、价值观念和居住区域对社会人口进行的一种分类，是按照层次排列的、具有同质性和持久性的社会群体。

3．（   ）是指能导致一个人对自身环境产生相对一致和持久的反应的独特心理特征。

4．（   ）是一种驱使人满足需要、达到目标的内在驱动力，能够及时引导人们去探求满足需要的目标。

5．（   ）是指某一文化群体所属次级群体中的成员所共有的独特信念、价值观和生活习惯。

四、名词解释

1. 文化

2. 亚文化

3. 社会阶层

4. 相关群体

5. 个性

6. 动机

7. 直接重购

8. 修正重购

9. 新购

10. 消费者市场

五、简答题

1. 简述消费者市场的特点。

2. 简述消费者购买决策过程的参与者有哪些。

3. 简述消费者购买决策的一般过程。

4. 简述生产者市场的特点。

5. 简述生产者购买决策过程的参与者有哪些。

6. 简述生产者的购买决策过程。

7. 简述马斯洛将人类需要按由低级到高级的顺序分为哪几个层次。

8. 简述相关群体对消费者行为的影响。

六、论述题

1. 论述影响消费者购买行为的主要因素。

2. 论述影响生产者购买行为的主要因素。

七、案例分析题

1. 青少年和儿童用品市场是一个具有巨大潜力的市场，今天的儿童用品已发生巨大变化，用美国营销专家基思·维切欧的话说就是：创造"酷"劲十足的产品，赢得孩子的心，你就赢得了市场。

什么样的商品才是"酷"劲十足呢？下面仅以一份国内中学生心中的"酷"的调查来说明当今青少年用品市场的特点。

如今国内的青少年所谓的"酷"：一是感性多于理性，魅力人士更具有号召力；二是生动与做派的风格，易为青少年所接受；三是运动、能力强、气质冷漠，是他们心中的"酷"；四是最喜欢流行与时尚。

问题：结合消费者购买行为理论，分析以上内容对商家营销策划的启发。

2. 力波啤酒曾是上海最受欢迎的本土啤酒之一。1996 年，三得利登陆上海后，力波因为营销手段落后、口味不佳，在三得利的进攻中阵地屡屡失陷，还曾因攻击三得利水源质量，被三得利告上法庭，既丢了官司，更丢了市场。

2001 年，力波啤酒开始了自己的抗争历程，力波创作的广告歌曲《喜欢上海的理由》

很快风靡上海，在广告歌的推动下，力波的销量迅速回升。

2002 年 6 月，亚洲太平洋酿酒公司接手力波，并成功推出超爽啤酒，改变产品瓶体；力波还利用韩日世界杯的机会，和众多饭店联盟，推广看足球、喝力波的营销活动。世界杯之后，力波继续和餐馆终端联盟，推出"好吃千百种，好喝有一种"的广告攻势，引导消费者改变消费行为。

问题：从消费者购买行为理论出发，分析力波啤酒成功的原因。

第 4 章
市场营销信息系统

【学习目标】

◆ 了解市场营销信息系统的内涵与特点。
◆ 掌握市场营销信息系统的构成。
◆ 了解市场营销调研的含义及作用。
◆ 掌握市场营销调研的类型、内容、步骤及基本方法。
◆ 了解市场预测的含义、作用及类型。
◆ 掌握市场预测的步骤及常用的定性与定量市场预测方法。

4.1 市场营销信息系统的构成

4.1.1 市场营销信息的概念和作用

市场营销信息是指经过加工整理，被市场营销者接受，对其完成市场营销任务有使用价值的情报、资料和消息。企业为了适应市场环境的变化，打开产品的销路，取得良好的经济效益，越来越重视市场信息的作用。市场信息的重要作用归纳起来有以下几个方面。

1. 市场营销信息是企业的重要资源

市场信息被人们誉为"无形财富"。对企业来说，市场信息是生产力发展中的黏合剂和增值因素。企业通过有效地利用市场信息来合理组织生产和经营活动，可以使生产力要素得到最佳的结合，产生放大效应，使经济效益得到提高。

2. 市场信息是企业制定营销计划、进行经营决策的基础

在企业营销活动中，计划与决策正确与否是营销成败的关键，而正确的计划和决策只能以正确的市场信息为基础。正确的市场信息反映着经营的客观情况，反映着市场活动的动态和过程。以准确、及时、全面的市场信息为基础制定的计划和决策，才是符合市场客观情况的计划和决策。

3. 市场信息是连接生产和消费的纽带

在市场经济条件下，商品生产方向、生产数量是由消费者需求所决定的。消费者需要什么，需要多少，通过市场信息可以传递给生产者，为商品生产者指引生产方向。商品生产出来之后，也可以通过市场信息传递给消费者，为他们指引消费方向。

小链接 ▶▶▶

营销经理对信息的需求

（1）哪些类型的决定是你经常做出的？

（2）做出这些决定时，你需要哪些类型的信息？

（3）哪些类型的信息是你可以经常得到的？

（4）哪些类型的专门研究是你定期所要求的？

（5）哪些类型的信息是你现在想得到而未得到的？

（6）哪些信息是你想要在每天、每周、每月、每年得到的？

（7）哪些杂志和报道是你希望能定期阅读的？

（8）哪些特定的问题是你希望经常了解的？

（9）哪些类型的数据分析方案是你希望得到的？

（10）对目前的营销信息系统，你认为可以实行的 4 种最有用的改进方法是什么？

资料来源：高秀丽，姚惠泽，吕彦儒. 市场营销. 上海：上海财经大学出版社，2007.

4.1.2　市场营销信息系统的内涵与特点

1. 市场营销信息系统的内涵

菲利普·科特勒为市场营销信息系统（Marketing Information System，MIS）所下的定义是：由人、设备和程序组成，它为营销决策者收集、挑选、分析、评估和分配所需要的、及时的和准确的信息。

营销信息系统是整个营销系统中最为关键的一个子系统，尤其是在信息社会条件下，营销信息系统可以说是其他系统的驱动力。企业管理者在做出营销决策的时候，往往要依靠企业营销信息系统所提供的信息。因此，及时、准确并且有效的市场营销信息成为企业赢得竞争胜利不可或缺的重要因素。

2. 市场营销信息系统的特点

营销信息系统的任务是评估经理人员的信息需求并适时提供所需信息作为决策的依据，其特点主要有以下几点。

（1）统一性和整体性。企业营销信息系统要把企业的市场营销活动当做一个整体来看待，疏通企业各部门的关系，整合企业各部门的目标，协调企业局部和全局的关系，兼顾企业的短期利益和长远目标，促使企业良性发展。

（2）简明性和适当性。市场营销信息系统所加工的信息应该简单明了，对信息的处理过程应避免烦琐的程序，并且以适当的手段优化筛选信息，这样才能加速信息流通，缩短市场流通时间，提高信息的有效性。

（3）有效性。营销信息系统所提供的信息必须能够满足企业制定营销决策的需要。因此，企业的营销信息必须筛选优化，删除无用多余的信息。

4.1.3　市场营销信息系统的构成

营销决策所需的信息一般来源于企业内部报告系统、营销情报系统和营销调研系统，再经过营销分析系统，它们共同构成了市场营销信息系统，如图 4-1 所示。

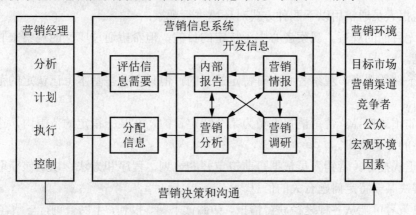

图 4-1　市场营销信息系统

1. 内部报告系统

内部报告系统的主要功能是向市场营销管理者及时提供有关订货数量、销售额、价格、库存状况、应收账款、应付账款等各种反映企业营销状况的信息。通过对上述信息的处理和分析，企业营销管理者就可能发现重要的市场机会，找出营销管理中存在的问题。

内部报告系统的核心是订货—发货—账务处理的循环。这一循环涉及企业的销售、财务等不同的部门和环节的业务流程：订货部门接到销售代理、经销商和顾客发来的订货单后，根据订单内容开具多联发票并送交储运部门；储运部门首先查询该种货物的库存；如果库存货物已全都售完，则回复销售部无货；如果仓库有存货，则以多联发票形式向仓库和运输部门发出发货和入账指令。从竞争需要出发，所有企业都希望能迅速而准确地完成这一循环的各个环节，计算机化管理是提高处理的效率和精确度，实现销售过程快捷化的唯一途径。

销售报告是企业的市场营销管理者迫切需要的信息，企业应开发计算机辅助的销售统计和报告系统，以实现销售统计和报告过程的自动化。在实现计算机联网的企业，这一系统的建立可极大地提高销售统计和报告工作的效率和准确性，并使销售单证的处理程序进一步简化，进而缩短销售过程。有些企业设有与用户联网的计算机订货专线。用户通过计算机即可直接向供应商发出订货单，企业销售部门接到订单后立即安排发货和销售服务。有些企业实现了内部销售系统的计算机联网，身在外地的销售人员可通过便携式计算机与公司总部通信联系，向总部发送当地的销售信息、订货需求，同时从总部检索查询供应信息。在某些企业，销售人员甚至可以通过计算机系统回答顾客提出的各种问题，接受顾客订货，并通过计算机通知顾客最方便的提货地点和仓库名称。上述所有信息都可在计算机市场营销信息系统中及时得到统计处理。

2. 营销情报系统

营销情报系统的主要功能是向营销部门及时提供有关外部环境发展变化的情报。有的著作认为营销情报系统是营销人员日常收集有关企业外部的市场营销资料的一些来源或程序。

营销情报人员通常用以下四种方式对环境进行观察：

（1）无目的的观察。观察者心中无特定的目的，但希望通过广泛的观察来收集自己感兴趣的信息。

（2）条件性观察。观察者心中有特定的目的，但只在一些基本上已认定的范围内非主动地收集信息。

（3）非正式搜寻。营销情报人员为某个特定目的，在某一指定的范围内，进行有限度而非系统性的信息收集。

（4）正式搜寻。营销人员依据事前拟定好的计划、程序和方法，以确保获取特定的信息，或与解决某一特定问题有关的信息。

营销决策者可能从各种途径获得情报，如阅读书籍、报刊，上网查询，与顾客、供应商、经销商等交谈，但这些做法往往不太正规并带有偶然性。管理有方的企业则采取更正规的步骤来提高所收集情报的质量和数量：

（1）训练和鼓励销售人员收集情报。

（2）鼓励中间商及其他合作者向自己通报重要信息。

（3）聘请专家收集营销情报，或向专业调查公司购买有关竞争对手、市场动向的情报。

（4）参加各种贸易展览会。

（5）内部建立信息中心，安排专人查阅主要的出版物、网站，编写简报等。

3. 营销调研系统

在企业的营销管理过程中，营销决策者经常需要通过专门性的调查研究收集有关的信息。例如，某企业准备生产一种新产品，在做出决策之前，有必要对该产品的市场潜力进行准确的预测。对此，无论是内部报告系统还是营销情报系统，都难以提供足够的信息以完成这一预测，这就需要进行营销调研。

企业可以使用多种方式获取营销调研资料。在美国，大多数的大公司（73%以上）都有自己的营销调研部门。例如，宝洁公司（P&G）每年的电话与上门访问量超过 100 万次，访问的内容涉及大约 1 000 个调研项目。惠普公司（HP）在总部设立了市场研究与信息处理中心，专门处理营销信息，它分享全世界的惠普信息资源，也使全世界各地的惠普分部得到有创见的服务。小公司虽然没有能力建立自己的营销调研部门，但可以雇用营销调研公司为自己服务。或者，它们可以用有限的资金开展创造性的工作。例如，邀请学生设计和执行营销调研项目；利用网络检索资料；考察竞争对手状况；等等。美国企业的营销费用预算占公司销售额的 1%～2%不等，这些费用的大部分用于购买企业外部的营销调研公司的服务。

4. 营销分析系统

营销分析系统由先进的统计步骤和统计模型构成。该系统的作用是利用科学的技术、技巧来分析营销信息，从中得出更为精确的研究结果，以帮助决策者更好地进行营销决策，因此，也称之为营销决策支持系统。

1）统计工具库

这是一组统计方法，用来从所收集的各种数据资料中抽取有意义的信息，以满足营销决策的需要。统计方法本身就是一门专业技术，在营销分析系统中常用计算平均数、测量离散度、资料交叉列表等统计方法。另外，也常运用各种多变数统计技术去发现资料中的重要关系，例如回归分析、相关分析、因素分析、聚类分析等。

2）模型库

模型的设计用来表达某些系统或过程的一组变量及它们之间的相互关系，帮助回答"假设某条件下，可能有哪些情况？什么是最佳情况？"等问题。营销分析系统的模型库就收集能帮助营销人员制定更好的营销决策的各种模型。其中包括最佳产品特征模型、价格模型、销售区域优化模型、广告媒体组合模型、营销组合预算模型等。

营销分析系统的建立和运用是运用科学方法对某些营销问题的理解、预测和控制，需要营销者对统计学、管理学及计算机应用等科学知识的综合掌握和研究。

▶▶▶4.2 市场营销调研

4.2.1 市场营销调研的含义和作用

1. 市场营销调研的含义

市场营销调研就是运用科学的方法，有目的、有计划、系统地收集、整理和分析研究有关市场营销方面的信息，提出解决问题的建议，供营销管理人员了解营销环境，发现机会与问题，作为市场预测和营销决策的依据。市场调研与市场调查两者互相联系又互相区别。市场调查主要是通过各种调查方式与方法，系统地收集有关商品产、供、销的数据与资料进行必要的整理和分析，如实反映市场供求与竞争的实况；而市场调研则在市场调查的基础上，运用科学的方法，对所获得的数据与资料进行系统、深入的分析研究，从而得出合乎客观事物发展规律的结论。

有效的市场营销调研会使企业获益匪浅。市场营销调研在企业制定营销计划、确定企业发展方向、制定企业的市场营销组合策略等方面有着极其重要的作用。在营销决策执行过程中，为调整营销计划、改进和评估各种营销策略提供依据，起着检验与矫正的作用。

2. 市场营销调研的作用

市场营销调研是企业营销活动的出发点，其作用十分重要。它对企业的作用主要体现在以下几个方面。

（1）有助于企业认识和把握市场发展变化的规律。市场变化具有许多客观的内在的必然联系，如供求规律、价值规律、趋势性规律等。掌握这些规律，有利于提高决策的科学性，有利于使生产经营活动按客观规律运行。

（2）为企业的经营管理决策提供市场信息。企业的经营管理决策正确与否，直接关系到企业的成功与失败。因此，研究市场获取市场信息，认识市场发展变化的规律，使企业生产经营的产品或服务能适应和满足消费者和顾客的需要，是企业经营管理决策必须首先解决的问题。

（3）有助于企业开拓新市场和开发新产品。现代市场营销观念认为，企业新市场的开拓和新产品的开发都应该以市场调研为开端。通过市场调研来获得目标市场和消费者需求的相关信息，从而使市场的开拓、新产品的开发更具效率。

（4）有助于企业提高市场竞争力。企业是市场的主体，必须主动适应、面对与参与市场竞争，为此必须通过市场调研来了解竞争对手的数量与分布，了解他们的产品优势、市场营销策略以及企业自身的市场份额，据此制定出相应的对策，以提高企业的核心竞争力，并在市场竞争中发展壮大。

4.2.2　市场营销调研的类型及内容

1. 市场营销调研的类型

根据调研目的的不同，营销调研的类型有所不同。

1）探测性调查

当企业对所需研究的问题不甚清楚时，可通过探测性调查帮助确定问题的关键或产生的原因，为进一步的调查做准备。例如，管理部门发现某产品销量一直在稳步上升，但市场占有率却似乎在下降。通过探测性调查，营销人员确定了该产品市场占有率确实在下降，原因可能有以下几种：

（1）产品质量下降。

（2）竞争对手推出了具有明显优势的新产品。

（3）消费者的兴趣发生转移。

（4）原有的经销商推销不力。

探测性调查通常是一种非正式的、在利用二手资料基础上的小范围的调查，往往为正式调查中初步调查或明确问题阶段所采用。

2）描述性调查

这是一种对客观情况进行如实描述的调查。回答消费者要买什么，什么时间买，在哪儿买，怎样买之类的问题。描述性调查注重对实际资料的记录，因此多采用询问法和观察法。

3）因果调查

因果调查主要回答为什么，通常是在收集、整理资料的基础上，通过逻辑推理和统计分析方法，找出不同事实之间的因果关系或函数关系。因此，因果调查最理想的方法是采用实验法收集数据，再运用统计方法或其他数学模型进行分析，这样得出的结果最为可靠。当然，在调研实践中，难度也较大。

4）预测性调查

在收集了历史和现在数据的基础上，对事物未来发展的趋势做出预测。人们有时把这类调研归入预测范围，正如预测方法中有"市场调查法"一样。

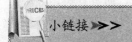

小链接 ▶▶▶

反应迟钝的吉列

美国吉列公司是一个名牌公司，然而，在 1963 年至 1964 年中，由于在推出新产品时动作迟缓，结果让对手钻了空子，使吉列马失前蹄。

1962 年，吉列的高级蓝色刀片得到许多消费者的青睐，它便把注意力集中到质量和降低成本上，这种表面覆盖一层硅的刀片，能防止头皮屑黏附刀片而妨碍剃须的现象。所以，即使它比一般的刀片贵 40%，也被消费者看好，它成为吉列刀片生产中主要的利润来源。

这时，英国有家叫威尔金森的小公司，开发出一种不锈钢剃须刀片。这种高级剑刃刀片，制造工艺合理，刀刃锋利，不被腐蚀且使用寿命长，可重复使用 15 次之多，而一般的碳素刀片只能使用 3.5 次左右。但威尔金森的生产能力有限，主要在英国销售，故一直没有引起吉列的注意。

然而，美国埃弗夏普公司注意到了这种新产品，立即开始从英国引进。1963 年，它以低价高质开始赢得客户。但吉列却错误地认为，虽然不锈钢刀片的使用寿命是蓝色刀片的 4 倍，却不如蓝色刀片好使；刮同样的胡子，不锈钢刀片需要 1.5 磅的压力，而高级蓝色刀片只需要 1 磅的压力。所以吉列认为顾客还会看好蓝色刀片，迟迟不愿进行不锈钢刀片的开发和研究。

直到当年秋天，在埃弗夏普公司大片大片地侵蚀吉列原先占有的市场以后，吉列才转向制造不锈钢刀片。但这时的不锈钢刀片市场早已被美国、英国的领先者瓜分完毕，吉列每夺回 1% 的市场占有率都必须付出巨大的代价。

资料来源：高秀丽，姚惠泽，吕彦儒.市场营销.上海：上海财经大学出版社，2007.

2. 市场营销调研的内容

市场营销调研涉及营销活动的各个方面，主要有产品调研、顾客调研、销售调研和促销调研等（如图 4-2 所示）。

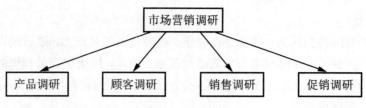

图 4-2 市场营销调研的主要分支

（1）产品调研。包括对新产品设计、开发和试销，对现有产品进行改良，对目标顾客在产品款式、性能、质量、包装等方面的偏好趋势进行预测。定价是产品销售的必要因素，需要对供求形势及影响价格的其他因素变化趋势进行调研。

（2）顾客调研。包括对消费心理、消费行为的特征进行调查分析，研究社会、经济、文化等因素对购买决策的影响以及这些因素的影响作用发生在哪些消费环节、分配环节或生产领域。此外，还要了解潜在顾客的需求情况（包括需要什么、需要多少、何时需要等）以及影响需求的各因素变化情况；消费者的品牌偏好及对本企业产品的满意度等。

（3）销售调研。包括对购买行为的调查，即研究社会、经济、文化、心理等因素对购买决策的影响；包括对企业销售活动进行全面审查，如对销售量、销售范围、分销渠道等方面的调研；产品的市场潜量与销售潜量以及市场占有率的变化情况，也都是销售调研的内容。销售调研还应该就本企业相对于主要竞争对手的优势、劣势进行评价。

（4）促销调研。主要是对企业在产品或服务的促销活动中所采用的各种促销方法的有效性进行测试和评价，如广告目标、媒体影响力、广告设计及效果，公共关系的主要动作及效果，企业形象的设计和塑造等，都需要有目的地进行调研。

4.2.3　市场营销调研的步骤

市场营销调研是一项十分复杂的工作，要顺利地完成调研任务，必须有计划、有组织、有步骤地进行。一般而言，市场营销调研过程通常包括以下 5 个步骤，如图 4-3 所示。

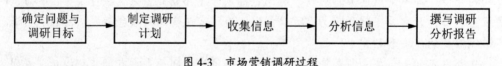

图 4-3　市场营销调研过程

1. 确定问题与调研目标

市场营销调研是一项有目的的活动。在组织每次调研活动时，首先要找出需要解决的最关键、最迫切的问题，选定调研的专题，明确调研活动要完成什么任务、实现什么目标。

确认和规定专题是市场营销调研的第一步。当公司出现销售疲软、市场占有率下降等现象时，无论是市场营销管理者还是市场调研负责人都希望探明问题产生的原因。如果诊断出了差错，问题就无法解决。日本朝日啤酒公司市场占有率连年下跌，1985 年跌破 10%，跌到了 9.6%。他们不从销售努力上做文章，而是着眼于产品本身，于是进行了大规模的啤酒消费者口味调查，准确地决定了至关重要的调研课题。

调研课题规定好后就要设定调研目的。市场营销调研的目的无非有三种情况：探测、描述、探究原因。其中，探测的主要目的在于收集一些可用于发现有意义的调研对象的数据资料；描述性调研是对所要解决的问题做出如实的反映和具体的回答；探究原因是指通过调研，了解清楚一种因素的变化对另一种因素产生多大的作用，掌握事物的因果关系或相关关系。一般来说，市场营销管理者会从探索性调研出发，向描述性调研、因果性调研逐步地推进。

2. 制定调研计划

在确认营销调研目标后，就需要制定一个营销调研的行动计划，来有效地开展收集所需信息的活动。在批准调研计划之前，企业需要估计该调研计划的成本，如果调研计划的成本大于因调研所带来的预计收益，那么应拒绝执行该调研计划。在制定营销调研计划时，必须认真、仔细地考虑资料来源、调研方法、调研工具以及抽样计划等问题。

（1）资料来源。在进行营销调研时，所获取的资料有两种来源：

① 第二手资料，指别人收集的，已存在的，为了其他项目或目的而收集的资料。第二手资料通过案头调研获得。

② 第一手资料及原始资料，指别人没有收集过，为了当前目的而特意收集的资料。第一手资料通过实际调研获得。

（2）调研方法。案头调研与实际调研均有比较成熟的调研方法可供使用。

（3）调研工具。在收集原始资料时，有问卷与仪器两种可供选择的工具。

（4）抽样计划。在实际调研中，一旦确定了调查对象，在决定了调研方法和工具后，就要决定抽样计划。抽样计划包括两方面的内容：样本容量和抽样程序。抽样计划规定实际调研中直接调研对象的规模与顺序。

3. 收集信息

在确定了调研计划之后，营销调研需要按照计划进行资料、数据收集工作。营销调研人员在开展实际调研的过程中，必须达到调研的可靠性和有效性两种要求。可靠性与测定的随机误差有关，随机误差越小，可靠性越大；而有效性则与实际测定程度有关，它关系到系统误差和随机误差两个方面。

4. 分析信息

对于第二手资料与第一手资料都要进行数据的标号、记录、分类、制表及建立数据库等统计工作。这是一个去伪存真、去粗存精、由表及里的处理过程。

（1）对收集来的资料进行审查核实。审查核实的内容主要包括资料的完整性和准确性两方面。遗漏的要补充，不准确的要剔除，口径不一致的要改正，过时的要剔除。

（2）要进行统计分组，汇总计算。

（3）分析其中的结果与结论。

5. 撰写调研分析报告

营销调研的最后一步，是根据调研资料，分析、陈述和撰写通过调研对所提出的问题的研究发现，并提出结论性的意见，即完成调研分析报告。调研人员向营销主管提出与进行决策有关的主要调查结果。调研报告应力求简明、准确、完整、客观，为科学决策提供依据。

若能使管理决策减少不确定因素，则此项营销研究就是富有成效的。

4.2.4　市场营销调研的方法

市场营销调研方法选择的合理与否，会直接影响调研结果。因此，合理选用调研方法是市场调研工作的重要一环。

1. 询问法

该方法是由调研者先拟订出调研提纲，然后向被调研者以提问的方式请他们回答，收集资料。

（1）面谈调研。采用这种方法时，可以一个人面谈，也可以几个人集体面谈；可以一次面谈，也可以多次面谈。这种方法能直接与被调研者见面而听取意见并观察其反应；这种方法的灵活性较大，可以一般地谈，也可以深入详细地谈，并能互相启发，得到的资料也比较真实。但是，这种方式调研的成本高，调研结果受调研人员的政治、业务水平影响较大。

（2）电话调研。电话调研是由调研人员根据抽样的要求，在样本范围内，用电话向被调研者提出询问，听取意见。以这种方式调研收集的资料快，成本低，并能以统一格式进行询问，所得资料便于统一处理。但是这种方法有一定的局限性，只能对有电话的用户进行询问，不易取得与被调研者的合作，不能询问较为复杂的问题，调研不甚深入。

（3）邮寄调研。这种方法又称为通信调研。就是将预先设计好的询问表格，邮寄给被调研对象，请他们按表格要求填写后寄回。这种方式调研范围较广，被调研者有充裕的时间来考虑回答问题，不受调研人的影响，收集意见、情况较为真实。但问卷的回收率较低，时间往往拖延较长，被调研者有可能误解问卷的含义，影响调研结果。

（4）留置问卷调研。就是由调研人员将问表、问卷当面交给被调研人，并说明回答要求，留给被调研者自行填写，然后由调研人员定期收回。这种方式调研的优缺点介于面谈调研和邮寄调研之间。

2. 观察法

观察法是指通过跟踪、记录被调查事物和人物的行为痕迹来取得第一手资料的调查方法。

观察法通常是观察处于自然状态下的被调查对象，而且是在调查对象不知不觉的情况下进行的，因而所获得的第一手资料最接近平时状态，真实性、准确性都很好。观察人员可以通过耳听、眼看或借助摄影设备和仪器等来获得某些信息。常用的方法如下。

（1）直接观察法。就是派调研人员上现场直接察看。例如，某企业派调研人员到商场观察消费者的购买行为。

（2）亲身经历法。就是调研人员亲自参加某种活动，来收集有关的信息资料。通过亲身经历法收集的资料，一般真实可信。

（3）痕迹观察。它不是直接观察被调查者的行为，而是观察被调查者留下的痕迹。例如，有些企业通过观察家庭倾倒的垃圾，来判断消费者的消费特征。

（4）行为记录法。它是通过某些仪器（照相机、录像机、心理测试器等）观察被调查者的行为。例如，央视索福瑞公司通过安装在电视机上的装置，来统计电视节目的收视率。

小链接▶▶▶

环球时装公司刺探式销售调查

20 世纪 60 年代，日本环球公司只是一个零售企业，5 名职工挤在一间 14m² 的办公室，如今它已成为神户市有代表性的大企业，公司 1980 年的营业额超过 1 200 亿日元，一举成为日本服装业之首，利润高达 228 亿日元，在日本服装纤维业中名列前茅。环球公司的发展不是靠偶然的运气，而是其重视市场调查的结果。(1) 开设侦探性专营店，陈列公司所有产品，给顾客以综合印象。售货员主要任务是观察顾客的采购动向。公司除在东京银座外，还在全国 81 个城市顾客集中的车站、繁华街道设这种商店。(2) 事业部每周必须安排一天时间全员出动，3 个人一组，5 个人一群分散到各地，有的到专营店，有的到竞争对手的商店观察顾客情绪，向售货员了解情况，找店主聊天。调查结束后，当晚回到公司进行讨论，分析顾客消费动向，提出改进工作新措施。(3) 全国经销该公司时装的专营店有 1 300 个，兼营店有 5 000 多个，公司同 200 多个专营店建立了调查业务关系。它们设有顾客登记卡，详细地记载每一个顾客的年龄、性别、体重、身高、体型、肤色、发色，使用化妆品种类，常去哪家理发店以及兴趣、嗜好、健康状况、家庭成员、家庭收入、现时穿着的详细情况。这些卡片储存在信息中心，只要根据卡片就能判断顾客眼下想买什么时装，今后有可能添置什么时装。

资料来源：李强. 市场营销学教程（修订版）. 大连：东北财经大学出版社，2000.

3. 实验法

实验法是指在控制的条件下，对所研究的对象从一个或多个因素进行控制，以测定这些因素间的关系，在因果性的调研中，实验法是一种非常重要的工具。实验法源于自然科学中的实验求证方式，它通过小规模范围的实验，记录事件的发展和结果，收集和分析第一手信息资料。一般来说，采用实验法要求调查人员事先将实验对象分组，然后置于一种特殊安排的环境中，做到有控制的观察。例如，选定两个各种条件基本相同的小组，一个作为实验组，置于有计划的变化条件下；另一个作为控制组，保持原来的条件不变。然后比较两个小组的变化，以察看条件变化对实验对象的影响。在剔除外来因素或加以控制的条件下，实验结果与实验条件有关。实验条件是自变量，被实验对象为因变量。常用的实验法如下。

1）实验室实验

实验室实验即在实验室内，利用专门的仪器、设备进行调研。例如，调研人员想知道几种不同的广告媒体进行促销宣传的优劣，便可通过测试实验对象的差异，评选出效果较好的一种广告媒体。

2）现场实验

现场实验是在完全真实的环境中，通过对实验变量的严格控制，观察实验变量对实验对象的影响，即在市场上进行小范围的实验。例如，调研人员想要了解某种产品需求价格弹性，便可选择一个商店，选择几次不同的时间，同一产品安排几种不同的价格。通过分析顾客人数即购买数量的增减变化，便可得到所需信息资料。又如，某种产品在大批量生产之前，先把少量产品投放到几个有代表性的市场进行销售试验，看一看那里的销售反应如何，观察和收集顾客对产品反应的有关资料。

3）模拟实验

模拟实验的基础是计算机模型。模拟实验必须建立在对市场情况充分了解的基础上，它所建立的假设和模型，必须以市场的客观实际为前提。否则就失去了实验的意义。

采用实验法的好处是：方法科学，能够获得比较真实的信息资料。但是此种方法也有其局限性，大规模的现场实验，难以控制市场变量，影响实验结果的有效性；实验周期较长，调研费用较高。

4. 抽样法

一般地讲，普遍调查能够为企业提供全面的材料，使企业了解市场的全貌。但是，普查耗资费时，对于一个较大的市场面不适宜。大规模的市场调查，应以抽样调查为主要方式。

抽样调查方法，是从需要调查的对象的总体中，抽取若干个体即样本进行调查，并根据调查的情况推断总体特征的一种调查方法。

抽样调查的方法有很多种，可分为两大类。

（1）随机抽样，即调查对象总体中的每个个体都有同等机会被抽取出来作为样本。随机抽样又有多种方式，主要包括：

① 简单随机抽样。

② 分层抽样。

③ 分群抽样。

④ 等距抽样。

（2）非随机抽样，即总体中每个个体被抽取为样本的机会是不相等的。非随机抽样的具体方式主要包括：

① 任意抽样。

② 判断抽样。

③ 配额抽样。

在市场调查中常用的抽样调查方法有简单随机抽样调查法、分层抽样调查法和分群抽样调查法。

1）简单随机抽样调查法

这是最基本、最简单的一种抽样方式。这种方式就是对总体中的个体不加任何分类，只给一个编号，然后随机抽取，抽到哪一个号码就是被抽出来的样本，抽够预定样本数，抽样工作即告结束。最后，根据对样本的调查分析，对总体做出判断。

2）分层抽样调查法

所谓分层抽样就是根据调查目的将总体按照某种特征分成若干组，每一组称为一层，然后从每一层中提取简单随机样本组成总样本。

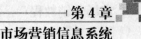

3）分群抽样调查法

所谓分群抽样调查法，就是先将调查总体分成若干个群体，然后从中随机抽取一个样本群，再从这个样本群中随机抽取样本。

分群抽样适用于总体所含个体数量庞大而且比较分散的情况。当调查对象数量庞大且混乱难以按一定标准分层时，就只能按地区等特征进行分群。因此，在分群抽样所划分的群体中，包含具有各种不同特性的个体。这同分层抽样具有完全不同的特点。

小链接 ▶▶▶

美国雪佛隆公司的专家剖析调查

该公司为使产品开发贴近广大消费者，在20世纪80年代初期曾投入大量资金，聘请美国亚利桑那大学人类学系的威廉·雷兹教授对垃圾进行研究。威廉·雷兹教授在雪佛隆公司的资助下，对亚利桑那州土珊市的垃圾进行了较长时间的分析研究。教授和他的助手在每次垃圾收集日的垃圾堆中，挑选数袋，然后把垃圾的内容依照其原产品的名称、重量、数量、包装形成等予以分类。如此反复地进行了近一年的收集垃圾的研究分析。雷兹教授说："垃圾袋绝不会说谎和弄虚作假，什么样的人就丢什么样的垃圾。查看人们所丢弃的垃圾，是一种更有效的行销研究方法。"他通过对土珊市的垃圾研究，获得了有关当地食品消费情况的信息，做出了如下结论：

（1）劳动者阶层人士所喝的进口啤酒比收入高的阶层多，并知道所喝啤酒中各牌子的比率。

（2）中等阶层人士比其他阶层人士消费的食物更多，因为双职工都要上班而太匆忙了，以致没有时间处理剩余的食物，依照垃圾的分类重量计算，在所浪费的食物中，有15%是还可以吃的好食品。

（3）通过垃圾内容的分析，了解到人们消耗各种食物的情况，得知减肥清凉饮料与压榨的橘子汁属高层收入人士的良好消费品。公司根据雷兹教授研究分析所提供的一手资料进行决策，组织投入生产和推销，果然获得成功。

资料来源：李强.市场营销学教程（修订版）.大连：东北财经大学出版社，2000.

▶▶▶4.3 市场预测

4.3.1 市场预测的含义与作用

1. 市场预测的含义

所谓预测，就是根据过去和现在的实际资料，运用科学的理论和方法，探索人们所关心的事物在今后的可能发展趋势，并做出估计和评价，以调节自己的行动方向，减少对未来事件的不确定性。简言之，预测就是根据过去和现在推断未来，根据已知推断未知。预测对象的未来情况是不确定的，存在着多种可能性，预测把未来事件发生的不确定性极小化，并做出关于这一事件发展的设想。

市场预测，简单地说就是对市场商品供需未来发展的预计。市场预测的目的是掌握现实及潜在市场需求量的发展变化。企业为使自己的产品最大限度地适应市场的需要，不仅要运用市场营销原理对市场需求进行各种定性分析，进行市场营销环境分析，消费者市场、组织市场及其购买行为分析等，而且必须运用科学的方法，从量的角度去分析研究市场，估计目前和未来市场需求、企业需求规模的大小。

2. 市场预测的作用

市场预测是市场研究与市场营销活动中的必不可少的环节，做好市场预测工作，对于企业市场经营的成败具有重要意义。

（1）通过市场预测，可以预见未来市场发展趋势，为企业制定战略目标和做出各种经营决策提供客观依据。

（2）通过市场预测，可以摸清顾客对产品具体的需求（如品种、规格、式样、质量等）的趋向以及竞争对手的供货情况，以便企业及时调整战略计划与战术策略，保持企业与环境的动态平衡，增强竞争能力。

（3）通过市场预测，可以提高企业经营的预见性和市场适应力，便于加强企业经营管理，提高企业经济效益。

特别是随着世界经济的全球化，消费者需求的多变性、多样性以及商品的日新月异，市场预测更为必要。电子技术的飞速发展，计算机及网络的普及，又为市场预测的准确性提供了保障。

小链接 ▶▶▶

市场预测助丰田公司成功

"车到山前必有路，有路必有丰田车。"这句广告词如今得到实践的印证。据有关资料统计，丰田汽车公司的产品遍布世界各国，占世界小汽车市场销售量的20%左右。丰田产品销售量的增长，对老资格的美国汽车业的威胁越来越大。说起来，"丰田"还是美国的学生。"丰田"的创建靠的是美国汽车业的援助。可如今，倒又应了中国的一句老话："青出于蓝而胜于蓝。"早在20世纪70年代，日本"丰田"公司就反"弟子"为"先生"，成立了一个"抢救美国汽车业协会"，为"先生"提供"咨询"。

"丰田"的成功，取决于预测。"凡事预则立，不预则废。"该公司深谙此道。他们预测到：随着经济的发展，人们收入水平的提高，小轿车将逐步普及，发达国家将以小型豪华车取代多座车，并向"一家多辆"发展；随着城市规模的扩大，停车场所将成为社会问题，收费也将越来越昂贵；随着社会资源的开发利用，将必然导致能源危机……于是，"丰田"的经营方向是，开发小型的、豪华的、节能型的小轿车。事实证明，"丰田"所走的路是正确的。

资料来源：王峰，吕彦儒.市场营销.上海：上海财经大学出版社，2006.

4.3.2 市场预测的类型

市场预测主要是根据调研收集的企业外部信息和内部条件的资料，从已知推测未知，做出对未来变化趋势的评估和判断。在实际工作中，面对纷繁复杂的市场现象和极其广泛的预测内容，应从哪里下手，应以什么为预测内容，这是企业经营管理者首先考虑的问题。因此，企业应先根据预测内容不同的性质或特性，从不同的角度进行分门别类，然后再根据需要，选择不同的预测类型。市场预测可以分为以下几种类型。

1. 按预测内容的不同分类

按预测内容的不同，市场预测可以分为市场需求预测、市场购买力预测、企业产销能力预测、市场供应预测和竞争能力预测。

1）市场需求预测

消费者对商品的各种需要形成了总的市场需求。企业的市场预测实际上就是要列出市场上潜在消费者的全部需求，包括消费水平、需求层次和结构、消费习惯、消费者心理、消费倾向及其他需求特征，其目的主要是用以确定企业的产品种类。

2）市场购买力预测

市场购买力有两层含义：一是消费者的货币支付能力；二是能够用于购买某种商品的货币量。企业对市场购买力预测的主要内容应是：购买力的投向；现实购买力与潜在购买力的变化趋势及影响变化的因素，包括价格浮动因素等。其目的主要是用以确定企业产品的生产量。

3）企业产销能力预测

企业产销能力就是实际能在多大程度上满足市场需求。这里主要讲的是企业在各个生产要素方面已经具备和可能达到的条件，主要包括企业市场占有率、产品生命周期和新老产品发展前途；劳动力数量、劳动力组合和劳动者素质；宣传推广效果；提供产后销售服务能力等。

4）市场供应预测

广义的商品市场应具体包括消费品市场、生产资料市场、服务性市场、技术市场、金融市场、劳务市场等。对于一个企业来说，各个具体市场都可视为客观条件，对这些客观条件的评价、判断及其可以为企业所利用的方面或对本企业可能产生的影响，是市场预测的一项重要内容，也是企业经营决策的重要参数。

5）竞争能力预测

竞争者除了主要是指同种（类）商品生产者以外，还包括各种条件市场上有着相同需求的"贸易伙伴"。对竞争者状况和竞争能力的了解和判断，有助于促使本企业采取有效的竞争手段，扬长避短，最大限度地发挥自身优势和获取最佳经济效益。

上述预测内容大致可以分为企业内部条件和外部环境两部分。任何一个企业的市场预测都必须包括这些内容，这对于预测的准确性和完整性是至关重要的。从目前情况看，企业普遍对市场需求种类、需求量、原材料供应及本企业生产能力等方面的预测较为重视，而对消费者心理、消费倾向、潜在购买力、产品质量需求、竞争者对企业市场占有率的影响等因素研究得不够，从而导致不少企业产品积压或生产能力发挥不足，造成经营上的被动局面。

2. 按预测时期长短的不同分类

按预测时期长短的不同，市场预测大体可以分为长期预测、中期预测和短期预测。

（1）短期预测。一般指 1 年以内的市场预测，它通常是从现有的生产经营规模出发，目的在于根据预测结果安排近期的产品生产和销售。

（2）中期预测。是指 1～3 年的市场预测，它是为企业中期营销计划服务的。根据中期预测结果，企业可以调整现有的生产经营规模，安排生产和采购。中期预测往往要影响到企业生产技术设备的添置，生产工艺的改进、人员的招聘与培训等。

（3）长期预测。一般是指 5 年以上的预测，是为企业制定长期规划服务的。它常偏重于研究市场要素的长期发展趋势，为确定企业的长期发展方向提供决策依据。但其预测值会与市场实际情况的变化有一定的差距。预测期越长，预测不正确的概率越大，风险也越大。在实际工作中，企业比较侧重于短期和中期预测。

3. 按预测性质的不同分类

按预测性质的不同，市场预测可以分为定量预测与定性预测。

（1）定性预测。是一种趋势预测，如预测市场经济形势的走向、科技发展进程、行业竞争的态势、消费者心理特点等。

（2）定量预测。是对预测目标做出数量估计，如在预测单位时间内销售额可以达到多少万元，企业市场占有率可达到多少百分比等。在实际的企业市场预测中，两者常结合在一起运用。例如，预测未来市场需求量的增长趋势是一个定性预测，然而，如果预测下一年度市场需求量增长 50% 的可能性为 85%，则既是一个定性预测，又是一个定量预测。

4. 按预测范围的不同分类

按预测范围的不同，市场预测可以分为宏观预测和微观预测。

1）宏观预测

宏观预测一般以全国市场为对象，是指对整体市场的综合性预测。它主要用于掌握、控制国内市场供求关系的平衡；掌握宏观的政治、经济、文化和社会环境对企业营销的影响。

2）微观预测

微观预测是指某一企业对一定地区内或某一系统市场的预测。它适用于掌握企业经营范围内的商品在市场上的供求状况及变化趋势，为经营决策提供依据；为合理使用人、财、物，合理确定企业发展规模和产品品种、产量，制定正确的销售策略并为组织有效的营销活动提供依据。

上述市场预测的种类是从不同的角度、按不同的标准来划分、归类的。企业在实际预测时多数需要交叉进行。由于对市场供求情况掌握得不多，营销预测实践中更不应拘泥于某一类型。

4.3.3　市场预测的步骤

市场预测涉及面较广，为了提高预测工作的效率和质量，必须按照一定的工作程序来进行。市场预测过程，大致包括以下几个步骤。

1. 确定预测目标，拟订预测计划

由于预测的目标、对象、期限不同，预测所采用的分析方法、资料数据收集的要求也就不同。因此，在市场预测时，首先要明确规定预测的目标，即预测要达到什么要求，解决什么问题，预测的对象是什么，预测的范围、时间等。预测计划是预测目标的具体化，它具体地规定预测的精度要求、工作日程、参加人员及分工等。

2. 收集和分析资料

预测要广泛收集与预测目标有关的一切资料。所收集的资料必须满足针对性、真实性和可比性的要求。同时，对资料要整理、分析，剔除一些随机事件造成的不真实资料，对不具备可比性的资料要进行调整，以避免资料本身原因对预测结果所带来的误差。

3. 选定预测方法及模型，做出预测

在选择预测方法及模型时，应综合考虑预测目标的要求、所收集到的资料情况、预测人员的专业技术水平等，因为每一种方法、模型都有其适用条件及范围。在许多预测中，通常是几种方法交叉使用，互相补充。

4. 分析预测结果，修正预测模型

按照选定的预测方法，利用已经获得的资料进行预测，计算预测结果。

预测误差是指预测值与实际值之间的差额。市场预测具有近似性的特点，因此预测结果不可能与实际值完全一致，预测误差是必然存在的。如果误差过大，则说明预测模型可能有问题，必须进行修正或选用其他模型。

5. 确定预测值，提出预测报告

预测误差是不可避免的。为了避免预测误差过大，要对预测值的可信度进行估计，即分析各种因素的变化对预测可能产生的影响，并对预测结果进行必要的修订和调整，最后确定预测值，写出预测报告和策略性建议。

4.3.4　市场预测的方法

1. 定性预测法

1）购买者意向调查法

通过直接询问购买者的购买意向和意见，以判断销售量。如果购买者的购买意向是明确清晰的，这种意向会转化为购买行为，并且愿意向调查者透露，这种预测法特别有效。但是，潜在购买者数量很多，难以逐个调查，故此法多用于工业用品和耐用消费品。同时，购买者

意向会随着时间转移，故适宜做短期预测。调查购买者意向的具体方法比较多，如直接访问、电话调查、邮寄调查、组织消费者座谈会等。例如，采用概率调查表向消费者调查耐用消费品购买意向，可能会收到较好效果。购买意向概率调查表如表 4-1 所示。

表 4-1　购买意向概率调查表

在今后 6 个月内，你打算买 34 寸彩电吗？					
0.00	0.20	0.40	0.60	0.80	1.00
不买	不太可能	有点可能	很有可能	非常可能	要买

2）销售人员综合意见法

在不能直接与顾客见面时，企业可以通过听取销售人员的意见估计市场需求。销售人员综合意见法的主要优点如下。

（1）销售人员经常接近购买者，对购买者意向有较全面和深刻的了解，比其他人有更充分的知识和更敏锐的洞察力，尤其是对受技术发展变化影响较大的高科技产品。

（2）由于销售人员参与企业预测，因而他们对上级下达的销售任务有较大的信心完成。

（3）通过这种方法，也可以获得按产品、区域、顾客或销售人员划分的各种销售预测。

一般情况下，销售人员所作的需求预测必须经过进一步修正才能利用。这是因为以下几点。

（1）销售人员的判断总会有某些偏差，易受近期销售业绩的影响，其判断可能会过于乐观或过于悲观，即常常走极端。

（2）销售人员可能对经济发展形势或企业的市场营销总体规划不了解。

（3）为使其下一年度的销售大大超过任务指标，以获得升迁或奖励的机会，销售人员可能会故意压低其预测数字。

（4）销售人员也可能对这种预测没有足够的知识、能力或兴趣。

尽管有这些不足之处，但是这种方法仍常为人们所利用。因为各销售人员的过高或过低的预测可能会相互抵消，这样使预测总值仍比较理想。有时，销售人员预测的偏差可以预先识别并及时得到修正。

3）专家意见法

专家意见法就是依靠专家的知识、经验和思维能力，对历史和现实进行分析综合，对未来发展做出个人判断的一种预测方法。

专家意见法的实施有三种具体形式。

（1）个别专家预测法。聘请市场顾问或个别征求专家意见。但片面与局限问题仍然不可避免。

（2）专家集体会议法。组成有关各方专家的委员会或工作组。这有利于集中各方面专家的专业知识和各种意见，有利于克服片面性与局限性。但也常出现专家意见严重相左，难以形成一致看法等问题。

（3）德尔菲法。德尔菲法是美国兰德公司在 20 世纪 40 年代末提出来的一种预测法。它是通过对专家匿名的几轮函询调查（每次函询，企业都提供预测需要的资料），逐步将预测结果集中到某一种数值，最后由企业领导根据专家意见与自己的经验和资料确定预测值。

德尔菲法的步骤是：

① 由预测主管人员根据预测的主体，在有关领域物色并确定专家名单，组成专家组（人数为 10~20），用书面的方法向选定的专家提出所要预测的问题，并附上有关这一预测的多种背景资料，由专家们根据自己的知识和经验，对所要预测事物的未来发展趋势，提出自己的意见，并说明其依据和理由，填好后寄回主持预测的主管人员。

② 预测主管人员根据专家第一次的预测意见，加以归纳整理，对不同的预测值分别说明预测值的依据和理由，并补充必要的资料，再寄给专家。请专家们研究后发表第二次的预测意见和预测理由，再返回预测主管人员。

③ 如此反复征询、归纳、修改，就可以使各种意见趋于一致，最后由主管人员根据全部资料写出书面预测意见。

德尔菲法成败的关键是专家的选择。企业应选择与预测目标相关的，具有研究、战略眼光，分析问题能力较强的生产、科研、经营管理、信息情报、高等院校等单位的专家担任。德尔菲法的优点是专家之间互不见面，避免了发表意见会受到约束，改变意见怕有损自己威望的局限性，从而可以充分发挥专家独立思考的能力和集中专家们的智慧；缺点是信函来往麻烦，分类处理工作量大，耗费时间长。因此，短期预测不宜采用这一方法。

4）市场试验法

企业收集到的各种意见的价值，不管是购买者、销售人员的意见，还是专家的意见，都取决于获得各种意见的成本、意见可得性和可靠性。如果购买者对其购买并没有认真细致的计划，或其意向变化不定，或专家的意见也并不十分可靠，在这些情况下，就需要利用市场试验这种预测方法。特别是在预测一种新产品的销售情况和现有产品在新的地区或通过新的分销渠道的销售情况时，利用这种方法效果最好。

在新产品投放市场或老产品开辟新市场、启用新分销渠道时，选择较小范围的市场推出产品，观察消费者的反应，预测销售量。由于时间长、费用大，因而多用于投资大、风险高和有新奇特色产品的预测。

2. 定量预测法

定量预测法是依靠数据资料，使用数学模型或数理统计的方法，来判断市场发展趋势和数量关系的一种预测方法。这种方法的优点是客观、准确可靠，科学性较强，用途较广。市场定量预测对下列情况较适用：历史统计资料较详尽；事物发展变化的客观规律较稳定；事物在发展变化过程中较少有质的突变，尤其是对进入成熟期的产品的市场需求预测、企业销售预测、广告效果预测等定量预测效果更好。定量预测法的缺点是对市场活动的某些动向和政治因素，较难进行有效的预测。定量预测常用的方法主要有以下几种。

1）时间序列法

时间序列法是根据企业过去几个时期产品销售的数据资料进行分析，预测未来的销售趋势。这种方法的前提是假定事物的过去延续到未来是有联系的，主要适用于短期市场营销预测和近期市场营销预测。时间序列法的具体方法很多，常用的方法主要有移动平均法、指数平滑法和季节指数法三种。

（1）移动平均法。这是假定预测值同预测期相邻的若干观察期数据有密切联系，利用过去若干时期的实际销售量相加求其平均值，在时间上向后移动作为对下期的预测值的一种预测方法。

（2）指数平滑法。即根据本期的实际值和过去对本期的预测值，预测下一期的值。指数平滑法由于运用的资料数据较少，因而资料比较容易取得，计算又比较简单，故目前较广泛地运用于企业短期销售的预测。

指数平滑法与移动平均法相比有两大优点：

①由于指数平滑法给予所有数据以不同的权数，因此，它预测考虑了所有历史数据对于预测的影响；移动平均法只能给予有限数据以相同或不同的权数。

②用指数平滑法预测时，只需要最近（本期）的实际值和上期的预测值；移动平均法一般要三个时期以上的数据。

（3）季节指数法。有些产品的销售量随着季节的变化而发生周期性的变动，例如，某些商品销售量往往因气候原因或社会习惯而发生变动。这种变动是有规律性的，故对这类产品销售量的预测则宜采用季节指数法，即根据这些产品季节变动的规律性，预测其销售量。运用这种方法进行预测时，应先根据历史资料（3 年以上各月份销售量的完整数据），求出该产品各季的销售量构成比例，再用这个比例来预测未来季节的销售量。

2）回归预测法

回归预测是以相关原理为基础的预测方法。由于预测对象受某些因素的影响，这些因素的变化将导致预测对象的变化。例如，电视机的销售量受居民收入、电视机价格等因素的影响。居民收入增加，购买力提高，则需求量增多。回归预测的基本思路是，分析预测对象与有关因素的相互关系，用适当的回归模型描述出来，然后再预测其未来的发展趋势。这种方法与时间序列预测法的区别很大，时间序列预测把时间作为唯一的自变量，回归预测可在很大的范围内选择自变量，是用数学模型精确地表述预测函数。

（1）一元线性回归预测。

一元线性回归预测模型的数学表达式是一元线性方程。其特点是，预测对象只受一个相关因素的影响，并且两者呈线性相关关系。其基本公式：

$$Y=a+bX$$

式中，a、b——回归系数。

X——自变量。

Y——因变量。

Y 与 X 这两个变量之间的关系，将在 a、b 这两个回归系数的范围内，展开有规律的演变。根据 Y 与 X 的历史数据，来确定回归系数 a 和 b。为了使预测值与实际值的误差最小，通常采用最小二乘法，求解回归系数 a 和 b。其公式为：

$$b = \frac{\sum_{i=1}^{n} X_i Y_i - n\overline{XY}}{\sum_{i=1}^{n} X_i^2 - n\overline{X}^2}$$

$$a = \overline{Y} - b\overline{X}$$

（2）多元线性回归预测。

在复杂多变的动态经济环境中，影响产品需求量的因素不止一两个，多种因素共同对市场需求产生影响。于是，需要进行多因素分析，要运用多元线性回归预测的方法。

多元线性回归，是一元线性回归理论和方法的推广。其基本公式为：

$$y=a+b_1X_1+b_2X_2+\cdots+b_mX_m$$

式中，a，b_1，b_2，$\cdots$，b_m——回归系数。

X_1，X_2，$\cdots$，X_m——自变量。

Y——因变量。

（3）非线性回归预测。

在现实经济环境中，各因素对产品需求量或销售量的影响，不一定呈线性关系，因此，有时就需要采用非线性回归预测方法。

常用的非线性回归模型如下。

指数模型：$Y= ab^x$。

幂函数模型：$Y= aX^b$。

对数模型：$Y=a+ b\lg X$。

倒数模型：$Y = a + b\dfrac{1}{X}$。

 【本章小结】

1．市场营销信息是指经过加工整理，被市场营销者接受，对其完成市场营销任务有使用价值的情报、资料和消息。

2．市场营销信息系统是由人、设备和程序组成，它为营销决策者收集、挑选、分析、评估和分配所需要的、及时的和准确的信息。

3．市场营销调研就是运用科学的方法，有目的、有计划，系统地收集、整理和分析研究有关市场营销方面的信息，提出解决问题的建议，供营销管理人员了解营销环境，发现机会与问题，作为市场预测和营销决策的依据。

4．市场营销调研按调研目的可分为探测性调查、描述性调查、因果调查、预测性调查。

5．市场营销调研的步骤包括确定问题与调研目标、制定调研计划、收集信息、分析信息、撰写调研分析报告。

6．市场预测，简单地说就是对市场商品供需未来发展的预计。市场预测的目的是为了掌握现实及潜在市场需求量的发展变化。

7．按预测内容的不同，市场预测可以分为市场需求预测、市场购买力预测、企业产销能力预测、市场供应预测和竞争能力预测。

8．市场预测的方法归纳起来分为两大类：定性预测方法和定量预测方法。

 【思考题】

1．什么是市场营销信息系统？

2．市场调研的内容有哪些？

3. 市场调研一般由哪几个步骤组成？

4. 市场调研的方法主要有哪几种？

5. 怎样根据不同情况选择不同的预测方法？

【学习自测题】

一、单项选择题

1. 中期预测一般是指____。

    A. 1 年以内的市场预测   B. 1～3 年的市场预测

    C. 3～5 年的市场预测   D. 5 年以上的市场预测

2. ____又称德尔菲法。

    A. 专家调查法   B. 经验判断法   C. 社会调查法   D. 时间序列预测法

3. ____不属于营销信息系统的子系统。

    A. 内部报告系统   B. 营销情报系统

    C. 营销调研系统   D. 营销评价系统

4. ____的主要功能是向营销部门及时提供有关外部环境发展变化的情报。

    A. 内部报告系统   B. 营销情报系统

    C. 营销调研系统   D. 营销分析系统

5. ____的主要功能是向市场营销管理者及时提供有关订货数量、销售额、价格、库存状况、应收账款、应付账款等各种反映企业营销状况的信息。

    A. 内部报告系统   B. 营销情报系统

    C. 营销调研系统   D. 营销分析系统

二、多项选择题

1. 营销信息系统一般由_____构成。

    A. 内部报告系统   B. 营销情报系统   C. 营销调研系统

    D. 营销分析系统   E. 营销评价系统

2. 市场营销信息系统的特点包括_____。

    A. 统一性   B. 整体性   C. 简明性

    D. 适当性   E. 有效性

3. 根据调研目的的不同，营销调研的类型有_____。

    A. 探测性调查   B. 描述性调查   C. 因果调查

    D. 预测性调查   E. 评价性调查

4. 营销调研的内容主要有_____。

    A. 产品调研   B. 资源调研   C. 顾客调研

    D. 销售调研   E. 促销调研

5. 询问调研法主要包括_____。

    A. 面谈调研   B. 电话调研   C. 邮寄调研

D. 留置问卷调研　　　E. 行为记录调研

6. 随机抽样有多种方式，主要包括_____。

A. 配额抽样　　　　　B. 简单随机抽样　　　C. 分层抽样

D. 分群抽样　　　　　E. 等距抽样

7. 非随机抽样的具体方式主要包括_____。

A. 任意抽样　　　　　B. 判断抽样　　　　　C. 配额抽样

D. 分层抽样　　　　　E. 分群抽样

8. 按预测内容的不同，市场预测可以分为_____。

A. 市场需求预测　　　B. 市场购买力预测　　C. 企业产销能力预测

D. 市场供应预测　　　E. 竞争能力预测

9. 按预测性质的不同，市场预测可以分为_____。

A. 定量预测　　　　　B. 定性预测　　　　　C. 长期预测

D. 中期预测　　　　　E. 短期预测

10. 市场预测的步骤主要包括_____。

A. 确定预测目标，拟订预测计划　　　　B. 收集和分析资料

C. 选定预测方法及模型，做出预测

D. 分析预测结果，修正预测模型　　　　E. 确定预测值，提出预测报告

11. 市场营销调研的步骤主要包括_____。

A. 确定问题与调研目标　B. 制定调研计划　　　C. 收集信息

D. 分析信息　　　　　E. 撰写调研分析报告

三、填空题

1. 营销分析系统由先进的统计步骤和统计模型构成。该系统的作用是利用科学的技术、技巧来分析营销信息，从中得出更为精确的研究结果，以帮助决策者更好地进行营销决策，因此，也称之为（　　　　　　　　　　）。

2. 观察法是指通过跟踪、记录被调查事物和人物的行为痕迹来取得第一手资料的调查方法。常用的观察法有（　　　　　）、（　　　　　）、（　　　　　）、（　　　　　）。

3. 常用的实验法有（　　　　　）、（　　　　　）、（　　　　　）。

4. 在市场调查中常用的抽样调查方法有（　　　　　　）、（　　　　　）、（　　　　　）。

5. 专家意见法的实施有三种具体形式（　　　　　　）、（　　　　　）、（　　　　　）。

四、名词解释

1. 市场营销信息

2. 市场营销信息系统

3. 市场营销调研

4. 预测

5. 市场预测

五、简答题

1．简述市场信息的重要作用。

2．简述营销调研的作用。

3．简述市场预测的作用。

4．简述市场营销信息系统的构成。

5．简述市场营销调研的步骤。

6．简述市场预测的步骤。

六、论述题

1．论述市场营销调研的方法。

2．论述市场预测的方法。

七、案例分析题

20世纪80年代，可口可乐公司决定开发新型可乐，对顾客口味做了随机测试，发现顾客喜欢百事可乐的甜味，而不是可口可乐的干爽味。其实，这个结论最早是由百事可乐做的，可口可乐后来的测试证实了这个结论。此后，可口可乐公司找到了一种含甜味的新配方。1982—1985年，该公司对近20万名消费者进行的测试表明，55%的消费者倾向于新可乐的口味，53%的消费者倾向于新可乐的商品名称。1985年4月，新可口可乐正式面市，公司决定停止生产老可口可乐。

消息传开，可口可乐总部每天都收到消费者上千个抗议电话及雪片般的抗议信，甚至成立"美国老可口可乐饮用者"组织来威胁可口可乐公司，如果不按老配方生产，就要提出控告，并组织召开抑制新可乐的集会。

在3个月的抗议风潮中，可口可乐公司又重新做了公众调查，6月还有49%的人喜欢新可乐，到了7月初，只有30%的人喜欢。于是，7月11日，公司决定重新生产老可口可乐。

问题：可口可乐公司长时间和广泛的调研为什么没有收到效果？可口可乐公司的调查说明了什么？

第 5 章
市场营销战略

 【学习目标】

◆ 理解营销战略的概念和作用。
◆ 明确选择营销战略目标的基准。
◆ 掌握制定营销战略的基本分析工具。
◆ 掌握企业三种业务发展战略类型的特点及其实施条件。
◆ 掌握市场领导者、挑战者、追随者和利基者的含义和营销战略。

为适应变化的环境及充分利用外部环境提供的机会，企业不仅需要对其长期发展进行全面规划，而且需要为营销活动制定一个长期的战略。由于并不存在一个对于所有企业来说都是最好的战略，因此企业必须掌握制定合理有效的营销战略的方法，并且能够在执行所制定的战略的过程中实施有效的管理。

▶▶▶5.1 营销战略的概念和意义

5.1.1 营销战略的概念

从战略的角度来看，企业的营销活动集中在市场上商业活动的领域中，以及实现这些商业活动所需的手段和时机。从公司的角度来看，营销环境的要素（例如竞争状态、市场动态和环境变迁等）对形成公司营销战略来讲是必不可少的。公司营销活动的领域限定在市场和公司之间这个范围内，对目前和潜在市场趋势的认识以及对任何一个战略计划操作来讲都是及其重要的。

本质上，在一个特定的环境中，营销战略涉及三种力量的相互作用，这三种力量被称为"战略 3C"：消费者（Customer）、竞争者（Competition）以及公司（Corporation）。

营销战略应设计出能把它自己（Corporation）与竞争者（Competition）有效区别的方法，以及利用自身独特的能力（实力）为消费者创造更好价值的方法。一个良好的营销战略应具有如下特点：

（1）清晰的市场界限。

（2）公司实力与市场需要之间良好的适配。

（3）相对于竞争者来讲，公司具有明显或潜在的优势。

总之，3C 构成了营销战略的三角，如图 5-1 所示。所有这三者都是动态的，并且都有他们各自要追求的目标。如果消费者的需求不能和公司的目标相匹配，那么后者的生存能力就会受到威胁。消费者需求与公司目标的积极匹配需要他们之间保持一种持续良好的关系。但是，这种匹配是相对的，如果竞争对手能够开发出更好的匹配，那么公司就会随着时间的迁移而处于不利的地位。换句话说，公司目标和消费者需求之间的匹配不仅必须是明确的，而且要比竞争对手做得更完美、更扎实。当公司接近消费者的方法与竞争对手完全一样时，消费者就不能加以区分，

图 5-1　营销战略建构的三个要素

结果就是一场价格战，这样当然能满足消费者的需求，但不能实现公司的目标。我们可以根据这三个关键要素来界定营销战略，即在特定的背景下，公司将自己与竞争者有效地区别开来，利用公司自身的相对实力更好地满足消费者需求的一系列活动。

基于战略 3C 的相互作用关系，营销战略的形成需要下面三项决策：

（1）在何处竞争？也就是市场的范围问题。例如，整个市场还是一个或多个细分市场（市场细分的概念将在第 5 章中阐述）。

（2）如何竞争？也就是竞争的手段。例如，引进一种新产品来满足消费者的需要；为现有的产品建立一种新的形象；等等。

（3）何时竞争？也就是市场进入的时机。例如，是首先进入市场，还是等待初级需求建立以后再进入。

没有人比妈妈知道得更多吗？

没有人比妈妈知道得更多，是吗？但是，她知道你穿什么内裤吗？Jockey 公司就知道；她知道你在杯子里放几个冰块吗？可口可乐公司就知道；她知道你在吃椒盐卷饼时，喜欢先吃碎的还是完整的呢？Frito-Lay 公司就知道。

大公司都知道顾客的需求是什么，需要的时间、地点及方式，能指出许多甚至我们自己都不知道的事情。知道所有有关顾客需求的信息是有效营销的基石。对营销人员来说，这不是吹毛求疵。

可口可乐公司知道美国人平均在一个杯子里放 3.2 个冰块，一年看到 69 次该公司广告，在气温 39℃时喜欢喝自动售货机里的罐装可乐，有 100 万美国人每天早餐都要喝可口可乐。生产吸尘器的胡佛公司发现美国家庭每周平均花 35 分钟吸尘，每年吸出 8 磅灰尘，要用 6 个吸尘袋。生产纸面巾的金伯利公司发现美国人每人每年平均要擤 256

次鼻子。

　　将这些非常琐碎的事实累积起来，就为公司制定营销战略提供了重要依据。

　　例如，1982 年，宝洁公司面对其美国国内核心业务的不断萎缩，开始寻找新的市场机会。当时，橙汁市场是颇具吸引力的，它在饮料市场上的排名于软饮料和咖啡之后。与后两者不同的是，在消费者日益对健康状况显现关注的背景下，对前者的需求有增无减。宝洁在以下三个方面实施其橙汁的营销战略。

　　（1）市场（在哪里竞争）。宝洁决定进入广泛的市场，在全国范围内提供冷冻产品。

　　（2）方法（如何竞争）。宝洁公司为橙汁新建立了一个品牌：Citrus Hill。它与其他的品牌没有什么不同。有趣的是，宝洁公司在一开始进入市场之时，就持有生产好口味果汁的工艺专利。但开始时并没有使用它，而是采用仿制品进入市场。宝洁公司在第一年投入 4 亿美元来促销这种产品，也是该公司第一次为新品牌做出最多的投入。首先推出传统的仿制品而不是生产它最好的产品被看成是宝洁公司拉开与竞争对手产品形象距离的广告战略和消耗它们资源的一种策略，一两年后便大规模推出改进的新产品。

　　（3）时机（何时竞争）。宝洁公司仅仅在经过一年的试销之后就决定把 Citrus Hill 这个品牌推向全国市场，这是极不寻常的。传统上，宝洁公司是在十分简单而又消耗时间的程序之后才向市场上推出新产品：研究竞争对手，开发创新性产品，以及小心翼翼地进行市场测试（有时需要数年的时间）。据说，宝洁公司在 Campbell、Lipton 和 General Mill 公司之前进入市场，这些公司也发现橙汁市场的潜在容量，并且一直在检测果汁产品。

　　上述战略出于对 3C 战略的通盘考虑。

　　（1）市场进入是由日益增长的消费者需求决定的。

　　（2）进入市场的决策是基于对竞争对手的充分理解。它包括对可口可乐公司的 Minute Maid 品牌及对 Beatrice 食品公司的 Tropicana 产品的深入分析。正如所预料的那样，这两家公司都大幅度地增加了它们的广告投入、消费者促销和对中间商的营业推广。

　　（3）作为一家雄心勃勃的包装品营销商，在进入新市场时应充分具备实力。

　　（4）环境要出现持续的市场机会。

　　作为企业的营销战略，应具有如下显著的特点。

1. 强调长期的影响

　　营销战略决策通常具有深远的影响。用营销战略专家的话讲，营销战略是一种承诺，而不是一项行动。例如，如果是营销战略决策，就不仅仅是对中意的消费者提供迅速的交货，还应包括对所有同类消费者提供 24 小时的交货服务。

　　例如，在 1980 年，固特异轮胎公司做出了在未来集中资源经营它的轮胎业务的战略决策。此时，它的同行却看淡轮胎业的市场前景，固特异选择了与同行相反的发展战略。这种战略选择对公司的长远发展有着深远的影响。如果这种选择是正确的，那么它的轮胎业务就不仅在北美市场，而且在西欧市场占据统治地位。结果是，它的米其林（Michelin）轮胎目前在世界市场上是一个强有力的挑战者。如果出现与预料相反的结局，固特异就会为比 Unilroyal 和 Firestone 这两家公司因过度涉足轮胎业而付出惨重的代价，而这两家公司目前正在实施多样化经营。

营销战略的长期导向需要对环境给予高度的关注。环境从长期来看比从短期来看更容易改变。换句话讲，从短期来看，人们可以假定环境是稳定的，但从长期来看，这种不变性是不可能的。

对环境的适时监控需要战略情报的投入。战略情报与传统的营销调研在深入探究方面有着明显的不同。例如，仅仅知道竞争对手有成本优势是不够的，从战略的角度，营销商还应该知道竞争对手在成本的进一步降低方面还有多少潜力可挖。

2. 需要有公司的投入

营销战略决策需要公司在三个方面给予支持和投入，即公司的文化、公司的公众和公司的资源。公司的文化是指经过长期积累被公司接受内化成为行为准则的公司管理的仪式、理想、特征、禁忌、习俗、礼仪等。公司的公众包括在组织中具有利益的各种利益攸关者。利益攸关者一般包括公司的消费者、雇员、经销商、政府和社会。公司的资源包括人力资源、财务资源、物质资源和技术资产/经验等。公司的价值取向限定了营销战略家们的活动范围，包括要进入的市场、要收割的业务、要投资的业务等。营销战略制定过程中的公司资源的投入也有助于组织整体利益的最大化。

3. 不同的产品/市场有不同的作用

传统理论认为公司内所有的产品都应该尽力追求利润最大化，而战略营销却认为公司内不同的业务有不同的作用。例如，有些业务处于产品市场生命周期的成长阶段，有些处于成熟阶段，而其他的可能处于引入阶段。在市场生命周期每个阶段上的产品都有不同的战略和肩负不同的期望。处在成长期的产品需要额外的投资，而处于成熟期的产品应该为公司贡献更多的现金。将这种思想付诸实施是到了波士顿集团提出业务矩阵分析框架以后才开始的，波士顿业务矩阵以市场份额和行业增长率作为两个维度建立平面坐标轴，每一个轴都用连续的从高到低的刻度标出，公司的所有产品均可在此平面坐标轴上标出其位置。

波士顿业务矩阵是基于比竞争对手的市场占有率高的公司应该能够以低成本生产产品；相反，比竞争对手的市场占有率低的公司应该以高成本生产产品的假定为基础的。这个分析框架的重要特点是把公司的业务分成四类，反映出各项业务的现金使用和现金供给能力。波士顿业务矩阵有两个基本的特征：

（1）根据统一的标准对多种多样的业务进行分类排队。

（2）它提供了平衡公司现金流的一种工具，通过这种工具可以得出哪些业务可能是现金提供者及哪些是现金使用者。

营销战略的实践在确定每项产品/市场的角色之前首先要对这个产品/市场进行检查。进一步讲，不同的产品/市场共同地与公司整体营销努力最大化有关。最后，每个产品/市场都由一个有适宜经验和背景的经理来管理。

4. 集中在组织内的业务层次

营销战略主要在组织内的业务单位层次上实施。例如，在 GE 公司内主要的产品都被组成单独的业务单位来制定各自的营销战略。

5. 与财务的密切关系

营销战略决策与公司的财务职能紧密相关。营销战略类型的选择要受到公司财务资源的约束。一般情况下，任何营销战略都需要将公司财务资源作为基础。不论是产品开发还是广告、促销，都需要公司财务资源的投入。在某种意义上，公司的财务资源限制了其营销战略的选择。

5.1.2　制定营销战略的意义

制定营销战略，从总体上对企业的市场营销活动进行规划、指导和约束。对于营销企业来说，制定营销战略具有重要的意义。

（1）使企业的营销活动得到整体的规划和统一安排，实现"市场营销观念"所要求的"企业活动目标一体化"。也就是说，营销战略计划使企业的各部门、营销工作的各个环节都能按统一的目标来运行，得到一个协调性的运转机制，才会为企业的营销活动的有效性提供相应的保证。

（2）提高企业对资源利用的效率。营销战略计划本身就是从诸多的可以达到既定目标的行动方案中，选择一个对于企业当前的情况来说是最好的方案。因此，凡是制定得合理和正确，并得到了正确贯彻执行的营销战略计划，都能够保证企业的资源得到最有效的配置和最充分的利用。

（3）增强营销活动的稳定性。由于营销外部环境的不断变化，企业的营销战术活动也需不断地相应变化或调整。但是，一切战术问题的调整和变化，必须是为了实现或有利于实现既定的企业总体任务和目标。对战术问题的调整不应是盲目的、随心所欲的或仓促被动的。因此，只有在营销战略计划的规定下，营销企业才能够主动、有预见、方向明确地按营销环境的变化来调整自己的营销战术，才能减少被动性、盲目性，处变不惊，使企业始终能够在多变的营销环境中按既定的目标稳步前进。

（4）为企业的营销管理工作提供依据和提高管理工作的有效性。企业的管理决策层，需对企业的各项工作实施有效的管理，要使被管理部门都能自觉地接受管理，就必须有人人都明确和知晓的管理依据（法治方法）。就处于市场经济中的企业来说，营销管理必将成为企业最重要的管理内容和职能。营销战略计划，由于规定了营销活动的任务、目标以及实现的要求和方法，就为企业管理阶层对营销活动的管理提供了纲领及为日常的管理活动提供了依据，同时，也使管理者明白其工作的成效是怎样衡量的，应如何行动。所以，有了营销战略计划的规定，就可以使企业的营销活动有统一的组织、指挥、协调和控制，从而提高对营销活动管理的有效性。

（5）是企业参加市场竞争的有力武器。在市场竞争中，企业与其对手的竞争，不仅是企业的现有实力的较量，甚至可以说主要不是现有实力的较量，而是人的智慧或才能的较量。如同在军事上存在着无数的以少胜多的战例一样，营销企业在市场竞争中，主要的还是同竞争对手比较谋略。要想在市场竞争中取得胜利，首先必须有正确的、高人一筹的、出奇制胜的战略谋划。因为市场竞争和军事上的敌我较量的原理是相通的，竞争双方的实力固然重要，但并不是决定性的因素，决定性的因素是人，是具有更高谋略和智慧的人。这就是国外相当多的企业和企业家对中国的《孙子兵法》、《三国演义》等军事著作和作品推崇备至，并奉为经营者必读之书的原因。所以，制定正确的并得到有效贯彻的战略计划，可使营销企业在竞争中取得成功。

（6）是企业员工参与管理的重要途径。从管理的原理来说，管理必须强调统一意志、统一指挥。但是，管理工作也同时强调应极大地调动被管理者的积极性和创造性。在具体的管理操作中，对于全局性的谋划，对于战略的制定，是最需要集思广益，最需要企业人员上下同心，明确奋斗目标的。因此，在战略计划工作中吸收广大职工参与，不仅体现了管理的民主性，也便于管理者吸收群众的智慧，使企业的所有员工都能明白企业的发展远景和奋斗目标，增强企业职工对企业的向心力和凝聚力。

➤➤➤5.2　营销战略目标的确定

营销战略是以确定营销目标为主要内容而展开的。战略目标是指企业全部营销活动所要达到的总体要求。营销战略目标规定了企业全部营销活动的总任务，决定企业发展的行动方向。

5.2.1　选择营销战略目标的基准

我们应该怎样去评估各种可供选择的营销战略？究竟应该使用什么标准？我们可以利用塞缪尔·泰勒提供的一个模型化的公司战略标准来回答这些问题。目标就是表明能够解决一些范围更广泛、更基本的问题。可以使用以下五项标准：内部一致性、外部一致性、资源能力、时间、风险度。

1. 内部一致性

内部一致性主要指营销战略和营销目标之间的相互关系和协调性。而且，市场目标和各种营销组合要素也必须是一致的。一个较高的销量目标和一个限定范围狭窄的市场就是一个缺乏内部一致性的典型例子。类似地，一个以需要产品被广泛接受与较大市场容量为基础的市场目标显然与营销组合中的高价格和高质量相违背，高额的促销费用与选择性分销不一致，内部一致性应贯穿整个营销方案所涉及的各个方面。例如，用于选择销售商所使用的标准必须与相应的赔偿的方式和程度一致。

2. 外部一致性

在这一点上，我们必须判断它与环境相联系时的营销战略效果。市场趋势、政府的政策法令以及竞争态势构成了公司的外部压力。涉及伦理问题的制药类企业必须对政府法令、法规保持高度敏感。不断降低的出生率将对童鞋生产商的营销战略带来较大的冲击。当一家企业想要在美国的纺织品市场上寻求较大的市场份额时，它必须认识到来自进口的冲击。以上均是一些来自外部环境的负面影响展示，它们说明外部环境对企业构成了一些限制因素。但是，外部环境中存在的一些成长机会也具有对等的重要性。近年来，对于生产个人计算机的厂家其营销战略必须与逐渐成长的市场保持一致。那些在市场投入方面显得过于保守的企业也因此而遭受到一定的损失，只有具有卓越的眼光和较强的对环境变化的适应能力才能实现外部一致性。

3. 资源能力

资源有助于企业实现自己的营销目标。换个角度而言，一个企业拥有的资源代表了其对存在于外部环境中的威胁与机会的反应能力。三个最主要的资源是资金、人力以及设备。

财务实力主要包括扩大债务以及资产净值的能力，这对于企业较大的生产项目和将营销活动扩展到新市场是极其重要的。那些较小或中等规模的企业经常会因为生产能力的限制而不得不延迟或放弃一些被推荐的项目，这类现象即使在那些规模较大且具有较好的资源禀赋的企业内也时有发生，而这类限制因素的影响程度却经常被予以错误评估。市场与产品推广费用类似于资本投入，可以在即将发生的销售量和利润实现之前用于代表实际的现金流。

人力资源具体包括质和量两方面，某些营销活动只是简单地要求公司内并不具备的技巧与功能。我们可从运营良好的工业企业进入消费企业的现象得到例证。当规模小的公司寻求发展，并且需要与其行政部门所不同的组织才能时，人力资源量的一面就能清晰地显现出来。通常要评价一个组织是否具有采用新的营销方案的能力并不容易，我们经常会强调具有潜力的新市场和/或新产品，以致忽视了人力资源所具备的能力的现实性。

虽然我们更多的是将注意力放在销售队伍上，但关于人力资源量的问题仍可在营销组织的各个环节与部分得到体现。将过多的产品或不同的顾客群都推到营销代表的身上，以致过多地加重他们的负担是极其不合理的。并且，销售力量以及营销组织的不连贯往往会导致费用的急剧增加。最好的做法是，能够将有计划地组织成长融入新产品和新的营销方案中去。

设备能代表生产资源和/或营销资源，尽管我们通常会认为只有物质生产力才是企业的设备基础。当然，正如厂房和仓库的布局一样，生产能力与技巧同样代表企业有形设备的限制因素。营销管理的市场销售量定位与生产管理的质量和成本控制之间存在矛盾的现象是非常普遍的。正如在许多商业决策中对生产能力的评估往往从属于其错误的预测。

在评估各种可供选择的营销战略时，营销设施必须予以考虑，这一点通常被认为能够通过营销渠道结构得以体现。尽管其并非像生产设备那样具体而直观，但是营销渠道作为一种资源可以被看成是半固定的设备。理所当然，各种全新的备选产品都必须通过营销渠道协调一致性的测试。就长期而言，通过追加额外的投资，企业的生产设备和营销渠道都能被调整和改变。虽有例外，但更通常的情况是，企业的管理部门总是通过使这些设备超负荷运行以寻求竞争优势。

4. 时间

在确定营销目标和营销战略时，我们通常都会强调一个时间的尺度，该尺度包括两方面的内涵。

（1）它是指战略的时间跨度，那些大型的以技术为背景的公司——IBM、Lockheed、

DuPont 和 RCA 就特别意识到企业战略暂时性的一面。较长的计划期使得这些企业必须认真考虑营销战略随时间推移的可行性。在该坐标的另一端是一些小企业，它们则视灵活为其的一大法宝。对于这些小企业而言，是否能迅速采用新的战略和营销方案是非常重要的。更深一层次尺度则是消费品生产企业认识到其营销方案已经过时，必须予以更换的某一特定时点。随时间推移而不断变换的营销环境和竞争战略通常会影响到最佳方案的有效性。

（2）它与前一标准（外部一致性）相关联。在引入一个新产品时，一个有效的营销方案必须考虑普通产品所处的发展阶段。在前期阶段，需要有大量的营销推广投入，并且促销（副本）通常会强调普通产品所固有的特性，而不是强调企业的相对优势。企业在宣扬某一品牌优于另一品牌时，首先必须通过刺激消费者使其认识到自己对个人计算机有需求。

作为一项战略标准，时间具有能量化以及能度量的特征。问题仅仅在于在大多数情况下，时间作为其中某一尺度更为明显，更具现实意义。在实施某项新的营销方案前，对所要付出的努力予以有意识的思考及进行相关文件证明是保证标准得以有效运用的前提。

5. 风险度

风险作为一项战略标准可能是最为抽象和最难量化的。你怎样去评估与一项特定战略相适宜的风险水平？其中一项最基本的因素就是使该战略得以实施所必须投入的资源的绝对量。另一项因素便是该企业用于实施营销方案的资源占企业所有资源的比例。有关资源大量投入的事例是非常多的，IBM 公司将 5 亿美元的资金投资于 360 条计算机线路，格兰仕公司宣称投资 20 亿元进入空调行业。对于任何一家企业而言，它所愿意承受的风险在某种意义上体现了其所拥有资源的深度以及与某一特定战略相关的潜在利害关系。所以，事实通常是资源能随时予以测量，而企业的潜在盈利还有赖于对环境及竞争对手行为的预测。当评估一项战略的风险因素时，过去的经验可能有助于提供洞察力，但面临的机会越大，挑战性越大，就越缺乏可靠的资料以供决策。有的企业的首席行政执行官已认识到，当考虑某项重大决策的风险因素时直觉的重要性。

为了评估风险，有必要再一次提到时间尺度。围绕研发进行长期投资而制定的战略通常要承受更高的风险。在更长的时期，由于技术、政治以及来自消费者的压力等各方面因素将会使环境发生急剧变化。营销经理所面对的困境便是越来越大的环境不确定性。在 20 世纪 60 年代早期，许多的营销人员能非常明确地预测到在 20 世纪 70 年代用户至上主义、污染控制、OPEC 以及整个生态问题的范围将带来的影响。然而事实上，每一家企业还是受到了这些因素的影响，它们必须在解析各种可选择营销战略的风险因素时融入对这些影响因素的分析。

5.2.2 市场占有率、投资利润率与营销战略目标

1. 概念及计量指标体系

1）市场占有率

市场占有率是各业务部门的产品或劳务销售总额对全部该类产品或劳务的全部市场销售额的比率。

为了更好地说明企业市场占有率状况，除用市场占有率这一目标外，还选用以下辅助目标。

（1）产品普及率。它是消费者平均持有某种产品的比率，有按人口与按家庭平均的两种普及率。普及率越高，表明市场潜力越小，产品生命周期越短。一般认为，耐用消费品普及率在 15% 以下为投入期，16%～50% 为成长期，50%～80% 为成熟期，80%～100% 为衰退期。一般来说，企业不应该进入产品普及率较高的产品市场，因为其容量较小。

（2）实质销售增长率。它是企业报告期较基期销售额增长的比率与企业所在行业销售平均增长率的比率。该比率若高于 100%，则表明企业营销状况良好；反之，则不佳。

（3）相关产品销售增长率。相关产品分两类：

① 互补品，如电视机与天线。

② 互替品，如彩色电视机与黑白电视机。

如果是互补产品，则该产品销售率越高，本企业产品销售增长率越高，反之亦然；互替性产品则恰恰相反。它的增长率越高，对自己产品销售的威胁就越大，反之亦然。

（4）老用户损失率。它是老用户损失数与原用户总数之比率。造成这种损失一般有三种原因：

① 老用户本身对该类产品的需求萎缩。

② 该产品出现质量等问题不能满足用户需求。

③ 其他厂家由于提供更优质服务而抢占了自己的市场。对老用户损失率进行具体分析，对企业营销战略的制定有一定影响。

（5）新用户获得率。它是新用户增加数与原用户总数之比率。造成新用户增加的原因可能是：

① 进入市场的新企业增加，它表明市场对企业所在整个行业需求增加。

② 本企业从其他企业的用户中抢生意，这表明企业竞争力的增强。

正确区分这两种原因对营销策略制定意义重大。

2）投资利润率

投资利润率是指税前的营业收益占自有资本和长期负债总额的比率，英文缩写为 ROI。

ROI 可以用来反映同一行业不同经营领域或同一产品在不同市场上的状况，但用来反映不同行业的状况就有很大缺陷。因为各行业在不同时期 ROI 均不同。例如，计算机行业的 ROI 就明显高于纺织行业。为了能比较计算机行业与纺织行业内各企业的竞争力，必须运用相对 ROI。

$$相对\ ROI=某一企业\ ROI/该企业行业\ ROI$$

2. 市场占有率与投资利润率的比较

1）投资利润率与市场占有率的关系

理论研究与商业实践表明，市场占有率是决定利润率的重要因素之一。一般来说，市场上两个竞争的企业，市场占有率高的企业，其利润率比占有率低的企业高。投资利润率与市场占有率的关系如图 5-2 所示。

图 5-2 生动地描绘了市场占有率与 ROI（税前）的正相关关系。这种正相关关系建立条件如下。

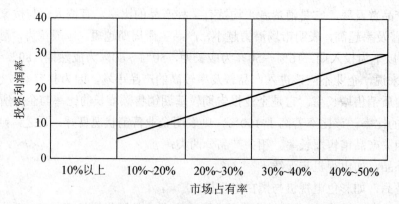

图 5-2　投资利润率与市场占有率的关系

（1）随着市场占有率的扩大，资金周转率略有上升，销售利润率迅速提高。

（2）由于市场占有率扩大，材料购置费用在销售额中所占比例明显下降。

（3）市场占有率扩大，营销费用在销售额中所占比例将部分地减少。

虽然市场占有率与 ROI 呈如此紧密的正相关关系，但它们之间毕竟没有一种必然的联系或称为因果联系。在商业和管理实践中，我们可以发现大量的反例，即市场占有率低的企业具有极高的 ROI。所以，只有对企业的经营规模、竞争能力和经营者的能力等诸因素进行综合分析，才能正确认识一个企业的市场占有率与其 ROI 之间的客观联系。

2）两个指标用做营销战略目标的适用性比较

企业之间竞争的关键是争夺市场，因为市场能综合检验出企业的竞争能力。同一产品市场上的不同商家市场份额的变化，鲜明地反映了各企业竞争力的变化，市场占有率这一指标则直观地表示了这一点。投资利润率（ROI）虽然也是企业经营状况的综合评价，但是它实质上只是一个绝对指标（虽然在统计学上它属于结构相对指标），因为它不是建立在把本企业 ROI 与另一企业 ROI 相比较的基础上的，故很难直接判断企业的综合经营能力。即使运用"相对 ROI"来进行修正，它也远没有市场占有率那样直观。而且同一行业 ROI 的计算是非常麻烦与困难的，故在短期决策时，企业一般应选择市场占有率作为自己的营销战略目标。

然而，ROI 指标也有其独特的、市场占有率不可替代的作用。在下述情况下，它比市场占有率更有助于企业领导选择营销战略：企业领导受控于所有者时；产品处于成熟期和衰退期而不是投入期和成长期时；产品适合于撇脂定价法而不是渗透定价法时；等等。除此之外，它还有一个非常重要的作用，即它能判断一个行业所处的成长阶段，从而有助于企业的长期投资决策。一般，当 ROI 较高且呈升高趋势的行业是处于成长期的、非常有前途的行业；相反，ROI 较低且呈下降趋势的行业是处于成熟期并逐步走向衰退期的行业。例如，钢铁、化学等重化工业的 ROI 明显高于木材、纺织等行业的 ROI，而生物工程、电子、计算机等行业的 ROI 又明显高于钢铁和化学等行业的 ROI。正是各种产业 ROI 之间的这种比较利益的差别，才诱发与促进了产业结构的变迁。企业可以从自己的 ROI 变动上对所属行业进行判断，若 ROI 较低或持平，甚至略有下降，则企业应从该行业抽走资金并转移到新兴的有较高 ROI 的部门和行业。所以，ROI 较适合于长期决策。

总之，在确定营销战略目标时，一方面，要根据不同企业的不同细分市场及其产品的不同生命周期阶段，运用不同的计量指标作为营销战略目标；另一方面，在一般情况下，应选用市场占有率作为企业中短期的营销战略目标，选用投资利润率作为企业中长期的营销战略目标。

▶▶▶ 5.3 营销战略的制定过程

营销战略的制定，也就是企业对营销活动的战略决策过程。它分为以下四个步骤。

5.3.1 确定企业的任务

企业的任务具体表现为企业的业务经营范围和领域，是企业寻求和识别战略机会的活动空间和依据。由于营销环境的不断变化，会使企业原来的发展轨迹或方向与已发生变化的环境发生冲突；由于企业的组织、产品、资源和人员的变更，也会使企业原订的任务变得模糊不清；或者，由于新的市场机会的出现，企业必须变更原来的经营方向和范围来充分利用有利的市场机会；等等。因此，企业在重新审定原来的战略方向或制定新的营销战略时，首先需要对企业的战略任务加以明确，或者为企业在新的营销环境中选定更有利于企业发展的战略任务。制定营销战略任务，就是规定企业在一个比较长的时间内所要取得的发展结果。营销战略任务涉及的是对企业全面发展提出的要求或目标。任何一个企业在确定其具体任务时，都应该明确地回答以下几个问题："本企业是干什么的？""本企业的主要市场在哪里？谁是本企业的主要顾客？""顾客的主要追求和需要是什么？本企业应该如何去满足这些需求？"通过对这些问题的回答，就能明确地确定出企业的任务。

许多成功的组织把它们的组织使命用文字写下来，称为"使命声明"。组织使命声明至少在以下 5 方面对公司提供很大的利益。

（1）使命声明给公司一个清晰的目的和方向，以免公司步入歧途。

（2）使命声明叙述公司的独特目标，帮助它与其他相类似的竞争公司有所区别。

（3）使命声明让公司专注于顾客需要，而非它自己的技术和能力。

（4）使命声明提供给高层管理人员在选择不同的行动路线时的特定方向和目标，帮助他们决定哪些市场机会是应该去追逐的、哪些市场机会是不应该去追求的。

（5）使命声明提供了指引公司的所有员工和经理人员行为和思考的规范，使命声明像胶水一样可以把公司凝聚在一起。

下面举出一些有影响的国内外公司的"使命声明"。

（1）IBM 公司：适应企业界解决问题的需要。

（2）美国电报电话公司：提供快速有效的通信能力。

（3）壳牌石油公司：满足人类的能源需要。

（4）国际矿业及化学公司：提高人类农业生产力，满足人类生存的需要。

（5）珠海丽珠集团：致力于人类生命长青的事业。

制定营销战略任务，应考虑以下四个因素。

1. 企业的发展历史

企业是从过去发展至今的。在企业的发展过程中，企业积累了一些经验，留下了不少的可以利用的财富。例如，企业原用的品牌可能为其老顾客所熟知；再如，企业已经拥有了适应生产某类型产品的技术人员和管理者等。所以，企业一般不能无视其发展历史。在面对新的市场环境时，即使是有某些看上去诱人的市场机会，如果它不能扬企业之所长，未必是值得利用的。了解和明确企业的发展历史，在制定新的战略任务时，才能充分发挥企业现有的和潜在的优势。

2. 现有主要管理决策成员的当前偏好

企业的主要管理决策人员，各有其性格特征、业务专长、文化背景、价值观和管理风格，由此而形成其对企业当前发展和管理的不同偏好。比如，一个企业的经理，如果追求的是企业在其任期内应更稳妥地发展，而不愿意冒过大的风险，则那种具有较大风险的发展要求，会使这类主要决策人员难以适应和承担。

3. 环境因素

环境因素形成市场发展的机会和威胁。战略任务应该是能充分利用出现的机会，避开威胁，尤其是那种对企业可能具有毁灭性的环境威胁，必须有切实的措施或对策来防止其可能对企业所造成的危害。

4. 企业的资源

企业的资源，不但是指传统上所讲的人（数量）、财、物这些硬件资源，也指企业的人员（素质）、管理水平、社会形象、品牌知名度、使用和开发新技术的能力等这些软件资源。企业所制定的战略任务能否最终完成，必定受企业的资源限制。一方面，制定一个毫无资源保证的战略任务，无异于筑空中楼阁或画饼充饥；另一方面，如果制定的战略任务不能利用企业的资源，也会延缓企业的发展，丧失某些可贵的市场发展机会，这也是对资源的极大浪费。所以，制定战略任务，必须是既有资源保证，又能充分利用企业的资源。

确定了企业的战略任务，也就规定了企业的业务范围。因此，营销战略任务应至少明确三个方面：

（1）企业所要服务的顾客群，即明确市场类型。

（2）企业所要满足的顾客需要，即明确市场需求类型。

（3）企业用以满足顾客需要的技术手段或技术方法，即明确适宜的产品和服务类型或产品和服务形式。

比如，一个电冰箱制造企业，其服务的顾客群就是以家庭为单位的消费者。顾客所需要的是能保鲜储存食品和其他易变质的物品，采用的技术手段是制冷和灭菌。

确定了企业的战略任务，只是对企业的业务范围和发展方向做了规定，而战略任务还必须分解成相应的目标，以便实施。目标是指预期要达到的结果，同时也提供了评价一个企业业绩的标准。表 5-1 是 20 世纪最具影响力的管理学大师彼得·德鲁克提出的进行成功管理的企业应包括的各种目标。在战略制定工作中，制定出的战略目标，往往是一个目标体系，这一体系包括对不同的活动环节所规定的目标，也包括对不同的部门和人员所规定的目标。就总体性的目标来说，常见的有盈利（率）、销售（增长）量、市场占有额（率）、品牌的知名度、质量等级等。

表 5-1　进行成功管理的企业应包括的各种目标

> 1. 市场方面的目标：应表明本公司希望达到的市场占有率或在竞争中占据的地位。
>
> 2. 技术改进与发展方面的目标：对改进和发展新产品，提供新型服务内容的认识及其措施。
>
> 3. 提高生产力方面的目标：有效地衡量原材料的利用，最大限度地提高产品的数量和质量。
>
> 4. 物质和金融资源方面的目标：获得物质和金融资源的渠道及其有效的利用。
>
> 5. 利润方面的目标：用一个或几个经济指数表明希望达到的利润率。
>
> 6. 人力资源方面的目标：人力资源的获得、培训和发展；管理人员的培养及其个人才能的发挥。
>
> 7. 职工积极性发挥方面的目标：发挥职工在工作中的积极作用（奖励和报酬等措施）。
>
> 8. 社会责任方面的目标：本公司对社会产生的影响。

企业所确定的营销战略目标应符合以下要求。

1. 突出重点

对于企业来说，它想实现的目标往往不止一个。但在一个战略周期内，由于受各种条件的限制不可能都实现，而且，在很多时候，有些目标放在一起施行，还会相互冲突。因此，在"熊掌与鱼不可兼得"时，应该是确定一个当前更为重要、更为迫切需要实现的目标，或者是能对实现企业的战略任务更有利的目标，即采取"有所得必有所失"的思维方法来解决相对优先或目前更为关键的问题。

2. 可以测量

目标必须是具体的和唯一的，即能够被执行者理解，而且此种理解应是唯一的（不可能做出另一种解释或理解）。为此，要求一般能够定量化的目标应定量化，而不能定量化的目标，也应清楚地加以说明，否则，所制定的目标既无法真正得到贯彻执行，也无法进行检验，甚至当执行者对所确定的目标各按各的理解执行时，还会造成企业内部的混乱。

3. 一致性

一致性也指目标之间的协调性。因为目标涉及对企业营销活动的诸多方面的要求和规定，因此，它们必须是相互协调或是相互补充的。如果目标之间是相互矛盾、相互冲突和排斥的，这种目标要么不可能执行，要么执行后会造成企业的重大损失和失误。

4. 可行性

目标的可行性是指它按企业现有的资源条件是可以完成或实现的，但又应是经过企业员工付出相应的努力才能实现的。目标不应成为"精神性的口号"可望而不可即。没有实现的可能的目标是毫无意义的。同时，目标也应对其执行对象具有一定的挑战性，必须付出相应的努力才能完成。过于轻松就可完成的目标，对企业的发展是绝无益处的。

5. 时间明确

对于所确定的营销目标，均应规定明确的完成时间，这样才便于进行检查和控制。对目标不提出明确的完成时间，这和没有目标几乎是没有差别的。

5.3.2　建立战略业务单位

企业确定了战略任务与目标以后，对企业内的每一项业务进行设计和规划，还要进一步界定企业的业务内涵，以便进行战略管理，使企业的战略任务更加具体。在对企业的业务进行分析的时候，首先要规定业务的性质，在现代营销观念的限定下，公司必须以市场导向来界定公司的业务，也就是说，要把企业经营看成一个顾客需要的满足过程，而不是一个产品的生产过程。产品是短暂的，而基本需要和消费者却是永恒的。例如，在中国有着悠久历史的算盘生产企业，当计算器和计算机问世后便会面临着淘汰的命运，但是如果这个企业明确规定其任务是提供计算工具，它就会从算盘生产转入计数器或计算机的生产。

一般来讲，企业的业务内涵可以从三个方面加以确认：

（1）企业所要服务的顾客群，即明确市场类型。

（2）企业所要满足的顾客需要。

（3）企业用以满足顾客需要的技术和技术方法，即明确适宜的产品类型和产品服务形式。

例如，一个企业专门为家庭生产电视机，那么，它的顾客群就是各类家庭用电视机（包括客厅和卧室及其他用）消费者，顾客需要就是清晰的声像，技术就是电子技术。该企业可以根据需要从以上三个方面扩大或缩小业务范围，它还可以决定为其他顾客群体生产电视机，如军队、工业生产单位和教学部门等；或者它还可以为电视机生产其他可以搭配使用的产品，如录像机、VCD 机、摄像机等。

大多数企业，包括一些较小的企业都可能同时经营若干业务。在划分了不同的业务内涵和范围之后，就可以建立战略业务单位。所谓战略业务单位（Strategic Business Unit，SUB）是指具有单独任务和目标，并可以单独制定计划而不与其他业务发生牵连的一个经营单位。一个战略业务单位可以是企业的一个部门或一个部门内的一个产品系列，有时也可以是一种产品或品牌。

一个战略业务单位通常应具备这样的特征：它是一项业务或几项相关业务的集合；它有一个明确的重点任务；它有自己的竞争对手；它有一位专门负责的经理；它有自己独立的经营战略。

5.3.3　分析现有业务组合

企业在明确了营销战略任务并根据战略任务的规定确定战略业务单位以后，就需要对企业现在所经营的战略业务单位进行资源分配。原因如下：一是在新的战略任务的规定下，原有的某些业务将会被放弃；二是某些企业现在所经营的业务，需要在企业的现有资源规模的限制下进行调整，或是扩大，或是缩小。企业在一定的时期，其拥有的资源是有限的，它必须以有限的资源充分保证重点项目，使有良好市场发展潜力的业务项目以及由战略任务和目标所规定的要优先发展的业务项目得以实现，这就不得不削减其他一些较弱的业务项目所占用的资源。这便是业务组合分析（Portfolio Analysis），就是将企业的资源尤其是资金，在各项业务项目之间，按战略任务和目标的要求进行合理的分配。

对企业战略所用资金进行分配以后，在今后的一定时期（一般指一个战略周期）内具有不可逆性，即某些资金一旦投入经营业务的运作，不到一定时期是无法抽回的。所以，确定业务组合计划是营销企业战略计划工作中一项需要极其慎重对待和进行更多的科学分析的工作。

确定业务投资组合，首先要对企业现在所经营的全部业务单位进行分析，以取得这些业务单位的详细营销资料，如市场占有率、资金占有量、产出能力、市场赢利率、销售量、竞争实力、品牌形象等资料，才能保证做出正确的投资决策。

企业确定业务投资组合，主要使用以下两个方法。这两个方法都具有对影响资金分配的各项因素进行综合考虑和统筹安排的特点。

1．波士顿咨询集团法

波士顿咨询集团法（Boston Consulting Group Approach）是由美国波士顿咨询集团公司在 20 世纪 60 年代提出的。营销学上也简称该方法为 BCG 法，即波士顿咨询集团三个英文单词的首写字母。波士顿咨询集团为该方法定名为"增长—份额矩阵（Growth-Share Matrix）"，由于该方法构造了一个四象限的分析矩阵，也称为"四象限法"。波士顿咨询集团增长—份额矩阵图如图 5-3 所示。

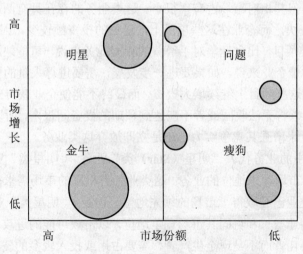

图 5-3　波士顿咨询集团增长—份额矩阵图

（1）首先取"市场增长率"为矩阵的纵坐标。所谓市场增长率，一般是指某项业务的市场年销售增长率。有时，为了能在各项业务之间进行比较，也可以取销售毛利率或利润率。本书以取销售增长率为例。习惯上以 10％的增长率作为高、低增长率的分界点。因为在西

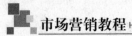

方，2 位数的增长率一般就被认为是高增长率。但在不同的国家以及不同的行业，面对不同的市场情况，可以取 5%、20%、30% 等作为高、低增长的界线，以能准确反映本行业的增长率的衡量水平为准。

（2）取"相对市场占有率"为矩阵的横坐标。市场占有率，是指一个企业或其战略经营单位在该市场总销量中所占的份额。所谓相对市场占有率，是指本企业现有的市场占有额和在同一市场中的一个具有最大的市场占有额的竞争对手的市场占有额的比值。公式表示如下：

相对市场占有率＝（本企业的市场占有额/最大竞争对手的市场占有额）×100%

假定本企业的现有市场占有额为 1 万件，在市场上一个最大的竞争对手的市场占有额为 5 000 件，则相对市场占有率为 2(10 000÷5 000＝2)。如果市场上有一个最大的竞争对手的市场占有额是 2 万件，则相对市场占有率就是 0.5(10 000÷20 000＝0.5)。一般用 1 表示相对市场占有率高与低的分界点。也就是说，当相对市场占有率的值为 1 时，说明市场上有和本企业实力相当的竞争者存在，同为市场占有额的领先者。相对市场占有率要求用相对数值绘于坐标上，目的是在图上以相同的距离表示实际所代表的市场份额和市场增长的变化值。

（3）将企业现有的全部经营业务（它们或者是一个战略业务单位，或者是一条产品线）以圆圈的形式绘于矩阵中。圆圈的圆心在矩阵图中的位置，是由该项业务的市场增长率和相对市场占有率的值确定的。圆圈的直径（图上反映为圆圈的大小），代表该项业务所占有的资金量。

（4）矩阵图分析。"BCG"矩阵图一共分为四个象限。

① 处在象限 I 中的业务项目称为"问题（Question）类"业务。这类业务的特点是具有较高的市场增长率，但其相对市场占有率很小。这类业务的存在具有两种原因：一是它们现在的市场需求发展较快，而企业在这些项目上，过去的投资额较少，因而其市场占有额小；二是企业经营的这类项目，比之竞争对手经营的相同业务来说，可能缺乏竞争优势，所以属"问题类"业务。对于企业来说，如果要进一步发展，需要进行大量的资金投入，决策时所应考虑的是，如果在这些项目上继续增大投资，而最终不能使企业获得一个有力的市场竞争地位的话，资金的投入将无法收回或者不能达到预期的投资回报率，所以需要企业认真地考虑是投入大量的资金来增强其竞争实力，还是立即放弃这类业务。

② 处在象限 II 中的业务代表"明星（Star）类"业务。"明星类"业务是企业在当前经营得比较成功、具有市场领先地位的业务。这类业务有很高的市场需求，因而具有很高的市场增长率；而且，企业已经取得了市场的领先地位。但是，"明星类"业务需要企业投入大量的资金来保持其高速增长和巩固其市场竞争地位，以击败可能的进攻者。所以，"明星类"业务是企业的现金消耗者而不是现金生产者，需要占用或投入较多的资金。当"明星类"业务的地位稳固后，它就可以成为企业的高盈利项目。如果企业没有适量的"明星类"业务，其发展前景堪忧，即企业缺乏"后劲"。

③ 处在象限 III 中的业务代表"现金牛（Cash Cow）类"业务。"现金牛类"业务的市场增长率不高，表明这类业务在市场上可能新进的消费者数量不会多了，产品进入了成熟期。

但是，企业经营的这类业务有最强大的市场竞争地位，拥有很大的市场份额，称之为"现金牛"，就是比喻企业已无须再对这类业务投入大量的资金，而是从这类业务得到大量的回流现金。通过"现金牛类"业务收入的现金．或是用于企业当前的现金开支，或是用于对"明星类"业务和需要发展的"问题类"业务的资金投入。如果企业的"现金牛类"业务过少或者"现金牛"过"瘦"，说明企业的业务投资组合是不健康的，因为为了维持企业现在的生存和发展，需要依靠少量的"现金牛"的现金收入。如果市场对这类业务的需求发生突然的变化（减少），将使企业面临危机。

④ 处在象限Ⅳ中的业务代表"狗（Dog）类"业务。这类业务的市场增长率很低，相对市场占有率也很小。"狗类"业务是进入了市场衰退期的业务，或者是企业在营销中基本上是不成功的业务，或者这类业务不具有和竞争对手竞争的实力。"狗类"业务的存在，在很多情况下可能是由于企业过去成功地经营过该项业务，甚至是企业过去起家时或在成功发展期曾给企业带来过辉煌业绩的业务。因此，保留这些业务，往往是主要管理决策人员的"感情因素"在起作用。由于"狗类"业务占用了企业的资金而又没有发展前途，因此需要决策者下决心放弃这类业务，尤其是"狗类"业务太多时，必须坚决地加以清理。

（5）业务组合健康状态分析。把企业经营的各项业务在矩阵图上定位后，需要对企业的业务组合是否正常、其状态是否健康进行分析。主要从两个方面分析：

① 从静态上看，在"BCG"矩阵的业务组合分布中，如果有太多的"狗类"和"问题类"业务，而"明星类"和"现金牛类"业务太少，企业现有的经营业务组合就是不健康的。尤其是当"现金牛类"业务过少且又过小时，企业在当前就处于不利的状态之中。

② 从动态上看，当前所形成的"BCG"矩阵图，实际上只是一个静态图。成功的业务单位也有生命周期，它们从"问题类"业务开始，继而成为"明星类"业务，然后成为"现金牛类"业务，最后变成不景气的"狗类"业务。所以，企业应将当期的矩阵图与过去的矩阵图进行比较，同时还要对各项业务在未来的矩阵图中可能的变化情况做出预测，才能做出正确的投资决策。如果某项现处在图中"问题类"的业务，在上期是处于"明星类"象限中，而上期企业又对其做过较大的投资，说明这一经营业务并没有按企业预期的要求发展取得成功，这或是反映了投资的失误，或是反映出竞争对手的营销策略更为有效。因此，企业应就失误的方面进行检查，以便纠正投资错误或避免在本战略周期内再出现同样的错误。

（6）企业现在可以利用"BCG"矩阵图中所反映的经营业务的现有发展情况进行投资决策，以便决定哪些业务需要在本战略期内增加投资，哪些业务在本战略期内不应再投资，甚或需要收回投资。"BCG"法所使用的营销战略有以下 4 种。

① 发展（Build）。发展战略意味着要对某项业务进行追加投资，主要的目的是扩大该项业务的市场占有率，提高其市场竞争力，甚至是不惜放弃短期收入和盈利来达到这一目的。发展战略主要适用于确有市场需求增长潜力和竞争实力的"明星类"业务。

② 维持（Hold）。该战略是指保持某一业务的现有市场占有率，既不缩减其规模，也不再扩大其规模。维持战略主要适用于强大的"现金牛类"，使之继续产生大量的现金流转量。

③ 收割（Harvest）。收割战略的目的是增加短期的现金流量，而不考虑对某项业务的长期地位的影响。这一战略适用于较弱的"现金牛类"和那些目前还有利可图的"问题类"与"狗类"业务。

④ 放弃（Divest）。放弃战略意味着对一项业务立即进行清理和歇业，将其占用的非现金资源（如设备、生产线或产成品的存货）进行出售或拍卖，目的是收回该业务所占有的全部资金，将其用于其他需要发展的经营业务或更有利的投资领域。

2. 通用电气公司的"多因素业务组合矩阵法"

美国通用电器公司（General Electric Company）的"多因素业务组合矩阵法（Multifactor Portfolio Matrix Approach）"，简称为"GE"法，是由美国通用电器公司在波士顿咨询集团法的基础上加以改进而提出的。美国通用电器公司提出该法的主要目的是，克服波士顿咨询集团法由于只以"市场增长率"和"相对市场占有率"两个因素来决定业务投资的分配，而忽视了在市场情况比较复杂时决定投资分配还必须考虑更多的相关因素。当然，在问题相对比较简单时，用"BCG"法也是可以的，这样，在有了"GE"法后，"BCG"法就被看成"GE"法的一个特例，因为"BCG"法所涉及的两个因素也被包含在"GE"法之中，分别被作为"GE"法所考察的诸多投资指标的组成部分。由于"GE"法的矩阵是9个象限，故也被称为"九象限法"。"GE"法的做法如图5-4所示。

（1）从"行业吸引力"作为"GE"矩阵的纵坐标，将其划分为高、中、低三个区域，其划分点是以"满分值"平均划分的（如果评价时采用的满分是5分，则以5被3除的平均数来划分，其余类推）。

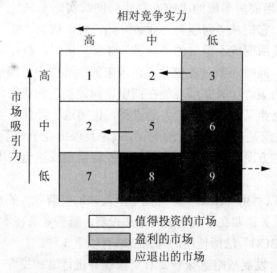

图 5-4　美国通用电气公司的"GE"法

（2）以"业务实力"为矩阵的横坐标，也以满分值的平均数划分成高、中、低三个区域。

"GE"矩阵中的"行业吸引力"和"业务实力"两个变量各自包含了一系列的评定因素。这些因素是企业对相应的经营业务，在决定应采取何种投资战略时必须要综合考虑的，由这些因素综合构成"GE"矩阵中的两个变量。所以,"GE"矩阵的两个变量实际上是一系列影响正确投资因素的综合反映。在评定每项经营业务之前,首先需要确定两个变量中所包含的每一因素的权数,以表明它们的相对重要性。对各因素所赋的权数是企业根据其重要性来确定的。

需注意的是,企业所在行业不同,某项经营业务所处的市场情况不同时,构成两个变量的具体因素以及各因素所应赋予的权数应是不同的。

(3)将企业当前所经营的每项业务,按两个变量所包含的因素逐一进行评定。每项因素的评分值和该因素的权数相乘后,再将它们进行相加求和,得到被评定的业务的综合评分值。

(4)以每项业务所得到两个变量的综合评分值为圆心,以该经营业务所在的市场销售总规模为圆的直径,在"GE"矩阵中标出该业务的位置和圆的大小,再在圆圈中以相同的比例,标出本企业该项业务的市场占有规模。

(5)根据每项业务在矩阵中的位置,确定应采取的投资战略。"GE"矩阵实际上分为三个部分:从右上角到左下角为对角线,处在对角线左上部的三个象限里的业务是企业最强的经营业务,宜采取"投资/发展"的策略;处在对角线上的三个象限里的业务为中等实力的业务,应采取"维持/收获"的策略;而处在对角线右下部三个象限里的业务为最弱的业务,宜采取"收割/放弃"策略。例如,美国可口可乐公司曾经收买过著名的哥伦比亚电影公司。在可口可乐公司经营哥伦比亚电影公司期间,甚至拍出过像《甘地传》这样的获奥斯卡大奖的影片,但可口可乐公司在进行投资战略分析时,发现公司并没有经营此项业务的优势,于是立即放弃经营哥伦比亚电影公司,迅速将其转卖给了日本索尼公司。

5.3.4 规划新业务发展

对企业现有的经营业务做了投资组合分析并拟订了投资策略之后,就可以估计企业的现有业务在本战略周期内的业务收入和预期利润了。如果企业现有的经营业务预期的收入和利润量达不到战略任务和目标规定,或者企业现有的经营业务不能充分利用已出现或由企业所发现的新的市场营销机会,形成战略计划缺口,就需要开辟新的业务,扩大现有的经营领域。因此,在制定战略工作中,需对新的业务发展拟订战略。

企业发展新的业务,有三种基本的战略类型,如表 5-2 所示。

表 5-2 企业新经营业务发展战略表

战略类型	密集性发展	一体化发展	多样化发展
1	市场渗透	后向一体化	同心多样化
2	市场开发	前向一体化	水平多样化
3	产品开发	水平一体化	复合多样化

1. 密集性发展战略

密集性发展战略的基本含义,是增大现有经营业务的市场供应量和市场销售量,它适用于现有的市场上尚有扩大现有业务的潜力。该战略有三种做法。

1）市场渗透

它是对企业现有的目标市场，利用现有的产品线，通过增加广告宣传等促销手段，或者开发新的分销渠道等，以扩大销售额及提高市场占有率。可采用三种途径实现：

（1）促使现有顾客增加购买量，如牙膏厂可以向顾客说明每餐后刷牙才是护齿洁齿的最好方法。如果能增加顾客的刷牙次数，也就增加了牙膏的使用量而最终能使顾客增加购买量。

（2）争取竞争对手的顾客，使之转而购买本企业的产品，如提供比竞争对手更为周到的服务或在市场上树立更好的产品信誉、形象。

（3）争取新的顾客，例如市场尚有未使用该种产品的消费者存在，他们或是由于支付能力的限制，或是由于产品某些设计不适合其需要，因而还没有使用该项产品，企业就可以针对相应的情况，采取如分期付款或简化产品某些功能的做法来降低价格，或改进现有的设计，使产品适合他们的需要，从而使这些消费者加入使用本企业产品的行列。

市场渗透战略实施的市场条件是：产品本身还没有到达成熟期，竞争对手相对较少；目标市场尚未饱和，还有较大的潜力。

2）市场开发

企业寻找新的、有可能进入但还未进入的细分市场，建立相应的分销渠道或采取新的营销组合策略，打入这样的细分市场。例如在城市里，由于彩电购买量的扩大，黑白电视机销量减少时，将黑白电视机输往农村地区，或者争取使现有产品能进入国际市场。有时，企业甚至只需对产品做很小的改动，就可以适应国外消费者的需要。例如中国的家电产品，质量提高较快，价格较低，不少产品在国际市场上有相当竞争力。由于不少国家的电压标准和我国的不同，如能像日本家电产品那样适应多种电源，中国的家电产品就可以进入许多发展中国家的市场。

市场开发的重点应放在市场调研、价格、渠道与促销等方面。由于企业是为现有产品开辟新的市场，因此，对新市场的了解是必须的，在充分了解的基础上，企业可以在价格、渠道、促销等方面做出努力。

市场开发战略适应的市场条件是：现有目标市场趋于饱和，市场销售出现停滞，产品的品质仍具有一定的优势，竞争对手相对较少。

3）产品开发

产品开发战略是通过在现有的产品线上追加新的品种，增加产品项目中的产品系列，来扩大现有目标市场的销售额。产品开发有两种做法：

（1）利用现有技术增加新产品。

（2）在现有产品的基础上，增加更多的花色品种或更多的规格。

2．一体化发展战略

一体化发展战略是指企业将其业务范围向供和（或）销的领域发展，其好处是可以有效地为企业建立较为稳定的营销环境。因为这样做可使企业能对供、产、销所组成的营销链进行自我独立的控制。但一体化发展战略，在达到同样的业务销售量或达到同样的经营业务收入量时，需占用更多的投资资金，故往往是企业的财力较富裕时，或是由于供或销的环节对企业欲取得的营销成果影响较大、过去又确实妨碍了企业的营销战略计划的完成或带来过负面影响时，才宜考虑采用。例如美国的"柯达"公司，在涤纶片基发明和使用之前，由于需要严格地制造胶卷片基所用的原料——牛骨的品质，所以自己建立几个大型的养牛场，以保证原材料有可靠的质量。再如"可口可乐"公司创立的瓶装销售方式，就是为了满足饮料业的产品存放期短和降低其运输成本的要求。一体化发展战略如图 5-5 所示。

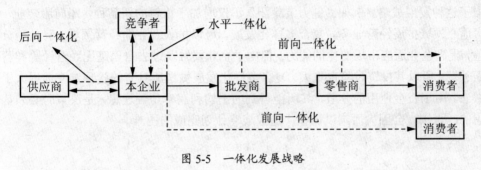

图 5-5　一体化发展战略

一体化发展战略有三种做法。

（1）后向一体化。是指收购或兼并几个原材料供应商，使本企业拥有自己的原材料供应系统。

（2）前向一体化。是指收购或兼并几个经销商，或者自建分销系统或商店，将产品的分销渠道控制在企业的手中。

（3）水平一体化。是指收购或兼并几个同类型的竞争对手，或者既收购兼并供应商也收购兼并经销商，这样，企业就可以组建供、产、销一条龙的营销体系，常常形成一种反托拉斯式的垄断。所以，此做法必须符合国家"反垄断法"、"防止不正当竞争"的相关规定。

3. 多样化发展战略

多样化发展战略也称为多元化或多角化战略，是指企业进入目前所未涉足的经营领域和其他的业务范围，也就是企业采取跨行业的多种经营。当企业的财力富裕，在已有的经营领域里没有更多的或更好的发展机会，或者企业在目前的经营领域里继续扩大业务量，会使风险过于集中时，可考虑采取多样化发展战略。如世界上许多大型香烟生产企业，由于从 20 世纪 70 年代中期后，都面临了世界范围蓬勃发展的"禁烟运动"，故将其经营香烟产品所得的丰厚利润绝大部分转移到其他的业务领域，以分散风险和求得新的发展。

多样化发展战略有以下三种做法。

（1）同心多样化。企业利用现有的产品生产技术或产品生产线，生产相类似的产品或使现有的产品能增加新的特色或功能。这是多样化发展战略中较容易进行的一种做法，因为它不需要企业进行重大的技术开发和建立企业新的销售渠道，或重创品牌。例如电热器具的生产企业，过去只生产电炉类产品，而现在可以增加生产电灭蚊器、电褥子、电烘干器等。像我国的饮料业巨子"健力宝集团"，过去是生产运动型饮料的企业，后来增加了生产休闲型饮料。

（2）水平多样化。企业可以进入一个新的市场，或者利用新的生产技术来生产有相同使用性质的产品。也就是说，企业如果生产与其现有技术或经营业务无多少关联，但在市场和分销渠道上具有相同性的产品或业务，就是水平多样化的做法。例如玩具生产企业发展电子游戏机的生产，录音机生产企业发展生产录像机等。

（3）复合多样化。复合多样化是企业在同一战略周期内，将经营业务的范围扩展到与现有市场、现有生产技术、现有的分销渠道都无关联的其他经营领域。也就是说，企业进入了其他行业或经营领域，通常也将此称为"多角化经营"。国际上的许多大型跨国经营公司，都采取了这种发展战略。例如"健力宝集团"不仅增加了饮料的新品种，还向服装业、旅游业、房地产领域扩展经营业务。复合多样化发展，可以扩大企业的经营领域，有效地分散经营风险，提高企业适应市场变化的能力。但由于企业要触及过去自己毫无经营经验和营销资本的新领域，所以其投资风险也更大。复合多样化发展做法所具有的管理难度远远大于以上两种做法。由于资金使用的分散，其所能得到的平均利润率是否理想，是决策时必须认真加以考虑的，否则，会因大而难以调整，造成战略计划完成的困难。

➤➤➤5.4　竞争性市场营销战略

市场营销战略是企业市场营销管理思想的综合体现，又是企业市场营销决策的基准。制定正确的企业市场营销战略，是研究和制定正确的市场营销决策的出发点。市场营销战略的选择又取决于各个公司的规模和在行业中的地位。迈克尔·波特在他的《竞争战略》一书中，根据各公司在行业中的行为，把它们分成市场领导者、市场挑战者、市场追随者或市场利基者。其中，市场领导者掌握了 40%的市场份额，拥有整个市场中的最大市场份额。30%的市场份额掌握在市场挑战者手中，而其正在为获得更多的市场份额而不断努力。还有 20%的市场份额被市场追随者所掌握，它只试图维持原有的市场份额，并且不希望扰乱市场局面。剩余的 10%的市场份额掌握在一些市场利基者（补缺者）的手中，这些公司为大公司不感兴趣的小细分市场服务。

小链接 ➤➤➤

管理大师——迈克尔·波特

迈克尔·波特（Michael E. Porter）是当今全球第一战略权威，被誉为"竞争战略之父"，是现代最伟大的商业思想家之一。迈克尔·波特在 32 岁时获哈佛商学院终身教授之职，毕业于普林斯顿大学，后获哈佛大学商学院企业经济学博士学位。目前，他拥有瑞典、荷兰、法国等国大学的 8 个名誉博士学位，曾在 1983 年被任命为美国总统里根的产业竞争委员会主席，开创了企业竞争战略理论，并引发了美国乃至世界的竞争力讨论。他先后获得过大卫·威尔兹经济学奖、亚当·斯密奖、五次获麦卡锡奖。作为国际商学领域最备受推崇的大师之一，迈克尔·波特博士至今已出版了 17 本书及 70 多篇文章。其中，《竞争战略》、《竞争优势》和《国家竞争优势》等书所提出的"三种一般性竞争战略"、"五种竞争力量模型"等理论观点，使他在学术界、企业界获得崇高地位。

5.4.1 市场领导者战略

市场领导者是指占有最大的市场份额,在价格变化、新产品开发、分销渠道建设和促销战略等方面对本行业其他公司起着领导作用的公司。在国内外市场上有一些较著名的市场领导者,如通用汽车(汽车业)、IBM(计算机业)、可口可乐(软性饮料业)、麦当劳(快餐业)、海尔(电冰箱行业)、红塔(烟草业)、格兰仕(微波炉行业)等。

市场领导者必须随时保持警惕其他企业的不断挑战或攻击其弱点。市场领导者战略的核心是保持其领导地位。要继续保持第一位的优势,必须从三方面努力:发现和扩大市场、保护现有的市场份额、进一步扩大现有的市场份额。

1. 发现和扩大市场

一般来说,市场领导者应采用市场渗透战略和市场发展战略来寻找产品的新使用者、新用途以及更多的使用量。

所谓市场渗透战略是指采取积极的营销措施,在现有的市场中增加现有产品的销量。例如,可设法更好地吸引产品的使用者,使现在的使用者使用更多的产品。市场发展战略是指把现有产品推到新的市场,从而使该产品市场容量扩大,这一战略又可细分为地理扩张战略(把产品推广到其他地区和国家)和新市场战略(发现和推广现有产品的新用途,从而达到扩大销售量的目的)。

1)寻找新使用者

市场领导者占有的市场份额最大,在市场总需求扩大时受益也最多。扩大总需求的途径是寻找产品的新用户、开发产品的新用途和增加顾客使用量。

(1)转变未使用者:转变未使用者即说服那些尚未使用本行业产品的人开始使用,把潜在顾客转变为现实顾客。例如,航空公司通过比较广告,说明空运比陆地运输(铁路、公路和水路)有哪些优势,争取潜在乘坐飞机旅行的消费者成为自己的顾客。

(2)进入新的细分市场:"新的细分市场"是指将原来适用于某一类顾客群体的产品推向新的顾客群体。例如,企业将其婴儿洗发精或婴儿食品改装后,向成年人或老年顾客推出。

(3)地理扩展:地理扩展是指寻找尚未使用本产品的地区,开发新的地理市场。例如,由本地市场转向外地市场,城市市场转向农村市场,国内市场转向国际市场。销售区域的变化,可使企业摆脱原来的竞争者,在与新对手的较量中或许能够改变力量对比。应注意,如果销售区域的变化导致分销费用增大,就必须从其他方面降低成本,否则,价格提高会影响竞争力。

2)寻找新用途

寻找新用途是指设法找出产品的新用法和新用途以增加销售。例如,食品生产者常常在包装上印制多种食用或烹制方法,有冷食、热食、浸泡、炸炒、干食等。产品的许多新用途往往是顾客在使用中发现的,企业应及时了解和推广这些发现。杜邦公司的尼龙提供了一个新用途扩大市场的典型案例。每当尼龙变成一个成熟阶段的产品时,某些新用途又被发现了。尼龙最初作为降落伞的合成纤维;然后,作为妇女丝袜的纤维;再后,作为男女衬衣的主要原料；最后，又用于制作汽车轮胎、沙发椅套和地毯。美国的小苏打制造厂阿哈默公司发现有些顾客把小苏打当做冰箱除臭剂使用，就开展了大规模的广告活动宣传这种用途，使得美国 1/2 的家庭把装有小苏打的开口盒子放进了冰箱。

企业应注意消费者对产品的使用方式，此种做法对于工业产品和消费产品同样适用。大量调查研究表明，大多数新工业产品的最初构思都来自顾客的建议，而不是企业的研究开发实验室。这一研究结果十分重要，它指出了营销调研能对公司的成长和利润做出贡献。

3）扩大使用量

（1）提高使用频率：企业应设法使顾客更频繁地使用产品。例如，果汁营销人员应说服人们不仅在待客时才饮用果汁，平时自己也要饮用果汁以增加维生素。

（2）增加每次使用量：例如，洗发剂生产企业可提示顾客，每次洗发时，洗发剂涂抹、冲洗两次的效果比一次更好。有的调味品制造商将调味品瓶盖上的小孔略微扩大，就使销售量明显增加。

（3）增加使用场合和机会：电视机生产企业可以宣传在卧室和客厅等不同房间分别摆放电视机的好处，如观看方便、避免家庭成员选择频道的冲突等，宣传这是美好生活的需要，是生活水平提高的表现而不是奢侈或浪费，打破原先只买一台的习惯和"节俭"思想，使有条件的家庭乐于购买两台以上的电视机。

（4）有计划废弃：有计划废弃是指公司在顾客购买产品后追踪其使用情况，在产品毁损或使用期限到期时提醒和促进顾客及时废弃和重购。

2. 保护现有的市场份额

在努力扩大总市场规模的同时，处于统治地位的企业还必须时刻注意保护自己的现有业务不受竞争对手侵犯。这就更需要采取保护现有市场份额的战略，常用的战略如下。

（1）创新战略。市场领导者为保护它的地盘能做些什么呢？最为建设性的做法是不断创新，市场领导者应不满足于现状，在产品、顾客服务、流通手段、生产技术等各种方面孜孜以求革新，为保持领导企业地位创造条件。实质上，这是市场渗透、市场发展和产品发展三种战略的结合。

（2）筑垒战略。市场领导者即使不展开攻势，至少应对各条线保持警惕和不放弃任一暴露着的侧翼，它必须合理定价，同时用同一个品牌和商标大量生产不同尺寸、型号和档次的产品，满足市场上的不同要求，不给主要市场上的竞争企业留下可乘之机，这种战略实质上是竞争导向定价战略和差异化产品发展战略的结合。

（3）正面对抗战略。当一个市场领导者受到攻击时，无论是侧翼还是先发制人的攻击，都必须对扩张性挑战者做出及时反应，或发起促销战，大量增加促销开支，加强各种促销手段；或发起价格战，以低价击败对手，并使其望而却步。在此，前一反应是采用市场渗透战略；后一反应是采用竞争导向定价战略。

3. 进一步扩大现有的市场份额

1）扩大市场份额与投资收益率

营销战略对利润影响的研究指出了盈利率与市场份额的某种相关性。因此，市场领导者可以通过进一步增加市场份额而提高盈利率。

市场领导者提高市场占有率，一般可采取以下几项战略措施。

（1）增加新产品。研制新产品和出售新产品是提高市场占有率广泛使用的重要手段。根据市场战略对收益影响的有关调查资料显示：新产品在销售额中所占比例比竞争对手高或该比例有所增加时，其市场占有率就增加；无论对已经形成或开始形成的产品市场，革新产品是广泛使用的战略。电子计算机与半导体工厂总是不断地更新产品，对性能、体积以及功能不断改良。加工食品、日常生活用品、家庭用品的工厂也定期创新，改革成分、香味、大小、包装，以便刺激消费者。

（2）提高产品质量。开发新产品扩大市场占有率的战略渐渐扩大到对原有产品或劳务的改良方面。有些企业是经过一段缓慢过程对原有产品逐步改良的。例如，节省燃料的汽车是经过长期逐步改良成功的。家用电器的小型化、使用机械的简单化都曾经过一个改良的过程，提高产品质量是扩大市场占有率的有力手段。由于质量因素而成功的企业可以学习日本的汽车、照相机、电子设备等。日本的彩色电视机比美国的好，故障率比美国低。所以，日本彩色电视机市场占有率得以扩大是当然的。

靠提高质量扩大市场占有率并不意味着产品档次的提高。美国一家汽车公司出售一种豪华的座车后，其市场占有率并未扩大。因为质量与美观一样毕竟是相对的。在大部分市场中，销售量最大的是中档商品。制造质量比其他企业产品好的中档商品出售是最重要的。1958年，美国一家制造圆珠笔企业生产一种 19 美分的圆珠笔，而且质量比其他工厂的产品好，销售十分成功。后来，制造一种 5 美元一支的高级圆珠笔却没有取得成功。

（3）增加开拓市场费用。扩大市场占有率战略的第三个因素是市场费用，即市场营销人员费用、广告费用、促销费用。与市场占有率增减关系最密切的是市场营销人员费用。消费资料和生产资料企业的促销费用是扩大市场占有率的关键。但在经营原材料企业，促销费用的作用就不太明显。至于广告费用，对消费资料企业扩大市场占有率可以做出很大贡献。在生产资料和原材料企业，广告费用在市场费用中所占比例不大，只是竞争的一种手段而已。

促销活动的方式很多，所以使用促销费用的方法也多种多样。以经营消费资料企业为例，一般采用临时降价、赠送样品、商品展销等，尤其在开始出售新产品期间。近年来，耐用消费品企业常用现金折扣，生产资料企业常用赠送样品目录、对销售企业给予佣金、暂时降价等方法。

调查结果已导致许多公司把扩大市场份额作为其行动的目标，因为这既可以产生更多的利润，也可以得到更高的盈利率（投资报酬率）。例如，通用电气公司已决定，它要求在每一个市场中成为第一位或第二位，否则就退出。通用电气公司摆脱掉了它的计算机业务和空调业务，因为它不能在这些行业中取得领导地位。

2）扩大市场份额需考虑的因素

企业分析家已经举出了许多高市场份额、低盈利率的公司和许多低市场份额、高盈利率的公司例子。获取高市场份额的费用可能会大大超过它的收入价值，在追求市场份额增加之前，公司必须考虑三个因素。

（1）引起反垄断行动的可能性。如果一个占统治地位的公司进一步侵占了更多的市场份额，那么妒忌的竞争者就很可能会大叫大嚷"独占化"，这种风险的上升将会削弱过分追求市场份额获利的吸引力。

（2）经济成本。在获得了一个大市场份额后进一步扩大市场份额，其费用就可能上升得很快而减少了获利率。已经拥有40%市场的公司必须明白："坚持不买"的顾客可能是他们不喜欢本公司，或者忠诚于其他的供应商，或者有特殊的需要，或者喜欢同较小的供应商打交道。再者，竞争者很可能为保卫其下降的市场份额而做顽强的战斗。法律工作、公共关系和游说费用将随着市场份额的上升而上升。因此，领导者往往宁可集中力量于扩大总市场的规模，而不愿为进一步扩大市场份额而奋斗。有些市场统治者甚至有选择地减少在薄弱地区的市场份额以使主要市场得益。

（3）可能奉行了错误的营销组合战略：公司在争取较高的市场份额时，未能增加它们的利润。某些营销组合变量在建立市场份额上是较有效的，但是运用它们并不一定能导致利润增长。

5.4.2 市场挑战者战略

市场挑战者是指在行业中占据第二位及以后位次，有能力对市场领导者和其他竞争者采取攻击行动，希望夺取市场领导者地位的公司。

1. 确定战略目标和竞争对手

1）确定战略目标

军事上的"目标原则"主张，每次军事行动必须指向一个明确规定的、决定性的和可以达到的目标。大多数市场挑战者的战略目标是增加自己的市场份额和利润，减少对手的市场份额。

2）选择竞争对手

（1）攻击市场领导者。这是一个既有高度风险但又具有潜在高回报的战略。如果市场领导者不是一个"真正的领导者"，并且也没有为市场服务好，那么攻击它就会产生非常大的意义。在这里，需要仔细检查的"领域"是指消费者的需要或不满。如果有一个实际区域无服务或服务得不好，它就提供了一个大的战略目标。例如，米勒公司在啤酒市场发动的战役非常成功，因为它一开始就指向了未被发现的有许多消费者的市场，即发现有许多消费者需要"较淡"的啤酒。可供选择的另一个战略是在整个细分市场中，在创新上胜过领导者。例如，施乐公司通过开发出一个较好的复印方法（用干印代替湿印），从而从 3M 公司那里夺走了复印机市场。

（2）攻击规模相同但经营不佳、资金不足的企业。需要仔细调查消费者的满足程度和创新潜力，如果发现其他公司的资源有限，可以考虑开展一个正面进攻。

（3）攻击规模较小、经营不善、资金缺乏的企业。这种情况在我国比较普遍，许多实力雄厚、管理有方的外国独资和合资企业一进入市场，就击败当地资金不足、管理混乱的弱小企业。

3）分析竞争对手

在选择对手和目标的评论上，需要做一个系统的竞争分析。每一个企业都必须收集关于竞争者的最新信息，它的竞争信息和分析系统必须能回答下列问题：

（1）我们的竞争者是谁？

（2）竞争者的销售额、市场份额和财务状况如何？

（3）竞争者的目的和设想是什么？

（4）竞争者的战略是什么？

（5）竞争者的实力和弱点是什么？

（6）竞争者在对环境的、竞争的和内部发展的反应做出未来战略时，可能会有什么变化？

2. 选择挑战战略

选择挑战战略应遵循"密集原则"，即把优势兵力集中在关键的时机和地点，以取得决定性胜利。

1）正面进攻

正面进攻是指向对手的强项而不是弱项发起进攻。例如，以更好的产品、更低的价格、更大规模的广告攻击对手的拳头产品。决定正面进攻胜负的是"实力原则"，即享有较大资源（人力、财力和物力）的一方能取得胜利。当进攻者比对手拥有更大的实力和持久力时，才能采取这种战略。降低价格是一种有效的正面进攻战略，如果让顾客相信进攻者的产品与竞争对手的产品相同但价格更低，这种进攻就会取得成功。要使降价竞争得以持久且不损伤自己的元气，必须大量投资于降低生产成本的研究。如果防守者具有某些防守优势，例如在某市场上有较高的声誉、广泛的销售网络、牢固的客户关系等，则实力原则不一定奏效，资源上略占优势的一方不一定取得胜利。军事上的进攻原则认为，当对方占有防守优势（如高地或防御工事）时，进攻者必须具有绝对的优势才有把握取得胜利。

2）侧翼进攻

侧翼进攻是指寻找和攻击对手的弱点。寻找对手弱点的主要方法是分析对手在各类产品和各个细分市场上的实力和绩效，把对手实力薄弱或绩效不佳或尚未覆盖而又有潜力的产品和市场作为攻击点和突破口。侧翼进攻的具体方法如下。

（1）分析地理市场。选择对手忽略或绩效较差的产品和区域加以攻击。例如，一些大公司易于忽略中小城市和乡村，进攻者可在那里发展业务。

（2）分析其余各类细分市场。按照收入水平、年龄、性别、购买动机、产品用途和使用率等因素辨认细分市场并认真研究，选择对手尚未重视或尚未覆盖的细分市场作为攻占的目标。侧翼进攻使各公司的业务更加完整地覆盖了各细分市场，进攻者较易收到成效，并且避免了攻守双方为争夺同一市场而造成的两败俱伤的局面。侧翼进攻的营销目的就是发现需要并为之提供服务，成功概率高于正面进攻，特别适用于资源较少的攻击者。

3）包抄进攻

包抄进攻是指在多个领域同时发动进攻以夺取对手的市场。例如，向市场提供竞争对手所能提供的一切产品和服务，并且更加质优价廉，配合大规模促销。适用条件如下。

（1）通过市场细分未能发现对手忽视或尚未覆盖的细分市场，补缺空档不存在，无法采用侧翼进攻。

（2）与对手相比拥有绝对的资源优势，制定了周密可行的作战方案，相信包抄进攻能够摧毁对手的防线和抵抗意志。

4）迂回进攻

迂回进攻是指避开对手的现有业务领域和现有市场，进攻对手尚未涉足的业务领域和市场，以壮大自己的实力。这是最间接的进攻战略，主要有三种方法：

（1）多元化地经营与竞争对手现有业务无关联的产品。

（2）用现有产品进入新的地区市场。

（3）用竞争对手尚未涉足的高新技术制造的产品取代现有产品。

在高新技术领域实现技术飞跃是最有效的迂回进攻战略，可以避免单纯地模仿竞争者的产品和正面进攻造成的重大损失。公司应致力于开发新一代的技术，时机成熟后就向竞争对手发动进攻，把战场转移到自己已经占据优势的领域中。

5）游击进攻

游击进攻是指向对手的有关领域发动小规模的、断断续续的进攻，逐渐削弱对手，使自己最终夺取永久性的市场领域。游击进攻适用于小公司打击大公司。主要方法是在某一局部市场上有选择地降价、开展短促的密集促销、向对方采取相应的法律行动等。游击进攻能够有效地骚扰对手、消耗对手、牵制对手、误导对手、瓦解对手的士气、打乱对手的战略部署而己方不冒太大的风险。适用条件是对方的损耗将大于己方。采取游击进攻必须在开展少数几次主要进攻与一连串小型进攻之间做出决策，通常认为，一连串小型进攻能够形成累积性的冲击，效果更好。

3. 适用于挑战者的几种特定的营销战略

上述的进攻战略是非常概括性的，挑战者必须把几个特定战略组成一个总体战略，应用于市场营销活动中。

（1）价格折扣战略。挑战者可以用较低的价格提供与领导者品质相当的产品。当然，欲使价格折扣战略奏效，则必须符合下列三个条件：

① 挑战者必须使购买者相信该企业的产品与服务可以与市场领导者相媲美。

② 购买者对于价格差异必须具有敏感性，并且乐于转换供应商。

③ 无论竞争者如何攻击，市场领导者决不降价。

（2）廉价品战略。廉价品战略即提供中等或者质量稍低但价格较低的产品。这种战略适用于有足够数量、只对价格感兴趣的购买者的细分市场。这种战略只能是过渡性的，因为产品质量不高，通过这一战略所造成的市场营销优势是不能持久的，企业必须逐渐提高产品质量，才可能在长时间内向领导者挑战。

（3）名牌产品战略。名牌产品战略即努力创造一种名优产品，虽然价格较高，却更有可能抢占领导者同类产品的一部分市场。

（4）产品扩散战略。产品扩散战略即挑战者紧随领导者，创造出不同种类的新产品，这是产品创新战略的变相形式。这种战略成功与否，一是取决于对新产品市场的预测是否合理；二是取决于对"领导企业"和其他势均力敌的企业反应是否迅速和有效。

（5）产品创新战略。产品扩散战略主要是扩大产品组合广度的发展战略，而产品创新战略主要是加深产品组合深度的发展战略，即企业在其核心产品方面不断创新，精益求精。

（6）降低制造成本的战略。这是一种结合定价战略和成本管理以及技术研究等因素的产品发展战略。挑战者可以通过有效的材料采购、较低的人工成本和更现代化的生产设备，来求得比竞争对手更低的制造成本。企业用较低的成本，做出更具进攻性的定价来获取市场份额。

（7）改善服务战略。挑战者可以找到一些新的或更好的服务方法来为顾客服务。

（8）分销渠道创新战略。挑战者可以发现或发展一个新的分销渠道，以增加市场份额。

（9）密集广告促销战略。有些挑战者可依靠他们的广告和促销手段，向领导者发动进攻，当然这一战略的成功必须基于挑战者的产品或广告信息有着某些胜过竞争对手的优越之处。

5.4.3　市场追随者和市场利基者战略

1．市场追随者的追随战略

市场追随者指那些在产品、技术、价格、渠道和促销等大多数营销战略上模仿或跟随市场领导者的企业。在很多情况下，追随者可以让市场领导者和挑战者承担新产品开发、信息收集和市场开发所需的大量经费，自己坐享其成，减少支出和风险，并避免向市场领导者挑战可能带来的重大损失。许多居第二位及以后位次的企业往往选择追随而不是挑战。当然，追随者也应当制定有利于自身发展而不会引起竞争者报复的战略。按追随的紧密程度，追随者的具体战略可以分为三类：紧密追随、有距离追随和有选择追随。

（1）紧密追随。追随者在尽可能多的细分市场和营销组合领域中模仿领导者。追随者往往以一个几乎市场挑战者的面貌出现，但是如果它并不激进地妨碍领导者，就不会发生直接冲突。有些追随者甚至可能被说成是寄生者，它们在刺激市场方面很少动作，它们只是希望靠市场领导者的投资生活。

（2）有距离追随。追随者保持某些距离，但又在主要市场和产品创新、一般价格水平和分销上追随领导者。市场领导者十分欢迎这种追随者，因为领导者发现它们对它的市场很少干预，而且乐意让它们占有一些市场份额，以便使自己免遭独占市场的指责。

（3）有选择追随。这类企业在有些方面紧跟领导者，但有时又走自己的路。这类企业可能具有完全的创新性，但它又避免直接竞争，并在有明显好处时追随领导者的许多战略。这类企业常能成长为未来的挑战者。

虽然市场追随者占有的市场份额比领导者低，但它们可能赚钱，甚至可能赚得更多。最近的研究报告指出，许多企业的市场份额不到领导者份额的 1/2，但其五年的资本净值报酬率超过本行业的平均水平。它们成功的关键在于能主动地细分和集中市场；有效地研究和开发；着重于盈利而不着重市场份额；以及有着坚强的高级管理层。

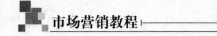

2. 市场追随者的营销战略

市场追随者成功的关键在于正确地选择营销战略。

（1）竞争导向定价战略。这一战略特别适用于紧密追随者，选用竞争导向定价，既有利于紧跟领导者，又不会与领导者发生直接的正面冲突。

（2）市场发展战略。这一战略适用于有距离追随者。选用这一战略可减少对领导者的市场计划的干扰，又可依靠与同行业的小企业竞争而得到成长。

（3）市场细分化战略。这一战略适用于有选择追随者。选择不同于领导者的市场区划，能避免与领导者直接发生冲突，追随者集中于某些区划，有效地研究和开发新产品，条件一旦成功，就有可能成为迂回进攻的挑战者。

3. 市场利基者战略

1）市场利基者的含义与利基市场的特征

市场利基者是指专门为规模较小的或大企业不感兴趣的细分市场提供产品和服务的企业。市场利基者的作用是拾遗补缺，见缝插针，虽然在整体市场上仅占有很少的份额，但是它们比其他企业更充分地了解和满足某一细分市场的需求，能够通过提供高附加值而得到高利润和快速增长。规模较小且大企业不感兴趣的细分市场称为利基市场。企业处于发展初期尚比较弱小时大多采用这种战略。例如，有的企业专门生产卫生间去污粉，有的企业专门生产家用胶粘剂，有的企业专门生产鼠标，有的企业专门生产医用口罩等。由于利基市场有利可图，许多大中型企业也设立专门的业务部门或分公司进入这一市场。例如，有的工具厂设立近百个部门生产数千种小五金产品。耐克公司一直在为各种不同的运动员设计特殊的鞋，如登高鞋、跑步鞋、骑车鞋、拉拉队鞋、气垫鞋等以创造利基市场。美国战略计划研究所在研究了数百个业务单位后发现，小市场的投资报酬率平均为 27%，而大市场为 11%。利基者盈利的主要原因是能够比其他大众化营销的企业更好地了解和满足顾客需要。因此，当大众化营销者取得高销量的时候，利基者取得了高毛利。

理想的利基市场具备以下特征：

（1）具有一定的规模和购买力，能够盈利。

（2）具备发展潜力。

（3）强大的企业对这一市场不感兴趣。

（4）本企业具备向这一市场提供优质产品和服务的资源和能力。

（5）本企业在顾客中建立了良好的声誉，能够抵御竞争者入侵。

2）市场利基者竞争战略选择

市场利基者发展的关键是实现专业化，主要途径如下。

（1）最终用户专业化。企业专门为某一类型的最终使用顾客服务。例如，航空食品公司专门为民航公司生产飞机乘客的航空食品。

（2）垂直专业化。企业专门为处于生产与分销循环周期的某些垂直层次提供服务。例如，一个铜公司可能集中于生产原铜、铜制零件或铜制成品。

（3）顾客规模专业化。企业可以专门为某一规模（大、中、小）的顾客群服务。市场利基者专门为大公司不重视的小规模顾客群服务。

（4）特定顾客专业化。企业可以专门向一个或几个大客户销售产品。许多小公司只向一家大公司提供其全部产品。

（5）地理市场专业化。企业只在某一地点、地区或范围内经营业务。

（6）产品或产品线专业化。企业只经营某一种产品或某一类产品线。例如，某公司专门为实验室生产显微镜，或甚至仅仅生产显微镜镜片。

（7）产品特色专业化。企业专门经营某一类型的产品或产品特色。例如，某书店专门经营"古旧"图书，某公司专门出租儿童玩具。

（8）客户订单专业化。企业专门按客户的订货生产特制产品。

（9）质量（价格）专业化。企业只在市场的底层或上层经营。例如，惠普公司专门在优质高价的微型计算机市场上经营。

（10）服务专业化。企业向大众提供一种或多种其他企业所没有的服务。例如，银行进行电话申请贷款，并送现金上门。

（11）销售渠道专业化。企业只为某类销售渠道提供服务。例如，某家软饮料企业决定只生产大容器包装的软饮料，并且只在加油站出售。

市场利基者是弱小者，面临的主要风险是当竞争者入侵或目标市场的消费习惯变化时有可能陷入绝境。因此，它的主要任务有三项：创造利基市场，扩大利基市场，保护利基市场。企业要争取不断地创造多种利基市场，而不是坚持单一利基市场。如果能够在多种利基市场上发展，企业就避免了风险，增加了生存机会。

企业在密切注意竞争者的同时不应忽视对顾客的关注，不能单纯强调以竞争者为中心而损害更为重要的以顾客为中心。以竞争者为中心是指企业行为完全受竞争者行为支配，逐个跟踪竞争者的行动并迅速做出反应。这种模式的优点是使营销人员保持警惕，注意竞争者的动向；缺点是被竞争者牵着走，缺乏事先规划和明确的目标。以顾客为中心是指企业以顾客需求为依据制定营销战略；优点是能够更好地辨别市场机会，确定目标市场，根据自身条件建立具有长远意义的战略规划；缺点是有可能忽视竞争者的动向和对竞争者的分析。在现代市场中，企业营销战略的制定既要注意竞争者，也要注意顾客，实现顾客导向与竞争者导向的协调。

3）市场利基者的营销战略

（1）企业的目标高度集中化。企业在较狭窄的细分市场上，集中在一个较狭窄的产品线上，这是一种彻底细分市场的战略。

（2）正确选择补缺的目标市场。许多能盈利的补缺企业是在很稳定的低成长市场上被发现的，它们中的大多数只生产经常被购买的工业部件或供应品。

（3）注重实际效益，注意降低成本。市场利基者应十分重视实际效益，而不应过分注意销售增长率和市场占有率，利基者的单位成本常常较低，因为它们集中在一个较狭窄的产品线上，在产品的研究和开发、新产品引入、广告、促销和销售队伍的支出较少。

【本章小结】

处在变幻无常环境中的企业要想求得长期稳定的发展，必须制定好自己的营销战略。一般情况下，在给定的环境中，营销战略涉及消费者、竞争对手和公司这三种力量的相互作用。营销战略与强调长期影响、需要一定的投入以及同企业的产品/市场等众多方面有密切关系。在现代竞争越来越激烈的市场环境中，能否制定出合适的营销战略对企业的发展起着举足轻重的作用，营销战略的制定具有使企业的经营活动得到整体的规划和统一的安排、能提高企业对资源利用的效率以及能为企业营销管理工作提供依据和提高管理工作的有效性等多方面的意义。企业的管理阶层在做出经营决策时，不能只看眼前的利益，而必须从长远的角度来思考问题。

营销战略是以确定营销目标为主要内容而展开的。战略目标是指企业全部营销活动所要达到的总体要求，它规定了企业全部营销活动的总任务，决定企业发展的行动方向。企业战略目标的选择以下列五个方面的标准为基准，它们分别是内部一致性、外部一致性、资源能力、时间和风险度。营销战略的制定过程包括确定企业的使命与任务、建立战略业务单位、分析现有业务组合和确定新业务发展这四个步骤。

本章最后论述市场领导者战略、市场挑战者战略、市场追随者战略和市场利基者战略。市场领导者要保持第一位的优势，必须从扩大总需求、保护现有市场份额、扩大市场份额入手。在扩大市场份额的战略制定过程中，应当考虑经营成本、国家的反垄断法、反不正当竞争法等因素。一般来说，市场挑战者的目标是增加自己的市场份额和利润，减少对手的市场份额。可选择的进攻对象有市场领导者、规模相同但经营不佳资金不足的公司、规模较小经营不善资金缺乏的公司。采用追随战略一般是让市场领导者和挑战者承担新产品开发、信息收集和市场开发所需的大量经费，减少自己的支出和风险，并避免向市场领导者挑战可能带来的重大损失。市场利基者的竞争战略主要有最终用户专业化、垂直专业化、顾客规模专业化、特殊顾客专业化、地理市场专业化、产品或产品线专业化、产品特色专业化、客户订单专业化、服务专业化、销售渠道专业化等。企业在密切关注竞争者的同时，还要密切关注顾客导向与竞争导向的平衡。

【思考题】

1. 阐述营销战略的产生及意义。
2. 营销战略目标的基准有哪些？市场占有率、投资利润率与营销战略目标关系如何？
3. 阐述营销战略的制定过程。
4. 企业新经营业务发展战略有哪些类型？
5. 企业制定营销计划包括哪些步骤和内容？
6. 一个处于统治地位的公司为了对付挑战者以保护某市场份额，可以采取的一个"扰乱"战略是什么？
7. 阐述市场挑战者战略的运用。
8. 阐述市场追随者和市场利基者战略的运用。

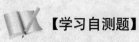 【学习自测题】

一、名词解释

1. 市场营销战略　　　　2. 战略业务单位　　　　3. 市场领导者

4. 市场挑战者　　　　　5. 市场占有率　　　　　6. 市场利基者

二、填空题

1. （　　　　　　　　　　）规定了企业全部营销活动的总任务，决定企业发展的行动方向。

2. 企业营销战略具有（　　　　　　）（　　　　　　）（　　　　　　　　）（　　　　　　　　）（　　　　　　　　　）的特点。

3. 公司战略标准有（　　　　　　）（　　　　　　）（　　　　）（　　　）（　　　　）。

三、单项选择题

1. 企业在调整业务投资组合时，对某些问号类业务单位，欲使其转入明星类单位，宜采取的战略是（　　　）。

　　A. 维持　　　　　　B. 收割　　　　　　C. 发展　　　　　　D. 放弃

2. 扩大现有产品的销售地区，甚至进入国际市场是（　　　）。

　　A. 市场渗透　　　　B. 市场开发　　　　C. 产品开发　　　　D. 一体化发展

3. 某油漆公司不仅生产油漆，并拥有和控制 200 家以上的油漆商店，这就称为（　　　）。

　　A. 前向一体化　　　B. 后向一体化　　　C. 横向一体化　　　D. 同向一体化

4. 特别适用"维持"策略的是（　　　）。

　　A. 明星类　　　　　B. 现金牛类　　　　C. 问号类　　　　　D. 瘦狗类

四、多项选择题

1. 一体化增长战略的类型有（　　　　　）。

A. 前向一体化　　　　　B. 后向一体化　　　　　C. 双向一体化

D. 水平一体化　　　　　E. 垂直一体化

2. 市场挑战者采用迂回进攻策略的具体做法有（　　　　　）。

A. 实行产品差异化　　　B. 实行市场多元化　　　C. 开发新产品取代现有产品

D. 实行形象差异化　　　E. 实行产品多元化

五、简答题

1. 简述企业战略的重要作用。

2. 简述确立企业任务时应考虑的主要因素。

六、论述题

试述企业新业务发展战略。

第6章
目标市场选择 ➤➤➤

 【学习目标】

◆ 掌握市场细分的内涵、市场细分的基础。

◆ 了解正确进行市场细分的步骤，并能理解市场细分中所应遵循的原则及标准。

◆ 明确细分市场评估是细分市场选择的前提基础，根据主客观条件选择好目标市场，选择使用三种不同的目标市场策略。

◆ 掌握企业采用不同目标市场策略的原因，并能判定现实中某些著名企业不同营销策略组合所指向的目标市场及其可能采用的目标市场策略。

现代市场学中最重要的内容之一，就是市场细分→确定目标市场→市场定位策略。这是现代营销观念的产物和市场营销组合策略运用的前提。

1956 年，美国著名的市场学家温德尔·斯密提出市场细分的概念，基于市场"多元异质性"论的市场细分理论为企业选择目标市场提供了基础。企业在选择目标市场以后，就要确定企业在目标市场上的位置。1972 年，美国学者阿尔·赖斯和杰克·屈劳特提出了市场定位概念。市场定位所讨论的问题就是一家企业作为新的进入者想要在顾客中树立什么形象。这是一个全新的概念，在现代市场学中占有重要地位，并且受到越来越多企业的高度重视和广泛应用。

➤➤➤6.1 市场细分

不同顾客对同一类产品的需求和购买行为具有一定的差异性。任何一个企业都无法满足整体市场的全部需求。因此，细分市场就显得至关重要。

6.1.1 市场细分的内涵与作用

1. 市场细分的内涵

市场细分是指企业按照消费者的一定特性、把原有市场分割为两个或两个以上的子市场，以用来确定目标市场的过程。细分市场是指调查分析不同的消费者在需求、资源、地理位置、购买习惯和行为等方面的差别，然后将上述要求基本相同的消费者群分别收并为一类，形成整体市场中的若干"子市场"或"分市场"。不同的细分市场之间，需求差别比较明显；而在每一个细分市场内部，需求差别则比较细微。

市场细分的理论基础是市场"多元异质性"理论。这一理论认为，消费者对大部分产品的需求是多元化的，是具有不同的质的要求的。需求本身的"异质性"是市场可能细分的客观基础。实践证明，只有少数商品的市场，消费者对产品的需求大致相同，如消费者对食盐、大米、火柴等的需求差异极小，这类市场称为同质市场。在同质市场上，企业的营销策略比较相似，竞争焦点集中在价格上。大多数商品的市场属于异质市场，这是由消费者对商品的需求千差万别所决定的。企业营销活动应更重视异质市场的销售。

2. 细分的作用

（1）有利于发现市场营销机会。市场机会是已出现于市场但尚未加以满足的需求，这种需求往往是潜在的，一般不易发现。运用市场细分的手段，就便于发现这类需求，并从中寻找适合本企业开发的需求，从而抓住市场机会，使企业赢得市场主动权。例如，中国香港香皂市场竞争一直很激烈，但我国外贸部门通过市场细分发现，中国香港香皂市场竞争激烈的主要是高中档产品，低档香皂却是一个"空档"。于是，大陆香皂厂商利用工资低的优势，顺利进入了中国香港低档香皂市场。

（2）能有效地制定最优营销策略。市场细分是市场营销组合策略运用的前提。企业要想实施市场营销组合策略，首先必须对市场进行细分，确定目标市场。因为任何一个优化的市场营销组合策略的制定，都是针对所要进入的目标市场。离开了目标市场，制定市场营销组合策略就无的放矢，这样的营销方案是不可行的，更谈不上优化。

（3）能有效地与竞争对手相抗衡。在企业之间竞争日益激烈的情况下，通过市场细分，有利于发现目标消费者群的需求特性，从而调整产品结构，增加产品特色，提高企业的市场竞争能力，有效地与竞争对手相抗衡。例如，日本有两家最大的糖果公司，以前生产的巧克力都是满足儿童消费市场的。森永公司为增强其竞争力，研制出一种"高王冠"的大块巧克力，定价为 70 日元，推向成人市场。明治公司也不甘示弱，通过市场细分，选择了三个子市场：初中学生市场、高中学生市场和成人市场。该公司生产出两种大块巧克力，一种每块定价为 40 日元，用于满足十二三岁的初中学生；另一种每块定价为 60 日元，用于满足十七八岁的高中学生；两块合包在一起，定价为 100 日元，用于满足成人市场。明治公司的市场细分对策，比森永公司高出一筹。

（4）能有效地拓展新市场，扩大市场占有率。企业对市场的占有，也不是一下子就拓展开来，必须是从小至大，逐步拓展。通过市场细分，企业可以先选择最适合自己占领的某些子市场作为目标市场。当占领住这些子市场后，再逐渐向外推进、拓展，从而扩大市场的占有率。

（5）有利于企业扬长避短，发挥优势。每一个企业的营销能力对于整体市场来说，都是有限的。所以，企业必须将整体市场细分，确定自己的目标市场，把自己的优势集中到目标市场上。否则，企业就会丧失优势，从而在激烈的市场竞争中遭受失败。特别是有些小企业，应该注意利用市场细分原理，选择自己的市场。

6.1.2 市场细分的要求与程序

1. 市场细分的要求

企业在进行市场细分时，应遵循以下基本要求。

（1）要有明显特征。用以细分市场的特征必须是可以衡量的，细分出的市场应有明显的特征，各子市场之间有明显的区别，各子市场内都有明确的组成成员，这些人应具备共同的需求特征，表现出类似的购买行为。

（2）要根据企业的实力，量力而行。在市场细分中，企业所选择的目标市场，必须是自己有足够的能力去占领的子市场，在这个子市场上，能充分发挥企业的人力、物力、财力和生产、技术、营销能力的作用。反之，那些不能充分发挥企业资源作用、难以为企业所占领的子市场，则不能作为目标市场。否则，只会白白浪费企业资源。

（3）要有适当盈利。在市场细分中，被企业选中的子市场还必须具有一定的规模，即有充足的需求量，能足以使企业有利可图，并实现预期利润目标。为此，细分市场的规模既不宜过大，也不宜过小。如果规模过大，企业无法"消化"，结果也白费工夫；如果规模过小，企业又"吃不饱"，现有资源得不到最佳利用，利润则难以确保。因此，细分出的市场规模必须恰当，使企业能得到合理盈利。

（4）有发展潜力。市场细分应具有相对的稳定性，因而企业所选中的目标市场不仅要能为企业带来目前利益，还必须有相当的发展潜力，能够给企业带来较长远的利益。因此，企业在市场细分时必须考虑选择的目标市场不能是正处于饱和或即将饱和的市场，否则，就没有多少潜力可挖。

2. 市场细分的程序

市场细分程序如图 6-1 所示。无论是细分生活消费品市场还是生产资料市场，若按一定程序进行，容易实现细分市场的基本要求。

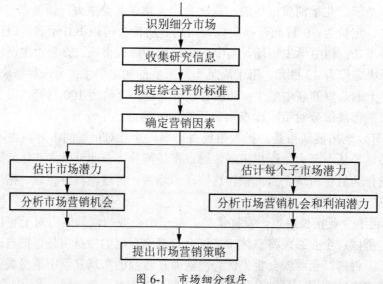

图 6-1　市场细分程序

（1）识别细分市场。识别细分市场是指首先确定欲细分市场的基本性质，然后定出市场细分的重要因素，并尽可能对这些因素做定量分析。例如确定服装市场可以按年龄、收入来划分，并进一步确定年龄可分为 16 岁以下、16～24 岁、25～44 岁、45～59 岁、60岁以上的定量分组值。

（2）收集研究信息。指收集、整理细分市场时需考察分析的市场情报和资料，如通过收集类似产品已有的市场情况，可以参照对新产品市场的细分，或者通过对消费者的调查，来检验欲采用的细分因素是否合适。收集研究信息还包括最终能确定市场细分后的情况，如各年龄组究竟包括多少人。

（3）拟定综合评价标准。一般来说，细分市场后，应能使企业对谁是购买者、购买什么、在哪里购买、为什么购买、怎样购买等问题做出回答。因此，应对细分市场拟定综合评价标准，以回答上面的问题。

（4）确定营销因素。对细分后的每一个子市场做出评价后，如果各个子市场之间存在较大差别，则企业就考虑不同市场的特点，确定本企业的市场活动范围，以及适应新选定的市场范围特点的营销活动要点。

（5）估计市场潜力。根据市场研究的结果和选定的细分因素，估计出总市场和每个子市场预期需求水平，这对选取目标市场和确定目标市场营销战略很重要。

（6）分析市场营销机会。在细分市场过程中，分析市场营销机会，主要是分析总市场和每个子市场的竞争情况，以及确定对总市场或每一个子市场的营销组合方案，并根据市场研究和需求潜力的估计，确定总市场或每一子市场的营销收入和费用情况，以估计潜在利润量，作为最后选定目标市场和制定营销策略的经济分析依据。

（7）提出市场营销策略。一个企业要根据市场细分结果来决定市场营销策略。这要区分为以下两种情况。

① 估计总市场和子市场潜力，分析市场营销机会，发现市场情况不理想，企业可能放弃这一市场。

② 如果市场营销机会多，需求和利润潜力令人满意，企业可根据细分结果提出不同的目标市场营销战略。

6.1.3 消费品市场细分的基础

市场细分的基础是客观存在的需求的差异性，但差异性很多，究竟按什么进行细分，没有一个绝对正确的方法或固定不变的模式。各行业、各企业可采取许多不同的变数，有许多不同的方法细分，以求得最佳的营销机会。影响消费品市场需求的因素，即用来细分消费品市场的变数，可概括为以下四类。

1. 地理变数

按地理变数细分市场就是把市场分为不同的地理区域，如国家、地区、省市、南方、北方、城市、农村等。以地理变数作为消费品市场细分的基础，是因为地理因素影响消费者的需求和反应。各地区由于自然气候、传统文化、经济发展水平等因素的影响，便形成

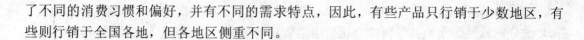

了不同的消费习惯和偏好，并有不同的需求特点，因此，有些产品只行销于少数地区，有些则行销于全国各地，但各地区侧重不同。

2. 人口变数

人口变数细分是按年龄、性别、家庭人数、生命周期、收入、职业、文化程度、宗教信仰、民族、国籍、社会阶层等人口统计变数，划分为不同的消费者群。例如，某玩具公司生产出各种玩具，以适应 3 个月至 1 岁的婴儿需要，购买者只要知道孩子的年龄，就能选购到合适的玩具。还有像服装、化妆品、自行车等商品，男女性别不同，购买的特点大为不同。再者，收入多少直接影响着购买者的购买特点。一般来说，我国沿海开放地区高收入的比例要比内陆地区高，如高档服装、汽车、空调器等高档商品均为高收入者购买。

除此之外，上述所提到的一些人口变数都将成为消费者消费的重要因素。

3. 心理变数

在市场营销活动中，经常产生这种情况，即在人口因素相同的消费者中间，对同一商品的爱好和态度截然不同，这主要就是由于心理因素的影响。消费者心理因素很复杂，下面就其主要方面加以说明。

（1）生活方式。生活方式是指个人或集团对消费、工作和娱乐的特定的习惯。人们形成和追求的生活方式不同，消费倾向也不同，需要的商品也不一样。近些年来，西方国家的企业十分重视生活方式对企业市场经营的影响，特别是经营化妆、服装、家具等，生产酒类商品的企业更是高度重视。有一些企业，把追求某种生活方式的消费者群当做自己的目标市场，专门为这些消费者生产产品。例如，美国有的服装公司把妇女分成"朴素型"、"时髦型"、"有男子气型"三种类型，分别为她们设计不同式样和不同颜色的服装。

（2）社会阶层。美国人将消费者分为七个阶层，并且说明每个社会阶层的人对汽车、服装、家具、娱乐、阅读习惯等都有较大的不同偏好。

（3）个性。国外很多企业的营销人员都已使用个性变数来细分市场。他们赋予产品厂牌个性，以迎合相应的顾客个性。例如 20 世纪 50 年代末，福特牌汽车和雪佛莱牌汽车在促销方面就强调其个性的差异。有人认为购买福特牌汽车的顾客有独立性、易冲动、有男子汉气概、乐于变革并有自信心；而购买雪佛莱牌汽车的顾客往往是保守、节俭、缺乏阳刚之气、恪守中庸之道。

（4）偏好。这是指消费者对某种牌号的商品所持的喜爱程度。在市场上，消费者对某种牌号商品的喜爱程度是不同的，有的消费者对其有特殊的偏好，有的消费者对其有中等程度的偏好，有的消费者对其无所谓。因此，许多企业为了维持和扩大经营，努力寻找忠诚拥护者，并掌握其需求特征，以便从商品形式、销售方式及广告宣传等方面去满足他们的需要。

心理标准是细分市场中比较复杂的一个标准，企业必须根据消费者的不同心理，进行市场调查研究，从而获得可靠的数据，用来确定自己的目标市场。

4. 行为变数

在行为细分中，根据顾客对产品的了解、态度、使用情况及其反应，将他们分为不同的群体。许多营销人员认为：行为变数是进行市场细分的最佳起点。

1）购买时机

按消费者购买和使用产品的时机细分市场。例如，某些产品或服务项目专门适用于春节、中秋节、圣诞节、寒暑假等节假日的需求。再如，旅行社可为某种时机提供专门的旅游服务，文具企业专门为新学期开始提供一些学生学习用品。

2）寻求利益

根据顾客从产品中追求的不同利益分类，是一种很有效的细分方法。美国曾有人运用利益细分法研究钟表市场，发现手表购买者分为三类：大约 23％侧重价格低廉，46％侧重耐用性及一般质量，31％侧重品牌声望。当时，美国大多数著名钟表公司都把注意力集中于第三类细分市场，从而制造出豪华昂贵手表并通过珠宝店销售。唯有 TIME 公司慧眼独具，选定第一、第二类细分市场作为目标市场，全力推出一种价廉物美的"天美时"牌手表并通过一般钟表店或某些大型综合商店出售。该公司后来竟成为全世界第一流的钟表公司。

运用利益细分法，首先，必须了解消费者购买某种产品所寻求的主要利益是什么；其次，要了解寻求某种利益的消费者是哪些人；最后，要调查市场上的竞争品牌各自适合哪些利益，以及哪些利益还没有得到满足。

美国学者 Haley 曾运用利益细分法对牙膏市场进行分析而获得成功就是一例。他把牙膏需求者寻求的利益分为经济实惠、防治牙病、洁齿美容、口味清爽四类。牙膏公司可以根据自己所服务的目标市场的特点，了解竞争者有什么品牌，市场上现有品牌缺少什么利益，从而改进自己现有的产品，或另外再推出某种新的产品，以适应牙膏市场上未满足的需要。表 6-1 是 Haley 的牙膏市场的利益细分方法。

表 6-1　Haley 的牙膏市场的利益细分方法

利益细分	人口统计特征	行为特征	心理特征	符合利益的品牌
经济实惠	男性	大量使用者	自主性强者	大减价的品牌
防治牙病	大家庭	大量使用者	忧虑保守者	品牌 A、E
洁齿美容	青少年	吸烟者	社交活动多者	品牌 B
口味清爽	儿童	薄荷爱好者	喜好享乐者	品牌 C

3）使用状况

许多产品可按使用状况将消费者分为"从未用过"、"曾经用过"、"准备使用"、"初次使用"、"经常使用"五种类型，即五个细分市场。通常，大公司对潜在使用者感兴趣，而一些小企业则只能以经常使用者为服务对象。对使用状况不同的顾客，在广告宣传及推销方式方面都有所不同。

4）使用率

使用率也可用来细分某些产品的市场。可先划分使用者和非使用者，然后再把使用者分为小量使用者和大量使用者。例如，有人曾经做过调查，啤酒在总住户中有 68% 是非使用者，32% 是使用者，其中小量使用者和大量使用者各占一半。但 16% 的大量使用者却占总销量的 88%，而小量使用者只占 12%。又据调查，啤酒的大量饮用者多数是劳动阶层，年龄约为 25～50 岁。年龄在 25 岁以下和 50 岁以上的为少量饮用者。这种细分，将有助于企业做出相应的对策。

5）忠诚程度

消费者对企业的忠诚和对品牌的忠诚程度，也可用来细分市场。假设某市场共有 A、B、C、D、E 五个品牌，按消费者的忠诚程度不同，可分为四类。

（1）专一的忠诚者。始终购买同一品牌，如 A。

（2）动摇的忠诚者。同时喜欢两种或两种以上的品牌，如交替购买 A 和 B。

（3）转移的忠诚者。经常转换品牌偏好，不固定忠于某一品牌，如一段时间忠于 A，另一段时间忠于 B，或 C、D、E。

（4）犹豫不定者。从来不忠于任何品牌，可能是追求减价品牌，或是追求多样化，喜新厌旧。

每个市场上都不同程度地同时存在着上述四类消费者，企业可以对消费类型进行分析，从中找出营销中所存在的问题，从而及时解决。例如，分析专一忠诚者，可以知道自己的目标市场的消费者情况。分析动摇者，可以发现哪些品牌是主要竞争者，以便采取相应措施。研究转移者，可以了解营销工作中的弱点，从中改进。研究犹豫不定购买者，可以考虑采用奖励等办法促销。

6）待购阶段

消费者对各种产品，特别是新产品，总是处于各种不同的待购阶段。例如，对某些新产品，有些人根本不知有此物，有些人已经知道，有些人知道很清楚，有些人已有购买欲望，有些人准备马上购买。企业应该对处于不同阶段的顾客采取不同的营销手段，并要随着待购阶段的变化而随时调整营销方案。

7）态度

消费者对某些产品的态度可分为五种：热爱、肯定、冷淡、拒绝和敌意。企业可以通过调查、分析，针对不同态度的顾客采取不同的营销对策。例如，对抱有拒绝和敌意态度者，不必浪费时间去改变他们的态度；而对冷淡者，应设法争取他们。

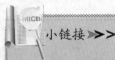

小链接 >>>

市场细分变量（Segmentation Descriptors）

市场细分变量是指那些反映需求内在差异，同时能作为市场细分依据的可变因素，由于这些因素的差异，消费者的消费行为呈现出多样化的特点，具有如下五个特点。

（1）可衡量性。即细分市场的大致轮廓，如购买力大小、市场规模等方面，是可以加以测量的（有关细分市场的资料必须是可取得、可衡量的）。

（2）可达到性。即所形成的细分市场必须是企业可以有效进入并为之服务的市场。

（3）经济性。即所形成的细分市场的规模必须使企业能获得足够的经济利益，即一个细分市场必须是企业值得为它设计一套营销方案的同质实体。

（4）可区分性。即所形成的细分市场之间是可以加以识别的，对不同的营销组合方案有不同的反应。

（5）可防卫性。细分市场应具备防卫性、潜在的先发优势，竞争者不能轻易进入或立即跟进这一细分市场。

资料来源：阿姆斯特朗·科特勒. 市场营销学[M]. 何志毅，赵占波译. 北京：中国人民大学出版社，2007.

6.1.4 工业品市场细分的基础

工业品市场细分同样可以运用消费品市场细分变数进行细分，但不同的是进行工业品市场细分时，心理因素的影响要小一些。除此之外，还应考虑如下两个方面的因素。

1. 最终用户

工业品市场经常按最终使用者的需求进行细分。由于不同使用者的要求不同，因此要制定不同的营销策略。例如，晶体管市场可分为军事、工业、商业三个子市场。军用买主重视质量，价格不是主要因素，工业买主重视质量和服务，商业买主重视价格和交货期。企业应该根据上述用户需求特点，组织生产和营销。

2. 用户规模

用户规模决定了购买量的大小，这一因素往往也被某些企业作为市场细分的根据。因为大、中、小客户对企业的重要性不同，因此在接待上也不同。大客户通常由主要业务负责人接待洽谈，一般中、小客户则由推销员接待。

在大多数情况下，工业品市场不是以单一变数细分，而是把一系列变数结合起来进行细分。

▶▶▶6.2 选择目标市场

企业在市场细分化的基础上，根据主客观条件选择好目标市场，目的在于不断拓展市场。要想顺利达到这一目的，一般采用三种不同目标市场策略。

6.2.1 无差异性目标市场策略

实行无差异性市场策略的企业，是把整个市场作为一个大目标，针对消费者的共同需要，制订统一生产和销售计划，以实现开拓市场，扩大销售。以生产观念和推销观念为指导思想的企业，往往把整个市场作为一个大目标开展营销，它们强调消费者的共同需要，忽视其差异性。采用这一策略的企业，一般都是实力强大并采用大规模生产方式，又有广泛而可靠的分销渠道，以及统一的广告宣传方式和内容。美国可口可乐公司曾一度长期生产一种味道的产品，使得该公司较长时间统治世界饮料市场。

采取无差异性市场策略的优点是：大量生产、储运、销售而使得产品平均成本低，并且不需要进行市场细分，可节约大量的调研、开发、广告等费用。但是，这种市场策略也存在许多缺点，即这种策略对于大多数产品是不适用的。因为市场处于一个动态变化的不断发展的过程中，所以一种产品长期被所有消费者接受是极少的，而且当几家同类大企业都同时采用这一策略时，就会形成异常激烈的竞争，而不得不开始改变其无差异市场策略。

6.2.2　差异性目标市场策略

实行差异性目标市场策略的企业，通常是把整体市场划分为若干细分市场作为其目标市场。针对不同目标市场的特点，分别制订出不同的营销计划，按计划生产营销目标市场所需要的商品，满足不同消费者的需要，不断扩大销售成果。例如，国内一些自行车公司近年来改变了原来的经营观念，牢固树立以消费者为中心的现代化经营观念。按不同消费者的爱好和要求，分别设计生产出轻便男车、轻便女车、赛车、载重车、童车等多种产品。同时，也根据不同消费者的偏好，生产出各种彩色车，改变了过去清一色的黑色车。

采用差异性目标市场策略的优点是，小批量、多品种、生产机动灵活、针对性强，能满足不同消费者的需求，特别是能繁荣市场。但是，由于品种多，销售渠道和方式、广告宣传的多样，产品改进成本、生产制造成本、管理成本、存货成本、营销成本就会大大增加。这样，无差异性目标市场策略的优点基本上就变为差异性目标市场策略的不足之处。

6.2.3　集中性目标市场策略

无差异性目标市场策略和差异性目标市场策略，都是以整体市场作为企业的营销目标，试图满足所有消费者的需要。集中性目标市场策略，不是把目标放在整体市场上，而是目标市场更加集中。选择一个或几个细分化的专门市场作为营销目标，然后集中企业的总体营销优势开展生产和销售，充分满足某些消费者需要，以开拓市场。采用这种市场策略的企业，不是追求在整体市场上占有较大的份额，而是为了在一个或几个较小的细分市场上取得较大的占有率，甚至居于支配地位。它们的具体做法，不是把力量分散在广大的市场上，而是集中企业的优势力量，对某细分市场采取攻势营销战略，以取得市场上的优势地位。

一般来说，实力有限的中、小企业，可以采用集中性市场策略。由于它们的营销对象比较集中，企业就可以集中优势力量，为充分满足消费者的需要而奋斗，以取得消费者的信任和偏爱，从而提高销售额、利润额和投资收益率。并且，随着生产、分销渠道、广告宣传等的专一化，不仅企业的营销成本逐步降低，盈利增加，而且提高了商品和企业的声誉。但是应该看到，采用集中性市场策略，一般风险比较大。因为所选的目标市场比较狭窄，一旦发生突然变化，消费者的兴趣就会转移，甚至会导致在竞争中失败。出于这种原因，企业往往又要将经营目标分散于几种策略之中，根据具体情况加以选择实施。

1. 企业实力

当企业生产能力、技术能力和销售能力很强时，就可采用无差异性策略和差异性策略。若实力不足，最好采用集中性市场策略。

2. 产品特性

对于一些类似性很强的产品以及不同工厂或地区生产的在品种、质量方面相差较小的同类产品，宜采用无差异性策略。对于另外一些产品，如照相机、服装等，消费者的要求差别很大，宜采用差异性策略或集中性策略。

3. 市场特性

如果不同市场消费者对同一产品的需求和爱好相近，宜采用无差异性策略。否则，宜采用差异性策略或集中性策略。

4. 产品所处生命周期的不同阶段

通常在产品处于投入期和成长期时，可采用无差异性策略，以探测市场与潜在顾客的需求。当产品进入成熟期或衰退期时，则应采取差异性策略，以开拓新的市场，或采取集中性市场策略，以维持和延长产品生命周期。

5. 竞争者所采取的市场策略

企业采取哪种市场策略，往往视竞争者所采取的策略而定。若一个强有力的竞争者实施无差异性策略，那么，本企业宜采取差异性策略。

▶▶▶6.3　市场定位

市场定位就是对公司的产品进行设计，从而使其能在目标顾客心目中占有一个独特的、有价值的位置的行动。市场定位的实质是使本企业与其他企业严格区分开来，并使顾客明显感觉和认知这种差别，从而在顾客心目中留下特殊的印象。市场定位的目的是影响顾客心理，增强企业以及产品的竞争力，扩大产品销售，增加企业的经济效益。

6.3.1　市场定位的意义

市场定位的主要意义如下。

（1）它有利于企业及产品在市场中建立自己的特色，可以使企业在激烈的市场竞争中立于不败之地。现代社会早已进入买方市场时代，几乎每个市场都存在供过于求的现象，为了争夺有限的顾客，防止自己的产品被其他产品替代，保持或扩大企业的市场占有率，企业必须为其产品树立特定的形象，塑造与众不同的个性，从而在顾客中形成一种特殊的偏好。例如，青岛海尔公司经过不懈的努力，在竞争激烈的中国家电市场上建立了以质量和服务取胜的形象，取得了消费者的信任，同时也增加了公司的效益。

（2）企业的市场定位决策是制定市场营销组合策略的基础，市场定位在企业的营销工作中有着极为重要的战略意义。比如，企业决定生产质优价高的产品，企业的这种定位就决定了企业所生产的产品质量一定要好，价格则要定得高，相应的广告宣传的侧重点应该是强调产品所具备的高质量，让消费者相信虽然产品价格高，但是物有所值；销售渠道应选择档次较高的百货公司，而不是廉价品市场。可见，企业的市场定位决定了企业要设计与之相适应的营销组合策略。

6.3.2　市场定位策略

企业进行市场定位，就是着力宣传那些会对其目标市场产生重大震动的差异，以确定企业在目标顾客心目中的独特位置。换言之，企业应制定重点定位策略。

为了突出定位重点，企业先要决定向顾客推出多少差异以及推出哪些差异。

1. 确定产品差异的数量

企业可以只推出一种产品差异，即单一差异定位。许多营销人员倡导这种做法，例如宝洁公司的"舒肤佳"香皂始终宣传其杀菌功能——促进全家健康。这种做法的关键是，要保持连贯一致的定位，并且应选择自己能成为"第一名"的差异属性。这是因为在当今信息爆炸的社会，在人们头脑中首次接收到的信息有稳如磐石、不易排挤的稳固位置，这与人脑定位记忆机能是密切相关的。

那么，哪些"第一名"的属性值得宣传推广呢？主要的是"最好的质量"、"最低的价格"、"最高的价值"、"最好的服务"、"最快"、"最安全"、"最舒适"、"最顾客化"、"最先进的技术"等。如果一个企业能在某一属性上获胜，并令人信服地加以宣传，那么它就会非常出名。

有的企业相信双重差异的定位策略，尤其是当两家或更多的企业都宣传自己的某一属性最好时，这样做就显得很有必要了。这样做可以在目标细分市场内找到一个特定的空缺。沃尔沃汽车曾定位为"最安全"和"最耐用"，这两种利益是可以相容并存的，一般来说，人们都认为安全性能很好的汽车也会很耐用。高露洁牙膏加氟加钙，强调使牙齿"更坚固，更洁白"。还有实行多重差异定位的成功例子。比切姆公司在促销其 Aquehesh 牙膏时，强调其"防止蛀牙，口味清新，洁白牙齿"的三重功效。由于大多数人都认为这三种利益很重要，公司所需要做的，就是设计出三色牙膏，以便人们相信它确实可提供三种功效。需要重视的是，企业推出的差异不宜过多，否则会降低可信度，也影响了产品定位的明确性。

2. 确定具体的产品差异

为了确定具体的产品差异，企业要对目标市场竞争者和企业自身情况进行竞争优势分析。对于所设计的产品，要考虑产品差异对目标顾客的重要性、企业实施产品差异的能力（人力、物力、财力等）、所需时间、竞争者的模仿能力等。进行了这些分析以后，企业就能做出对所设计的差异应采取的决策，选择那些真正能够增加企业竞争优势的产品差异。

一般的定位策略有以下 8 种。

（1）根据竞争定位。这是根据市场竞争状况，根据与竞争有关的属性或利益进行定位。主要是突出企业的优势，如技术可靠性程度高、售后服务方便快捷，以及其他顾客欢迎的因素等，从而在竞争者中突出自己的形象。比如，百事可乐强调"新一代的选择"，而可口可乐则推崇"齐欢乐"。

（2）根据属性定位。产品本身的属性能使消费者体会到它的定位。产品属性包括制造技术、设备、生产流程、产品功能，也包括产品的原料、产地、历史等因素。湖南养生堂的定位体现了使用的原料和悠久的历史，王守义十三香强调其专门的调料配方，宜宾五粮液、北京烤鸭等产品则强调其产地定位。如果企业的一种或几种属性是竞争者所没有或有所欠缺的，同时又是顾客认可和接受的，这时采用按产品属性定位的策略，往往容易收到良好效果。

（3）根据利益定位。即把产品定位在某一特定利益上。这里的"利益"包括顾客购买企业产品时追求的利益，也包括购买企业产品所能获得的附加利益。例如诗丽雅化妆品公司推出的一种去死皮素的产品，使用后去除皮肤表面坏死的表皮，增进皮肤对任意品牌护肤化妆品的吸收。该产品依靠为消费者提供这一利益获得了巨大成功。新飞冰箱在同容积冰箱中耗电量最小，给顾客提供"省电"的利益。

（4）根据产品的用途定位。这是工业产品最常用的市场定位方法。此外，为老产品找到一种新用途，是为该产品创造新的市场定位的好方法。例如杜邦的尼龙最初在军事上用于制作降落伞，后来许多新的用途——作为袜子、衬衫、地毯、汽车轮胎、椅套的原料等，一个接一个地被发现。又如网络的研究也开始于军事领域，随后广泛应用于通信、日常生活、汽车工业等。

（5）根据价格——质量定位。一件仿制的装饰性项链，无论其做工多么精美，都不可能与真正的钻石项链定位相同。所以对于那些消费者对价格和质量都很关心的产品，选择两者作为市场定位的因素是突出企业的好方法。据此定位有几种情况。

① 质价相符的情况，通俗地说就是"一分钱一分货"。当企业产品价格高于同类产品时，企业总是强调其产品的高质量和物有所值，说服顾客支付溢价来购买其产品。海尔集团的家电产品很少卷入价格战，一直维持其同类产品中的较高价格，但其销售却一直稳定增长，就体现了其产品"优质高价"的定位。

② 质高价低的情况。一些企业将质高价低作为一种竞争手段，用以加深市场渗透，提高市场占有率。格兰仕集团就是采用这种定位方式，快速地占领了我国的微波炉市场并一直保持着 50% 以上的极高市场占有率。这时，企业向顾客传递的信息是顾客所花的每分钱都能获取更大的价值，即"物超所值"。采用这种定位方式，企业要重视优于价格水平的产品质量的宣传，而不能只宣传产品的低价，否则就会造成产品在顾客心目中的定位降

低，从而导致定位失败。

（6）根据产品的档次定位。企业在选择目标市场时，常根据本企业的产品档次来选择。例如家具市场可划分为高、中、低档。产品也可通过强调与同档次的产品的不同特点来进行定位。例如，中美施贵宝公司出品的"日夜百服宁"等。

（7）根据使用者类型定位。企业以市场细分为前提针对某个子市场、某些特定消费者进行促销，使这些消费者认为企业的产品是特地为他们生产且适合他们使用的，从而满足他们的心理需要，促使他们对企业产生信任感。

（8）多重定位方式。这是将市场定位在几个层次上，或者依据多重因素对产品进行定位，使产品给消费者的感觉是产品有很多特征、多重效能。作为市场定位体现的企业和产品形象，都必须是多维度、多侧面的立体。这种方式应该避免因描述的特征过多而冲淡企业及产品的形象。

3. 产品定位

企业可以根据主客观条件，对上述 8 种市场定位方法进行选择。现以下例具体说明企业如何进行定位。

某企业开发出一种新产品后，应研究同一目标市场里竞争者所处的位置；选择市场定位的变量，如产品质量与价格。

竞争者位势图如图 6-2 所示。

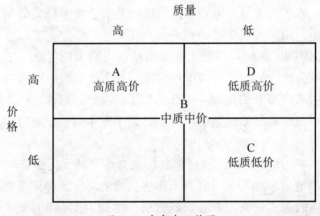

图 6-2　竞争者位势图

可做出市场定位示意图（如图 6-4 所示）来说明目前向该目标市场销售产品的 4 个竞争者位置，分别为 A（高质高价）、B（中质中价）、C（低质低价）、D（低质高价）。该企业应定位于何处呢？有两种基本策略。

（1）避强定位策略。该企业力图避免与实力最强或较强的其他企业直接发生竞争，将自己的产品定位于另一市场区域内，使自己的产品在某些特征或属性方面与最强或较强的对手有显著的差别，极端的形式是定位于 E（高质低价）处，与所有其他企业均有一定距离。也可以采用另一种形式——定位于 F，即只避开最强大的竞争对手企业 A，却与企业 C 大致处于相同的市场位置。避强定位可以使企业迅速在市场上立住脚，并能在消费者心中树立一定形象，市场风险较小，成功率较高。但是，避强往往意味着企业放弃了最佳的市场位置，尤其如 E 所使用的方式，很可能占据的是最差的位置。

（2）迎头定位策略。该企业根据自身的实力，为占据较佳的市场位置，不惜与市场上占支配地位的、实力最强或较强的竞争者发生正面竞争，从而使自己的产品进入与对手相同的市场位置。比如定位于 G 处，与最强的竞争对手企业 B 较量，选择产品的特征是：与企业 B 同样的价格，却有更高的质量。当然，该企业也可以采用完全相同的质量与价格、同等质量、更低价格等不同的具体方案。迎头定位可能引发激烈的市场竞争，因此有较大的风险。但是，由于竞争者是最强大的，因此竞争过程往往产生所谓轰动效应，消费者可以很快了解企业及其产品，企业易于树立市场形象。

企业实施某种定位方案一段时间之后，有可能会发现效果并不理想，或者没有足够的资源实施这一方案。此时，应对该产品重新进行定位。例如图 6-3 中企业定位于 E 时，产品具有极高的质量和偏低的价格。也许企业不久发现：技术力量和财务能力不能保证生产的产品具有极高的质量，或者成本太高、盈利太少，因而需要重新定位。按箭头 1 所示方向重新定位，意味着保持原有定价不变，但适当降低产品质量；按箭头 2 所示方向重新定位，则意味着原有质量不变，销售价格提高。重新定位一般由于初次定位不当引起，也可能由于初次定位导致竞争者的有力反击或者需求态势因某种原因发生了变化而引起。

企业在产品定位过程中应避免犯以下错误，否则会影响企业在顾客心目中的形象。

（1）定位过低，使顾客不能真正认识到企业的独到之处。

（2）定位过高，使顾客不能正确了解企业。

（3）定位混乱，与企业推出的主题过多或产品定位变化太频繁有关。

（4）定位怀疑，顾客很难相信企业在产品特色、价格或制造商方面的有关宣传，对定位真实性产生怀疑。

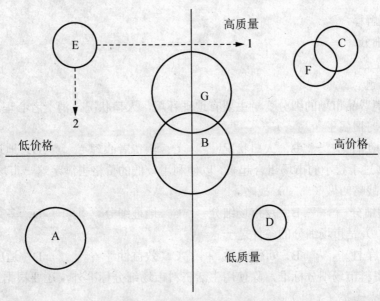

图 6-3　市场定位示意图

【本章小结】

市场细分是指企业按照消费者的一定特性，把原有的市场分割为两个或两个以上的子市场，以确定目标市场的过程。

市场细分有一定的程序，首先识别细分市场，收集研究信息，拟定综合评价标准；然后确定营销因素，估计市场潜力，分析市场营销机会；最后提出市场营销策略。

消费品市场和工业品市场都有其市场细分的基础。属于前者的是地理变数、人口变数、心理变数和行为变数，属于后者的是最终用户和用户规模。

企业在市场细分的基础上形成了三种不同的目标市场策略，即无差异性目标市场策略、差异性目标市场策略和集中性目标市场策略。

在市场细分的基础上，企业可以为自己进行市场定位，选择最适合企业发展的道路。

【思考题】

1. 什么叫市场细分？它有什么重要的作用？
2. 市场细分的基本要求是什么？
3. 市场细分的基本程序是什么？
4. 消费品市场细分的基础是什么？
5. 工业品市场细分的基础是什么？
6. 企业在市场细分的基础上，有哪些不同的目标市场策略？

【学习自测题】

一、名词解释

1. 市场细分
2. 市场定位

二、选择题

1. 生活消费品市场的细分变量主要有地理环境，人口状况，消费者心理，购买行为四类，其中使用习惯属于（　　　）。

　　A. 购买行为　　　　B. 人口状况　　　　C. 消费者心理　　　　D. 地理环境

2. 将许多过于狭小的市场组合起来，以便利用较低的价格去满足这一市场较广的需求。这种市场细分战略叫做（　　　）战略。

　　A. 超细分　　　　B. 反市场细分　　　　C. 地理细分　　　　D. 多数谬误

3. （　　　）是市场细分的条件之一。

　　A. 竞争性　　　　B. 可衡量性　　　　C. 效益性　　　　D. 适应性

4. 生产资料市场细分标准，除使用生活资料市场细分标准外，还要根据生产资料的特点，补充标准之一是（　　　）。

　　A. 生活方式　　　　B. 气候　　　　C. 消费者心理　　　　D. 用户的规模

5. 处于（　　）的产品，可采用无差异性的目标市场营销策略。

　　A. 成长期　　　　　B. 衰退期　　　　　C. 导入期　　　　　D. 成熟期

6. 差异性市场营销战略的最主要优点是（　　）。

　　A. 节省生产成本的营销费用

　　B. 适应市场需要、扩大销售

　　C. 有利于提供商业信息

　　D. 有利于树立产品形象

7. 集中性市场战略尤其适合于（　　）。

　　A. 跨国公司　　　B. 大型企业　　　C. 中型企业　　　D. 小型企业

8. 同质性较高的产品，宜采用（　　）。

　　A. 产品专业化　　B. 市场专业化　　C. 无差异营销　　D. 差异性营销

9. 市场定位是（　　）在细分市场中的位置。

　　A. 塑造一家企业　　　　　　　B. 塑造一种产品

　　C. 确定目标市场　　　　　　　D. 分析竞争对手

三、简答题

1. 市场细分有什么作用？

2. 选择目标市场应考虑哪些因素？

四、论述题

1. 什么样的市场不需要细分？

2. 假如你是某零售企业的经理，你如何确定企业的目标市场？

五、案例分析题

巨人公司多元化的失败

位于珠海的巨人公司，曾经是中国民营高科技公司的一面旗帜。它抓住了国内计算机科技发展的机遇，以经营巨人汉卡起家，短短几年，即成为 20 世纪 90 年代初与联想、四通等齐名的大公司。

然而，随着计算机市场的竞争日趋激烈，该公司转向营养保健品市场，生产和经营巨人脑黄金、巨不肥等，结果不很成功。同时涉足高风险的房地产业，投巨资在珠海兴建 70 多层的巨人大厦，最终，此工程半途而废，庞大的巨人公司也被拖垮。

分析：结合本章所学的内容，分析巨人公司多元化失败的原因。

第7章
市场营销组合 ▶▶▶

【学习目标】

- ◆ 了解市场营销组合的产生和发展。
- ◆ 理解和掌握营销组合的含义和特点。
- ◆ 了解市场营销组合的原则。
- ◆ 掌握市场营销组合的实践要点。

正确地制定出企业的市场营销战略，仅是企业营销成功的一半，因为市场营销战略要在特定时期和特定营销环境下实施与控制，是营销战略与营销策略的有机结合。此时，营销策略作为一种高超的艺术转化力，通过充分运用企业各种资源，协调企业内部各种力量，适应并影响外部营销环境，增强竞争能力，进而改变竞争双方力量对比来发挥其重要作用。从这个意义上讲，企业经营的成败，在很大程度上取决于市场营销策略的选择和组合。

▶▶▶7.1 营销组合的含义及特点

7.1.1 市场营销组合的产生与发展

1. 4P 组合

市场营销组合是现代市场营销理论体系中的一个非常重要的概念，它是和市场细分化、目标市场等概念相继产生的。40 多年来，市场营销组合随企业市场营销实践的发展而发展，其内容不断充实，其理论不断深化，特别是作为营销手段，在企业的生存与发展上或企业家的成功上，都日益发挥着显著作用。

市场营销组合的概念首先是由美国哈佛大学鲍顿（N. H. Borden）教授在 20 世纪 50 年代提出来的。当时，营销学由经济学转向工商管理领域。20 世纪 60 年代是市场营销学的兴旺发达时期，突出标志是市场态势和企业经营观念的变化，即市场态势完成了卖方市场向买方市场的转变，企业经营观念实现了由传统经营观念向新型经营观念的转变。与此相适应，营销手段也多种多样，并且十分复杂。人们为了便于分析，曾提出各种分类方法。其中，麦卡锡（E. J. McCarthy）教授的分类方法最为明确，也最为经济。他将市场营销组合概括为 4P 营销组合，具体指产品（Product）、价格（Price）、渠道（Place）、促销（Promotion）。"4P" 是市场营销组合通俗经典的简称，这样就奠定了市场营销组合在市场营销理论中的重要地位，它为企业实现营销目标提供了最优手段，即最佳综合性营销活动，也称整体市场营销。

2. 6P 组合

自 20 世纪 80 年代以来，世界经济走向滞缓发展，市场竞争日益激烈，政治和社会因素对市场营销的影响和制约越来越大。一般市场营销组合的 4P 不仅要受到企业本身资源及目标的影响，而且更受企业外部不可控因素的影响和制约。一般市场营销理论只看到外部环境对市场营销活动的影响和制约，而忽视了企业经营活动也可以影响外部环境。另外，克服一般营销观念的局限，大市场营销策略应运而生。大市场营销除了包括一般的市场营销的 4P 外，还包括另外两个 P，即权力（Power）和公共关系（Public Relations）。美国著名市场营销学教授菲利浦·科特勒给大市场营销下的定义为：为了成功地进入特定市场，在策略上必须协调地运用经济心理、政治和公共关系等手段，以取得外国或地方有关方面的合作和支持。此处所指的特定市场，主要是指壁垒森严的封闭型或保护型市场。贸易保护主义的回潮和政府干预的加强，是国际、国内贸易中大市场营销存在的客观基础。要打入这样的特定市场，除了做出较多的让步外，还必须运用大市场营销策略即 6P 组合。大市场营销概念的要点在于当代营销者日益需要借助政治力量和公共关系技巧去排除产品通往目标市场的各种障碍，取得有关方面的支持与合作，实现企业营销目标。

大市场营销理论与常规的营销理论即"4P"相比，有两个明显的特点：（1）十分注重调和企业与外部各方面的关系，以排除来自人为的（主要是政治方面的）障碍，打通产品的市场通道。这就要求企业在分析满足目标顾客需要的同时，必须研究来自各方面的阻力，制定对策，这在相当程度上依赖于公共关系工作去完成。（2）打破了传统的关于环境因素之间的分界线。也就是突破了市场营销环境是不可控因素，重新认识市场营销环境及其作用，某些环境因素可以通过企业的各种活动施加影响或运用权力疏通关系来加以改变。

3. 11P 组合

近几年来，西方企业营销管理又有了新发展。营销专家们通过剖析营销策略与营销战略的内在联系，将二者有机结合，概括出了"11P"，从而更加丰富和深化了市场营销理论的内容。

 小链接 ▶▶▶

11P 营销理论的提出

1986 年 6 月，美国著名市场营销学家菲利浦·科特勒教授提出了 11P 营销理念，即在大营销 6P 之外加上市场调研、市场细分、目标市场选择、市场定位和员工，并将产品、价格、渠道、促销称为战术 4P，将市场调研、市场细分、目标市场选择、市场定位称为战略 4P。该理论认为，企业在战术 4P 和战略 4P 的支撑下，运用权力和公共关系这2P，可以排除通往目标市场的各种障碍。

资料来源：菲利普·科特勒. 营销学导论[M]. 北京：华夏出版社，1998.

"11P"（如图7-1所示）包括大市场营销组合即6P组合（产品、价格、渠道、促销、权力、公共关系），这6P组合称为市场营销的策略，其确定得是否恰当，取决于市场营销的战略"4P"（依次为市场调研、市场细分、目标市场选择、市场定位），最后一个"P（员工）"，贯穿于企业营销活动的全过程，也是实施前面10个"P"的成功保证。

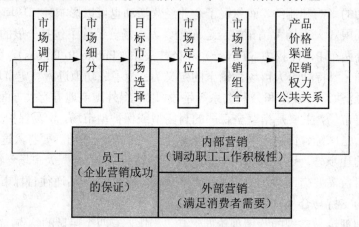

图 7-1　市场营销"11P"

综上所述，市场营销组合作为现代市场营销理论中的一个重要概念，在其发展过程中，营销组合因素即P的数目有增加的趋势，但传统的4P理论仍然是基础。

4. 4C 组合

20世纪90年代，美国市场学家罗伯特·劳特伯恩提出了以"4C"为主要内容的作为企业营销策略的市场营销组合（4C理论），即针对产品策略，提出应更关注顾客的需求与欲望；针对价格策略，提出应重点考虑顾客为得到某项商品或服务所愿意付出的代价；并强调促销过程应用是一个与顾客保持双向沟通的过程。4C与4P的对比如表7-1所示。

表 7-1　4C 与 4P 的对比

卖方立场：4P	买方立场：4C
产品（Product）	顾客需求与欲望（Customer Needs and Wants）
价格（Price）	购买成本（Cost to Customers）
渠道（Place）	便利（Convenience）
促销（Promotion）	沟通（Communication）

这种变化背后隐藏着这样一个事实：企业的市场营销行为将更多地从站在卖方角度的"4P"向站在买方角度的"4C"转化。新的市场营销组合策略认为，先把产品搁到一边，

赶紧研究消费者的欲望和需求，不要再卖公司所能生产的产品，而要卖客户想要购买的产品；暂时放弃主观的定价策略，公司应了解消费者为满足其需求所需付出的成本；公司还应放弃已成定式的渠道策略，而应优先考虑如何向消费者提供便利以购得商品；最后，用沟通来代替促销，这是 20 世纪 90 年代市场营销的新的发展。可以这样预言，未来市场上的赢家将是那些能够站在客户的角度，为客户提供更多满意或超越客户满意的企业。这也是市场营销组合新理论的真谛所在。

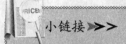

小链接 ▶▶▶

3R 营销

3R 营销指客户维持（Retention）、多重销售（Relation Sales）、客户介绍（Referrals）。

20 世纪 90 年代初，美国哈佛大学的两位教授根据服务性企业的数据，研究了企业的市场份额与利润的关系，发现市场份额对利润并没有太大的影响，而顾客忠诚度较高的服务性企业更能盈利。他们认为，服务性企业应采用 3R 营销策略。1994 年，哈佛的赫斯凯特（Jamew L.Heskett）等教授，在前人研究的基础上，提出了服务利润链管理理论。

资料来源：胡泳. 像贝克汉姆一样营销[M]. 北京：中国社会科学出版社，2004.

7.1.2 市场营销组合的含义和特点

1. 市场营销组合的含义

市场营销组合是指企业在选定的目标市场上，综合考虑环境、能力、竞争状况对企业自身可以控制的因素，加以最佳组合和运用，以完成企业的目的与任务。

市场营销组合这个概念有其深刻的内涵和外延，它的产生、发展和应用，更加丰富和完善了市场营销理论的内容，故可以从以下方面理解。

（1）市场营销组合的实质是综合发挥企业的相对优势，从多方面做到"适销对路"，以满足消费者的整体需求，从而提高企业效益和社会效益。

（2）市场营销组合表现为特定时期向特定市场销售特定的商品，这个"特定"指某一具体的范畴。

（3）市场营销组合是竞争策略的组合。激烈的市场竞争，使企业为实现自己的营销目标，必须以富有竞争性的营销战略和营销策略去满足竞争者尚未满足或尚未充分满足的消费者需求，以减少竞争对手的威胁，赢得顾客和占领市场，这就要求市场营销组合必须更能适应竞争市场的需要。

2. 市场营销组合的特点

1）市场营销组合的可控性

市场营销组合中的四个因素（4P）是企业可以控制的。换言之，企业可根据市场的需要，决定自己的产品结构，制定产品价格，选择分销渠道和促销手段，使它们组成最佳组合。当然，必须承认，可控因素随时受到各种不可控的外部因素影响。所以在实际运用时，要善于适应不可控因素的变化，灵活地调整内部可控因素。

2）市场营销组合的动态性

市场营销组合是一个动态组合，是一个变量。市场营销组合中的每一个因素都是一个变数，不断变化，同时又相互影响，每个因素是另一个因素的潜在替代者。同时在四大变数中，又包含着若干个小的变量，每个变数的变动，都会引起整个营销组合的变化，形成一个新的组合。

3）市场营销组合的复杂性

市场营销组合是一个复合结构，4P 中的每一个因素，本身又包含若干二级因素，在这个基础上，组成各个框架的二级组合。例如，产品策略是一个组合因素，而这个因素又可以划分为品种、质量、功能、式样、品牌、商标、服务、交货、退货条件等若干个二级因素。各个二级因素又分为若干个三级组合因素，例如，促销策略的二级因素有广告，广告又可以划分为各种不同的广告形式，如电视广告、广播广告、报纸广告、路牌广告等。因此，营销组合是一个多层次的复合结构。企业在确立营销组合时首先应求得四个框架之间的最佳搭配，其次更要注意每个框内的合理搭配，使所有的因素达到最有效的组合。

4）市场营销组合的整体性

在企业营销活动中，营销组合的四大策略运用得当，所形成的整体营销合力大于四个策略单个运用的效力之和，这就是系统的整体作用。因此，企业营销效益的优劣，在很大程度上取决于市场营销组合策略整体优势。

▶▶▶7.2　营销组合的原则与实践要点

7.2.1　营销组合的原则

为更好地发挥市场营销组合的上述作用，在具体运用时必须遵循下列原则。

1. 目标性

营销组合首先要有目标性，即制定市场营销组合时，要有明确的目标市场，同时要求市场营销组合中的各个因素都围绕着这个目标市场进行最优组合。

2. 协调性

协调性指协调市场营销组合中各个因素，使其有机地联系起来，同步配套地组合起来，以最佳的匹配状态，为实现整体营销目标服务。可根据要素的相互关联作用组合得当和谐一致。

在组合方案中，也可以重点选择几个因素进行组合搭配，如产品质量和价格的关系直接关系到市场营销组合整体策略的优劣，将二者进行多方案选优，可以组成 9 种不同的组合策略方案，如表 7-2 所示。企业可据此进行知己知彼的分析，包括竞争对手组合策略分析，本企业资源、技术、设备等情况分析，切实推行价值工程，进而达到预期营销目标。又如耗资大的广告与较高售价的商品组合，就利用了较高的商品价格来弥补广告的较大耗费。

表 7-2　9 种不同的组合策略方案

质量 ＼ 价格	高	中	低
高	A	D	G
中	B	E	H
低	C	F	I

3. 经济性

经济性即组合的杠杆作用原则。主要考虑组合的要素对销售的促进作用，这是优化组合的特点。图 7-2 为销售量响应曲线，可说明这个原则。

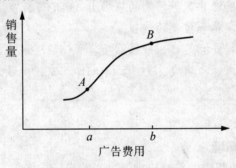

图 7-2　销售量响应曲线

由图 7-2 可知，当广告费用开始增加时，对销售影响不大，当广告费用增加到 a 点后，销售量增长很快；广告费用继续增加到 b 点后，销售量趋于一个常数。若要发挥广告宣传对销售量的杠杆作用，在组合中就应考虑销售量和广告费用的这种关系：在它们处于曲线 AB 段时，采用增加广告费用的组合，若它们的关系处于曲线 AB 段以外，就要考虑其他要素了。其他要素与销售量的关系曲线都类似于图中的曲线。

4. 反馈性

从营销环境的变化到企业营销组合的变化，要依靠及时反馈的市场信息。信息反馈及时，反馈效应好，就可随营销环境变化，及时重新对原市场营销组合进行反思、调整，进而确定新的适应市场和消费者需求的组合模式。

7.2.2　营销组合的实践要点

市场营销组合应用中应注意处理好以下关系。

1. 营销组合策略与营销战略

在市场营销组合的执行过程中，非常明显地体现出营销组合策略与营销战略相辅相成，

并有机结合的关系。

市场营销组合不仅是市场营销战略的组成部分，而且是市场营销战略的基础和核心。处理好二者之间的关系，关系到企业营销的成败。因此，营销组合在具体执行过程中，遵循目标性、协调性、经济性、反馈性原则，还要经常修订短期策略目标，以加强和完善最基本的营销战略。只要营销组合策略保持在营销战略目标的限度内，则可以认为是可行的，但若未达到预期效果，企业就必须重新评价这一营销组合策略在整体营销战略中是否恰当，甚至营销战略制定得是否正确，而不能只停留在个别策略的调整上。

小链接 >>>

市场营销战略（Marketing Strategy）是企业市场营销部门根据战略规划，在综合考虑外部市场机会及内部资源状况等因素的基础上，确定目标市场，选择相应的市场营销策略组合，并予以有效实施和控制的过程。

市场营销总战略包括产品策略、价格策略、营销渠道策略、促销策略等。

资料来源：肖丽，朱妹，朱凌. 战略营销[M]. 北京：电子工业出版社，2003.

2. 营销组合与营销环境

当前，营销环境对企业营销的影响已由通过影响目标市场需求进而间接影响企业的市场营销组合发展为直接制约企业的市场营销组合，所以，企业在选择市场营销组合时，必须把营销环境看做一个重要因素。为此，要进一步明确营销环境与营销组合的关系，才能在二者的动态协调中，把握住企业生存和发展的主动权。

（1）同一性。营销组合与营销环境均为企业营销的可变因素，共同对企业的营销活动产生作用和影响。

（2）营销环境对市场营销组合的制约性。企业作为一个开放的组织系统，与外部营销环境发生着各种各样的错综复杂的联系。其营销活动必然受到营销环境的影响和制约并表现为多种渠道和多种形式。具体表现在对企业营销目标、营销战略、营销策略等方面的影响。

（3）市场营销组合对营销环境的适应性。由于营销组合的可控性和营销环境的不可控性，并且二者均处在动态变化之中，特别是在变化的速度上，后者的变化大大快于前者，这就决定了企业必须随营销环境的变化及时调整市场营销组合，以求得与营销环境的适应和协调。值得注意的是，不能满足营销组合和营销环境在一定时期的相适应，必须预测未来若干年营销环境的变化趋势，并据此制定长期营销战略和策略。由此可见，企业的营销活动过程实质上是企业适应环境变化，并对变化着的环境不断做出新的反应的动态过程。

（4）市场营销组合对营销环境的主动性。营销是一种能动性很强的活动，企业运用营销组合并不是消极被动地适应环境的变化的，而是积极主动地影响营销环境的。面对变化莫测的营销环境，企业时时在观察和识别由于环境变化给企业带来的"市场机会"或构成的"环境威胁"，并善于把营销环境的变化作为难得的良机，灵活地加以运用，也就是将市场机会变为企业机会。这就不但使企业的市场营销组合适应营销环境的变化，而且要在一定程度上去选择环境、改造环境，对变化着的营销环境给予影响，这就使营销组合有了更大的灵活性和主动性。

3. 市场营销组合与市场细分、目标市场、市场定位

市场营销组合在其发展过程中，是与市场细分、目标市场、市场定位等重要概念相适应而产生的。

市场营销组合与市场细分构成制定营销策略组合的最基本方法。市场细分的目的在于探索市场机会，确定企业的目标市场。市场营销组合的目的在于艺术地使用有效手段去实现目标市场。因此，市场细分是对营销客观条件的分析，市场营销组合则是对营销工作如何发挥主观能动性的研究。

市场营销组合与目标市场共同构成企业市场营销战略的主体，其中目标市场是中心。以目标市场为中心，满足其需求，为其服务是企业一切营销活动的出发点和归宿，市场营销组合也如此。

市场营销组合受企业的市场定位所制约。由此可见，上述四个因素之间的关系为：市场细分→目标市场→市场定位→市场营销组合。

由于目标市场始终处于中心位置，故有必要深入分析目标市场营销组合的影响。

一个适当的市场营销组合的性质，实质上是由目标市场的需要所决定的。因此，企业有必要分析和充分了解目标顾客的需要、态度及其他方面的条件，以便在外部营销环境的制约下，迅速地规划合理的营销组合。

（1）潜在顾客的所在地和人口方面的特点，影响目标市场的潜力大小，影响渠道策略，即确定产品在什么地方可以买到；影响促销策略，即在什么地方对谁进行促销。

（2）消费模式和购买行为特点、影响产品因素，具体指在产品设计、包装、产品线等方面影响促销策略，即如何迎合潜在顾客的物质需要和心理需要，投其所好。

（3）潜在顾客需要的迫切程度及比较、选购商品的意愿影响渠道策略，即渠道的长短、宽窄、直接或间接；服务标准及便利购买与否，影响价格即顾客愿意支付的价格。

（4）市场的竞争特点，也将影响着市场营销组合的各个方面。

4. 市场营销组合与产品生命周期

产品生命周期的不同阶段由于特征不同，所采取的市场营销组合策略也不同，二者的对应关系如表 7-3 所示。

产品从面世到被市场淘汰的整个过程决定着企业在不同阶段采用不同的营销组合策略，但营销组合策略也不是消极被动的。以广告策略为例，在一定的条件下，人们可以根据广告活动规律，改变产品生命周期状况，充分发挥广告的反作用。例如在产品的衰退期，广告宣传显然只是为了消除存货，为了"安全撤退"，但长沙起重机厂就是通过市场调研，大胆采用独特的广告宣传，成功地延长了一种老产品的生命周期。他们通过调研了解到全国同行业均生产的 CD 型电动葫芦，在设计方面有一些先天不足，用户不大信任，而 TV 型电动葫芦

虽是老产品，外形不够美观，成本高，但安全可靠，过载能力大，使用寿命长，维修方便。他们大胆上马生产这一老产品，对此老产品的推销，一般广告策略难以奏效，他们采用广种薄收的宣传策略：一是争取那些追忆和信任这一老产品的用户，二是争取某些暂存顾虑的用户。结果延长了这一老产品的生命周期，独家生产，供不应求，同时在全国范围内的市场上，避开竞争优势，重新确定目标市场，大张旗鼓地进行广泛宣传，并选择有利时机，集中刊登广告，收效极为明显。

表 7-3　市场营销组合与产品生命周期对应关系

生命周期阶段 营销组合因素	引入期	成长期	成熟期	衰退期
产品	取得用户对产品的了解	保证质量加强服务	改进质量，扩大用途，力创名牌	改造产品或淘汰产品
价格	按新产品定价	适当调价	充分考虑竞争价格	削价
渠道	寻找合适的中间商	逐步扩大销售渠道	充分利用各种渠道	充分利用中间商
促销	介绍产品	宣传产品品牌	宣传用户好评	保持用户对产品的信誉

5. 市场营销组合与供求状况

针对市场供求关系的变化，企业也必须选择相应的市场营销组合策略。当市场态势是卖方市场时，组合策略侧重于产品策略。当进入买方市场时，开始出现供过于求，组合策略重点开始向价格与促销过渡。当完全供过于求时，即开始进入消费者主导市场时，制定组合策略的目标在于尽力使潜在顾客转化为显在顾客，促使其实现购买行为。

6. 营销组合因素与市场发展策略

采用不同的市场发展策略，需要有不同的营销组合方式相配合，所突出的重点也不同，二者之间的对应关系如表 7-4 所示。

表 7-4　营销组合因素与市场发展策略之间的对应关系

产品 市场	现有产品	新产品
现有市场	市场渗透（价格、促销）	产品开发（产品、促销）
新市场	市场开发（渠道、促销）	多角化经营（产品、渠道、促销）

7. 市场营销组合与消费者状态

当营销组合是针对消费者状态即消费者购买决策形成过程的不同阶段时，要注意如图 7-3 所表示的这些作用特征。当消费者的状态从注意向推广阶段发展过程中，广告的作用是下降的趋势，产品的作用却越来越强，而价格的作用在中间的阶段最为突出，这就为企业在消费者状态的不同阶段选择不同的策略组合方案提供了依据。消费者购买决策的形成，是多种因素综合作用的结果。现在强调的是营销组合中产品、广告、价格三个因素所起的作用，以及它们在消费者购买决策形成不同阶段发挥作用程度上的差别，进而导致活动效果的差异。这就提出了一个值得注意的问题：如何使不同的营销手段或营销组合策略与消费者购买决策过程不同阶段相配合，以取得事半功倍的效果。这样，企业就可以在消费者购买决策和购买行为形成的每一个阶段施加相应的策略组合影响，以增强营销组合之间的针对性、协调性，减少盲目性。

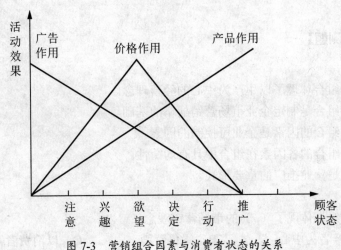

图 7-3　营销组合因素与消费者状态的关系

【本章小结】

　　市场营销组合是现代市场营销理论体系中的一个非常重要的概念，它是和市场细分化、目标市场等概念相继产生的。

　　市场营销组合是指企业在选定的目标市场上，综合考虑环境、能力、竞争状况对企业自身可以控制的因素，加以最佳组合和运用，以完成企业的目的与任务。市场营销组合具有可控性、动态性、复杂性、整体性的特点。

　　为更好地发挥市场营销组合的作用，在具体运用时必须遵循目标性、协调性、经济性和反馈性原则。市场营销组合在应用中应注意处理好以下关系：

　　（1）营销组合策略与营销战略。

　　（2）营销组合与营销环境。

　　（3）市场营销组合与市场细分、目标市场、市场定位。

　　（4）市场营销组合与产品生命周期。

　　（5）市场营销组合与供求状况。

　　（6）营销组合因素与市场发展策略。

　　（7）市场营销组合与消费者状态。

【思考题】

　　1．如何理解市场营销组合的含义？

2．市场营销组合有哪些特点？

3．市场营销组合要遵循哪些原则？

4．市场营销组合的实践要点有哪些？

5．如何看待市场营销组合与营销环境二者的关系？

6．市场营销组合与产品生命周期对应关系是怎样的？

 【学习自测题】

一、判断题

1．市场营销组合体现了以生产为中心的经营理念。 （ ）

2．市场营销组合是制定企业市场营销战略的基础。 （ ）

3．市场营销组合的因素是企业可控制的因素。 （ ）

4．市场营销组合的各因素在组合中具有均衡性。 （ ）

5．新闻报道是营业推广的重要形式。 （ ）

二、选择题

1．市场营销组合体现了（ ）的市场营销观念。

A．以生产者为中心　　　B．绿色营销　　　C．以消费者需求为中心

D．以经济效益为中心　　　E．社会营销

2．市场营销组合是将（ ）、（ ）、（ ）、（ ）进行最佳组合，使它们互相配合，产生一种协同作战的综合作用。

A．产品策略　　　B．营销策略　　　C．促销策略

D．定价策略　　　E．分销渠道策略

三、简答题

1．市场营销组合有什么作用？

2．简述市场营销组合的特点。

四、论述题

1．请运用市场营销组合理论解决某商店产品质量与价格的组合问题。

2．市场营销四大因素的科学合理组合，其整体功能要大于各局部功能之和。试析其中道理。

五、案例分析题

宝马汽车公司的营销组合

20世纪90年代，日本、欧洲等国家的汽车制造业都发展缓慢，全球汽车行业进入了调整阶段。汽车行业需要新的经济增长点，于是，宝马公司将目标定在了亚洲。

1．产品策略

宝马公司试图吸引新一代寻求经济和社会地位成功的亚洲商人。宝马的产品定位是：最完美的驾驶工具。宝马要传递给顾客创新、动力、美感的品牌魅力。这个诉求的三大支持是：设计、动力和科技。

2．定价策略

宝马的目标在追求成功的高价政策，以高于其他大众车的价格出现。宝马公司认为，宝马制定高价策略是因为高价意味着宝马汽车的高品质，高价也意味着宝马品牌的地位和声望，高价表示了宝马品牌与竞争品牌相比具有的专用性和独特性，高价更显示出车主的社会成就。总之，宝马的高价策略是以公司拥有的优于其他厂商品牌的优质产品和完善的服务特性，以及宝马品牌象征的价值为基础的。宝马汽车的价格比同类汽车一般要高出 10%～20%。

3．渠道策略

宝马公司早于 1985 年在新加坡成立了亚太地区，负责新加坡、中国香港、中国台湾、韩国等分支机构的销售事务。

在销售方式上，宝马公司采取直销的方式。宝马是独特、个性化且技术领先的品牌，宝马锁定的顾客并非是大众化汽车市场，因此，必须采用细致的、个性化的手段，用直接、有效的方式把信息传递给顾客。

4．促销策略

宝马公司的促销策略并不急功近利地以销售量的提高为目的，而是考虑到促销活动一定要达到如下目标：成功地把宝马的品位融入潜在顾客中；加强顾客与宝马之间的感情连接；在宝马的整体形象的基础上，完善宝马产品与服务的组合；向顾客提供详尽的产品信息。最终，通过各种促销方式使宝马能够有和顾客直接接触的机会，相互沟通信息，树立起良好的品牌形象。

问题：

宝马公司的营销组合策略是如何有机统一在一起的？

第 8 章
产品策略 ▶▶▶

【学习目标】

◆ 理解产品和新产品的内涵。

◆ 掌握产品寿命周期理论。

◆ 了解新产品开发的意义及其开发过程。

◆ 了解如何对老产品进行淘汰。

◆ 了解产品组合的含义及如何形成最佳的产品组合。

◆ 掌握产品生命周期的概念。

◆ 认识产品生命周期不同阶段的主要策略。

◆ 了解品牌策略与包装策略的内容及其应用。

产品是市场营销诸因素中最重要的因素。因为产品是营销活动的中间媒体，通过它才能使生产者和消费者双方实现交换的目标。消费者的需要必须通过对各种产品或各项服务的消费来满足；企业只有提供满足顾客需要的产品和服务并使消费者满意，才能实现获取利润的目标。在竞争日益激烈的市场上，在有支付能力的需求与竞争优势之间建立一种平衡态势的产品策略相当关键，而且产品策略也是制定其他营销策略（价格策略、分销策略、促销策略）的基础，所以认真研究并制定有效的产品策略是企业生存发展的根本所在。

▶▶▶8.1 产品概述

8.1.1 产品的基本内涵

1. 产品

对于产品的含义，人们有各种不太相同的看法，最为一般的是从狭义、广义两个角度来予以阐述。

（1）狭义的产品是指生产者通过生产劳动而生产出来的、用于满足消费者需要的有形实体。这一概念强调产品是有形的物品，在生产观念盛行的时代极为流行。基于此狭义认识，生产者可能只关注于产品的物质特征及生产成本，而消费者则关心通过产品实体的消费来满足某种需要。在生产力高度发展、商品日益丰富、市场竞争十分激烈的现代市场环境下，狭义、传统的产品概念已不能适应需要了。

（2）广义的产品不仅指基本的产品实体这一物质属性，还包括产品的价格、包装、服务、交货期、品牌、商标、企业信誉、广告宣传等一系列有形或无形的特质。广义的产品是从满足消费者需要出发的，是为顾客提供某种预期效益而设计的物质属性、服务和各种标记的组合，是适应现代市场经济发展的要求的。基于以上认识，我们将产品定义为：产品是能够提供给市场以引起人们注意，让人们获取、使用或消费，从而满足人们某种欲望或需要的一切东西。这里的产品具有以下两种形态：

① 实体产品（有形产品），呈现在市场上具有一定的物质形态，如面包、衣服、汽车、房屋等。

② 软体产品（无形产品），指各种劳务或销售服务，如运输、通信、保险等劳务以及产品的送货服务、维修服务等。

2. 产品的三个层次

从市场营销学的角度出发，产品的概念是一个整体概念。产品的整体概念是由三个层次的产品所构成的，它们之间的关系如图 8-1 所示。

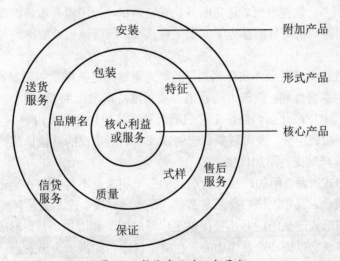

图 8-1　整体产品的三个层次

（1）核心产品。也叫实质产品，是指产品能给购买者带来的基本利益和效用，即产品的使用价值，是构成产品最本质的核心部分。

消费者购买某种产品，并不是为了获得产品的本身，为了占有该种产品，而是通过对产品的消费来满足某种需要。人们购买产品的目的都是为了实现自己的需求。某一种产品以自己的物质形态存在着，但在实质上是为了满足消费者欲望而提供的一种服务。营销人员的任务是从满足消费者的需求出发，揭示出消费者购买每一种产品的真正目的。

（2）形式产品。指消费者需要的产品实体的具体外观，是核心产品的表现形式，是向

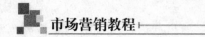

市场提供的实体和劳务可以为顾客识别的面貌特征。

形式产品有五个基本特征：

① 质量水平。指产品实体满足消费者需要的可靠程度，是可以用技术参数表现的产品内在本质水平，如水泥的型号表示它能够达到的强度。

② 特征。满足某种需求的产品应该是多种多样、各具特色的，这样才能适合不同层次、不同爱好的顾客的需要。

③ 式样。指物质产品的外观形状、款式，或无形产品如服务的不同表现形式。以出租汽车服务为例，可有日夜服务、事先预约、电话随时要车等多种。

④ 品牌名称。即产品和劳务的名称和标志，如"太太"是一种口服液的品牌名称，"EMS"是一种邮政特快专递业务的名称。

⑤ 包装。是物质产品的盛装容器及装饰。

以上五个特征，物质产品都具备，而服务也具有相类似的特征，可能具备其中的部分或全部特点。

形式产品是呈现在市场上可以为顾客所识别的，因此它是消费者选购商品的直观依据。产品的基本效用必须通过形式产品有效地实现，才能更好地满足消费者的需要。

（3）附加产品。指消费者购买产品时所能得到的附加服务和附加利益的总和。比如，购买计算机产品，获得的不仅仅是计算机本身，即主机、终端、存贮设备、打印设备等硬件，而且得到使用说明书、软件系统、送货服务、安装调试、程序设计服务、维修服务以及保证等。因为消费者实施购买的目的是为了满足某种需要，因而他们希望得到与满足这一需要有关的一切。

只有向消费者提供具有更多实际利益、能更完美地满足其需要的附加产品，企业才能在日益激烈的竞争中赢得胜利。美国市场营销专家莱维特指出："现代竞争的关键，并不在于各家公司在其工厂中生产什么，而在于它们能为其产品增加些什么内容——如包装、服务、广告、用户咨询、融资信贷、及时送货、仓储以及人们所重视的其他价值。每一公司应寻求有效的途径，为其产品提供附加价值。"

核心产品、形式产品、附加产品作为产品的三个层次是不可分割和紧密相连的，它们构成了产品的整体概念。其中，核心产品是基础，是本质；核心产品必须转变为形式产品才能得到实现；在提供形式产品的同时还要提供更广泛的服务和附加利益，形成附加产品。由此可见，产品的整体概念以核心产品为中心，也就是以顾客的需求为出发点。企业在充分考虑消费者需要的前提下，做出实现这一需要的产品决策，将核心产品转变为形式产品，并在此基础上附加多种利益，进一步满足消费者的需要。一个产品的价值大小，是由顾客决定的，而不是由企业决定的。

8.1.2　产品分类

在市场营销中，要根据不同产品制定不同的营销策略。要科学地制定有效的营销策略，就必须对产品进行科学的分类。产品的分类有多种方法，前文也已有所涉及。这里只介绍其中的一种，即按照产品的实质性和耐用性对产品进行分类。

产品的实质性是指产品是否为物质实体，即有形与否，以此区分，产品有实物产品和服务产品两类；产品的耐用性是指产品的耐用程度，由此产品可分为耐用品和非耐用品。两者结合起来，就可将产品分为以下三大类。

1. 耐用品

耐用品是有形的实体物品，并且可以较长时间地使用，如空调、机床、服装等。对于耐用品来说，企业一般需要更多地采用人员推销方式和提供多种服务和保证，如维修、送货服务及分期付款等。同时，企业由于投资较大，也应当有较高的利润。

2. 非耐用品

非耐用品也是有形的实体物品，通常只能使用一次或数次，如肥皂、香烟、啤酒、糖果等。这类产品消费速度快，购买频率高，因而企业必须广设零售网点，使消费者能在许多地方很方便地购买到所需的非耐用品。企业还应薄利多销，并大力做广告，以吸引消费者试用并形成偏好。

3. 服务

服务是非物质实体产品，是为出售而提供的活动、利益和满足。也就是说，一项服务是一方能够向另一方提供的任何一项活动或利益，它本质上是无形的，并且不产生对任何物品的所有权问题，它的生产可能与实际产品有关，也可能无关。

▶▶▶8.2　产品组合策略

8.2.1　产品组合的内涵

现代企业为了满足目标市场的需要，扩大销售，分散风险，增加利润，往往生产经营多种产品。但是，企业所生产经营的产品并非多多益善，而是需要对产品组合进行认真的研究和选择。

所谓产品组合，也称为产品花色与品种配合，是指一个企业生产经营的所有产品线和产品品种的组合方式，即全部产品的结构。其中，产品线是指密切相关的一组产品，这些产品能满足类似的需要或必须在一起使用，销售给同类顾客群，而且经由同样的渠道销售出去，销售价格在一定幅度内变动。在产品目录上所列出的每一个产品都是一个产品品种，具有上述密切相关性的产品品种就组成了产品线。

要研究产品组合，可从产品组合的三个要素入手。产品组合主要有三个变化因素：广度、长度和关联性。

（1）产品组合的广度，是指企业内有多少条不同的产品线。如果一家企业拥有牙膏、肥皂、洗涤剂、除臭剂 4 条产品线，则其产品组合的广度是 4 条产品线。

（2）产品组合的长度，是指每一条产品线上平均拥有的产品品种数。如果上述企业产品组合中一共拥有 22 个产品品种（总长度），那么产品线的平均长度就是总长度除以产品线数：22÷4=5.5。这就是说，该企业每一条产品线上平均拥有 5.5 个品种。实际上，每一条产品线的长度当然各不相同，比如牙膏有 8 种，肥皂有 6 种，洗涤剂有 5 种，除臭剂有 3 种。

（3）产品组合的关联性则是指各条产品线在最终用途、生产条件、分销渠道等方面相互关联的程度。像上面的 4 条产品线都是通过类似分销渠道销售的非耐用消费品，因而产品组合的关联性较大；如果某公司同时生产精密机床和化妆品，则这两条产品线的关联性就很小。

企业产品组合选择和评价的依据是：有利于促进销售和增加企业的总利润。上述产品组合的三个要素对促进销售、增加盈利有直接效果。一般来说，拓展产品组合的广度，即增加产品线、扩大业务范围、实行一体化或多角化经营，可以充分利用企业的各项资源，发挥企业优势，开拓新的市场，提高经济效益；延长产品线，增加产品品种，使各产品线具有更多规格、花色丰富的产品，可以适应更加广泛的消费者需要，吸引顾客，扩大总的销售量；提高产品组合的关联性，可以增强企业的市场地位，充分发挥企业的技术、生产和销售能力。

8.2.2　产品组合的分析

由于市场需求和竞争形势的变化，产品组合中的每个产品必然会在变化的市场环境下发生分化，一部分产品获得较快的成长，一部分产品继续取得较高的利润，也有一部分产品趋于衰退。为此，企业需要经常分析产品组合中各个产品品种销售成长的现状及发展趋势，以做出开发新产品、改进名产品和淘汰衰退产品的决策，适时调整产品组合，力求达到一种动态的最佳产品组合。

对产品组合进行分析，首先要对产品组合中现有的产品线的状况进行分析，然后要对每一条产品线中产品品种的销售、盈利情况及定位状况做出分析评价。

1. 产品线组合的评估分析方法
对产品线组合进行评价的方法有若干种，这里只介绍比较简便和常用的两种方法。
1）波士顿矩阵法
波士顿矩阵法由波士顿咨询公司（BCG）首创。如图 8-2 所示，以市场占有率为横坐标，以市场增长率为纵坐标，每一坐标从低到高分成两部分，就形成四个象限，每一个象限中可放入不同的产品线，然后加以分类评价。

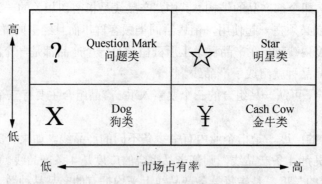

图 8-2　波士顿矩阵图

（1）问题类：这类产品线具有高的市场增长率和低的市场占有率，需要投入大量资金，以提高其市场占有率，但有较大风险，需慎重选择。

（2）明星类：这类产品线的市场占有率和市场增长率都很高，具有一定的竞争优势。但是，由于市场增长率很高，竞争激烈，为了保持优势地位需要许多资金，因而并不能为企业带来丰厚的利润。但当市场增长率放慢后，它就转变为金牛类，可为企业创造大量利润。

（3）金牛类：这类产品线有低的市场增长率和高的市场占有率，收入多利润大，是企业利润的源泉。企业常要用金牛类产品线的收入来支付账款和支持明星类、问题类和狗类产品线。

（4）狗类：这类产品线的市场增长率和市场占有率都很低，在竞争中处于劣势，是没有发展前途的，应逐步淘汰。

对产品线进行这样的分类评价后，企业可以确定产品线组合是否健康。如果问题类和狗类产品线较多，而明星类和金牛类较少，则应当对不合理的组合进行调整：那些很有发展前途的问题类产品线应予以发展，努力提高其市场占有率，增强其竞争能力，使其尽快成为明星类；金牛类产品线要尽量维持其市场份额，以继续提供大量的资金收入；处境不佳、竞争力小的金牛类产品线和一些问题类、狗类产品线应实行收缩，尽量减小投资，争取短期较多的收益；没有发展前途又不能盈利的那些狗类和问题类产品线应放弃，进行清理、淘汰，以便把资金转移到更有利的产品线上。

2）GE 矩阵法

GE 矩阵法由通用电气公司（GE）首创。GE 矩阵法较之波士顿矩阵法，综合考虑了更多的重要因素，而不只局限于市场增长率和市场占有率，所以更加切合实际。

如图 8-3 所示，对每一条产品线从行业吸引力和产品线实力两方面予以衡量。行业吸引力主要根据该行业的市场规模、市场增长率、历史毛利率、竞争强度、技术要求、通货膨胀、能源要求、环境影响以及社会、政治、法律因素等加权评分得出，分为高、中、低三档。产品线实力主要根据企业该产品线的市场份额、市场增长率、产品质量、品牌信誉、分销网、促销效率、生产能力与效率、单位成本、物资供应、研究与开发实绩及管理人员等加权评分得出，分为强、中、弱三档。于是，在 GE 矩阵中有 9 个区域。

产品实力线

		强	中	弱
行业吸引力	高	①	②	③
	中	④	⑤	⑥
	低	⑦	⑧	⑨

图 8-3　GE 矩阵图

GE 矩阵可以分为三大部分：

（1）左上角部分，包括①②④三个区域，表示最强的产品线，行业吸引力和产品线实力都较好，企业应采取增加投资积极扩展的策略。

（2）左下角到右上角的对角线部分，包括③⑤⑦三个区域，表示产品线的总体吸引力处于中等状态，企业一般应维持投资保持盈利。

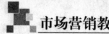

（3）右下角部分，包括⑥⑧⑨三个区域，表示总体吸引力很低的产品线，企业一般应采取收缩和放弃策略。

2. 产品线中各品种的分析评价

要实现产品组合的动态优化，不仅需要对各条产品线进行分析评价后予以调整，还要对每一条产品线中的每一个产品品种的销售、盈利情况逐一分析评价，并且还要分析产品法中产品定位与竞争者的对比情况。

1）产品品种贡献大小分析

产品线上的每一个产品品种对总销售额和利润所做的贡献是不同的（如图8-4所示）。例如，某条产品线有5个产品品种，其中，第一个品种占总销售额的50%和总利润的30%，第二个品种占总销售额的30%和利润额的30%，两者共占总销售额的80%和总利润的60%。如果这两个品种遇到激烈的竞争，整条产品线的销售额和利润额将会急剧下降。把销售高度集中于少数几个品种之上，产品线往往具有较大的脆弱性。另外，对于最后一个品种，它的销售额和利润只占到整条产品线的5%，管理者应考虑是否停止生产这一品种，以便抽出资源来加强其他品种或开发新产品。

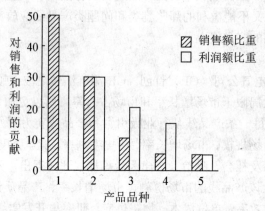

图 8-4 产品品种对产品线总销售额和利润所做的贡献

2）产品线品种定位图

产品线品种定位图是一种有效的分析工具，有助于企业了解自己的产品线与竞争者产品线的对比情况，明确竞争形势。现举例说明如下。

H 造纸公司有一纸板产品线。纸板的两大属性是纸张重量和成品质量。纸重一般分为90、120、150、180 四个级别，质量则有高、中、低三个水准。图8-5 为纸板产品线的品种定位图，表明 H 公司与 A、B、C、D 四个竞争者纸板产品线中各产品品种的定位情况。例如 A 公司的两个产品品种都为超重级，质量一个中等偏上，一个低等；H 公司在轻、中、重三个级别各有一品种，质量在低等和中等之间变动。

产品品种定位图有如下作用：

（1）它可以明确显示出互相竞争的产品品种。如 H 公司轻量级、中等质量的纸板与 D 公司的纸板相竞争，而重量级、中等质量的纸板没有直接的竞争对手。

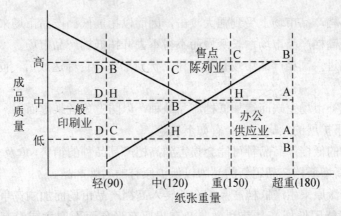

图 8-5　纸板产品线的品种定位图

（2）它能提示新产品品种的开发方向。图 8-5 中表明重量级、低质量的纸板无人生产，如果这种纸板确实有一定的市场需求，企业有能力生产并能合理定价，那么它就应积极开发这一新的产品品种。

（3）产品线品种定位图还有助于企业根据各类用户的购买兴趣和需要来识别细分市场。

H 公司的产品定位较适合于一般印刷业的需要，但其他两种只定位在办公品供应业的边界上，可见对售点陈列业、办公品供应业的满足程度较差。如果 H 公司有能力，则应考虑生产更多品种以满足这些需要。

8.2.3　产品组合策略

产品线是决定产品组合广度、长度和关联性的基本因素，动态的最优产品组合正是通过及时调整产品线来实现的，因此，对产品线的调整是产品组合策略的基础和主要组成内容。

1. 产品线扩展策略

产品线扩展是指企业把产品线延长而超出原有范围。促使产品线延长的因素有很多，包括企业生产能力过剩，推销人员和分销商希望以更为全面的产品线去满足顾客的需求，企业希望开拓新市场而谋求更高的销售量和利润等。产品线扩展策略有三种形式。

（1）向上扩展。有些企业的产品线原来只定位于低档产品，由于希望发展各档产品齐全的完全产品线，或者是受到高档产品较高的利润率和销售增长的吸引，企业会采取产品线向上扩展的决策，准备进入高档产品市场。

向上扩展可能存在如下风险：

① 那些生产高档产品的竞争者会不惜一切坚守阵地，并可能会反戈一击，向下扩展进攻低档产品市场。

② 对于一直生产低档产品的企业，顾客往往会怀疑其高档产品的质量水平。

③ 如果企业的营销人员和分销商缺乏培训和才干，则不能胜任为高档产品市场服务。

（2）向下扩展。那些生产高档产品的企业，可能决定生产低档产品，即将产品线向下扩展。企业向下扩展的理由可能有以下四种。

① 企业在高档产品市场上受到强大攻击，因而以拓展低档产品市场来反戈一击。

② 企业发现高档产品市场增长缓慢而不得不去开拓低档产品市场。

③ 企业最初进入高档产品市场是为了树立优质形象，目标达成后，向下扩展可以扩大产品市场范围。

④ 企业为填补市场空缺而增加低档产品品种，以防竞争者乘虚而入。

企业采取向下扩展的策略，也会有如下风险。

① 企业新增的低档产品品种可能会损害到高档产品品种的销售，危及企业的质量形象，所以企业最好对新增低档产品用新的品牌以保护原有的名牌产品。

② 可能会刺激原来生产低档产品的企业转入高档产品市场而加剧竞争。

③ 经销商可能因低档产品获利微薄及有损原有形象而不愿意或没有能力经营低档产品，从而企业不得不另建分销网，增加许多销售费用。

（3）双向扩展。生产中档产品的企业在市场上可能会同时向产品线的上下两个方向扩展。

2. 产品线填充策略

产品线填充策略是在现有产品线的经营范围内增加新的产品品种，从而延长产品线，所以同产品线扩展是有区别的。

采取这一策略的动机主要有：增加盈利；充分利用过剩的生产能力；满足经销商增加产品品种，以增加销售额的要求；阻止竞争者利用市场空隙而进入；企图成为领先的完全产品线的企业。

产品线的填充要避免导致新旧产品的自相残杀和在消费者中造成混乱，为此，企业要使新增品种具有显著的差异，使顾客能够区分清楚。企业还应该检查新增品种是否适合市场需要，而不可仅仅为了满足企业自身填补空隙或形成完全产品线的需要。

3. 产品线现代化策略

有的企业的产品线长度是适当的，但其产品多年以来一直是老面孔，所以必须使产品线现代化，以防被产品线较为新式的竞争对手所击败。

产品线现代化，要考虑是采取渐进式，还是一步到位。渐进式，即逐步实现现代化。它的优点是：

（1）可以使企业在全面改进产品线之前，观察和了解消费者和经销商对新式产品的喜爱情况。

（2）可以使企业耗费较少的资金。

它的主要缺点是易被竞争对手察觉到企业的行动，而采取类似的行动，也推出新式产品。

4. 产品线号召策略

企业可以在产品线中有目的地选择一个或少数几个产品品种进行特别号召，一般有以下三种情形。

（1）对产品线上低档产品品种进行特别号召，使之成为"开拓销路的廉价品"，以此吸引顾客。一旦顾客登门，推销员就会想方设法地影响并鼓动消费者购买高档产品。

（2）对优质高档产品品种进行号召，以提高产品线的等级。例如某公司的一种帽子售价高达 300 美元，无人问津，但这种帽子起到了"旗舰"的作用，提高了整条产品线的地位。

（3）当企业发现产品线上有一端销售形势良好，而另一端却有问题时，可以对动销较慢的那一端大力号召，以努力促进市场对动销较慢的产品的需求。

5. 产品线削减策略

产品线常常被延长，而增加新品种会使设计费、工程费、仓储费、促销费等费用相应上升，因此，企业可能会出现资金短缺和生产能力的不足。于是，管理层就会对产品线的盈利能力进行研究分析，从中可能发现大量亏损的产品品种，为了提高产品线的盈利能力，会将这些产品品种从产品线上削减掉。在企业中，这种产品线先延长后削减的模式将会重复多次。

▶▶▶8.3　品牌策略与包装策略

8.3.1　品牌设计的基本要求

品牌设计是一种艺术和技巧在企业经营活动中的展现，它不仅需要非常熟悉产品的特性，而且需要有较高的文字和艺术修养，有丰富的人文社会生活知识。

1. 品牌设计要简明醒目

品牌的重要作用是有助于识别商品，为此，要使人们见到后能留下深刻的印象，起到广告宣传的作用，就必须简洁明了，一目了然。在语言上，文字要精练，要易于拼读、辨认、记忆，并朗朗上口、悦耳动听；画面要色彩匀称，图案清晰，线条流畅，和谐悦目。

2. 品牌设计要构思新颖、特色鲜明

只有构思上勇于创新，才能够推出美观大方、风格独特的品牌设计，给消费者以美的享受。

3. 品牌设计要能体现企业或产品的风格

一个品牌设计不是凭空创造的，它要与企业或产品的风格相匹配，比如"花花公子"是一个很著名的品牌，但用在机床产品上就十分不妥。好的品牌设计对此要求更高，它要能充分显示企业或产品的特色，使消费者能从中认识到企业及产品的形象和特点，产生购买欲望。

4. 品牌设计要与目标市场的文化背景相适应

出口商品品牌的设计特别要注重避免使用当地忌讳的图案、符号、色彩，以及令顾客产生歧义的文字内容。我国企业在语言方面不仅要注意翻译成外文时是否会产生歧义，还要注意是否会因汉语拼音与英文混淆而产生歧义。

5. 品牌设计要切忌效仿和过分夸张

效仿他人就会缺乏新意、毫无特色；过分夸张最终是自欺欺人，都不会有好的效果。而且，

对商标来说，它是受到法律保护的，不可与别的商标雷同，否则是侵权行为，会受法律制裁。

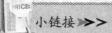小链接 ▶▶▶

品牌相关概念

（1）商标（Trade Mark）。商标是一种法律用语，是生产经营者在其生产、制造、加工、拣选或者经销的商品或服务上采用的，为了区别商品或服务来源、具有显著特征的标志，一般由文字、图形或者其组合构成。经国家核准注册的商标为"注册商标"，受法律保护。商标注册人享有商标专用权。

（2）名牌（Famous Brand）。对于名牌最通俗的理解就是知名品牌。"名牌"一词的出现先于品牌概念，它是我国特定环境下的产物。

（3）品牌识别（Brand Identity）。品牌识别是品牌营销者希望创造和保持的、能引起人们对品牌美好印象的联想物。这些联想物暗示着企业对消费者的某种承诺。品牌识别将指导品牌创建及传播的整个过程，因此必须具有一定的深度和广度。

（4）品牌定位（Brand Positioning）。品牌定位是在综合分析目标市场与竞争情况的前提下，建立一个符合原始产品的独特品牌形象，并对品牌的整体形象进行设计、传播，从而在目标消费者心中占据一个独具价值地位的过程或行动。

资料来源：唐·舒尔茨，海蒂·舒尔茨. 整合营销传播：创造企业价值的五大关键步骤[M]. 何西军，黄鹂等译. 北京：中国财经出版社，2005.

8.3.2 品牌策略

为了使品牌在市场营销中更好地发挥作用，必须采取适当的品牌策略。

1. 品牌化决策

对于一种新产品，有关品牌的第一个决策就是决定企业是否给产品建立品牌。企业为其产品设立品牌名称、品牌标志，并向有关机构注册登记取得商标专用权的业务活动，就称为品牌建立。

但是，这并不意味着，现代市场上的商品都应建立品牌。建立品牌是要付出代价的，包括设计费、制作费、注册费、广告费等，并且还要承担品牌在市场上失败的风险。因此，对某些产品使用品牌，如果对识别商品、促进销售的积极意义很小，就可能得不偿失，这时就可以不使用品牌。

可以不使用品牌的商品一般有以下几类。

（1）本身并不具有因制造商不同而形成的质量特点的商品，如电力、煤炭、木材等。

（2）习惯上不必认定品牌购买的商品，如食油、草纸等。

（3）生产简单，没有一定的技术标准，选择性不大的商品，小农具，以及品种繁多的小商品（如橡皮筋、纽扣）都属此类；临时性或一次性生产的商品。

在当今市场上存在以下两种截然不同的倾向：

（1）越来越多传统上不用品牌的商品纷纷品牌化，如食盐被特殊的容器包装以识别制造商，柑橘上贴上了种植产地。

（2）超级市场出现了无品牌产品，如卫生纸、肥皂、通心粉等。这些在食品、家庭用品等行业所出现的无品牌产品比使用品牌的产品要便宜，对消费者又很具吸引力，使品牌化受到考验。

2. 品牌归属决策

一旦决定对产品使用品牌，制造商对品牌归属就面临以下三种选择。

（1）使用制造商品牌，或称生产者品牌、全国性品牌。从传统上看，不论中外，因为产品的质量特性总是由制造商确定的，所以制造商品牌一直支配着市场，绝大多数制造商都使用自己的品牌。制造商所拥有的注册商标是一种工业产权，享有盛誉的著名商标可以租借给他人使用，但要收取一定的特许权使用费。

（2）使用经销商品牌，或称中间商品牌、私人品牌。近来，大型零售商、批发商都在发展自己的品牌，这种做法当然要付出代价，如要增加投资用于大批量订货和储备存货，要为宣传私人品牌增加广告费用，还需承担私人品牌被顾客否定的风险等。但是，由于中间商常能找到生产能力过剩的企业为其生产中间商品牌的产品，降低了生产成本和流通费用，从而能以较低售价取得较高的销售额和利润；并且，中间商有了自己的品牌，可加强对价格和制造商的控制；还能利用有限的陈列空间充分展示自己品牌的产品，因此，中间商喜欢使用自己的品牌，以增加获利。对于制造商来说，应根据品牌在市场上的声誉来决定采用制造商品牌还是中间商品牌。

（3）制造商品牌与经销商品牌混合使用。这可能有以下三种情形。

① 制造商品牌与经销商品牌同时使用，兼收两种品牌单独使用的优点。

② 制造商在部分产品上使用自己的品牌，另一部分则以批量卖给经销商，使用经销商品牌，以求既扩大销路又能建立品牌形象。

③ 为进入新的市场，先采用经销商品牌，待产品在市场上受到欢迎后改用制造商品牌。

3. 品牌质量决策

品牌的质量是使用该品牌的产品的质量，这是一个反映产品的可靠性、精确性、方便性、耐用性等属性的综合性指标，其中有些属性可以客观地予以测定，但是从营销角度来看，品牌的质量应该以消费者的感觉来测定。品牌质量决策深受产品本身制约，把握消费者对产品的感觉以及产品在市场上的地位也很重要，因此应着重抓好两方面工作：

（1）决定品牌的最初质量水平是低等、中等还是高等。

（2）随着时间的推移，对品牌质量加以管理调整。

4. 家族品牌决策

制造商在决定给产品使用自己的品牌之后，面临着进一步的抉择，即对本企业产品是分别使用不同的品牌，还是使用统一的品牌或几个品牌？一般来说，可以有以下四种选择。

（1）对各种产品分别采用不同的品牌，即个别品牌。例如上海牙膏厂有"美加净"、"黑白"、"玉叶"、"庆丰"等品牌。这种策略，能严格区分高、中、低档产品，使用户易于识别并选购自己满意的产品，而且不会因个别产品声誉不佳而影响到其他产品及整个企业的声誉；还能使企业为每个新产品寻求建立最适当的品牌名称以吸引顾客。缺点是品牌较多会影响广告效果，易被遗忘。

（2）对所有产品采用一个统一的品牌，即家族品牌。家族品牌是品牌扩展的结果。所谓品牌扩展，是指品牌可以在广泛且具有较大差异的产品领域中扩展，由此产生了家族品牌。美国通用电气公司是最好的例子。这个多年来一直位列世界500强前三甲的企业巨人从飞机引擎、广播、军事电子产品、电机、工厂自动化设备到照明设备、机车、家用设备以及财务服务等各个领域的产品及服务都使用"GE"这个品牌。

采用这一策略的好处在于能减少品牌的设计和广告费用，有利于新产品在市场上较快、较稳地立足，并能壮大企业声势，提高其知名度。不过，进行品牌扩展是需要很多前提条件的。

① 初始品牌的知名度和声誉要好，这样采用该品牌进入新领域的一开始就具有很强的优势。

② 新品牌的质量应有所保证。各种产品有相同的质量水平时，品牌扩展策略才能行之有效，否则某一产品的问题会危及整个企业的信誉。

③ 品牌内涵应该仍能适用。例如，比尔·布拉斯（Bill Blass）的名字在美国所传达的含义是高档和时髦的女装，如果将其运用到巧克力上，就没有效果了。

④ 专业知识和专有技术的可移植性。比如，法国著名的品牌"达能"能够生产好吃的饼干、牛奶，但如果说"达能"也能制造高水平的机器，可能很难会有人相信。

⑤ 消费者感觉的生产难度。如果消费者认为新产品的生产有较大难度，则既有的优势品牌的影响就大得多。索尼在几年前进入个人计算机市场时就更多地享受了这种利益，因为那时计算机被消费者看成是复杂的高科技机器，因此人们信赖有家电技术领先优势的索尼。但是现在，计算机生产越来越普及，厂商也多如牛毛，索尼的名字也许就没有那么大的价值了。

⑥ 同一品牌的新产品和旧产品在一起是否舒服。例如香奈尔的产品——服装、香水——在这个定位为高档消费市场的豪华品牌下相处融洽。

⑦ 存在市场空隙。这个市场空隙，不仅是对某种新产品，也是对某个特定品牌的产品而言的。比如对于登喜路（Dunhill）的运动夹克存在市场空间，对李维斯则不一定了。

（3）对不同类别产品使用不同的品牌。当企业生产截然不同的产品类别时，不宜使用相同的家族品牌，要予以区分。比如美国的斯威夫特公司生产肥料和火腿两类截然不同的产品，就分别使用了费哥若（Vigoro）和普瑞姆（Premium）两种品牌，这样能适当兼顾个别品牌和家族品牌的好处。

（4）将企业名称与个别品牌相结合。这是在企业各种产品的个别品牌名称之前冠以企业名称，可以使产品正统化，享受企业已有信誉，而个别品牌又可使产品各具特色。例如通用汽车公司生产的各种小轿车分别使用"别克"、"卡迪莱克"、"雪佛莱"、"庞蒂克"等品牌，而每个品牌前都另加"GM"字样，以表明是通用汽车公司产品。

5. 品牌延伸决策

品牌延伸决策是指企业尽量利用已成功的品牌来推出改进型产品或新产品。这里需要注意的是，品牌延伸和品牌扩展严格来说是两个不同的概念。前者是指在相同或相关领域介绍新产品时使用原有品牌，而后者则进入了差异较大的新的产品领域。

品牌延伸的一种情况是，某企业先推出 A 品牌的产品，然后推出新的、经过改进的 A 品牌的产品，接着又推出进一步改进、具有附加利益的 A 品牌新产品。另一种情况是，利用已获成功的品牌名称推出全新产品，比如，"本田"公司利用其著名的"本田"品牌推出了一种新型割草机。

品牌延伸策略的运用，可以使制造商节约促销新品牌所需的大量费用，而且能使新产品被消费者很快接受。若企业拥有一个强势品牌，绝对应该考虑发展和保护它在市场上的地位。品牌延伸可能有助于这一点，例如诺基亚、摩托罗拉、三星等各手机知名厂商争先将品牌延伸至新一代 3G 手机，使企业科技领先的形象得以维持和发展。但是，品牌延伸也可能因以下四种情况削弱原有品牌。

（1）品牌延伸的失败会使消费者失去对原品牌产品的信任。如果新产品质量性能等不能令用户满意，就可能影响到消费者购买用同一品牌命名的其他产品的态度。

（2）品牌延伸可能只是从原品牌抢走销售额，即"同室操戈"，使原品牌产品更加虚弱。

（3）管理时间和总的预算时间将在原产品和新产品间分配，经理和工人们的注意力分散了。他们不像以前那样集中在原品牌产品上了。

（4）零售厂商只有有限的货架空间，而每一条新的产品线都会提出额外的货架需求。零售商们可能不愿意接受该品牌的延伸产品，或只把原先分给该品牌的货架划出一部分给这些新产品，这样显然侵害到了原品牌产品的利益。

6. 多品牌决策

多品牌决策是指对同一种类产品使用两个或两个以上的品牌。制造商之所以愿意同时经营多种互相竞争的品牌，原因如下。

（1）制造商可以获得更多的货架面积，而使竞争者产品的陈列空间相对减少。

（2）提供几种品牌可以赢得品牌转换者而扩大销售，事实上大多数消费者都不会因忠诚于某品牌而对其他品牌毫不注意，他们都是不同程度的品牌转换者。

（3）通过将品牌分别定位于不同的细分市场上，每一品牌都可能吸引许多消费者。

（4）新品牌的建立会在企业内部形成激励，并促进效率的提高。不同的品牌经理们在竞争中共同进步，从而使企业产品销售业绩高涨。

然而，并不是品牌多多益善。如果每一品牌仅能占有很小的市场份额，而且没有利润率很高的品牌，那么采用多品牌对企业而言，是一种资源的浪费。

7. 品牌再定位决策

品牌再定位是指因某些市场因素的变化而对品牌进行重新定位。一般而言，当竞争者品牌定位靠近本企业的品牌并夺去部分市场，使本企业的市场份额减少之时；或者消费者的偏好发生变化，形成某种新偏好的消费群，而本企业的品牌不能满足顾客的偏好之时，企业有必要对品牌再次定位。例如"七喜"公司对"七喜"牌饮料进行重新定位，宣称"七喜"是非可乐饮料，从而大获成功。

企业在进行品牌重新定位的决策时，要认真考虑两个因素。

（1）将品牌转移到新的市场位置所需的费用，包括改变产品品质费、包装费、广告费等。重新定位离原位置距离越远，变化越大，则所需费用越高；企业改进品牌形象的必要性越大，费用也就越多。

（2）定位于新位置的品牌能获得多少收益。收益的大小取决于在这一细分市场上消费者的数量、平均购买率以及竞争者的数量和实力等因素。

8.3.3 包装策略

1. 包装设计

包装常按包装在流通中的作用进行分类，即分为运输包装和销售包装。运输包装着眼于保护商品和便于运输，而销售包装随同商品卖给消费者，着重考虑美化商品、促进销售和便于使用。包装的强大行销功能的实现，有赖于良好的包装设计。

广义的包装设计包含了产品形象的建立。设计除了力求方便、变化及有趣外，在视觉表现上还传达强而有力的商品概念、内容、风格及质感。因此，杰出的包装设计，能够在货架上散发不同凡响的魅力，让消费者动心。

1）包装设计的基本要求

包装设计作为一项技术性和艺术性很强的营销工作，应符合以下基本要求。

（1）包装要能显示商品的特色或风格，准确传递商品的信息。产品包装上的图案与文字说明要充分反映产品的各项属性，如商标、生产企业名称、规格、出厂日期、使用说明、性能特点等。

（2）包装应与商品的价值或质量水平相配合。贵重商品和艺术品的包装要烘托出商品的高雅贵重，所以包装必须精美高档。如果配以普通低档包装，会自贬商品的高价值和优质量，还会令消费者对商品产生种种不信任和怀疑。因此，对于高、中、低档商品，其包装的设计也应分为高、中、低档，互相匹配。

（3）包装的形状、结构、大小应为运输、销售、携带、保管和使用提供方便。运输包装要求大包装，销售包装要求小包装；容易开启的包装结构便于密闭式包装商品的使用，喷射式包装适合于液体、粉末、胶状商品；人们经常携带的商品，其包装应尽可能设计成带把手的，诸如此类。

（4）包装设计要求新、求美，适合消费者心理。包装设计应不落俗套、勇于创新，避免模仿、雷同；要尽量采用新材料、新图案、新造型，给消费者新鲜感。包装要讲求艺术感，给人以美的享受。

（5）包装设计中应融入实用性，增加顾客的信任感并指导消费。产品性能、使用方法和效果经常不能直观显示，需要用文字表达。包装上的文字设计应根据消费者的心理突出重点。

（6）包装设计要考虑不同年龄、不同地区、不同民族、不同宗教信仰的不同爱好及忌讳。同样的色彩、图案对不同的消费者有不同的含义。

2）包装设计的程序

包装设计是一种创作过程。企业在进行包装设计时必须仔细研究消费心理、售店展示效果、竞争状况及生活文化情况。要充分掌握市场反应，大胆创意，在不同阶段抓住关键点予以突破。

（1）包装的市场研究阶段。在这一阶段，企业要着重进行以下市场研究。

① 研究消费者的购买动机、每次的使用量及使用次数、使用场合及使用方式，消费者对此类型包装的基本认识。消费者往往会习惯性地认为同一类型的产品包装，内容物应该相类似，价格也应该一致。

② 研究销售场所及其陈列效果。引人注目的包装设计有 POP（售店广告）及促进销售的功能。销售场所货架的高低、色彩、灯光，以及陈列方式都是影响包装设计的重要因素。

③ 研究竞争对手的包装系列规划。包装设计的造型、色彩及表现质材都会影响消费者的购买欲，而畅销品牌的包装设计较为消费者所认同，并成为消费者心目中的标准。此外，竞争对手之间为占据较多的陈列空间，通常就会推出多种规格甚至多种品牌的产品，所以产品包装设计的竞争也十分激烈，应予以重视。

（2）包装材料、方式、印刷等的选择阶段。除了市场研究之外，企业有必要进一步研究使用的包装材料、方式、印刷等。基本要求是：

① 为了保护产品及方便消费者使用，应从消费者角度思考包装使用的材料及性能的设计。

② 对于产品包装方式也要认真选择。目前，填充式包装方式已可采用自动化的设备和设计，然而需要相当大的投资，同时不容易变更。如果采用其他方式，要设法提高生产效率及降低成本。

③ 产品包装的印刷条件及效果应能满足市场上基本的需求及竞争条件，若在这个过程中能有创新的构想，更有把握取得市场的竞争优势。

（3）包装设计的创作阶段。在这一阶段，又可分四步。

① 制定包装设计的创作方针，主要包括诉求对象及其对产品的动机、使用场合；商品特色，市场的发展阶段、竞争状况、售店条件、陈列方式、整体设计的风格、品味。要在包装设计上得到销售对象的认同，并考虑到商品形象的塑造。

② 依照创作方针，发掘不同的素材及构想。可以用"头脑风暴法"收集来自不同角度的看法或构想，并且不妨参考一些相关的表现作品。若自己的产品本身十分具有特色，不妨在包装上考虑直接表现产品的特色。

③ 尝试在表现中给予命名或主题。例如，以"永恒的青春"、"地中海的阳光"、"田园风光"、"水果的变奏曲"、"新一代的选择"、"神奇的魅力"等命名或作为主题，在一定范围内全力推出，表现一个鲜明的形象，从而赋予产品意义，给产品活跃的生命力，同时也给予设计人员最大的创作空间。

④ 可以用关键语来对设计思考进行延伸，如"中国唐朝风格"、"21 世纪日本新宿的

幻想"，也可用关键语来把握表现的方向。这其中，当然也包括"色彩语言"和"造型语言"，它们将使文字语言的内涵生动形象并引人注目。

（4）包装设计的测试阶段。包装设计出来以后要进行各种测试，以考察包装是否能满足各方面的要求，在正式采用前做出改进。设计人员可能在一个方向上，利用不同的素材及表现方式，创造出 3～5 种非常鲜明的主题，进行选择也依赖于各种测试。

① 工程技术性测试。测试包装在正常的运输、储存、携带等情况下的适用性，如磨损程度、变形程度、密封性能、褪色程度等。

② 视觉测试。通过各种试验确定包装的色彩与图案是否调和悦目，造型是否新颖，包装上的文字说明是否简明易读、重点突出。

③ 经销商测试。经销商希望包装引人注目并能确实保护产品，避免各种损害、污染以及平庸、雷同所造成的销售困难；而产品是要依靠经销商卖出去的，所以产品包装理应能满足经销商的要求。并且，经销商通过对商品包装陈列的比较及消费者购买特点的研究，往往对包装设计有比较全面直观的意见。

④ 消费者测试。它用来了解包装能否引起消费者的注意，是否令消费者喜爱。消费者对产品包装的要求，首先是通过包装的导引，迅速发现产品，核查产品内容；在购买后，希望能方便地打开包装，注重使用时的便利和舒适，赏心悦目的包装设计会使消费者乐于当众使用。

2. 包装策略

产品包装在市场营销中是一个强而有力的武器，因此，企业在进行包装设计时必须选择适当的包装策略。常用的包装策略有以下六种。

（1）类似包装策略。类似包装策略是指企业所生产经营的各种产品，在包装上采用相同的图案、色彩或其他共有特征，从而整个包装外形相类似，使用户容易注意到这是同一家企业生产的产品。

这种策略的主要优点是：

① 可以节省包装设计成本。

② 增加企业声势、提高企业声誉，一系列格调统一的产品包装势必会使消费者受到反复的视觉冲击而形成深刻的印象。

③ 有利于新产品上市，通过类似包装可以利用企业已有声誉，使新产品迅速在市场上占有一席之地。类似包装适用于质量水平档次类同的产品，不适于质量等级相差悬殊的产品。否则，会对高档优质产品产生不利影响，并危及企业声誉。

（2）等级包装策略。等级包装策略是指企业所生产经营的产品，按质量等级的不同实行不同的包装。把高档、中档、低档产品分别开来后，采用相应的包装，使产品的价值与包装相一致。一般产品采用普通包装，而优质高档产品要采用精美包装。

（3）综合包装策略。综合包装也称多种包装、配套包装，是指企业把应用时互相有关联的多种商品纳入一个包装容器之内，同时出售。这种策略，为消费者购买、携带、使用和保管提供了方便，又有利于企业扩大销路、推广新产品。例如工具配套箱、家用药箱、百宝箱、化妆盒等都是综合包装。

（4）再利用包装策略。再利用包装又叫多用途包装，指在用户将包装容器内的商品使用完毕后，这一包装容器还可继续利用，可能用于购买原来的产品，也可能用于他途。例如装雀巢咖啡的瓶子在咖啡用完后可以用做喝水杯，饼干桶可用来装饼干，也可装糖果，还可用来装文具杂物，等等。这种策略有助于引起用户的购买兴趣，还可能促进其重复购买，发挥广告的作用。

小链接▶▶▶

绿色包装（Green Package）又称为无公害包装和环境之友包装（Environmental Friendly Package），指对生态环境和人类健康无害，能重复使用和再生，符合可持续发展的包装。

资料来源：武军，李和平. 绿色包装[M]. 北京：中国轻工业出版社，2007.

（5）附赠品包装策略。这是目前国外市场上比较流行的包装策略，在我国市场上的运用现在也有所增多。这种策略是企业在某商品的包装容器中附加一些赠品，以吸引用户购买的兴趣。例如儿童玩具、糖果等商品包装中附赠连环画、认字卡片、粘纸；化妆品包装中附有赠券，积累若干可得不同的赠品；有些随品包装内附有奖券，中奖后获得奖品；如此等等，不胜枚举。

（6）改革包装策略。改革包装策略是指企业随着产品的更新和市场的变化，相应地改革包装设计。在现代市场经营中，商品包装的改进如同产品本身的改进一样，对市场营销有着重要的作用。如果与同类产品内在质量近似，而销路却不畅，有可能就是包装设计不受欢迎，此时应注意变换包装，推出有新意的包装，可能会创造出优良的销售业绩。同时，应在市场上多收集有关包装表现的信息，不断改进产品包装，及时采用新材料、新技术，精心设计新造型，创造新颖独特的包装来发挥包装的各种功能。

3. 包装原则

产品包装应遵循以下原则。

（1）保护产品的原则。产品包装首先应保证产品质量，保持产品数量。要根据产品的性质和特点原则选择适合的包装材料和包装技术。例如对固态、液态、易燃、贵重、笨重、精密产品显然应采用不同的包装。包装材料、强度、方法等必须适合产品的物理、化学、生物特性，保证产品不损坏、不贬值、不渗漏、不变形。

（2）便于使用的原则。为了方便消费者使用，满足不同购买者的需要，包装的容量和形状应多种多样。例如，包装的容量要考虑使产品易于携带、储存和使用。在保证包装封口严密的条件下，要求容易开启。为满足消费者的不同需要，可采用单件包装、多件包装或配套包装。还要注意尽量采用可重复使用和再生的包装器材，以利于充分利用包装材料和环保。

（3）便于运输保管和陈列原则。销售包装一般要组合成中包装和运输包装，才能适应运输和储存的需要。因此，销售包装的结构及大小应与运输包装相吻合，以便于运输和储存。在保证产品安全的前提下，通常应尽可能缩小销售包装的体积，以便于节省包装材料和运输、储存成本。不过，目前，也有不少厂家采取相反的包装策略，即故意加大销售包装。例如有的软件用远大于产品的盒子来包装，使消费者产生"盒中内容丰富，物有所值"的感觉，促进销售。

产品零售前，一般都陈列在货架上，以堆叠、悬挂、摆放等方式形成琳琅满目的商品海洋。销售包装的结构，既应方便陈列摆放，又应使消费者便于识别和选购，如采用透明包装和"开窗"包装等。

（4）美观大方的原则。产品包装的好坏，既可以反映企业的管理水平，又能体现企业管理人员的文化水平和艺术修养等。销售包装可以美化产品，起到无声广告的作用。

➤➤➤8.4　产品生命周期

8.4.1　产品生命周期的内涵

产品生命周期是指产品从进入市场到退出市场的周期化变化过程。产品的生命周期不是指产品的使用寿命，而是指产品的市场寿命。产品生命周期可以分为四个阶段，以一条曲线把它表示出来（如图 8-6 所示）。

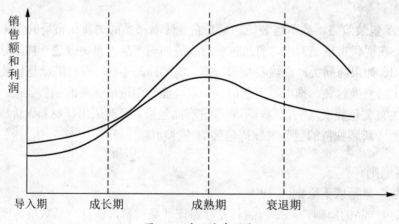

图 8-6　产品生命周期

（1）导入期：是指新产品刚进入市场的时期。往往表现为销售量增长缓慢，由于销售量小，产品的开发成本高，所以新产品在导入期只是一个成本回收的过程，利润一般是负的。

（2）成长期：是产品已开始为大批购买者所接受的时期。往往表现为销售量的急速上升。由于销售量的上升和扩大，规模效应开始显现，产品的单位成本下降，于是新产品的销售利润也就开始不断增加。

（3）成熟期：由于该产品的市场已趋于饱和，或已出现强有力的替代产品的竞争，销售量增速开始趋缓，并逐步趋于下降。由于此时产品为维持市场而投放的销售费用开始上升，产品的利润也开始随之下降。

（4）衰退期：由于消费者的兴趣转移，或替代产品已逐步开始占领市场，产品的销售量开始迅速下降，直至最终退出市场。

产品生命周期的规律是否适用于所有产品，在理论上是有争议的。有人认为，有一些产品是不存在生命周期的，如水、电、粮食等基本生活资料，从出现在市场上开始就一直为人们所消费，直至现在销售量不仅没有下降，甚至仍在上升；但也有人认为，从一个相当长的时期来看，产品生命周期的原理对任何产品都是适用的，如原来人们饮用自来水，现在人们则普遍开始饮用处理过的净水或矿泉水；未来如果太阳能能得到有效的开发，也许人们对电的消费量就会下降。所以，产品生命周期基本上对所有产品都适用，只是在不同产品上表现的形式不同。例如，有可在很长时期中延续的"平台型"生命周期，刚进入市场就马上终结的"夭折型"生命周期，也有在市场发展中销售量时起时伏的"波浪型"生命周期。不同类型的产品生命周期如图 8-7 所示。

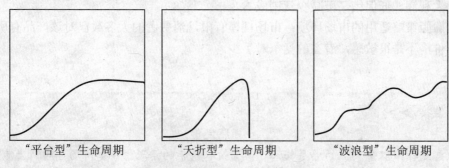

"平台型"生命周期　　　　"夭折型"生命周期　　　　"波浪型"生命周期

图 8-7　不同类型的产品生命周期

8.4.2　产品生命周期各阶段的策略

在产品生命周期的变化过程中，企业正确判断曲线上的转折点，以便区分产品生命周期的阶段，具有极其重要的意义。当然，这也是一个十分困难的问题，事先判断是很难做到的。一般可以用以下两种方法来大致划分一件产品的生命周期阶段。

（1）用类比的方法。通过相类似产品的生命周期曲线来分析推断另一产品的生命曲线走向。例如，参照黑白电视机的资料来推断彩色电视机的发展趋势；参照收录机的销售变化情况来推断立体声组合音响的销售轨迹。

（2）以各年实际销售变化率为变量的动态分布曲线来进行衡量，即计算 $\Delta y/\Delta x$ 的值，根据计算值进行各个阶段的划分。其中 Δy 表示纵坐标上销售量的增长率（变化率）；Δx 表示横坐标上时间的增长率（一般以年为单位）。根据日本有关资料的介绍，经验表明：$\Delta y/\Delta x$ >0.1 为成长期，$0.1 \leq \Delta y/\Delta x \leq 0.1$ 为成熟期；$\Delta y/\Delta x \leq 0.1$ 为衰退期。

1. 导入期的营销策略

新产品在刚刚推向市场时，销售量增长缓慢，可能是无利甚至亏损，其原因是：生产能力未全部形成，工人生产操作尚不熟练，次品、废品率高，增加了成本。加上消费者对新产品有一个认识过程，不会立刻都接受它。该阶段企业的基本策略应当是突出一个"快"字，以促使产品尽快进入成长期。具体操作上一般可选择以下几种策略。

1）快速撇脂策略

企业以高价格、高促销的方式推广新产品。高价是为了迅速使企业收回成本并获取高的利润。高促销是为了尽快打开销路，使更多的人知晓新产品的存在。高促销就是要通过各种促销手段，增强刺激强度。除了大规模的广告宣传外，也可以利用特殊手段，诱使消费者试用。例如通过赠送样品，将新产品附在老产品中免费赠送等。

快速撇脂策略适用的市场环境是：绝大部分的消费者还没有意识到该新产品，知道它的人有强烈的购买欲望而不大在乎价格，产品存在着潜在的竞争对手，企业想提高产品的声誉。

2）缓慢撇脂策略

企业以高价格、低促销的方式推广新产品。主要目的是撇取最大的利润。高价可迅速收回成本加大利润，低促销又可减少营销成本。

缓慢撇脂策略适用的市场环境：市场规模有限，消费者的大多数已对该产品有所了解，购买者对价格不是很敏感，潜在的竞争对手少。

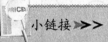

小链接 >>>

撇脂定价

原意是指撇取牛奶上的那层奶油，含有获取精华的意思。百货商场可对新上市的新产品实行高价，大规模上市后放弃经营或实行低价。这种策略要求新产品品质和价位相符，顾客愿意接受，竞争者短期内不易打入该产品市场。

资料来源：骆品亮. 定价策略[M]. 上海：上海财经大学出版社，2006.

3）快速渗透策略

企业以低价格、高促销的方式推广新产品。这一策略的目的是获得最高的市场份额。因此，新产品的定价在一个低水平上确定，以求获得尽可能多的消费者的认可。同时，通过大规模的促销活动把信息传给可能多的人，刺激起他们的购买欲望。

快速渗透策略适用的市场环境：市场规模大，消费者对该产品知晓甚少，购买者对价格敏感，潜在竞争对手多且竞争激烈。

4）缓慢渗透策略

企业用低价格、低促销的方式推广新产品。使用该策略的目的一方面是以低价避免竞争，促使消费者尽快接受新产品；另一方面以较低的促销费用来降低经营成本，确保企业的利润。

缓慢渗透策略适用的市场环境：产品的市场相当庞大，消费者对价格比较敏感，产品的知名度已经较高，潜在的竞争压力较大。

以上导入阶段可以使用的四种策略并不是说企业只能选择其中的一种。企业应该从整个生命周期过程中的总体战略去考虑，灵活地交替使用。同时，在实施上述策略时，还要配合一些其他策略，如渠道策略等一并使用，才能取得好的效果。

2. 成长阶段的营销策略

新产品经受住了市场的严峻考验，就进入了成长阶段，这一阶段的特点是：销售量直线上升，利润也迅速增加。由于产品已基本定型，废品、次品率大大降低，销售渠道也已疏通，所以产品经营成本也急剧下降。产品的销售呈现出光明的前景。在这一阶段的后期，由于产品表现了高额的利润，促使竞争对手逐步加入，竞争趋于激烈化。这一阶段，企业应尽可能维持销售的增长速度，同时突出一个"好"字，把保持产品的品质优良作为主要目标，具体策略如下。

（1）改进产品品质。在质量、性能、式样、包装等方面努力加以改进，以对抗竞争产品，还可以从拓展产品的新用途着手以巩固自己的竞争地位。

（2）扩展新市场。使产品进一步向尚未涉足的市场进军。在分析销售实绩的基础上，仔细寻找出产品尚未到达的领域，给出重点努力，同时，扩大销售网点，方便消费者的购买。

（3）加强企业与产品的地位。广告宣传由建立产品知名度逐渐转向建立产品信赖度，增加宣传产品的特色，使其在消费者心目中产生与众不同的感觉。

（4）调整产品的售价。产品在适当的时候降价或推出折扣价格，这样可以既吸引更多的购买者参加进来，又可以阻止竞争对手的进入。

在这一阶段，企业往往会面临高市场占有率和高利润的抉择。因为两者似乎是矛盾的，获取高的市场占有率势必要改良产品、降低价格、增加营销费用，这会使企业的利润减少。但是，如果企业能够维持住高的市场占有率，在竞争中处于有利的地位，将会有利于今后的发展，放弃了眼前的利润，将可望在成熟期阶段得到补偿。

3. 成熟期阶段的营销策略

产品的销售增长速度在达到了顶点后，将会放慢下来，并进入一个相对的稳定时期，这一阶段的特点是产品的销量大、利润大、时间长。在成熟期的后半期，销量达到顶峰后开始下跌，利润也逐渐下滑。

这一阶段的基本策略是突出一个"优"字。应避免消极的防御，而要采取积极的进攻策略，突出建立和宣传产品的特定优势，以增加或稳定产品的销售。具体做法如下。

（1）扩大市场。市场销售量＝某产品使用人数×每个使用者的使用率。

从上面公式可以知道，要增加销售量就在两个乘数上下工夫。

① 扩大使用人数。企业可以通过下列两种方法来增加它的值：争取尚未使用者，争取竞争对手的顾客。

② 提高使用率。企业同样可以用两种方法来增加它的值：促使使用者增加使用次数，增加产品每次的使用量。

（2）改进产品。改进产品是为了吸引新的购买者和扩大现有的使用者的队伍。企业通过对产品的改良，使顾客对产品产生新鲜感，从而带动产品的销售。改进产品也是对付竞争对手的一个有效措施。产品的改进主要仍然在质量、性能、特色、式样上下工夫。

（3）改进营销组合。企业的营销组合不是一成不变的，它应该随着企业的内外部环境的变化而做出相应的调整。产品的生命周期到了成熟阶段，各种内外部条件发生了重大的变化，因而营销组合也就要有一个大的调整。这是为了延长产品的成熟期，避免衰退期早日到来。实际上，企业要使上述前面两个策略取得成功，不依靠营销组合的改进也是很难做到的，所以，改进营销组合是和扩大市场、改进产品策略相辅相成的。

4. 衰退期阶段的营销策略

这一阶段的特征是销售额和利润额开始快速下降，企业往往会处于一个微利甚至于无利的境地。

在衰退阶段，企业的策略应建立在"转"的基础上。产品的衰退是不可避免的，因此，到了这时，企业应积极地开发新产品，有计划地使新产品的衔接圆满化；另外，针对市场形势，既保持适当的生产量以维护一部分市场占有率，又要做好撤退产品的准备。这时，企业应逐渐减少营销费用，如把广告宣传、销售促进等都降到最低的水平，以尽量使利润不致跌得太厉害。

▶▶▶8.5　新产品开发

8.5.1　新产品的概念及类别

新产品是相对老产品而言的，目前尚无世界公认的确切定义。一般是指企业初次试制成功的产品，或是在结构性能、制造工艺、材质等某一方面或几个方面比老产品有显著改进的产品。我国规定"在结构、材质、工艺等某一个方面或几个方面对老产品有明显改变，或采用新技术原理、新设计构思，从而显著提高产品的性能或扩大了使用功能"的产品为新产品。

新产品的名目繁多，可按不同的标准进行分类。

1. 按地域范围划分新产品

按照地域范围划分新产品，可以分为世界级新产品、国家级新产品、地区级新产品、企业级新产品。

（1）世界级新产品，是指在全世界第一次试制成功并投入市场的新产品。这种新产品如有重大价值，国家应予以重点保护与支持，企业应申请专利以防其他国家的侵犯，从而维护其竞争优势。

（2）国家级新产品，是指其他国家已试制成功并投入使用，而在本国尚属初次设计、试制、生产并投入市场的新产品。这种新产品能够填补国内空白，提高一国的竞争力。

（3）地区级新产品，是指在国内其他地区已试制成功并投入市场，但在本地区尚属初次试制和生产的产品。发展这类新产品要认真进行市场研究、慎重决策，以防重复生产导致国内大市场的供过于求。

（4）企业级新产品，是指在本地区其他企业早已生产销售、本企业初次开发生产并销售的同类产品。这种新产品更要注意市场需求动向，盲目上马常会导致惨痛损失。

2. 按产品的新颖程度分类

按照产品的新颖程度划分新产品，可分为全新型新产品、换代型新产品、改进型新产品、仿制型新产品四大类。

（1）全新型新产品，是指应用新原理、新技术、新结构、新材料研制成功的前所未有的新产品。例如电灯、电话、汽车、飞机、电视机、计算机、抗生素、激光唱片等的研制成功并投入使用，就属全新型新产品。这类新产品往往伴随着科学技术的重大突破而诞生。

（2）换代型新产品，是指在原有产品的基础上，部分采用新技术、新材料、新元件等，使结构性能有显著提高的产品。例如电子计算机问世后，已经过多次换代，经电子管、晶体管、集成电路、大规模集成电路四代后，目前正进入具有人工智能的第五代新产品。随着科学技术的迅猛发展，产品更新换代的速度正在加快。

（3）改进型新产品，是指对老产品在质量、结构、功能、材料、花色、品种等方面做出改进的产品，主要谋求性能更加良好，结构更加合理，精度更加提高，功能更加齐全，式样更加新颖，材料更加易于获得，成本能有较大降低，耗费减少，节约能源等。改进型新产品，可以是对原有产品进行适当的改进，也可以是原有产品派生出来的变型产品。

（4）仿制型新产品，是指市场上已经存在，而本国、本地区或本企业初次仿制并投入市场的产品。这种产品对较大范围的市场来说已不是新产品，但对企业来说，是用新工艺、新设备生产出来的与原有产品不同的产品，仍然可作为企业的新产品。目前，我国企业中不少新产品都属于仿制型新产品之列。

此外，从营销角度出发，那些试制成功后只放在陈列室供参观或展览会供展览的产品，不能纳入新产品之列。新产品必须是正式生产并投入市场的产品，因为只有接受消费者的选择，产品才能真正为企业、社会创造效益。

8.5.2 新产品开发的意义

在科学技术迅猛发展、市场竞争日益激烈的当今世界，新产品开发对于社会进步、生产力发展，对于一个国家和地区经济的发展，对于企业的生存和发展，对于满足消费者需求，都有着不可估量的作用。

（1）新产品开发，能够推动社会进步和生产力的发展。新产品尤其是全新型新产品的出现是科学技术进步和社会生产力发展的结果，但新产品的出现又进一步促进了科学技术和社会生产力的发展，推动社会不断前进。因为有些新产品本身就是先进生产力的要素，人们利用这些要素可以取得科学技术的更大进步、生产力的更大提高。

（2）新产品开发，能够促进国家振兴。开发新产品，采用新技术、新材料、新设备是衡量一个国家科学技术水平和经济发展水平的重要标志。在当前形势下，我国企业要大力开发新产品，为国民经济发展提供更多更新的新材料、新设备和新品种，以加快我国经济建设的步伐。

（3）新产品开发能满足不断增长的消费需求。由于社会生产力的发展和科学技术的不断进步，消费需求不断向多样化和高要求发展；而且人们生活水平的提高正是通过不断增长的收入转化为实际的购买所实现的。这就要求消费品的品种、规格不断丰富，产品质量不断改进提高，就要求大力发展新产品，为消费者提供日益增多和丰富多彩的产品来满足他们不断增长的消费需求。

（4）新产品开发直接关系到企业的生存与发展。随着科学技术的发展和经济全球化的浪潮，企业之间的竞争将更加激烈，产品的生命周期将越来越短。西方发达国家的企业都设有强大的研究开发部门，并拥有雄厚的研究与开发经费和众多优秀的研究开发人员，就是因为它们认识到研究开发新产品是企业生命攸关的大事。

8.5.3　新产品开发成功的关键条件

在激烈竞争的现代条件下，不开发新产品要冒很大的风险，因为在消费者需求多变、技术日新月异、产品生命周期日益缩短以及本国和外国公司的竞争与日俱增的情况下，企业的老产品将被淘汰。但是，新产品开发也存在着很大的市场风险。

对于新产品开发可能失败的风险管理，就是要保证新产品开发的成功。新产品成功开发的关键在于发展良好的组织。在新产品开发过程的各个阶段中，关键条件主要包括两个方面：

（1）企业组织机构必须改进新产品开发过程的组织安排。

（2）它必须用最有效的技术来处理开发进程中的每个步骤。

企业最高管理层对于新产品开发工作的成败负有最终的责任；而不能简单地雇用几个新产品专家，委托他们提供有用的新产品构思。管理层必须建立明确的标准来决定是否接受新产品构思，必须决定新产品开发需用多少预算支出。按照常规标准编制新产品开发预算是十分困难的，因为新产品开发结果很不确定。为此，有些企业采用鼓励措施和财务支持的方法来争取尽可能多的项目建议书，并希望从中择优录用。

有效的新产品开发工作的一个关键因素，就是建立切实可行的组织机构。从目前国内外企业新产品开发的组织机构来看，主要有以下五种。

（1）产品经理。产品经理是专门负责某类或某种产品的计划、生产、销售等一系列工作的经理人员；在许多企业里，他们也负责新产品开发工作。不过，产品经理们往往忙于管理它们的生产线，除了对品牌更改和扩充感兴趣外，很少有时间考虑新产品；同时他们也较少具备开发新产品的专有技能和知识。

（2）新产品经理。有些企业设有隶属产品群经理领导的新产品经理，由他们专门负责新产品的研制开发工作。不过，这种新产品经理的工作往往局限在企业已有的产品市场范围的产品改进和产品线的扩展。

（3）新产品开发委员会。这是一个负责审核批准新产品建议的高层管理机构，由来自营销、生产、财务、技术、工程等部的代表组成。新产品开发委员会并不直接从事新产品的研究、试制、生产、销售活动，但对企业的新产品开发负有组织、领导的责任，享有决策和指挥权。

（4）新产品部。一些大型企业设有新产品部，直属最高管理层领导。新产品部的主要职责是产生和筛选新产品构思，指挥和协调研究开发工作，进行实地试销和商品化前的准备工作。

（5）新产品开发小组。这是根据新产品开发需要而成立的、专门负责某项新产品的研究、设计、试制、生产、销售的组织，由各业务部门的专业人员临时组成，互相协作又各司其职。一旦新产品开发成功，成为企业的常规产品，该小组自行解散。通常比较大型的企业或高新技术产业会有多个新产品开发小组来完成多个新产品开发的任务，并根据进展情况及环境变化予以调整。

由于企业各自情况不同，企业新产品开发的组织机构也是不一样的。企业有必要从各自的实际情况和需要出发，建立适宜的新产品开发组织，以便迅速而有效地开发新产品。例如，日本企业中出现了一种称为"产品开发生产销售一条龙"的新产品开发组织，把新产品的研究、设计、试制、生产、销售等环节有机地结合起来，不仅加快了新产品开发速度，还使开发出来的新产品适销对路，能迅速占领市场。另外，企业也可以实行契约式新产品开发，即不通过自己的力量来开发，而是雇用聘请社会上独立的研究开发人员或新产品开发机构来为本企业开发新产品。

8.5.4 新产品开发的程序

新产品开发是一项艰巨而又复杂的工作，要投入大量资金，还要冒很大的风险。为了把有限的人财物力用在刀刃上，新产品开发工作中极为重要的是：必须按照一定的科学程序来开发新产品。这一程序，一般包括产生构思、筛选构思、概念发展与测试、制订营销计划、商业分析、产品开发、市场试销、商品化等步骤。

1. 产生构思

一切新产品的开发，都必须从产生构思开始。一个成功的新产品，首先来自于一个有创见性的构思。

新产品构思的来源很多，企业应该集思广益，从多方面寻找好的产品构思。新产品构思的来源有消费者和用户、科研人员与科研机构、竞争者、经销商和代理商、企业管理人员和职工、大专院校、营销咨询公司、工业顾问、专利机构、国内外情报资料等。其中，调查和收集消费者与用户对新产品的要求，是新产品构思的主要来源。实践证明，在此基础上发展起来的新产品，成功率最高，据有关调查数字显示，除军品以外，美国成功的技术革新和新产品有 60%～80%来自用户的建议，或用户使用中提出的改革意见。

真正好的构思来自于灵感、勤奋和技术。通常被用来帮助个人和企业产生好的构思的创造性技术主要有以下五种。

（1）产品属性一览表法。这种方法将某一产品的主要属性列成一览表，然后对每一属性进行分析研究，提出改进意见，从而在原有产品基础上发展新产品。

（2）关联法。这种方法将几种不同的物品排列出来，然后考虑每一物品与其他物品之间的关系，利用物品的关联性进行组合或延伸来产生一种新产品构思。

（3）结构分析法。这种方法就是将一个问题的结构进行分析，然后审查结构的各个方面之间的关系，再进行各种自由联想，找到某些新颖的组合。

（4）消费者提问分析法。这种方法要求消费者参与构思的产生过程。它要求消费者提出他们使用某一特定的产品或产品类型时所遇到的问题，每一问题都可能是一个新构思的来源。当然，并非所有的构思都值得开发；对消费者提出的问题，必须就它们的重要意义、影响程度和改进成本加以评估，据之选定值得开发的构思。

（5）头脑风暴法。这种方法一般是由 6～10 人在一起就某一问题进行讨论，运用头脑风暴法会激发与会者的极大创造想象力，可以帮助人们产生许多构思。这种方法的有效运用要求与会者尽可能地想象构思，越多越广越好，而且不准批评，鼓励对构思合并和改进。

2. 筛选构思

在前一阶段提出了大量构思，在今后的各个阶段里要不断优化构思，首先要做的就是筛选构思。筛选的目的是尽可能早地发现和放弃错误的构想，以尽力减少高昂的开发成本。

对产品构思的筛选，首先根据企业目标和资源条件评价市场机会的大小，从而淘汰那些市场机会小的构思，然后对剩下的构思利用加权评分来予以分等设计，筛选后得到企业所接受的产品构思。某产品构思的加权评分法如表 8-1 所示。

表 8-1　某产品构思的加权评分法

产品成功的必要因素	相对权数 (A)	企业能力水平 (B)											评分 (A×B)
		0.0	0.1	0.2	0.3	0.4	0.5	0.6	0.7	0.8	0.9	1.0	
企业声誉	0.20							√					0.120
营销能力	0.20										√		0.180
研发能力	0.20								√				0.140
人力资源	0.15							√					0.090
财务能力	0.10										√		0.090
生产能力	0.05									√			0.040
地理位置和设备	0.05				√								0.015
采购和供应能力	0.05										√		0.045
总计	1.00												0.720

分等标准：0.00～0.40 为差；0.41～0.75 为尚佳；0.76～1.00 为佳。

最低接受标准：0.70

3. 概念发展与测试

产品构思只是企业希望提供给市场的一个可能产品的设想，在这一阶段要将产品构思发展成产品概念，即要用有意义的消费者术语将构思予以精心的阐述表达；然后通过测试来了解消费者对这些产品概念的态度。

消费者不会去购买产品构思，而要购买的是产品概念。任何一个产品构思都能转化为几种产品概念，比如某企业获得一种营养液产品的构思。由此可形成多个产品概念，如延年益寿适于老年人饮用的补品、有助于儿童增强记忆健壮身体的滋补品、病人易于吸收加快康复的营养品、老少皆宜味道好的营养型饮料等。对于每一个产品概念都需要进行定位，以便了解有关的竞争状况，例如按照营养液的价格、营养成分两种属性可分别对营养液市场进行定位，以判定该营养液在整个市场上的位置和竞争者的多少、远近、实力大小等。

然后应将一个个精心制作的产品概念说明书放在消费者面前，要求消费者回答每个概念所带来的问题，包含对概念的理解、偏好性、购买意愿、改进意见、目标用户及价格认定等。通过和合适的目标消费者小组一起测试产品概念，消费者的回答将帮助企业确定吸引力最强烈的产品概念。这个将产品构思发展成若干可供选择的概念并充分测试的阶段是不可缺少的，有些企业对此的忽视导致了产品后来在市场上遇到各种各样的问题。

4. 制订营销计划

　　对经过测试入选的产品概念，企业要制订一个初步的营销计划，这个营销计划将在以后阶段中被不断完善发展。

　　营销计划一般包括以下三部分内容：

　　（1）描述目标市场的规模、结构和行为，该产品的定位、销售量和市场占有率，开始几年的利润目标。

　　（2）描述该产品的最初的价格策略、分销策略和第一年的营销预算。

　　（3）描述预期的长期销售量和利润目标，以及在不同时期的营销组合策略。

5. 商业分析

　　在管理层对某一产品概念制订了营销计划之后，就可以进一步分析评价该产品概念的商业吸引力。

　　管理层先要估计销售量的大小能否使企业获得满意的利润；要审查类似产品的销售历史，调查市场意见，还应通过对最低和最高销售量的预计来了解风险的幅度。在销售预测之后，研究开发部门、生产部门、营销部门和财务部门等进一步估算该项产品的预期成本和盈利状况。如果销量、成本和利润预计能满足企业目标，那么产品概念就能进入产品开发阶段。

6. 产品开发

　　产品开发的任务是把通过商业分析的产品概念交由企业的研究开发部或工艺设计部等部门研制开发成实际的产品实体。这一阶段要力争把产品构思转化为在技术上和商业上可行的产品，需要大量的投资。

　　（1）开发部门将开发关于该产品概念的一种或几种实体形式，而后从中选择能满足消费者要求、功能要求、预算要求的一种产品原型。

　　（2）将对准备好的原型进行一系列严格的功能测试和消费者测试。功能测试是在实验室和现场条件下进行的，以确保产品运行、使用的安全和有效，消费者测试则可以采用多种方式，以了解消费者对产品的意见、建议和偏好等。

7. 市场试销

　　开发成功、测试满意的产品进入市场试销阶段，在此阶段将要准备确定品牌名称、包装设计和制定一个准备性的营销方案，并在更可信的消费者环境中对产品进行试销，以达到了解消费者和经销商对使用、购买及重购该产品的反应和市场规模、特点等目的。

市场试销的数量一般受到投资成本和风险、时间、研究成本的制约。高投资（风险）产品更值得认真进行市场试销。试销成本本身也对试销的数量和方式产生影响。

消费品与工业品的市场试销方法有所不同。

消费品市场试销，企业希望从中了解到消费者对试用、首次购买、再购买、采用和购买频率等决定销售状况的主要因素的态度、水平，并了解愿意经营该产品的经销商的数量、规模、承诺和要求。主要的试销方法有以下四种。

（1）销售波试销法。企业向最初免费试用产品的消费者以优惠价重复提供该产品或竞争者产品 3～5 次（销售波），并注意有多少消费者再次选择本企业的产品及他们表露的满意程度，从而估计消费者在企业产品与竞争产品并存时自己花钱的重复购买率。企业还能用此法测定不同的广告概念对产生重复购买的影响程度。

（2）模拟商店测试法。企业邀请 30～40 名顾客观看简短的商业广告，内含该企业要推出的新产品广告，但并不加任何特殊说明；然后提供少量资金供他们到一家商店中去购物，可以购买或不买任何物品，企业注意观察有多少消费者购买了新产品和竞争产品；接着把他们召集起来了解购买或不买的理由；几周后，用电话再次询问他们对产品的态度、使用情况、满意程度和重购意向。该方法能衡量产品试用率、广告效果，收效迅速，并能把握竞争状况。

（3）微型市场试销法。企业在一两家合适的商店里经销新产品，测试货架安排、橱窗陈列、购货点的促销活动和定价等因素对消费者的影响以及小型广告的效果，并通过抽样调查征求了解消费者对产品的印象。

（4）代表城市试销法。企业选定少数有代表性的测试城市，将产品在商业部门经销并努力取得良好的货架陈列机会，同时展开全面的广告和促销活动。这种方法能获得对未来销售较可信赖的预测，能对不同的营销计划进行测试，发现产品的缺点，得到有价值的线索，但费用昂贵。

工业品市场试销主要希望了解新的工业品在实际运作时的性能、影响购买的关键、对不同价格和销售方法的购买反应、市场潜力以及最佳的细分市场。普遍运用的工业品市场试销方法有产品使用测试法、贸易展览会测试法、中间商陈列室测试法三种，有些企业也运用微型市场试销法来研究市场对新产品的兴趣。

8. 商品化

依据市场试销提供的信息，企业基本上能做出是否推出新产品的决策。在推出新产品时，企业必须对推出新产品的时机、地域、目标市场和进入战略做出决策。

（1）企业要判断何时是推出新产品的正确时机，要注意新旧产品的接替、产品需求的季节性等因素。

（2）企业要决定新产品是推向某一地区、多个地区、全国市场还是国际市场，一般是实行有计划的市场扩展，这当中要对不同市场的吸引力做出评价并关注竞争者现状及动向。

（3）企业要将它的分销和促销目标对准最理想的购买群体，以尽快获得高销售额来鼓励销售队伍和吸引其他新的预期购买者。

（4）企业必须制定一个把新产品引入不断扩展的市场的实施计划，在营销组合中分配营销预算并安排营销活动的合理次序。

总结以上阶段，新产品开发程序如图 8-8 所示。

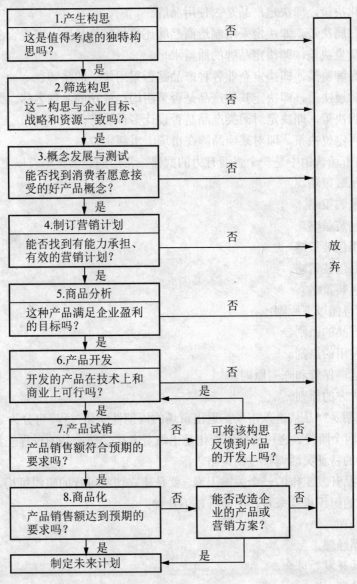

图 8-8　新产品开发程序

【本章小结】

产品有狭义和广义两种概念，它分为三个层次，即核心产品、形式产品和附加产品，它们是不可分割、密切相连的。

产品组合是指一个企业生产经营的所有产品线和产品品种的组合方式，其分析评估方法主要有波士顿矩阵法和 GE 矩阵法。

产品组合策略包括产品线扩展策略、产品线填充策略、产品线现代化策略、产品线号召策略以及产品线削减策略。其中，产品线扩展方式有向上扩展、向下扩展以及双向扩展三种。

品牌策略是企业产品策略的重要组成部分，一般包括以下内容：

（1）品牌化决策，即决定产品是否使用品牌。

（2）品牌归属决策，即决定采用制造商品牌还是经销商品牌，或混合品牌。

（3）品牌质量决策，即决定品牌的质量水平。

（4）家族品牌决策，即决定企业各种产品是否采用统一的品牌。

（5）品牌扩展决策，即决定其他产品是否采用均已成功的品牌名称。

（6）多品牌决策，即决定对同类产品是否设计多种品牌。

（7）品牌再定位决策，即对某一品牌在市场上重新定位。

产品包装在市场营销中是一个强而有力的武器。常用的包装策略有以下几种：

（1）类似包装策略。

（2）等级包装策略。

（3）综合包装策略。

（4）再利用包装策略。

（5）附赠品包装策略。

（6）改革包装策略。

产品包装应遵循以下原则：

（1）保护产品的原则。

（2）便于使用的原则。

（3）便于运输保管和陈列原则。

（4）美观大方的原则。

产品生命周期是产品从进入市场到退出市场的周期性变化过程，可分为导入期、成长期、成熟期、衰退期四个阶段。这种周期性变化是由消费者接受新产品的过程差异所造成的，企业应根据各阶段的特征灵活调整营销策略。

有效的新产品开发工作的一个关键因素，就是建立切实可行的组织机构。从目前国内外企业新产品开发的组织机构来看，主要有以下几种：

（1）产品经理。

（2）新产品经理。

（3）新产品开发委员会。

（4）新产品部。

（5）新产品开发小组。

新产品开发的程序，一般包括产生构思、筛选构思、概念发展与测试、制订营销计划、商业分析、产品开发、市场试销、商品化等步骤。

 【思考题】

1．什么是产品？它由哪三个不同层次构成？正确认识产品有什么重要作用？

2．服务产品有哪些主要特征？

3．什么是产品组合？产品组合选择和评价的依据是什么？产品组合有哪些策略？

4. 什么是"波士顿矩阵法"？对企业营销有什么作用？

5. 如何进行产品线中各品种的分析与评价？

6. 品牌设计有哪些要求？

7. 有哪些常用的品牌策略？请结合具体实例谈一谈。

8. 包装主要有哪些策略？请结合实际谈谈体会。

9. 包装的原则主要有哪些？

10. 产品生命周期各阶段的主要特征是什么？可相应采用哪些主要策略？

11. 新产品开发的组织机构有哪些？试分析各自的特点。

 【学习自测题】

一、名词解释

1. 产品

2. 产品组合

二、选择题

1. 产品组合包括四个变数（　　）。

    A．产品组合策略　　　　B．产品组合的宽度　　　　C．产品组合的长度

    D．产品组合的深度　　　　E．产品组合的关联度

2. 产品市场生命周期包括（　　）四个阶段。

    A．投入期　　　　　　　B．高峰期　　　　　　　C．成长期

    D．成熟期　　　　　　　E．衰退期

3. 品牌的内容主要包括（　　）。

    A．品牌的命名　　　　　B．品牌的名称　　　　　C．品牌的标志

    D．品牌的系列　　　　　E．商标

4. 产品包装一般包括三个部分，即（　　）。

    A．首要包装　　　　　　B．外部包装　　　　　　C．销售包装

    D．运输包装　　　　　　E．简易包装

5. 企业将其产品大批量地卖给中间商，中间商再用自己的品牌将货物转卖出去，这种品牌叫做（　　）。

    A．企业品牌　　　B．私人品牌　　　C．全国性品牌　　　D．生产者品牌

6. 按照包装的结构，包装可分为（　　）。

    A．出口包装和国内包装

    B．纸制品包装、塑料制品包装、木包装、金属包装等

    C．件装、内装和外装

    D．运输包装和销售包装

7. 下列既属于企业品牌又属于产品品牌的有（　　）。

    A．凌志（Lexus）　B．海尔　　　　　C．通用　　　　　D．P＆G

三、简答题

1. 系统（整体）产品概念就是强调产品的核心价值，这句话对吗？

2. 什么是新产品？新产品开发的形式有哪些？

四、论述题

原产四川的榨菜，以大坛装运，利润很少；上海人买入，改为中坛出售，获利增加 1 倍；香港人买入，以小坛出售，获利增加 2 倍；日本人买入，切丝、装入铝箔小袋出售，获利又增加数倍，与四川大坛榨菜相比较，获利增加数倍。

从上面的故事中，你得到什么启示？

五、案例分析题

1. 可口可乐公司在 1985 年宣布改变品牌配方时引起轩然大波，顾客们怨声载道，纷纷抗议，迫使公司不得不恢复原有的配方。

问题：可口可乐改变品牌未被顾客接受说明了什么？为什么？

2. 产品创新战略。

3M 公司营销 60000 多种产品。公司的目标是：每年销售量的 30%从前 4 年研制的产品中取得（公司长期以来的目标都是 5 年内为 25%，最近又前进了一步），这是令人吃惊的。但是更令人吃惊的是，它通常能够成功。每年 3M 公司都要开发 200 多种新产品。它那传奇般的注重革新的精神已使 3M 公司连续成为美国最受人羡慕的公司之一。

新产品并不是自然诞生的。3M 公司努力创造一个有助于革新的环境：它通常要投资 7%的年销售额，用于产品研究和开发，这相当于一般公司投资研究和开发费用比例的 2 倍。

3M 公司鼓励每一个人开发新产品。公司有名的 15%规则允许每个技术人员至少可用 15%的时间来"干私活"，即搞个人感兴趣的工作方案，不管这些方案是否直接有利于公司。当产生一个有希望的构思时，3M 公司会组织一个由该构思的开发者以及来自生产、销售和法律部门的志愿者组成的冒险队。该队培育产品，并保护它免受公司苛刻的调查。队员始终与产品在一起，直到它成功或失败，然后回到原先的岗位上或者继续和新产品在一起。有些冒险队在一个构思成功之前尝试了 3 次或 4 次。每年，3M 公司都会把"进步奖"授予那些新产品开发后 3 年内在美国销售量达 200 多万美元或在全世界销售达 400 多万美元的冒险队。

在执著追求新产品的过程中，3M 公司始终与其顾客保持紧密联系。在新产品开发的每一时期，都对顾客偏好进行重新估价。市场营销人员和科技人员在开发新产品的过程中紧密合作，并且研究和开发人员也都积极地参与开发整个市场营销战略。

3M 公司知道为了获得最大成功，它必须尝试成千上万种新产品的构思。它把错误和失败当成是创造和革新的正常组成部分。事实上，它的哲学似乎成了"如果你不犯错，你可能不在做任何事情"。但正如后来的事实所表明，许多"大错误"都成了 3M 公司最成功的一些产品。比如，关于 3M 公司科学家西尔维的故事。他想开发一种超强黏合剂，但是他研制出的黏合剂却不很黏。他把这种显然没什么用处的黏合剂给其他的 3M 公司科学家，看看他们能找到什么方法使用它。过了几年，一直没有进展。接着，3M 公司另一个科学家遇到一个问题，因此也就有了一个主意。这位博士是当地教堂的唱诗班成员，他发现很难在赞美诗中做记号，因为他夹的小纸条经常掉出来。他在一张纸片上涂一点西尔维的弱黏胶，结果这张纸条很好地黏上了，并且后来撕下来时也没有弄坏赞美诗集。于是，便诞生了 3M 公司的可黏便条纸，该产品现已成为全世界办公设备畅销产品之一。

资料来源：费朗. 营销一点通. 北京：中国商业出版社，2002：160-161.

问题：

（1）企业为什么要开发新产品？

（2）3M 公司在新产品开发上给了我们什么启示？

第9章
价格策略 ▶▶▶

 【学习目标】

◆ 掌握影响企业产品定价的因素、产品定价的一般程序。

◆ 明确企业定价的目标，掌握为企业产品制定出适宜价格的方法。

◆ 针对企业不同产品制定相应的定价策略。

◆ 了解价格策略对企业市场营销组合策略的影响。

　　产品定价是企业营销组合策略的一个重要内容，也是不断开拓市场的重要手段。产品价格的合理与否在很大程度上决定了购买者是否接受这个产品，直接影响产品和企业的形象，影响企业在市场竞争中的地位。价格是市场营销组合因素中最活泼的因素，它直接关系到市场对产品的接受程度，影响市场需求和企业利润的多少，涉及生产者、经营者、消费者等各方面的利益，虽然非价格因素日益受到重视，但价格始终是一种重要的竞争手段，定价策略是企业市场营销组合策略中一个极其重要的组成部分。因此，从营销角度出发，企业应尽可能合理地制定价格，并随着环境的变化，及时对价格进行修订和调整。

 小链接 ▶▶▶

　　萨姆·沃尔顿经常告诫员工："我们珍惜每一美元的价值，我们的存在是为顾客提供价值，这意味着除了提供优质服务外，我们还必须为他们省钱。每当我们为顾客节约了一美元时，那就使自己在竞争中占先了一步。"

　　已在中国工作了5年的沃尔玛中国采购总监芮约翰说："你知道我们有一个微笑培训吗？必须露出8颗牙齿才算合格。你试一试，只有把嘴张到露出8颗牙齿的程度，一个人的微笑才能表现得最完美。"

　　资料来源：萨姆·沃尔顿，约翰·休伊. 富甲美国——零售大王沃尔顿自传. 上海：上海译文出版社，1996.

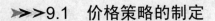

>>>9.1　价格策略的制定

9.1.1　影响定价的因素

价格的决定是一个很复杂的工作，要受到多种因素的影响。首先要清楚商品的价格构成，即商品价格由哪些要素构成，它们的相互关系是怎样的。

由于价值是形成价格的基础，所以企业在制定价格时，要以价值为基础。商品价值由已消耗的生产资料的价值、劳动者为自己所创造的价值和劳动者为社会所创造的价值 3 部分构成。商品价格是这 3 部分价值总和的货币表现。其中，生产中消耗的生产资料价值表现为原材料、工具、固定资产折旧等，劳动者为自己创造的价值表现为工资。这两部分构成的全部成本按生产领域和流通领域又分为生产成本和流通费用。劳动者为社会创造的价值用货币表现为盈利，包括税金和利润，所以商品价格用公式表示为：

商品价格=生产成本+流通费用+税金+利润

根据公式可以看出，价格的决定受多方面的影响，这些因素主要包括生产成本、市场需求、竞争状况、消费者心理及政策法规等。有企业内部因素，也有企业外部因素；有主观的因素，也有客观的因素。概括起来，大体上可以分为企业定价目标的选择因素、产品成本因素、市场需求因素、竞争因素和其他因素等。

1. 定价目标的选择因素

企业的定价目标是为贯彻市场营销战略服务的，因而是一个微观与宏观结合、短期与长期结合、利润与非利润结合的多目标组合，各种目标之间存在着相互渗透的关系。

企业在进行定价以前，必须先拟定定价目标，以便根据定价目标正确选择定价方法和定价策略。所谓定价目标，就是当产品的价格实现以后，要求达到的具体目的。

1）以获取最大利润为定价目标

当企业的产品在市场上处于绝对有利地位或有专卖权时，可以采取此定价目标，以获取最大利润。以获取最大利润为定价目标不一定实行高价策略。这里所说的最大利润是指：

（1）企业的长期目标总利润最大。在市场竞争激烈的情况下，这种绝对有利地位不会持续长久。由于消费者的抵制和竞争者的加入以及代用品的产生等原因，优势将会消失，并逐渐降到正常水平。有时，为了打开市场，吸引顾客，当产品刚投入市场时，企业常常采取低价策略，甚至有一段赔钱时期，目的在于打好基础，从长期中获得最大利润。

（2）企业所有产品的总利润最大，而不是仅仅着眼于每种产品的利润。企业对个别容易引起顾客注意的产品可有意识地采用低价出售，甚至低于成本价格，借以带动其他产品的销路，扩大其他产品的销售额，从而使所有产品的总利润达到最大。

2）以获取合理利润为定价目标

它是指企业在激烈的市场竞争压力下，为了保全自己，减少风险，以及限于力量不足，只能在补偿正常情况下的社会平均成本基础上，加上适度利润作为商品价格，称为合理利润定价目标。这一定价目标能够稳定市场价格，避免不必要的竞争，使企业获得长期利润。

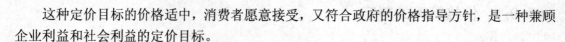

这种定价目标的价格适中，消费者愿意接受，又符合政府的价格指导方针，是一种兼顾企业利益和社会利益的定价目标。

3）以投资报酬率为定价目标

企业都希望能获得预期的投资报酬率，投资报酬率等于净利润与总投资之比，即

$$投资报酬率=净利润/总投资\times100\%$$

投资报酬率一般以一年为计算期，其值越高，企业的经营状况越好。企业在以此为定价目标时，通常是在产品成本的基础上加上预期利润。

采用这种定价目标时必须注意两个问题。

（1）要确定合理的利润率。一般来说，预期的利润率要高于银行的贷款利率，但同时也要考虑企业的长期目标。投资报酬率过低，会影响企业的收益；过高，则消费者不能接受，同时会使企业在市场竞争中处于不利地位。

（2）采用这种目标必须具备一定的条件，即自己的产品是畅销产品，或在同行业中居于领导地位的产品，有能力竞争。否则，产品卖不出去，就不可能实现投资报酬率目标。

4）以争取产品质量领先为定价目标

采用这种定价目标的企业一股是在消费者中已享有一定的声誉，为了维护和提高企业产品的质量和信誉，企业的产品必须有一个较高价格，这样，一方面可以通过高价格带来较高的利润，使企业有足够的资金来保持产品质量的领先地位；另一方面，高价格本身就是产品质量、信誉的一种表现。这种定价目标利用了消费者的求名心理，制定一个较高的价格，有利于保持产品内在质量和外部形象的统一。

5）以提高市场占有率为定价目标

市场占有率是一个企业经营状况和企业产品在市场上竞争能力的直接反映，关系到企业的兴衰存亡。尤其当企业的某种产品处于市场成长阶段时，更应把保持和增加市场占有率作为定价目标。实力雄厚的企业往往以低价策略来扩充其市场占有率。

美国近年来的营销研究表明，市场占有率与利润率之间存在着很高的内在关联度。市场营销战略影响利润系统（PIMS）的分析指出：市场占有率在 10%以下时，投资收益率约为8%；市场占有率为10%～20%时，投资收益率为14%以上；市场占有率为20%～30%时，投资收益率约为22%；市场占有率为30%～40%时，投资收益率约为24%；市场占有率在 40%以上时，投资收益率约为29%。因此，以市场占有率为定价目标有获取长期较好利润的可能。

6）以应付和防止竞争为定价目标

随着市场竞争的加剧，应付或避免竞争作为一种定价目标已被越来越多的企业所采用。在此，有两种情况：

（1）实力雄厚的大企业，为防止竞争者进入自己的目标市场，故意把价格定得很低，抢先占领市场。

（2）中小企业在市场竞争激烈的情况下，以市场领导者的价格作为基础，并与自己的产品进行谨慎比较、权衡，然后根据企业自身的经营能力制定企业的产品价格，从而缓和竞争，稳定市场。

7）以维持企业生存为定价目标

当企业由于经营管理不善，或由于市场竞争激烈、顾客需求偏好突然发生变化等造成产品销路不畅、资金难以周转时，企业被迫以生存为定价目标，以求渡过难关。这时，企业对产品定价时，只要能收回变动成本或部分固定成本即可，以求迅速出售存货，收回资金。当然，这只是一种权宜之计，从长远来看，由于固定资产的耗费不能在价格中得到补偿，企业将在固定资产结束时难以为继。

2. 产品成本因素

成本是商品价格构成中最基本、最重要的因素，也是商品价格的最低经济界限。公司制定的价格除了应包括所有生产、销售、储运该产品的成本外，还应考虑公司所承担的风险。根据定价策略的不同需要，对成本可以从不同的角度做以下分类。

（1）固定成本。固定成本是指不随产品种类和数量变化而变化的成本，如固定资产折旧、月房租租金、借贷利息、照明费用、市场调研费用、行政人员的薪水等。这些成本费用常常在实际生产过程中就必须支付。

（2）变动成本。变动成本是指随产品种类和数量变化而变化的成本，如原材料、燃料、物流等方面的支出，也包括支付给员工的计件工资等。这些成本费用常常在实际生产过程中就必须支付。

（3）总成本。总成本是一定水平的生产所需的固定成本和变动成本的总和。

（4）边际成本。边际成本是每增减一单位产量所增加或减少的总成本。

（5）机会成本。机会成本是企业从事某一项经营活动而放弃另一项经营活动的机会，或利用一定资源获得某种收入时所放弃的另一种收入。通过对机会成本的分析，要求企业在经营中正确选择经营项目，其依据是实际收益必须大于机会成本，从而使有限的资源获得最佳配置。

马克思主义理论告诉人们，商品的价值是构成价格的基础。商品的价值由 $C+V+M$ 构成。$C+V$ 是在生产过程中物化劳动转移来的价值和劳动者为自己创造的价值之和；M 是劳动者为社会创造的价值。显然，对企业的定价来说，成本是一个关键因素。企业产品定价以成本为最低界限，只有产品价格高于成本，企业才能补偿生产上的耗费，从而获得一定的盈利。但这并不排斥在一段时期有个别产品的价格低于成本的情况。

在实际工作中，产品的价格是按成本、利润和税金这 3 部分来制定的。成本又可分为固定成本和变动成本两个部分，产品的价格有时是由总成本决定的，有时又仅由变动成本决定；成本有时又分为社会平均成本和企业个别成本两种。就社会同类产品市场价格而言，主要是受社会平均成本的影响。在竞争很激烈的情况下，企业个别成本高于或低于社会平均成本，对产品价格的影响不大。

根据统计资料显示，目前工业产品的成本在产品出厂价格中平均约占 70%。这就是说，成本是构成价格的主要因素，这只是就价格数量比例而言。在制定价格时，成本无疑是最重要的因素之一。因为价格如果过分高于成本，则会有失社会公平；价格过分低于成本，则企业不可能长久维持。

企业在定价时，不应将成本孤立地对待，而应同产量、销量、资金周转等因素综合起来考虑。

3. 市场需求因素

产品价格除受成本影响外，还受市场需求的影响，即还受商品供给与需求的相互关系的影响。当商品的市场需求大于供给时，价格可高一些；当商品的市场需求小于供给时，价格应低一些。反过来，价格变动也会影响市场的需求总量，从而影响销售量，进而影响企业目标的实现。因此，企业制定价格时就必须了解价格变动对市场的需求的影响程度。反映这种影响程度的一个指标就是商品的价格需求弹性系数。

所谓价格需求弹性系数，是指由于价格的相对变动而引起的需求相对变动的程度。通常可表示为：

价格需求弹性系数=需求量变动百分比/价格变动百分比

如果将成本因素和需求因素综合起来考虑，并做出适当的假设，可形成定价的理论模式。

4. 竞争因素

市场竞争也是影响价格的重要因素。根据竞争程度的不同，企业定价策略也会有所不同，可以分为完全竞争、不完全竞争与完全垄断3种情况。

1）完全竞争

完全竞争也称为自由竞争，它是一种理想化了的极端情况。在完全竞争条件下，买者和卖者都大量存在，产品都是同质的，不存在质量与功能上的差异，企业自由地选择产品生产，买卖双方能充分地获得市场情报。在这种情况下，无论是买方还是卖方都不能对产品价格产生影响，只能在市场既定的价格下从事生产和交易活动。

2）不完全竞争

不完全竞争介于完全竞争与完全垄断之间，它是现实中存在的典型的市场竞争状况。在不完全竞争条件下，最少有两个以上买者或卖者。少数买者或卖者对价格和交易数量起着较大的作用。买卖各方获得的市场信息是不充分的，它们的活动受到一定的限制，而且它们提供的同类商品有差异，因此，它们之间存在着一定程度的竞争。在不完全竞争情况下，企业的定价策略有比较大的回旋余地，它既要考虑竞争对手的价格策略，也要考虑本企业定价策略对竞争态势的影响。

在不完全竞争条件下，竞争的强度对企业的价格策略有重要影响。为此，企业首先要了解竞争的强度。竞争的强度主要取决于产品制作技术的难易、是否有专利保护、供求形势以及具体的竞争格局。其次，要了解竞争对手的价格策略以及竞争对手的实力。再次，还要了解、分析本企业在竞争中的地位。

3）完全垄断

完全垄断是完全竞争的反面，是指一种商品的供应完全由独家控制，形成独占市场。在完全垄断的情况下，交易的数量与价格由垄断者单方面决定。完全垄断在现实中也很少见。

企业的价格策略要受到竞争状况的影响。完全竞争与完全垄断是竞争的两个极端，中间状况是不完全竞争。

5. 其他因素

企业的定价策略除受成本、需求以及竞争状况的影响外，还受到其他多种因素的影响。这些因素包括政府或行业组织的干预、消费者心理和习惯、企业或产品的形象因素等。

1）政府或行业组织的干预因素

政府为了维护经济秩序或为了其他目的，可能通过立法或者其他途径对企业的价格策略进行干预。政府的干预包括规定毛利率，规定最高、最低限价，限制价格的浮动幅度或者规定价格变动的审批手续，实行价格补贴等。例如，美国某些州政府通过租金控制法将房租控制在较低的水平上，将牛奶价格控制在较高的水平上；法国政府将宝石的价格控制在低水平上，将面包价格控制在高水平上；我国某些地方为反暴利对商业毛利率进行限制；等等。一些贸易协会或行业性垄断组织也会对企业的价格策略产生影响。

2）消费者心理和习惯因素

价格的制定和变动在消费者心理上的反应也是价格策略必须考虑的因素。在现实生活中，很多消费者存在"一分钱一分货"的观念。面对不太熟悉的商品，消费者常常从价格上判断商品的好坏，从经验上把价格同商品的使用价值挂钩。消费者心理和习惯上的反应是很复杂的，某些情况下会出现完全相反的反应。例如，在一般情况下，涨价会减少购买，但有时涨价会引起抢购而增加购买。因此，在研究消费者心理对定价的影响时，要持谨慎态度，要仔细了解消费者的心理及其变化规律。

3）企业或产品的形象因素

有时，企业根据企业理念和企业形象设计的要求，需要对产品价格进行限制。例如，企业为了树立热心公益事业的形象，会将某些有关公益事业产品的价格定得较低；为了形成高贵的企业形象，又将某些产品价格定得较高等。

9.1.2　定价的一般方法

1. 有效定价的基本程序

1）确定定价目标

定价目标是指企业通过适当定价来达到的企业的总体目标。它是企业营销战略目标的一个重要组成部分，同时也受企业具体的经营目标（如当期利润、收入等）的影响。定价目标是企业制定价格的首要因素和出发点，是价格决策中最高层次的因素。不同的企业有不同的定价目标，同一企业在不同时期的定价目标也不尽相同。可供企业选择的定价目标是多种多样的，一般来说，价格决定有以下 4 种主要目标可以选择。

（1）生存目标。

定价的基本目的是谋求企业的生存。企业为其生存的需要，即使已经意识到可能出现短期性亏损也要降低价格，以此打开经营萧条的局面。价格就是具有这样一种灵活性，能敏感地应对经营环境的变化。企业也就是利用价格的这种性质来确保销售额，担负起必要的经费。

（2）利润目标。

获利是企业生存和发展的必要条件，因此许多企业将利润最大化作为自己的经营目标，并以此来制定价格，利润的计算公式如下。

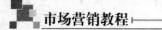

$$利润=销售额(价格×销量)-费用$$

利润从销售额中产生，而销售额又取决于价格和销量，价格直接影响销售。由此可知，离开价格，利润也就无从谈起。

但追求最大利润并不意味着要制定过高的价格，因为企业的盈利大小不仅取决于价格的高低，还取决于合理的价格所形成的需求数量的增加和销售规模的扩大。这需要企业对其需求函数和成本函数都非常了解，然而在实践中却难以精确预测。

（3）市场占有率目标。

市场占有率又称市场份额，是指企业的销售额占整个行业销售额的百分比。市场占有率是表示企业在其行业的竞争力大小的重要指标，是企业经营管理水平和竞争能力的综合表现。提高市场占有率有利于增强企业控制市场的能力从而保证产品的销路，还可以提高企业控制价格水平的能力从而使企业获得较高的利润。作为定价目标，市场占有率与利润的相关性很强，从长期来看，较高的市场占有率必然带来高利润。

（4）质量目标。

采用这种定价目标的企业一般在消费者中已享有一定声誉，为了维护和提高企业产品的质量和信誉，企业必须付出较高的代价，如采用先进的技术、精湛的工艺、优质的原料、独特的配方等。因此，企业需要制定一个较高的价格，来弥补高质量产品的高成本，并且可以有更多的资金来加大对产品的科技投入、广告投入、服务投入等，使其成为市场上的常青树。

2）明确目标市场的基本情况

企业为了做出有效的定价，必须对目标市场的基本情况进行调查，了解和熟悉目标市场顾客购买力的实际水平、市场需求的潜量、市场需求的变化，以及目标市场的风俗习惯等。

3）分析影响产品定价的因素

影响产品定价的因素很多，但企业在定价的过程中应着重分析成本、顾客、竞争因素以及影响产品定价的环境。经常看到这样的情景：在一些公司中，当一项价格决策已迫在眉睫时，经理们才匆匆碰头，草率地做出决策。他们并不研究公司的成本如何受销售额的影响；也不与潜在顾客沟通，以便了解价格在他们的购买决策中所起的作用；更不去分析竞争对手以往的定价特点以及对本公司的定价可能做出的反应。结果，这样的定价决策成了"瞎子牵瞎子"。因此，在制定有关定价策略之前，决策层必须全面分析环境因素、成本、顾客、竞争等情况。

4）制定企业的战略总目标

战略目标是一个企业所追求的基本志向，企业的所有活动都由它来导向。战略目标是一个动态概念，它的实现永无止境。例如，得克萨斯仪器公司（Texas Instruments）的战略目标是确保市场份额上的同等地位，从而获得明显的成本优势。这个目标对于决策有普遍意义。因此，它不仅能不断引导公司做出有效的定价决策，而且也一直是其他生产、促销、销售等项活动共同追求的目标。从某种意义上来说，战略目标是公司关于其产品的基本志向，而价格有时只是实现这一志向的手段之一。在不同的场合下，或许主要靠其他途径去实现这一志向，而价格此时只是作为一种保证条件。

5）确定企业的战略分目标

战略总体目标（Objectives）确定后，就要进一步确定战略分目标（Goals），也称为确定企业的定价目标。对于战略总体目标而言，战略分目标更具体明确，并且有实现目标的期限。战略分目标是针对具体的活动而设立的。当然，有的战略分目标也可能是针对几项营销活动（如定价和广告）而设立的，有的可能是针对一项营销活动和一项非营销活动（如定价和生产）而设立的，当苹果公司在 1984 年推出它的 Macintosh 牌计算机时，其有关定价的战略分目标是：

（1）使大多数大学生喜欢并买得起 Macintosh。

（2）赢得一定的细分目标市场，使 Macintosh 比 IBM 公司的 PC 更有价格优势。

（3）以强有力的促销活动鼓励苹果公司的零售商，使 90％以上的零售商努力销售 Macintosh。

（4）在 18 个月内实现以上目标。

该公司在完成这些定价目标的同时，也实现了其他活动的目标。例如，广告目标：使 3/4 的大学生在一年内熟知这种产品；生产目标：在一年内生产成本下降 15％。当然，所有这些分目标的共同目的是建立起富有生命力的 Macintosh 计算机品牌体系，促使苹果公司继续发展壮大。

决策层所追求的目标可能有许多，但在特定的环境条件下，通常只有少部分才是可能实现的。遗憾的是，一些公司总是按自己的如意算盘来确定定价目标，这样的目标往往不可能实现。确定目标是否恰当，不仅要看是否存在实现这一目标的强烈愿望，还要看实现该目标是否对公司有利，以及是否存在实现这一目标的现实可能性。例如，在某些场合下，"使市场份额有较大增长"或许是个恰当的目标，但当公司正面临具有成本和增长优势的竞争者时，这一目标无疑是不切实际的。除非这个公司能进一步降低成本或开拓新的市场，推出更好的产品，建立更有效的分销渠道，否则，它无力应付来自竞争者的价格竞争。即使是没有竞争产品，如果大多数潜在顾客对其价格并不敏感，那么，把市场份额作为定价目标也是不恰当的。在这种场合下，市场份额目标或许应成为分销和促销战略的一部分。

6）确定企业的定价策略

所谓策略，是指公司为实现战略总目标和各项分目标所采取的具体行动。例如，公司的战略总目标是保持在市场份额上的统治地位，具体的定价目标是使市场份额不低于去年的水平，则公司为此应采取的策略可能是采取竞争性降价；如果公司的战略总目标是扩大产品在大学在中的销售额，而定价目标是在未来两年中使这一细分市场中的销售额增加 50％，那么，公司的定价策略可能就是对学生实行折扣销售；如果公司的战略总目标是合理利用生产能力，保持 80％的设备平均利用率，而将余下的生产能力用于应付临时性的需求高峰，那么定价策略也许就是在销售淡季实行低价政策而旺季实行高价政策。有一些定价策略是简单而明确的，最典型的例子是涨价和降价。但是，有效的定价策略往往是相当复杂的，而且涉及的范围远远超出价格手段本身。例如，在竞争激烈的行业中，有时必须有选择地向竞争者发出信息以便影响其定价策略。再如，"产品捆绑销售（将一组相关产品组合起来作为一个整体来定价销售）"是在引入创新产品或细分市场时常采取的一种重要策略。此外，公司还要综合考虑促销与分销因素后进行协调定价。一个产品经理有时还会碰到这样的问题：是将手中有限的预算仅用于广告或价格促销上，还是同时进行这两种促销？如何确保在批发环节上的促销性折扣能使消费者最终受益？此外，定价策略的实施有时会受到法律的限制，因此必须对法律有所了解。例如，有时价格折扣是违法的；再如，法律严格限制竞争者之间的价格串通（或销售协议）。总之，策略的实施和确立恰当的目标具有同等重要的意义，而且一样具有挑战性。

7）选择定价方法并确定最终价格

在企业确定了合适的定价策略后，还必须选择适当的定价方法来计算价格水平。以不同的定价方法计算出的定价水平是不一样的。企业应根据市场情况、企业的实力以及企业面临的实际状况来选择最有利于企业发展的定价方法来确定价格水平。

企业在完成以上程序后，最后确定产品的价格水平，并应根据市场的变化进行及时调整。

2. 定价方法

定价方法的正确选择是关系到战略目标和定价策略能否实现的大问题。因此，它是整个企业定价工作的关键环节。下面主要介绍成本导向定价法、需求导向定价法和竞争导向定价法。企业应根据不同的情况采用不同的定价方法。

1）成本导向定价法

成本导向定价法是以企业产品成本（包括生产成本和销售成本）作为制定市场价格的基本依据的一种定价方法。这种定价方法强调对企业产品成本的充分补偿和盈利的可能，企业的定价必须以产品成本为最低界限，在保本的基础上考虑不同的情况，制定对企业最为有利的价格。该方法简便，容易掌握，但它仅考虑成本对价格的影响，而现实中的成本往往受市场需求和企业竞争地位的限制，因而在买方市场形成的条件下有其局限性。

成本导向定价总的来说是以成本为中心确定企业的产品价格，但由于对企业产品成本的理解不同，形成了多种不同的成本定价法。

（1）成本加成定价法。

成本加成定价包括完全成本加成定价和进价加成定价。完全成本加成定价为制造业普遍使用，方法是首先确定单位变动成本，再加上平均分摊的固定成本组成单位完全成本，在此基础上加上一定的加成率和应纳税金，形成销售价格。计算公式为：

$$产品售价=单位完全成本\times\frac{1+成本加成率}{1-税率}$$

【例 9-1】假设一家电烤箱制造商，制造电烤箱的各种费用和销量如下。

平均变动成本：100 元。

固定成本：3 000 000 元。

预计销量：50 000 个。

先计算出烤箱单位成本：

单位成本=变动成本+固定成本/销量=100 元+3 000 000/50 000=160 元

假设该制造商获取成本的 20% 的利润，其加成价格为：

加成价格=单位成本×(1+期望利润率)=160×(1+20%)=192 元

假设该制造商想获取销售价的 20% 的利润，其加成价格为：

加成价格=单位成本/(1–期望利润率)=160/(1–20%)=200 元

进价加成定价是零售业流行的一种定价方法，其计算公式为：

单位产品价格=(单位完全成本+定额利润)/(1 税率)

成本加成定价法的优点是：计算简单，简便易行；正常情况下能补偿成本并获得预期利润；可以减少价格竞争的风险。缺点是：缺乏灵活性和适应性，因为它忽视了市场的需求和竞争对定价的影响，难以适应市场的变化；加成率难以确定，其主观色彩较浓；固定成本分摊得不合理性。在这种定价法中，加成率的确定是定价的关键，而加成率的高低一般与商品的需求弹性和企业预期盈利直接相关。在实践中，同行业往往会形成一个大多数企业都能接受的加成率。

（2）盈亏平衡定价法。

盈亏平衡定价法又称为收支平衡定价法或保本定价法，即根据盈亏分界点的总成本来确定产品价格。盈亏分界点是指企业收支平衡、利润为零时的销售量。其计算公式为：

盈亏分界点=固定成本/(单位产品价格-单位产品变动成本)

在此价格下实现的销售量，使企业刚好保本，因此，该价格实际上是保本价格，即

保本价格=固定成本/盈亏分界点+单位变动成本

小链接 ▶▶▶

盈亏平衡分析又称保本点分析或量本利分析法，是根据产品的业务量（产量或销量）、成本、利润之间的相互制约关系的综合分析，用来预测利润，控制成本，判断经营状况的一种数学分析方法。一般来说，企业收入=成本+利润，如果利润为零，则有收入=成本=固定成本+变动成本，而收入=销售量×价格，变动成本=单位变动成本×销售量，这样由销售量×价格=固定成本+单位变动成本×销售量，可以推导出盈亏平衡点的计算公式为：

盈亏平衡点（销售量）=固定成本/每计量单位的贡献差数

盈亏平衡分析的分类主要有以下方法。

（1）按采用的分析方法的不同分为图解法和方程式法。

（2）按分析要素间的函数关系不同分为线性和非线性盈亏平衡分析。

（3）按分析的产品品种数目多少，可以分为单一产品和多产品盈亏平衡分析。

（4）按是否考虑货币的时间价值分为静态和动态的盈亏平衡分析。

资料来源：吴珍，徐莉．动态盈亏平衡分析及应用．南京航空航天大学学报，1993（6）．

【例 9-2】某企业某种产品的年固定成本是 150 000 元，每件产品的单位变动成本为 60 元，如果年销售量可望达到 5 000 件，其保本价格为：

$$保本价格 = 1\,50\,000/5\,000 + 60 = 90 元$$

在企业进行价格决策的实务中，可利用此方法进行定价方案的比较与选择。对于任意给定的价格，都可以计算出一个保本销售量。如果企业要在几个价格方案中进行选择，只要给出每个价格对应的预计销售量，将其与此价格下的保本销售量进行对比，低于保本销售量的，则被淘汰。在保留的定价方案中，具体的选择取决于企业的定价目标。利用盈亏分析，实际价格的计算公式为：

单位产品价格=(固定成本+单位变动成本×预计销售量+预期营利总额)/预计销售量

盈亏平衡定价法侧重于总成本费用的补偿，这一点对于经营多条产品线和多种产品项目的企业极为重要。因为一种产品盈利伴随其他产品亏损的现象时有发生，经销某种产品时所获的高额盈利与企业总盈利水平的增加并无必然联系。因此，定价从保本入手而非单纯考虑某种产品的盈利状况无疑是必要的，并以此确定企业最佳产品的结构和产量——价量组合。

（3）目标收益率定价法。

目标收益率定价法是根据某一估计销量下的总投资额为依据再加上投资的目标收益率来制定价格的方法。目标收益率即投资报酬率，是投资额或占用资产总额与投资报酬率的乘积。投资报酬率的确定在前面定价目标中已经阐述，其价格计算公式为：

单位产品价格=计划总成本×(1+目标成本利润率)/计划产量×(1−税率)

其中，目标成本利润率=占用资产总额×目标收益率/计划总成本。

目标收益率定价法更全面地考虑了企业资本投资的经济效益，尤其对一些大型企业或大型公用事业来说，因为投资巨大，更需顾及投资的补偿和回收，因此常用该种方法进行定价。例如美国通用汽车公司以总投资额的 15%～20% 作为每年目标收益率，然后摊入汽车售价。这种方法有助于确定可以接受的、能获得一定资产报酬的最低价格，或按规定价格出售，企业可以得到多大的资产报酬率。因此，这种方法为选择最佳定价方案和投资方案提供了必要的参考。但这种方法与收支平衡定价法一样，是根据计划产量或预计销售量推算价格的，而价格又是影响销售量的一个重要因素，因此，据此而计算出来的价格不一定能保证销售量达到预期的目标，从而影响目标收益率的实现。在实际定价中，还必须结合企业实力和市场吸引力两方面的因素加以调整。

（4）目标贡献定价法。

目标贡献定价法又称为变动成本定价法，即以单位产品的变动成本为依据，加上单位产品贡献，形成产品售价。其计算公式为：

单位产品价格=单位产品变动成本+单位产品贡献额

在这里，产品售价超出可变成本的部分被视为贡献，它的意义是，单位产品的销售收入在补偿其变动成本之后，首先用来补偿固定成本费用。在盈亏分界点之前，所有产品的累积贡献均体现为对固定成本的补偿，企业无盈利可言。到达盈亏分界点之后，产品销售收入中的累积贡献才是现实的盈利。由于补偿全部固定成本费用是企业获取利润的前提，因此，所有产品销售收入中扣除其变动成本后的余额，不论能否真正成为企业盈利，都是对企业的贡献。在实践中，由于以可变成本为基础的低价有可能刺激产品销量的大幅度增加，因此，贡献额有可能弥补固定成本甚至带来盈利。

目标贡献定价的关键在于贡献的确定，其步骤如下。

① 确定一定时期内企业目标贡献。例如：

$$年目标贡献=年预计固定成本费用+年目标盈利额$$

② 确定单位限制因素的贡献量。例如：

$$单位限制因素贡献量=年目标贡献限制因素单位总量$$

其中，限制因素是指企业所有产品在其市场营销过程中必须经过的关键环节，如劳动时数、资金占用等，也可根据企业产品自身的特性加以确定。各种限制因素单位加总，即为限制因素单位总量。

③ 根据各种产品营销时间的长短及难易程度等指标，确定各种产品在营销过程中对各种限制因素的占用数量或比例。

④ 形成价格。例如：

$$产品价格=单位可变成本费用+单位限制因素贡献量×单位产品含限制因素数量$$

目标贡献定价法有以下优点。

① 易于在各种产品之间合理分摊固定成本费用，限制因素占用多，其价格中所包含的贡献额就大，表明该种产品固定成本分摊额较多。

② 有利于企业选择和接受市场价格，在竞争的作用下，市场价格可能接近甚至低于企业的平均成本，但只要这一价格高于平均变动成本，企业就可接受，从而大大提高企业的竞争能力。

③ 根据各种产品贡献额的多少来安排企业产品线，易于实现最佳产品组合。

2）需求导向定价法

（1）理解价值定价法。

所谓"理解价值"，是指消费者对某种商品的价值的主观评判，它与产品的实际价值常发生偏离。当价格水平和消费者对商品价值的理解和认识水平大体一致时，消费者就会接受这种价格。理解价值定价法就是企业以消费者对商品价值的理解度为定价依据，运用市场营销组合中的各种非价格因素（如产品质量服务、广告宣传、公共关系等）来影响购买者对商品价值的认知，形成对企业有利的价值观念，再根据商品在消费者心目中的价值来制定价格。凯特比勒公司的成功案例值得借鉴。

凯特比勒公司是生产和销售牵引机的一家公司，一般牵引机的价格均在 2 万美元左右，而该公司却卖 2.4 万美元。令人惊讶的是，该公司销量比其他公司更高，当顾客上门询问为何该公司的牵引机要贵 4000 美元时，该公司的经营人员会给顾客算下面一笔账，如表 9-1 所示。

表 9-1 产品价格明细表

项　　　目	美　　元
与竞争者同一型号的机器价格	20 000
产品更耐用多付的价格	2 000
产品可靠性更好多付的价格	2 000

项　　目	美　元
公司服务更佳多付的价格	2 000
保修期更长多付的价格	1 000
上述总和的应付价格	28 000
折扣	-4 000
最后价格	24 000

这一清单实际上是引导消费者如何理解该商品的价值，使他们只付 24 000 美元，就能买到价值 28 000 美元的一台牵引机。尽管对消费者来说不是少付 4 000 美元，而是多付了 4 000 美元，但其理解的价值就是 24 000 美元。

采用这种定价方法显然需要企业能比较自己和竞争者的产品在市场上被消费者的理解的程度，从而做出恰如其分的估计，如果卖方对买方理解价值估计过高，定价就会脱离实际。为此，先要做好营销调查研究。

（2）需求差别定价法。

根据市场对产品的需求强度不同而制定出不同的价格，价格的差别并不和成本成比例。所谓需求强度，是指对某种商品需求的迫切程度。需求强度大就是需求弹性小。

需求差别定价法主要的形式有以下 5 种。

① 以顾客为基础的差别价格。企业对同一产品，根据顾客的需求强度不同和内行程度的不同而制定出不同的价格。例如，供电公司对民用收费高是因为需求弹性小，对工业用户收费低是因为需求弹性大，如果对工厂的收费高于厂内发电设备运转费用，工厂就会自行发电。

② 以产品改进为基础的差别价格。这种定价法是对一项产品的不同型号确定不同的价格，但是价格上的差别并不和成本成比例。例如，某洗衣机厂生产 3 种型号的洗衣机：A 型是普及型单缸洗衣机，成本为 150 元，售价为 180 元；B 型是带有甩干装置的双缸洗衣机，成本为 200 元，售价为 400 元；C 型是带有甩干桶的全自动洗衣机，成本为 400 元，售价为 850 元。这 3 种型号的洗衣机，因为成本不同，当然售价要有所不同，但是后两种型号的较高售价不仅反映了更多的生产成本，而且反映了更大的顾客需求强度。但是有时候，这种差别价格也可以反过来，成本高的高档型号的产品，毛利率较低，而简易型的产品毛利率却较高。

③ 以地域为基础的差别价格。如果同一种商品在不同地理位置的市场上存在不同的需求强度，那么就应该制定出不同的价格。但定价的差别并不和运费成比例。例如，我国的传统出口产品茶叶、生丝、桐油、猪鬃在国际市场上的需求十分强烈，则定价就应该比国内高得多。再如，旅游点和名胜古迹地区的旅馆、餐饮的定价通常也高于一般地区。

④ 以时间为基础的差别价格。当商品的需求随着时间的变化而有所变化时，对同一种商品在不同的时间应该制定出不同的价格。需求随时间的变化而出现显著变化的情况是很多的。在西方市场范围最大、涉及面最广，随时间而变化的需求就是周期性经济危机。不景气时，需求量猛烈下降，价格下跌；景气时，需求量上升，价格上涨。在一般情况下，需求随

时间的变化常常是季节性的。有的以天（如节假日）甚至以一天中某个时间的不同而变化需求强度。例如，不同季节（春、夏、秋、冬）的应季商品的需求量有很大的变化。夏季对电扇、冷饮、夏装、凉鞋的需求量增大，在冬季需求量就大减。以天来改变的需求量，如节假日对礼品的需求量和平时的市场需求量也会有明显的不同。以一天中的某个时间来改变需求强度的，通常在公共运输、电话、电视广播方面最为明显。电视广告在晚餐前后所谓黄金时段的播出收费最高，其余时间的收费较低。

⑤ 因用途差异定价。同一产品或服务可按其不同的用途制定不同的价格，如我国电力定价就分为民用、营业用和工业用。

3）竞争导向定价法

企业以竞争者的同类产品的价格为主要依据，充分考虑本企业产品的竞争能力，选择有利于在市场竞争中获胜的定价方法。这些方法主要有随行就市定价法、低于竞争者产品价格定价法、高于竞争者产品价格定价法、投标定价法和拍卖定价法。

（1）随行就市定价法。

这是根据本行业平均定价水平作为本企业定价标准的一种定价方法。这种方法适用于以下情况：

① 难以估算成本。

② 企业打算与同行和平共处。

③ 如另行定价，难以对顾客和竞争者的反应做出准确的估计。随行就市是依照现有本行业的平均定价水平定价，这样既可以获得合理的收益，又少担风险。在竞争十分激烈的同一产品市场上，消费者对行情很清楚，企业彼此之间也十分了解，价格稍有出入，顾客就会拥向价廉的企业。一家跌价，别家会跟着跌价，需求却不增加；一家提价，别家不一定提，销量则下降。所以，随行就市定价法是一种很流行的方法。

（2）低于竞争者产品价格定价法。

所谓低于竞争者产品价格定价法，是指实力雄厚的大企业为了在短期内渗入乃至夺取其他企业的市场，扩大自己的市场占有率，常常以低于市场价格的价格（甚至低于成本的价格）进行倾销，以此战胜竞争对手后，再提高价格来弥补倾销时蒙受的损失。

（3）高于竞争者产品价格定价法。

该方法指能制造特种产品和高质量产品的企业凭借其产品本身独具的特点和很高的声誉，以及能为消费者提供较别的企业更高水平的质量和服务，而与同行竞争的一种方法。这些以较高价格出售的产品，一般是受专利保护的产品或有良好企业形象的产品。

（4）投标定价法。

投标定价法常用于政府大宗采购、建筑包工、大型设备制造等情况，一般是招标方（买方）在报刊上登广告或发出函件，邀请供应商在规定的期限内投标，然后在规定的日期内开标，选择报价最低的、最有利的供应商成交，签订采购合同。某供货企业如果想做这笔生意，就要在规定的期限内填写标单，密封送给招标人，这叫做投标。这种价格是供货企业根据对竞争者报价的估计制定的，而不是按照供货企业自己的成本费用或市场需求来制定的。供货企业的目的在于赢得合同，所以它的报价应低于竞争对手的报价。

然而，企业不能将其报价定得低于某种水平。确切地讲，它不能将报价定得低于边际成

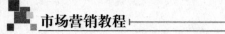

本，以免使其经营状况恶化。如果企业报价远远高出边际成本，虽然潜在利润增加了，但却减少了取得合同的机会。

（5）拍卖定价法。

拍卖定价法是指在规定的时间，采用公开拍卖的方式，由顾客投标出价竞争。卖者则以最有利的价格，即参与投标的顾客愿支付的最高价格拍板成交的一种定价方法。投标定价法与拍卖定价法的形式有所不同，其区别在于前者是卖方密封递价，后者是买方公开竞价。

9.1.3 定价的常见策略

企业的定价策略就是把产品定价与企业市场营销组合的其他要素巧妙地结合起来，制定出最有利的商品价格，实现企业的营销目的。定价策略的全部奥妙就是在一定的营销组合条件下，如何把产品价格定得既能为消费者易于接受，又能为企业带来比较多的收益。价格策略是多种多样、灵活多变的，一般可分为新产品定价策略、心理定价策略、折扣定价策略、产品组合定价策略、地区定价策略等。

1. 新产品定价策略

新产品定价策略是企业营销中一个十分重要的问题，关系到新产品的开发和发展。目前，西方企业对新产品的定价概括来讲有如下3种策略。

1）撇脂定价策略

撇脂定价策略是指在将新产品投放市场之际把产品价格定得很高，以尽快取得最大利润，犹如从鲜奶中撇取奶油。

采用这种策略，是利用顾客的求新心理，通过高价刺激需求，适合于需求弹性小、产品生命周期短、款式色彩翻新较快的时尚产品。撇脂定价策略运用得当，可以为企业带来丰厚的利润，但撇脂定价策略应用的前提是产品必须能吸引消费者，也就是产品要有新意，最好受专利保护。缺点是：价高利厚，会吸引竞争者加入；而且高价有可能影响及时打开销路，不利于开拓市场。所以，采取高价策略也要掌握一定的限度。

2）低价策略

低价策略即"渗透定价"策略，与"撇脂定价"策略相反，它是把产品上市初期价格定得低于预期价格，采取低价低利策略。采取此策略，一般出于如下的考虑：产品需求弹性大，低价有利于迅速打开市场，扩大销路，从而企业也可因产销量的扩大而降低成本；产品市场已被他人领先，为了挤进市场只好采取低价渗透策略；产品市场处于领先地位，为了排斥竞争者，采取低价策略可使竞争者难以进入，以求长期占领市场；为了开辟新市场，但该市场的购买力又较薄弱，因为低价易为消费者接受，从而扩大了市场。

采取低价策略的好处是明显的，但在营销上也有其弊端。由于新产品一开始就实行低价，会影响同类旧产品的销路，从而缩短同类产品的寿命周期；以后若因成本变化等原因想要提高价格，又会影响销路；低价低利，需要有比较雄厚的资金，否则难以扩大营销。

3）温和价格策略

温和价格策略即"君子定价"策略。实行高价和低价策略各有其利弊，都比较极端。有的企业虽然处于优势地位，本可通过定高价来获得最大利润，但为了获得顾客的良好印象，就采取温和定价，既吸引顾客购买，又赢得各方的尊敬，被称为介于撇脂定价和渗透定价之间的君子定价。采取这一策略的具体定价一股是采用反向定价法，通过调查或征询分销商的意见，先拟定出消费者易于接受的零售价格，然后反向推算出厂价格。

2. 心理定价策略

每一件产品都能满足消费者某一方面的需求，其价值与消费者的心理感受有着很大的关系。这就为心理定价策略的运用提供了基础，企业在定价时可以利用消费者的心理因素，有意识地将产品价格定得高些或低些，以满足消费者生理的、心理的、物质的、精神的多方面需求，使消费者对企业产品偏爱或忠诚，从而扩大市场销售，获得最大效益。常用的心理定价策略有整数定价、尾数定价、声望定价和招徕定价等。

1）整数定价

对于那些无法明确显示其内在质量的商品，消费者往往通过其价格的高低来判断其质量的好坏。但是，在整数定价方法下，价格的高并不是绝对高，而只是凭借整数价格来给消费者造成高价的印象。整数定价常常以偶数，特别是以"0"作为尾数。例如，精品店的服装可以定价为 1 000 元，而不必定为 998 元。这样定价的好处是：

（1）可以满足购买者炫耀富有、显示地位、崇尚名牌、购买精品的虚荣心。

（2）省却了找零钱的麻烦，方便企业和顾客的结算。

（3）花色品种繁多、价格总体水平较高的商品，利用产品的高价效应，在消费者心目中树立高档、高价、优质的产品形象。

整数定价策略适用于需求的价格弹性小、价格高低不会对需求产生较大影响的商品，如流行品、时尚品、奢侈品、礼品、星级宾馆、高级文化娱乐城等，由于其消费者都属于高收入阶层，也甘愿接受较高的价格，所以，整数定价得以大行其道。

2）尾数定价

尾数定价又称为奇数定价、非整数定价，指企业利用消费者求廉的心理，制定非整数价格，而且常常以奇数作为尾数，尽可能在价格上保留尾数。例如，把一种毛巾的价格定为 5.9 元，而不定为 6 元；将台灯价格定为 29.8 元，而不定为 30 元，这可以在直观上给消费者一种便宜的感觉，从而激起消费者的购买欲望，促进产品销售量的增加。使用尾数定价，可以使价格在消费者心中产生 3 种特殊的效应。

（1）便宜。标价为 19.95 元的商品和 20.05 元的商品，虽仅相差 0.1 元，但前者给购买者的感觉是还不到"20 元"，后者却使人认为"20 多元"，因此前者可以给消费者一种价格偏低、商品便宜的感觉，使之易于接受。

（2）精确。带有尾数的定价可以使消费者认为商品定价是非常认真、精确的，连几角几分都算得清清楚楚，进而会产生一种信任感。

（3）中意。受民族习惯、社会风俗、文化传统和价值观念的影响，某些数字常常会被赋予一些独特的含义，企业在定价时如能加以巧用，则其产品将因之而得到消费者的偏爱。例如，我国一些特殊车牌号码如"88888"、"66666"等，在一些地区拍卖价竟达到几十万元，就是因为其谐音为"发"或带有"顺利"的寓意。当然，某些为消费者所忌讳的数字，

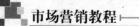

如西方国家的"13"、日本的"4"，企业在定价时则应有意识地避开，以免引起消费者的厌恶和反感。例如：

男圆领短袖	39.9 元	台丰松子	7.9 元
女式绣花	39.9 元	大白兔鲜乳奶	6.5 元
双全女式印花	39.9 元	巧克力	15.9 元
圣人跑马色织	39.9 元	易初莲花香瓜子	3.9 元
女式对开绣花	39.9 元		

在实践中，无论是整数定价还是尾数定价，都必须根据不同的地域而加以仔细斟酌。例如，美国、加拿大等国的消费者普遍认为单数比双数少，奇数比偶数显得便宜，所以，在北美地区，零售价为 29 美分的商品，其销量远远大于价格为 30 美分的商品，甚至比 28 美分的商品的销售量还要大一些。但是，日本企业却多以偶数，特别是以"0"作为尾数定价，这是因为偶数在日本体现着对称、和谐、吉祥、平衡和圆满。

当然，企业要想真正地打开销路，占有市场，还是必须以优质的产品作为后盾，过分看重数字的心理功能，或流于一种纯粹的数字游戏，只能哗众取宠于一时，从长远来看却于事无补。

3）声望定价

这是根据产品在消费者心中的声望、信任度和社会地位来确定价格的一种定价策略。声望定价可以满足某些消费者的特殊欲望，如地位、身份、财富、名望和自我形象等，还可以通过高价格显示名贵优质。因此，这一策略适用于一些传统的名优产品、具有历史地位的民族特色产品，以及知名度高、有较大市场影响、深受市场欢迎的驰名商标产品。例如，中国台湾地区宝丽来太阳镜价格高达 880～1 880 元，我国的景泰蓝瓷器在国际市场价格为 3 000多法郎，都是成功地运用声望定价策略的典范。为了使声望价格得以维持，需要适当控制市场拥有量。英国名车劳斯莱斯的价格在所有汽车中雄踞榜首，除了其优越的性能、精细的做工外，严格控制产量也是一个很重要的因素。在过去的 60 年中，该公司只生产了 16 000 辆轿车，美国艾森豪威尔总统以未能拥有一辆金黄色的劳斯莱斯汽车而作为一件终生憾事。但是，声望定价必须非常谨慎。20 世纪 70 年代末，我国某企业将出口到欧美的假发提价 2～3倍，销路迅速下降，大部分市场被日本、韩国的企业抢去。

4）招徕定价

招徕定价是指将某几种商品的价格定得非常之高或者非常之低，在引起消费者的好奇心理和观望行为之后，带动其他商品的销售的定价策略。这一定价策略常为综合性百货商店、超级市场，甚至高档商品的专卖店所采用。

招徕定价运用得较多的是将少数产品价格定得较低，吸引顾客在购买"便宜货"的同时，购买其他价格比较正常的商品。美国有家"99 美分商店"，不仅一般商品以 99 美分标价，甚至每天还以 99 美分出售 10 台彩电，极大地刺激了消费者的购买欲望，商店每天门庭若市。一个月下来，每天按每台 99 美分出售 10 台彩电的损失不仅完全补回，企业还有不少的利润。将某种产品的价格定得较低，甚至亏本销售，而将其相关产品的价格定得较高来销售，也属于招徕定价的一种运用。例如，美国柯达公司生产一种性能优越、价格极低廉的相机，市场销路很好。这种相机有一个特点，即只能使用"柯达"胶卷。"堤内损失堤外补"，销售相机损失的利润由高价的柯达胶卷全部予以补偿。在实践中，也有故意定高价以吸引顾客的。珠海九州城里有一种 3 000 港元一个的打火机引起人们的兴趣，许多人都想看看这"高贵"的打火机是什么样子。其实，这种高价打火机样子极其平常，虽无人问津，但它旁边的 3 元一只的打火机却销路大畅。

值得企业注意的是，用于招徕的降价品，应该与低劣、过时的商品明显地区别开来。招徕定价的降价品必须是品种新、质量优的适销产品，而不能是处理品。否则，不仅达不到招徕顾客的目的，反而可能使企业声誉受到影响。

3. 折扣定价策略

折扣定价策略是指对基本价格做出一定的让步，直接或间接降低价格，以争取顾客、扩大销量的定价策略。其中，直接折扣的形式有数量折扣、现金折扣、功能折扣、季节折扣，间接折扣的形式有回扣和津贴。

1）数量折扣

数量折扣是指按购买数量的多少，分别给予不同的折扣，购买数量越多，折扣越大的策略，其目的是鼓励大量购买，或集中向本企业购买。数量折扣包括累计数量折扣和一次性数量折扣两种形式。累计数量折扣规定顾客在一定的时间内，若购买商品达到一定数量或金额，则按其总量给予一定的折扣，其目的是鼓励顾客经常向本企业购买，成为可信赖的长期客户。一次性数量折扣规定一次购买某种产品达到一定数量或购买多种产品达到一定金额时，则给予折扣优惠，其目的是鼓励顾客大批量购买，促进产品多销、快销。

数量折扣的促销作用非常明显，企业因单位产品利润减少而产生的损失完全可以从销量的增加中得到补偿。此外，销售速度的加快，使企业资金周转次数增加，流通费用下降，产品成本降低，导致企业总盈利水平上升。

运用数量折扣策略的难点是如何确定合适的折扣标准和折扣比例。如果享受折扣的数量标准定得太高，比例太低，则只有很少的顾客才能获得优待，绝大多数顾客将感到失望；购买数量标准过低，比例不合理，又起不到鼓励顾客购买和促进企业销售的作用。因此，企业应结合产品特点、销售目标、成本水平、资金利润率、需求规模、购买频率、竞争者手段以及传统的商业惯例等因素来制定科学的折扣标准和比例。

2）现金折扣

现金折扣是对在规定的时间内提前付款或用现金付款者所给予的一种价格折扣的策略，其目的是鼓励顾客尽早付款，加速资金周转，降低销售费用，减少财务风险。采用现金折扣策略一般要考虑 3 个因素：折扣比例、给予折扣的时间限制、付清全部货款的期限。在西方国家，典型的付款期限折扣表示为"3/20，Net60"。其含义是在成交后 20天内付款，买者可以得到 3%的折扣；超过 20 天，在 60 天内付款不予折扣；超过 60 天，付款要加付利息。

由于现金折扣的前提是商品的销售方式为赊销或分期付款，因此，有些企业采用附加风险费用、管理费用的方式，以避免可能发生的经营风险。同时，为了扩大销售，在分期付款条件下，买者支付的货款总额不宜高于现款交易价太多，否则就起不到"折扣"促销的效果。提供现金折扣等于降低价格，所以，企业在运用这种手段时要考虑商品是否有足够的需求弹性，保证通过需求量的增加使企业获得足够的利润。此外，由于我国的许多企业和消费者对现金折扣还不熟悉，运用这种手段的企业必须结合宣传手段，使买者更清楚自己将得到的好处。

3）功能折扣

中间商在产品分销过程中所处的环节不同，所承担的功能、责任和风险也会不同，企业据此给予不同的折扣称为功能折扣。对生产性用户的价格折扣也属于一种功能折扣。影响功能折扣比例的因素主要有中间商在分销渠道中的地位、对生产企业产品销售的重要性、购买批量、完成的促销功能、承担的风险、服务水平、履行的商业责任以及产品在分销中所经历的层次和在市场上的最终售价等。功能折扣的结果是形成购销差价和批零售差价。鼓励中间商大批量订货、扩大销售、争取顾客并与生产企业建立长期、稳定、良好的合作关系是实行功能折扣的一个主要目的。功能折扣的另一个目的是对中间商经营的有关产品的成本和费用进行补偿，并让中间商有一定的盈利。

4）季节折扣

有些商品的生产是连续的，而其消费却具有明显的季节性。为了调节供需矛盾，生产这些商品的企业便采用季节折扣的方式，对在淡季购买商品的顾客给予一定的优惠，使企业的生产和销售在一年四季能保持相对稳定。例如，啤酒生产厂家对在冬季进货的商业单位给予大幅度让利，羽绒服生产企业则为夏季购买其产品的客户提供折扣。

确定季节折扣比例时应考虑成本、存储费用、基价和资金利息等因素。季节折扣有利于减少库存，加速商品流通，迅速收回资金，促进企业均衡生产，充分发挥生产和销售潜力，避免因季节需求变化所带来的市场风险。

5）回扣和津贴

回扣是间接折扣的一种形式，它是指购买者在按价格目录将货款全部付给销售者以后，销售者再按一定的比例将货款的一部分返还给购买者。津贴是企业为特殊目的、对特殊顾客以特定形式所给予的价格补贴或其他补贴。例如，当中间商为企业产品提供了包括刊登地方性广告、设置样品陈列窗等在内的各种促销活动时，生产企业给予中间商一定数额的资助或补贴。再如，在成熟期，开展以旧换新业务，将旧货折算成一定的价格，在新产品的价格中扣除，顾客只支付余额，这也是一种津贴的形式，以刺激消费需求，促进产品的更新换代，扩大新一代产品的销售。

上述各种折扣价格策略增强了企业定价的灵活性，对于提高厂商收益和利润具有重要的作用。但在使用折扣定价策略时，必须注意国家的法律制度，保证对所有顾客使用同一标准。例如美国 1936 年制定的"罗宾逊—巴特曼法案"规定，折扣率的计算应以卖方实现的成本节约数为基础，并且卖方必须对所有顾客提供同等的折扣优惠条件，否则就是犯了价格歧视法。

4. 产品组合定价策略

很少有企业只生产一种产品，通常企业都不止经营一种产品，即使是一种产品，也有不同的花色品种，因此企业为其产品定价时既要看到树木，更要看到森林，即要从整体上把握其产品的定价，这就是产品组合定价的含义。通常，企业要从以下 5 种情况来考虑组合定价。

1）产品线组合定价

企业通常是以产品线，即一类产品，而不是单一的产品来满足顾客需求的。因此，通常采取等级价格法为产品线定价。先确定一个基础价格，然后再分别为处于不同档次的产品制定不同的级差价格。例如，某些服装商店将男人的套服定为高、中、低 3 个档次，然后以低档的套服为基础价格，定为 500 元，中档为 1 200 元，高档为 3 000 元。这种策略成功的关键是：

（1）要确定基础价格，基价可以确定在最低级，也可以确定在最高级。

（2）级差层数要合理，不能拉得过长，也不能拉得过短。

（3）级差价格也要合理，不能过高，也不能过低。既要全面考虑级别层数与级差价格，即考虑生产成本、对手的同类价格以及顾客认同的价格，也要根据市场的变化，依据重点因素来确定，有时这个重点是顾客的需求，有时也可能是对手的因素。

2）基本产品与选择性产品的组合价格

由于顾客需求的差异以及个性营销的发展，许多价值较高的产品满足顾客的形式采取了两种类型：基本产品与选择性产品。

（1）基本产品是指满足所有购买者共同需求的必须具备的基本功能与形式。例如，汽车的基本配置，包括发动机与变速箱的规格型号、车内空间大小、服务项目与时限、最高时速等软硬件要求；宾馆酒店中的住宿等。

（2）选择性产品有两种。

① 个性化的基础产品，即它们也属于基本配置，但由于顾客需求的差异，厂商可以对有些基本产品提供不同的花色品种供顾客选择。例如，汽车中的座椅是必备的，但不同的顾客对座椅的要求不同：椅子的面料有皮的、布的，椅子的支撑有要金属的，有要木质的，木质的也有不同树的种类；还有各种收音机、空调等。

② 顾客可要可不要的产品。例如，汽车音响、车内通信设备、小型冰箱、防晒的彩色玻璃等。再如酒店的送餐到房等业务，这些不是顾客必须要购买的产品。

厂商在制定价格时必须考虑这两种不同产品的价格组合，通常，厂商对此有两种典型的价格相对比：一是相对比较高，即基本产品的价格定得较低，选择性产品价格较高；二是相对比较低，即基本产品的价格定得较高，选择性产品价格较低。两者相对比较高是一种常见的选择。例如，目前我国中档小汽车的基本配置价格并不高，但选择性产品的价格却高得出奇，有的经销商就是依靠高价的选择品赚钱。中档酒店也是如此，基本住宿费用不高，但它提供的额外配套服务的价格要比单纯住宿费用高得多。两者相对价格比都低主要出现在高档消费品中，即它的基本配置与选择性产品的价格都不低。例如，奔驰等高档小汽车、五星级宾馆的住宿以及其他服务的价格都很贵。

3）主导产品与附属产品定价组合

有些产品必须由主导产品与附属产品两个部分结合在一起，才能满足目标顾客的需求，因此，厂商必须从两种产品的搭配中为其制定价格。厂商在进行平衡组合时有 3 种选择：一是主导产品价低，附属产品价高；二是主导产品价高，附属产品价低；三是两者都高或两者都低的组合价格。厂商经常使用的组合是主导产品价格较低、附属产品的价格较高。这种组合无论在组织市场还是消费品市场都很普遍。例如，利乐公司是一家世界著名的为液态奶、啤酒、饮料企业提供灌装设备以及各种包装材料的瑞典公司，它的灌装流水线以及配套设备的价格较低，但是包装材料的价格较高。灌装设备的购买是一次性的，但包装材料却需要经常购买，利乐公司正是依靠这种价格组合，在我国液态奶、啤酒、饮料市场上赚取较大的利润。消费品市场中的机械剃须刀与刀片、照相机与胶卷、计算机与所需要的软件等也经常采用主导产品价格低、附属产品价格高的组合。这种策略潜在的危险是，由于附属产品的价格过高，可能会给竞争对手或新进入者偷袭自己市场的机会，即他们通过避开主导产品，以专门经营低价的附属产品的方式蚕食价格较低的主导者市场。例如，某些从事液态灌装与包装材料的企业在主导产品上竞争不过利乐公司，于是这些企业以及某些新进入者试图以低价的包装材料替代利乐的附属产品。这种策略在有些地区的市场中获得成功，但是购买者并不是利乐的客户，因为利乐公司通过向自己的客户提供售前、售中，特别是售后服务的方式，全面满足客户的需求，保证了其在液态奶、啤酒或饮料业获得成功，致使他们长期购买利乐的包装产品。这说明采取主导产品价低、附属产品价高的企业应该通过系统销售或其他措施防止自己的"软肋"遭受攻击。

4）主副产品定价组合

大型美容理发店的副产品（头发）处理得当也会成为经营者另一个利润的来源，木材加工后的树皮和锯末是家居和商业装饰业的重要原料。这种情况在工业加工、石油化工、矿产资源、肉类加工、皮革产品等中十分普遍。因此，这就要求厂商科学地制定自己的主产品、副产品价格组合。选择主副产品价格组合的基本思路是，在副产品完全没有价值（废物）到价值较高之间进行选择。

（1）副产品完全没有价值，企业需要支付处置费用。这时，主产品的价格必须能补偿副产品处置的费用。随着全球环境保护意识的增强以及建设节约型社会的需要，我国的厂商要抛弃对工业废物的狭义理解，树立变废为宝的辩证思维观点：为自己的副产品寻找相关市场，更重要的是依靠科学技术为现在看起来没有价值的废物寻找新的用途。（2）副产品有价值，有时甚至价值很高，这时，厂商面临多种选择，其中经常采用的是主产品价低，副产品价高，以副产品的价格来补偿主产品的亏损，目的是用低价提升主打产品竞争力，这是在激烈的价格竞争中避免亏损的有效手段。例如，北京餐馆烤鸭一度卖到 58 元一套，而且还包括饼与各种配料，而名店的一套为 288 元。价格相差如此悬殊是为了以低价吸引客人，餐馆之所以不亏损，原因在于烤鸭损失鸭毛补，它可做羽绒服装的原料；鸭下脚料补，鸭血鸭肠、鸭爪等除了可以作为火锅的原料外，还是价格不菲的凉菜。如果副产品是其他行业内的稀缺资源，则可以将其价格定得较高，达到以副养主（弥补主业的亏损）、以副帮主（帮助主业打开市场）、以副业增加主业利润的目的。

5）整体与局部定价组合

整体与局部价格有两种情况。第一种情况是整体与局部不可分的价格组合。这种情况在服务产品中比较普遍，它的价格经常是由两部分组成：一部分是固定价格，另一部分是变动价格。例如，我国汽车出租业的价格由两部分组成：一是起步价格，北京是 5km 内的固定价格，二是随着距离增加而支付的价格，即每千米的价格乘以千米数。我国的电话用户每月要支付一笔固定的出租费用，另外是每打一次电话按分钟计算的价格。再如，中国移动的动感地带规定使用者每月缴纳一定的费用，如果超过规定的短信条数，再额外收费等。以上都属于这种类型。因此，厂商要权衡这两部分产品的价格组合。通常的做法是将固定部分的价格定得低些，以吸引顾客，而将变动部分的价格定得高些，以增加利润。第二种情况是整体与局部可以分开的价格组合。这在组织市场销售中经常采用。例如，向企业出售一套大型设备，通常它的价格包括一揽子整体价格以及局部价格。一揽子整体价格是由设计、生产制造、安装、培训、售前服务（帮助客户解决融资或贷款等）、售后服务6 个部分组成的。由于客户所拥有的对产品控制能力与资源不同，有的企业购买全部产品，即全包产品的 6 个部分；也有的客户是选购部分内容，只需要一两个部分。例如，有的只需要设计、生产与安装，不需要服务与培训。这时，产品的整体与局部的价格组合就显得十分重要了。对此，企业可以按照整体价格与局部价格的关系采取 3 种价格组合：一是整体价格等于局部价格之和，这样既照顾了客户的选购，又显得价格公平合理；二是整体价格低于局部价格之和，这主要是为了鼓励客户进行整体购买，局部价格较低并不是说所有的局部价格都低，关键部分或顾客购买的重点价格要高，而且要高出应有的比例；三是整体价格高于局部价格之和，这主要是基于成本来考虑的，因为有时局部成本与整体成本的差别不成比例，减少某项购买并没有降低整体生产成本，有时，业内品牌影响力较强的企业也采取这种策略。

5. 地区定价策略

企业在制定价格策略时，针对不同地区的顾客，采取不同的价格策略，灵活处理运输、装卸、仓储、保险等多种费用，这种策略在外贸业务中最为普遍，主要的地区定价策略有以下几种。

（1）产地交货定价。指按产地的某种运输工具来交货定价，卖方负担货物装上运输工具之前的所有费用，交货后一切费用及风险则由买方承担，类似于国际贸易中的离岸价格（FOB）。产地价格有利于卖方简化定价工作，减轻卖方的责任与风险。但是，产地价格削弱了卖方在较远市场的竞争能力，远地顾客由于运费高、风险大而选择了就近购买。所以，产地定价一般适用于供不应求的产品，这时买方才愿意承担更多的风险和费用。

（2）统一交货定价。又称统一运货价，即卖方不分买方路途的远近，一律实行统一定价、统一送货，一切运输、保险等费用都由卖方负担，类似于国际贸易中的到岸价格（CIF）。这种策略如同邮政部门的邮票价格，平信无论寄到全国何处（除本市外），均付同等邮资。这种定价策略适用于商品价值高，而运费占成本比重小的商品，使买主能比较准确地估计所有支付的款项，感到方便；给买方形成一种心理错觉，似乎卖方是把运输作为一种免费的附加服务，这就有利于卖方拓展市场和巩固客户。

（3）基点定价。指企业选定一些中心城市作为定价基点并确定基点价格，按基点到所在地的距离收取运费，而不管商品由何处发货。采用这种策略对中小客户具有很大的吸引力，能迅速提高市场占有率，扩大销售。这种定价策略适用于产品笨重、运费成本比例较高、生产分布较广、市场范围较大、需求弹性小的产品。

（4）分区定价。即企业将买方分布的地区划分为若干价格区，把同一价格区内所有有关买方的费用作为平均数计入产品价格，同一价格区实行同一价格，不同价格区实行不同价格，距离企业远的价格区定价较高，距离企业近的价格区定价较低。这种方式要比统一交货定价更合理些，但也存在以下问题：

① 即使在同一价格区，顾客距离企业也有远近之分，较近的就不合算。

② 处于区域接壤地带，虽彼此相距甚近，但要按高低不同的价格购买同一产品。

（5）运费免收定价。企业产品向跨地区市场渗透，由于市场范围扩大导致费用增加。这势必将迫使买方"弃远求近"而购买当地产品，这对扩大市场份额显然是不利的。因此，一些企业就采用运费免收定价策略，它实质上就是减价。这无疑对卖方是个眼前的损失，减少了销售净收入。但由于这种定价很具吸引力，容易提高市场销售量，因而有利于促进企业经营规模的扩大和成本的降低，有可能使降低的成本抵消运费的支出，使总收入增大，并使企业在竞争激烈的市场上能站得住脚。

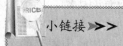

小链接 ▶▶▶

你愿意无偿出资 870 万美元吗？

第二次世界大战结束后不久，战胜国决定成立一个处理世界事务的联合国。但在什么地方建立这个总部，一时间颇费思量。地点理应选在一座繁华城市，但在任何一座繁华都市购买可以建立联合国总部庞大楼宇的土地都是需要很大一笔资金的，而刚刚起步的联合国总部的每一分钱都肩负重任。就在有关人士为此商量来商量去时，洛克菲勒家族听说了这件事，立刻出资 870 万美元在纽约买下一块地皮，在人们的惊诧中无条件地捐赠给联合国。

联合国大楼建起来后，四周的地价立即飙升起来，洛克菲勒家族在买下捐赠给联合国的那块地皮时，也买下了与这块地皮毗连的全部地皮。没有人能够计算出洛克菲勒家族凭借毗连联合国的地皮获得了多少个 870 万美元。

洛克菲勒家族收获的满园果香，只缘自他们种下了一粒谋略种子。这是睿智，也是胆识，更是设计收获的精致。生活从来不说什么，只用时间诠释真理：帮助别人，就是帮助自己；要想获取，就先给予。

资料来源：澜涛. 时代青年，2001（4）.

▶▶▶9.2 价格管理的内容

9.2.1 价格维护

价格维护是指企业根据客观环境和市场形势的变化而对原有价格进行调整的价格管理。企业的生产经营状况和市场形势都是在不断变动的，企业也要采取相应的措施调整产品价

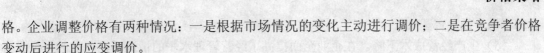

格。企业调整价格有两种情况：一是根据市场情况的变化主动进行调价；二是在竞争者价格变动后进行的应变调价。

价格调整决策与企业的市场占有率、市场接受新产品的快慢、企业及其产品在市场上的形象等都有密切的关系。价格策略的正确与否对企业的成败来说至关重要。与竞争者相比，本企业所提供的产品价值与价格比率的高低将决定竞争过程中的优势归属，决定竞争的胜负。在竞争过程中，谁能以较低的价格向市场提供较大的价值，谁就可能成为竞争中的赢家。反之，如果价格决策失误，缺乏价格策略与营销组合中其他策略之间的协调，即使企业所提供的产品的内在质量优异、外形设计符合消费者意愿，也无法得到市场的认同和接受。几乎所有的企业，包括那些拥有显赫市场地位的企业，在制定价格时，也都必须慎重地考虑自身的价格行为对市场可能产生的影响，必须考虑来自竞争者的可能的价格威胁。

9.2.2　降价与提价的原因

价格竞争的内容很多，除企业使用的定价方法和价格策略外，另一个比较明显的表现就是企业进行价格调整。企业经营面对的是不断变化的环境，在采用一定方法并确定了定价策略后，企业仍需要根据环境条件的变化对既定价格进行调整。

企业对原定价格进行调整可分为两种情形：一是调高价格，二是降低价格。对价格进行调整的必要性源于企业经营内外部环境的不断变化。

1. 降价的原因

降低价格往往在下述情形下采用。

（1）应付来自竞争者的价格竞争压力。在绝大多数情况下，反击直接竞争者价格竞争见效最快的手段就是"反价格战"，即制定比竞争者的价格更有竞争力的价格。

（2）调低价格以扩大市场占有率。在企业营销组合的其他各个方面保持较高质量的前提下，若定价比竞争者低，则能给企业带来更大的市场份额。对于那些仍存在较大的生产经营潜力，降低价格可以刺激需求，进而扩大产销量、降低成本水平的企业来说，价格下调更是一种较为理想的选择。

（3）市场需求不振。在宏观经济不景气或行业性需求不旺时，价格下降是许多企业借以渡过难关的重要手段。例如，当企业的产品销售不畅，而又需要筹集资金进行某项新产品的开发时，可以通过对一些需求价格弹性大的产品予以大幅度降价，从而增加销售额以达到企业回笼资金的目的。

（4）根据产品寿命周期阶段的变化进行调整。这种做法也称为阶段价格策略。在从产品进入市场到被市场所淘汰的整个寿命周期过程中的不同阶段，产品生产和销售的成本不同，消费者对产品的接受程度不同，市场竞争状况也有很大的不同。阶段价格策略强调根据寿命周期阶段特征的不同，及时调整价格。例如，相对于产品导入期时较高的价格，在其进入成长期的后期和成熟期后，市场竞争不断加剧，生产成本也有所下降。下调价格可以吸引更多的消费者，大幅度增加销售，从而在价格和生产规模之间形成良性循环，为企业获取更多的市场份额奠定基础。

（5）生产经营成本下降。在企业全面提高了经营管理水平的情况下，产品的单位成本和费用有所下降，企业就具备了降价的条件。对于某些产品而言，由于彼此的生产条件、生产成本不同，最低价格也会有差异。显然，成本最低者在价格竞争中拥有优势。

2. 提价的原因

具体来说，企业往往在下述一种或几种情形同时出现时需要提高现有的价格。

（1）生产经营成本上升。在价格一定的情况下，成本上升将直接导致利润的下降。因此，在整个社会发生通货膨胀或生产产品的原材料成本大幅度上升的情况下，调高价格则是保持利润水平的重要手段。

（2）需求压力。在供给一定的情况下，需求的增加会给企业带来压力。对于某些产品而言，在出现供不应求的情况下，可以通过提价来相对遏制需求。这种措施同时也可以为企业获取比较高的利润，为以后的发展创造一定的条件。

（3）创造优质优价的名牌效应。为了将企业的产品或服务与市场上同类产品或服务拉开差距，作为一种价格策略，可以利用提价来营造名牌形象。充分利用顾客"一分价钱一分货"的心理，使其产生高价优质的心理定式，创造优质效应，从而提高企业及产品的知名度和美誉度。

9.2.3 价格调整对顾客的影响

适当的价格调整能够产生良好的效果。但是，若调整不当，则适得其反。无论是调高价格还是降低价格，企业都必须注意到各个方面的反应。衡量定价成功与否的最重要标志是消费者将如何理解价格调整行为；企业所确定的价格能否为消费者所接受。企业打算向顾客让渡利润的降价行为可能被理解为产品销售状况欠佳、企业面临经济上的困难等，一个动机良好的价格调整行为就可能产生十分不利的调整结果。因此，企业在进行调整前，必须慎重研究顾客对调整行为可能的反应，并在进行调整的同时，加强与顾客的沟通。

顾客对企业的提价行为可能会有这样的反应：

（1）普遍都在提价，这种产品价格的上涨很正常。

（2）这种产品很有价值。

（3）这种产品很畅销，将来一定更贵。

（4）企业在尽可能牟取更多的利润。

顾客对企业的降价行为可能会有这样的反应：

（1）产品的质量有问题。

（2）这种产品老化了，很快会有替代产品出现。

（3）企业财务有困难，难以经营下去。

（4）价格还会进一步下跌。

小链接 ▶▶▶

成品油今起涨价，车主半夜排队加油

听说成品油价格再上调，让羊城的不少加油站昨晚"热闹"了一番。广州大道、黄埔大道上多个加油站前排队加油的司机比平日增多。不少车主称，已听说油价将再次上涨，故前来加油。不少加油站在昨晚临近 11 点时仍称不知涨价信息，但到了今天凌晨，却准时换上了新的油价牌。在记者现场走访过程中，广州市物价部门的工作人员也出动，严防加油站提前涨价。

昨晚 10 时 30 分左右，记者在现场看到，到江湾大酒店附近加油站加油的车辆开始陆续增多，但排队区域仅限在加油站内。10 时 40 分左右，在黄埔大道上的一中石油加油站，排队的车辆开始延续到主路，赶来加油的大多是途经的货车。一位东莞车牌的车主表示，路上听说要涨价，便沿途找了一家加油站，多加一些油。

93 号、97 号汽油最高零售价今起分别上涨 0.23 元和 0.25 元！今日零时，广州市海珠区工业大道北 46 号的中石化广东广州工业大道加油站将原来 5.21 元/升的 93 号汽油价格换成了 5.44 元/升，97 号汽油则从原来的每升 5.65 元提高到了 5.9 元。

资料来源：陶达嫔，林燕德.南方日报，2009-03-25.

9.2.4　价格调整对竞争对手的影响

竞争者对调价的反应有以下几种类型。

（1）相向式反应。你提价，他涨价；你降价，他也降价。这样一致的行为对企业的影响不太大，不会导致严重的后果。企业只要坚持合理营销策略，就不会失掉市场和减少市场份额。

（2）逆向式反应。你提价，他降价或维持原价不变；你降价，他提价或维持原价不变。这种相互冲突的行为影响很严重，竞争者的目的也十分清楚，就是要乘机争夺市场。对此，企业要进行调查分析，首先要摸清竞争者的具体目的，其次要估计竞争者的实力，再次要了解市场的竞争格局。

（3）交叉式反应。众多竞争者对企业调价的反应不一，有相向的，有逆向的，有不变的，情况错综复杂。企业在不得不进行价格调整时，应注意提高产品的质量，加强广告宣传，保持分销渠道畅通。例如在同质产品市场，如果竞争者降价，企业必随之降价，否则企业会失去顾客。某一企业提价，其他企业随之提价（如果提价对整个行业有利），但如有一个企业不提价，最先提价的企业和其他企业将不得不取消提价。在异质产品市场，购买者不仅考虑产品价格的高低，而且考虑质量、服务、可靠性等因素，因此购买者对较小价格差额无反应或不敏感，则企业对竞争者价格调整的反应有较多自由。

企业在做出反应前，首先必须分析：竞争者调价的目的是什么？调价是暂时的还是长期的？能否持久？企业面临竞争者时应权衡得失：是否应做出反应？如何反应？另外，还必须

分析价格的需求弹性、产品成本和销售量之间的关系等复杂问题。企业为了做出迅速反应，最好事先制定反应程序，到时按程序处理，可提高反应的灵活性和有效性。面对竞争者的变价，企业不可能花很多的时间来分析应采取的对策。事实上，竞争者很可能花了大量时间来准备变价，而企业又必须在数小时或几天内明确果断地做出明智反应。缩短价格反应决策时间的唯一途径是：预料竞争者的可能价格变动，并预先准备适当的对策。

 【本章小结】

在营销策略组合中，价格具有任何其他营销组合手段所无法替代的作用。在市场营销活动中，企业定价是一项既重要又困难，而且有一定风险的工作。定价策略在市场营销活动中具有重要的地位：价格是调节市场需求、诱导市场需求的重要手段；价格是参与市场营销竞争的有效手段；价格是实现企业营销目标的核心手段；价格受企业营销环境条件的制约。

企业在定价之前必须首先确定定价目标。定价目标为企业营销目标服务，是企业选择定价方法和制定价格策略的依据。企业的定价目标有多种：以获取理想利润为定价目标；以取得适当的投资利润率为定价目标；以维持或提高市场占有率为定价目标；以树立和改善企业形象为定价目标；以应付与防止竞争为定价目标。

产品价值是产品价格的基础，在现实的市场营销活动中，除了产品成本、市场供求、竞争状况以外，市场营销组合中的其他变数，如产品策略、渠道策略、促销策略以及政府的经济政策、企业本身的生产能力、财务能力等都会对企业的定价策略产生不同程度的影响。因此，必须在产品价值的基础上，认真研究影响的各方面因素，才能制定出保证实现营销目标的合理价格。

企业定价一般有成本导向、需求导向和竞争导向等几种方法。在成本导向定价法中，可按成本加成定价法、目标贡献定价法等进行定价；在需求导向定价法中，可按理解价值定价法、需求差别定价法进行定价；竞争导向定价法则是以竞争各方之间的实力对比和竞争者的价格为主要定价依据。

企业定价面对的是复杂多变的环境。鉴于此，企业必须在采用某种方法确定出基本价格的基础上，根据目标市场状况和定价环境的变化，采用适当的策略，保持价格与环境的适应性。差别定价、组合定价、折扣定价和某些新产品价格就是一些适应性定价策略。除此之外，在必要的时候还要对价格进行适当的调整。

 【思考题】

1. 企业定价的主要依据有哪些？
2. 企业定价为什么要注重环境分析?应当注意哪些环境因素？
3. 什么是成本导向型定价法？有哪些具体方法？
4. 什么是需求导向型定价法？有哪些具体方法？
5. 竞争导向型定价法的特点是什么？

【学习自测题】

一、单项选择题

1. 增量分析定价法主要是分析企业接受新任务后是否有____。

A. 增量收入　　　　B. 增量成本　　　　C. 增量利润　　　　D. 增量毛利

2. 企业给予能及时付清货款的顾客的一种减价属于____折扣。

A. 现金　　　　B. 数量　　　　C. 功能　　　　D. 季节

3. 顾客只能一次买下所有东西，不能分开购买的价格捆绑是____。

A. 混合捆绑　　　　B. 纯粹的捆绑　　　　C. 全部捆绑　　　　D. 产品系列捆绑

4. 随行就市定价法是____市场的惯用定价方法。

A. 完全垄断　　　　B. 异质产品　　　　C. 同质产品　　　　D. 垄断竞争

5. 企业把全国分为若干价格区，对于卖给不同价格区顾客的某种产品，分别制定不同的地区价格，这是____。

A. FOB 原产地定价　　　　　　　　B. 分区定价

C. 统一交货定价　　　　　　　　　D. 基点定价

6. 某服装店售货员把相同的服装以 800 元卖给顾客 A，以 600 元卖给顾客 B，该服装店的定价属于____。

A. 顾客差别定价　　　　　　　　　B. 产品形式差别定价

C. 产品部位差别定价　　　　　　　D. 销售时间差别定价

7. 为鼓励顾客购买更多物品，企业给那些大量购买产品的顾客的一种减价称为____。

A. 功能折扣　　　　B. 数量折扣　　　　C. 季节折扣　　　　D. 现金折扣

8. 如果企业按 FOB 价出售产品，那么产品从产地运载工具到目的地发生的一切短损都将由____承担。

A. 企业　　　　B. 顾客　　　　C. 承运人　　　　D. 保险公司

9. 统一交货定价就是我们通常说的____定价。

A. 分区　　　　B. 运费免收　　　　C. 基点　　　　D. 邮资

10. 企业利用消费者具有仰慕名牌商品或名店声望所产生的某种心理，对质量不易鉴别的商品的定价最适宜用____法。

A. 尾数定价　　　　B. 招徕定价　　　　C. 声望定价　　　　D. 反向定价

11. 当产品市场需求富有弹性且生产成本和经营费用随着生产经营经验的增加而下降时，企业便具备了____的可能性。

A. 渗透定价　　　　B. 撇脂定价　　　　C. 尾数定价　　　　D. 招徕定价

12. 按照单位成本加上一定百分比的加成来制定产品销售价格的定价方法称为____定价法。

A. 成本加成　　　　B. 目标　　　　C. 认知价值　　　　D. 诊断

13. 在投标过程中，投标商对其价格的确定主要是依据____制定的。

A. 市场需求　　　　　　　　　　　B. 企业自身的成本费用

C. 对竞争者的报价估计　　　　　　D. 边际成本

14. 企业因竞争对手率先降价而做出跟随竞争对手相应降价的策略主要适用于____市场。

    A. 寡头   B. 差别产品   C. 完全竞争   D. 同质产品

15. 在订货合同中不明确价格，而是在产品制成以后或者交货时才进行定价的方法是对付____的一种价格策略。

    A. 通货膨胀   B. 经济紧缩   C. 经济疲软   D. 经济制裁

16. 在产品系列定价中，企业出售一组产品的价格应____单独购买其中每一种产品的费用总和。

    A. 高于   B. 等于   C. 低于   D. 不低于

17. 根据估计的总销售收入（销售额）和估计的产量（销售量）来制定价格的方法被称为____。

    A. 目标定价法   B. 成本加成定价法

    C. 反向定价法   D. 随行就市定价法

18. 企业的产品供不应求，不能满足所有顾客的需要。在这种情况下，企业就必须____。

    A. 降价   B. 提价

    C. 维持价格不变   D. 降低产品质量

19. 在强大竞争者的压力之下，企业的市场占有率将下降，在这种情况下，企业就需考虑____。

    A. 提价   B. 降价   C. 大幅提价   D. 不变

20. 体育馆对于不同座位制定不同的票价，其采用的是____。

    A. 产品形式差别定价   B. 产品部位差别定价

    C. 顾客差别定价   D. 销售时间差别定价

二、多项选择题

1. 成本导向定价法包括____等几种具体方法。

    A. 反向定价法   B. 目标定价法   C. 成本加成定价法

    D. 差别定价法   E. 增量分析定价法

2. 价格战主要有____等几种形式。

    A. 进攻型价格战   B. 建设型价格战   C. 围攻型价格战

    D. 狙击型价格战   E. 防御型价格战

3. 地区定价的形式有____。

    A. FOB 原产地定价   B. 分区定价   C. 补充产品定价

    D. 基点定价   E. 运费免收定价

4. 企业定价目标主要有____。

    A. 维持生存   B. 当期利润最大化   C. 市场占有率最大化

    D. 产品质量最优化   E. 成本最小化

5. 价格折扣主要有____等类型。

    A. 现金折扣   B. 数量折扣   C. 功能折扣

D. 季节折扣   E. 价格折让

6. 引起企业提价主要有_____等原因。

  A. 通货膨胀，物价上涨 B. 企业市场占有率下降 C. 产品供不应求

  D. 企业成本费用比竞争者低   E. 产品生产能力过剩

7. 心理定价的策略主要有_____。

  A. 声望定价   B. 分区定价   C. 尾数定价

  D. 基点定价   E. 招徕定价

8. 产品组合定价策略主要有_____。

  A. 统一交货定价   B. 选择品定价   C. 产品大类定价

  D. 分部定价   E. 副产品定价

9. 市场领导者在遭到其他企业的进攻后，有_____策略可供选择。

  A. 提高产品质量   B. 提价   C. 维持价格不变

  D. 降价   E. 降低服务水平

10. 竞争者对调价的反应，主要有_____类型。

  A. 相向式反应   B. 逆向式反应   C. 从容式反应

  D. 过激式反应   E. 交叉式反应

三、填空题

1. 价格捆绑有纯粹的捆绑和_____等形式。

2. 企业提价，竞争者也涨价，竞争者对调价的这种反应属于_____类型。

3. 在产品供不应求、不能满足所有顾客的情况下，企业必须_____。

4. 在价格战中，_____价格战一般是企业迫不得已采取的一种市场行为。

5. 不同顾客对同一种商品或服务的需求强度和商品知识有所不同，企业可采用_____定价策略，以不同的价格卖给不同的顾客。

6. _____是企业对于卖给不同地区顾客的某种产品，都按照相同的厂价加相同的运费定价。

7. 企业对于不同季节、不同时期甚至不同钟点的产品或服务分别制定不同的价格，称为_____定价。

8. 市场营销学理论认为产品的最高价格取决于产品的市场需求，最低价格则取决于产品的_____。

9. 企业在生产和市场营销过程中贯彻产品质量最优化指导思想时，往往要求用_____来弥补高质量和研究开发的高成本。

10. 在产品的市场需求和成本费用既定的情况下，企业能把该产品的价格定得多高，则取决于_____同种产品的价格水平。

11. 反向定价法不以实际成本为主要依据，而是以_____为定价出发点，力求使价格为消费者所接受。

12. 为使消费者产生价格低廉和卖主经过认真的成本核算才定价的感觉，企业往往采用_____定价策略。

13. 如果企业产量过剩,或面临激烈竞争,或试图改变消费者需求,则需要把_____作为定价目标。

14. 成本加成定价法的公式为_____。

15. 撇脂定价与渗透定价均适合于产品生命周期的_____阶段。

16. 服务性企业采用分部定价时,固定费用应_____,以推动人们购买服务,利润可以从使用费用中获得。

17. 由于通货膨胀,物价上涨,企业的成本费用提高,因此许多企业不得不_____。

18. 便利定价法是利用消费者求_____的心理,对某些价值较小、消费者经常购买的日用品,制定不带尾数的价格。

19. 认知价值定价法的关键在于准确地计算产品所提供的全部_____。

20. 在一段时间内,某行业大量企业以集中的大幅度降低价格为主要竞争手段,并导致该行业一批企业利润下滑、生存困难甚至破产倒闭的竞争态势称为_____。

四、名词解释

1. 成本加成定价法　　　　　　　2. 需求导向定价法

3. 竞争导向定价　　　　　　　　4. 撇脂定价

5. 渗透定价　　　　　　　　　　6. 声望定价

7. 招徕定价

五、简答题

1. 影响产品定价的因素主要有哪些?

2. 企业定价的目标有哪些?

3. 成本导向定价法有哪几种具体方法?各有什么优缺点?

4. 心理定价有哪些具体策略?

5. 差别定价策略的具体形式有哪些?

六、论述题

1. 论述企业的不同定价目标如何影响价格决策。

2. 论述新产品定价有哪些策略可供选择。

3. 常见的消费价格心理有哪些?如何进行心理定价?

4. 论述差别定价的主要形式及具备条件。

5. 企业进行价格调整时应该注意哪些问题?

七、案例分析

家乐福的定价策略

为了更好地理解家乐福的定价策略,下面以北京家乐福作为切入点,对其所采取的定价策略进行深入的分析。

1. 定价目标

随着市场经济的发展,非价格因素对顾客选购的影响越来越大,但是就目前的消费市场及消费水平来看,价格仍是影响顾客选购的最主要因素,特别是对超市这样的零售业态。家乐福作为一家全球性的零售企业,其价格的制定具有很强的策略性和目的性。要使企业价格

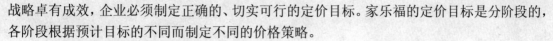
战略卓有成效，企业必须制定正确的、切实可行的定价目标。家乐福的定价目标是分阶段的，各阶段根据预计目标的不同而制定不同的价格策略。

1）开业初期的定价目标：维持企业生存

自 20 世纪 90 年代以来，北京的零售业发生了翻天覆地的变化，虽然当时还没有很成功的超市，但如贵友大厦、蓝岛大厦、赛特购物中心、燕莎商城等新型大商场取得了良好的业绩，原有的具有悠久历史的零售企业，如王府井百货大楼、西单商场等也发展很快。面对激烈竞争的市场环境，为了在进入市场前期顺利运营以及快速进入轨道，家乐福采用了低价策略，即其商品价格普遍低于正常价格 10%～20%。通过低价策略，家乐福打开了市场，吸引了相当一部分的顾客。

2）中期的定价目标：获取适当利润

家乐福进入北京一年后，已经取得了相当的市场份额。这时候，定价策略从当初的维持企业生存向获取利润转移，家乐福的商品逐渐悄悄地提高售价。由于家乐福的顾客已经习惯了家乐福的购物环境和服务质量，所以商品的涨价对他们的消费量不会产生太大的影响。

2. 定价方法

目前，家乐福所采用的定价方法主要是成本导向定价法和竞争导向定价法。

1）成本导向定价法

成本导向定价是指企业根据产品的生产成本加上所期望获得的收益，从而确定产品的售价。家乐福的商品价格是以成本价加上一个固定的毛利率来计算的。其商品的一般毛利率是：食品、饮料、日用品类为 3%～5%，鲜活类为 17%，服装类为 30%，玩具类为 20%，家具类为 20%～30%，家电类为 7%，文化用品为 20%。

这种方法首先保证了商场的盈利，同时在竞争日趋激烈的市场上，也缓和了与对手的相互对抗。但如果只是使用这种方法，就不能很好地适应市场需要的变化，而且很容易被对手在价格上占领领先优势，所以家乐福同时也采用了竞争导向定价法。

2）竞争导向定价法

竞争导向是指企业不直接以成本或需求因素为基础，而是以竞争者价格为基础，并以有利于企业的发展和获得满意的利润为目的而进行的产品定价，它主要着眼于竞争对手的价格变动，使本企业的价格与竞争对手的价格形成抗衡状态，较少考虑产品成本、需求等其他因素的影响。

家乐福的竞争导向定价法在前期相对来说用得比较多。在开业初期，它采用低价策略成功地打开了市场后，下一步便是针对主要对手来制定价格。每周三，它都要派出大量人员到两个主要竞争对手——燕莎望京、普尔斯马特区采价（尤其是地处同一区域内的燕莎望京），然后迅速汇总，星期四晚上调整价格，迎接双休日的销售高峰。

在竞争导向定价法中，家乐福主要运用了随行就市法，它以燕莎望京的价格作为基础，只是稍微进行下调，从而既保证了价格的优势，也不会导致利润太低。

讨论题：

试分析目前家乐福的定价目标发生了什么样的变化，其定价方法应做怎样的调整。

资料来源：http://hi.baidu.com/wuchengfenl 17/blog/item/.

第 10 章
分销渠道策略 ▶▶▶

【学习目标】

- ◆ 掌握分销渠道的含义与职能。
- ◆ 了解分销渠道策略的不同类型及其适应性。
- ◆ 了解分销渠道的影响因素、主要中间商类型及其特征。
- ◆ 能针对企业的不同情况对分销渠道进行选择和管理。
- ◆ 明确分销渠道与市场营销渠道的内涵。
- ◆ 认识分销渠道的分类。
- ◆ 在掌握分销渠道影响因素的基础上明确分销渠道的设计与管理。
- ◆ 了解经销商与代理商的主要形式。

自从戴尔公司和亚马逊公司通过网上销售获得了巨大的成功之后，许多企业纷纷效法。中国也出现了不少网上书店、电子商务网站。美国的许多巨型店铺零售商（如沃尔玛等）也都开辟了网站，网络成了一种热门的新型渠道。怎么看待这一现象呢？

▶▶▶10.1　分销渠道综述

生产者如何把自己生产出来的产品销售给消费者，这是摆在每一个生产者面前的重要课题。谁能以最适当的方式在最短的时间内，将自己的产品呈现在消费者最愿意去购买的地点，谁就能在激烈的竞争中取得主动地位。因此，生产者必须认真研究自己产品的分销方式、方法和路线，即研究将产品从生产地转移到销售地的策略。

10.1.1　分销渠道的含义与职能

市场营销的真谛是，要以顾客能接受的价格，在其需要的时间、需要的地点提供其需要数量的所需产品和服务。那么，如何使顾客能在需要的时间、需要的地点轻而易举地获得其产品和劳务呢？这就是分销渠道策略要研究并解决的问题。

分销渠道在整个市场营销中具有重要的意义，其理由有四个。

（1）分销渠道是最基本的市场营销组合因素 4P 之一，是不可分割的一部分。

（2）它会较大程度地影响产品、价格、促销等其他市场营销组合因素，甚至决定一个产品在市场上能否获得成功，因为它担负着将产品及时转移到市场并引导顾客购买产品的重要功能。

（3）分销渠道的性质决定了它与整个市场营销处于一种长期关系，不能轻易变动，因为它的决策意味着对其他公司的一种比较长期的承诺。当一个汽车制造商和独立的经销商签订合同，由后者经销前者的汽车以后，汽车制造商从合同规定之日起就必须尊重其经销权，不得以本公司的销售网点取而代之。可以说，一个分销系统是一项关键性的外部资源，它的建立通常需要若干年，并且不是轻易可以改变的，它的重要性不亚于其他关键性的内部资源。

（4）分销渠道具有运输、储藏等提高产品价值的功能，并通过其功能的发挥在适当的时候、适当的场所，将适当数量的产品提供给批发、零售业者和消费者。

1. 分销渠道的含义

美国市场营销学家菲利普·科特勒认为，分销渠道是指某种产品和服务在从生产者向消费者转移的过程中，取得这种产品和服务的所有权或帮助所有权转移的所有企业和个人。

小链接 ▶▶

美国市场营销协会 20 世纪 60 年代的定义

分销渠道是指企业内部和外部代理商和经销商（批发和零售）的组织机构，通过这些组织机构，产品才得以上市销售。

肯迪夫和斯蒂尔的定义

分销渠道是指当产品从生产者向最后消费者或产业用户移动时，直接或间接转移所有权所经过的途径。

资料来源：邓德胜，王慧彦. 现代市场营销学. 2009：2.

分销渠道的起点是生产者，终点是消费者或者用户，中间环节包括各种类型的批发商、代理商、零售商和商业服务机构等。

只要是从生产者到最终用户或消费者之间，任何一组与商品交易活动有关并相互依存、相互关联的营销中介机构均可称为一条分销渠道。

总的来说，分销渠道也称销售渠道或者简称为渠道，是指产品从生产者转移给消费者或用户所经过的由企业和个人连接起来形成的通道。分销渠道的起点是生产者，分销渠道的终点是消费者或用户，中间环节为中间商，包括批发商、零售商、代理商和经纪人，它们都成为分销渠道的成员，共同构筑起分销渠道。

2. 市场营销渠道与分销渠道

市场营销渠道和分销渠道常被人们混为一谈，其实这是两个不同的概念，应加以区别。科特勒指出："市场营销渠道是指那些组合起来生产、分销和消费某一生产者的某些货物或服务的一整套所有企业和个人"。也就是说，市场营销渠道包括某种产品的供、产、销过程中所有的企业和个人，如资源供应商、生产者、商人中间商、代理中间商、辅助商（包括运输企业、公共货栈、广告代理商、市场调研机构等）以及最后的消费者或用户等。

根据市场营销渠道和分销渠道的定义可以知道：

（1）两者涉及的范围不同，市场营销渠道比分销渠道广，前者包括原材料或零部件供应商和辅助商，而后者却不包括。

（2）两者的起点不同，前者的起点是供应商，而后者则是制造商。

3. 分销渠道的职能

分销渠道选择是否得当，对企业的营销工作有很大影响，直接影响到营销组合中其他方面的决策。在社会大规模复杂化的今天，必然会出现各种经济上的不一致现象，在生产和消费之间，在产品、服务和其使用者之间，会出现时间、数量、地点和持有权等的缺口。分销渠道将承担起除去、调整经济上的不一致现象和弥补各种缺口的重要职能。

分销渠道的主要职能有如下几种。

（1）研究。收集、传播和反馈各类制订计划和进行交换过程中所必需的信息。

（2）促销。进行关于所供应的物品的说服性沟通，刺激需求，扩大商品销售量。

（3）接洽。寻找可能的购买者并与之进行沟通，是生产者和消费者联结的桥梁。

（4）配合。使所供应的物品符合购买者需要，包括分类、分等、装配、包装等活动。

（5）谈判。为了转移所供物品的所有权，就其价格及有关条件达成最后协议。

（6）物流。从事货物的运输、仓储及信息处理等具体活动。

（7）融资。为补偿渠道工作的成本费用而对资金的取得与支出。

（8）风险承担。承担在商品流转过程中与渠道工作有关的供求变化、自然灾害、价格下跌等风险。

分销渠道除了上述主要功能外，还具有减少交易次数、降低流通费用、集中平衡和扩散商品、分级分等、提供服务等作用。因此，企业在市场营销中，必须科学地选择和培育分销渠道，合理设置中间环节，充分发挥分销渠道的作用，实现货畅其流。

10.1.2　分销渠道的层次与模式

分销渠道可根据其渠道层次进行分类。在产品从生产者转移到消费者的过程中，任何一个拥有产品所有权或负有推销责任的机构，就成为一个渠道层次。由于生产者和消费者都参与了将产品及其所有权转移到消费地点的工作，因此它们也都被列入渠道中。

分销渠道可以按其长度的不同分为 4 种基本类型（如图 10-1 所示）。

（1）零级渠道，通常叫做直接渠道。直接渠道是指产品从制造商转移到消费者或用户的过程中不经过任何中间商转手的分销渠道。直接分销的主要形式有上门推销、邮寄销售、家庭展示会、电子通信销售、网络营销、电视直销、制造商自设商店或专柜等。其主要优点是：能缩短产品的流通时间，使其迅速转移到消费者或用户；减少中间环节，降低产品损耗；制造商拥有控制产品价格的主动权，有利于稳定价格；产需直接见面，便于了解市场，掌握市场信息。

（2）一级渠道，是指在生产者和消费者（或用户）之间介入一层中间环节的分销渠道。在消费者市场，其中间环节通常是零售商；在生产者市场，大多是代理商或经纪人。

（3）二级渠道，是指在生产者和消费者（或用户）之间介入两层中间环节的分销渠道。在消费者市场，通常是批发商和零售商；在生产者市场，通常是代理商和批发商。

（4）三级渠道，是指在生产者和消费者（或用户）之间介入 3 层中间环节的分销渠道。通常由一个批发商、一个中转商（专业批发）和一个零售商组成。

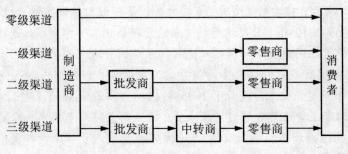

图 10-1　分销渠道层次类型图

级数更高的营销渠道也有，但是不多。从生产者的观点来看，渠道层数越高，控制越成问题，制造厂商一般总是和最近的一级中间商打交道。

渠道的长度策略是指企业根据产品特点、市场状况和企业自身条件等因素来决定渠道的级数。

一般来说，技术性强的产品，需要较多的售前、售后服务水平，保鲜要求高的产品都需要较短的渠道；而单价低、标准化的日用品需要长渠道。从市场状况来看，顾客数量少，而且在地理上比较集中时，宜用短渠道；反之，则宜用长渠道。如果企业自身的规模较大，拥有一定的推销力量，则可以使用较短的渠道；反之，如果企业的规模较小，就有必要使用较多的中间商，则渠道就会较长。

此外，企业渠道级数的多少还取决于企业的经营意图、业务人员素质、国家政策法规的限制等因素。例如，美国施乐公司在全世界销售复印机都是采用直接销售形式，但是在中国行不通，只能通过经销商分销。

10.1.3　分销渠道的类型与分销战略

分销渠道从不同角度分类，有多种渠道类型，如表 10-1 所示。

表 10-1　分销渠道类型

分类标准	渠道类型	主要特征	表现形式	适用产品
有无中间环节	直接渠道	中间不经历任何形式的中间商	上门推销、邮购、直销	化妆品、保健品等
	间接渠道	中间经历若干中间商	一级批发、二级批发	服装、日常生活用品等
中间环节的多少	长渠道	2 个或 2 个以上的中间环节	二级批发、三级批发等	日常生活用品
	短渠道	至多 1 个中间环节	一级批发、邮购等	化妆品、保健品等
同一层次环节的多少	宽渠道	多个中间商	百货店	日用品、低值易耗品等
	窄渠道	只有少数中间商	专卖店	高附加值、贵重物品等

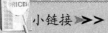

我国的直销现状

直销是指在固定零售店铺以外的地方（如个人住所、工作地点及其他场合），独立的营销人员以面对面的方式，结合示范演示，将产品和服务直接介绍给顾客，进行产品的销售。直销行业存在着"单层次"和"多层次"直销，单层次直销是指由销售人员从厂家直接进货，然后直接卖给消费者；多层次直销是指由人际关系链来进行的直接销售。

我国于2005年12月1日起施行的《直销管理条例》所称直销，是指直销企业招募直销员，由直销员在固定营业场所之外直接向最终消费者推销产品的经销方式。直销产品的范围由国务院商务主管部门会同国务院工商行政管理部门根据直销业的发展状况和消费者的需求确定、公布。我国于2005年11月1日起施行的《禁止传销条例》所称传销，是指组织者或者经营者通过发展人员，按照其直接或间接发展人员数量或这些人员的销售业绩为依据计算和给付报酬，或者要求被发展人员以缴纳一定费用为条件取得加入资格等方式牟取非法利益，扰乱经济利益，扰乱经济秩序，影响社会稳定的行为。

就我国目前规定而言，多层次直销是被禁止的。原因就在于多层次直销与违法的"金字塔"传销很难区别。直销作为一种营销渠道，减少了中间环节，节省了流通费用和宣传费用，直接面对消费者，充分体现了直接的特点。直销减少了假冒伪劣商品的可能性，有助于提高产品质量，直销也有利于提供更多的就业机会和盈利机会。同时，直销将逐渐打破国与国之间的市场界限，目前国外许多直销企业已进入中国市场，国内也有部分直销企业在开拓国外市场，以后这种趋势将更明显。直销将进一步与店铺以及电子商务集合，打破以前单纯的"人员销售的直销模式"。

直销的实践证明，任何一个企业要取得成功，必须有好的产品质量。因为消费者评定一个企业，不仅是企业的品牌、销售模式，主要的还是产品的质量。直销是一种能适应需求、先进的、独特新颖的营销模式，它不仅可以降低投资风险，还可增加就业机会和盈利机会。

资料来源：肖涧松. 现代市场营销. 武汉：华中科技大学出版社, 2009.

分销渠道的宽度是指渠道的每个层次使用同种类型中间商数目的多少。多者为宽渠道，意味着销售网点多，市场覆盖面大；少者则为窄渠道，市场覆盖面也就相应较小或很少。根据不同的渠道宽度，通常分为3种分销策略：广泛式分销、独家式分销和选择式分销（如图10-2所示）。

（1）广泛式分销，又叫做密集分销或开放性分销，是指制造商尽可能地发展批发商和零售商，并由它们销售其产品。优点是市场覆盖面广，潜在顾客有较多的机会接触到产品。缺点是中间商的经营积极性较低，责任心差。这种策略较适用于食品、日用杂品等生活必需品和便利品一类的产品。这些产品的特点是以大多数消费者为对象，而消费者又希望能轻而易举、随时随地买到这些产品。

广泛式分销渠道最宽。

（2）独家式分销，是指制造商在某一地区仅使用一家中间商销售其产品。通常，双方协商签订独家经销合同，一方面规定制造商不在该地区发展经销商；另一方面也规定经销商不得经营竞争者的产品。这是最窄的一种分销渠道形式。生产和经营名牌、高档消费品和技术性强、价格较高的工业用品的企业多采用这一形式。这种做法的优点是：中间商经营积极性高，责任心强。缺点是：市场覆盖面相对较窄，而且有一定的风险，如该中间商经营能力差或出现意外情况，将会影响到企业开拓该市场的整个计划。

独家式分销渠道最窄。

（3）选择式分销，是指制造商根据自己所设定的交易基准和条件精心挑选最合适的中间商销售其产品。这是介于独家分销商之间的一种中间形式，主要适用于消费品中的选购品和特殊品，工业用品中的零部件和一些机器、设备等。当然，经营其他产品的企业也可以参照这一做法。如果中间商选择得当，采用此种分销方式可以兼得前两种方式的优点。

选择式分销渠道中宽。

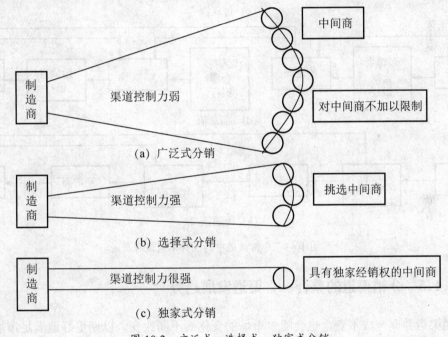

图 10-2　广泛式、选择式、独家式分销

10.1.4　分销渠道的流程

在产品从生产厂商向最终消费者或用户流动的过程中，不仅发生了产品实体的流动，还发生了其他多项与之相关的流动。组成渠道的各种机构是由几种类型的流程连接起来的。在分销渠道中，一般存在5种流：实物流（物流）、所有权流（商流）、付款流、信息流和促销流，它们各自的流程如图10-3所示：实物流描述了实体产品从原始材料到最终顾客的流程；所有权流指商品所有权从一个营销机构向另一个机构的实际转移；付款流指顾客通过银行或其他金融机构将贷款付给经销商，再由经销商转交给制造商（扣除佣金），

而制造商把贷款支付给不同的供应商，当然还要向运输公司和仓储公司支付费用；信息流指影响商品或服务从系统的一方向另一方转移的各种信息；促销流顾名思义就是用于促销的信息或实物。

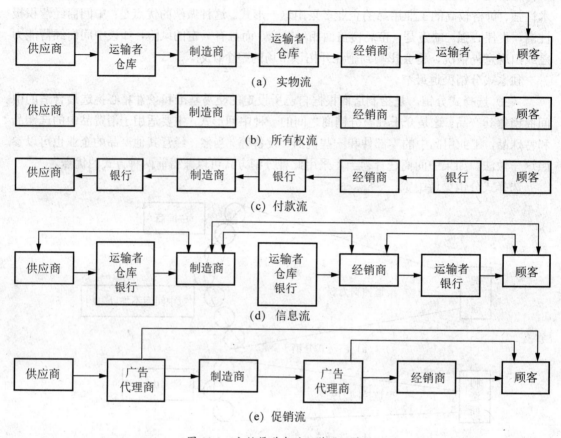

图 10-3　分销渠道中的 5 种不同流程

10.1.5　分销渠道的整合——渠道发展趋势

分销渠道并非一成不变，也会随着市场的变化而不断改变，以期更好地满足市场需求，适应激烈的市场竞争，提高分销的效率。改革分销渠道的焦点是在分销渠道成员之间形成利益共同体，走共同发展之路，实行统一组织、统一管理、统一设定渠道策略，调整市场营销战略，改变传统分销渠道系统中的制造商、批发商、零售商等各自为政的局面。

1. 垂直分销系统

垂直分销系统即垂直一体化，是指制造商、批发商和零售商等形成一个统一体，它们服从于一个领导者，或是制造商，或是批发商，或是零售商，取决于其能量和实力的大小。一般分销渠道与垂直分销渠道如图 10-4 所示。垂直分销系统有 3 种主要类型。

（1）公司式垂直分销系统，是指制造商、批发商、零售商归属同一所有者并受其统一管理和控制的系统。其实，这种垂直一体化既能向前一体化，也能向后一体化。例如，日本松下电器公司不仅制造家用电器，在大量生产、大量销售的时代，以合并、共同出资等形式将众多的批发商和零售商收入自己的名下，使其成为系列批发商和系列零售商，最多时，前者达 224 家，后者高达 27 000 家。西尔斯百货公司从它部分拥有或全部拥有的公司里销售产品的比例超过 50%。

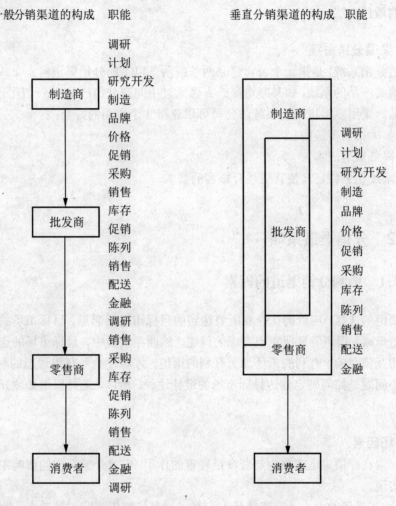

图 10-4　一般分销渠道与垂直分销渠道

　　（2）管理式垂直分销系统，是指由某一家规模大、实力强的企业出面，将制造商和处于不同层次的中间商组织起来并实行统一管理的系统。

　　（3）合同式垂直分销系统，也称为契约垂直分销系统，是指以合同的形式将各自独立的制造商和不同层次的中间商联合起来形成的系统。合同式垂直分销系统有 3 种形式：

　　① 批发商创办的自愿连锁组织，批发商组织独立的零售商成立自愿连锁组织，帮助它们同大型连锁组织抗衡。

　　② 零售商合作组织，零售商组织一个新的企业实体来开展批发业务和可能的生产活动。

　　③ 特许经营组织，包括特许批发商和特许零售商等。

2. 水平分销系统

水平分销系统，是指在分销过程中履行同一渠道职能的两个或两个以上企业联合起来共同开发和利用市场机会的系统，如某零售店可以通过同其他零售店合并或增加店铺来实行水平一体化。水平一体化能在采购、市场调研、广告、人事等多方面获得规模效益，但并不是改善渠道的最佳方法。

3. 多渠道分销系统

多渠道分销系统，是指一个公司建立两条或两条以上的分销渠道向一个或更多的顾客细分市场分销其产品的系统，如某制造商一方面通过中间商分销产品；另一方面又利用 Internet 销售其产品。采用多渠道分销系统，公司可以获得 3 个方面的好处：

（1）扩大市场覆盖面。

（2）降低渠道成本。

（3）增加销售特征，使其更适合顾客的要求。

➤➤➤10.2 分销渠道策略

10.2.1 影响分销渠道的因素

分销渠道的选择，应以确认企业所要达到的目标市场为起点。目标市场的选择一般来说并不是渠道策略、渠道管理所重点考虑的问题。然而在实践中，目标市场的选择与分销渠道的选择是相互依存的，有利的市场加上有利的渠道，才能使企业获得理想的利润。分销渠道决策的中心问题是如何确定到达目标市场的最佳途径。所以，选择渠道必须充分考虑以下因素的影响。

1. 市场因素

市场因素在分销渠道策略中起着举足轻重的作用。它对分销渠道的影响主要通过以下几个方面来实现。

（1）购买批量的大小。购买批量大，多采用直接销售；购买批量小，除通过自设门市部出售外，多采用间接销售。

（2）消费者的分布。某些商品消费地区分布比较集中，适合直接销售；反之，适合间接销售。工业品销售中，本地用户产需联系方便，因而适合直接销售。外地用户较为分散，通过间接销售较为合适。

（3）潜在顾客的数量。若消费者的潜在需求多，市场范围大，需要中间商提供服务来满足消费者的需求，宜选择间接分销渠道。若潜在需求少，市场范围小，生产企业可直接销售。

（4）消费者的购买习惯。有的消费者喜欢到企业购买商品，有的消费者喜欢到商店购买商品。所以，生产企业应既直接销售，又间接销售，满足不同消费者的需求，这也增加了产品的销售量。

2. 产品因素

产品因素是另一个在评价渠道结构中十分重要的因素，下面是一些主要的产品因素。

（1）产品价格。一般来说，产品单价越高，越应注意减少流通环节，否则会造成销售价格的提高，从而影响销路，这对生产企业和消费者都不利。单价较低、市场较广的产品，则通常采用多环节的间接分销渠道。

（2）产品的体积和重量。产品的体积大小和轻重直接影响运输和存储等销售费用，过重的或体积大的产品，应尽可能选择较短的分销渠道。对于那些按运输部门规定的起限（超高、超宽、超长、集重）的产品，尤应组织直达供应。小而轻且数量大的产品，则可考虑采取间接分销渠道。

（3）产品的易毁性或易腐性。产品有效期短、存储条件要求高或不易多次搬运者，应采取较短的分销渠道，尽快送到消费者手中，如鲜活品、危险品。

（4）产品的技术性。有些产品具有很高的技术性，或需要经常的技术服务与维修，应是生产企业直接销售给用户，这样，可以保证向用户提供及时、良好的销售技术服务。

（5）定制品和标准品。定制品一般由产需双方直接商讨规格、质量、样式等技术条件，不宜经由中间商销售。标准品具有明确的质量标准、规格和样式，分销渠道可长可短，有的用户分散，宜由中间商间接销售；有的则可按样本或产品目录直接销售。

（6）新产品。为尽快把新产品投入市场，扩大销路，生产企业一般重视组织自己的推销队伍，直接与消费者见面，推荐新产品和收集用户意见。如能取得中间商的良好合作，也可考虑采用间接销售形式。

3. 企业特性

企业特性在渠道选择中的重要性主要体现在以下几方面。

（1）资金能力。企业本身资金雄厚，则可自由选择分销渠道，可建立自己的销售网点，采用产销合一的经营方式，也可以选择间接分销渠道。企业资金薄弱，则必须依赖中间商进行销售和提供服务，只能选择间接分销渠道。

（2）销售能力。生产企业在销售力量、存储能力和销售经验等方面具备较好的条件，则应选择直接分销渠道。反之，则必须借助中间商，选择间接分销渠道。另外，企业如能和中间商进行良好的合作，或对中间商能进行有效的控制，则可选择间接分销渠道。若中间商不能很好地合作或不可靠，将影响产品的市场开拓和经济效益，则不如进行直接销售。

（3）可能提供的服务水平。中间商通常希望生产企业能尽多地提供广告、展览、修理、培训等服务项目，为销售产品创造条件。若生产企业无意或无力满足这方面的要求，就难以达成协议，迫使生产企业自行销售。反之，提供的服务水平高，中间商则乐于销售该产品，生产企业则选择间接分销渠道。

（4）发货限额。生产企业为了合理安排生产，会对某些产品规定发货限额。发货限额高，有利于直接销售；发货限额低，则有利于间接销售。

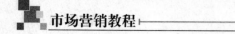

4. 中间商的因素

作为渠道中的主要成员，中间商自然对渠道的结构有着举足轻重的影响。与渠道结构有关的中间商的影响因素包括以下几方面。

（1）中间商的能力：中间商的能力在很大程度上影响着渠道策略。如果中间商的能力不能令公司感到放心，那么公司有可能宁可增加成本进行直接销售，而不愿采用中间商来进行销售。

（2）利用中间商的成本：如果公司认为中间商进行销售或向公司提供的服务小于公司的付出，那么公司对渠道的选择就有可能偏向于减少中间商的数目。毕竟，公司采用渠道的目的是降低自己的成本。

（3）中间商的服务：公司总是希望能用最为"合理"的价格获得最多的来自于中间商的服务。但评价中间商服务的优劣往往是从公司的直观感觉出发的，带有较强的主观性，所以在渠道结构的设计中，这是一个需要谨慎对待的问题。

5. 环境特性

渠道的活动属于组织的运作，这就不可避免地受到经济、社会文化、法律、竞争、技术等环境因素的冲击。在这些因素中，有的是直接对渠道的结构造成影响，有的则通过对市场、对顾客产生影响而反映到渠道结构上。例如，计算机网络的发展使得企业可以通过网络直接与异地顾客交易，然后通过当地的中间商送货上门，减少了在各个地区设立门市网点的成本。对顾客而言，通过网络直接与制造商交易也能够获得较低的购买成本。这种电子商务的发展必然对营销渠道的任务、性质产生重大的影响。

10.2.2　分销渠道的设计与动态调整

分销渠道的设计是指建立以前从未存在过的分销渠道或对已经存在的渠道进行变更的策略活动。设计一个渠道系统要求建立渠道目标、识别主要的渠道选择方案和对它们做出评价。下面是进行渠道设计的一般步骤。

1. 确定渠道目标

渠道目标是指企业预期达到的顾客服务水平以及中间商应执行的职能等。

1）分析目标顾客的需要

分析目标顾客的需要，其目的是了解在其所选择的目标市场中，消费者购买什么商品（What）、在什么地方购买（Where）、为何购买（Why）、何时买（When）和如何买（How）。营销人员必须了解为目标顾客设计的服务产出水平。影响渠道服务产出水平的有如下因素。

（1）批量的大小。所谓批量，是指营销渠道在购买过程中提供给典型顾客的单位数量。一般而言，批量越小，由渠道所提供的服务产出水平越高。

（2）渠道内顾客的等候时间，即渠道顾客等待收到货物的平均时间。顾客一般喜欢快速交货渠道。但是，快速服务要求一个高的服务产出水平。

（3）营销渠道为顾客购买产品所提供的方便程度，也就是空间便利的程度。如果顾客能够在他所需要的时候不需要花费很大的精力和时间，就能获得所要的产品或服务，那么认为这个渠道的空间便利程度是较高的。

（4）营销渠道提供的商品花色品种的宽度。一般来说，顾客喜欢较宽的花色品种，因为这使得顾客满足需要的机会增多了。

（5）服务后盾的因素。服务后盾是指渠道提供的附加的服务（信贷、交货、安装、修理）。服务后盾越强，渠道提供的服务工作越多。

分销渠道的设计者必须了解目标顾客的服务产出需要，才能较好地设计出合适的渠道。当然，这并不是说提高了服务产出的水平，就能吸引顾客。因为高的服务产出水平，也意味着较高的渠道成本增加和为了保持一定利润而制定的相对较高的价格。折扣商店的成功表明了在商品能降低价格时，消费者将愿意接受较低的服务产出。

2）设置和协调渠道目标

无论是创建新渠道，还是对原有渠道进行变更，设计者都必须将公司的渠道设计目标明确地列示出来。这是因为公司设计的渠道目标很可能因为环境的变化而发生变化，只有明确地列示出来，才能保证设计的渠道不会偏离公司的目标。在这种情况下，明确地列示出渠道目标比言传意会更有效。

渠道目标因产品特性的不同而不同。体积庞大的产品要求采用的运输距离最短，在产品从生产者向消费者移动的过程中搬运次数最少的渠道布局。非标准化产品则由公司销售代表直接销售，因为中间商缺乏必要的知识。单位价值高的产品一般由公司推销员销售，很少通过中间商。

渠道策略作为公司整体策略的一部分，还必须注意与渠道的目标和其他营销组合策略目标（价格、促销和产品）之间的协调，注意与公司其他方面目标（如财务、生产等）的协调，避免产生不必要的矛盾。

3）明确渠道的任务

在渠道的目标设置完成之后，渠道设计者还必须将达到目标所需执行的各项任务（一般包括购买、销售、沟通、运输、存储、承担风险等）明确地列示出来。

渠道任务的设计中应反映不同类型中介机构的差异，以及它们在执行任务时的优势和劣势。例如使用营销中介机构能使得制造厂商的风险降低，但中介机构的业务代表对每个顾客的销售努力则低于公司销售代表所能达到的水平。两者各有优势，因此要多加斟酌。除此之外，在进行渠道任务的设计时，还需要根据不同产品或服务的特性进行一定的调整，以适应渠道目标。

2. 确立渠道结构方案

在确立了渠道目标和任务后，设计者就需要将这些任务合理地分配到不同的营销中介机构中，使其能够最大效用地发挥作用。由于不同的设计有不同的优劣之处，因此可以产生若干个渠道结构的可行性方案以供最高层进行选择。

一个渠道选择方案包括 3 个方面的要素确定：渠道的长度策略、渠道的宽度策略以及中介机构的类型。

1）渠道的长度策略

渠道的长度策略指渠道的级数是多少。一般而言，渠道的级数至少有零级，也就是人们所说的直接销售，最多可以达到五级甚至五级以上。

一般而言，渠道选择会产生 2～3 种方案，这些方案也受到制造商的活动、市场的性质和规模、中间商的选择和其他因素的限制。有时，对于所有的制造商而言，渠道结构中的级数选择是一致的，但在某些短时期内会呈现一定的灵活性。

2）渠道的宽度策略

渠道的设计者除了要对渠道的级数做出决定外，还必须对每个渠道级上使用多少个中间商做出决定，这就是渠道的宽度策略。根据在前文中介绍的内容，有 3 种基本的策略可供渠道的设计者选择：广泛式分销、独家式分销和选择式分销。

制造商们在不断地诱导着从独家式分销或选择式分销走向更密集的广泛式分销，以增加它们的市场覆盖面和销量。

3）中介机构的类型

第三个需要渠道设计者加以考虑的是如何对渠道内的中介机构进行具体的选择。公司应该弄清楚能够承担其渠道工作的中介机构的类型。例如，生产测试设备的公司可以在公司直接推销、制造代理商和工业分销商中间选择它的渠道。

公司也可以寻找更新的营销渠道。例如 TIMEX 在推出其新式的手表时，就放弃了传统的珠宝店这样一个渠道，而采用了大众化商店这一个行业的新渠道，结果取得了意想不到的效果。究其原因主要是在进入新渠道时，公司遭遇的竞争程度不是很激烈。

3. 渠道方案评估

每一个渠道交替方案都是企业将产品送达最后顾客的可能路径。生产者所要解决的问题就是从那些看来似乎合理但又相互排斥的交替方案中，选择最能满足长期目标的一种。因此，必须对各个可能的渠道交替方案进行评估。通常，渠道评估的标准有 3 个，即经济性标准、可控性标准和适应性标准，其中最重要的是经济性标准。

1）经济性标准评估

不同的渠道方案将会产生不同的销量和成本。

（1）要分析各方案的销量，即使用公司的推销队伍销量大，还是使用代理商销量大。其实，两者都有足够的理由获得较高销售额。前者更能取得交易成功的理由是，公司推销人员在本公司产品的推销方面训练有素，能专心推销其产品，他们富于进取，积极肯干，其前途与企业的发展紧密相连，顾客也比较喜欢直接与企业打交道。后者有可能比前者的销量还要大，其理由是：

①代理商的推销人员比制造商的多。

②代理商的推销人员如果激励得当，也可能具有与公司推销人员相同的积极性。

③有些顾客喜欢与代理商打交道。

④代理商在市场上建立起广泛的联系。

（2）估计各渠道方案实现某一销售额所需成本。利用代理商所需固定成本比企业设立推销机构、组建推销队伍所需固定成本要低。但利用代理商的费用增长很快，因为代理商的佣金比公司推销人员要高。

如图 10-5 所示，当销售额达到某一水平 SB 时，两种渠道的销售成本相等；低于 SB 时，利用代理商较为有利；高于 SB 时，较适合利用公司推销机构。

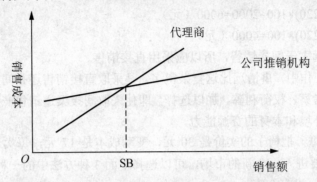

图 10-5　公司的推销机构与代理商的销售额及其成本比较

2）可控性标准评估

使用代理商会增加控制上的问题。代理商是独立的企业，所关心的是自己如何取得最大利润，它可能不愿与相邻地区同一委托人的代理商合作，它可能只注重访问那些与其推销产品有关的顾客，而忽略对委托人很重要的顾客。代理商的推销员可能无心去了解与委托人产品相关的技术细节，也很难正确认真对待委托人的促销资料。因此，一般而言，采用中间商可控性小些，企业直接销售可控性大；分销渠道长，可控性难度大；分销渠道短，可控性较容易些，企业必须进行全面比较、权衡，选择最优方案。

3）适应性标准评估

在评估各渠道选择方案时，还要考虑生产者是否具有适应环境变化的能力，即应变力如何。每个渠道方案都会因某些固定期间的承诺而失去弹性。某一制造商决定利用销售代理商推销时，可能要签订 5 年的合同。在此期间，即使采用其他销售方式（如直接邮购）会更有效，制造商也不得任意解除合同，从而导致企业选择分销渠道缺乏灵活性。所以，一个涉及反欺承诺的渠道方案，生产企业必须考虑选择策略的灵活性，不签订时间过长的合约，只有在经济性和控制性方面都很优越的条件下才可予以考虑。

4）实例分析

下面运用经济性标准进行实例分析。

【例 10-1】某洗衣机厂生产的洗衣机的每台成本是 220 元，现计划在长沙开辟市场，拟用直接和间接两种渠道销售，直接销售每台为 300 元，每月销售费用是 2000 元；间接销售每台为 260 元。若销量每月为 100 台，试计算适合两种不同销售形式的销量采用哪种形式较好，获利多少。

解：设 x 为两种销售渠道利润相等时的销量，则可列出下列方程。

$$(300-220)x-2000=(260-220)x；\ 80x-2000=40x；\ x=50（台）$$

图 10-5 中两条利润直线的交点是两种销售渠道的利润平衡点，与利润平衡点相对应的销售额是每月 50 台。由于直接销售利润直线的斜率大于间接销售利润直线的斜率，故每月销量大于 50 台时，宜采用直接渠道销售；少于 50 台时，应采用间接渠道销售，如每月销量少于 25 台，直接销售就要亏本，这种销售渠道根本就不能采用。

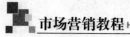
如销量每月达到 100 台，则两种销售渠道每月获得的纯利为：

直接销售(300–220)×100–2000=6000（元）

间接销售(260–220)×100=4000（元）

直接销售获利远大于间接销售，所以应采用直接销售。

但是，在实际工作中，事情远比这复杂得多，是采取直接销售还是间接销售，企业应对上述因素进行综合考察，权衡利弊，加以选择，即使采取间接渠道销售产品，也要分析了解中间商所处的外界环境和本身的资源能力。

【例 10-2】 设每一把椅子的卖价是 30 元，变动成本是 17 元，每卖一把椅子的利润是 13 元。假设这个厂要进入一个新的市场，可以选择下面 3 种方法中的一种。

（1）直接出售，没有仓库。

一个推销员：(每周工资为 500 元+每周费用为 300 元)/13=62（每周出售件数）

（2）利用批发商。加价 8%：净单价为 27.77 元。

贡献：27.77–17.00=10.77+0.2 运费（节约）=10.97 元。

（3）直接出售，有仓库。

销售人员：(每周工资为 800 元+每周费用为 300 元)/13=85（每周出售件数）。

第一种方法是企业在当地长驻一个推销员，但是在当地没有仓库。这个推销员在当地卖了货以后，把订单邮回工厂，工厂把家具直接寄给买椅子的人。

第二种方法就是利用一个批发商。

第三种方法是企业派一个销售员，同时在当地设有仓库。如何在这 3 种方法中挑选其中的一种呢？

第一种方法是派一个人去，在那里没有仓库。首先要考虑，这个人在那里一个星期究竟要花多少钱？假如一个比较好的推销员每一星期的工资大概要付 500 元，还要给他 300 元生活费，合计为 800 元。每卖一把椅子对利润可以增加 13 元的贡献。由此可以计算出这个人在那里一个星期至少卖 62 把以上的椅子才合算。

第二种方法是利用一个批发商。假如这个批发商要加价 8%，椅子仍然卖 30 元一把，那么卖给他的价格只能是 27.77 元，现在他每卖一把椅子给企业的贡献不再是 13 元，而是 10.77 元。但是，利用批发商可以节省一些运费。因为没有批发商时，企业每一次寄出去的椅子都是小量的，运费比较贵，有批发商以后，每一次发货的数量比较大，运费比较低，假设每把椅子可省 0.2 元的运费，这样，每卖一把椅子的贡献就是 10.97 元。

第三种方法是企业自己派一个销售人员去，同时又在当地租一个仓库，并保证一定的存货。企业的销售人员在那里一个人一星期要花 800 元，再假设一个仓库一周的全部费用是 300 元，一个星期总共要花 1100 元。如果采取这种销售方式，那么每星期至少要卖 85 把以上的椅子，才能把耗费的 1100 元抵消。

这里的问题是，3 种方法中哪一种对企业的风险最小呢？用第一种方法时，要卖 62 把椅子才能达到收支平衡；第三种方法要卖 85 把椅子才能收支平衡；如果用第二种方法，通过一个批发商去卖，收支平衡点为零。他卖掉一把椅子就能赚 10.97 元，这种方法是进入市场风险最小的方法。问题是这个批发商干得怎么样，他会不会比第一种方法或第三种方法干得好呢？一般来讲，一个批发商要卖很多产品，企业把产品交给他卖，他只是在目录上加上该企业的产品，当他的推销员出去的时候，会不会用很多的时间来推销该企业的产品呢？同时，还要考虑第一种办法或第三种办法会不会比第二种方法干得更好呢？当衡量是用第一种方法还是用第三种方法的时候，问题的关键是在这个市场上要求交货的速度需要有多快？用第一种方法时，只有推销员把产品卖出去并把订单邮回工厂后，工厂才能发货，这样，交货的时间比较长；如果用第三种方法，在当地有存货，接到订单以后，第二天就可以把椅子交给顾客。问题是在这个市场上其竞争者是怎样干的？是否值得为其市场提供一个 24 小时或者 48 小时交货的服务。

假如用第三种方法试干两年，每星期花 1100 元，两年差不多是 100 个星期，所投入的资金就是 110 000 元，即伴随 110 000 元的风险。如果用第一种方法试干两年，那么投入的风险就是 80 000 元。如果用第二种方法，那么什么投资也不需要，所以，第二种方法的风险最小。这就告诉人们，当决定要用哪一种方法去卖产品时，可以事先比较一下，然后再做决定。

10.2.3　渠道成员的选择

企业进行渠道设计以后，还必须对渠道成员进行选择。选择渠道成员是指生产商决定由谁来分销其产品的相关决策。选择渠道成员应该有一定的标准，如经营规模、管理水平、经营理念、对新生事物的接受程度、合作精神、对顾客的服务水平、其下游客户的数量以及发展潜力等。

选择怎样的营销渠道成员作为厂商的合作伙伴直接影响到厂商生产的产品是否能够及时、准确地转移到消费者手中；影响到厂商分销的成本和厂商的服务质量；影响到厂商制定的营销目标的顺利实现；影响到产品及厂商在消费者心目中的形象。因此，对于厂商来说，营销渠道成员的选择必须严格、谨慎，必须与厂商自身的渠道设计一脉相承。优秀的渠道成员可以为厂商今后的渠道管理打下坚实的基础，而由优秀渠道成员所构建起来的强大的销售网络则可以使厂商出色地完成分销任务。

营销渠道成员选择的重要性与厂商选择的分销密度高度相关。分销密度越小，如选择独家分销，则渠道成员的选择越重要；反之，若分销密度越大，如选择密集分销，则渠道成员选择的重要性就相应地减小。

1. 渠道成员选择的原则及标准

对于选择渠道成员的决策者来说，在选择之前，首先确立一套选择渠道成员的原则及标准是至关重要的。

1）选择渠道成员的原则

不同行业的厂商，选择渠道成员的原则不同。市场的不同发展阶段，厂商选择渠道成员的原则也不同。但总的来说，厂商选择渠道成员需要遵循如下一些基本原则。

（1）相互认同原则：这是最基本的原则。厂商与渠道成员之间的合作前提在于厂商与渠道成员之间的相互认同。

（2）进入目标市场原则：这是最重要的原则。让厂商的产品迅速进入到目标市场，以方便目标市场的消费者就近地购买到本厂商的产品。这就要求渠道经理、渠道总监或其他决策者在选择渠道成员时注意该渠道成员当前是否在目标市场拥有分销通路及拥有销售场所等。

（3）产品销售原则：这是最核心的选择。厂商选择渠道成员的核心目的在于通过渠道成员帮助厂商完成营销目标，因此厂商在选择渠道成员作为合作伙伴的时候，通常都比较注重渠道成员的实际销售能力。

（4）形象匹配原则：这是最普遍的原则，也就是人们通常所说的"门当户对"。一个渠道成员的形象必然代表着厂商的企业形象。对于拥有卓越品牌的厂商来说，尤其要重视对渠道成员形象的考虑。在通常情况下，知名厂商总是与资金实力雄厚、商誉好的渠道成员结为合作伙伴或战略合作伙伴，如 IBM、HP 与英迈、佳杰；IBM、HP、Toshiba 与神州数码等。

2）选择渠道成员的标准

在西方市场，从 20 世纪 50 年代开始，就不断有渠道专家研究选择渠道成员的标准。最早从事这项研究工作的是布仁德，他为当时的工业企业创立了一套包括 20 个关键问题的选择标准。20 世纪 60 年代，营销渠道实践家罗杰·佩格勒姆（Roger Pegram）在研究了 200 多家美国和加拿大的制造商之后提出了最综合和最具影响力的选择渠道成员的标准。20 世纪 80 年代，西普雷在研究了美国的 70 家和英国的 59 家制造商的基础上又提出了另外一套选择标准，包括 12 个关键因素，分为 3 类：销售和市场因素、产品和服务因素、风险和不确定因素。

下面对罗杰·佩格勒姆提出的其中 10 个标准进行简单的介绍。

（1）信用和财务状况。在罗杰·佩格勒姆的实证研究中，几乎所有的厂商都提到了对渠道成员的信用和财务状况进行调查是非常重要的。因此，渠道成员的信用和财务状况就自然成了厂商选择渠道成员时首要考虑的因素。

（2）销售能力。在罗杰·佩格勒姆的实证研究中，大多数厂商提到了销售能力是选择渠道成员的重要标准之一。对于批发商（在 IT 领域，多为总分销商或总代理商级别）来说，考虑的是销售人员的素质以及实际雇用的销售人员的数量。在 IT 领域中，渠道成员销售人员的素质重点是技术能力及服务意识。

（3）产品线。厂商通常考虑渠道成员产品线的 4 个方面：竞争性产品、相容性产品、补充性产品以及代理产品线的质量。在罗杰·佩格勒姆的研究中发现，厂商通常愿意选择那些销售与自己产品相容或具有补充性产品的渠道成员作为合作伙伴，而不愿意选择那些销售与自己产品具有竞争性的渠道成员作为合作伙伴，因为大多数厂商认为，在前者情况下，渠道成员能够为消费者提供更为全面的产品组合（在这一点上，与当前 IT 市场占据主流的专业化、规模化销售趋势有些不同，这可能与当前消费者的购买习惯以及 IT 市场销售业态演变方向有关）。从代理产品线的质量这个角度来看，大多数厂商都乐意选择那些能够销售与其产品质量相近或更好的渠道成员作为合作伙伴。

（4）声誉。就是"口碑"效应。在罗杰·佩格勒姆的研究中发现，大多数厂商都回避与当地市场没有良好声誉的渠道成员建立合作关系。在当今市场上，声誉又往往与渠道成员的信用及财务状况紧密相关。信用及财务状况良好的渠道成员，往往也是具有良好声誉的渠道成员，它们更容易获得厂商的青睐而被选择。

（5）市场覆盖范围。渠道成员销售能力所能覆盖的厂商预期的地理范围就称为市场覆盖范围。在罗杰·佩格勒姆的研究中发现，厂商总是希望被选择的渠道成员拥有最大的市场覆盖范围，但同时希望被选中的渠道成员之间只有很小的重叠范围，在理想的情况下，希望没有重叠的范围。

（6）销售绩效。在罗杰·佩格勒姆的研究中发现，销售绩效被完全看成是市场份额。厂商总是关心被选择的渠道成员是否能够完成其所期望的市场份额。

（7）管理的连续性。在罗杰·佩格勒姆的研究中就非常关注渠道成员的管理阶层任职是否具有连续性。研究认为，如果渠道成员的管理阶层经常发生变动，则受到厂商选择的机会将大大降低。而与此形成鲜明对比的是，在当前中国 IT 市场中，管理阶层经常变动的往往是厂商，而不是渠道成员，这反映出当前 IT 市场中厂商普遍存在的一种浮躁与急于求成的心态。

（8）管理能力。良好的销售队伍被认为是具有良好的管理能力的标志。

（9）态度。主要用于判断渠道成员是否具有进取心、信心和工作热情。

（10）规模。在罗杰·佩格勒姆的研究中发现，尽管厂商选择渠道成员受到很多因素的影响，但在很多时候，厂商选择渠道成员几乎就是根据其规模大小来认定。因为人们通常认为，组织越大、销售数量越多，就越有可能销售更多的产品。此外，厂商在选择渠道成员时还通常有这样的假设：大型的渠道成员更有可能取得成功，更能盈利，具有更好的经营基础，能代理更好的产品线等。

2. 渠道成员的评估及选择

在营销渠道成员选择的实践中，选择之前，通常要对潜在的渠道成员进行统一的考核或评估。考核或评估的通常做法是，通过对评估标准各项的重要性进行加权，然后根据调查获得的每个潜在渠道成员的数据和信息进行逐项评分，汇总各项评分后得出总分，最后根据总分数的高低进行排序选择。这种评估方式比较适合于准备在某个区域采取选择性或专营性分销结构的厂商。

在评估之后，就可以实施选择了。在通常情况下，厂商可以根据自身的具体情况，结合对潜在渠道成员的评估结果确定选择策略。

1）分阶段选择策略

对于那些刚进入某行业的厂商或者刚进入某一个区域市场的厂商来说，由于其产品在该行业或该区域市场上有一个熟悉与适应过程，因此在渠道成员的选择上，就不必恪守一步到位的原则，而通常采取分阶段选择不同渠道成员的策略。

第一阶段，在渠道建立初期，通常可以接受一些基本符合厂商选择标准甚至低于选择标准的渠道成员的合作，这样可以迅速在该行业或该区域市场建立起渠道体系，尽快启动市场。

第二阶段，当厂商的产品在该行业或区域市场上逐步树立起形象，厂商的"话语权"增强后，再通过严格考核以选择符合厂商标准的渠道成员作为厂商的长期合作伙伴，进而淘汰那些不符合厂商选择标准的渠道成员。

采用分阶段选择策略的好处是上手快，容易启动市场。不足之处是若处理不当，容易造成厂商"过河拆桥"的感觉，甚至引发渠道动荡。为此，厂商在建立渠道体系之初，就应该与渠道成员有明确的说明，并加强对渠道成员的辅导，争取让渠道成员尽快成长起来，以符合厂商的选择标准。

2）针锋相对选择策略

该策略主要适用于市场的进攻者。市场进攻者通常是仅次于市场领导者的一些厂商，它们在选择渠道成员的时候，通常以市场领导者的渠道作为参照或目标。在这种情况下，渠道成员的选择在很大程度上就受到市场竞争结构的影响。

在通常情况下，一方面，营销渠道起到的是"物以类聚"的作用。将同类产品聚集起来销售，既是市场专业化发展的趋势，又能满足消费者对比挑选的现实需求。另一方面，居于市场领导者厂商的渠道成员通常也是市场中居于领导地位的渠道成员，因此，它们通常具有丰富的分销经验和强大的分销能力。对于市场进攻者来说，选择市场领导者厂商的渠道成员作为自己的渠道成员，不仅能够近距离与市场领导者展开竞争，同时还能迅速提升自身的产品形象、品牌形象等。

采取针锋相对选择策略的好处是紧逼市场领导者厂商，容易打开市场，提升形象。不足之处是容易受制于居于市场领导者地位的渠道成员。在通常情况下，居于市场领导地位的渠道成员对于处于市场进攻者的厂商拥有更大的话语权，而后者为了争取到与处于市场领导者地位的厂商的同台竞争，往往愿意接受一些相对较为苛刻的代理条件。

3）逆向拉动选择策略

该策略往往为那些踏踏实实耕耘市场的市场追随者厂商所选择。市场追随者厂商相比刚刚进入市场的厂商来说，对市场竞争状况有更熟悉的了解，对消费者需求有更清晰的把握。但同时，市场追随者厂商又缺乏像市场进攻者厂商那样紧贴市场领导者厂商展开竞争的资源。因此，另辟蹊径选择渠道成员开拓市场就成了它们矢志不渝的追求。

市场追随者厂商往往重视消费者的感受，通过刺激消费者，由消费者拉动市场，进而拉动终端渠道与之合作，从而帮助其逐步建立起整套的渠道体系。随着渠道向扁平化的方向发展，越来越多的厂商开始尝试或选择逆向拉动来构建其渠道体系。

采取逆向拉动选择策略的好处是，对渠道成员的话语权较强，对消费者的影响深入。不足之处是，厂商前期对消费者市场的培育投入较大，周期较长，若处理不好，容易将实力并不雄厚的市场追随者厂商拉入泥潭。

随着市场竞争的加剧与渠道关系的复杂化，厂商选择渠道成员的策略也在不断地发生着变化。单一的选择策略越来越少，而更多的情况是，厂商根据市场、行业、产品及竞争特点等采用不同的策略组合来新建、调整或重构渠道体系。

10.2.4　渠道成员的激励

生产者不仅要选择中间商，而且要经常激励中间商，使之尽职。因为生产者不仅通过中间商销售产品，还要把产品销售给中间商。这就使得激励中间商的工作不仅十分必要，而且非常复杂。

渠道成员激励，简称渠道激励（Channel Activation），是指厂商为促进渠道成员努力完成公司制定的分销目标而采取的各种激励或促进措施的总称。

1. 需要渠道激励的根本原因

需要渠道激励的根本原因是，在大多数情况下，构成营销渠道系统的各个渠道成员与厂商属于完全独立的不同经济实体。这种渠道系统的构成决定了厂商与渠道成员之间的关系不是严格意义上的上令下行的关系，而是一种合作关系。维系这种渠道成员之间、渠道成员与厂商之间关系的纽带，则是双方对利益的一致追求。

CBIR 对中国 IT 市场渠道的深入研究发现，渠道成员对自己处于渠道系统中的位置有清楚的认识，但对于自己应该扮演怎样的角色认识并不清楚。事实上，渠道成员在大多数情况下均以独立的企业法人存在，它们认为自己并非受雇于厂商，虽然它们是厂商营销渠道系统中的一个组成部分。

在营销实践中，渠道成员大多首先是顾客的采购代理人，其次才是厂商的销售代理人。另外，除非给予特别的好处，大多数渠道成员都不愿意为所代理的产品品牌的厂商提供其销售的详细记录。在当前"渠道扁平化"的形势下，这种表现尤为突出，很多渠道成员都认为向厂商提供足够详细的销售记录，在某种程度上无异于在帮助厂商尽快把自己"扁平"掉。

渠道成员作为 IT 生态链中的一个重要而特殊的"阶层"，不仅数量众多，而且分布广泛。厂商对于渠道成员"话语权"的大小，与厂商的实力和品牌知名度成正相关。即便如此，任何厂商对渠道成员也不可能具有完全的"话语权"，否则，厂商因为渠道成员的动荡将遭受不可估量的损失。在市场竞争如此激烈的情况下，厂商与渠道成员对"和气生财"有格外深刻的理解。对于渠道成员的有效管理，虽然"胡萝卜加大棒"的政策永远存在，但现代管理则更多地强调通过激励来营造整个渠道系统的和谐气氛，通过激励来调动渠道成员的积极性。因此，对渠道成员的有效激励，就成了几乎任何厂商渠道管理中一项不可或缺的重要内容。

2. 渠道激励的类型

渠道激励的分类方法有很多种。依据激励措施针对对象的不同，可以分为针对总代理、总经销的激励以及针对二级代理甚至零售终端的激励。依据激励实施时间的不同，可以分为年度激励、季度激励和月度激励等。依据激励采取手段的不同，可以分为直接激励和间接激励等。

事实上，在营销实践中，厂商大多同时采用两种或两种以上的激励方式配合使用，这样可以根据厂商设计的渠道激励目标组合成各种各样的激励方案，以达到最大的激励效果：下面将重点讲解依据激励对象分类和依据激励手段分类的几种常用的激励方案。

1）依据激励对象分类

（1）对总代理、总经销的激励。

① 年终奖励。厂商事先设定一个销售目标，如果总代理商或总经销商在规定的时间内达到了这个目标，则按照事先的约定给予奖励。若为区域总代理制或总经销制，则为兼顾不

同地区差异，可以分别设立不同等级的销售目标，其奖励额度也随不同的销售目标而不同。这样做一方面是为了体现公平，另一方面则为不同地区的总代理商或总经销商描绘出一个需要其不断努力发展才能达到的希望远景。

针对年终销售目标奖励，常见的奖励方式有销售额的折扣率、出国旅游、出国考察等，或者选择一些有助于总代理商或总经销商进一步发展所需的实物或服务，如奖励汽车、配置计算机、管理软件或组织人员培训等。

② 阶段性奖励。厂商根据不同的特定阶段，为总代理商或总经销商制定一个销售目标，如果在这个特定阶段内，总代理商或总经销商完成了这个销售目标，则给予阶段性奖励。例如，在中国 IT 市场上，很多厂商都对总代理商或总经销商设定了特别的暑假销售奖励和寒假销售奖励等。

另外，更多的厂商将年终奖励分解为 4 个季度的阶段性奖励来执行。因为年终奖励作为一种结果性奖励，对厂商来说不仅不容易控制，而且存在很大的风险；而分解为 4 个季度的阶段性奖励之后，不仅易于控制，而且能够更大地发挥激励的作用。相应地，有些公司将阶段性奖励的周期分得更细，如以月度为周期，甚至不少公司以周为单位进行奖励。例如，一些日用消费品厂商对渠道成员的激励大多如此。

（2）对二级代理商或经销商的激励。

对二级代理商或经销商的激励，不仅可以加速产品的流通和分销能力，而且还能够起到培养渠道成员忠诚度的作用。

不过，在执行对二级代理商或经销商的激励政策时，应该把握好一个度的问题，应该着重将奖励的考核依据放在实际的销售量上，否则可能造成短期的"销售繁荣"，实则形成"窜货"，这将直接导致价格体系混乱，影响市场的正常发展。为此，厂商必须高度重视这个问题。

（3）对零售终端的激励。

除了鼓励总代理商或总经销商、二级代理商或二级经销商之外，还应该激励零售商，增加他们进货、销货的积极性。常见的激励方法有提供一定数额的产品进场费、货架费、堆箱陈列费、POP 张贴费、人员促销费、店庆赞助、年终返利、商店 DM 的赞助等。

在对零售终端的激励中，售点服务人员或营业员作为最小单位的特定的"零售终端"，加强对其进行管理并有效调动他们的积极性，对于实现或超额完成预定目标至关重要。典型的例子莫过于人们在夏天外出用晚餐时遭遇的众多啤酒小姐的推销，这就是一种通过对服务人员或营业员的激励来实现或超额完成销售目标的做法。

（4）对消费者的激励。

消费者不仅是产品或服务的最终购买者、使用者，更是渠道系统中基本的渠道成员。但消费者与其他基本渠道成员相比，又具有很大的特殊性。如果厂商不针对消费者进行有效的激励，即便对其他渠道成员投入再大再多的激励，恐怕激励效果也未必很好，因为要达到甚至超额完成分销渠道目标，最终需要消费者的购买才能实现，否则产品或服务还是停留在渠道系统中。

对消费者常见的激励方法有即买即送、免费试用、累计消费数量或次数或消费金额后优惠、折扣或降价、免费送货、上门服务等。

尽管对消费者的激励非常重要，但事实上，除非厂商的竞争对手不是很强大，而且厂商自身有足够的营销费用能摆脱其他渠道成员开展直销，否则厂商的针对消费者的激励仍需要渠道成员的高效配合才能产生作用。

2）依据激励手段分类

（1）直接激励。

所谓直接激励，就是指通过给予渠道成员物质或金钱的奖励来激发其积极性，从而实现公司的销售目标。在营销实践中，厂商多采用返利的形式奖励渠道成员的业绩。

① 过程返利：这是一种直接管理销售过程的激励方式，其目的是通过考察市场运作的规范性以确保市场的健康发展。在通常情况下，过程激励包括以下内容：铺货率、售点气氛（商品陈列生动化）、安全库存、指定区域销售、规范价格、专销（不销售竞品）、守约付款等。

② 销量返利：这是为直接刺激渠道成员的进货力度而设立的一种奖励，其目的在于提高销售量和利润。在营销实践中，有 3 种形式的销量返利。

A．销售竞赛：就是对在规定的区域和时段内销量第一的渠道成员给予奖励。

B．等级进货奖励：就是对进货达到不同等级数量的渠道成员给予一定的奖励。

C．定额返利：就是对渠道成员达到一定数量的进货金额给予一定的奖励。

销量返利的实质就是一种变相降价，可以提高渠道成员的利润，无疑能促进渠道成员的销售热情。但事实上，销量返利大多只能创造即时销售，从某种意义上讲，这种销量只是对明日市场需求的提前支取，是一种库存的转移。销量返利的优点是可以挤占渠道成员的资金，为竞争厂商的市场开发设下路障。但缺点是若处理不好，可能造成渠道成员越区销售，导致窜货，扰乱市场。

（2）间接激励。

所谓间接激励，就是指通过帮助渠道成员进行销售管理，以提高销售的效率和效果来激发渠道成员的积极性和销售热情的一种激励手段。

间接激励的方法很多。例如，帮助渠道成员建立进销存报表；帮助渠道成员进行客户管理；帮助渠道成员确定合理的安全库存数以及帮助渠道成员进行客户开发、攻单等。

10.2.5 渠道冲突与竞争

渠道冲突指的是渠道成员发现其他渠道成员从事的活动阻碍或者不利于本组织实现自身的目标，从而发生的种种矛盾和纠纷。冲突是渠道运作的常态，许多企业不希望出现渠道冲突，但是，适当的渠道冲突却是有益的。在分销体系中如果没有渠道冲突发生，可以认为是企业的市场覆盖面出现了盲区。因此，公司的渠道政策应当是如何管理渠道冲突以提高效率，而不是单纯地去消除渠道冲突。目前，我国各大中小企业在自己的运作经营过程中，都面临着不同程度的渠道冲突问题，那么如何对营销渠道的冲突进行管理，如何依据自身的特点进行渠道冲突的良好协调，就成了企业管理者思考的主要问题。

1. 渠道冲突的表现形式

1）常见的类型

最常见的渠道冲突大致有 3 种：同一品牌的渠道内部冲突、不同品牌的同一条渠道之争、渠道上下游之间的冲突，如表 10-2 所示。

2）渠道费用冲突

零售业兵陷危城：零售连锁店在中国的发展速度比任何人想象得都要快，然而，零售业的快速发展却导致另一个问题出现，商品同质化严重，从而不可避免地出现了恶性竞争的局面。"通路费用"目前的名目繁多：赞助费、促销费、上架费、广告费等。例如某大型超市曾经向供应商开出的"通路费用"就包括无条件返利，事业部条件返利，新年、春节、劳动节、国庆节赞助金，新品最低上架费，最低店庆赞助金，新店开业补偿，最低端架赞助金，最低快讯赞助金，大宗购买最低折扣等近 30 项条款。

表 10-2　渠道冲突的常见类型

冲突类型	分　　析
同一品牌的渠道内部冲突	（1）厂商开拓了一定的目标市场后，中间商将在目标市场上大兴"圈地运动"，争夺更多的市场份额，争取厂商更多的青睐。（2）冲突的原因多是厂商没有对目标市场中的闪电战数量做合理规划，使固定区域内"刺猬"增多，产生互相倾轧现象；也可能是厂商对现有的中间商销售能力不满意，实施开放政策，以增加渠道活力。（3）窜货与代价出货是冲突最常见的方式
不同品牌的同一条渠道之争	（1）该渠道对持有不同品牌的厂商来说都很重要，全部势在必得，目的是尽快进入市场。（2）厂商为争夺同一条渠道，都会许诺比对方更优惠的条件来吸引中间商。（3）上游供应商之间的冲突为中间商获得最大利益提供了空间，使中间商处于更为有利的谈判地位。（4）中间商可能是同时代理多家品牌，但现实往往很难使所有品牌厂商都满意。（5）不同中间商对一家二级经销商或代理商的争夺也会造成彼此之间的冲突
渠道上下游冲突	（1）许多分销商从自身利益出发，采取直销与分销相结合的方式，不可避免地影响渠道的积极性。（2）下游经销商实力增强后，不甘心目前的等级体系，希望向上游渠道挑战。（3）只给二级经销商供货是渠道上下游冲突的核心。厂商出于产品推广的需要，可能越过一级经销商直接向二级经销商供货，使上下游渠道产生芥蒂

3）大户冲突

大户冲突主要指的是大户与企业之间的利益冲突，也存在大户与大户之间的利益冲突，如图 10-6 所示。

大户冲突的原因主要有以下几点。

（1）目标不一致：这是在渠道中经销商与制造商之间产生的矛盾，以及渠道经销商症结的根本原因之一。制造商往往想追求百年品牌的建立，而经销商出于种种原因，更注重短期利益。

（2）市场预测的感知不一致：在这种情况下，制造商站在一个乐观的角度对市场进行预测，并认为该市场的前景颇为乐观，于是便鼓励渠道经销商多备存货；而经销商可能对该市场的前景并不看好。

（3）超越经销商的冲突：一些制造商在产品上市初期利用当地的经销商销售网络进入市场，产品销售到一定的时候，制造商就在一些地区设立分公司、办事处，派遣销售队伍直接进行终端销售，甚至准备取消一些区域的经销商而直接掌控终端市场。经销商对于这种"过河拆桥"的行为必然会进行反击。

（4）价格体系不健全的冲突：制造商为了快速实现在某些重点区域的分销，给予当地分销商很低的进货价，而在另一些区域却规定了较高的最低进货价。制造商对于区域终端的批价和零售价的调控缺乏力度，结果造成各区域间明显的价格落差，一些经销商为了快速扩大市场占有率，完成销售任务甚至也利用此机会大肆地跨区域倒货、倾销。这使得经销商窜货现象屡屡发生，严重干扰了企业价格体系的正常运转。

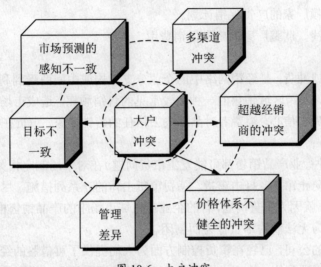

图 10-6　大户冲突

4）人员冲突

渠道人员冲突可分为以下几种：制造商与各级经销商之间的人员冲突；促销人员与经销商之间的人员冲突；经销商与经销商之间的人员冲突。

5）系统冲突

（1）实物流程系统冲突。指的是当商品由物质供应商经过运输传递到制造商，再由制造商传递到一级经销商，以此类推，一直到最终消费者手上为止，此为实物的流程经过。在这个过程中，所发生的矛盾冲突就是所谓的实物流程系统冲突。

（2）所有权流程冲突。物质所有权只掌握在基本渠道人员手里，因此，所有权的流动只是物质供应商→制造商→代理商，最后达到顾客的手里。在这一过程中，这一系统的冲突就在这几个渠道人员之间产生。

（3）信息流程系统冲突。它是指在市场营销渠道上，不同的营销机构之间存在着信息流程的冲突矛盾。使用渠道信息系统导致的渠道成员之间的冲突主要是目标上的冲突和对现实理解的冲突。

（4）资金流程冲突。货款在各个市场营销中间机构之间流动过程中所存在的矛盾冲突。

（5）促销流程系统冲突。不同经销商在广告促销商品的积极性方面有很大区别。在一个地区内的多个经销商中，总会有一些经销商采取更富有进取性的广告宣传或促销手段，吸引了更多的顾客。这将引起其他经销商的不满。这种冲突在专营区域未能加以严格划分或执行的专营性经销商之间和兼营性经销商之间更易发生，前者会向制造商提出更多的苛刻要求，后者则转向支持制造商的竞争对手。

6）广告促销冲突

经销商不执行厂家制定下来的广告促销计划：一些经销商消极地唯利是图，不但不认同企业的中、长期发展战略，甚至在这种思想的驱使下，对于这些产品的促销也就置之不理，完全不理会厂家的广告促销计划。

经销商本身素质不高，将厂家的广告促销计划执行得很不顺利。

经销商过分依赖厂家的广告促销计划。

经销商目光短浅，欺骗厂家的广告促销费用。

7）窜货冲突

窜货又称倒货或冲货，是经销网络中的企业分支机构或中间商受到利益驱动，使所经销的产品跨地区销售，是跨区域销售的一种比较常见的营销顽症，造成市场价格混乱，从而使其他经销商对产品失去信心，消费者对品牌失去信任的营销现象。窜货在很大程度上出于利益驱使。

许多企业（各种行业产品销售都可能发生窜货问题）在对市场制定相关销售政策的同时，也一定会制定一些防止窜货、打击窜货、惩罚窜货主体的一系列措施。尽管如此，有些企业还是无法杜绝窜货，就因为窜货问题，有的企业在区域市场中的产品销售根本无法正常维持，甚至某个市场就因为无法制约窜货行为而倒闭。

许多海外著名的公司，已经在窜货控制方面为人们提供了可借鉴的经验。这些经验集中到一起，便是经销管理到位、管理方法严谨、经销策略严密周到，特别是在对经销商、对市场的管理方面比较到位。具体的做法如下。

（1）必须严格设计和执行分销层次与价格层次相匹配的级差价格体系，实施标准化规范化分销管理。标准化是分销渠道稳定、有序的重要条件。

（2）销量目标应尽可能客观合理，不强行压货压销量，提防不符合实际、故意提高销售量的分销成员，并对产品进行区域标码识别，以实现区隔。区域标码识别是有效扼制窜货的措施，但需要提高管理成本。

（3）建立严格的窜货奖罚制度，实行"窜货处罚、不窜货奖励"，加强监控，发现问题立即处理，开展区域市场的阶段性审计工作，对业务人员的业绩考核也应建立相应的综合指标。这种办法是"胡萝卜加大棒理论"的活用，成本较低，效果显著。

（4）建立综合渠道考量制度，注重过程管理和过程返利，综合分销成员的铺货、陈列、库存、价格和渠道维护来制定返利策略，并将不冲货、不乱价作为年终返利的必要条件。

（5）合同上明确双方权利、责任，合理、清楚地界定分销商的分销区域和价格，明晰分销层级，建立合理的差价体系。

（6）加强分销系统管理，加强对竞争对手的研究。所谓"攘外必先安内"，加强系统管理，才能安定内部，从而为攘外打基础；研究对手，才能知己知彼而百战不殆。

（7）销售政策应尽量兼顾公平，保持终端力度平衡，避免厚此薄彼，同时稳定渠道力度。中国有句古话："不患寡而患不均"，利益均衡，是分销渠道激励的重要措施，是保证分销商积极性的重要条件，不可以忽视。

（8）加强库存管理，严控经销商库存，舍弃一些短期利益，保证市场供求平衡。

窜货现象在商品分销渠道中，短时期内是难以彻底消除的，但它的危害是巨大的，严重时会使企业辛辛苦苦建立起来的营销网络毁于一旦，对于它的存在不能掉以轻心。因此，对窜货问题应有清晰的认识，发生窜货时要认真研究其原因，对症下药及时处理，这是保障厂家自身长远利益的关键。

2. 渠道冲突的原因

产生渠道冲突的原因似乎特别分化，从本质上讲，造成冲突的原因有以下 7 种。

（1）角色对立。角色是对某一岗位成员的行为所做的一整套规定。应用于营销渠道中，任一渠道成员都要实现他或她应该实现的一系列任务。

（2）资源稀缺。特许权授予者应该向特许经营者提供广泛的经营协助以及促销支持，反之，特许经营者也应该严格按照特许权授予者的标准经营程序来经营。如果有一方偏离其既定角色（例如，特许经营者决定制定一些自己的政策），冲突就产生了。有时，渠道成员要实现其各自的目标，在一些贵重资源的分配问题上产生了分歧，此时也会发生冲突。

（3）感知差异。一个代表性例子是购买现场（Point of Purchase，POP）促销。采取这种方式的制造商认为 POP 是一种有效的促销方式，可以提高零售量。零售商通常视现场宣传材料为废物一堆，占用了宝贵的空间。例如，一家硬木地板制造商印制了自认为精美的四色宣传册以展示其产品在豪华家居中的功用，这些册子原打算发给光顾商店的顾客，向其展示地板的质量、美观度及使用范围。数以千计的宣传册连同展示的地板送达一个大型家具零售中心，可零售商非但没有拿出这些册子，反倒将大部分宣传册做成用于装退货的纸盒装材料。

（4）期望差异。典型的例子是全美最大的传输维修业务公司 Aamoco。Aamoco 特许经营商预测，随着汽车制造商提供的维修保证越来越多，他们今后的业务会越来越难做。这种业务会削减的预期使很多特许经营商迫切要求将特许使用费率从 9% 降至 5%，同时扩大其经营区域。激烈的冲突由此而引发。Aamoco 公司辩解：因为预期未来传输维修业务将会下降，公司需要提高特许权费用以便做更大的广告宣传。

（5）决策领域有分歧。价格决策是一个典型的例子。许多零售商认为价格决策属于他们的决策领域，而有的制造商则认为他们才有权定价。制造商在有些情况下支持 1975 年废除的《公平贸易法》，因为该法给予其零售定价权，从而扩展了他们的决策领域。尽管正式的《公平贸易法》已废除，但公平交易仍大量存在。这样一来，制造商巧妙地告知零售商：如果他们不接受制造商的定价建议，就会失去货物的供应。那些在激烈竞争的市场中需要定价灵活性的零售商时常感到制造商试图通过操纵定价侵入其领域。这有时会导致长期的激烈冲突。

（6）目标不一致。以一家百货店的男士衬衫部为例，这里同时销售 3 种品牌。该部门的目标甚至超过目标，卖出哪个品牌的衬衫都无所谓。而对于制造商来讲，其特定品牌产品的销售量和市场占有率决定其"生死存亡"，其品牌销售观与零售商有着天壤之别。若其中的厂商感到零售商无视其品牌，零售商的行为就会被厂商视为对其所定目标的阻碍，由此也就埋下了目标冲突的种子。

（7）传播障碍。以 Alpha Graphics 公司为例，作为特许权授予者，它在美国及国外有300家特许经营店。很多特许经营者连连抱怨，觉得 Alpha Graphics 公司对其缺乏支持，他们交了特许经营费却不知这笔钱如何改善其业务。一些特许经营者气愤地起诉了特许权授予者，Alpha Graphics 公司为自己解说：他们需从特许经营者那里得到全面的信息。例如，只有不到半数的特许经营者按 Alpha Graphics 公司的要求每月交财务报表。针对这种窘境，Alpha Graphics 公司的总裁麦克尔声称："除非特许经营者每月按时上交财务报表,否则 Alpha Graphics 公司难以帮助其改善业务。"为了化解矛盾，Alpha Graphics 公司重新修订了特许经营合同，规定增加了特许权授予者如何使用特许费的透明度，同时要求特许经营者必须及时向公司提供详尽的财务报表。

同时，冲突还有一个直接根源，那就是生产企业与经销商、网络成员都在追求利润最大化，如图 10-7 所示。

图 10-7　冲突的直接根源——利润最大化

3. 渠道冲突的解决方法

解决渠道冲突的典型方法如下。

1）超级目标法

当企业面临竞争对手时，树立超级目标是团结渠道各成员的根本。超级目标是指渠道成员共同努力，以达到单个公司所不能实现的目标。渠道成员有时会以某种方式签订一个它们共同寻找的基本目标的协议，其内容包括渠道生存、市场份额、高品质和顾客满意。从根本上讲，超级目标是单个公司不能承担，只能通过合作实现的目标。通常，只有当渠道一直受到威胁时，共同实现超级目标才会有助于冲突的解决，才有建立超级目标的必要。

对于垂直性冲突，一种有效的处理方法是在两个或两个以上的渠道层次上实行人员互换。例如，让制造商的一些销售主管去部分经销商处工作一段时间，有些经销商负责人可以在制造商制定有关经销商政策的领域内工作。经过互换人员，可以提供一个设身处地为对方考虑问题的位置，便于在确定共同目标的基础上处理一些冲突。

2）沟通

通过劝说来解决冲突其实就是在利用领导力。从本质上说，劝说是为存在冲突的渠道成员提供沟通机会，强调通过劝说来影响其行为而非信息共享，也是为了减少有关职能分工引起的冲突。

3）协商谈判

谈判的目标在于停止成员间的冲突。妥协也许会避免冲突爆发，但不能解决导致冲突的根本原因。只要压力继续存在，终究会导致冲突的产生。其实，谈判是渠道成员讨价还价的一个方法。在谈判过程中，每个成员会放弃一些东西，从而避免冲突的发生，但利用谈判或劝说要看成员的沟通能力。事实上，用上述方法解决冲突时，需要每一位成员形成一个独立的战略方法以确保能解决问题。

4. 法律战略

冲突有时要通过政府来解决，诉诸法律也是借助外力来解决问题的方法。对于这种方法的采用也意味着渠道中的领导力不起作用，即通过谈判、劝说等途径已没有效果。一旦采用了法律手段，另一方可能会完全遵守其意愿改变其行为，但是会对诉讼方产生不满，这样的结果可能使双方的冲突增加而非减少。从长远来看，双方可能会不断发生法律纠纷问题而使渠道关系不断恶化。

5. 退出

解决冲突的最后一种方法就是退出该营销渠道。事实上，退出某一营销渠道是解决冲突的普遍方法。一个企图退出渠道的企业应该要么为自己留条后路，要么愿意改变其根本不能实现的业务目标。若一个公司想继续从事原行业，必须有其他可供选择的渠道。对于该公司而言，可供选择的渠道成本至少不应比现在大，或者它愿意花更大的成本避免现有矛盾。当水平性或垂直性冲突处在不可调和的情况下时，退出是一种可取的办法。从现有的渠道中退出可能意味着中断与某个或某些渠道成员的合同关系。

➤➤➤10.3 中间商

中间商是分销渠道里的中间环节，是指在生产者与消费者之间参与商品交易业务，具有法人资格的经济组织与个人，是商品经济发展的必然产物。中间商按是否拥有商品的所有权可分为经销商和代理商。

1. 经销商的种类和作用

经销商是指在商品交易活动中拥有产品所有权的中间商。按销售对象是否为最终用户（消费者）可分为批发商和零售商。

1）批发商

批发包括将商品销售给那些为了转卖或再生产而购买的顾客所发生的一切活动。批发商是指那些主要从事批发经营的组织或个人。批发商处于商品流通的起点或中间环节，其销售对象不是最终消费者，当商业交易职能结束时商品仍处于流通领域。

批发商的作用主要有以下几个方面。

① 通过批发商的购买，生产者可以迅速、大量售出产品，减少库存，加速资本周转。

② 批发商可以凭借自己的实力帮助生产者促销产品，提供市场信息。对零售商，批发商可按零售要求组合产品的花色、规格，便于配齐品种。

③ 对厂家购进的产品进行加工、整理、分类和包装，方便零售商进货、勤进快销。

④ 利用仓储设施储存产品，保证零售商的货源，减轻其存货负担。

⑤ 可为零售商提供各种支持，帮助其开展业务。

按照不同的划分方式，可以将批发商分为不同的类型，如表 10-3 所示。

表 10-3　批发商类型

标　准	类　型	主要特征
经营商品的范围	普通商品批发商	经营普通商品，经营范围广、品种繁多，销售对象主要是杂货店、五金商店、电器商店和小百货商店等
	大类商品批发商	专门经营花色、品种、规格、品牌齐全的某一类商品，同时还经营与这些商品密切相关的一些商品
	专业批发商	专业化程度较高、专门经营某一类商品中的某种商品，其顾客主要是专业商店
职能和提供的服务	完全职能或完全服务批发商	持有存货，有固定的销售人员，提供信贷、送货、协助管理等服务
	有限职能或有限服务批发商	为了减少成本费用，降低批发价格，只执行批发商的一部分职能和提供一部分服务

其中，有限职能或有限服务批发商又可以分为以下几种类型。

① 现购自运商。现购自运商经营有限的、周转快的产品线，他们向小零售商销售并收取现金，不赊销，一般也不负责送货，顾客要自备货车去批发商的仓库选购货物，当时付清货款。一般来说，现购自运商都是小零售商的股东。

② 承销批发商。他们通常经营煤、木材、大型设备等大宗、高成交额的商品。因资金投入大，他们不是先买后售，而是先收到客户订单，再与生产商联系订货，并由生产商根据交货条件和时间直接向顾客发货。从收到订单时起，承销批发商就拥有这批货物的所有权，并承担风险，一直到将货物送交顾客时为止。由于承销批发商不持有存货，因此其成本较低，并可以为顾客节约成本。

③ 货车批发商。他们往往开着车送货上门，通常是在固定时间、按固定线路访问固定客户。货车批发商销售的产品极为有限，主要销售生鲜易腐食品，如牛奶、面包、冷饮等，客户则大多是小食品店、餐馆、超市、医院、自助餐厅等。

④ 货架批发商。指专营非食品的家用器皿、化妆品、简装书、小五金商品等的批发商。货架批发商直接在零售店内设置货架，展示商品，管理进货，这意味着批发商要在商品售出之后才对零售商收款。在此过程中，货架批发商承担了送货、上架、持有存货和融资等多项

业务，即由生产厂家或批发商将商品摆在零售商分给他们的货架上，自己管理送货、补货；有时还进行现场促销；货品销出后，定期与零售商结算。

⑤ 邮购批发商。该类批发商的多数业务采取邮购方式，主要服务于偏远地区的产业客户和小零售商，以节省推销人员上门推销的费用，并借助邮政或快递业务运送商品。

2）零售商

所有面向个人消费者的销售活动都称为零售，从事这种销售活动的企业和个人就是零售商。零售商的基本任务是直接为个人消费者服务。

零售商具有以下一些特点。

（1）零售商的销售和服务对象为直接消费者，主要是个人消费者，也包括集团消费者，如机关、团体、学校等。

（2）零售商处于产品流通的终点，零售交易结束后，产品脱离流通领域，进入消费领域。

（3）零售商分布面广，分布点多。例如在美国，1995 年有零售企业 220 余万家，从业人员近 2200 万。1994 年，日本零售业的从业人员为 738 万，约占全从业员的 15%。在中国，1996 年有零售商店 1400 万个，从业人员为 3200 万。

（4）零售商是联系制造、批发商与消费者的桥梁，它一方面向批发商或制造商购进产品，另一方面再把产品销售给消费者。

（5）零售商一般多为小规模经营，销售数量零星，交易次数频繁。

零售商业一般有以下几类。

（1）专业品商店。由于市场细分化和产品专门化的趋势日增，专用品商店继续迅速发展，越分越细，并且在规模上也出现了超级专用品商店。实际上，任何一个大型商业都主要由大大小小的专用品商店组成。

（2）百货公司。百货公司通常规模较大，经营的产品面较宽，深度则取决于商店规模的大小，经营范围涉及消费者生活的各个方面，尤其是服装、家庭用品、美容化妆品等。

（3）超级市场。经营品种齐全，特别适合购买频繁、用量大的易耗类消费品。

（4）大型仓储式市场。大型仓储式市场包括超级商店和特级市场。

（5）折扣商店。折扣商店的主要特点是鼓励大量购买，给予数量折扣，并以销售全国性名牌为主，故能保证产品质量。

（6）便利商店。便利商店一般接近居民生活区，旨在使消费者日常生活中购买方便的小商品，通常全年无休，从清早到深夜，甚至全天 24 小时营业。

（7）无门市销售。无门市销售涵盖的领域很广，大致可分为以下 3 大类。

① 邮购。以信件广告的方式将商品目录册子直接送到消费者家中，或通过报纸杂志、电视刊登和播出邮购广告，使消费者即使在家中也能购物，并且不受时间限制。

② 使用硬币的自动售货机是第二次世界大战后出现的自动售货机 24 小时服务，广泛用于方便购买或冲动性购买的商品上，如饮料、糖果、香烟、报纸、化妆品、书籍、胶卷、袜子、T 恤。一般比商店价格高 15%～20%。

③ 访问销售。

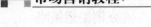

2. 代理商的种类和作用

代理中间商指专门协助达成交易，推销产品，但不拥有商品所有权的中间商，如经纪人、代理人和制造商代表等。经纪人和代理人专门从事购买、销售或这两者兼备的洽商工作，但不取得所有权。与经销商不同的是，它们对经营的产品没有所有权，所提供的服务比有限服务商人批发商还少。主要职能在于促成交易，赚取佣金作为报酬。与经销商相似的是，它们通常专注于某些产品种类或某些顾客群。

代理商的主要代理形式有以下几类。

（1）制造商代理商，即厂家代理，它们通常代表几家产品线互相补充的生产企业，在一定地区按厂方规定的销售价格和其他销售条件销售产品，制造商按销售额的一定比例付给佣金，鼓励其以最好的价格积极推销。

（2）销售代理商，是在签订合同的基础上，为委托人销售某些特定产品或全部产品的代理商，对价格、条款及其他交易条件可全权处理。

（3）佣金商，或称商行，是一种临时为委托方销售产品，根据委托条件推销产品并收取佣金的代理机构。

（4）采购代理商，是与买方保持较长期的关系，为买主采购商品，并提供收货、验货、储存、送货等服务的机构。

（5）产品经纪人，主要作用是为买卖双方牵线搭桥，协助他们谈判，买卖达成后向雇用方收取费用。他们并不融资，也不持有存货。

 【本章小结】

分销渠道是产品和服务从生产者向消费者转移的过程中，取得这种产品和服务的所有权或帮助所有权转移的所有企业和个人。在进行企业营销渠道设计时，企业可以遵循以下3个步骤：

（1）设置和协调渠道目标。

（2）确定渠道结构方案。

（3）渠道方案评估。

在设计渠道方案时，还要考虑影响因素。影响渠道选择的主要因素有市场因素、产品因素、企业特性、中间商因素和环境特性。有了一个适用于企业的分销策略和营销渠道体系之后，企业还必须注意对渠道成员进行控制、评估和激励。企业可以通过设置一定的标准来衡量适用的中间商；通过给予中间商一定的财力、物力、人力的支持，激励其发挥积极的作用。生产者在处理它与经销商的关系时，常采取合作、合伙和分销规划3种方法。

窜货是经销商置经销协议和制造商长期利益于不顾，进行的产品跨地区降价销售。企业应加强渠道管理和窜货的整治。企业在构建营销渠道时，必须做出几种渠道策略的策略，即选择长渠道、宽渠道或联合渠道。通过这些策略，企业可以搭建出自己所需的营销渠道的框架。企业还必须根据市场的新动态，及时改变渠道结构和分销方式，只有这样，企业才能有效地控制好渠道，为己所用。

中间商是指生产者与消费者之间，参与商品交易业务，具有法人资格的经济组织和个人。中间商主要可从两个方面加以区分：按是否拥有商品所有权可分为经销商和代理商。经销商是指在从事商品交易的业务活动中拥有商品所有权的中间商。其中，零售是指所有向最终消费者直接销售产品和服务，用于个人及非商业性用途的活动。零售商的组织形式主要包括有商店零售商、无商店零售商等。最主要的零售商店类型有专用品商店、百货商店、超级市场、方便商店、超级商店、联合商店和特级商场、折扣商店、仓储商店、产品陈列室推销店。代理中间商指专门协助达成交易、推销产品、但不拥有商品所有权的中间商，如经纪人、代理人和制造商代表等。

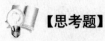

【思考题】

1. 什么是分销渠道？与市场营销渠道有什么区别？
2. 分销渠道有哪些主要职能？
3. 密集分销和选择分销各适用于哪些产品？
4. 经销商包括哪些类型？各具有什么特点？

【学习自测题】

一、单项选择题

1. 市场营销渠道包括参与某种产品____过程的所有有关企业和个人。
   A. 供产　　　　B. 供产销　　　　C. 产销　　　　D. 供销

2. 契约约束与____能促使中间商达到生产者预期的绩效标准。
   A. 佣金　　　　B. 销售配额　　　　C. 提成　　　　D. 放宽信用条件

3. 向最终消费者直接销售产品和服务，用于个人及非商业性用途的活动属于____。
   A. 零售　　　　B. 批发　　　　C. 代理　　　　D. 经销

4. 分销渠道的每个层次使用同种类型中间商数目的多少，被称为分销渠道的____。
   A. 宽度　　　　B. 长度　　　　C. 深度　　　　D. 关联度

5. 消费品中的选购品和特殊品适宜采用____。
   A. 广泛分销　　　B. 选择分销　　　C. 独家分销　　　D. 直销

6. 工业分销商向____销售产品。
   A. 零售商　　　　B. 制造商　　　　C. 供应商　　　　D. 消费者

7. 消费者主要是在____进行"填充"式采购。
   A. 超级市场　　　B. 方便商店　　　C. 仓储商店　　　D. 折扣商店

8. 物流以企业销售预测为开端，并以此为基础来规划生产水平和____。
   A. 销售水平　　　B. 市场规模　　　C. 成本费用　　　D. 存货水平

9. 订购点高低不会受____因素的影响。
   A. 订购前置时间　B. 订购成本　　　C. 使用率　　　D. 服务水平

10. 企业对中间商的基本激励水平应以____为基础。
   A. 中间商的业绩　B. 企业实力　　　C. 交易关系组合　D. 市场形势

11. 能使厂商之间达成信息共享、风险共担、利益共享、物流畅通的理想状态的渠道系统是____。

  A．水平分销系统   B．垂直渠道网络

  C．多渠道系统   D．互联网分销系统

12．分销规划实质上就是建立一个有计划的、实行专业化管理的____。

  A．横向市场营销系统   B．垂直市场营销系统

  C．双向市场营销系统   D．水平市场营销系统

13．物流的主要职能是将产品由其生产地转移到消费地，从而创造____。

  A．时间效用 B．形式效用 C．地点效用 D．占有效用

14．生产消费品中的便利品的企业通常采取____的策略。

  A．密集分销 B．独家分销 C．选择分销 D．直销

15．当目标顾客人数众多时，生产者倾向于利用____。

  A．长而宽的渠道 B．短渠道 C．窄渠道 D．直接渠道

16．非标准化产品或单位价值高的产品一般采取____。

  A．直销   B．广泛分配路线 C．密集分销 D．自动售货

17．在评估渠道备选方案时，最重要的标准是____。

  A．控制性   B．经济性   C．适应性   D．可行性

18．既不持有存货，也不参与融资或承担风险的商业单位是____。

  A．制造商代理 B．销售商代理 C．产品经纪人 D．佣金商

二、多项选择题

1．营销渠道成员包括_____。

  A．生产者   B．辅助商   C．代理商

  D．供应商   E．消费者

2．企业的分销策略通常分为_____。

  A．密集分销   B．选择分销   C．独家分销

  D．直销   E．特许经销

3．渠道的备选方案主要涉及_____。

  A．中间商类型   B．顾客的偏好   C．产品性质

  D．中间商数目   E．渠道成员的特定任务

4．对于需要安装、维修的产品，为保证售后服务的质量，企业往往采取_____。

  A．密集分销   B．选择分销   C．独家分销

  D．直销   E．特许经销

5．在_____情况出现时，企业的分销渠道需要改进。

  A．消费者购买方式变化 B．市场扩大   C．新竞争者兴起

  D．创新的分销战略   E．产品进入生命周期下一阶段

6．通过外包装区域差异化来治理窜货可具体表现在_____上。

  A．文字标志差异化 B．商标颜色差异化 C．品牌名称差异化

  D．品牌标志差异化 E．外包装印刷条形码差异化

7．经纪人或代理商主要分为_____。

A. 产品经纪人   B. 制造商代表   C. 销售代理商

D. 采购代理商   E. 佣金商

8. 无门市零售的主要形式是_____。

A. 邮购   B. 访问销售   C. 自动售货

D. 网上销售平台   E. 传销

9. 物流现代化需要多种技术支撑，包括_____。

A. 条形码   B. 电子货币   C. 电子收款机

D. 电子数据交换   E. 电子防盗设备

三、填空题

1. 财力薄弱的企业一般采用_____的分销方法，尽量利用愿意并能吸收部分储存、运输及融资等成本费用的中间商。

2. 渠道设计问题的中心环节是确定到达_____的最佳途径。

3. 如果购买者既少且频繁订货，那么制造商常常依赖于_____为其销货。

4. _____是批发商的最主要的类型。

5. 消费品中的便利品和产业用品中的供应品，通常采用的分销策略是_____。

6. 产品组合的深度越深，则越倾向于使用_____或有选择地使用代理商。

7. 选择渠道成员的过程通常是一个_____的过程，不仅制造商选择中间商，同时中间商也在选择制造商。

8. 零售商店类型就像产品一样，也要经历发展和衰退的阶段，这称为_____。

9. 专用品商店根据产品线的狭窄程度，可分为_____产品线商店、有限专用品商店和超级产品线商店。

10. 直接控制_____，是厂家提高市场辐射力和控制力的关键。

11. _____也被称为"无纸交易"或"电子契约社会"。

12. _____是生产者对不合作的中间商威胁撤回某种资源或中止关系而形成的权力。

四、名词解释

1. 渠道目标

2. 选择性分销

3. 代理商

4. 窜货

5. 中间商

五、简答题

1. 简述中间商的类型。

2. 简述分销渠道的流程。

3. 常见的零售商有哪些？

4. 批发商和零售商的区别是什么？

5. 影响分销渠道选择的因素有哪些？

六、论述题

1. 论述生产者应如何选择渠道成员。

2. 选择分销渠道应考虑哪些因素？

3. 如何对分销渠道进行分类？可以分为哪些类型？

4. 论述如何整治窜货现象。

七、案例分析

欧莱雅的丛林战

从 2008 年起，曾提出让"全中国每个女人都拥有一支口红"的"美宝莲"，选择了在中国市场首开其全球护肤系列。这被盖保罗称为"一个自然的扩张"。

不难理解，此前一直以主流姿态占据国内彩妆领域领先地位的"美宝莲"，多年来在中国消费者中积累了 95％以上的品牌认知度与信赖度，这为"美宝莲"从彩妆向综合品牌转型衍生提供了基础和保障。

在完成对本土品牌"小护士"与"羽西"的收购后，欧莱雅基本完善了其在中国的品牌梯度。向《环球企业家》绘制演示的"金字塔品牌建设模型"显示：赫莲娜、兰蔻、碧欧泉、植村秀、羽西和卡诗等居于金字塔的上端，还包括两大奢侈品牌（Giorgio Armani 和 Ralph Lauren）化妆品；往塔中挪移，是巴黎欧莱雅和巴黎欧莱雅专业美发，而薇姿和理肤泉则是药妆品牌，仅在药房经销；再往下走，美宝莲、小护士、卡尼尔则支撑着金字塔塔基，集中面向大众。

此外，其子金字塔的细分则为渠道建设提供了清晰的参照。卡诗、巴黎欧莱雅专业美发、美奇丝分别处于塔顶、塔中和塔基。渠道示意表也显示，欧莱雅在中国已经入驻大型百货商店、大卖场、超市、化妆品专卖店、药房、专业发廊和免税店等各种销售渠道。凭借渠道的铺展，多个品牌在细分市场上的地位均十分稳固。

于是，盖保罗谨慎拾起时机，真正开始实施早在几年前就已动心的"下乡"计划。

"我们必须等到，也确实等到了二、三线城市的发展。"盖保罗进一步解释说。所谓的发展，一是指消费者具有了一定的购买力，二是指渠道的成熟，其中包括高端化妆品零售商丝芙兰的进入，以及超市的普及。这都为欧莱雅旗下品牌借助成熟渠道，打入成都、武汉等第一批二线城市市场提供了不可或缺的条件。

"抓住时机是一回事，与消费者、与本土市场时刻保持接近是两个始终有效的黄金法则。"

收购"小护士"成为欧莱雅进入中国大众市场的切入点，不仅弥补了当时金字塔塔基的空白，也为欧莱雅拓展大型商场、百货和各类专业卖场之外的销售渠道开创了新的空间与实践。如今欧莱雅大众品牌中最成功的"美宝莲"，在全国多个城市有 2 万多个销售网点，在旗下所有品牌中居于榜首。"即使和原本就拥有大众基础的本土品牌相比，覆盖率也是很高的。" 2 万多个网点，意味着全国至少有 400 个经销商，这是一个惊人的数字。但欧莱雅 2008 年并未满足于数量上的成功，而是理智地开始考虑减速。在其求索之路上，如今重中之重是削减经销商的数目，增强对其的控制力。"美宝莲"继续借鉴了日化业"大流通"商品的做法，调整其经销商结构，给经销商提出了更高的要求，力求一个地区由一到两个大经销商来统管。

"如今的欧莱雅中国，已经可以说覆盖了中国大部分的城市，甚至包括三、四线城市。"

盖保罗表示。

讨论：

为什么说在渠道建设时"与消费者、与本土市场时刻保持接近是两个始终有效的黄金法则"？

资料来源：丁天. 环球企业家，2009（9）.

第 11 章
促销策略 ▶▶▶

【学习目标】

◆ 掌握促销和促销组合的概念。

◆ 理解企业的促销组合决策，能为企业产品制定相应的促销方案。

◆ 了解人员推销的过程和推销技术，人员推销的策略。

◆ 掌握对推销队伍的组织管理。

◆ 理解广告的含义、功能。

◆ 掌握广告策略的主要内容和营业推广、公共关系的活动方式。

◆ 理解营业推广的含义、特点以及营业推广的方式和控制。

◆ 了解促销、促销组合的含义，掌握促销手段，能在实践中灵活应用。

促销活动实质上是一种与目标受众的沟通过程。沟通产生于信息发送者、接收者，发送者和接收者共享信息之中。促销则为了提高沟通的有效性，它的主要任务是将有关企业和产品的信息传递给目标市场上的顾客，以达到扩大销售的目的。在今天这样一个"信息爆炸"的时代，开展有效的促销活动对企业的生存发展至关重要。

▶▶▶11.1　促销与促销组合

现代市场营销不仅要求企业开发适销对路的产品，塑造良好的形象，制定吸引人的价格，使目标顾客易于取得他们所需要的产品，还要通过各种方式和目标市场之间进行有关信息的双向传递，进行必要的促销活动。

11.1.1　促销与促销组合的概念

1. 促销的概念

促销是指企业通过人员和非人员的方式把产品和服务的有关信息传递给顾客，以激起顾客的购买欲望，影响和促成顾客购买行为的全部活动的总称。促销工作的核心就是沟通信息。

在市场经济中，社会化的商品生产和商品流通决定了生产者、经营者与消费者之间存在着信息上的分离，企业生产和经营的商品和服务信息常常不为消费者所了解和熟悉，或者尽管消费者知晓商品的有关信息，但缺少购买的激情和欲望。这就需要企业通过对商品信息的专门设计，再通过一定的媒体形式传递给顾客，以增进顾客对商品的关注和了解，并激发起购买欲望，为顾客最终购买提供决策依据。因此，促销从本质上讲是一种信息的传播和沟通活动。

2. 促销组合的概念

所谓促销组合，是指企业根据促销需要，对人员推销、广告促销、公共关系、营业推广等各种促销方式进行适当选择和综合运用，从而形成的整体促销策略。

11.1.2　促销的作用

威廉·斯坦顿研究认为：在不完全竞争的条件下，"一个公司利用促销来帮助区别产品、说服其购买者，并把更多的信息引入购买决策过程。用经济学术语来说，促销的本来目的是改变一个公司的产品需求（收入）曲线的形状。通过运用促销，一个公司有希望在任何一定价格的条件下，增加某种产品的销售量，它还希望促销会影响产品的需求弹性。目的是：当价格提高时使需求无弹性，当价格降低时使需求有弹性。换言之，企业管理当局希望：当价格上升时，需求数量下降很少；而当价格下降时，销售却大大增加。"

现代促销理论认为，促销的根本作用在于沟通买卖双方，使得各自的信息得以传递，其具体作用体现为以下几点。

1. 沟通信息

在当今知识经济社会，信息是主要的战略资源。因此，在企业的市场营销活动中，信息流是商流和物流以及资金流的先导。根据市场营销理论，市场既是营销的起点，又是营销的终点，那么，伴随营销活动始终的信息流也必须遵循这一流程，即沟通信息应该是双向进行的。一方面，通过企业的有意识促销加强了消费者对产品功能和服务价值的了解；另一方面，通过对消费者反馈意见的跟踪，有助于企业了解和掌握消费者的需求。因此，信息的沟通是争取顾客的重要环节，是密切营销企业与生产者、顾客之间关系，强化分销渠道各环节的协作，加速商品流通的重要途径。

2. 影响消费，刺激需求，开拓市场

市场营销管理的本质就是需求的管理，而需求是有弹性的，它可以被诱发，也可以被压抑。当企业的某种商品处于潜伏状态时，促销可以起催化作用，刺激需求；当处于低需求状态时，促销可以招徕更多的顾客，提升需求；当需求波动时，促销可以起导向作用，平衡需求；当需求衰退时，促销可以使之得到一定程度的反弹和恢复。

3. 突出产品特点，提高竞争力

在经济全球化和科技飞速发展的今天，产品越来越同质化，企业之间的竞争也就越来越多地由价格竞争转向非价格竞争。要想在非价格竞争中胜出，实现商品、服务和品牌的差异化是唯一的途径。企业差异化竞争优势的建立，一方面有赖于企业自身苦练内功，生产出符

合消费者需求的产品价值；另一方面，好的产品还必须借助于有效的促销手段，才能不断提升市场竞争力。

4. 提高企业声誉，巩固市场地位，稳定和扩大销售

追求稳定的市场份额是企业营销的重要目标之一，也是企业能够长远发展的根本保证。保持一个相对稳定的市场份额，一个有效的对策就是通过促销来树立企业形象，提高商品和服务的美誉度，扩大商品和品牌的知名度。特别是在竞争激烈的情况下，企业有效的促销活动可以抵御和击败竞争对手，即使在企业商品销售下降时，强有力的促销也往往能够重新激发消费者对这些商品的需求。

11.1.3　促销的基本方式

（1）人员推销。人员推销是企业通过派出推销人员或委托推销人员向顾客介绍、推广、宣传，以促进产品的销售。具体的方法可以是面对面交谈，也可以通过电话、信函交流。推销人员的任务除了完成一定的销售量以外，还要及时发现顾客的需求，开拓新的市场，创造新需求。

（2）广告促销。广告是企业以付费的形式，通过一定的媒介向广大目标顾客传递信息的有效方法。现代广告不应只是一味地单向沟通，而要实现双向沟通，要把企业与顾客共同的关心点结合起来考虑广告的制作和传播。

（3）公共关系。公共关系是企业通过有计划的长期努力，影响团体与公众对企业及其产品的态度，使企业与其他团体以及公众形成良好的公共关系，达到维护和提高企业的声望，获得社会信任的目的，从而间接促进产品的销售。

（4）营业推广。营业推广是由一系列短期性、诱导性、刺激性的促销战术所组成的，一般只作为人员推销和广告促销的补充方式。与这两种方式相比，营业推广只是一些短期性、临时性的措施，刺激性很强、吸引力大，能够使顾客迅速产生购买行为。

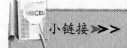

小链接 ▶▶▶

蒙牛在进入上海市场进行新品上市推广时，为了避开光明在上海本土的保鲜奶优势而采用了差异化产品、差异化渠道的社区终端大规模、长时间的"免费品尝"促销活动，只用了短短一年的推广时间就使上海市场的日销量达到 100 吨。

成长期的娃哈哈乳酸饮料利用其产品已有一定知名度及忠诚消费者的优势，采用了"焦点换物"的促销活动对抗来自竞争对手的进攻，并且培养了一批新顾客。

光明牛奶的"打扮我们的学童奶"活动是在产品成熟后针对儿童开展的，内容包括由儿童设计"学童奶"的包装以及评选后的奖励，进一步加深了消费者对其产品的忠诚度。

资料来源：张建国. 如何进行促销管理. 北京：北京大学出版社，2004.

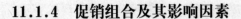

11.1.4 促销组合及其影响因素

促销组合是企业将广告、公共关系、营业推广、人员推销这 4 种基本促销方式有机地结合为一个策略系统,使企业的全部促销活动相互配合与协调,以最大限度地发挥促销整体效果,顺利实现企业的目标。促销组合的概念体现了现代市场营销理论的一个核心内容——整体营销的理念,它反映了营销实践对企业资源整合应用的发展趋势。

企业执行促销活动,要获得成果,对于"促销组合"必须进行整体化考虑与执行。促销组合和促销策略的制定,其影响因素较多,主要应考虑以下几个因素。

1. 促销的目标

企业整体的促销目标具有阶段性和侧重点,由于促销目标的重点不同,则促销组合策略也不同。以提高知名度和塑造良好形象为主要目标时,应以公共关系和广告为主;而以销售商品为主要目标时,公共关系是基础,广告是重点,人员推销是前提,营业推广是关键。

2. 促销产品的特点

生产资料商品具有技术专用性强、价格高、批量大等特性,购买时一般要经过复杂的研究、审批等手续,应以人员推销为主,配合公共关系和营业推广,而广告相对使用较少;消费品主要供个人和家庭生活之用,涉及面广、量大,常常以广告促销为主,辅以公共关系和营业推广,人员推销相对较少。一般来说,高价商品由于使用风险大,应以公共关系和人员推销为主;低价商品以广告和营业推广为主。

3. 促销产品生命周期的阶段

导入期以广告和公共关系为主,其次是人员推销和营业推广;在成长期,虽仍以广告和公共关系为主,但所有促销策略的成本效应都降低了;在成熟期,以营业推广为主,辅以广告、公共关系和人员推销;在衰退期,仍以营业推广为主,但广告、公共关系和人员推销的成本效应则降低了,其中以人员推销为最低。

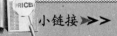 小链接 ➤➤➤

云南西双版纳诗风绿饮品的促销策略

云南西双版纳诗风绿饮品厂于 1993 年年底带着新产品诗风绿西蕃莲汁来到北京,准备开拓北京市场。该厂在某策划公司的帮助下,经过市场调查,出台了一个以渲染西双版纳淳朴优雅的傣家风情来带动诗风绿西蕃莲汁促销的促销方案。

首先,利用时值冬天饮料销售的淡季,各饮料厂市场攻势减弱,先行将产品打入受冬季影响较小的大中型饭店酒楼,并逐家征得用户的同意,承诺给予其一定的回扣,于是获得了"北京百家美食名店联合推荐诗风绿西蕃莲汁"这一较具影响力的美称。

接下来,在饮料旺季即将到来之际,开始进行引人注意的广告促销宣传。先在音乐台以"百家美食名店一致推荐"的名目做广告。并在北京发行量最大的彩印报纸《精品购物指南》上连续刊登了 3 期"寻找诗风绿"的广告。第一期请读者从中国古代诗词中找出同时含有"诗、风、绿"3 个字的整首诗词；第二期请读者从现代流行歌曲中抄录同时含有"诗、风、绿"3 个字的整首歌词；第三期请读者结合对西双版纳神奇风景的想象，创造一个有关诗风绿的故事。广告刊出后，许多读者参与了这一活动，共收到来信万余封，使"诗风绿"这个充满浪漫、自然气息的品牌深深地印在读者的脑海中。

同时，在饭店酒楼的推广活动还包括在餐厅里悬挂诗风绿彩旗；在电视上反复播放西双版纳的风景和产品广告录像；在餐桌上发放诗风绿西番莲汁宣传材料；在客人点菜时，服务小姐主动推荐西番莲汁等。当时，诗风绿西番莲汁还安排了高密度的电视广告，其广告主题词"有朋来相聚，打开诗风绿"在 1 个月内传遍了京城。西番莲汁在经过 3 个月的铺垫之后，市场迅速启动，6 月份即销售 6000 箱，而据调查所知，另一老的知名品牌饮料的同期销售量却不足 5000 箱。这对于一种初涉市场的新饮品来说是不容易的，成功的秘诀就在于其促销方案。

资料来源：仇向洋，朱志坚. MBA——营销管理. 北京：北京师范大学出版社，2008.

4. 目标市场的特点

在诸多市场因素中，主要是市场规模与集中性、购买者类型、消费者心理和竞争对手的促销攻势对促销组合影响较大。市场规模小且相对集中的市场，人员推销是重点；规模大、范围广且分散的市场，则应多采用广告、公共关系和营业推广；对个人家庭消费者应以广告、公关促销为主，辅之以营业推广；对组织用户、集团消费应以人员推销为主，辅之以公共关系和广告；对中间商则宜以人员推销为主，并配合营业推广。根据 AIDA 模式，广告在消费者关注（Attention）阶段应当作为促销组合的重点选择；在消费者兴趣（Interest）阶段主要选择广告、公共关系和人员推销方式；在消费者欲望（Desire）阶段，人员推销是重点；在购买（Action）阶段应主要选择人员推销和营业推广，并配合广告与公共关系。企业还要根据自身与竞争对手的实力进行分析和比较，选择针锋相对的促销方式或避其锋芒的促销组合。

5. 促销预算保障

不同的促销方式、促销组合，需要投入的资金总量不同。因此，企业的财务资金实力及其对促销投资的预算安排，也影响和制约着促销组合的选择。既要量力而行，又要用最少的费用实现最佳的促销组合，使促销费用发挥出最好的效用。

6. 促销时机选择

任何商品都会面临销售时机和非销售时机。显然，在销售时机（如销售旺季、流行期、特别事件和节假日等）应当掀起促销高潮，一般要以广告、营业推广为重点；而在平时，则应以公共关系和人员推销为主。

7. 分销渠道的类型

如果企业以间接分销渠道为主来分销商品，则应以广告、公共关系为主，为中间商创造有利的销售环境，再配合对中间商的营业推广，充分调动其积极性；如果企业以直接分销渠道、多层传销等非流通渠道的销售方式为主，则重点是公共关系、人员推销和营业推广。

11.1.5 促销组合策略

促销组合策略研究的是对各促销手段的选择及在组合中侧重使用某种促销手段，一般有推式和拉式两种策略，如图 11-1 所示。

1. 推式策略

推式策略是指将产品沿着分销渠道垂直地向下推销，即以中间商为主要的促销对象，再由中间商进而影响消费者而使他们购买企业的产品。

2. 拉式策略

拉式策略是通过某种促销手段，先激起潜在购买者对产品的兴趣和欲望，促使他们主动向零售商或中间商询问这种产品，引发中间商纷纷要求经销这种产品，从而达到企业的销售目标。

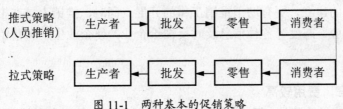

图 11-1　两种基本的促销策略

在促销实践中，这两种策略可以单独使用，也可以混合使用。它们对促销组合设计影响很大，同时决定促销手段和沟通媒体的选择。

▶▶▶ 11.2 人员推销策略

人员推销是最传统的、最不可缺少的促销方式。国内外许多企业在人员推销方面的费用支出要远远大于在其他促销方面的费用支出。实践表明，人员销售与其他促销手段相比具有不可替代的作用。

11.2.1 人员推销的概念与特点

所谓人员推销，是指推销人员在一定的推销环境里，运用各种推销技巧和手段，说服用户接受企业的商品，从而既能满足用户需要，又能扩大企业销售的活动。人员推销的核心问题是说服，即说服用户，使其接受推销的产品或服务。

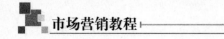

相对于其他促销形式，人员推销具有以下特点。

1. 直接洽谈、针对性强

在推销活动开始之前，推销员应该选择具有较大购买可能的顾客进行推销，避免盲目、泛泛地进行推销；还应该事先对未来顾客做深入研究，拟定具体的推销方法、推销策略等，以提高推销的成功率。推销人员可以和顾客直接接触、当面洽谈，根据不同潜在顾客或用户的需求和购买心理，有针对性地进行推销。

2. 方式灵活，成交迅速

推销人员在与推销对象的人际接触中，根据可能发生的各种不同情况，随机应变，灵活地调整推销内容和推销策略，解答顾客质疑，消除顾客疑虑，及时达成交易，速见成效。通过推销员良好的推销工作，可以及时、有效地激发顾客的购买兴趣，并促使其立即采取购买行为，从而缩短消费者从了解信息到实施购买行为之间的时间，并可立刻获知顾客的反应，据此及时调整自己的推销策略和方法，解答顾客的疑问，使顾客产生信任感。

3. 建立关系，反馈及时

人员推销具有一定的公共关系的作用，一个优秀的推销员为了达到促销的目的，可以使单纯的买卖关系发展为互相信任、长期合作的伙伴关系或建立起深厚友谊的朋友关系。伙伴和朋友关系的建立，更有助于推销工作的开展。同时，推销人员在推销活动中，可以把推销对象的反应、态度等各种信息及时反馈给企业，使企业生产和营销更适合消费者的需要。

4. 接触面窄，费用较高

人员推销的明显缺陷是，每一个推销人员的活动范围都是很有限的，与顾客的接触面较窄，在企业目标市场广阔且分散的情况下，难以采用人员推销的方式。同时，优秀的推销员难觅，推销人员的开支大，人员推销的费用高，所以，实施人员推销的成本比其他促销方式的成本要高得多。在发达国家采用人员推销的成本一般是广告费的 1~3 倍，这也是这种促销方式的局限性。

11.2.2　人员推销的方式与步骤

1. 人员推销的基本方式

1）上门推销

上门推销是指由推销人员携带商品的样品或图片、说明书和订货单等走访顾客，推销产品。这是一种向顾客靠拢的主动出击式的"蜜蜂经营法"。

2）柜台推销

柜台推销是指营业员向光顾商店的顾客销售商品。这是一种非常普遍的"等客上门"式的推销方式。这里的营业员就是推销员，其职能是与顾客直面接触，而对面交谈，介绍商品，解答疑问，促成销售。

3）会议推销

会议推销是指利用各种会议的形式介绍和宣传商品，开展推销活动，如推销会、订货会、物资交流会、展销会等：这种推销形式接触面广、推销集中、成交额大。

2. 人员推销的步骤

人员推销一般经过 6 个步骤，如图 11-2 所示。

图 11-2　人员推销的步骤

1）寻找顾客

这里的顾客指的是潜在顾客。潜在顾客是一个"Man"，即具有购买力（Money）、购买决策权（Authority）和购买需求（Need）的人。

该潜在客户是否有购买力 M（Money），即是否有钱，是否具有消费此产品或服务的经济能力，也就是有没有购买力或筹措资金的能力。

该潜在客户是否有购买决策权 A（Authority），即你所极力说服的对象是否有购买决定权，在成功的销售过程中，能否准确地了解真正的购买决策人是销售的关键。

该潜在客户是否有购买需求 N（Need），在这里还包括需求。一方面，需求是指存在于人们内心的对某种目标的渴求或欲望，它由内在的或外在的、精神的或物质的刺激所引发；另一方面，客户需求具有层次性、复杂性、无限性、多样性和动态性等特点，它能够反复地激发每一次的购买决策，而且具有接受信息和重组客户需求结构并修正下一次购买决策的功能。

只有同时具备购买力（Money）、购买决策权（Authority）和购买需求（Need）这三个要素，才是合格的顾客。

寻找潜在顾客有很多种办法，如地毯式访问法、连锁介绍法、个人观察法、广告开拓法、市场咨询法以及资料查阅法等。

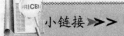

小链接 ≫≫≫

潜在顾客

曾经有一个推销新手，他工作一段时间后，因为找不到顾客，自认为干不下去了，所以向经理提交了辞呈。

经理问他："你为什么要辞职呢?"

他坦白答道："我找不到客户，业绩很差，只好辞职。"

经理拉他到面对大街的窗口，指着大街问他说："你看到了什么?"

推销员答道："人啊!"

"除此之外呢?"

"除了一大堆人，就只有路啊!"

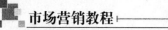

经理又问："在人群中，你难道没有看到许多的准顾客吗？"

推销员恍然大悟，马上收回了辞呈。

资料来源：韩冰. 财富讲义/一分钟袖珍故事. 西安：未来出版社，2008.

2）接近顾客

接近顾客指推销人员直接与顾客发生接触，以便成功地转入推销面谈。推销人员在接近顾客时既要自信、注重礼仪，又要不卑不亢，及时消除顾客的疑虑；还要善于控制接近时间，不失时机地转入正式面谈。

常用的接近顾客的策略有：通过朋友，自我介绍或利用产品接近顾客；利用顾客的求荣心理，采取搭讪、赞美、求教、聊天等方式接近顾客；利用顾客的求利心理，采用馈赠或说明某利益接近顾客等。这些策略的运用要视具体情况而定。无论采用何种策略，必须使人感到诚实可信，同时，切忌不要去诋毁对手。

电话营销

电话营销（Telemarketing）是一个较新的概念，出现于20世纪80年代的美国，随着以消费者为主导的市场的形成，以及电话、传真等通信手段的普及，很多企业开始尝试这种新型的市场手法。电话营销的定义为：通过使用电话，来实现有计划、有组织、高效率地扩大顾客群、提高顾客满意度、维护顾客等市场行为的手法。成功的电话营销应该使电话双方都能体会到电话营销的价值。

资料来源：深圳人才网.www.0755rc.com.2009-04-15.

3）推销面谈

推销面谈指推销人员运用各种方法说服顾客购买的过程。在推销过程中，面谈是关键环节，而面谈的关键又是说服。推销说服的策略一般有两种。

（1）提示说服。通过直接或间接、积极或消极提示，将顾客的购买欲望与商品特性联系起来，由此促使顾客做出购买决策。

（2）演示说服。通过产品、文字、图片、音响、影视、证明等样品或资料去劝导顾客购买商品。

4）排除障碍

有效地排除顾客异议是达成交易的必要条件，这是整个推销过程的关键性环节。推销工作的一条黄金法则是：不与顾客争吵。在面谈中，顾客往往会提出各种各样的购买异议，如价格异议、产品异议、服务异议或购买时间异议等，一个有经验的推销员既要采取不蔑视、不回避、注意倾听的态度，又要灵活运用有利于排除顾客异议的各种技巧。

5）达成交易

达成交易是顾客购买行动的过程，是推销过程的成果和目的。在推销过程中，推销人员要注意观察潜在顾客的各种变化。当发现对方有购买的意图时，要及时抓住时机，促成交易。为了达成交易，推销员也可提供一些优惠条件。

6）跟踪服务

跟踪服务是指推销人员为已购商品的顾客提供各种售后服务。跟踪是人员推销的最后环节，也是新推销工作的始点。推销人员必须做好售后的跟踪工作，如安装、退换、维修、培训及顾客访问等。对于 VIP 客户，推销员要特别注意与之建立长期的合作关系，实行关系营销。

11.2.3　人员推销的组织与管理

1. 推销人员的素质

一个理想的销售员应该具有以下素质。

1）知识素质

这包括一般的科学文化知识、产品专业知识和推销技术知识这 3 大类基本知识。

掌握产品知识，是为了更好地了解自己的推销客体，更好地向用户介绍产品，从而增强自己的推销信心和顾客的购买信心。掌握科学文化知识和推销技术知识，是为了更好地了解自己的推销对象和推销环境，更透彻地了解人的本性、动机和行为模式，更有效地接近和说服顾客，提高推销效率。

2）身体素质

这里所讲的身体素质是一个比较广义的综合性概念，既包括个人的体格、体质及其健康状况，也包括个人的举止、言谈及其仪表风范等。

现代企业市场销售工作流动性大、活动范围大、连续作业时间较长，如果没有良好的体质，根本就无法胜任这项具有挑战性的工作。就个人的举止、言谈和仪表风范来看，更是存在不少推销人员必须遵守的礼仪和行为规范。

国外有些企业就制定了一系列的选拔标准，要求非常严格，不仅要进行"体检"而且要进行"面试"，目的就在于全面考察其身体素质条件。

3）心理素质

良好的心理素质是现代企业市场销售人员所必须具备的又一个基本条件。具体来说包括以下几项。

（1）信心。推销人员在激烈的竞争中，会遇到许多挫折和失败，所以，要做好充分吃苦、屡败屡战的心理准备，要对自己有信心。相信你是最优秀的，相信公司为你提供了实现自己价值的机会，相信你能做好销售工作。当然，信心首先来自于知识，包括知人、知物、知事、知情、知己和知彼等，而不是盲目地自信。

（2）诚心。作为一名推销人员，必须诚恳地对待客户、同事，别人才会尊重你。推销人员代表了一个企业的形象，是企业素质和文明的体现，是连接企业与社会、消费者的枢纽，所以不管从哪方面都要有一颗诚挚的心，去面对客户、同事和朋友。

（3）恒心。销售工作绝不是一帆风顺的，其中会遇到很多困难，必须要有恒心、百折不挠的精神和坚强的意志力，才能做好销售工作。

（4）热心。真诚待客，热情服务，这正是推销精神的一大支柱。

当然除以上"四心"外，还有良心、爱心、耐心、虚心等。

4）道德素质

良好的道德素质也是现代企业市场营销人员必备的一个基本条件。这主要包括对企业的忠诚和对顾客的诚实。

首先，要忠诚于国家和企业的利益，避免私下交易或出卖国家、企业的利益。即使离职去别的企业或自己创业，也不能故意损害原来企业的利益。其次，时刻要为顾客着想，真心诚意为顾客服务，和顾客交朋友，顾客是企业及其市场销售人员的最重要的资源。

2. 推销人员的选聘

挑选优秀的人才是企业建立一支高素质推销人员队伍的前提，因此，企业应十分重视推销人员的选聘工作。

推销人员的来源有二：一是来自企业内部，就是把本企业内部热爱并适合推销工作的人员选拔到营销部门；二是企业外部招聘，即在社会范围内物色品行端正、作风正派、业务能力较强的人员，包括大专院校的毕业生、毛遂自荐者等。

无论从哪条途径选拔推销人员，都需要坚持严格的选拔标准，按照一定的选拔程序进行，做到择优录用。

3. 推销人员的培训

对推销人员的培训包括对新选拔人员的基础培训和对老推销人员的提高培训两个方面。

培训内容是以提高推销人员的综合素质为中心，进行系统学习，通常包括企业知识、产品知识、市场知识、推销技巧和政策法规等。但要注意从实际出发，突出重点，讲究实效，不可把培训内容搞得门类齐全、过分繁杂。

培训的方法有很多，常用的方法有 3 种。

（1）课堂讲授。就是请专家或具有丰富经验的推销人员运用课堂讲授的形式，将各种知识和技巧传授给受训人员。

（2）现场学习。就是组织受训人员参加各种推销实习，使受训人员尽快掌握所学知识和技能，较快熟悉业务。

（3）委托培训。就是委托其他单位，如大专院校、研究单位、企业等部门代为培训推销人员。

4. 推销人员的激励和报酬

激励是一种精神的和物质的力量或状态，起到加强、激发和推动作用，并指导和引导行为指向。事实上，组织中的任何成员都需要激励，销售人员也不例外。

1）激励方式

销售人员的激励方法是多方面的，常见的有如下几种。

（1）环境激励。环境激励是指企业创造一种良好的工作氛围，使推销人员能心情愉快地开展工作。企业应该塑造一种独特的文化氛围和共同的价值观，使企业员工产生认可，并自觉为企业努力工作。为此，给销售人员提供适时的升迁机会，经常性地倾听他们的意见，在生活上对他们关怀照顾，构造和谐的工作气氛等，都能对销售人员产生一种报酬所不能达到的激励作用。

（2）销售目标激励。目标对有事业心的人来说，也是一种挑战与激励。因此，企业如果能为每一位推销人员确立一个明确的推销任务也能起到激励作用。企业应建立的主要目标有销售定额、毛利额、访问户数、新客户数、访问费用和贷款回收等。其中，制定销售定额是企业的普遍做法。

（3）精神激励。精神激励是指对做出优异成绩的销售人员给予表扬、颁发奖状奖金、授予称号等，以此来激励销售人员不断上进。根据马斯洛的需求层次理论，这是一种较高层次的激励，通常对那些受正规教育较多的年轻销售人员更为有效。所以企业负责人应深入了解销售人员的实际需要，他们不仅有物质生活上的需要，还有理想、成就、荣誉、尊敬、安全等方面的精神需要。尤其当物质方面的需要基本满足后，对精神方面的需要就会更强烈一些。

（4）物质激励。物质激励是指对做出优异成绩的销售人员给予晋级、奖金、奖品和额外报酬等实际利益，以此来调动销售人员的积极性。物质激励往往与目标激励联系起来使用。

2）推销人员的报酬方式

（1）纯薪水制度。即无论销售人员的销售额有多少，均可于一定的工作时间之内获得定额报酬。该制度的优点是：易于了解，计算简单；销售人员收入可获得保障，以使其有安全感；可以减少销售人员之间的敌意。该制度的缺点是：缺乏鼓励作用，不能继续增加成果；较难吸引和留住有进取心的推销员。

（2）纯佣金制。该报酬方式是与一定期间的销售工作成果或销售数量直接挂钩的，即按一定比率给予佣金。这样做的目的是给销售人员以鼓励，其实质是奖金制度的一种。

该制度的优点是：富有激励作用；销售人员可以获得较高的报酬；控制销售成本较容易。主要缺点是：由于推销业绩与推销员利益有关，推销人员缺乏安全感，有的推销人员在利益的驱动下有可能会做出一些有损企业信誉的事情来。

（3）混合制。薪水加佣金制度调和了纯粹薪水制度和纯粹佣金制度两者的不足，绝大部分企业采用了这种混合制的报酬方式。这一制度是以单位销售额或总销售额的一定百分率作为佣金，每月连同薪水支付，或年终结束时累计来支付。

该制度的优点是，与奖金制度相类似，既有稳定的收入，又可获得随销售额增加的佣金。缺点是，如果佣金太少，激励作用效果不大。

5. 推销人员的考核与评价

推销人员的考核与评价是企业对推销人员工作业绩考核与评估的反馈过程。它不仅是分配报酬的依据，而且是企业调整市场营销战略、促进销售人员更好地为企业服务的基础。

常用的评价指标主要有两类：一是基于成果的评价，即定量评价，具体指标如表 11-1 所示；二是基于行为的评价，即定性评价，主要评价销售技巧、销售计划的管理、收集信息、客户服务、外表举止、自我管理等。

表 11-1 推销人员的定量评价标准

标　　准	具体解释
销售量	衡量销售增长状况
毛利	衡量利润的潜量
访问率（每天访问次数）	衡量推销员的努力程度，但不表示销售效果
访问成功率	衡量推销员工作效率的标准
平均订单数目	经常与每日平均订单数目一起来衡量
销售费用与费用率	衡量每次访问的成本及销售费用占营业额的比重
新客户	开发新客户的衡量标准
货款回收率	衡量货款回收情况，资金周转情况
顾客满意度	顾客对服务情况、服务质量等的反馈

正式评价通常可以采用以下两种方法。

1）横向比较

比较不同销售员在一定时期的销售量和销售效率。当然，这种比较必须建立在各区域市场的销售潜力、工作量、环境、企业促销组合大致相同的基础上，应该指出的是，销售量并非反映销售员的全部工作成就，管理部门还应对其他指标进行全面衡量。

2）纵向比较

比较同一销售员现在和过去的工作实绩。这一比较包括销售额、毛利、销售费用、新增顾客数、丧失顾客数等。这种比较有利于全面了解每个销售员的业绩，督促和鼓励他努力改进下一步工作。

▶▶▶11.3　广告促销策略

11.3.1　广告的含义与特点

1. 广告的含义

广告（Advertising）一词源于拉丁语（Adventure），有"注意"、"诱导"、"大喊大叫"之意。广告即广而告之，指向大众广泛告知某种信息，以达到促进某种观念或信息的交流或传递、引起注意、启发理念、指导行为的目的。广告既是一种信息传播活动，也是一种经济活动，它既具有信息传播活动的一般性，又具有作为经济活动所具有的投入产出的特征。

广告有广义和狭义之分，广义的广告包括经济性广告和非经济性广告，如各种交通广告、文化广告、招聘广告乃至会议通知等都属于广义广告的范畴。狭义广告即经济性广告或商业广告，它是指广告主借助一定的媒体，支付一定的费用，把商品和劳务或观念向大众传播，以改变或强化人们的观念和劝说其购买的促销活动。狭义的广告也就是在此要研究的内容。

2. 广告的特点

由于广告是一门年轻的学科,不同的学者从不同的角度对广告有不同的定义,从总体来看,广告表现出如下一些特点。

1)广告必须有明确的广告主

广告主是进行广告的主体,是广告的出资者。根据《中华人民共和国广告法》的定义,广告主是指为推销商品或者提供服务,自行或者委托他人设计、制作、发布广告的法人、其他经济组织或个人。任何企业、事业单位、个人、团体及政府机关等都可以作为广告主。任何广告信息都必须有明确的广告主,这样做的目的:一是能使消费者放心购买商品;二是如果出现欺骗性广告,易于追究广告的法律及道义上的责任。

2)广告传播的内容是商品、劳务、观念或形象

商品和劳务是广告最主要的部分,因为在此所讨论的广告含义中,侧重于广告的经济活动的分析,整个广告以商业广告为主体,而商业广告主要就是为了传递商品、劳务及其他相关供求信息。观念的传播是现代企业广告中又一重要内容,如企业文化、企业精神的传播。

3)广告是一种非人员、非个体的商品促销活动

由人员直接接触顾客,向其展示、说明商品并竭力劝说顾客购买的方法是人员推销。广告是通过大众媒体向广大消费者宣传、介绍商品并劝说其购买的一种活动,它并不直接派人员与顾客接触,而且面对的是一个较大的受体,所以广告是一种非人员、非个体的促销活动。

4)广告是以销售产品和盈利性为最终目的

广告的盈利性目的是广告与新闻相比的最大特点。广告费用作为一种投资,它的目的是为了更多地产出。广告的这一特点要求广告主清楚,广告的营利性目的必须是从长期来考虑而并非短期经济效果,于是,就要求广告主进行广告的整体策划和有效的艺术表现。作为一种经济活动,广告费用的支出就是一种投资,广告主必须像对其他投资一样对之进行管理,确立投资目标、投资战略与策略,对投资效果进行评估。

5)广告活动离不开媒体

媒体是广告信息的载体,进行广告时必须选择适当的信息载体。如果广告缺乏媒体的运载,信息不可能传递出去。广告媒体既可以是大众媒体,也可以是自办媒体;既可以是人,也可以是物。目前,常用的媒体主要是广播、电视、杂志及报纸四大媒体,但除这些传统的媒体之外,路牌、霓虹灯、气球、包装及互联网、移动电话等媒体的作用也越来越明显。但不管广告主如何选择媒体,都要求与产品特点或目标对象相适应,尽可能以最小的投入获得最大的产出。

6)广告需要支付一定的费用

广告不同于新闻,企业只要做广告就必须投入费用。因为整个广告活动是由多个环节构成的,由策划到制作、由传播到管理等,都会发生费用,其中,租用媒体是广告费用中最主要的费用;从另一角度来说,广告费用是媒体的主要收入来源。广告费用是市场经济商品流通费用的一部分,在一定时期内投入了一定的广告费用后,如果广告是成功的,它将随着商品销售的增加而减少。

7)广告是一种劝说行为

广告的最终目的是销售产品,但广告并不能强求消费者来购买产品,因此,必须采取相

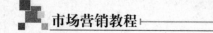

应的方式、策略、手段及技巧去影响顾客、打动顾客。如何才能影响顾客呢？最具体的方法就是劝说，通过劝说使消费者接受广告宣传的产品，产生购买行为。所以，劝说就成为所有广告创意者应当把握的一个基本点，无论是什么广告，"劝说"始终是核心。

11.3.2 广告的功能与作用

广告最基本的功能就是信息传播，其主要作用归纳起来主要有如下几种。

1. 沟通产销、开拓市场

现代化企业的产品数量大，流通领域广，生产者和消费者远隔千山万水，广告信息传输就成为联系产、供、销的纽带，及时把产品、服务信息传递给消费者，可使物尽其用，货畅其流，从而加速流通，对促进生产与经济发展有重要意义。

2. 传递信息，诱导消费

传递信息是广告的最基本作用。随着商品经济的发展，新产品不断涌现，同类产品可能有几种、几十种，往往令人眼花缭乱。广告可以帮助消费者了解各种商品的性能、特点、质地、价格、使用、维修等知识，诱导顾客的需求，影响他们的消费心理，刺激他们的购买行为，创造销售的机会。

3. 启迪创造、推动竞争

在商品经济活动中，广告信息还有启迪创造、推动竞争的重要作用。生产者通过研究他人的广告信息，可以掌握经济动态，预测市场走向；可以了解竞争产品、竞争厂家的新变化和新招数，从而改进自身经营、改进自己的形象、开发新产品。

4. 树立形象，促进销售

在科学技术高度发展的今天，同类商品之间的品质已经没有太明显的差别了，顾客往往自觉与不自觉地参考广告来购买商品。广告可以在一定程度上展示企业的规模和知名度，在消费者心目中树立起良好的企业形象和品牌优势，以促进销售，巩固和扩大市场占有率。

11.3.3 广告的设计原则

根据广告的性质和目的可将广告的原则分为：真实性原则、形象性原则、关联性原则、感召性原则和创新性原则。

1. 真实性原则

真实性原则始终是广告设计首要的和基本的原则。成功的广告必须符合实际情况，制作要恰到好处。广告的真实性首先是广告宣传的内容要真实，应该与推销的产品或提供的服务相一致，必须以客观事实为依据。其次，广告的感性形象必须是真实的，无论在广告中如何进行艺术处理，广告所宣传的产品或服务形象应该是真实的，与商品的自身特性相一致。

2. 形象性原则

随着生活的不断提高，科学技术的不断更新，同类商品的品质几乎都是大同小异的，消费者在选择商品时，往往不把商品的功能因素放在首位，而是考虑商品所提供的形象。可以说，消费者买的是商品，选择的是印象。因此，如何创造品牌和企业的良好形象，已是现代广告设计的重要课题。

3. 关联性原则

广告如果没有关联性，就失去了目的。关联性原则要解决以下几个基本问题：广告要达到什么样的目的？广告做给什么样的目标观众？有什么样的竞争利益点可以做广告承诺？广告的品牌有什么特别的个性，也就是产品的"卖点"是什么？什么样的媒体适合传播广告信息？取悦消费者的突破口在哪里……广告设计必须针对消费的需要，有的放矢，才能引起消费者的注意与兴趣。

4. 感召性原则

人们的购买行动受感情因素的影响很大。现代广告设计要突出宣传目标顾客最重视的产品属性或购买该种产品的主要关注点，以激发顾客的购买欲望。

5. 创新性原则

广告设计的创新性原则实质上就是个性化原则，这一原则有助于塑造鲜明的品牌个性，能让品牌从众多的竞争者中脱颖而出，能强化其知名度，鼓励消费者选择此品牌。

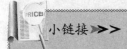 小链接 ▶▶▶

世界经典广告语

1. 雀巢咖啡：味道好极了。

这是人们最熟悉的一句广告语，也是人们最喜欢的广告语。简单而又意味深长，朗朗上口。

2. M＆M 巧克力：只溶在口，不溶在手。

这是著名广告大师伯恩巴克的灵感之作，堪称经典，流传至今。它既反映了 M＆M 巧克力包装的独特性，又暗示 M＆M 巧克力口味好，以致人们不愿意使巧克力在手上停留片刻。

3. 百事可乐：新一代的选择。

在与可口可乐的竞争中，百事可乐终于找到突破口，它从年轻人身上发现市场，把自己定位为新生代的可乐，邀请新生代喜欢的超级歌星作为自己的品牌代言人，终于赢得青年人的青睐。

4. 大众甲壳虫汽车：想想还是小的好。

20 世纪 60 年代的美国汽车市场是大型车的天下。伯恩巴克提出"think small"的主张缔造了拯救大众的甲壳虫，运用广告的力量，改变了美国人的观念，使美国人认识

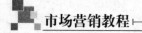

到小型车的优点。

　　5. 耐克：Just do it。

　　耐克通过以 Just do it 为主题的系列广告和篮球明星乔丹的明星效应，迅速成为体育用品的第一品牌。

　　资料来源：精品资料网. http://www.Cnshu.cn/yxgl/112671.html.

11.3.4　广告媒体的选择

1. 广告媒体的种类及其特性

　　广告媒体是广告主向广告对象传递信息的载体。广告媒体种类繁多，根据其不同的物质属性可以分为：印刷媒体、电子媒体、流动媒体、邮寄媒体、户外媒体、展示媒体等类型。

　　各类广告媒体都能从不同侧面向人们传递各种信息，不同广告媒体传递信息的时间与范围不同，广告效果各异。在这些媒体中，报纸、杂志、广播、电视被誉为"四大最佳媒体"，也是我国当前主要的广告载体，其主要特点如下。

　　1）报纸

　　报纸是最早发布广告、应用最广泛的媒体。利用报纸做广告的优点是：读者众多，覆盖面广；传递速度快，反应及时；制作简便，成本较低。但报纸作为广告媒体也有一定的缺陷，即表现力差、持续时间短、时效性短、不易保存。

　　2）杂志

　　杂志是仅次于报纸而较早出现的广告媒体。优点是杂志有相对稳定的读者群体、针对性强；制作精细，图文并茂，能较好地再现产品外观形象；便于存查、持续时间长。缺点是定期发行，时效性较差，传播范围窄，成本费用高。

　　3）广播

　　广播是电台通过无线电声波传递广告信息的媒体，是听觉广告。优点是传播速度快，传播范围广，制作简便，费用比电视广告便宜。广播广告的缺点是有声无形，印象不深；盲目性大，选择性差。

　　4）电视

　　电视集声、形、色于一体，是现代广告媒体。电视广告的优点是覆盖面广，收看率高；形象生动，感染力强；娱乐性强，宣传效果好。缺点是：一晃即逝，不易保存；制作复杂，费用昂贵；选择性差，目标欠针对性。

2. 选择广告媒体

　　广告媒体种类繁多，各种媒体既体现其个性，又具有整体性。正确、合理地选择广告媒体，就是把个性融合在整体之中，发挥广告传导的整体效应。一般而言，衡量和选择广告媒体时应考虑以下几方面的因素。

1）目标顾客喜好的媒体习惯

人们在接收信息时，一般是根据自己的需要和喜好来选择媒体。比如，教育程度高的人接收信息的来源往往偏重于 Internet 和印刷媒体；老年人则有更多的闲暇时间用于看电视和听广播；在校大学生偏爱上网和听广播。分析目标顾客的媒体习惯，能够更有针对性地选择广告媒体，提高广告效果。

2）产品特性

不同产品在展示形象时对媒体有不同要求，如性能较为复杂的技术产品，需要一定的文字说明，较适合印刷媒体；服装之类产品，最好通过有色彩的媒体做广告，如电视、杂志等。

3）广告信息

选择何种媒介还取决于广告信息本身。例如，复杂的技术信息在广播和电视中都难以说清，而选择专业杂志和邮寄广告较为理想。

4）成本费用

电视广告成本很高，而广播、报纸相对成本较低。

11.3.5　广告效果评估

简单地说，广告效果是指广告信息在各种媒体上传播之后，在社会上、在消费中所产生的效应及对社会、企业带来的变化的总和。广告的效果主要体现在 3 个方面：一是广告的传播效果，这是最基本的效果，是前提和基础；二是促销效果，它是广告的直接目的，是广告效果的核心和关键；三是广告的社会效果，是广告影响作用的延伸。企业的广告活动不能忽视对社会风气和价值观念的影响。

（1）广告传播效果的评估。主要评估广告是否将信息有效地传递给目标顾客。这种评估在传播前和传播后都应进行。在传播前，既可采用专家意见综合法，由专家对广告作品进行评定；也可以采用消费者评判法，聘请消费者对广告作品从吸引力、易读性、好感度、认知力、感染力和号召力等方面进行评分。在传播后，可再邀请一些目标消费者，了解他们对广告的阅读率或视听率，对广告的回忆状况等。

（2）广告促销效果的评估。广告促销效果是核心效果。广告促销效果主要测定广告所引起的产品销售额及利润的变化状况。测定广告的促销效果，一般可以采用比较的方法。在其他影响销售的因素一定的情况下，比较广告后和广告前销售额的变化；或者其他条件基本相同的甲和乙两个地区，在甲地做广告而在乙地不做广告，然后比较销售额的差别，以此判断广告的促销效果等。

（3）广告社会效果的评估。主要评定广告的合法性以及广告对社会文化价值观念的影响。一般可以通过专家意见法和消费者评判法进行。

▶▶▶11.4 公关关系策略

11.4.1 公共关系的概念与特点

1. 公共关系的概念

公共关系是指企业为使自己与公众相互了解、相互合作而进行传播活动的行为。公共关系也是企业促销的主要工具之一，但公共关系并不是要推销某个具体的产品，而是企业利用公共关系，把企业的经营目标、经营哲学、政策措施等传达给社会公众，使公众对企业有充分的了解，从而密切企业与公众的关系，树立企业整体形象和声誉，为开拓目标市场创造良好的条件和环境，从而间接地促进产品的销售。

众所周知，在市场经济中，经营性企业大部分的经济活动都是以在法律规定范围内的市场交换来实现其目标的，但是，市场交换并不能包容所有企业经济活动的结果。例如，企业在生产过程中可能产生的噪声和气味等环境负面结果会影响居民，但未给予居民补偿；同时，企业创造好的绿化环境、改善道路等生活设施的活动也未向居民收费。企业为了在公众中树立良好的形象，以使其企业经营活动得以正常进行，就必须宣传其正面影响，对其负面影响进行必要的解释或补偿，这些都是典型的公共关系活动。

2. 公共关系的特征

（1）企业公共关系涉及的社会公众广泛。企业营销活动中存在着广泛的社会关系，不只限于与顾客的关系，还涉及诸多社会公众，例如供应商、中间商、消费者、竞争者、金融保险机构、政府部门、新闻界等，因此不局限于只有买卖关系。良好的社会关系是企业成功的保证之一，因此，建立和保持企业与社会公众的关系在企业营销活动中具有重要的作用。

（2）企业形象是公共关系的核心。公共关系的首要任务是树立和保持企业的良好形象，争取广大消费者和社会公众的信任和支持。一个企业除了生产优质产品和搞好经营管理之外，还必须重视创建良好的形象和声誉。在现代社会经济生活中，一旦企业拥有良好的形象和声誉，就等于拥有了可贵的资源，就能获得社会广泛的支持和合作。否则，就会产生相反的不良后果，使企业面临困境。可见，以创建良好企业形象为核心的公共关系这项管理职能，涉及企业活动的各个方面，而且是长期地、不断地积累，不断地努力的结果。

（3）企业公共关系的最终目的是促进产品销售。广告等其他活动的目的在于直接促进产品销售，而公共关系的目的在于互相沟通，互相理解，在企业行为与公众利益一致的基础上争取消费者对企业的信任和好感，使广告等促销活动产生更大的效果，从而最终扩大产品的销路。正因为如此，公共关系属于间接促销方式，即通过推销企业本身促进产品销售。

（4）公共关系属于一种长效促销方式。公共关系要达到的目标是树立企业良好的社会形象，从而能长时间地促进销售，占领市场，创造良好的社会关系环境。实现这一目标并不强调即刻见效，而是注重长期效应。

11.4.2 公共关系的活动方式

1. 利用新闻媒介

由新闻媒介提供的新闻报道、人物专访、记事特写等都能给企业带来许多好处。首先，它比广告创造更大的新闻价值，有时甚至是一种轰动效应，而且由于企业或者产品能作为新闻报道而受到赞扬，可以极大地鼓舞企业内部的士气和信心。其次，宣传报道比广告更具有可信性，使消费者在心理上感到客观和真实。

2. 策划特殊事件

企业可以通过安排一些特殊的事件来吸引公众对自己和自己产品的注意。例如，召开研讨会或展览会、举行某种庆典活动、郊游、有奖竞赛等，通过这些事件，既吸引了社会注意力，又借此联络了包括供货商、中间商、政府部门等更加广泛的社会关系。

3. 参与公益服务活动

企业积极参与各种公益活动和社会福利活动，可以协调企业与社会公众的关系。这方面的活动包括：捐资助学、扶贫、安全生产和环境卫生、防止污染和噪声等。企业通过参与这些活动，能够向公众表明自己的社会责任感，从而赢得公众的好感和信任。

4. 发表演讲

企业可以选择具有人格魅力和语言表达能力强的企业发言人在企业外部或内部的会议上发表演讲，或通过宣传工具介绍企业及其产品的情况，回答公众关心的问题，这也是提高企业及其产品知名度的一种有效形式。

5. 发行公开出版物

企业可以依靠各种沟通材料去接近和影响其目标市场。这些沟通材料包括印刷资料，如企业宣传册、年度报告、企业刊物等，也可以是音像资料，如幻灯片、录音带、录像带、光盘等。通过这些方式可以向目标市场传递重要信息，树立企业形象。

6. 导入企业形象识别系统

导入企业形象识别系统（Corporate Identify System，CIS）就是综合运用现代设计和企业管理的理论和方法，将企业的经营理念、行为方式及其个性特征等信息加以系统化、规范化和视觉化，以塑造具体的可感受的企业形象，使公众能迅速辨认，并能通过媒体持久地传播出去。在现代社会中，只有创造一种统一的视觉形象，才能迅速有效地赢得社会的注意。

11.4.3 常用的公共关系模式

1. 宣传性公共关系

所谓宣传性公共关系，就是利用各种宣传途径、各种宣传方式向外宣传自己，提高本企业的知名度，以形成有利的社会舆论，创造良好的活动气氛。通过公关的客观性和权威性来

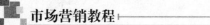

帮助广告渗透，最终赢得众多的消费者。

宣传性公关模式的主要做法如下。

（1）对内部员工可以自办报纸、刊物、墙报、黑板报、宣传橱窗、内部广播系统、自设闭路电视、各类展览与陈列、员工手册、意见箱与意见簿等。

（2）对外宣传主要有接待参观、展览会、展示会、影视资料、记者招待会、新闻发布会、公共关系广告、编写公关小册子等。

2. 服务性公共关系

所谓服务性公共关系就是指企业组织向社会公众提供各种附加服务和优质服务的公共关系活动。其目的在于以实际行动使目标公众得到实惠，通过提高公众满意度，塑造良好的组织形象，争取公众的支持，增强组织的市场竞争力，促进组织的稳步发展。

3. 社会活动性公共关系

所谓社会性公共关系，就是企业利用举办各种社会性、公益性、赞助性活动开展公共的模式。通过举办社会活动（如各种纪念会、庆祝典礼、社会赞助等），可尽量扩大本企业的社会影响，具有公益性、文化性的特征，影响面大。

4. 交际性公共关系

所谓交际性公共关系，就是指不借助其他媒介，而只在人际交往中开展公关活动，达到建立良好关系的目的。交际性公共关系是一种有效的公关方式，它使沟通进入情感阶段，具有直接性、灵活性和较多的感情色彩。

交际性公关活动的形式主要有对外开放、联谊会、座谈会、慰问活动、茶话会、沙龙活动、工作午餐会、拜访、节日祝贺、信件来往等。

▶▶▶11.5 营业推广策略

11.5.1 营业推广的概念与特点

1. 营业推广的概念

营业推广又称为特种销售，是指除人员推销和广告、公共关系以外，所有旨在短期内迅速刺激消费者冲动性购买、促成中间商与厂家达成交易及促进推销工作的非常规的优惠性促销活动。广告提供了购买的理由，营业推广则提供了购买的刺激。

营业推广常适用于对消费者和中间商开展的促销工作，一般不适用于工业用户。由于具有针对性强、非连续性、灵活多样、见效迅速等特点，营业推广已成为企业竞争的有力工具，成为近年来企业营销活动广泛运用的促销手段。营业推广的总投入也呈现出不断上升的趋势，而且增长的速度在加快。有资料显示，在西方国家的许多小型消费品行业中，营业推广占总促销预算的60%~70%，营业推广的开支平均每年增长12%，而广告是7.6%。近年来，我国的营业推广色彩纷呈，尤以如火如荼的家电价格战为代表，给消费者留下了深刻印象。

营业推广一般用于有针对性的和额外的促销工作，其着眼点往往在于解决一些更为具体的促销问题，短期效益比较明显。

2. 营业推广的特点

1）非规则性和非周期性

营业推广只能是人员推销和广告的补充措施，它不像广告、人员推销、公共关系那样作为一种常规性的促销活动出现，而是用于短期的和额外的促销工作，其着眼点在于解决某些更为具体的促销问题，因而是非规则性、非周期性使用和出现的。

2）灵活多样性

营业推广方式多种多样，企业能够根据产品特性、顾客心理及市场状况灵活运用，从而具有强烈的吸引力，并引起广泛的关注，迅速收到促销效果。

3）短期效益比较明显

一般来说，只要营业推广的方式选择运用得当，其效果可以很快地在经营活动中显示出来，而不像广告、公共关系那样需要一个较长的周期。因此，营业推广最适宜应用于完成短期的具体目标。

11.5.2 营业推广的方式和种类

营业推广的方式多种多样，由企业根据各种方式的特点、促销目标、目标市场的类型及市场环境等因素选择适合本企业的营业推广方式。

1. 对中间商的销售促进

对中间商的销售促进，其目的是吸引他们经营本企业产品，维持较高水平的存货，抵制竞争对手的促销影响，获得他们更多的合作和支持。其主要销售促进方式包括以下几种。

1）销售津贴

销售津贴也称销售回扣，这是最具代表性的销售促进方式。这是为了感谢中间商而给予的一种津贴，如广告津贴、展销津贴、陈列津贴、宣传津贴等。

2）列名广告

企业在广告中列出经销商的名称和地址，告知消费者前去购买，提高经销商的知名度。

3）赠品

赠品包括赠送有关设备和广告赠品。前者是向中间商赠送陈列商品、销售商品、存储商品或计量商品所需要的设备，如货柜、冰柜、容器、电子秤等。后者是一些日常办公用品和日常生活用品，上面都印有企业的品牌或标志。

4）销售竞赛

这是为了推动中间商努力完成销售任务的一种促销方式，获胜者可以获得现金或实物奖励。销售竞赛应事先向所有参加者公布获奖条件、获奖内容。这一方式可以极大地提高中间商的销售热情。例如，获胜者的海外旅游奖励等已被越来越多的企业所采用。

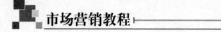

5）业务会议和展销会

企业一年举行几次业务会议或展销会，邀请中间商参加。在会上，一方面介绍商品知识，另一方面现场演示操作。

2. 对消费者的销售促进

对消费者的销售促进，是为了鼓励消费者更多地使用产品，促使其大量购买。其主要方式包括以下几种。

1）赠送样品

企业免费向消费者赠送商品的样品，促使消费者了解商品的性能与特点。样品赠送的方式可以派人上门赠送，也可以通过邮局寄送；可以在购物场所散发，也可以附在其他商品上赠送等。这一方法多用于新产品促销。

2）有奖销售

这是通过给予买者以一定奖项的办法来促进购买。奖项可以是实物，也可以是现金。常见的有幸运抽奖。顾客只要购买一定量的产品，即可得到一个抽奖机会，多买多奖；或当场摸奖，或规定日期开奖；也可以采取附赠方式，即对每位购买者另赠纪念品。

3）现场示范

利用销售现场进行产品的操作表演，突出产品的优点，显示和证实产品的性能和质量，刺激消费者的购买欲望。这是属于动态展示，效果往往优于静态展示。现场示范特别适合新产品的推出．也适用于使用起来比较复杂的产品。

4）廉价包装

在产品质量不变的前提下，使用简单、廉价的包装，而售价则有一定的削减，这很受长期使用本产品的消费者的欢迎。

5）折价券

这是可以以低于商品标价购买商品的一种凭证，也可以称为优惠券、折扣券。消费者凭此券可以获得购买商品的价格优惠。折价券可以邮寄、附在其他商品中，或在广告中附送。

11.5.3 营业推广的控制

企业在开展营业推广活动时，应注意以下一些问题。

1. 比较和确定刺激程度

要使营业推广取得成功，一定程度的刺激是必要的。刺激程度越高，引起的销售反应越大，但这种效应也存在递减的规律。因此，要对以往的推广实践进行分析和总结，并结合新的环境条件确定适当的刺激程度。

2. 选择营业推广的对象

首先，营业推广的对象必须是企业潜在的顾客。其次，为了避免不公正性，有时企业应严格限制本企业的职工或家属成为其营业推广的对象。

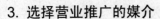
3. 选择营业推广的媒介

如果选定赠券这种推广工具，则必须进一步确定有多少用来放在包装中？多少用来邮寄？多少放在杂志、报纸等广告媒介中？而这些又涉及不同消费者的接受率和开支水平。

4. 选择营业推广的时间

营业推广的时间一般应与消费者的平均购买周期一致。持续时间过短，由于在这一时间内无法实现重复购买，很多应获取的利益不能实现；持续时间过长，又会引起开支过大和损失刺激购买的力量，并容易使企业产品在顾客心目中降低身价。

 【本章小结】

促销是企业市场营销中不可缺少的组成部分，尤其在供大于求的市场态势中，促销策略和促销组合越发重要。

推式策略和拉式策略的核心是处理生产者、中间商和消费者三者的关系。具体采用哪种组合，应综合考虑产品类型、产品生命周期、市场状况等因素。

人员推销以其特有的优势在促销组合中起着不可替代的作用，加强对推销人员的培养和管理已变得越来越重要。

广告的传播面广、传播速度快、表现力强，但在广告设计时要遵循真实性原则、形象性原则、关联性原则、感召性原则和创新性原则。而且广告媒体种类繁多，不同广告媒体传递信息的时间与范围不同，广告效果各异，要根据目标顾客、产品特性、广告信息等因素正确、合理地选择广告媒体，发挥广告传导的整体效应。最后还要对广告效果进行评估。

公共关系活动是企业整体营销活动的重要组成部分。企业在公关活动中，要充分运用各种活动方式，树立企业良好的形象，沟通与协调企业的内部以及企业与社会公众的各种联系，创造良好的市场营销环境。

营业推广以其形式多样、短期效果明显而受到众多企业的重视。进行营业推广，企业必须注意选择营业推广对象、媒介和时机等问题，还要比较和确定刺激程度，最终制定科学的推广方案并保证方案的实施。

 【思考题】

1. 什么是促销？促销策略有哪些类型？
2. 人员推销有哪些策略与技巧？
3. 怎样进行广告策划？
4. 公共关系有哪些活动方式?如何成功地组织公关活动？

 【学习自测题】

一、单项选择题

1. 促销工作的实质与核心是____。

A．出售商品　　　　B．沟通信息　　　　C．建立良好关系　　　D．寻找顾客

2．促销的目的是引发刺激消费者产生____。

A．购买欲望　　　　B．购买兴趣　　　　C．购买决定　　　　　D．购买倾向

3．对单位价值高、性能复杂、需要做示范的产品，通常采用____策略。

A．广告　　　　　　B．公共关系　　　　C．推式　　　　　　　D．拉式

4．公共关系是一项____的促销方式。

A．一次性　　　　　B．偶然　　　　　　C．短期　　　　　　　D．长期

5．销售促进是一种____的促销方式。

A．正规性　　　　　B．辅助性　　　　　C．经常性　　　　　　D．连续性

6．人员推销的缺点主要表现为____。

A．成本低，顾客量大　　　　　　　　　B．成本高，顾客量大

C．成本低，顾客有限　　　　　　　　　D．成本高，顾客有限

7．企业广告又称____。

A．商品广告　　　　B．商誉广告　　　　C．广告主广告　　　D．媒介广告

8．在产品生命周期的投入期，消费品的促销目标主要是宣传介绍产品，刺激购买欲望的产生，因而主要应采用____促销方式。

A．广告　　　　　　B．人员推销　　　　C．价格折扣　　　　D．销售促进

9．收集推销人员的资料是考评推销人员的____。

A．核心工作　　　　B．中心工作　　　　C．最重要工作　　　D．基础性工作

10．人员推销活动的客体是____。

A．推销市场　　　　B．推销品　　　　　C．推销人员　　　　D．推销条件

11．公关活动的主体是____。

A．一定的组织　　　B．顾客　　　　　　C．政府官员　　　　D．推销员

12．公共关系目标是使企业____。

A．出售商品　　　　B．盈利　　　　　　C．广结良缘　　　　D．占领市场

13．一般日常生活用品，适合于选择____做广告。

A．人员　　　　　　B．专业杂志　　　　C．电视　　　　　　D．公共关系

14．公共关系____。

A．是一种短期促销战略　　　　　　　　B．直接推销产品

C．树立企业形象　　　　　　　　　　　D．需要大量的费用

15．开展公共关系工作的基础和起点是____。

A．公共关系调查　　　　　　　　　　　B．公共关系计划

C．公共关系实施　　　　　　　　　　　D．公共关系策略选择

16．在广告本身效果的测定中，价值序列法是一种____。

A．事前测定法　　　B．事中测定法　　　C．事后测定法　　　D．事外测定法

17．一般来说，人员推销有上门推销、柜台推销和____三种形式。

A．宣传推销　　　　B．会议推销　　　　C．协作推销　　　　D．节假日推销

18．在人员推销中，常采用的"刺激—反应"策略也就是＿＿＿策略。

　　A．针对性　　　　　B．诱导性　　　　　C．等待性　　　　　D．试探性

19．与一定期间的销售业绩直接相关的报酬形式是＿＿＿。

　　A．单纯薪金制　　　　　　　　　B．特别奖励制

　　C．混合奖励制　　　　　　　　　D．单纯佣金制

20．反映广告费用与商品销售额之间的比例关系的指标，被定义为广告的＿＿＿。

　　A．社会效果　　　　B．本身效果　　　　C．间接效果　　　　D．促销效果

二、多项选择题

1．促销的具体方式包括＿＿＿＿＿。

　　A．市场细分　　　　　B．人员推销　　　　C．广告

　　D．公共关系　　　　　E．销售促进

2．促销策略从总的指导思想上可分为＿＿＿＿＿。

　　A．组合策略　　　　　B．单一策略　　　　C．推式策略

　　D．拉式策略　　　　　E．综合策略

3．促销组合和促销策略的制定其影响因素较多，主要应考虑的因素有＿＿＿＿＿。

　　A．消费者状况　　　　B．促销目标　　　　C．产品因素

　　D．市场条件　　　　　E．促销预算

4．在人员推销活动中的三个基本要素为＿＿＿＿＿。

　　A．需求　　　　　　　B．购买力　　　　　C．推销人员

　　D．推销对象　　　　　E．推销品

5．人员推销的基本形式包括＿＿＿＿＿。

　　A．上门推销　　　　　B．柜台推销　　　　C．会议推销

　　D．洽谈推销　　　　　E．约见推销

6．广告最常用的媒体包括＿＿＿＿＿。

　　A．报纸　　　　　　　B．杂志　　　　　　C．广播

　　D．互联网　　　　　　E．电视

7．公共关系的活动方式可分为＿＿＿＿＿。

　　A．宣传性公关　　　　B．征询性公关　　　C．交际性公关

　　D．服务性公关　　　　E．赞助性公关

8．广播媒体的优越性是＿＿＿＿＿。

　　A．传播迅速、及时　　B．制作简单、费用较低　C．较高的灵活性

　　D．听众广泛　　　　　E．针对性强，有的放矢

9．广告设计原则包括＿＿＿＿＿。

　　A．真实性　　　　　　B．社会性　　　　　C．针对性

　　D．艺术性　　　　　　E．广泛性

10．常用的推销人员绩效考核指标有＿＿＿＿＿。

　　A．销售量与毛利　　　B．访问率和访问成功率　C．销售费用及费用率

　　D．平均订单数目　　　E．新客户数目

三、填空题

1．促销使用的方式有人员促销和_____两种。

2．引发、刺激消费者产生购买行为是促销的_____。

3．推销人员运用能激起顾客某种需求的说服方法，诱发出引导顾客购买行为，这是人员推销的_____策略。

4．从市场地理范围大小看，若促销对象是小规模的本地市场，应以_____推销为主。

5．在确定促销预算时，除了考虑营业额多少外，还应考虑_____的要求、产品寿命等其他影响促销的因素。

6．人员推销既是_____过程，也是商品交换过程，同时也是提供服务的过程。

7．常用的培训推销人员方法有讲授培训、模拟培训和_____。

8．推销对象有消费者、生产用户和_____三类。

9．在消费品促销中应用最广的促销方式是_____。

10．广告媒体中四种最常用的媒体是_____、杂志、广播和电视。

11．广告效果测定包括广告促销效果的测定和_____的测定。

12．公共关系是一定的_____与其相关的社会公众之间的相互关系。

13．适合于在某一特定时期、一定任务条件下的短期性促销活动中使用的方式是_____。

14．购买折扣、资助和经销奖励是促销活动中向_____推广的方式。

15．广告效果不仅决定于广告设计的质量，还取决于广告_____的选择。

16．广告媒体，也称_____，是广告主与广告接受者之间的连接物质。

17．_____是人员推销活动中接受推销的主体，是推销人员说服的对象。

18．_____是指与一定期间的销售业绩直接相关的报酬形式，即按销售基准的一定比率获得佣金。

19．_____，也称广告的间接经济效果，它主要是以广告对目标市场消费者所引起心理效应的大小为标准。

20．通常对高技术产品进行广告宣传，面向专业人员，多选用_____。

四、名词解释

1．促销　　　　2．促销组合

3．公共关系　　4．营业推广

5．推式策略　　6．拉式策略

五、简答题

1．什么是促销组合？影响促销组合的因素有哪些？

2．人员推销与非人员推销相比，其优点表现在哪些方面？

3．简述人员推销的步骤并举例说明。

4．简述4种主要广告媒体的特点。

5．企业公共关系有哪些特征？

六、论述题

1．论述推式策略与拉式策略的特点及适用范围。

2. 人员推销有哪些策略和技巧？

3. 企业在开展营业推广活动时，应注意哪些问题？

4. 如何开展营业推广活动？

七、案例分析

特别促销打开捂紧的钱袋

没有足够的钱，却想要拥有属于自己的汽车，怎么办？答案很简单：分期付款。但在经济危机的状况下，若是失业，就连分期分款也会无能为力，那又该怎么办？

现代汽车给这些消费者吃了一颗定心丸："买车一年内失业，可以退货"，"顾客失业，我们会代付 3 个月的分期付款"。2009 年年初，现代汽车针对当下经济情况，开始在美国推行大胆的创新促销策略，令各方惊异不已。

美国市场一直是现代汽车的重点所在。近期，这个广告主气势非凡，大手笔洒下数百万美元，在超级晚黄金广告时段大肆宣传新车，还是 2 月奥斯卡（Oscar）颁奖典礼上唯一的汽车广告商。在经济萧条时如此猛攻，让美国人印象深刻。但是更令人印象深刻的，应该还是这次推出的"失业退款"营销策略。

想出这个奇招的幕后人物，是在现代汽车被称为"营销奇才"的李丙皓，他现任现代汽车的美国销售法人（HMA）。他被现代汽车董事长郑梦九称为"利用营销卖车的人"。

这一次为了逆势突围，李丙皓带领团队在 1 月初推出前所未闻并让各界惊异的"现代汽车担保计划"制度。这项制度推行后，迅速受到消费者欢迎，因为按照销售制度内容，车主在购买现代汽车后一年内，如果因遭遇失业、裁员而无法偿还车贷分期付款，可以选择将车退还给汽车公司，并获得来自现代汽车相对额度的退款，而不用陷入缴不出车贷而面对银行催缴的窘境。

此外，这种购车制度还有一个"附加项目"。如果顾客失业后无力支付分期付款，现代公司最多可以代付 3 个月。不过，如果在接受了 3 个月的代付优惠后仍要退车，公司将仅承担最高折旧费扣除代付金额之后的剩余款项。例如每月分期付款额为 1000 美元，公司 3 个月共代付 3000 美元，之后，如果车主要退车，公司将从折旧价格 7500 美元中扣除 3000 美元，付给车主 4500 美元。"附加项目"实行限期试营活动期从 2 月 23 日起截止到 4 月末。

对于附加项目，一位要求匿名的 HMA 相关人士解释道："顾客在买车后失去工作要求退车，但是却在 3 个月内重新找到了工作。我们遇到了很多这样的例子。'附加项目'正是以帮助过渡的形式代替顾客支付失业期间的分期付款。"

毫无疑问，现代汽车这项购车制度会让那些犹豫不决的消费者——他们有购车需求，却因担心可能面临失业危机——吃一个"定心丸"。现代汽车相关人士指出，在经济衰退时期，大家都勒紧裤腰带，新车少人问津。2008 年新车销路大幅滑落的主要原因之一是消费者信心下挫。因此，过去一贯的促销手法，低利率贷款或现金红利，对刺激销路效果不大。负责美国市场的现代公司副主席尤尼克说："许多人对未来经济状况感到很不安，我们的促销计划就是针对这一点去设计的。"

当然，现代汽车也考虑到经济持续恶化、新车主大量退车的风险，目前已经跟保险公司进行合作与风险分摊，如果出现退车时，现代依照车型的不同，可从保险公司获得最高 7500

美元的汽车折旧费用，以降低独自承担损失的风险。

1 月，全球市场现代汽车销量下滑 27 个百分点，而在美国，销售数据却出现难得的红盘局面，截止到 2 月 25 日，现代汽车的销售额比去年同期增长了约 10%。"现代汽车担保计划"促销举措取得良好效果。

讨论：

请分析现代汽车的促销策略。

资料来源：吴晓燕．成功营销，2009（4）．

第 12 章
◀◀ 市场营销计划、组织与控制

【学习目标】

◆ 掌握市场营销计划及其制定。

◆ 了解市场营销组织的演化。

◆ 掌握有效的市场营销组织的特征。

◆ 掌握市场营销组织模式。

◆ 了解市场营销组织变动、调整及发展。

◆ 掌握市场营销控制的类型及内容。

◆ 了解市场营销审计。

▶▶▶ 12.1 营销计划的制定

12.1.1 营销计划的意义和作用

所谓计划，就是对未来的目标和行动方案做详细、系统的阐明。营销计划就是对营销的目标和主要活动方案所做的详细说明。

营销计划是营销活动方案的具体描述，它规定了企业各种经营活动的任务、策略、政策、目标、具体指标和措施，这样就可使企业的营销工作按既定计划有条不紊地循序渐进，从而避免营销活动的混乱或盲目性。归纳起来，营销计划的作用主要表现在以下几个方面。

（1）营销计划详细说明了预期的经济效益。这样，有关部门和企业最高管理当局就可预计到现在规定的计划期末本企业的发展状况，既可减少经营的盲目性，又可使企业有一明确的发展目标，以便在整个计划执行期中根据预期的目标，不断调整行动方案，采取相应措施，力争达到预期目标。

（2）营销计划确定了实现计划活动所需的资源，从而企业可事先测知这些资源的需要量，并据此判断企业所要承担的成本费用，从而有利于进一步精打细算，节约费用开支。

（3）营销计划描述了将要执行和采取的任务和行动。这样，企业便可明确规定各有关人员的职责，使他们有目标、有步骤地去争取完成或超额完成自己被委派的任务。

（4）由于营销计划有助于监测各种营销活动的保证行动和效果，从而使企业能有效地控制本身的各种营销活动，协调各部门各环节的关系，更顺利而卓有成效地去完成企业的各项任务和目标，使企业进一步获得巩固和发展。

总之，营销计划对任何生产经营企业来说，都是至关重要和不容忽视的基本计划。只有根据这种详细阐明企业活动方案的计划，才能实现企业的生产经营目的。

12.1.2 营销计划的内容

营销计划如上所述，虽然根据计划的部门和范围不同可划分为各种不同方面的计划，但作为整体来看，营销计划具有大致相同的基本内容。当然，在营销计划中，与企业日常营销活动相关最大、占用工作最多、项目更详尽、更具典型性，要算产品计划和品牌计划。下面就以这两种计划为例，说明营销计划的一般内容。

具体来说，产品计划或品牌计划应包括计划概要、营销环境现状、威胁和机会、目标、营销策略、行动方案、预算、控制等内容。

1. 计划概要

计划书的开头，应对本计划的主要目标及执行方法和措施做扼要的概述，要求高度概括，用词准确，表达充分。

"计划概要"部分的主要目的是，让高层主管很快掌握了解计划的核心内容，并据以检查研究和初步评核计划的优劣。为了便于审核者进一步阅读评核计划所需的资料，通常在计划概要部分之后，紧接着便列出计划内容的目录。

2. 营销环境现状

营销环境现状是正式计划中的第一个主要部分。这个部分的主要内容是对当前营销情况的分析，也就是对企业市场处境的分析。主要有以下内容。

（1）市场状况。包括目标市场的规模与增长（以单位或金额表示），以过去几年的总销售量以及按市场细分和地区细分来分别列出，其中有关消费者要求、观念和购买行为的趋势等方面的数据也应列出。

（2）产品状况。包括每一种主要产品过去几年的销售额、价格和纯利润等。

（3）竞争状况。在这里要找出主要竞争者，并就他们的规模、目标、市场占有率、产品质量、营销策略以及任何有助于了解他们意图和行为的其他方面加以阐述。

（4）分销状况。包括在各个分销渠道上产品的销售量以及每个渠道重要地位的变化。这种变化不仅包括分销商、经销商能力的变化，而且也包括激励他们经销热情所需要的价格和贸易条件。

（5）宏观环境状况。包括对营销前景有某种联系的客观环境的主要趋势，如人口、统计因素、经济因素、技术因素、政治法律因素、社会文化因素等的发展趋势。

3. 威胁和机会

前文已有阐述，在营销计划这部分，要求营销管理人员对产品的威胁和机会做出预测，并加以具体描述。这样做的目的是使企业管理人员可预见到那些将影响企业兴衰的重大事态的发展变化，以便采取相应的营销手段或策略，趋吉避凶，求得更顺畅的发展。为此，营销管理人员应尽可能列出可以想象到的市场机会和威胁，以便加以分析检验，并考虑采取哪些具体行动。

4. 目标

在分析了产品的威胁和机会之后，接着便应确定企业的目标，并应对影响这些目标的某些问题加以考虑和论证。既要确定企业目标，还要进一步用具体的指标表现出来。一般要确定两类目标。

（1）财务目标。每个企业都有一定的财务目标，企业或确定一个稳定的长期投资收益率，或确定他们在本年度所能获得的利润等。

（2）营销目标。财务目标必须转化为营销目标，因为只有通过一定的营销目标才能最终实现企业的财务目标。量—本—利分析公式便揭示出它们两者之间的关系。

目标的确立还应符合四个标准：

（1）各个目标必须以不含糊的而且能测度的形式表达，并有一定的完成期限。

（2）各目标应保持内在的一致性。

（3）如果可能，目标应分层次地加以说明。

（4）这些目标是可以达到的，同时它们又具有足够的挑战性，能激发员工的最大积极性。

5. 营销策略

所谓营销策略，是指企业为达成营销目标所灵活运用的逻辑方式或推理方法。营销策略包括与目标市场、营销因素组合、营销费用支出水平有关的各种具体策略。

（1）目标市场。营销策略应详细而清楚地说明企业非常重视的细分市场。这些不同细分市场的消费者爱好、提供的盈利机会、对营销工作的反应是不相同的。因此，企业必须敏锐地觉察到这些区别，从竞争的角度出发，将自己的物力和精力集中投入到那些最有利的细分市场，即应为每个目标市场制定相应的营销策略。

（2）营销因素组合。在计划书中，营销管理人员还应概括提出有关营销因素组合的各种具体策略，如新产品策略、价格策略、分配路线策略及其他销售促进策略等，并根据前述对产品的威胁和机会的分析，说明采取上述各种不同策略的原因和理由。

（3）营销费用开支水平。计划书中还必须详细说明为执行各种营销策略所必需的营销费用预算，而且应以科学的方法来确定恰当的费用水平。因为即使是最佳的营销因素组合，企业仍存在费用开支为多少的问题。一般来说，营销费用支出越高，销售额也会越高。但不同的产品要达到一定的市场占有率，其费用支出水平却可以是不同的。例如，化妆品的营销预算一般都较高，而农业生产资料的营销预算却可大大缩减。

6. 行动方案

各种营销策略确定之后，要真正发挥效用，还必须将它们转化为具体的行动方案。这些行动方案大致围绕下列问题的答案来制定：

（1）要完成什么任务？

（2）什么时候完成？

（3）由谁负责执行？

（4）完成这些任务需花多少费用？

例如，营销管理人员如果想把加强促进销售活动作为提高市场占有率的主要策略，那么就要制订相应的促进销售行动计划，列出许多具体行动方案，包括选择广告公司，评价广告公司提出的广告方案，决定广告题材，核准广告媒体计划等。

整个行动计划还可列表加以说明，表明每一时期应执行和完成的营销活动，使整套促销活动落到实处，循序渐进地执行。

7. 预算

前述的营销目标、策略及行动方案拟订之后，企业就应制订一个保证该方案实施的预算。这种预算实际上就是一份预计损益表。收入方将列入预计销售产品的数量和平均价格；支出方则列出生产费用、储运费用及其他营销费用。收入与支出的顺差便是预期利润。企业的高层主管将负责预算的审查、予以批准和修改。预算一经批准，便成为原料采购、生产安排、人员计划和营销业务活动的依据。

8. 控制

计划书的最后一部分为控制，这是用来监督检查整个计划进度的。为了便于监督检查，一般营销的目标和预算方案，都是分月或分季制定的。这样，高层主管就可审查每一时期企业各部门的成果，并指出那些没有达到预算目标的部门。这些被点名的部门主管就要做出解释，并阐明他们将要采取的改进措施，从而使组成营销整体计划的各部门工作受到有效的控制，以保证整体计划的有效执行。

12.1.3 营销计划的编制程序

营销计划的编制程序，大致经过以下步骤。

1. 分析营销现状

分析营销现状是对企业及其营销环境的一种全面分析。这种分析又包括四个阶段。

（1）对企业实力和弱点的定期综合分析。这种分析主要通过营销决算进行。因为在营销决算中，对企业的过去成绩和现在实力都有严密的估计和评价。在这种分析中，特别要注意企业产品线、分销路线、销售促进效果及定价的分析，这些情况从不同侧面反映了企业的实力。这样，营销决算的结果将直接影响未来营销策略的制定。

（2）营销环境研究。这种研究要求使用科学正确的调研技术来发现直接影响管理决策的各种重大环境问题，包括对企业的微观环境和宏观环境的调查研究。因为这些因素将直接影响企业的生产能力和销售状况。

（3）销售额和市场费用分析。这可通过不定期的专题调查来进行。最好使这种分析成为企业正式营销信息系统的一个组成部分。因为销售额和营销费用的分析资料是进行销售预测、编制营销计划不可或缺的依据。

（4）销售预测。销售预测是在前述几阶段的分析基础上做出的，它是计划编制程序中极其重要的一个步骤。通过这种预测，企业可以估计到整个行业的销售额及企业本身的销售额，从而是企业营销计划最直接而具体的依据，或者这种预测值也就是企业的计划指标数。

2. 确定市场机会

确定市场机会包括对市场现状分析中所发现的各种问题做出解释。在企业面临的几种市场机会评价中，对消费者的因素、经济因素和外部环境因素都要仔细考虑，从而分析估计本企业与竞争者相比，哪些方面处于优势，哪些方面更能满足消费者要求，从而有针对性地制定相应的战略、策略和具体的营销方向。

3. 选择目标市场

经过市场现状分析和市场机会估计后，营销经理就可以确定几个可以开拓的目标市场。至于选择某一具体目标市场或几个目标市场，则要取决于一系列因素的影响。例如应考虑与目标市场相关的企业目标、目标市场的潜在机会、企业开拓此目标市场的能力等问题。当然，根据这些考虑来选择具体的目标市场并不是一件简单的事情，企业也不应把自己严格限制成只选择一个单一的市场。例如，一个企业也可同时选择两个完全不同的细分市场，并进而制定向这两个细分市场进军的策略。另外，对目标市场的阐述必须一清二楚，使人容易辨认。例如目标市场的地理位置、顾客人数、他们的购买力、他们的需求性质和强度等都应通过营销调研弄清楚。对竞争对手的情况也应有充分估计。此外，还应对每个目标市场的近期和长期销售潜力做出正确的判断。

在计划程序这一阶段，对目标市场的最后决定很有可能不得不暂时推延，待到编制计划的第四阶段结束时才能最后解决。因为目标市场的最后决定不仅要根据目标市场的潜力，而且也要根据企业有否开拓此目标市场的能力而定。

4. 确定相应的营销组合

这一阶段的主要任务，就是根据前面所选定的目标市场，进一步具体制定在所选定的目标市场上的营销方案的细目。因为每一营销策略的贯彻，都要通过与之相适应的营销组合（Marketing Mix）来完成。在编制营销计划的这一阶段，应把这些一般性策略具体结合特定企业的特定营销战略来加以考虑，并使其具体化。例如，当企业为提高市场占有率而采用密集性市场策略针对妇女用品市场时，整个市场营销组合便应根据这一策略的要求加以具体化。例如按妇女的特点进行产品设计，制定对妇女有吸引力的价格，通过在妇女经常接触的广告媒体上大做广告，并将商品分配到妇女用品商店或妇女经常购物的其他地点去销售等。

5. 综合编制营销计划

经过编制计划的前述步骤后，便可将前面几阶段的情况分析、目标市场选择、策略选择等方案统一协调起来，写成正式的计划。计划内容大致包括下列几个方面。

（1）计划的特定目标，即宗旨。

（2）特定目标与企业目标之间的关系。

（3）执行该计划所需的费用。

（4）预测企业的市场环境和机会。

（5）提出行动方案。

（6）综合、归纳成完整的计划指标体系。

营销计划编制后，应呈送企业最高领导审查、修订、批准。

6. 最后批准计划

企业最高领导接到营销部门送来的营销计划后，应结合其他职能部门的计划一起进行综合平衡，协调各部门的能力和任务，尽量使计划建立在可行的基础上，并能达到预期的经济效益。如果发现各部门计划或营销计划本身有不协调之处，应进行修订，直到认为满意之后才正式予以批准。

7. 执行计划

计划批准后，必须马上传达给执行部门的有关人员，具体研究贯彻执行的方案，并付诸实施。这种执行计划的行动方案大致包括以下步骤或内容。

（1）将达到目标的行动计划分为几个步骤。

（2）说明每一步骤之间的关系和顺序。

（3）每一步骤由谁负责。

（4）确定每一步骤所需的资源。

（5）每一步骤需要多少时间。

（6）规定每一步骤的完成期限。

另外，还应尽可能提供一些与营销计划有关的信息资料，如总体市场容量大概有多大，企业可能的占有率有多大，企业的预期销售量有多少，营销总费用约为多少，毛利有多少，等等。

8. 考核和调整

计划工作程序的最后一个步骤，就是对见之于行动的计划进行监督检查。因为在前几阶段的工作中，无论有关人员如何认真调查研究，运用科学方法力求编出比较理想的计划，但都难免挂一漏万，导致个别地方考虑不周。加上市场瞬息万变，存在许多客观不可控的因素，因此计划在执行过程中很可能会出现一些障碍和偏差，这就要求在整个计划执行过程中，还必须同时进行必要的考核、监督和检查，通过信息反馈，判断所采取的计划行动是否有效。如果发现不当或与原计划有脱节的地方，应及时修正计划，或改变行动方案，以适应新的情况。

▶▶▶12.2　市场营销组织

企业营销战略、策略和计划的制订与实施及营销渠道管理等营销活动都必须由一个健全的营销组织来承担和负责。市场营销组织是指企业内部涉及营销活动的各个职位及其结构。每个企业都应根据市场竞争的特点和自身实际情况，建立起富有效率的营销部门体系，使之面向市场担负起组织和实施企业各项营销活动的任务，成为连接企业内部其他职能部门实现整个企业经营一体化的核心。没有一个有效且符合市场导向观念要求的组织，再好的计划也只能是纸上谈兵。

12.2.1　市场营销组织的演化

现代理想的市场营销组织是经过长期演化而来的产物。营销部门在西方企业中从处于无足轻重的地位发展到今天这样具有复杂的功能，并成为企业组织中的核心部门，其间可划分出五个阶段，至今还可以找到处于每个阶段的组织形态。

1. 简单的销售部门

一般说，企业建立之初都是从财务、生产、销售、人事、会计五个基本职能部门开始发展的。在这个阶段，企业通常以生产作为经营管理的重点。生产什么，生产多少及产品价格主要由生产和财务部门制定。销售部门通常只有一位销售主管率领几位销售人员，销售经理的主要职责是管理推销员，促使他们卖出更多的产品。

2. 销售部门兼营其他营销职能

随着公司规模扩大，它需要经常进行市场调查、广告宣传及顾客服务等方面的工作，此时，销售经理可聘用一位市场主管，计划、指挥、控制那些非推销职能。

3. 独立的市场营销部门

公司继续扩大，其他市场营销功能相对于推销工作来说更重要了。最终，公司总经理看到了建立一个独立于销售部门的市场营销部门的必要。在这个阶段，市场营销和销售在公司中是两个独立和平行的部门。

4. 现代市场营销部门

虽然销售和市场营销部门的工作应是目标一致的，但平行和独立又常使它们的关系充满竞争和矛盾。例如销售经理注重短期目标和眼前销售额，而市场营销经理注重长期目标和开发满足消费者长远需要的产品。由于二者之间冲突太多，最终导致公司总经理将它们合并为一个部门。

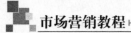

5. 现代市场营销公司

然而，一家企业即使设置了现代市场营销部门，也并不意味它就是以市场营销原理指导运行的公司。如果公司成员仍将市场营销等同于销售，那么，它就还不是一家"现代市场营销公司"；只有当公司成员认识到企业所有部门的任务都是"为消费者服务"，"市场营销"不只是公司内某个部门的名称，并且是公司的哲学信条时，这家公司才能成为真正的"现代市场营销公司"。

12.2.2 营销部门和其他部门的关系

从理论上讲，企业内部各职能部门应密切协调配合以达到企业的整体目标，但实际上，各部门之间的关系表现为强烈的竞争和不信任。其中，有些冲突是由于对企业最佳利益的不同看法引起的，有些是由于不适当的部门之间的偏见造成的，而有些则是由于部门利益与企业利益相冲突所造成的。

应该说，企业所有的职能部门对顾客的满意程度都有或多或少的影响。因此，在营销观念下，所有的部门都应以"满足消费者"这一原则为中心，致力于满足消费者需求和其本身，而营销部门则更应在日常活动中向其他职能部门灌输这一原则。营销经理有两大任务：一是协调企业内部营销活动；二是在顾客利益的目标下协调营销与财务、业务以及其他职能部门的关系。一般而言，营销经理应主要依靠说服而不是权力来进行工作。

12.2.3 市场营销组织设计的原则

营销组织的设计原则，即组织设计的指导思想，与组织的经营观念密切相关，图 12-1 表明了在不同的经营观念下对企业职能认识的差异。

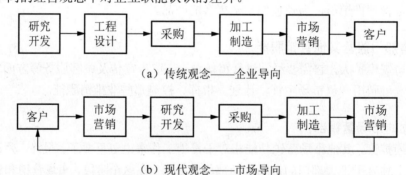

（a）传统观念——企业导向

（b）现代观念——市场导向

图 12-1 两种观念下企业组织的对比

传统观念认为，新产品研制起于研究开发部门，由他们负责完成产品创意和构想，经上级主管批准后交由工程设计部门来完成具体的定型设计等，然后组织生产，最后才到营销部门，由他们负责向客户推销产品。

在现代营销观念，即市场导向的观念指导下，一切应从客户出发。先由营销部门收集市场信息及客户相关的需求资料；然后所有职能部门均参与选择、评价新产品的设想；再将选

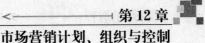
中的创意送交研发和工程设计部门，生产部门负责产品实体的生产，营销部门负责产品的销售，同时关注客户的反应，注意收集反馈信息。

两种观念的差异及孰优孰劣，一目了然，所以在设计组织结构及运行模式时就必须避免传统观念的谬误，使市场导向的原则不仅贯穿在经营战略规划、日常管理业务中，而且要贯穿于组织设计中。

营销组织设计中的另一个原则是，组织结构要适应环境、企业目标和战略、策略变化的要求，即具有一定的弹性。

12.2.4 有效的市场营销组织的特征

一个有效的市场营销组织应具备以下特征。

（1）应具备灵活性和适应性。所谓灵活性、适应性是指企业营销组织具有适应市场环境，或随市场营销变化而自我完善的能力，即企业组织能够根据营销环境和营销目标、策略的变化，适应需要，迅速地调整自己。若一个组织不具有适应环境变化、迅速调整自己、做出正确反应的能力，它就是一个惰性很强、僵化的组织，这样的组织很难把握住变化了的环境提供的新机会，以致坐失良机。一般来说，成熟的组织比新建立的组织由于经验和惯性的作用，容易丧失组织的灵活性和适应性，因此较成熟的组织尤其要注意在这方面的调整工作。

（2）一个有效的市场营销组织应具有系统性。企业内部各个部门，如市场营销、研究与开发、生产部门、财务及人事部门，以及市场营销所属的各部门——广告宣传、市场调研、人员推销、实体分销等，要相互配合，构成一个完整的系统，为一个共同的满足顾客需要的目标协同工作，制定策略，获得整体大于部分之和的效果，最终实现企业的经营目标。

此外，准确且迅速的信息传递能力也是有效营销组织所必备的，即很快地把有关信息资料送到需要这些资料的工作人员手中的能力。

12.2.5 营销组织模式

现代营销部门呈现出多种形式，不同的情况有不同形式，但所有的市场营销组织都必须与营销活动的各个领域——职能、地域、产品和消费者市场相适应，都要体现以顾客为中心的营销指导思想。市场营销部门有六种基本的组织模式：职能式组织、地区式组织、产品管理式组织、市场管理式组织，产品—市场式组织和事业部组织。

1. 职能式组织

这是最常见的组织模式，即营销部门中的各类专家直接向营销副总裁报告，营销副总裁的主要任务是协调他们之间的活动。职能部门的数量，可以根据需要随时增减。图 12-2 所示的五种专业人员分别是"市场营销管理经理、广告宣传和促销经理、销售经理、市场调研经理和新产品经理"。除了这五种营销职能专家外，还可能包括的营销职能专家有顾客服务经理、营销计划经理和产品储运经理等。

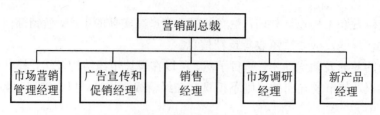

图 12-2　职能式组织

职能式组织的主要优点是管理层次少，上下协调方便，简便易行。但从另一方面看，随着产品的增多和市场的不断扩大，这种组织形式会逐渐失去有效性。首先，制定的规划与具体的产品及市场不相适应，因为没有人对某种产品或某个市场负完全责任，不受职能性专业人员欢迎的产品常常会被漏掉；其次，各个职能部门为了获得更多的预算和较其他部门更高的地位而加剧竞争，使营销副总裁经常面临调解纠纷的难题，营销副总裁不得不经常审查职能性专业人员的有竞争力的主张，并解决难以协调的问题。

2. 地区式组织

这种组织形式通常适用于在全国范围内销售新产品的企业。这种企业常常将其销售人员按地域划分，比如全国销售经理、地区销售经理、区域销售经理、小区销售经理、推销人员等，如图 12-3 所示。从全国销售经理依次到小区销售经理，其管辖的下属人员数目即"管理宽度"逐级增大。在销售任务复杂、销售人员薪金很高、推销人员对利润影响极大的情况下，这种分层的具体控制就很有必要了。

地方经理掌握一切关于本地区市场环境的资料，因此能开展有针对性的、切实可行的营销活动，为公司产品在该地区打开销路，制定长、短期计划，并负责计划的实施。

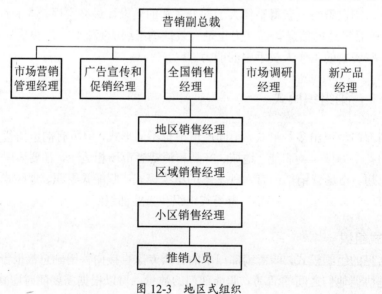

图 12-3　地区式组织

3. 产品管理式组织

生产各种产品或多种不同品牌的企业，往往按产品或品牌建立管理组织，即在一名总产品经理的领导下，按每类产品分设一名经理，再按每个具体品种设一名经理，分层管理，如图 12-4 所示。

并非所有组织都需要产品管理式组织，只有那些产品差异大，或新产品多到使职能式营销组织没有足够的能力来管理时，方有设置产品管理式组织的必要。1927 年，宝洁公司率先采用了产品管理式组织模式。

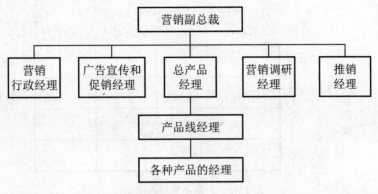

图 12-4　产品管理式组织

4. 市场管理式组织

一些大企业将同类产品卖给不同的细分市场，可采取市场管理式组织。它同产品管理式组织类似，由一个总市场经理管辖若干细分市场经理，各市场经理负责自己所辖市场的年度销售利润计划和长期销售利润计划，分析市场趋势及所需要的新产品，他们更注重长远的市场占有率而不是目前的获利能力。这种组织形式最大优点是，企业可围绕着特定客户的需要开展一体化的营销活动，因此有些营销专家认为，市场管理式组织（如图 12-5 所示）最符合现代市场营销观念。

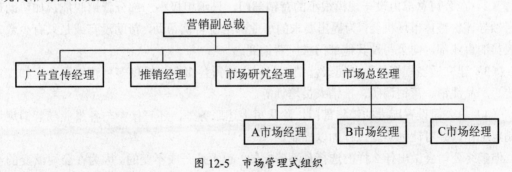

图 12-5　市场管理式组织

5. 产品—市场式组织

生产多种产品并面向多个市场的公司在确定营销组织结构时常常面临着两难的抉择：要么采用产品管理式组织，这就要求产品经理熟悉高度细分化的市场；要么采用市场管理式组织，这就要求市场经理必须熟悉他所负责的市场上售卖的花色品种繁多的产品；要么任命产品和市场两位经理，这就是矩阵组织，即产品—市场式组织，如图 12-6 所示。

产品经理负责产品的销售利润和计划，为产品寻找更广泛的用途；市场经理则负责开发现有和潜在的市场，着眼市场的长期需要，而不只是推销眼前的某种产品。然而，这种组织结构管理费用太高，而且极易产生内部矛盾，因而绝大部分经理认为，只有对那些少数、极个别的且相当重要的产品和市场才需要同时分设产品经理和市场经理。但也有人认为，这种组织结构的潜在冲突和较高的管理费用并不可怕，因为它所能带来的收益远在为它所付出的代价之上。一般来说，多样化经营的公司适用于这种组织形式。

市场经理

	男装	女装	家庭用户	工业用户
人造纤维				
醋酸纤维				
尼 龙				
涤 纶				

图 12-6 产品—市场式组织

6. 事业部组织

当企业的规模很大，企业产品的种类和市场都很多时，常常为不同的产品种类分设事业部。

事业部具有相对独立性，有自成体系的组织实行独立核算，设置自己的职能部门，并对总公司负有利润责任，由此就产生了营销职能如何在公司总部与事业部之间划分的问题。一般情况下，总公司的市场营销活动就面临着以下几种选择：

（1）公司总部不再设置营销部门，营销职能完全由各事业部自己负责，独立完成。

（2）在公司总部内设一规模很小的营销部门，只承担极小一部分营销职能，如协助最高层领导评价整体市场机会，为提出要求的事业部给予咨询帮助，帮助没有或是只有少数营销人员的事业部，向公司及其他部门推广营销观念。

（3）建立适当规模的总公司级营销部门，主要为各事业部提供多种营销服务，如广告宣传、产品促销、营销调研、推销人员培训等。

（4）总公司设置庞大的销售部门，除从事上述服务外，还直接参与各事业部营销规划的制定工作，并对计划实施过程加以控制。

但最终公司会做出什么样的选择是不确定的，也不是一成不变的。因为在公司演变的不同阶段，公司营销部门的贡献、发挥的作用是不同的，因此要视具体情况而定，并随公司的发展而进行调整和变化。

12.2.6　市场营销组织的建立方法

适应市场营销的需要是企业在市场营销中建立什么样的市场营销机构的基本出发点，所建立的营销机构应能符合市场营销的需要。因为客观上企业所处的营销环境是动态的，所以为满足它而建立的营销机构应能随环境的变化不断调整自己，提高适应能力，这样才能抓住市场机会，成为一个有效合理的市场营销组织。

1. 明确营销目标

明确营销目标要注意以下几个问题：

（1）目标系统化。在多元化的企业营销目标中，各目标之间的主从关系、结构关系、层次关系必须符合系统要求，组成一个目标系统。

（2）具体性。目标一般包括两个部分：项目与数量。要求目标值应尽可能以量化形式来表示，如果难以量化的，可采取计划制度。这时，不是按完成率来进行评估，而是按"谁、何时、完成哪几件事"来制定日程目标。

（3）突出重点。如果目标过多就会分散精力，导致收效甚微，因此可按其重要性的先后顺序加以区别对待。

（4）目标要定在可行的水准上。不经过任何努力就可以达到的，谈不上是目标；但也不要走向另一个极端，也不是越高越好。如果实际成绩总是低于目标，就会影响积极性，会失去信心。

2. 决定管理层次

管理层次是由企业最高管理者到基层工作人员之间隶属级数的数量。影响并决定管理层次多少的主要因素是企业规模和管理幅度。一般来说，规模大的企业，其管理层次较多；规模较小的企业，其管理层次就相应少些。领导者的控制能力强，管辖幅度宽，有可能减少管理层次；反之，管理层次要多些。一个企业究竟设置多少个管理层次，要根据各企业的经营发展的需要来确立。

3. 设置岗位

设置岗位涉及三个方面的问题：

（1）设置哪些岗位。

（2）规定各种岗位的责任和权限。

（3）明确各种岗位之间的关系。

4. 配置人员

配置人员要求做到"两个相适应"，即人员的知识、能力与岗位的要求相适应，权力与责任相适应。若配备不当，要么造成人才浪费，要么会因为人员能力与任职不符而降低组织的效能。若权责分配不当，也会产生主观主义、官僚主义或人员不能有效履行职责等问题。因此，应根据工作量的多少确定所需的人员的数目，并根据他们的素质分配性质不同的工作，尽量做到量才用人，用人所长，人尽其才。

5. 形成信息沟通网络

信息沟通的目的是把组织成员联系在一起，以实现共同目标，因此，建立营销组织的过程，同时就是在各管理层次、部门和环节之间形成信息沟通网络的过程。企业可以通过一定的方法，使组织的每个成员了解他应当掌握哪些信息、传递哪些信息、向谁传递、何时传递以及传递信息的有效方法，从而使组织能够把握整个营销活动运作过程和环境系统的发展变化，增强组织结构的弹性，提高实现营销目标的能力。

>>> 12.3 市场营销控制

执行和控制市场营销计划，是市场营销管理过程的重要步骤，由于在市场营销计划的执行中会出现许多意外情况，所以必须连续不断地控制各项市场营销活动。所谓市场营销控制，是指市场营销管理者经常检查市场营销计划的执行情况，查看计划与实绩是否一致。如果不一致或没有完成计划，就要找出原因所在，并采取适当措施和正确行动，以保证市场营销计划的完成。市场营销控制有四种主要类型，即年度计划控制、盈利能力控制、效率控制和战略控制。

12.3.1 年度计划控制

任何企业都要制定年度计划。然而，年度市场营销计划的执行能否取得理想的成效，还需要看控制工作进行得如何。所谓年度计划控制，是指企业在本年度内采取控制步骤，检查实际绩效与计划之间是否有偏差，并采取改进措施，以确保市场营销计划的实现与完成。许多企业每年都制定相当周密的计划，但执行的结果却往往与之有一定的差距。事实上，计划的结果不仅取决于计划制定得是否正确，还有赖于计划执行与控制的效率如何。可见，年度计划制定并付诸实施之后，搞好控制工作也是极其重要的。

企业经理人员可运用五种绩效工具来核对年度计划目标的实现程度，这5种工具是销售分析、市场占有率分析、市场营销费用对销售额比率分析、财务分析、顾客态度追踪。

1. 销售分析

销售分析主要用于衡量和评估经理人员所制定的计划销售目标与实际销售之间的关系。这种关系的衡量和评估有两种主要方法。

（1）销售差异分析。销售差异分析用于决定各个不同的因素对销售绩效的不同作用。例如。假设年度计划要求第一季度销售4000件产品，每件1元，即销售额为4000元。在该季度结束时，只销售了3000件，每件0.80元，即实际销售额为2400元。那么，这个销售绩效差异为–1600元，或预期销售额的–40％。问题是，绩效的降低有多少归因于价格的下降？有多少归因于销售数量的下降？可用如下计算来回答：

因价格下降的差异＝(1–0.80)×3000=600(37.5%)

因数量下降的差异=1×(4000–3000)=1000(62.5%)

可见，约有2/3的销售差异归因于未能实现预期的销售数量。由于销售数量通常较价格容易控制，所以企业应该仔细检查为什么不能达到预期的销售量。

（2）微观销售分析。微观销售分析可以决定未能达到预期销售额的特定产品、地区等。假设企业在三个地区销售，其预期销售额分别为 1500、500 和 2000 元，总额为 4000 元。实际销售额分别是 1400、525、1075 元。就预期销售额而言，第一个地区有 7% 的未完成额；第二个地区有 5% 的超出额；第三个地区有 46% 的未完成额。主要问题显然在第三个地区。造成第三个地区不良绩效的原因有如下可能：

① 该地区的销售代表工作不努力或有个人问题。

② 有主要竞争者进入该地区。

③ 该地区居民收入下降。

2. 市场占有率分析

企业的销售绩效并未反映出相对于其竞争者，企业的经营状况如何。如果企业销售额增加了，可能是由于企业所处的整个经济环境的发展，或可能是因为其市场营销工作较之其竞争者有相对改善。市场占有率正是剔除了一般的环境影响来考察企业本身的经营工作状况。如果企业的市场占有率升高，表明它较其竞争者的情况更好：如果下降，则说明相对于竞争者其绩效较差。衡量市场占有率的第一个步骤是清楚地定义使用何种度量方法。一般有四种不同的度量方法。

（1）全部市场占有率。以企业的销售额占全行业销售额的百分比来表示。

（2）可达市场占有率。以其销售额占企业所服务市场的百分比来表示。所谓可达市场一是企业产品最适合的市场；二是企业市场营销努力所及的市场。企业可能有近 100% 的可达市场占有率，却只有相对较小百分比的全部市场占有率。

（3）相对市场占有率（相对于三个最大竞争者）。以企业销售额对最大的三个竞争者的销售额总和的百分比来表示。

（4）相对市场占有率（相对于市场领导竞争者）。以企业销售额相对市场领导竞争者的销售额的百分比来表示。相对市场占有率超过 100%，表明该企业是市场领导者；相对市场占有率等于 100%，表明企业与市场领导竞争者同为市场领导者；相对市场占有率的增加表明企业正接近市场领导竞争者。

了解企业市场占有率之后，尚需正确解释市场占有率变动的原因。企业可从产品大类、顾客类型、地区以及其他方面来考察市场占有率的变动情况。

3. 市场营销费用对销售额比率分析

年度计划控制也需要检查与销售有关的市场营销费用，以确定企业在达到销售目标时的费用支出。市场营销费用对销售额比率是一种主要的检查方法。市场营销管理人员的工作，就是密切注意这些比率，以发现是否有任何比例失去控制。当一项费用对销售额比率失去控制时，必须认真查找问题的原因。

4. 财务分析

市场营销管理人员应就不同的费用对销售额的比率和其他的比率进行全面的财务分析，以决定企业如何以及在何处展开活动，获得盈利。尤其是利用财务分析来判别影响企业资本

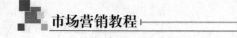

净值收益率的各种因素。

5. 顾客态度追逐

如上所述的年度计划控制所采用的衡量标准大多是以财务分析和数量分析为特征的，即它们基本上是定量分析。定量分析虽然重要但并不充分，因为它们没有对市场营销的发展变化进行定性分析和描述。为此，企业需要建立一套系统来追踪其顾客、经销商以及其他市场营销系统参与者的态度。如果发现顾客对本企业和产品的态度发生了变化，企业管理者就能较早地采取行动，争取主动。企业一般主要利用以下系统来追踪顾客的态度：

（1）抱怨和建议系统。企业对顾客的书面的或口头抱怨应该进行记录、分析，并做出适当的反应。对不同的抱怨应该分析归类做成卡片。对较严重的和经常发生的抱怨应及早予以注意。企业应该鼓励顾客提出批评和建议，使顾客经常有机会发表意见，才有可能收集到顾客对其产品和服务反映的完整资料。

（2）固定顾客样本。有些企业建立由一定代表性的顾客组成的固定顾客样本，定期地由企业通过电话访问或邮寄问卷了解其态度。这种做法有时比抱怨和建议系统更能代表顾客态度的变化及其分布范围。

（3）顾客调查。企业定期让一组随机顾客回答一组标准化的调查问卷，其中问题包括职员态度、服务质量等。通过对这些问卷的分析，企业可及时发现问题，并及时予以纠正。

通过上述分析，企业在发现实际绩效与年度计划发生较大偏差时，可考虑采取如下措施：削减产量，降低价格，对销售队伍施加更大的压力，削减杂项支出，裁减员工，调整企业簿记，削减投资，出售企业财产，出售整个企业。

12.3.2 盈利能力控制

除了年度计划控制之外，企业还需要运用盈利能力控制来测定和衡量不同产品、不同销售区域、不同顾客群体、不同渠道以及不同订货规模的获利能力。由盈利能力控制所获取的信息，有助于管理人员决定各种产品或市场营销活动是扩展、减少还是取消。下面介绍市场营销成本以及盈利能力的考察指标等。

1. 市场营销成本

市场营销成本直接影响企业利润，它由如下项目构成：

（1）直接推销费用，包括直销人员的工资、奖金、差旅费、培训费、交际费等。

（2）促销费用，包括广告媒体成本、产品说明书印刷费用、赠奖费用、展览会费用、促销人员工资等。

（3）仓储费用，包括租金、维护费、折旧、保险、包装费、存货成本等。

（4）运输费用（包括托运费用等），如果是自有运输工具，则要计算折旧、维护费、燃料费、牌照税、保险费、司机工资等。

（5）其他市场营销费用，包括市场营销管理人员工资、办公费用等。

上述成本连同企业的生产成本构成了企业的总成本，直接影响到企业经济效益。其中，有些与销售额直接相关，称为直接费用；有些与销售额并无直接关系，称为间接费用。有时，二者很难划分。

2. 盈利能力的考察指标

取得利润是任何企业的最重要的目标之一。企业盈利能力历来为市场营销管理人员所高度重视，因而盈利能力控制在市场营销管理中占有十分重要的地位。在对市场营销成本进行分析之后，我们特提出如下盈利能力的考察指标。

（1）销售利润率。一般来说，企业将销售利润率作为评估企业获利能力的主要指标之一。销售利润率是指利润与销售额之间的比率，表示每销售 100 元使企业获得的利润。

（2）资产收益率。指企业所创造的总利润与企业全部资产的比率。

（3）净资产收益率。指税后利润与净资产所得的比率。净资产是指总资产减去负债总额后的净值。这是衡量企业偿债后的剩余资产的收益率。

（4）资产管理利率。包括资产周转率和存货周转率。前者是指一个企业以资产平均总额去除产品销售收入净额而得出的全部资产周转率。该指标可以衡量企业全部投资的利用效率，资产周转率高说明投资的利用效率高。后者是指产品销售成本与存货（指产品）平均余额之比。这项指标说明某一时期内存货周转的次数，从而考核存货的流动性，存货平均余额一般取年初和年末余额的平均数。一般来说，存货周转率次数越高，说明存货水平越低，周转快，资金使用效率高。

12.3.3 效率控制

假如盈利能力分析显示出企业关于某一产品、地区或市场所得的利润很差，那么紧接着下一个问题便是有没有高效率的方式来管理销售人员、广告、销售促进及分销。

1. 销售人员效率

企业的各地区的销售经理要记录本地区内销售人员效率的几项主要指标，这些指标包括：

（1）每个销售人员每天平均的销售访问次数。

（2）每次会晤的平均访问时间。

（3）每次销售访问的平均收益。

（4）每次销售访问的平均成本。

（5）每次销售访问的招待成本。

（6）每百次销售访问而订购的百分比。

（7）每期间的新顾客数。

（8）每期间丧失的顾客数。

（9）销售成本对总销售额的百分比。

企业可以从以上分析中，发现一些非常重要的问题，例如，销售代表每天的访问次数是否太少，每次访问所花时间是否太多，是否在招待上花费太多，每百次访问中是否签订了足够的订单，是否增加了足够的新顾客并且保留住原有的顾客。当企业开始正视销售人员效率的改善后，通常会取得很多实质性的改进。

2. 广告效率

企业应该至少做好如下统计：

（1）每一媒体类型、每一媒体工具接触每千名购买者所花费的广告成本。

（2）顾客对每一媒体工具注意、联想和阅读的百分比。

（3）顾客对广告内容和效果的意见。

（4）广告前后对产品态度的衡量。

（5）受广告刺激而引起的询问次数。

企业高层管理者可以采取若干步骤来改进广告效率，包括进行更加有效的产品定位；确定广告目标；利用计算机来指导广告媒体的选择；寻找较佳的媒体；以及进行广告后效果测定等。

3. 促销效率

为了改善销售促进的效率，企业管理层应该对每一销售促进的成本和对销售的影响做记录，注意做好如下统计：

（1）由于优惠而销售的百分比。

（2）每一销售额的陈列成本。

（3）赠券收回的百分比。

（4）因示范而引起询问的次数。

企业还应观察不同销售促进手段的效果，并使用最有效果的促销手段。

4. 分销效率

分销效率主要是对企业存货水准、仓库位置及运输方式进行分析和改进，以达到最佳配置并寻找最佳运输方式和途径。

效率控制的目的在于提高人员推销、广告、销售促进和分销等市场营销活动的效率，市场营销经理必须注视若干关键比率，这些比率表明上述市场营销组合因素的功能执行的有效性以及应该如何引进某些资料以改进执行情况。

12.3.4 战略控制与市场营销审计

1. 战略控制

企业的市场营销战略，是指企业根据自己的市场营销目标，在特定的环境中，按照总体的策划过程所拟定的可能采用的一连串行动方案。但是市场营销环境变化很快，往往会使企业制定的目标、策略、方案失去作用。因此，在企业市场营销战略实施过程中必然会出现战略控制问题。战略控制是指市场营销管理者采取一系列行动，使实际市场营销工作与原规划尽可能一致，在控制中通过不断评审和信息反馈，对战略不断修正。市场营销战略控制既重要又难以准确。因为企业战略的成功是总体的和全局性的，战略控制注意的是控制未来，是还没有发生的事件。战略控制必须根据最新的情况重新估价计划的进展，因而难度也就比较大。

企业在进行战略控制时，可以运用市场营销审计这一重要工具。各个企业都有财务会计审核，在一定期间，客观地对审核的财务会计资料或事项进行考察、询问、检查、分析，最后根据所获得的数据，按照专业标准进行判断，做出结论，并提出报告。这种财务会计的控制制度有一套标准的理论、做法。但是，市场营销审计尚未建立一套规范的控制系统，有些企业往往只是在遇到危急情况时才进行，其目的是解决一些临时性问题。目前，在国外越来越多的企业运用市场营销审计（Marketing Audit）进行战略控制。

2. 市场营销审计

所谓市场营销审计，是对一个企业市场营销环境、目标、战略、组织、方法、程序和业务等进行综合的、系统的、独立的和定期的核查，以便确定困难所在和各项机会，并提出行动计划的建议，改进市场营销管理效果。市场营销审计实际上是在一定时期对企业全部市场营销业务进行总的效果评价。其主要特点是，不限于评价某一些问题，而是对全部活动进行评价。

市场营销审计的基本内容包括市场营销环境审计、市场营销战略审计、市场营销组织审计、市场营销系统审计、市场营销盈利能力审计和市场营销职能审计。

（1）市场营销环境审计。市场营销必须审时度势。因此，必须对市场营销环境进行分析，并在分析人口、经济、生态、技术、政治、文化等环境因素的基础上，制定企业的市场营销战略。这种分析是否正确，需要经过市场营销审计的检验。由于市场营销环境的不断变化，原来制定的市场营销战略也必须相应地改变，也需要经过市场营销审计来进行修订。市场营销环境审计的内容主要包括市场规模，市场增长率，顾客与潜在顾客对企业的评价，竞争者的目标、战略、优势、劣势、规模、市场占有率，供应商的推销方式，经销商的贸易渠道等。

（2）市场营销战略审计。企业是否能按照市场导向确定自己的任务、目标并设计企业形象，是否能选择与企业任务、目标相一致的竞争地位，是否能制定与产品生命周期、竞争者战略相适应的市场营销战略，是否能进行科学的市场细分并选择最佳的目标市场，是否能恰当地分配市场营销资源并确定合适的市场营销组合，企业在市场定位、企业形象、公共关系等方面的战略是否卓有成效，所有这些都需要经过市场营销战略审计的检验。

（3）市场营销组织审计。市场营销组织审计，主要是评价企业的市场营销组织在执行市场营销战略方面的组织保证程度和对市场营销环境的应变能力，包括企业是否有坚强有力的市场营销主管人员及其明确的职责与权利，是否能按产品、用户、地区等有效地组织各项市场营销活动，是否有一支训练有素的销售队伍，对销售人员是否有健全的激励、监督机制和评价体系，市场营销部门与采购部门、生产部门、研究开发部门、财务部门以及其他部门的沟通情况以及是否有密切的合作关系等。

（4）市场营销系统审计。企业市场营销系统包括市场营销信息系统、市场营销计划系统、市场营销控制系统和新产品开发系统。对市场营销信息系统的审计，主要是审计企业是否有足够的有关市场发展变化的信息来源，是否有畅通的信息渠道，是否进行了充分的市场营销研究，是否恰当地运用了市场营销信息进行科学的市场预测等。对市场营销计划系统的审计，主要是审计企业是否有周密的市场营销计划，计划的可行性、有效性以及执行情况如何，是否进行了销售潜量和市场潜量的科学预测，是否有长期的市场占有率增长计划，是否有适当的销售定额及其完成情况如何等。对市场营销控制系统的审计，主要是审计企业对年度计划目标、盈利能力、市场营销成本等是否有准确的考核和有效的控制。对新产品开发系统的审计，主要是审计企业开发新产品的系统是否健全，是否组织了新产品创意的收集与筛选，新产品开发的成功率如何，新产品开发的程序是否健全，包括开发前的充分的调查研究、开发过程中的测试以及投放市场的准备及效果等。

（5）市场营销盈利能力审计。市场营销盈利能力审计，是在企业盈利能力分析和成本效益分析的基础上，审核企业的不同产品、不同市场、不同地区以及不同分销渠道的盈利能力，审核进入或退出、扩大或缩小某一具体业务对盈利能力的影响，审核市场营销费用支出情况及其效益，进行市场营销费用——销售分析，包括销售队伍与销售额之比、广告费用与销售额之比、促销费用与销售额之比、市场营销研究费用与销售额之比、销售管理费用与销售额之比，以及进行资本净值报酬率分析和资产报酬率分析等。

（6）市场营销职能审计。市场营销职能审计，是对企业的市场营销组合因素（产品、价格、分销渠道、促销）效率的审计。主要是审计企业的产品质量、特色、式样、品牌的顾客欢迎程度，企业定价目标和战略的有效性、市场覆盖率、企业分销商、经销商、代理商、供应商等渠道成员的效率，广告预算、媒体选择及广告效果，销售队伍的规模、素质以及能动性等。

市场营销审计不只在出了问题时有用，其范围覆盖了整个市场营销环境、市场营销系统及具体的市场营销活动的所有方面。市场营销审计通常由企业内部的相对独立、富有经验的市场营销审计机构客观地进行。市场营销审计需要定期进行，而不是出了问题才采取行动。市场营销审计不仅能为陷入困难的企业带来效益，而且可以帮助经营卓有成效的企业增加效益。

 【本章小结】

市场营销计划是关于具体品种、品牌如何进行市场营销的安排和要求，是指导、协调市场营销活动的主要依据。市场营销计划的实施涉及制定行动方案、调整组织结构、形成规章制度和协调各种关系等。营销计划是对营销的目标和主要活动方案所做的详细说明，营销计划的编制大致要经历营销现状分析、确定市场机会、选择目标市场机会等11个步骤。

市场营销组织是实现企业目标，制定、实施营销计划的职能部门。市场营销组织的形式随着经营思想的发展和企业自身的成长而演变。市场营销组织的设置应遵循整体协调和主导性原则、精简和适当的管理跨度与层次原则、有效性原则。

市场营销控制通过对市场营销活动经常性地监督、评估，包括年度计划控制、盈利控制、效率控制和战略控制，控制其发展方向。市场营销审计也是进行营销控制的有效工具。

【思考题】

1. 如何思考和形成市场营销战略，并制定稳健、可行的市场营销计划？

2. 为什么市场营销计划中要准备应急方案？

3. 试调查研究一个企业，分析、说明实施市场营销计划时，关键要注意哪些问题。

4. 比较独立的市场营销部门、现代市场营销部门和市场营销企业的区别和共同点，分析它们之间的联系。

5. 列举市场营销组织的各种形式，分析设置市场营销组织的主要原则。

6. 市场营销控制有哪些基本方法和途径？市场营销审计在其中的作用是什么？

7. 简述市场营销计划实施失败的主要原因。

【学习自测题】

一、单项选择题

1. 市场营销计划是企业指导、协调（　　）的主要依据。

　　A. 市场营销企业　　　　　　　　　B. 市场营销活动

　　C. 市场营销机构　　　　　　　　　D. 市场营销控制

2. 市场营销是企业管理和经营中的（　　）。

　　A. 主导性职能　　　　　　　　　　B. 辅助性职能

　　C. 被动性职能　　　　　　　　　　D. 社会分配职能

3. 现代企业的市场营销部门有各种组织形式，但不论何种形式，从根本上说都必须体现（　　）的指导思想。

　　A. 以企业为中心　　　　　　　　　B. 以营销为中心

　　C. 以顾客为中心　　　　　　　　　D. 以利润为中心

4. 市场营销管理必须依托于一定的（　　）进行。

　　A. 财务部门　　　　B. 人事部门　　　　C. 主管部门　　　　D. 营销组织

5. 制定实施市场营销计划，评估和控制市场营销活动，是（　　）的重要任务。

　　A. 市场主管部门　　　B. 市场营销组织　　　C. 广告部门　　　D. 销售部门

6. "组织"就人而言，是指按一定的宗旨和系统建立的（　　）。

　　A. 集体　　　　　　B. 计划　　　　　　C. 任务　　　　　D. 部门

7. 设置（　　），能够对企业与外部环境，尤其是与市场、顾客之间关系的协调，发挥积极作用。

　　A. 市场营销机构　　　　　　　　　B. 市场营销职能

　　C. 市场营销企业　　　　　　　　　D. 市场营销控制

8. 设置市场营销机构需要遵循的第一个原则是整体协调和（　　）原则。

　　A. 主导性　　　　　B. 整体性　　　　　C. 完整性　　　　D. 可靠性

9. 满足市场的需要，创造满意的顾客，是企业最为基本的（　　）。

　　A. 组织形式　　　　B. 宗旨和责任　　　C. 主要职能　　　D. 营销观念

10. （ ）是最常见的市场营销组织形式。

    A．职能型组织   B．产品型组织   C．地区型组织   D．管理型组织

11. 市场营销计划的提要部分是整个市场营销计划的（ ）所在。

    A．任务   B．精神   C．标题   D．目录

12. 企业的市场营销组织随着经营思想的发展和企业自身的成长，大体经历了（ ）典型形式。

    A．6 种   B．4 种   C．5 种   D．7 种

13. 市场营销组织管理跨度及管理层次的设置，不是一成不变的，机构本身应当具有一定的（ ）。

    A．弹性   B．灵活性   C．随机性   D．选择性

14. （ ）是指一个组织在一定时间内可以完成的工作量。

    A．效果   B．效率   C．能力   D．百分率

15. 通常市场营销计划需要提交（ ）或有关人员审核。

    A．营销机构   B．营销组织   C．上级主管   D．单位领导

16. 设置的市场营销机构，能够与企业内部的其他机构（ ），并能协调各个部门之间的关系。

    A．互相竞争   B．相互协调   C．相互牵涉   D．互相利用

17. 销售差距分析主要用来衡量造成（ ）的不同因素的影响程度。

    A．销售差距   B．市场营销   C．营业总额   D．销售数量

18. 年度计划控制要确保企业在达到（ ）指标时，市场营销费用没有超支。

    A．分配计划   B．生产计划   C．长期计划   D．销售计划

19. 战略控制的目的，是确保企业的目标、政策、战略和措施与（ ）相适应。

    A．市场营销环境   B．市场营销计划   C．推销计划   D．管理人员任期

二、多项选择题

1. 市场营销计划的实施过程中，涉及相互联系的几项内容是（ ）。

    A．明确战略目标   B．制订行动方案   C．协调各种关系

    D．形成规章制度   E．调整组织结构

2. 市场营销计划中的背景或现状部分应提供（ ）以及与现实环境有关的背景资料。

    A．市场   B．产品   C．竞争

    D．分销   E．价格

3. 市场营销控制包括（ ）。

    A．年度计划控制   B．盈利控制   C．质量控制

    D．效率控制   E．战略控制

4. 市场营销部门的组织形式为（ ）。

    A．职能型组织   B．产品（品牌）管理型组织

    C．产品／市场管理型组织   D．地区型组织   E．市场管理型组织

5．市场营销部门还担负着向市场和潜在顾客（　　　　）的任务。

    A．推荐产品   B．引导购买   C．分销产品

    D．建立销售渠道   E．组织产品运输与仓储

6．要发挥市场营销机构自身的整体效应，必须做到（　　　　）的协调一致。

    A．机构内部   B．企业内部   C．企业外部

    D．营销机构   E．企业目标

7．市场营销战略主要由（　　　　）几部分构成。

    A．目标市场战略   B．市场营销组合战略   C．市场营销控制

    D．市场营销行为   E．市场营销预算

8．推销和市场营销两个职能及其机构之间，需要（　　　　）。

    A．互相协调   B．默契配合   C．互不干涉

    D．各自为战   E．前者在后者的指导下行动

9．企业所设置的市场营销部门应当做到（　　　　）时，能够代表企业；面对企业内部时，又能代表市场、顾客；同时具有相互适应的运转机制。

    A．面对员工   B．面对市场   C．面对部门

    D．面对顾客   E．面对领导

10．市场营销计划中战略选择的考虑主要涉及（　　　　）。

    A．目标市场   B．核心定位   C．服务措施

    D．营销组合   E．营销预算

三、判断题

1．市场营销管理就是要在精心选择的目标市场上，慎重分配资源和力量。（　　　）

2．一般来说，管理跨度与管理层次互为正比关系。（　　　）

3．设置的市场营销机构，要能够与企业内部的其他机构相互协调。（　　　）

4．通常情况下，如果管理层次过少，容易造成信息失真与传递速度过慢。（　　　）

5．最佳的机构是既能完成工作任务、组织形式又最为复杂的机构。（　　　）

6．市场营销组织设置不应该都按一种模式设置市场营销机构。（　　　）

7．组织形式和管理机构只是手段，不是目的。（　　　）

8．生产多种产品或拥有多个品牌的企业，通常设置市场管理型组织。（　　　）

9．效率是衡量一个组织的水平的重要标准。（　　　）

10．在正常情况下，市场占有率上升表示市场营销绩效提高，在市场竞争中处于优势。（　　　）

11．市场营销组织常常只是一个机构或科室。（　　　）

12．制定和附列应急计划，目的是事先考虑可能出现的重大危机和可能产生的各种困难。（　　　）

13．市场机会大的企业，其市场占有率一般应高于市场机会小的竞争者。（　　　）

14．年度计划控制是为了确认在各产品、地区、最终顾客群和分销渠道等方面的实际获利能力。（　　　）

15．市场营销审计是进行市场营销控制的有效工具，其任务是对企业或经营单位的财务状况进行审查。（　　　）

16．必须注意的是目标不能只是概念化，应当尽量以数量表达，转化为便于衡量的指标。（　　　）

17．在市场营销计划的实施过程中，组织结构起着决定性的作用。（　　　）

18．企业实行计划的过程中，新旧战略、计划之间的差异越小，实施中可能遇到的阻力也就越大。（　　　）

四、填空题

1．为了有效实施市场营销计划，市场营销部门以及有关人员需要制订详细的（　　　）。

2．销售分析就是衡量并评估实际销售额与（　　　）之间的差距。

3．市场营销组织的形式随着（　　　）的发展和企业自身的成长而演变。

4．在有些市场营销计划的控制部分，还包括针对（　　　）的应急计划。

5．实现一定的利润目标，可以（　　　），也可以厚利少销。

6．为了有效实施市场营销战略和计划，行动方案、组织结构、规章制度等因素必须（　　　），相互配合。

7．市场营销组织的工作和任务是，规划、实施和（　　　）市场营销活动。

8．现代企业的市场营销部门不论采用何种形式，都必须体现以（　　　）的指导思想。

9．年度计划控制的目的，是确保年度计划所规定的销售、（　　　）和其他目标的实现。

10．通过机会与威胁分析，阐述来自企业（　　　）的并能够左右企业未来的因素，以便考虑可以采取的行动。

11．销售分析的具体方法有销售差距分析和（　　　）分析。

12．市场营销审计是进行（　　　）的有效工具。

13．效率控制包括对销售队伍的效率、（　　　）、促销效率和分销效率四个方面的控制。

14．企业目标包括两大方面，即（　　　）和市场营销目标。

15．在编制市场营销计划时，收入与支出的差额，就是预计的（　　　）。

16．现代市场营销企业要成为市场导向型组织，其所有管理人员、每位员工在这一组织框架内，心中都要装有（　　　）的理念。

17．产品（品牌）经理的作用，是制定（　　　），监督计划实施，检查执行结果并采取必要的调整措施。

18．市场营销审计通常由（　　　）的相对独立、富有经验的市场营销审计机构客观地进行。

五、名词解释

1．市场营销组织

2．市场营销计划

3．市场营销审计

4．市场营销战略控制

5．盈利控制

六、简答题

1．企业的市场营销组织随着经营思想的发展和企业自身的成长，大体经历了哪几种典型形式？

2．产品（品牌）型组织的主要缺点是什么？

3．市场营销计划通常包含哪些内容？

4．企业要达到有效性，实现营销工作的高效率，必须具备的基本条件是什么？

七、论述题

1．试述市场营销计划的编制程序。

2．试述市场营销组织模式。

附录 A
学习自测题答案 ▶▶▶

第 1 章

一、名词解释

1. 市场营销是个人和群体通过创造以及同其他个人和群体交换产品和价值而满足需求和欲求的一种社会的和管理的过程。

2. 市场是指某种产品的现实购买者与潜在购买者需求的总和。

二、填空题

1. 消费者　　　　　　2. 商品交换　　　　3. 导向功能、连接功能、交换功能

4. 时间、地点、式样、占有

三、单项选择题

1. D　　　　　　　　2. A　　　　　　　　3. A

四、多项选择题

1. ABC　　　　　　　2. BCD　　　　　　　3. ABCD

五、简答题

（1）企业营销活动的出发点不同。旧观念：企业以产品为出发点；新观念：企业以消费者需求为出发点。

（2）企业营销活动的方式方法不同。旧观念：企业主要用各种推销方式推销制成的产品；新观念：从消费者需求出发，利用整体市场营销组合策略，占领目标市场。

（3）营销活动的着眼点不同。旧观念：企业的目光短浅，偏向于计较每一项或短期交易的盈亏和利润的大小；新观念：企业除了考虑现实的消费者需要外，还考虑潜在消费者的需要，在满足消费者需要、符合社会长远利益的同时，求得企业的长期利润。

六、论述题

1. 生产观念

生产观念，是指导企业市场经营行为最古老的观念之一。这种营销观念产生于 20 世纪 20 年代以前，其指导思想是"我能生产什么，就销售什么，我销售什么，顾客就购买什么"。遵循这种营销观念，企业的主要任务就是"提高生产效率，降低产品成本，以量取胜"。

生产观念认为，消费者喜欢那些可以随处买得到且价格低廉的产品，企业应致力于提高

生产效率和分销效率，扩大生产，降低成本以扩展市场。显然，生产观念是一种重生产管理、轻市场营销的企业市场经营哲学。这种观念形成的原因主要有两个方面：一是供不应求，因而消费者更看重或最紧迫的需求是从无到有的满足；二是产品成本居高不下，要想扩大市场，提高销量，首要的工作是加强内部生产管理，提高劳动生产率，降低生产成本。

2. 产品观念

产品观念，也是一种较古老的企业市场经营哲学。这种营销观念的出发点仍然是企业的生产能力与技术优势；其观念前提是"物因优而贵，只要产品质量好，就不愁卖不出去"；其指导思想仍然是"我能生产什么，就销售什么，我销售什么，顾客就购买什么"。遵循这种营销观念，企业的主要任务是"提高产品质量，以质取胜"。

产品观念认为，消费者最喜欢高质量、多功能和具有某种特色的产品，企业应致力于生产高值产品，并不断加以改进。它产生于市场产品供不应求的"卖方市场"形势下。最容易滋生产品观念的场合，莫过于当企业发明一项新产品时。此时，企业最容易导致"市场营销近视"，即不适当地把注意力放在产品上，而不是放在市场需要上，在市场营销管理中缺乏远见，只看到自己的产品质量好，看不到市场需求在变化，致使企业经营陷入困境。

3. 推销观念

推销观念，产生于 20 世纪 20 年代末至 50 年代之前。这种营销观念的出发点仍然是企业的生产能力与技术优势；其观念前提是"只要有足够的销售 (推销或促销)力度，就没有卖不出去的东西"；其指导思想是"我能生产什么，就销售什么，我销售什么，顾客就购买什么，货物出门概不负责"。遵循这种营销观念，企业的主要任务是"加大销售力度，想方设法(不择手段)将产品销售出去"。

这种营销观念认为，消费者通常表现出一种购买惰性或抗衡心理，如果听其自然，消费者一般不会足量购买某一企业的产品，因此，企业必须积极推销和大力促销，以刺激消费者大量购买本企业产品。

4. 市场营销观念

市场营销观念的出发点是顾客的需求，其观念前提是"产品只要能满足顾客的需求；就能销售出去"；其指导思想是"顾客需要什么，企业就销售什么，市场能销售什么，企业就生产什么"。遵循这种营销观念，企业的主要任务是需求管理，即"发现顾客需求，设法满足顾客需求，通过满足顾客需要，实现企业盈利的目的"。

5. 社会市场营销观念

社会市场营销观念认为：企业的任务是确定各个目标市场的需要、欲望和利益，并以保护或提高消费者和社会福利的方式，比竞争者更有效、更有利地向目标市场提供能够满足其需要、欲望和利益的物品或服务。社会市场营销观念是对市场营销观念的修正和补充。它产生于 20 世纪 70 年代西方资本主义出现能源短缺、通货膨胀、失业增加、环境污染严重、消费者保护运动盛行的新形势下，因为市场营销观念回避了消费者需要、消费者利益和长期社会福利之间隐含着冲突的现实。

七、案例分析题

（1）GDF 钢家具厂的创办不能说是一个错误，钢家具就本质来说是符合消费者需要的。

（2）GDF 钢家具厂连续亏损 19 个月，最主要的原因是患上了"营销近视症"，看不到产品的前景和真正的顾客需要，忽视国内市场消费者需要。

第 2 章

一、单项选择题

1. C　　　2. A　　　3. B　　　4. B　　　5. B　　　6. C
7. D　　　8. A　　　9. B　　　10. C　　　11. C　　　12. B

二、多项选择题

1. ABCDE　2. BDE　　3. ABCDE　　4. ACDE　5. BCDE

三、填空题

1. 公众　　　　2. 降低　　　　3. 宏观环境　　　4. 公民行动团体
5. 中间商、实体分配公司、营销服务机构、财务中介机构
6. 金融公众　　　7. 媒体公众　　　8. 政府公众　　　9. 个人可支配收入
10. 个人可任意支配收入

四、名词解释

1. 市场营销环境是指与企业市场营销活动相关的所有外部因素和条件。

2. 营销中间商主要指协助企业促销、销售和经销其产品给最终购买者的机构，包括中间商、实体分配公司、营销服务机构和财务中介机构。

3. 微观环境是指与企业具有一定的经济联系，直接作用于企业为目标市场服务的能力，包括企业本身、供应商、营销中介、顾客、竞争者，以及社会公众。

4. 宏观环境是指与企业不存在直接的经济联系，是通过直接环境的相关因素作用于企业的较大的社会力量，主要有人口、经济、自然生态、科学技术、政治法律及社会文化等因素。

5. 公众，是指对企业的生存和发展具有实际的或潜在的利害关系或影响力的一切团体或个人。

6. 环境威胁是指环境中不利于企业营销的因素及其发展趋势，对企业形成挑战，对企业的市场地位构成威胁。

7. 市场机会是指由环境变化造成的对企业营销活动富有吸引力和利益空间的领域。

五、简答题

1. （1）客观性。（2）差异性。（3）多变性。（4）相关性。

2. （1）人口规模及增长速度。

（2）人口结构。

① 性别结构。② 年龄结构。③ 家庭结构。

④ 民族结构。⑤ 城乡结构。⑥ 地区分布。

3. （1）对企业生存与发展的影响。

（2）对企业决策的影响。

（3）对企业营销管理的影响。

（4）对营销活动的影响。

4．（1）消费者收入水平的变化。

① 国民生产总值。② 人均国民收入。

③ 个人可支配收入。④ 个人可任意支配收入。⑤家庭收入。

（2）消费者支出模式和消费结构的变化。

（3）消费者储蓄和信贷情况的变化。

（4）经济发展水平。

（5）地区与行业发展状况。

（6）城市化程度。

5．（1）企业内部环境。（2）供应商。（3）营销中间商，包括：① 中间商。② 实体分配公司。③ 营销服务机构。④ 财务中介机构。（4）竞争者。（5）顾客。（6）公众。

6．（1）人口环境。（2）经济环境。（3）自然环境。（4）科学技术环境。（5）政治法律环境。（6）社会文化环境。

7．（1）愿望竞争者。（2）一般竞争者。（3）产品形式竞争。（4）品牌竞争者。

8．（1）宗教信仰。（2）风俗习惯。（3）价值观念。（4）教育状况。

六、论述题

1．在全球营销的时代，企业作为一个独立的开放系统，它一方面受到外部营销环境的作用，另一方面又积极地反作用于外部营销环境。

1）市场营销环境对企业的制约作用

外部营销环境的变化常常对企业形成新的制约条件，甚至威胁企业的生存。由于这种变化是不以企业的意志为转移的客观规律，企业除了适应制约条件以外，别无他途。例如宏观产业政策的调整、环保法规的颁布等，都属于结构性或制度性的重要制约条件。对于这类制约条件，企业并非能通过临时性的措施就能解决的，而必须通过对营销战略的调整、改变营销结构才能适应。当然，这种新制约条件并非都是坏事，它为企业实行内部改革，推进企业市场营销的开展也创造了机会。例如，外部原材料供应不足的环境因素，促使着企业研究节约原材料和能源的措施，或寻找开发替代原材料和能源。有所作为的企业应该在外部环境制约中，寻找企业发展的新契机。

2）企业对营销环境的反作用

企业在受到营销环境制约的同时，也反作用于营销环境。企业可以发挥组织成员的智慧并运用各种可控因素反作用于外部营销环境，影响并引导外部环境朝着对自己有利的方向转化。例如，企业开发出新产品可以创造需要，诱发消费者的潜在需求，形成新的流行热潮；企业通过有计划的广告宣传，可以使本企业产品与竞争产品相区别，从而造成对自己有利的差别，正确引导消费者偏爱本企业的产品，扩大销售量。企业这种积极的努力，对于在环境制约中谋求稳定的发展有着重要的作用。

值得注意的是，在企业和外部营销环境的相互作用中，营销环境对企业的制约作用远远大于企业对营销环境的反作用。同时，由于营销环境具有复杂性、多变性和不可控性等特点，因此，建立适应外部营销环境的柔性系统是企业营销战略的基本目标，否则，企业的营销活动就会陷入困境。为此，企业应该重视营销环境信息的收集，预测营销环境的变化趋势，分析企业营销环境的机会与威胁，归纳环境分析的结果。只有这样，企业才能抓住机遇，避免威胁，取得市场营销活动的成功。

2．对理想业务，应看到机会难得，甚至转瞬即逝，必须抓住机遇，迅速行动；否则，丧失战机，将后悔不及。

对冒险业务，面对高利润与高风险，既不宜盲目冒进，也不应迟疑不决、坐失良机，应全面分析自身的优势与劣势，扬长避短，创造条件，争取突破性的发展。

对成熟业务，机会与威胁处于较低水平，可作为企业的常规业务，用以维持企业的正常运转，并为开展理想业务和冒险业务准备必要的条件。

对困难业务，要么是努力改变环境，走出困境或减轻威胁，要么是立即转移，摆脱无法扭转的困境。

七、案例分析题

1．（1）分析环境威胁和市场机会，需要结合企业自身的情况和特点来进行。当时，丰田汽车公司的显著特点是：在小型汽车的生产、经营、技术、管理经验等方面有明显的优势。因此，（1）、（3）、（5）、（7）给丰田公司造成环境威胁，（2）、（4）、（6）、（8）则给丰田公司带来市场机会，使丰田公司可能享有"差别利益"。

（2）依据环境威胁和环境机会矩阵图进一步分析丰田公司的类型，当时共有三个主要威胁，即（1）、（3）、（5）和三个最佳的机会，即（2）、（6）、（8）。这就是说，丰田企业公司是一个冒险的企业，即处于高机会和高风险的状态。定位了企业的类型以后，我们就可以选择相应的对策应对这些威胁和利用那些机会。

2．（1）沈阳飞龙医药保健品集团的失误给我们的启示是：如果不注重宏观环境的变化，再优秀的企业也会沦为落伍者。

（2）沈阳飞龙医药保健品集团必须重整旗鼓，面对激烈的市场竞争，保持清醒的头脑，在产品的质量、功效上进一步提高；努力降低成本，降低售价；选择最佳的分销商，开展销售活动；加强促销工作，尽力以价廉物美、诚心待客的形象向公众展示。

第3章

一、单项选择题

1．A　　　2．D　　　3．C　　　4．B　　　5．A　　　6．B
7．C　　　8．D　　　9．B　　　10．D　　　11．B

二、多项选择题

1．DE　　　2．BC　　　3．ABCDE　　　4．ACD
5．ABCDE　　　6．ABCDE　　　7．ACDE　　　8．ABDE

三、填空题

1．相关群体　　2．社会阶层　　3．个性　　4．动机　　5．亚文化

四、名词解释

1．文化指人类从生活实践中建立起来的价值观念、道德、信仰、理想和其他有意义的

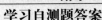

象征的综合体。

2．亚文化是指某一文化群体所属次级群体中的成员所共有的独特信念、价值观和生活习惯。

3．社会阶层是社会学家根据职业、收入来源、教育水平、价值观念和居住区域对社会人口进行的一种分类，是按照层次排列的、具有同质性和持久性的社会群体。

4．相关群体是指直接或间接影响一个人的态度、行为或价值观的群体。

5．个性是指能导致一个人对自身环境产生相对一致和持久的反应的独特心理特征。

6．动机是一种驱使人满足需要、达到目标的内在驱动力，能够及时引导人们去探求满足需要的目标。

7．直接重购是指用户根据常规的生产需要和过去的供销关系进行重复性采购。

8．修正重购是指企业出于各种原因，适当改变要采购的某些产品的规格、价格、数量等，或想重新选择、更换供应商。

9．采购者首次购买某一产品或劳务，就称为新购。

10．所谓消费者市场，是指个人或家庭为了生活消费而购买产品和服务的市场。

五、简答题

1．（1）广泛性、多样性。

（2）复杂性。

（3）易变性、流行性。

（4）情感性。

（5）非营利性。

（6）非专业性。

（7）替代性。

（8）需求弹性较大，受价格影响明显。

2．消费者购买决策过程的参与者有以下 5 种：

（1）发起者，指首先提出或发现需要购买某种产品的人。

（2）影响者，指对最终购买决策能够产生影响的人。

（3）决策者，指最后对购买做出决策的人，比如是否购买，购买哪种品牌，购买多少，在哪个商店购买等。

（4）购买者，指具体执行购买行为的支付货款的人。

（5）使用者，指实际使用或消费商品的人，即最终消费者。

3．（1）确认需要。

（2）收集信息。

（3）备选产品评估。

（4）购买决策。

（5）购后感受。

4．与消费者市场相比较，生产者市场具有自己的特点。

（1）购买者比较少。

（2）购买数量大。

（3）供需双方关系密切。

（4）购买者的地理位置相对集中。

（5）派生性需求。

（6）较小的价格弹性。

（7）需求波动大。

（8）专业人员购买。

（9）影响购买的人多。

（10）销售访问多。

（11）直接购买。

（12）互惠购买。

（13）以租代买。

5.（1）发起者，是指提出和要求购买的人。他们可能是组织内的使用人或其他人。

（2）使用者，是指组织中将使用产品或服务的成员。在许多场合中，使用者首先提出购买建议，并协助确定产品规格。

（3）影响者，是指影响购买决策的人，他们通常协助确定产品规格，并提供方案评价的情报信息，作为影响者，技术人员尤为重要。

（4）决策者，是指一些有权决定产品要求或供应商的人。在标准品的例行采购中，采购者就是决策者，而在大型或复杂商品的采购中，企业的高级管理人员通常是决策者。

（5）批准者。指有权批准决策者或购买者所提购买方案的人员。

（6）采购者。指被赋予权力按照采购方案选择供应商和商谈采购条款的人员。如果采购活动较为重要，采购者中还会包括高层管理人员。

（7）信息控制者。指生产者用户的内部或外部能够控制信息流向采购中心成员的人员。

6.（1）问题识别。

（2）总需要说明。

（3）明确产品规格。

（4）物色供应商。

（5）征求供应建议书。

（6）选择供应商。

（7）签订合约。

（8）绩效评价。

7.（1）生理的需要。

（2）安全的需要。

（3）社交的需要。

（4）尊重的需要。

（5）自我实现的需要。

8.（1）信息性影响。

（2）规范性影响。

（3）认同的影响。

六、论述题

1．文化因素：

（1）文化。

（2）亚文化。

（3）社会阶层。

社会因素：

（1）相关群体。

（2）家庭。

（3）身份和地位。

个人因素：

（1）年龄和家庭生命周期。

（2）职业。

（3）经济状况。

（4）生活方式。

（5）个性和自我观念。

心理因素：

（1）需要与动机。

（2）知觉。

（3）学习。

（4）信念和态度。

2．（1）环境因素。这主要是指一些宏观环境因素，包括市场需求水平、宏观经济环境、科学技术的发展以及政治与法律状况，等等。在影响生产者市场购买行为的诸多因素中，宏观经济环境是最主要的。生产者市场的购买者受当前经济状况和预期经济状况的严重影响，当经济不景气或前景不佳时，他们就会缩减投资，减少采购，压缩原材料的库存和采购。

（2）组织因素。每个企业的采购部门都会有自己的目标、政策、工作程序和组织结构。生产者市场的营销人员应了解购买者企业内部的采购部门在它的企业里处于什么地位——是一般的参谋部门，还是专业职能部门；它们的购买决策权是集中决定还是分散决定；在决定购买的过程中，哪些人参与最后的决策，等等。这些组织因素都将不同程度地影响生产者市场的购买行为，营销人员只有对这些问题做到心中有数，才能使自己的营销工作有的放矢，达到应有的效果。

（3）人际因素。生产者市场用户的采购工作常常受企业内人际关系、非正式组织成员的影响，尤其受采购中心的人员之间关系的影响。采购中心一般也有使用者、影响者、决策者、采购者，这些都会影响生产者市场用户的购买行为。供应商应注意上述人际关系对生产资料购买者购买决策及购买行为的影响，特别要注意搞清楚决策者和决策中心，以及对决策产生影响的主要力量和因素，然后施加相应的影响，将有助于销售。购买决策可能因时、因事而异。

（4）个人因素。指生产者用户内部参与购买过程的有关人员的年龄、教育、个性、偏好、风险意识等因素对购买行为的影响，与影响消费者购买行为的个人因素相似。

七、案例分析题

1. 结合对青少年和儿童购买行为产生比较大影响的因素，如社会因素中的相关群体的影响，可以选择青少年喜爱的明星作为产品代言人，并且在产品的外观上寻求突破，符合青少年追求时尚、娱乐的想法。其他比较重要的影响因素还包括个人因素中的年龄、个性和生活方式等因素。

2. 主要从影响消费者购买行为的文化因素出发，特别是其中的地域亚文化因素对消费者的影响。虽然啤酒消费一般具有很强的地域性，但是主动打上地方标签的啤酒品牌还很少，力波在这一方面为其他品牌提供了很好的借鉴模式。

第4章

一、单项选择题

1. B　　　2. A　　　3. D　　　4. B　　　5. A

二、多项选择题

1. ABCD　2. ABCDE　3. ABCD　4. ACDE　5. ABCD　6. BCDE

7. ABC　8. ABCDE　9. AB　10. ABCDE　11. ABCDE

三、填空题

1. 营销决策支持系统

2. 直接观察法、亲身经历法、痕迹观察法、行为记录法

3. 实验室实验、现场实验、模拟实验

4. 简单随机抽样调查法、分层抽样调查法、分群抽样调查法

5. 个别专家预测法、专家集体会议法、德尔菲法

四、名词解释

1. 市场营销信息是指经过加工整理，被市场营销者接受，对其完成市场营销任务有使用价值的情报、资料和消息。

2. 由人、设备和程序组成，它为营销决策者收集、挑选、分析、评估和分配所需要的、及时的和准确的信息。

3. 市场营销调研就是运用科学的方法，有目的、有计划、系统地收集、整理和分析研究有关市场营销方面的信息，提出解决问题的建议，供营销管理人员了解营销环境，发现机会与问题，作为市场预测和营销决策的依据。

4. 所谓预测，就是根据过去和现在的实际资料，运用科学的理论和方法，探索人们所关心的事物在今后的可能发展趋势，并做出估计和评价，以调节自己的行动方向，减少对未来事件的不确定性。

5. 市场预测，简单地说就是对市场商品供需未来发展的预计。

五、简答题

1．（1）市场营销信息是企业的重要资源。

（2）市场信息是企业制定营销计划、进行经营决策的基础。

（3）市场信息是连接生产和消费的纽带。

2．（1）有助于企业认识和把握市场发展变化的规律。

（2）为企业的经营管理决策提供市场信息。

（3）有助于企业开拓新市场和开发新产品。

（4）有助于企业提高市场竞争力。

3．（1）通过市场预测，可以预见未来市场发展趋势，为企业制定战略目标和做出各种经营决策提供客观依据。

（2）通过市场预测，可以摸清顾客对产品具体的需求（如品种、规格、式样、质量等）的趋向以及竞争对手的供货情况，以便企业及时调整战略计划与战术策略，保持企业与环境的动态平衡，增强竞争能力。

（3）通过市场预测，可以提高企业经营的预见性和市场适应力，便于加强企业经营管理，提高企业经济效益。

4．（1）内部报告系统。

（2）营销情报系统。

（3）营销调研系统。

（4）营销分析系统。

5．（1）确定问题与调研目标。

（2）制定调研计划。

（3）收集信息。

（4）分析信息。

（5）撰写调研分析报告。

6．（1）确定预测目标，拟订预测计划。

（2）收集和分析资料。

（3）选定预测方法及模型，做出预测。

（4）分析预测结果，修正预测模型。

（5）确定预测值，提出预测报告。

六、论述题

1．市场营销调研方法选择的合理与否，会直接影响调研结果。因此，合理选用调研方法是市场调研工作的重要一环。

（1）询问法。该方法是由调研者先拟订出调研提纲，然后向被调研者以提问的方式请他们回答，收集资料。① 面谈调研。② 电话调研。③ 邮寄调研。④ 留置问卷调研。

（2）观察法。观察法是指通过跟踪、记录被调查事物和人物的行为痕迹来取得第一手资料的调查方法。① 直接观察法。② 亲身经历法。③ 痕迹观察法。④ 行为记录法。

（3）实验法。实验法是指在控制的条件下，对所研究的对象从一个或多个因素进行控制，以测定这些因素间的关系，在因果性的调研中，实验法是一种非常重要的工具。

① 实验室实验。② 现场实验。③ 模拟实验。

（4）抽样法。① 简单随机抽样调查法。② 分层抽样调查法。③ 分群抽样调查法。

2．1）定性预测法。

（1）购买者意向调查法。

（2）销售人员综合意见法。

（3）专家意见法。专家意见法就是依靠专家的知识、经验和思维能力，对历史和现实进行分析综合，对未来发展做出个人判断的一种预测方法。专家意见法的实施有三种具体形式。

① 个别专家预测法。　　② 专家集体会议法。　　③ 德尔菲法。

（4）市场试验法。

2）定量预测法

（1）时间序列法。① 移动平均法。　② 指数平滑法。③ 季节指数法。

（2）回归预测法。① 一元线性回归预测。② 多元线性回归预测。③ 非线性回归预测。

七、案例分析题

因为决定消费者购买行为的不仅仅是产品本身。

案例说明可口可乐公司将其营销调研问题限定得太窄了。调查只限于味道，而没有考虑用新可乐取代旧可乐时消费者的感觉如何。可口可乐公司没有考虑其无形资产——可口可乐的品牌、历史、包装、文化遗产及产品形象。然而，对许多人来说，可口可乐与棒球、热狗和苹果派一起成为美国的习俗，它代表了美国最根本的东西。

第 5 章

一、名词解释

1．市场营销战略：在特定的背景下，公司将自己与竞争者有效地区别开来，利用公司自身的相对实力更好地满足消费者需求的一系列活动。

2．战略业务单位：是指具有单独任务和目标，并可以单独制定计划而不与其他业务发生牵连的一个经营单位。

3．市场领导者：是指占有最大的市场份额，在价格变化、新产品开发、分销渠道建设和促销战略等方面对本行业其他公司起着领导作用的公司。

4．市场挑战者：是指在行业中占据第二位及以后位次，有能力对市场领导者和其他竞争者采取攻击行动，希望夺取市场领导者地位的公司。

5．市场占有率：是指一个企业或其战略经营单位，在该市场总销量中所占的份额。

6．市场利基者：是指专门为规模较小的或大企业不感兴趣的细分市场提供产品和服务的企业。

二、填空题

1．营销战略目标

2．强调长期的影响、需要有公司的投入、不同的产品/市场有不同的作用、集中在组织内的业务层次、与财务的密切关系

3．内部一致性、外部一致性、资源能力、时间、风险度

三、单项选择题

1．C 2．B 3．A 4．B

四、多项选择题

1．ABD 2．BCE

五、简答题

1．（1）使企业的营销活动得到整体的规划和统一安排，实现"市场营销观念"所要求的"企业活动目标一体化"。

（2）提高企业对资源利用的效率。

（3）增强营销活动的稳定性。

（4）为企业的营销管理工作提供依据和提高管理工作的有效性。

（5）是企业参加市场竞争的有力武器。

（6）是企业员工参与管理的重要途径。

2．制定营销战略任务，应考虑以下四个因素。

（1）企业的发展历史。

（2）现有主要管理决策成员的当前偏好。

（3）环境因素。

（4）企业的资源。

六、论述题

企业新业务发展战略

战略类型	密集性发展	一体化发展	多样化发展
1	市场渗透	后向一体化	同心多样化
2	市场开发	前向一体化	水平多样化
3	产品开发	水平一体化	复合多样化

第6章

一、名词解释

1．市场细分是指企业按照消费者的一定特性、把原有市场分割为两个或两个以上的子市场，以用来确定目标市场的过程。

2．市场定位就是对公司的产品进行设计，从而使其能在目标顾客心目中占有一个独特的、有价值的位置的行动。

二、选择题

1．A 2．B 3．B 4．D 5．C 6．B 7．D 8．C 9．B

三、简答题

1．有作用。企业有效地进行市场细分。

（1）有利于企业分析，发掘新的市场机会。

（2）有利于企业制定和调整市场营销组合策略。

（3）有利于中小工商企业开发和占领市场。

（4）有利于提高企业的经济效益和社会效益。

2. 有无差异性市场营销策略、差异性市场营销策略、密集型市场营销策略。

四、论述题

1. 结合同质市场不需要细分举例说明。

2. 首先，对市场进行细分；其次，分析本企业的资源优势；再次，进行综合分析，将有足够市场需求，购买力，又能发挥企业资源优势的细分市场作为目标市场。

五、案例分析题

分析提示：从市场细分和选择目标市场应具备的条件以及目标市场定位策略分析巨人公司失败的原因。

第 7 章

一、判断题

1. 错　2. 对　3. 对　4. 错　5. 错

二、选择题

1. C　　2. ACDE

三、简答题

1. 市场营销组合是企业市场营销的基本手段，是制定市场营销战略的基础，是赢得竞争的有力武器，是协调企业内部力量的纽带，是合理分配企业营销费用预算的依据。

2. 市场营销组合具有可控性、动态性、层次性、整体性、重点性、独特性等特点。

四、论述题

1. 其具体组合策略如下：先找出两类因素在程度上的差别，即产品质量高中低和价格的高中低之别，再运用三个因子的二维组合图进行组合，形成 9 种不同的组合策略。

具体组合策略的分析（略）。

2. 在局部功能各自发挥作用的情况下，由于缺乏协调，有些功能会相互抵消。在营销组合的情况下，由于步调一致、目标集中，各种策略按其整体功能最大要求交替使用，善于创造出新的策略形式。各种策略的交替或组合，可以得到相得益彰、大于单个策略之和的整体功能。

五、案例分析题

分析提示：明确产品定位，设计营销组合策略。

第 8 章

一、名词解释

1. 产品是能够提供给市场以引起人们注意，让人们获取、使用或消费，从而满足人们某种欲望或需要的一切东西。

2. 产品组合，也称为产品花色与品种配合，是指一个企业生产经营的所有产品线和产品品种的组合方式，即全部产品的结构。

二、选择题

1. BCDE　　　　　　　2. ACDE　　　　　　　3. BCE

4. ACD　　　　　　　　5. B　　　　　　　　6. C　　　　　　　7. B

三、简答题

1. 不对。系统（整体）产品概念是核心产品、形式产品、期望产品、延伸产品、潜在产品五个层次有机结合的系统。

2. 新产品是指企业向市场提供较原先已经提供的有根本不同的产品，这种产品具有与其他同类产品不同的特点，并给用户带来某种新的利益。新产品开发有独立研制、技术引进、研制与引进相结合、协作研制四种形式。

四、论述题

商品包装不仅能保护商品，提供方便，易于识别，而且能创造价值，增加利润。

五、案例分析题

1. 分析提示：说明可口可乐品牌在顾客心目中深受钟爱。消费者对某一品牌的满意经验将导致这一品牌购买的常规化。因此，企业要重视实施品牌忠诚战略。

2. （1）企业必须善于开发新产品。因为每一种产品似乎都会经历一次生命周期——诞生到死亡。如果没有新的产品开发出来，那么企业的产品线就会中断，后果可想而知。

（2）3M 公司在新产品开发上为我们提供了一个成功的范例。新产品开发始于构思形成，即系统化地收集新产品主意。为了找到几个好主意，企业一般都要进行许多构思，这就要求企业鼓励职工创新，从中挑选出好的主意进行试验。企业还可以通过对顾客的观察和聆听来构思新产品，3M 公司主要利用前者开发新产品。

第9章

一、单项选择题

1. C　2. A　3. B　4. C　5. B　6. A　7. B　8. B　9. D　10. C
11. A　12. A　13. C　14. D　15. A　16. C　17. A　18. B　19. B　20. B

二、多项选择题

1. BCE　　　2. ADE　　　3. ABDE　　　4. ABCD　　　5. ABCDE
6. AC　　　　7. ACE　　　8. BCDE　　　9. BCD　　　10. ABE

三、填空题

1. 混合捆绑　2. 相向式反应　3. 提价　4. 防御型　5. 顾客差别　6. 统一交货定价
7. 销售时间差别　8. 成本费用　9. 高价格　10. 竞争者　11. 市场需求　12. 尾数
13. 维持生存　14. $P=C(1+R)$　15. 导入期　16. 较低　17. 提价　18. 方便
19. 市场认知价值　20. 价格战

四、名词解释

略

五、简答题

略

六、论述题

略

七、案例分析

目前的定价目标：在完成由生存目标转为获取利润目标后，开始向获取更高市场占有率目标迈进，同时实现利润最大化。当消费者正津津乐道地议论着家乐福的低廉价格时，家乐福却悄悄地提高了商品的售价。然而，此时，人们都已在心理上认定了家乐福的价格便宜，养成了去家乐福购物的习惯。在保证市场最大占有率的情况下，家乐福开始通过销量来实现最大利润。

家乐福靠成本导向定价和竞争导向定价法获得了成功。但随着市场竞争加剧，买方市场形成，顾客认知度不断提高，家乐福在选择定价方法上可以考虑需求导向定价方法，切实考虑顾客心理，选择应用理解价值定价法和需求差别定价法。

第10章

一、单项选择题

1. B 2. B 3. A 4. A 5. B 6. B 7. B 8. D 9. B 10. C
11. B 12. B 13. C 14. A 15. A 16. A 17. B 18. C

二、多项选择题

1. ABCDE 2. ABC 3. ADE 4. CD 5. ABCDE
6. ABE 7. ABCDE 8. ABC 9. ABCD

三、填空题

1. 佣金制 2. 目标市场 3. 批发商 4. 商人批发商 5. 广泛分销 6. 独家分销
7. 双向 8. 零售生命周期 9. 单一 10. 零售终端 11. 电子数据交换 12. 强制力

四、名词解释

略

五、简答题

略

六、论述题

略

七、案例分析题

分销渠道的起点是生产者，终点是消费者或者用户，中间环节包括各种类型的批发商、代理商、零售商和商业服务机构等。进行渠道建设不可忽视的重要因素是，对分销渠道的成员，特别是最终消费者进行分析，确定目标消费群。

市场是影响分销渠道选择的重要因素之一，其特征主要包括市场类型、市场规模、顾客集中度、用户购买数量和竞争者的分销渠道。

欧莱雅在中国市场的产品呈现出多元式布局。在大众消费领域，推出了美宝莲、卡尼尔等品牌；在中高端市场有薇姿、理肤泉等产品；在高端市场，通过兰蔻、赫莲娜占据了重要地位；此外，在专业美发领域的细分市场，卡诗与欧莱雅专业美发同样为人们熟知。不同的品牌和产品对应不同的目标消费者和销售渠道。例如，美宝莲是一个大众消费品牌，因此在商场、超市等都有销售。薇姿和理肤泉面对药妆市场，因此主要是在药房销售。

与此目标消费群定位相呼应，目前欧莱雅已经覆盖了百货商店、超市、大卖场、化妆品专卖店、免税商店、发廊、药房及网络等全方位的销售渠道和方式。各类销售渠道，针对各种阶层的消费者，目标明确，定位精准，这丰富的渠道建设为欧莱雅的快速增长提供了有效的保障。

对于欧莱雅的业绩，欧莱雅（中国）总裁盖保罗也坦言："这主要得益于消费群体的扩大、成功的创新、持续不断的新品的推出及分销渠道的深化。"

第11章

一、单项选择题

1．B　2．A　3．C　4．D　5．B　6．D　7．B　8．A　9．D　10．B　11．A

12．C　13．C　14．C　15．A　16．A　17．B　18．D　19．D　20．D

二、多项选择题

1．BCDE　2．CD　3．BCDE　4．CDE　5．ABC

6．ABCDE　7．ABCDE　8．ABCD　9．ABCD　10．ABCDE

三、填空题

1．非人员促销　2．目的　3．诱导性　4．人员　5．促销目标　6．信息沟通

7．实践培训　8．中间商　9．销售促进　10．报纸　11．广告诉求认知效果

12．社会组织　13．销售促进　14．中间商　15．媒体　16．广告媒介

17．推销对象　18．单纯佣金制　19．广告诉求认知效果　20．专业杂志

四、名词解释

略

五、简答题

略

六、论述题

略

七、案例分析题

现代汽车推行大胆的创新促销策略应属于营业推广范畴。

营业推广又称为特种销售，是指除人员推销和广告、公共关系以外，所有旨在短期内迅速刺激消费者冲动性购买、促成中间商与厂家达成交易及促进推销工作的非常规的优惠性促销活动。如果说广告提供了购买的理由，营业推广则提供了购买的刺激。

营业推广常适用于对消费者和中间商开展的促销工作，一般不适用于工业用户。由于具有针对性强、非连续性、灵活多样、见效迅速等特点，营业推广已成为企业竞争的有力工具，成为近年来企业营销活动广泛运用的促销手段。

营业推广一般用于有针对性的和额外的促销工作，其着眼点往往在于解决一些更为具体的促销问题，短期效益比较明显。

应用好营业推广要注意三方面问题：

（1）营业推广的对象必须是企业潜在的顾客。案例中正是那些"没有足够的钱，却想要拥有属于自己的汽车"的人，这个目标非常准确。

（2）应注意选择营业推广的媒介。在案例中，此次营业推广是伴随着"在超级晚黄金广告时段大肆宣传新车，还是2月奥斯卡(Oscar)颁奖典礼上唯一的汽车广告商。"这样的背景下开展的，效果显著。

（3）选择营业推广的还要注意抓准时机。本次创新的促销活动正是"在经济萧条时如此猛攻，让美国人印象深刻"。

第12章

一、单项选择题

1. B 2. A 3. C 4. D 5. B 6. A 7. A 8. A 9. B 10. A
11. B 12. C 13. A 14. B 15. C 16. B 17. A 18. D 19. A

二、多项选择题

1. BCDE 2. ABCD 3. ABDE 4. ABCDE 5. ABCDE
6. ABC 7. ABE 8. ABE 9. BD 10. ABDE

三、判断题

1. √ 2. × 3. √ 4. × 5. ×
6. √ 7. √ 8. × 9. √ 10. √
11. × 12. √ 13. √ 14. × 15. ×
16. √ 17. √ 18. ×

四、填空题

1. 行动方案 2. 计划销售额 3. 经营思想
4. 意外事件 5. 薄利多销 6. 协调一致
7. 控制 8. 顾客为中心 9. 利润
10. 外部 11. 地区销售量 12. 市场营销控制
13. 广告效率 14. 财务目标 15. 盈利
16. 市场导向 17. 产品（品牌）计划 18. 企业内部

五、名词解释

1. 市场营销组织是指企业内部涉及营销活动的各个职位及其结构。。

2. 市场营销计划是营销活动方案的具体描述，它规定了企业各种经营活动的任务、策略、政策、目标、具体指标和措施，这样就可使企业的营销工作按既定计划有条不紊地循序渐进，从而避免营销活动的混乱或盲目性。

3. 市场营销审计是对一个企业市场营销环境、目标、战略、组织、方法、程序和业务等进行综合的、系统的、独立的和定期的核查，以便确定困难所在和各项机会，并提出行动计划的建议，改进市场营销管理效果。

4. 市场营销战略控制是指市场营销管理者采取一系列行动，使实际市场营销工作与原规划尽可能一致，在控制中通过不断评审和信息反馈，对战略不断修正。

5. 盈利控制是测定和衡量不同产品、不同销售区域、不同顾客群体、不同渠道以及不同订货规模的获利能力。

六、简答题

1. （1）单纯的推销部门。（2）具有辅助性职能的推销部门。（3）独立的市场营销部门。（4）现代市场营销部门。（5）现代市场营销企业。

2. 产品（品牌）型组织的主要缺点是：（1）容易造成部门间的一些矛盾冲突。（2）产品（品牌）经理不一定熟悉广告、促销等业务，影响其综合协调能力。（3）建立和使用产品管理系统的成本，往往比预期的费用要高。

3. 营销计划的一般内容包括计划概要、营销环境现状、威胁和机会、目标、营销策略、行动方案、预算、控制等。

4. 一个有效的市场营销组织应具备以下特征。

（1）应具备灵活性和适应性。

（2）一个有效的市场营销组织应具有系统性。此外，准确且迅速的信息传递能力也是有效营销组织所必备的，即很快地把有关信息资料送到需要这些资料的工作人员手中的能力。

七、论述题

1. 营销计划的编制程序，大致经过以下步骤。

（1）分析营销现状。

（2）确定市场机会。

（3）选择目标市场。

（4）确定相应的营销组合。

（5）综合编制营销计划。

（6）最后批准计划。

（7）执行计划。

（8）考核和调整。

2. 市场营销部门有 6 种基本的组织模式：职能式组织、地区式组织、产品管理式组织、市场管理式组织，产品—市场式组织和事业部组织。

参 考 文 献

[1] [美]菲利普·科特勒，洪瑞云，梁绍明，陈振忠. 市场营销管理（亚洲版）. 郭国庆等译. 北京：中国人民大学出版社，1996.

[2] [美]菲利普·科特勒等. 营销管理（第 12 版）. 梅清豪译. 上海：上海人民出版社. 2006.

[3] [英]迈克尔·J·其克主编. 市场营销百科. 李恒主译. 沈阳：辽宁教育出版社，1998.

[4] [美]菲利普·R·凯特奥拉，约翰·L·格雷厄姆著. 国际市场营销学. 周祖城等译. 北京：机械工业出版社，2000.

[5] [美]罗杰·A·凯琳，罗伯特·A·彼得森林. 战略营销教程与案例（第 8 版）. 范秀成主译. 大连：东北财经大学出版社，2000.

[6] 邝鸿. 现代市场学. 北京：中国人民大学出版社，1989.

[7] 何永祺，傅汉章. 市场学原理（第 2 版）. 广州：中山大学出版社，1997.

[8] 何永祺等. 市场营销学. 大连：东北财经大学出版社，2002.

[9] 吴健安主编. 市场营销学. 北京：高等教育出版社，2007.

[10] 龚兴郑主编. 现代市场营销管理. 合肥：安徽人民大学出版社，2001.

[11] 郭国庆主编. 市场营销学通论. 北京：中国人民大学出版社，1999.

[12] 郭国庆. 市场营销学. 武汉：武汉大学出版社，1996.

[13] 郭国庆. 市场营销管理：理论与模型[M]. 北京：中国人民大学出版社，1995.

[14] 郭国庆，成栋. 市场营销新论. 北京：中国经济出版社，2003.

[15] 纪宝成主编. 市场营销学教程. 北京：中国人民大学出版社，2002.

[16] 周建波著. 营销管理：理论与实务. 济南：山东人民出版社，2002.

[17] 于建原. 市场营销管理. 成都：西南财经大学出版社，1999.

[18] 邱伟光主编. 公共关系. 北京：中国财政经济出版社，2000.

[19] 龚振，李晓平等著. 市场营销管理——理论与应用. 北京：科学出版社，龙门书局，1995.

[20] 卜妙金主编. 分销渠道管理. 北京：高等教育出版社，2001.

[21] Louis W. Stern 等著. 市场营销渠道. 北京：清华大学出版社，2001.

[22] 张传忠，雷鸣主编. 分销管理. 武汉：武汉大学出版社，2000.

[23] 傅浙铭等. 市场定位方略. 广州：广东经济出版社，1999.

[24] 李业主编. 现代市场营销教学案例集. 华南理工大学出版社，2003.

[25] 曹刚等. 国内外市场营销案例集. 武汉大学出版社，2002.

[26] 李业. 营销学原理. 广州：广东高等教育出版社，2003.

[27] 王德章，周游等. 市场营销学. 北京：高等教育出版社，2009.

[28] 李强. 市场营销学教程. 大连：东北财经大学出版社，2004.

[29] 顾国祥，王方华. 市场学. 上海：复旦大学出版社，1995.

[30] [美]沃伦·J·基坎等. 全球营销学. 傅慧芬改编. 北京：中国人民大学出版社，2005.

[31] [法]雅克·朗德维等. 市场营销学. 张欣伟等译. 北京：经济科学出版社，2000.

[32] [英]弗朗西斯·布拉星顿等. 市场营销学（教材篇）. 裴大鹰等译. 桂林：广西师范大学出版社，2001.

[33] [美]小威廉·D·佩罗特等. 基础营销学（学生版）. 梅清豪等译. 上海：上海人民出版社，2001.

[34] [美]乔尔·埃文斯等. 市场营销教程. 张智勇等译. 华夏出版社，2001.

[35] [美]菲利普·科特勒. 营销管理（新千年版）. 梅汝和等译. 北京：中国人民大学出版社，2001.

[36] [美]菲利普·科特勒等. 科特勒营销新论. 高登第译. 北京：中信出版社，2001.

[37] [美]菲利普·科特勒. 科特勒谈营销. 高登第译. 杭州：浙江人民出版社，2002.

[38] [美]菲利普·R·凯特奥拉等. 国际市场营销学（第13版）. 周祖城等译. 北京：机械工业出版社，2003.

[39] [美]苏比哈什·C·贾殷. 国际市场营销学（第6版）. 吕一林等译. 北京：中国人民大学出版社，2004.

[40] [美]小威廉·D·佩罗特等. 营销学基础（第9版）. 梅清豪译. 中国财政经济出版社，2004.

[41] [美]埃策尔等. 市场营销（第13版）. 张平淡等译. 企业管理出版社，2004.

[42] [美]小查尔斯·兰姆等. 市场营销学（第6版）. 时启亮等译. 上海：上海人民出版社，2005.

[43] 甘碧群. 市场营销学[M]. 武汉：武汉大学出版社，2002.

[44] 邓德胜，李本辉，甘瑂琴等. 新市场营销学[M]. 长沙：湖南人民出版社，2005.

[45] 祝海波，邓德胜等. 市场营销战略与管理[M]. 北京：中国经济出版社，2006.

[46] 李本辉，邓德胜. 营销策划学[M]. 北京：中国经济出版社，2008.

[47] 李本辉，邓德胜. 企业营销策划实务[M]. 北京：中国经济出版社，2008.

[48] 欧阳慧等. 市场营销学[M]. 长沙：湖南大学出版社，2004.

[49] 李景泰. 市场学[M]. 天津：南开大学出版社，1997.

[50] 杨伟文. 现代市场营销学[M]. 长沙：湖南人民出版社，2001.

[51] 郭毅. 市场营销学原理[M]. 北京：电子工业出版社，2003.

[52] 徐蔚琴. 营销渠道管理：理论与模型[M]. 北京：电子工业出版社，2003.

[53] 杨坚. 网络广告学[M]. 北京：电子工业出版社，2006.

[54] 任天飞. 市场营销学理论与方法[M]. 长沙：国防科技大学出版社，2002.

[55] 任天飞. 市场营销管理案例评析[M]. 长沙：国防科技大学出版社，2004.

[56] 穆虹，李文龙. 实战广告案例[M]. 北京：中国人民大学出版社，2005.

[57] 黄合水. 广告心理学[M]. 北京：高等教育出版社，2005.

[58] 李先国. 营销师[M]. 北京：中国环境科学出版社，2003.

[59] 李先国. 促销管理[M]. 北京：中国人民大学出版社，1998.

[60] 董大海，吕洪兵，关辉. 营销管理案例点评[M]. 杭州：浙江人民出版社，2004.

[61] 金润圭. 市场营销[M]. 北京：高等教育出版社，2000.

[62] 厉以宁，曹凤岐. 中国企业管理教学案例[M]. 北京：北京大学出版社，2001.

[63] 吕一林. 市场营销教学案例精选[M]. 上海：复旦大学出版社，2001.

[64] 林祖华. 市场营销理论与实践[M]. 北京：中国审计出版社，2001.

[65] 彭星闾. 市场营销实用辞典[M]. 北京：中国商业出版社，1989.

[66] 周建波. 营销管理理论与实务[M]. 广州：广东人民出版社，2002.

[67] 吴长顺. 营销管理[M]. 广州：广东人民出版社，2003.

[68] 汤定娜，万后芬. 中国企业营销案例[M]. 北京：高等教育出版社，2001.

[69] 苏亚民. 现代营销学[M]. 北京：中国对外经济贸易出版社，2002.

[70] 傅浙铭，邹树彬. 分销渠道管理[M]. 广州：广东经济出版社，2000.

[71] 张燕玲，牛海鹏. 银行行销[M]. 北京：企业管理出版社，1997.

[72] 李海洋，牛海鹏. 服务营销[M]. 北京：企业管理出版社，1997.

[73] 李浚源. 中国商业史[M]. 北京：中央广播电视大学出版社，1985.

[74] 鲁傅鼎. 中国贸易史[M]. 北京：中央文物出版社，1985.

[75] 张一农. 中国商业简史[M]. 北京：中国财政经济出版社，1987.

[76] 蒋建平. 中国商业经济思想史[M]. 北京：中国财政经济出版社，1990.

[77] Philip Kotler. Marketing Management（11th Edition）[M]. New Jersey：Pearson Education Inc，2003.

[78] Anita Roddick. Business as Usual[M]. London：Thomas，2001.

[79] 李晏墅. 市场营销学. 北京：高等教育出版社，2008.

[80] 王立君，申艳玲主编. 市场营销. 北京：北京师范大学出版社，2008.

[81] 李海琼编著. 市场营销理论与实务. 北京：清华大学出版社，2007.

[82] 高秀丽，姚惠泽，吕彦儒编著. 市场营销. 上海：上海财经大学出版社，2007.

[83] 吕朝晖主编. 市场营销学. 北京：化学工业出版社，2007.

[84] 王峰，吕彦儒主编. 市场营销. 上海：上海财经大学出版社，2006.

[85] 祖立厂，范应仁主编. 市场营销学. 北京：科学出版社，2007.

[86] 杨勇主编. 市场营销：理论、案例与实训. 北京：中国人民大学出版社，2006.

[87] 张卫东主编. 市场营销：理论与实训. 北京：电子工业出版社，2006.

[88] [美]查尔斯·W·小兰姆，约瑟夫·F·小海尔，卡尔·麦克丹尼尔. 营销学精要[M]. 大连：东北财经大学出版社，2000.

[89] [美]本·M·恩尼斯，基斯·K·考克斯，迈克尔·P·莫克瓦. 营销学经典——权威论文集[M]. 大连：东北财经大学出版社，2000.

[90] [美]小威廉·D·佩罗特，尤金尼·E·麦卡锡. 基础营销学[M]. 上海：上海人民出版社，2001.

[91] 张宗成. 现代市场营销学[M]. 北京：华中理工大学出版社，1997.

[92] 于建原. 营销管理[M]. 成都：西南财经大学出版社，1999.

[93] 徐鼎亚. 市场营销学[M]. 上海：复旦大学出版社，2001.

[94] 杨慧，吴志军等. 市场营销学[M]. 北京：经济管理出版社，2001.

[95] 梅清豪等. 市场营销学原理[M]. 北京：电子工业出版社，2001.

[96] 杨宏亮. 营销管理[M]. 北京：石油工业出版社，2001.

[97] 顾松林，[美]菲利斯. 消费品营销反思[M]. 上海：上海远东出版社，1999.

[98] 屈云波，高媛. 市场细分——找对您的顾客[M]. 北京：企业管理出版社，1999.

[99] 郭继鸣，朱桂兴，罗小丁. 一种新的市场细分方法体系的建立及应用[J]. 河北工业大学学报，1999（3）.

[100] 孔列宏. 新产品开发的市场细分化探讨[J]. 山西高等学校社会科学学报，2000（3）.

[101] 郝旭光. 营销坐标论[J]. 经济经纬，2000（3）.

[102] 郑琦. 利益细分变量研究与消费者市场细分[J]. 南开管理评论，2000（4）.

[103] 肖怡编著. 市场定位策略——找准顾客心[M]. 北京：企业管理出版社，1999.

[104] 王成主编. 企业最优市场定位[M]. 北京：中国经济出版社，2002.

[105] 赵平等译. 市场营销渠道[M]. 北京：清华大学出版社，2001.

[106] [英]劳伦斯·G·弗里德曼等著. 创建销售渠道优势[M]. 何剑云等译. 北京：中国标准出版社，2000.

[107] [美]A·里斯，杰克·特劳特. 定位. 王思冕，于少蔚译. 北京：中国财政出版社，2002.

[108] Richard Lynch. 公司战略. 昆明：云南大学出版社，2001.

[109] [美]T·R·莱曼，L·S·温纳. 产品管理（第三版）. 北京：北京大学出版社，1998.

反侵权盗版声明

电子工业出版社依法对本作品享有专有出版权。任何未经权利人书面许可，复制、销售或通过信息网络传播本作品的行为；歪曲、篡改、剽窃本作品的行为，均违反《中华人民共和国著作权法》，其行为人应承担相应的民事责任和行政责任，构成犯罪的，将被依法追究刑事责任。

为了维护市场秩序，保护权利人的合法权益，我社将依法查处和打击侵权盗版的单位和个人。欢迎社会各界人士积极举报侵权盗版行为，本社将奖励举报有功人员，并保证举报人的信息不被泄露。

举报电话：（010）88254396；（010）88258888

传　　真：（010）88254397

E-mail：　　dbqq@phei.com.cn

通信地址：北京市万寿路 173 信箱

电子工业出版社总编办公室

邮　　编：100036